# CATHY BRAMLEY

# ZITRONEN SOMMER

## ROMAN

Aus dem Englischen von
Aimée de Bruyn Ouboter

WILHELM HEYNE VERLAG
MÜNCHEN

Die Originalausgabe erschien unter dem Titel *The Lemon Tree Café*.

*Sollte diese Publikation Links auf Webseiten Dritter enthalten,*
*so übernehmen wir für deren Inhalte keine Haftung,*
*da wir uns diese nicht zu eigen machen,*
*sondern lediglich auf deren Stand zum Zeitpunkt*
*der Erstveröffentlichung verweisen.*

Verlagsgruppe Random House FSC® N001967

3. Auflage
Deutsche Erstausgabe 07/2019
Copyright © 2017 by Cathy Bramley
Copyright © 2019 der deutschsprachigen Ausgabe
by Wilhelm Heyne Verlag, München,
in der Verlagsgruppe Random House GmbH,
Neumarkter Straße 28, 81673 München
Redaktion: Rabea Güttler
Printed in Germany
Umschlaggestaltung: Eisele Grafik Design, München
unter Verwendung von © Apinan/Shutterstock (Weiße Wand);
© Thasneem/Shutterstock (Blaubeeren und Blätter); © Rimma Bonda-
renko/Shutterstock (Erfrischungsgetränke); © 9dream studio/Shutter-
stock (Zitronen); © New Africa/Shutterstock (Blätter)
Satz: KompetenzCenter, Mönchengladbach
Druck und Bindung: GGP Media GmbH, Pößneck
ISBN: 978-3-453-42316-9

www.heyne.de

# ERSTER TEIL

# Kapitel 1

Das Büro der Geschäftsleitung von *Digital Horizons* bot einen reizvollen Ausblick über das Stadtzentrum Derbys, aber gerade sah ich nicht aus dem Fenster. Ich starrte meinen Chef an, der meinen Blick erwiderte, ohne zu blinzeln, während er auf meine Antwort wartete. Die niedrig stehende Märzsonne war meiner Sache nicht zuträglich: So schön die ersten Sonnenstrahlen waren, sie schienen mir direkt in die Augen und brachten sie zum Tränen. Hoffentlich sah es nicht so aus, als würde ich weinen, denn davon war ich weit entfernt.

Ich versuchte, meinen Stuhl zu verrücken, aber in diesem Glaskasten gab es kein Entkommen. Sogar die Innenwände waren durchsichtig.

»Ich habe bereits Nein gesagt.« Ich schlug die Beine übereinander und musterte Robert herausfordernd.

Robert Crisp, der nicht nur mein Vorgesetzter, sondern auch der Geschäftsführer von *Digital Horizons* war, seufzte und lockerte den Kragen seines Hemdes. Vielleicht ahnte er schon, dass ich nicht nachgeben würde. Damit lag er ganz richtig: Für manche Dinge lohnte es sich zu kämpfen.

»Es sind doch nur ein paar Handgriffe, Rosie.« Robert verlegte sich aufs Bitten. »In zwei Minuten ist alles vorbei.

Es wird auch keiner davon erfahren, wenn Ihnen die Sache so unangenehm ist. Sie sind nun mal die Beste auf dem Gebiet!« Er machte effektheischend eine Pause. »Deshalb habe ich Sie eingestellt.«

Eine kaum verhohlene Drohung. Enttäuscht von ihm, wandte ich den Blick ab.

Außer uns war nur Duncan Wiggins noch mit im Raum, der Verkaufsleiter. Jetzt schnalzte er missbilligend mit der Zunge.

»Verfluchte Feministinnen«, murmelte er so leise, dass nur ich es hören konnte.

Duncan, um die dreißig, wurde bereits kahl und hatte eine Vorliebe für knallbunte Socken. Ich hatte schnell verstanden, dass es das Beste war, über sein sexistisches Geschwätz hinwegzugehen. Wenn ich mich auf eine Diskussion mit ihm einließ, fachte ich bloß das Feuer an.

Und ja, ich war Feministin. Wer hätte das gedacht? Sicherlich nicht ich mit Anfang zwanzig. Damals hätte ich mich wahrscheinlich als eine typische junge Frau beschrieben, mit der man jede Menge Spaß haben konnte und die gern flirtete. Gleichberechtigung, hatte ich damals gedacht, herrschte längst überall, Frauen hatten genauso viel Macht wie Männer, und Feministinnen machten Wind wegen gar nichts.

Außerdem war ich überzeugt davon gewesen, dass ich immer recht hatte. Auch das war ein Irrtum gewesen.

Ich ignorierte Duncan und versuchte, an das Gute in Robert zu appellieren. Im Großen und Ganzen war er ein netter Kerl und überdies Vater von zwei Mädchen im Teenageralter.

»Tut mir leid, Chef«, sagte ich, »aber das ist die falsche

Entscheidung – aus verschiedenen Gründen. Das muss Ihnen doch klar sein!«

Der Bildschirm auf dem Konferenztisch war so ausgerichtet, dass wir alle drei einen freien Blick darauf hatten. Ich deutete auf das abgebildete Foto. Ich konnte nicht fassen, dass von mir verlangt wurde, es zu bearbeiten, um Lucinda Miller schlanker erscheinen zu lassen. Lucinda war eine hübsche junge Schauspielerin und das Gesicht einer Online-Kampagne für die Vermeidung häuslicher Gewalt gegen Teenager, die wir heute Mittag starten wollten. Kupferrote Locken standen ihr um den Kopf, ihr Lächeln war natürlich und freundlich, und ihre Augen glitzerten. Außerdem hatte sie Brüste, ein kleines Bäuchlein und – o Schreck! – keine Oberschenkellücke.

Lucinda hatte eine schwierige Kindheit überstanden und war eine erfolgreiche Schauspielerin geworden. Meiner Meinung nach war sie genau die Richtige für die Kampagne, das perfekte Vorbild – genau so, wie sie war.

Der Kunde jedoch hatte darum gebeten, dass wir ihren Bauch und ihre Beine dünner machten. Nicht etwa, weil sie fett wäre, hatte es geheißen, es ginge nur darum, dem Gesamtbild eine anmutigere Linie zu verleihen. Die Brüste könnten so bleiben.

*War ja klar.*

Duncan hatte Lucinda bereits als »das Pummelchen aus *Raw Recruits*« bezeichnet – *Raw Recruits* war das düstere Polizeidrama, in dem sie mitspielte. Ich fand das lächerlich: Lucinda trug Größe 38, lag deutlich unter dem Durchschnittsgewicht und hatte digitale Verbesserungen durch mich und meine Bildbearbeitungssoftware einfach nicht nötig.

»Wie wär's mit etwas Süßem?« Robert schob den Teller mit Zimtschnecken über den Konferenztisch zu mir herüber.

Als ich danach griff, schwangen mir meine kurz geschnittenen schwarzen Haare in die Augen. Ich strich sie mir hinter die Ohren und lächelte Robert verhalten an. »Sie werden meine Meinung nicht ändern können, indem Sie mich bestechen.«

Er massierte seine Stirn und sagte: »Wir haben keine Wahl, Liebes.«

Mir froren die Gesichtszüge ein. Sofort hob er beschwichtigend die Hände.

»Verzeihung: *Rosie*. Verzeihung!«

»Robert.« Ich sah ihn entschlossen an. »Wir haben immer eine Wahl. Wir können ablehnen. Was vermitteln wir sonst den jungen Frauen, die sich Hilfe suchend an diese Organisation wenden? Wenn wir das unterstützen, sind wir genauso schlimm wie die Medien, die überhaupt erst dafür gesorgt haben, dass junge Mädchen so ein schlechtes Selbstwertgefühl haben! Also nein, ich mache sie nicht dünner. Sie ist schön, so wie sie ist. Und im Ernst – dass sie eben *nicht* perfekt ist, ist viel aussagekräftiger!«

Neben mir fluchte Duncan tonlos. Ich gab mir große Mühe, nicht darauf zu reagieren.

»Natürlich wird Rosie es machen.« Er streckte die Hand nach der Kaffeekanne aus, sah Robert an und zog eine Augenbraue hoch. Selten hatte er so schmierig ausgesehen. »Frauen sagen doch immer Nein und meinen es nicht so. Zumindest meiner Erfahrung nach.«

»Helfen Sie mir auf die Sprünge«, wandte ich mich an Duncan und tupfte mir Krümel von den Lippen, »wann waren Sie das letzte Mal mit einer Frau verabredet? Ihre Mutter ausgenommen.«

Er öffnete den Mund, konnte sich offenbar nicht erinnern und begnügte sich damit, mir einen vernichtenden Blick zuzuwerfen.

»Und fürs Protokoll: Ich meine es vollkommen ernst«, fuhr ich fort und sah zufrieden, dass Robert zu schwitzen begonnen hatte. »Lucinda gefällt das Bild, ich habe eine Mail von ihrem Agenten, die das belegt. Es ist ein Mythos, dass Frauenkörper perfektioniert werden müssen, und ich werde sicher nicht dabei helfen, den am Leben zu erhalten! Das verstößt gegen meine Prinzipien.« Ich schob mir den Rest der Zimtschnecke in den Mund und murmelte: »Sorry.«

»Die Geschäfte laufen im Moment nicht besonders, Rosie«, argumentierte Robert. »Sie wissen, wie wichtig dieser Kunde ist.«

»Ja, das weiß ich.« Ich verschränkte die Arme. »Wichtig für junge Mädchen, die in Missbrauchsbeziehungen stecken und von ihren Freunden schikaniert werden, weil sie angeblich Nutten sind oder dumm oder weil sie *keine Oberschenkellücke* haben!«

»Um Himmels willen, Featherstone, können Sie mal von Ihrem hohen Ross runterkommen?« Duncan gab ein Ächzen von sich, das seine Erschöpfung illustrieren sollte, und warf dann einen bedeutungsschweren Blick auf meinen engen Rock und meine High Heels. Ich kämpfte gegen den Drang, am Saum herumzuzupfen – der Rock war nicht einmal besonders kurz. Ich machte mich für mich selbst schick, nicht um der männlichen Hälfte der Bevölkerung zu gefallen. Duncan konnte sich zum Teufel scheren.

Er fragte: »Hat man mit Ihnen immer so viel Spaß?«

»Oh, es tut mir leid, dass ich bei häuslicher Gewalt nicht lachen kann«, sagte ich, die Augen weit aufgerissen.

»Das hat er nicht gemeint, Rosie«, sagte Robert mit einem warnenden Blick in Duncans Richtung.

»Es ist kein Verbrechen, Lucindas Vorzüge herauszustellen. Und selbst wenn … *Wir* sind nicht verantwortlich«, sagte Duncan aalglatt. »Wir machen bloß, was der Kunde will: Wir retuschieren ein bisschen an der dicken Kleinen herum und starten die Kampagne wie geplant. Schluss, aus, Ende! Jetzt lassen Sie uns über etwas von Belang sprechen – über den Golfausflug für unsere wichtigsten Kunden. Ich habe mir verschiedene Golfplätze angesehen …«

Und er fing an zu schwadronieren: über achtzehn Löcher, über Teams, Trophäen und eine Hand, die stets die andere wäscht. Ich starrte Robert an, erwartungsvoll. Er wand sich in seinem Stuhl und schlug die Augen nieder.

Mittags ging die Social-Media-Kampagne online. Ein bearbeitetes Foto von Lucinda Miller war der Aufmacher: Darauf hatte sie eine Wespentaille, einen flachen Bauch und Beine so dünn wie Streichhölzer. Keine Ahnung, wer das Retuschieren übernommen hatte – wahrscheinlich Billy, der Nachwuchs-Grafikdesigner. Er hoffte auf eine Einladung zu Duncans Golfausflug.

Ich hatte ihn nicht an Lucindas Foto arbeiten sehen, weil ich zu sehr damit beschäftigt war, auf meine Computertastatur einzuhacken. Zehn Minuten später überreichte ich meinem sprachlosen Chef mein Kündigungsschreiben und trat als Kreativchefin der größten Social-Media-Agentur in den Midlands zurück.

Als Robert mir vorwarf, überempfindlich zu sein, erklärte ich ihm geduldig, dass es nicht bloß um Lucinda Millers Oberschenkel ging: Bei *Digital Horizons* war alltäglicher Sexismus so untrennbar mit dem Firmenethos verbunden, dass die wenigen Frauen, die hier arbeiteten, ihn einfach hinnahmen, während die Männer ihn nicht einmal bemerkten.

Ich für meinen Teil würde mich nicht weiter damit abfinden. Also hinterlegte ich den Schlüssel meines Dienstwagens an der Rezeption, verließ die Agentur durch die gläserne Drehtür und stieg in den Bus. Dabei war ich ausgesprochen stolz auf mich: Zwar mochte ich den Kampf heute verloren haben, doch von meinen Grundsätzen war ich nicht abgerückt.

Der Bus brachte mich bis Chesterfield. Von dort nahm ich mir für den Rest des Weges ein Taxi, um ungestört ein wichtiges Telefonat zu führen.

»Ich kann sofort anfangen«, sagte ich zu Michael, dem Headhunter, der mir die Stelle bei *Digital Horizons* vermittelt hatte. »Je eher, desto besser.«

Herumsitzen war nichts für mich. Es kam selten vor, dass ich meinen Urlaubsanspruch wahrnahm; die Vorstellung, »einmal richtig zu entspannen«, fand ich gruselig.

»Meine Güte, Darling! Das kommt aber plötzlich. Was ist denn bloß passiert?«

Ich hatte Vertrauen zu Michael. Er wusste, wie ehrgeizig ich war, wie hart ich arbeitete. Ich war sicher, dass er sich auf meine Seite stellen würde.

»Eine Meinungsverschiedenheit … Und die bei *Digital Horizons* waren im Unrecht. Also …« Ich räusperte mich. Was brachte es, über vergossene Milch zu jammern? »Auf zu neuen Ufern! Was hast du für mich?«

»Hm, für jemanden von deinem Format fällt mir auf Anhieb nichts ein. Einen kleinen Moment Geduld, ich schaue mal, was sich in den Tiefen meines Computers finden lässt.«

Ich hörte zu, wie seine Finger über die Tastatur klickten, und klammerte mich mit der freien Hand am Türgriff fest, während das Taxi über die Hügel der Grafschaft Derbyshire holperte, Barnaby entgegen. Als wir an der alten Eiche vor der Kirche vorbeifuhren, warf ich einen Blick aus dem Fenster und konnte die Inschrift auf der Tafel lesen, die dort angebracht war: »Gepflegtestes Dorf 2012«.

Barnaby war ein hübsches Dorf am Rand des Hochlandgebiets Peak District. Eingebettet in ein Tal und umgeben von Schafweiden, versprühte es den Charme der Vergangenheit. Die Cottages waren aus klobigen, sandfarbenen Steinen erbaut und hatten weiß umrahmte Fensterchen. Eine Zeile malerischer kleiner Läden begrenzte den Dorfanger, und ein Flüsschen schlängelte sich fröhlich plätschernd neben der kopfsteingepflasterten Hauptstraße her.

Wir kamen an der steil ansteigenden Gasse vorbei, in der ich wohnte. Im letzten Sommer hatte ich ein winziges Cottage ganz am oberen Ende gekauft. Mein Plan war gewesen, es zu renovieren und dann weiterzuverkaufen. Es hatte viel daran getan werden müssen: Das Cottage hatte nun ein neues Dach, einen niedlichen Ofen, der mit Holzscheiten beheizt wurde, ein Badezimmer im Hotel-Stil sowie eine Küche mit jedem erdenklichen modernen Komfort. Tatsächlich hatte ich meine Sache so gut gemacht, dass ich mich von dem Häuschen nicht mehr trennen konnte und es nun mein Zuhause nannte.

Kinder tummelten sich auf dem Spielplatz vor dem kleinen viktorianischen Schulgebäude: Sie spielten Himmel und Hölle und Fußball. Ein paar pressten die Gesichter gegen den Zaun, winkten und riefen, um die Aufmerksamkeit der Vorübergehenden auf sich zu ziehen. Lächelnd winkte ich zurück. Meine kleine Schwester Lia und ich hatten es früher genauso gemacht.

Michael murmelte noch immer kaum hörbar vor sich hin, während er seine Notizen durchsah.

»Oh, hey, ich habe hier eine *märchenhafte* freie Stelle: eine leitende Position bei einer Fullservice-Werbeagentur in London. Aufregende Kundenliste, tolles Leistungspaket. Wäre das was für dich?«

Eigentlich ja. Wenn die Agentur nur nicht in London gewesen wäre … Nach meinem Universitätsabschluss hatte ich ein paar Monate in der Stadt gelebt, aber meine Zeit dort hatte kein gutes Ende genommen. Andererseits war es vielleicht wirklich an der Zeit, meinen Aktionsradius zu vergrößern, wenn ich auf der Erfolgsleiter weiter nach oben steigen wollte.

»Könnte schon sein«, sagte ich vage. »Eine Stelle weiter nördlich wäre mir allerdings lieber.«

Michael seufzte. »Im Augenblick ist es ziemlich still in der Social-Media-Branche.«

»Halte bitte weiter Ausschau für mich. Wenn ich nichts zu tun habe, drehe ich durch!«

Er versprach, sein Bestes zu geben, und legte auf. Ich ließ mein Handy in meine offene Handtasche fallen. Als wir uns dem Dorfanger näherten, senkte ich die Glasscheibe zwischen mir und dem Taxifahrer ab.

»Da ist es«, sagte ich und deutete auf das Gebäude mit der sonnengelben Markise und den zwei kleinen Zitronenbäumen, die in Terrakottatöpfen links und rechts der Tür standen. »Das *Lemon Tree Café*.«

Das altmodische Glöckchen über der Tür verkündete bimmelnd meine Ankunft. Ich trat über die Schwelle in eine andere Welt: Das Café meiner Großmutter war das genaue Gegenteil von *Digital Horizons*.

Für den Mittagstisch war es schon zu spät, die meisten Tische waren leer. Doreen, die im Café gearbeitet hatte, solange ich zurückdenken konnte, stand hinter dem Tresen und füllte die Sandwich-Zutaten auf. Meine fünfundsiebzigjährige italienische *Nonna,* Maria Carloni, saß in der Spielzeugecke und räumte Holzbausteine in eine Kiste. Als sie das Glöckchen hörte, blickte sie auf, rückte ihre schwarz umrandete Brille zurecht, durch deren Gläser ihre Augen so groß wie Kastanien wirkten, und steckte eine Strähne ihres weißen Haars zurück in ihren Haarknoten. Dann erst erkannte sie mich.

»*Santo cielo!*«, rief sie aus. »Rosanna!«

»Überraschung!« Ich lachte, als sie zu mir herübergeeilt kam, die Arme weit ausgebreitet.

Sie küsste mich laut schmatzend auf beide Wangen, und ich drückte meine mollige Nonna fest an mich. Sie roch, wie sie immer schon gerochen hatte: nach Zitronenseife und Mandelhandcreme.

Das Café war bis zum Bersten gefüllt mit glücklichen Erinnerungen. Als Lia und ich noch klein gewesen waren, hatte Nonna nach der Schule immer auf uns aufgepasst. Wir hatten Süßigkeiten aus dem Glas hinter dem Tresen stibitzt, die Gäste mit Liedern und selbst ausgedachten Tanzeinlagen unterhalten und – natürlich – gut gegessen.

So viel leckeres Essen! Nach diesem Morgen war das Café der perfekte Ort, um meine Batterien wieder aufzuladen.

Doreen winkte mir zu. Ihre Wangen bekamen Grübchen, wenn sie lächelte. Sie hielt eine Kaffeetasse in die Höhe, und ich nickte heftig, während Nonna mich zu einem der Barhocker am Tresen führte. Ich atmete den caféeigenen Duft ein: eine einladende Mischung aus gerösteten Kaffeebohnen, den Kräutern, die in Blumentöpfen auf den Tischen standen, der Süße frisch gebackener Cookies und der aromatischen Schärfe der Zitronenbäume aus dem angrenzenden Wintergarten. Für mich war das der Inbegriff von Wärme, Liebe und Zusammensein. Zum ersten Mal an diesem Tag entspannten sich meine Schultern.

»Warum biste du nicht auf die Arbeit?« Nonnas Blick wanderte prüfend über mein Gesicht. Sie wirkte besorgt. »Biste eine Arbeitstier, nicht einmale Wochenende für dich. Genau wie deine Nonna«, fügte sie mit einem Anflug von Stolz hinzu.

»Nein, ich …« Ich brach ab, als Doreen einen Cappuccino und ein gegrilltes Schinken-Käse-Sandwich vor mich hinstellte, und lächelte sie dankbar an. »Ich hab gekündigt. Bin aus Protest gegangen.«

Dann erzählte ich ihnen, was passiert war. Sie hörten mir gebannt zu.

»Arschegeigen.« Nonna zog eine finstere Miene. Doreen wandte sich zwei Spaziergängern zu, die Tee und getoastete Teacakes bestellen wollten, um sich nach ihrer Wanderung aufzuwärmen. »Biste ihre beste Frau. Was stimmte nicht mitte ihne?«

»Ganz offensichtlich sind sie Arschegeigen«, sagte ich und grinste Doreen an.

Nonnas Loyalität wärmte mir das Herz. Sie hatte nicht die geringste Ahnung, was soziale Medien waren, hatte noch nie im Leben von viralem Marketing gehört und konnte sich nicht vorstellen, was ich den ganzen Tag über machte – und trotzdem, in ihren Augen war ich die Größte.

»*Eh.*« Sie schlug mit ihrem allgegenwärtigen Lappen nach mir. Ein Regen aus Krümeln ging nieder. »So wir rede nichte!«

Ich lachte und duckte mich unter dem Lappen weg. Sie wanderte davon, um weiter Tische abzuräumen und ein paar Worte mit ihren Gästen zu wechseln.

»Gib mir das.« Doreen schnalzte tadelnd mit der Zunge und streckte ihre Hand nach meinem Cappuccino aus. »Das kannst du nicht mehr trinken.«

Ich spähte in die Tasse. »Oh.« Der Cappuccino-Schaum war mit Krümeln und Fusseln übersät.

Doreen machte mir einen neuen und lehnte sich dann verschwörerisch über den Tresen.

»Deine Großmutter und dieser verflixte Lappen. Ich verbringe den halben Tag damit, hinter ihr herzuwischen. Ich will mir nicht zu viel herausnehmen ...«, ihre Wangen röteten sich vor Verlegenheit, »aber ich mache mir ein bisschen Sorgen um Maria.«

»Warum denn das?« Ich sah zu Nonna hinüber, die sich schwer auf eine Tischplatte stützte und sich mit einem Arm die Stirn abwischte. »Ist sie krank?«

Doreen schüttelte den Kopf. »Nicht krank ...« Sie sah sich nervös um. »Ich sollte das alles gar nicht sagen. Vergiss es bitte!«

»Du machst mir Angst. Komm schon, spuck's aus!«

»Es ist nur so … Ich hab das Gefühl, dass …« Sie stieß den Atem aus und knetete den Saum ihrer Schürze in den Händen. »In Ordnung. Die Sache ist die: Ich glaube nicht, dass sie ihren Aufgaben noch gewachsen ist.«

»Was meinst du? Dass sie das Café nicht mehr führen kann?« Meine Augen wurden groß.

»Einen Moment.« Sie ging ein paar Schritte zur Seite, um eine kleine, im Aufbruch begriffene Gruppe Gäste abzukassieren.

Ich trank meinen frischen Cappuccino und runzelte die Stirn.

Doreen war fleißig und Nonna sehr ergeben. Grundlos würde sie sich nie beklagen.

Sie schloss die altmodische Kasse mit einem Knall und kam wieder zu mir herüber. Nachdem sie sich mit einem Blick über die Schulter vergewissert hatte, dass Nonna nicht in Hörweite war, sagte sie: »Heute Morgen zum Beispiel. Sie hat jemandem statt drei dreizehn Pfund Wechselgeld herausgegeben.«

»Das kann schnell mal passieren«, sagte ich diplomatisch.

»Ich hab sie außerdem letzte Woche dabei erwischt, wie sie die Salzstreuer mit Zucker auffüllen wollte.«

Jetzt war Nonna offenbar gerade dabei, einen sauberen Tisch mit ihrem schmutzigen Lappen abzuwischen. Das Ergebnis war mehr als fragwürdig.

»Vielleicht braucht sie eine neue Brille?«, fragte ich.

»Nein«, sagte Doreen traurig. »Gestern hab ich gedacht, sie wäre verschwunden. Nach einer halben Stunde hab ich sie im Hof gefunden, sie saß auf einem umgedrehten Eimer und hat fest geschlafen. Es geht nicht um eine neue Brille.

Sie ist fünfundsiebzig. Was deine Großmutter braucht, ist eine Pause. Eine dauerhafte!«

Mein Magen fühlte sich an, als säße ich in einer Achterbahn, die einen Looping fuhr. Von Freizeit war Nonna in etwa so begeistert wie ich, und von guten Ratschlägen hielt sie gar nichts.

»Hast du versucht, ihr das zu sagen?«, fragte ich schwach.

Doreen schnaubte. »Auf uns hört sie nicht. Ich kann sie nicht mal dazu kriegen, eine richtige Mittagspause zu machen. Sie lässt nicht zu, dass Juliet und ich nach Ladenschluss sauber machen – pünktlich um vier schickt sie uns nach Hause und macht alles selbst. Wenn wir können, putzen wir vorher ein bisschen, ohne dass sie was merkt. Aber der Grill muss dringend mal richtig geschrubbt werden und die Toiletten … Wenn die Hygiene-Heinis hier auftauchen, ist der Teufel los. Ich kann es mir nicht leisten, meinen Job zu verlieren! Juliet auch nicht.«

Juliet war die zweite Teilzeitkraft, die im Café arbeitete, wenn Doreen freihatte. Nonna hatte nie viele Leute beschäftigt; sie hatte immer gesagt, dass sie selbst für zwei arbeitete. Diese Zeiten mochten der Vergangenheit angehören, aber ich wollte nicht diejenige sein, die Nonna das beibringen musste.

»Ich bin sicher, dass es dazu nicht kommt.« Ich lächelte Doreen beruhigend zu. »Hm … Soll ich mit Mum darüber reden?«

»Lieber nicht«, sagte Doreen eilig. »Erinnerst du dich noch ans letzte Mal, als deine Mutter helfen wollte?«

Ich zog eine Grimasse. Wie hätte ich das vergessen können? Mum war aus der kommunalen Planungsabteilung geflogen. Anstatt sich nach einer neuen Stelle umzusehen, hatte sie vorgeschlagen, dass sie das Café weiterführen könnte – immerhin sei Nonna im Rentenalter. Nonna ging einen Kompromiss ein und schlug Mum vor, sie erst einmal gründlich einzuarbeiten. Aber gleich in der ersten Woche zerstritten sie sich, und Nonna feuerte Mum. Die nächsten sechs Monate war die Stimmung bei familiären Anlässen entschieden frostig gewesen.

»Das Problem liegt darin«, versuchte ich mich möglichst taktvoll auszudrücken, »dass sie alle beide gern bestimmen, wo es langgeht.«

»Was du nicht sagst.« Doreen verdrehte die Augen. »Dabei fällt mir ein: Heute findet das Treffen des Frauenvereins deiner Mutter hier statt. In einer halben Stunde geht's los. Ich werd mal besser die Tische im Wintergarten eindecken.«

Ich aß mein Sandwich auf, dachte über Doreens Sorgen nach und sah mich dabei mit neuen Augen im *Lemon Tree Café* um.

Kein Familienmitglied war je in Nonnas Heimatstadt Neapel gewesen, aber sie sagte, dass das Café sie an das Haus erinnerte, in dem sie aufgewachsen war. Sie hatte keine Angehörigen mehr in Italien, und nachdem ihr Ehemann in den 1960er-Jahren jung gestorben war, war sie mit Mum nach England gekommen. Ursprünglich hatte sie als Bedienung im *Lemon Tree Café* angefangen, war dann zur Geschäftsführerin aufgestiegen und hatte das Café schließlich übernommen. Sie sagte gern, dass es ihr kleines Stück Italien sei. Für nichts auf der Welt wolle sie es hergeben.

An den Wänden hingen alte italienische Werbeplakate für Olivenöl, Mehl und Zitronen, die Tische waren aus schwerem, dunklem Holz, die zusammengewürfelten Stühle ein wenig abgenutzt, dafür aber bequem. Auf einer Anrichte war ein Sammelsurium von italienischem Geschirr ausgestellt, auf dem Zitronen abgebildet waren. Überall zwischen den Töpfen mit Kräutern standen Vasen und Gläser in verschiedenen Formen und Größen. Das Café sah aus wie eine Kreuzung zwischen einem südländischen Garten und der Küche einer alten Dame. Schäbig-schick – obwohl inzwischen mehr schäbig als schick.

Das war es, was Doreen mir hatte zeigen wollen: Das Café wirkte ein bisschen vernachlässigt. Dabei hatte es so viel Potenzial! Von den Fenstern aus konnte man den Dorfanger überblicken, und auf dem Bürgersteig gab es genug Platz, um im Sommer ein paar zusätzliche Tische aufzustellen. Es war ein Jammer, dass ich so eine schlechte Köchin war. Ansonsten hätte ich anbieten können auszuhelfen.

»Also, was machste du jetzte, *eh?*« Nonnas durchdringende Stimme sprach direkt in mein Ohr und riss mich aus meinen Gedanken.

Sie stützte sich auf den Tresen, um mich besser begutachten zu können, und stieß prompt mit dem Ellbogen meine Kaffeetasse um. Die Tasse landete in meinem Schoß, und ich hielt sie fest.

Doreen seufzte und gab mir eine Serviette.

»Na ja«, sagte ich betont fröhlich und ignorierte die leise innere Stimme, die mich erneut an meine Unfähigkeit in der Küche erinnerte, »ehrlich gesagt habe ich gehofft, dass du mich einen Monat lang für dich arbeiten lässt.«

Nonnas Stirn legte sich in Falten. »Brauche ich nichte ...«

»Natürlich musst du mich nicht bezahlen«, fügte ich rasch hinzu. »Du würdest mir einen großen Gefallen tun.

Du weißt doch, wie schrecklich ich es finde, den ganzen Tag bloß Däumchen zu drehen! Und auf meinem Lebenslauf sähe es auch besser aus.«

Doreen legte die Hände zusammen, als würde sie beten. Nonna dachte unangenehm lange über meinen Vorschlag nach.

»Gebongte«, brummte sie schließlich. Sie wedelte mit dem Zeigefinger. »Aber nichte vergesse, wer iste Chefin! Hängste du dich nichte rein!«

Ich warf die Arme um ihren Hals und küsste ihre weiche Wange.

»Danke schön, Nonna!« Ich zwinkerte Doreen zu, die ihre Erleichterung kaum verbergen konnte. »Mach dir keine Sorgen, ich werd mich nicht reinhängen … Ich weiß doch nicht mal, wie man ein Ei kocht!«

Es mochte Einbildung sein, aber Doreens Lächeln wirkte nach diesem Eingeständnis ein wenig gezwungen.

# Kapitel 2

Als ich am nächsten Morgen den Kragen meines Mantels hochschlug, um mich gegen den beißenden Wind zu schützen, freute ich mich richtig auf meinen ersten Arbeitstag im Café. Ich wandte meinem kleinen Cottage den Rücken zu und wanderte bergab. Die Zeit im Café würde eine willkommene Abwechslung für mich sein: etwas ganz anderes als das Einhalten von Deadlines oder das Beschwichtigen von Kunden, die unrealistischerweise erwarteten, dass eine Handvoll gesponsorter Tweets ihren Bekanntheitsgrad im Internet über Nacht enorm steigern würde. Körperliche Arbeit würde mir guttun. Außerdem bot sich hier eine wunderbare Gelegenheit, meine Kochkünste ein wenig zu verfeinern ... Und hoffentlich würde es mir gelingen, unauffällig ein wenig herumzuschnüffeln.

Als ich auf den Dorfanger zuging, sah ich eine Frau mit einer pink gefärbten Haarsträhne in *Ken's Mini Mart*, dem Einkaufsladen, verschwinden. Das musste meine alte Schulfreundin Gina sein: Schon früher war sie eine schillernde Persönlichkeit gewesen. Vielleicht würde es uns jetzt, da ich mehr Zeit im Dorf verbrachte, endlich gelingen, uns zu treffen. Wie ich war Gina im letzten Jahr zurück nach Barnaby gezogen; sie hatte sich von ihrem Mann getrennt und sich als Tagesmutter selbstständig gemacht. Bisher waren wir immer zu beschäftigt gewesen, um uns zu verabreden.

Ich winkte Adrian zu. Der Gastwirt des Pubs *Cross Keys* auf der anderen Seite des Angers lehnte im Türrahmen, rauchte eine Morgenzigarette und unterhielt sich mit ein paar Frühaufstehern, deren Hunde sich im Kreis über das raureifbedeckte Gras jagten.

Mein neuer Arbeitsweg war bezaubernd friedvoll im Vergleich zu der üblichen hektischen Pendelei nach Derby: Nur die im Weißdorn zwitschernden Vögel und das sanfte Plätschern des Flüsschens waren zu hören. Die drei Läden, die mit dem Café zusammen eine Zeile bildeten, waren alle noch geschlossen: Es gab ein Haustierfachgeschäft, einen Geschenkeladen und ein Blumengeschäft. Das handgeschriebene Schild im Schaufenster von *Biddy's Pets* brachte mich zum Lächeln: »Trächtiges Kaninchen zu verkaufen – Schnäppchen! Acht (wahrscheinlich) für den Preis von einem!«

Mein Handy gab einen Piepton von sich. Mein Lächeln wurde zu einem breiten Grinsen, als ich sah, dass ich eine SMS von meiner Freundin Verity bekommen hatte:

Viel Glück heute! Und wenn alles andere anbrennt, servierst du ihnen einfach Fischstäbchen-Sandwiches. Küsschen!

Als Verity und ich noch zusammengewohnt hatten, hatten wir unsere Küche kaum betreten. Stattdessen gab es Toast. Toast in rauen Mengen – oder, wenn wir uns mal richtig was gönnen wollten, Veritys Spezialität: Fischstäbchen-

Sandwiches. Umso lustiger war es, dass wir nun beide beruflich mit Essen zu tun hatten. Verity, die mit einem Koch zusammenlebte, leitete eine Kochschule – und ich hatte jetzt den Job im Café. Natürlich nur vorübergehend. Veritys Herz dagegen hatte im Grunde schon immer fürs Kochen geschlagen. Sie hatte es bloß eine Weile lang aufgegeben, nachdem ihre beste Freundin Mimi plötzlich und unerwartet gestorben war und ihren Mann Gabe und ihren kleinen Sohn zurückgelassen hatte. Erst als sich die Gelegenheit ergeben hatte, die Leitung der *Plumberry School of Comfort Food* zu übernehmen, war Veritys Leidenschaft wieder entflammt.

Das Schild an der Tür des Cafés war noch auf »geschlossen« gedreht, aber die Lichter brannten schon. Doreen war so nett, früher zu kommen, um mich einzuarbeiten. *Und das ist auch besser so,* dachte ich, als ich die Glastür aufschob und das Glöckchen bimmeln hörte: Ich war auf Hilfe angewiesen.

Während Nonna die gefüllten Folienkartoffeln vorbereitete, machten Doreen und ich einen schnellen, verstohlenen Rundgang. Sie zeigte mir alles, was gereinigt und in manchen Fällen sogar ausgetauscht werden musste. Dann stellte sie mich einer wankelmütigen italienischen Kaffeemaschine vor und wies mich an, den Grill zu bedienen und Toast zu machen. Zu meiner eigenen Überraschung hatte ich plötzlich Lampenfieber. Deshalb war ich sehr erleichtert, dass die ersten Gäste, die hereinkamen, meine Schwester Lia und ihr sechs Monate alter Sohn Arlo waren.

»Oh.« Lia blinzelte mich verdutzt an. »Du arbeitest hier?«

»Ehrenamtlich sozusagen«, erklärte ich und tadelte mich stumm dafür, dass ich ihr gestern Abend keine SMS mehr geschickt hatte. Ich war bis nach Mitternacht wach gewesen und hatte an meinem Lebenslauf gefeilt (und mir außerdem YouTube-Videos darüber angesehen, wie man Muster in Cappuccino-Schaum zauberte). Ich nahm ihr Arlo ab und kuschelte mit ihm, während sie in einer Baby-flasche Milchpulver mit Wasser mischte.

»Bloß bis ich einen neuen Job gefunden habe.« Ich er-zählte ihr, warum ich bei *Digital Horizons* gekündigt hatte.

»Dich schnappt sicherlich bald jemand weg«, sagte sie und fügte errötend hinzu: »Vom *Arbeitsmarkt,* meine ich.« Dann begriff sie, dass sie es nicht besser, sondern schlim-mer gemacht hatte, und die Röte kroch ihr über den Hals bis zum Dekolleté hinunter. Eilig nahm sie Arlo wieder auf den Arm, um ihn zu füttern. »Und auch sonst ...«

»Danke für das Kompliment«, sagte ich trocken. »Falls das eins sein sollte.«

Dass ich offenbar nicht in der Lage war, einen festen Freund zu finden, bot meiner Familie regelmäßig Ge-sprächsstoff. Sie glaubten alle, ich wäre zu wählerisch. Aber ich gab einfach kurzen, vergnüglichen Flirts den Vor-zug, die endeten, ehe das L-Wort ins Gespräch gebracht werden konnte. Meiner Erfahrung nach machte Liebe die Leute verrückt. Ohne, so schien es, war zumindest ich bes-ser dran.

»Wird es nicht schön sein, Tante Rosie öfter zu sehen?«, fragte Lia ihren Sohn und bedeckte sein Gesicht mit Küs-sen. »Wir schauen fast jeden Tag vorbei. Ich hab ein ganz schlechtes Gewissen, Nonna. Wenn ich gewusst hätte, dass du Hilfe brauchst, wäre ich eingesprungen.«

»Brauche ich keine Hilfe«, murmelte Nonna düster. Sie ließ sich auf einen Stuhl an Lias Tisch sacken.

»Nonna tut mir einen Gefallen«, sagte ich schnell, »damit mir nicht langweilig wird. Und du hast mit Arlo schon genug zu tun.«

Lia sah so aus, als wollte sie protestieren, daher zog ich rasch meinen brandneuen Bestellblock aus meiner Schürzentasche und grinste sie an.

»Darf ich Ihnen Tee und Toast servieren, verehrte Dame?«

»Gerne. Aber nur eine Scheibe Toast«, sagte sie und setzte sich, Arlo auf dem Schoß.

»Fur mich eine Espresso«, sagte Nonna. »Doppelte.«

Ich eilte mit meiner ersten Bestellung davon und hoffte, dass die Kaffeemaschine mir gnädig sein würde.

»Ich habe das Toilettenpapier besorgt, das du haben wolltest, Maria«, sagte Doreen. Sie beugte sich über Arlo und gab ihm einen Kuss auf den Kopf.

Nonna erwiderte unbestimmt: »*Bene, grazie!*«

Doreen trat neben dem Tisch von einem Fuß auf den anderen. Schließlich räusperte sie sich. »Neun Rollen kosten vier Pfund.«

»Gut, gut.«

Doreen blieb noch einen Moment lang stehen, dann wandte sie sich ab und verschwand leise vor sich hinmurmelnd in der Küche.

Ich trug das Tablett zu Lias Tisch und stellte den Teller mit dem Toast und ein paar Locken Butter vor ihr ab. Lia hob abwehrend die Hände.

»Führ mich bloß nicht mit echter Butter in Versuchung. Ich versuche, ein bisschen Ballast abzuwerfen.« Sie zog den Bauch ein. »Ich esse besser nur eine halbe Scheibe.«

Ihr Schwangerschaftsgewicht hatte sich hartnäckig gehalten, aber Arlo war ja auch immer noch klein. Und es mochte vielleicht stimmen, dass sie an manchen Stellen ein wenig runder geworden war, aber ich fand sie hübscher denn je.

»Dumme Zeug!« Nonna wedelte mit ihrem Lappen in Lias Richtung. »Isste du fur swei.«

»Das tue ich«, bestätigte Lia. »Immer noch. Das ist ja das Problem! Arlo isst jetzt schon seit einer ganzen Weile allein.«

Meine Schwester war schön. Sie hatte feine goldene Locken, weiche rosige Wangen und ein sonniges Wesen – sie zog Menschen an wie eine Sonnenblume die Hummeln. In vielerlei Hinsicht war ich ihr Gegenteil. Ich hatte schwarzes Haar, das ich zu einem praktischen, kantigen Bob geschnitten trug, ein hitziges Temperament und eine scharfe Zunge. Lia ließ sich gern treiben, sie mochte es, wenn das Leben einfach war. Ich dagegen glich einem Lachs in der Laichsaison: Ich war entschlossen, flussaufwärts zu schwimmen, und wenn es mich umbrachte. Mums braune Augen hatten wir beide geerbt, wir teilten eine tief verwurzelte Leidenschaft für Tom Hiddleston und für Eiscreme in jeder Geschmacksrichtung, und abgesehen von Verity, die ich nur noch selten sah, war meine Schwester ohne Frage meine beste Freundin.

Arlo machte ein schmatzendes Geräusch, das ungeheuer zufrieden klang. Bei seinem Anblick schmolz ich dahin: Er hatte die winzigen Finger der einen Hand in den eigenen Locken vergraben, mit der anderen Hand hielt er sein Fläschchen in Position. Ich war vielleicht voreingenommen, aber in meinen Augen war mein Neffe der bezauberndste kleine Kerl auf der ganzen Welt.

»Erinnere ich mich an eure Mamma, wenn sie iste noch so klein.« Nonnas runzeliges Gesicht wurde weich. »Bevor alle die Widerworte. Gluckliche Zeiten.«

»Es muss schwer für dich gewesen sein, Nonno so früh zu verlieren und ganz allein ein Kind großziehen zu müssen«, sagte ich und streichelte Arlos seidige Wange mit einem Finger.

Nonna griff nach einem Teelöffel und rührte ihren Espresso so heftig damit um, dass dieser auf die Untertasse schwappte. »Lange her«, sagte sie knapp.

»Ich hätte allen Ernstes den Verstand verloren, wenn ich in den ersten Wochen Ed nicht gehabt hätte. Hätte er mir nicht Tee gebracht, während ich Arlo nachts dauernd füttern musste …« Lia biss in ihren Toast und schloss die Augen. »Oh, himmlisch.«

Arlo schob die Flasche von sich und versuchte, sich aufzusetzen. Lia stopfte sich hastig den Rest ihres Toastes in den Mund.

»Hetz dich nicht, ich nehme ihn!« Ich legte mir den kleinen Jungen über die Schulter, schmiegte mein Gesicht in seine Halsbeuge und atmete seinen süßen Geruch nach Milch und Baby tief ein.

»Sieh mal einer an.« Lia klopfte Krümel von ihrem Pullover. »Du bist ja ein Naturtalent!«

»In Sachen Tante vielleicht.« Ich setzte ein gezwungenes Lächeln auf. Früher war ich fest davon ausgegangen, dass ich eines Tages Kinder haben würde, aber mittlerweile war ich mir da gar nicht mehr so sicher. Die letzten zehn Jahre hatte ich mich ganz meinem Beruf gewidmet, und jetzt war ich wohl mit meiner Karriere verheiratet. Und eine Scheidung war nicht in Sicht.

Ich klopfte Arlo sanft auf den Rücken. Er rülpste ein paarmal leise, und wir jubelten alle, was er als Aufforderung sah, noch einen draufzusetzen und mir prompt über den Rücken zu speien.

»Danke, Kumpel.« Ich gab Arlo an Lia weiter, damit sie ihn abputzen konnte. Nonna hielt mir ihr Tuch hin.

Lia lachte über meine gerümpfte Nase. »Willkommen in meinem Leben, Rosie«, sagte sie, während ich mich aus meinem Cardigan schälte und den größten Teil der milchig-schleimigen Masse mit dem Lappen abrieb. »Das ist genau das, was ich meine, Nonna. Wie bist du bloß ohne Unterstützung zurechtgekommen?«

»Habbe ich geliebt eure Mamma mit die ganze Herz. Habbe ich gesorgt fur uns beide, dass wir ware sicher unde warm unde satt. Das iste alles.« Sie zuckte mit den Schultern. »Und sobald habbe ich genug Geld, fange ich an neue Lebe in Engeland.«

Ich rollte den Cardigan und das dreckige Tuch zusammen und umarmte Nonna. »Ich bewundere dich. Du warst so tapfer.«

Das Glöckchen über der Tür bimmelte. Ein stämmiger junger Mann mit einem Gesicht, so weich wie das eines Kindes, und riesigen Füßen kam herein.

»Morgen, Tyson!«, rief Nonna. »Eine Ei heute oder lieber swei?«

»Lieber zwei, Mrs. Carloni.« Er rieb sich die Hände und suchte sich dann einen Tisch in einer der Ecken aus. »Wird ein anstrengender Tag in der Gärtnerei ... Ich schleppe die ganzen großen Terrakottatöpfe zum Eingang. Der Frühling kündigt sich an!«

»Swei Eier, komme sofort. Okeh, Rosanna, jetzt biste

du an die Reihe, tapfer zu sein, *no?*« Nonnas Augen funkelten mich an. Ich strich meine neue schwarze Schürze glatt.

»Kannste du mache Spiegeleier *Over Easy?*«

»Ich?« Ich lachte und eilte zum Grill hinüber. »Nichts leichter als das.«

Das waren doch die, die man wenden musste, oder? Oder hießen die *Sunnyside Up?*

»Haste du Spaß?«, fragte Nonna später, als ich eine kurze Pause machte und einen Kaffee an einem der leeren Tische trank. »Iste besser hier als in schicke Büro, *eh?*«

»Der Job ist schwieriger, als ich dachte«, gab ich zu. »Gleichzeitig die Bestellungen abzuarbeiten und alles am Laufen zu halten ist gar nicht ohne.«

»Als ich die Café habe ubernomme, in die Anfang ich bin alleine. Keine Bedienung, nix.« Sie schüttelte den Kopf, versunken in der Erinnerung. »*Das* iste schwierig.«

Das Glöckchen läutete. Nonna schnappte nach Luft und wandte sich rasch von der Tür ab.

»*Oh no*, der schonne wieder«, zischelte sie und fuhr sich mit den Händen übers Haar.

Ich warf einen Blick zur Tür hinüber. Dort hielt ein rundlicher älterer Gentleman gerade einem anderen Gast die Tür auf. Er hatte einen weißen Bart und eine Halbglatze, war etwa so alt wie Nonna und trug eine Zeitung unter dem Arm und eine Nelke im Knopfloch seines Blazers.

»Wer ist das?«, fragte ich.

»Stanley Pigeon.« Nonna kniff sich in die Wangen, um Farbe hineinzubringen. Dann holte sie einen uralten Lippenstift aus ihrer Schürzentasche und machte sich daran, ihn auf ihre gespitzten Lippen aufzutragen. »Iste eine Quälegeist.«

Ich blinzelte. Ich hatte sie noch nie im Leben Make-up tragen sehen.

Aber der Name Stanley Pigeon sagte mir etwas.

»Der Postbote?«

»Er inne Ruhestand«, erwiderte sie. »Obwohl manchmal er helfe aus, wenn neue Junge findete nichte alle Häuser.«

Ich schüttelte den Kopf und versuchte, mein Lächeln zu verbergen. Der »neue Junge« war in Dads Alter. Er war heute schon hier gewesen und hatte sich einen Tee zum Mitnehmen und ein Pflaster für seinen Finger geholt, den er sich beim Kampf mit einem besonders gemeinen Briefkasten verletzt hatte.

»Und warum ist Mr. Pigeon ein Quälgeist?«

Früher hatte ich Stanley Pigeon jeden Tag auf dem Schulweg getroffen. In einer Jackentasche hatte er immer Karamellbonbons gehabt, in der anderen Hundekuchen. Er hatte mir erklärt, dass man sich mittels Bestechung aus beinahe jeder brenzligen Lage befreien könne.

»Fragte immerzu, wann ich gehe mit ihm aus. Verruckte, alte Narr.« Sie stieß einen dramatischen Seufzer aus und warf dann einen verstohlenen Blick über die Schulter. »Guckte er?«

Über Nonnas Ehemann, meinen Großvater Lorenzo, wussten wir fast nichts – bloß, dass er bei einem Arbeitsunfall in Neapel umgekommen und dass er Nonnas große Liebe gewesen war. Sie hatte nicht wieder geheiratet. Soweit ich wusste, hatte sie nicht einmal flüchtige Affären gehabt. Obwohl Großvaters Tod nun schon über fünfzig

Jahre zurücklag, hatte sie nie auch nur den Anflug von Interesse für einen anderen Mann gezeigt.

»Ich glaube schon. Soll ich hingehen und ihn fragen, was er haben möchte?« Ich beobachtete, wie Stanley sich in einen der durchgesessenen Sessel am Fenster setzte. »Dann musst du nicht mit ihm reden.«

»*No, no,* haste du genug zu tun.« Sie bleckte die Zähne. »Habbe ich Lippestift auf die Zähne?«

Ich schüttelte den Kopf und sah ihr nach. Sie stolzierte zu ihm hinüber, eine Hand in die Hüfte gestützt, ihr breites Hinterteil schwang von links nach rechts. Stanley erhob sich steif, küsste Nonna die Hand und überreichte ihr seine Nelke. Ich konnte nicht verstehen, was er zu ihr sagte, aber sie gluckste, steckte sich die Blume hinters Ohr und nahm ihm gegenüber Platz. Als sie die Beine übereinanderschlug, zog sie ihren Rocksaum ein kleines Stück weiter nach oben. Ich konnte es nicht fassen.

Doreen kam mit einem Blech frischer Scones aus der Küche und folgte meinem Blick.

»Da ist noch mal Frühling geworden.« Sie schmunzelte. »Wie man sieht, ist es nie zu spät, sich zu verlieben.«

»Ganz offensichtlich. Bleibt er eine Weile?«, fragte ich. Ich war schon dabei, einen Plan auszuhecken.

Doreen lachte. »Stanley gehört morgens zum Inventar. Normalerweise frühstückt er und trinkt dann eine Kanne Tee.«

»Wunderbar«, sagte ich triumphierend. Ich stülpte mir ein Paar Gummihandschuhe über und griff nach dem Allzweckreiniger. »Solange Nonna beschäftigt ist, werde ich mich rasch der Toiletten annehmen.«

Ich fing in der Damentoilette an und schrubbte alles einmal kräftig durch. Allerdings gab es hier mehr zu tun. Mir schwebte eine Runderneuerung vor: Die Kacheln mussten neu verfugt werden, einer der Wasserhähne tropfte, und das Linoleum auf dem Boden war eingerissen. Doreen hatte recht, das alles konnte Nonna nicht alleine stemmen. Wenn sie bloß zugeben würde, dass sie Hilfe brauchte! Das würde alles einfacher machen.

In der Herrentoilette achtete ich darauf, nicht zu tief einzuatmen, und ging mit dem Allzweckreiniger bewehrt vor der Kloschüssel in die Hocke. Noch immer wälzte ich mein Dilemma im Kopf: Wie konnte ich Nonna nahebringen, dass das Café einer gründlichen Renovierung bedurfte, ohne sie zu beleidigen?

»Dir ist wahrhaftig eine große Ehre zuteilgeworden: im Café deiner Großmutter arbeiten zu dürfen!«

Ich zog meinen Arm aus dem Klo und wandte mich um. Meine Mutter lehnte im Türrahmen, ein amüsiertes Lächeln auf den Lippen. Der Duft ihres Parfüms war eine Wohltat für meine Nase. Ich lächelte zurück.

»Richtig. *Ehre.* Das war das Wort, nach dem ich gesucht habe.« Ich verlagerte mein Gewicht auf die Fersen und versuchte, mir mit der Armbeuge – dem einzigen sauberen Abschnitt meines Arms – über die Stirn zu fahren. »Es beschreibt meine Position hier perfekt. Klofrau. Für lau!«

»Du bist weiter vorgedrungen, als ich es je geschafft habe.« Sie lachte. Ihre braunen Augen funkelten. »Ich hab lediglich vorgeschlagen, Panini in die Karte aufzunehmen, und schon war ich draußen.«

»Ist gemerkt«, sagte ich grinsend. »Keine Kritik an der Karte.«

»Doreen hat mich hergeschickt, um dir zu sagen, dass

Stanley bald aufbrechen wird.« Sie schnipste unsichtbare Flusen von ihrer eleganten Bluse, rückte ihren Rock zurecht und strich sich glättend über die Haare, die noch immer so dicht und dunkel wie meine waren, wenn auch durchsetzt mit Silberfäden. Ich fand es toll, dass sie sich die Haare nicht färbte. Sie hatte es nicht nötig: Sie sah fantastisch aus.

Im Gegensatz zu mir, vermutete ich. Zumindest im Augenblick.

»Oh, Mist.« Ich rappelte mich auf. »Ich seh besser zu, dass ich wieder in die Küche komme, ehe Nonna noch merkt, was ich hier mache!«

»Das mag dir wie eine blöde Frage vorkommen – aber was genau *ist* das denn?« Mum zog die Nase kraus. Ich war nicht sicher, ob sie ihrer Verwirrung Ausdruck verleihen wollte oder endlich doch auf den Geruch in der Herrentoilette reagierte.

»Psst! Triff mich am Tresen«, sagte ich und konnte mich gerade noch bremsen, einen gummihandschuhverhüllten, allzweckreinigerbeschmierten Finger vor meine Lippen zu legen, »dann erzähle ich dir alles.«

»Sie ist fünfundsiebzig«, raunte ich, sobald ich meine Hände und Unterarme geschrubbt, Mum richtig umarmt und uns beiden ein Glas Mineralwasser geholt hatte. »Sie erlaubt Juliet und Doreen nicht, auch nur einen Handschlag mehr zu tun, aber die Arbeit wird ihr zu viel. Ich versuche, ihr zu helfen, ohne dass sie es merkt, bloß wird das nicht reichen. Wann wird sie endlich zugeben, dass es an der Zeit für sie ist, ihre Schürze an den Nagel zu hängen?«

»Süße, diese Frage stelle ich mir schon seit Jahren«, erwiderte Mum müde, »und ich habe immer noch keine

Antwort darauf gefunden. Ich liebe deine Nonna, aber sie ist ein Buch mit sieben Siegeln für mich. Sie öffnet sich niemandem. Aber ich weiß, dass das Café ihr alles bedeutet. Ich glaube, sie kann sich gar nicht vorstellen, anders zu leben.«

Ich nickte nachdenklich. »Vielleicht wäre das die Lösung? Ihr zu zeigen, was das Leben sonst noch bereithält?«

»Es ist lieb von dir, dass du aushelfen willst«, sagte Mum und schnitt ihr Das-wird-alles-noch-in-Tränen-enden-Gesicht, das ich noch von früher kannte. So hatte sie Lia und mich immer angesehen, wenn wir uns zusammen etwas gekauft und geschworen hatten, dass wir es gerecht teilen würden. »Aber deine Großmutter wird es dir nicht danken. Ich muss es wissen«, fügte sie mit einem leisen Schniefen hinzu.

Ich warf ihr einen Seitenblick zu. Unsere Vorgehensweise unterschied sich darin, dass ich nicht vorhatte, Nonna zu sagen, wie sie ihr eigenes Café zu führen hatte. Ich würde ihr lediglich unauffällig zur Hand gehen, ohne dass sie es merkte. Das sollte kein Vorwurf an Mum sein – es war einfach so, dass Nonna und sie beide starke Frauen waren, die es nicht leiden konnten zurückzustecken.

»Mal was anderes, Mum«, sagte ich, weil ich den Eindruck hatte, dass es höchste Zeit war, das Thema zu wechseln. »Fühlst du dich wohl im Gemeindevorstand?«

»Bis jetzt habe ich ja erst an einem Treffen teilgenommen«, erzählte sie fröhlich. Die wichtige Rolle, die sie in ihren vielen Ausschüssen spielte, war ihr liebster Gesprächsgegenstand. »Unter uns gesagt – es ist eine gute Sache, dass ich beigetreten bin. Die wissen da nicht mal, wie man einen ordentlichen Bericht schreibt!«

Ich ließ sie weiterreden, während ich ein gegrilltes Sandwich mit Käse und Tomate, zwei Kannen Tee und einen Latte macchiato zubereitete.

»… aber ich habe gesagt: ›Da können wir das Treffen nicht abhalten, an dem Tag findet die Hauptversammlung des Heimatpflegevereins statt.‹ Du hättest mal hören sollen …«

Just in diesem Moment brachen Nonna und Stanley in Gelächter aus, und Nonna klapste ihm spielerisch auf den Arm, während sie ihn zur Tür geleitete.

Mum blieb der Mund offen stehen. »Flirtet sie etwa mit ihm?«

»Und wie!« Ich kicherte. »Aber ist das nicht großartig? Mir scheint, eine Romanze bahnt sich an!«

»Ich bezweifle es.« Mum nahm einen Schluck von ihrem Wasser. »Sie macht das manchmal: Ein Mann zeigt Interesse an ihr, und sie spielt das Spielchen eine Weile mit, bevor sie ihm eine Abfuhr erteilt.«

»Ein Jammer.« Ich beobachtete die beiden dabei, wie sie sich durch die Glastür hindurch zuwinkten. »Ein Freund könnte genau das sein, was sie bräuchte, um mal auf andere Gedanken zu kommen. Vielleicht merkt sie dann, dass Arbeit nicht alles ist.«

Mum zog die Augenbrauen hoch und räusperte sich vielsagend. Im Stillen verbot ich mir streng, rot zu werden.

»Da fällt mir ein …« Ich holte mein Handy aus der Schürzentasche, rief meine Mails auf und sah die Betreffzeilen durch. »Ich muss unbedingt meinen Personalberater anrufen und ihn fragen, ob er eine Stelle für mich gefunden hat. Nicht dass ich noch wie Nonna fünfzig Jahre hier verbringe!«

# Kapitel 3

»Wir brauchen noch zwei Gabeln und einen Löffel, Alec!«, sagte Mum. Dabei wedelte sie mit einer Hand vor ihrem Gesicht herum.

»Hast du noch Gabeln, Rosie?«, fragte Dad, während er die Geschirrschublade durchsuchte. Seine Stimme drang gedämpft durch das Geschirrtuch, das er sich vor die Nase presste. »Hier sind bloß fünf drin.«

»Guck mal in der Abwaschschale«, sagte ich, »ganz unten.« Ich stand im Eingangsbereich des Cottages und schwang immer wieder die Tür auf und zu, in der Hoffnung, dass diese Maßnahme den Feuermelder beruhigen und den dicksten Qualm vertreiben würde.

Ich hatte meine Familie zum Mittagessen eingeladen. Das war ein Novum, denn normalerweise verbrachte ich die Wochenenden damit, Projektberichte zu lesen, für die ich unter der Woche keine Zeit gehabt hatte, oder ich saß wie festgeschweißt vor meinem Tablet und beantwortete Tweets im Namen von Kunden. Wenn ich hungrig wurde, aß ich schnell eine Kleinigkeit, dann arbeitete ich weiter. Aber da ich nun keinen richtigen Job mehr hatte, hatte ich beschlossen, ausnahmsweise einmal richtig zu kochen.

Ehrlich gesagt verfolgte ich damit gleich zwei Hintergedanken. Zum einen war ich nach ein paar Tagen im Café erschrocken, wie ungeschickt ich mich in der Küche anstellte – ich musste dringend üben –, und zum anderen konnte ich das Gespräch beim Essen vielleicht unauffällig auf Nonnas Pläne für das Café lenken.

Ehrgeizig gedacht, das musste ich zugeben.

Dad schob seinen Hemdsärmel hoch und tauchte seine Hand in meine Abwaschschale, die mit einer trüben Brühe gefüllt war. »Bäh!«, sagte er und zuckte sogar ein bisschen zusammen.

»Tut mir leid!«, sagte ich, aber lachen musste ich trotzdem.

Mein Vater war Dozent der Philosophie an der Universität in Derby. Seine Uniform, die aus einem Tweedjackett, Kordhosen und karierten Hemden bestand, legte er nicht einmal am Wochenende ab. Sogar im Haus behielt er sein Jackett an. Er war blond, hatte sehr helle Haut und Sommersprossen. Zwischen uns anderen war er im Urlaub immer aufgefallen, weil wir schon braun wurden, wenn wir bloß einen Sonnenstrahl abbekamen.

»Hab sie!« Er schwenkte stolz das tropfende Besteck durch die Luft und sah mich fragend und durch den Rauch hindurch blinzelnd an. Ich zeigte auf sein Geschirrtuch.

Während er das Besteck abtrocknete, fragte er: »Was macht der Schweinebraten?«

Ich warf einen Blick auf den schwarzen Klumpen, der im Bräter lag und noch immer vor sich hin schwelte. »Ist gut durch.«

Ich hatte gedacht, dass mein Schweinebraten schön knusprig werden würde, wenn ich ihm ein paar Minuten richtig einheizte. Leider war ich vom Kartoffelbrei abgelenkt worden, den ich unbedingt so cremig hinbekommen wollte wie Nonna, und hatte den Braten vergessen. Daher glich er nun einem Kohlestück und über dem Esstisch hing eine dichte graue Rauchwolke.

Lia und mein Schwager Ed waren mit Arlo in den Garten geflohen, Nonna attackierte die Klumpen im Kartoffelbrei mit dem Ende eines Holzlöffels, und Mum gab ihr Bestes, Platz für sechs Erwachsene und einen Kinderstuhl an meinem kleinen Esstisch zu finden. Und Dad befolgte wie üblich Mums Anweisungen.

Das Erdgeschoss meines Cottages bestand aus einem einzigen Zimmer: Die eine Hälfte nahm die Küche ein, die andere das Wohnzimmer. Mein Esstisch stand in der Mitte. In die dicke Steinmauer des Wohnzimmers war der kleine Holzofen eingelassen. Eine Treppe führte nach oben, wo sich mein Schlafzimmer und ein kleines Bad befanden. Ich fühlte mich in meinem winzigen, aber wunderschönen Cottage nie eingeengt, dafür sorgte schon allein die Aussicht. Durch das Fenster an meinem Bett konnte ich weit über das Dorf und die Hügel dahinter blicken.

»Bitte schau mal, ob du irgendwo Servietten findest, Alec, ja?« Mum quetschte die Sauciere zwischen das Apfelmus und die gebutterten Karotten.

»Na klar.« Dad kramte noch ein bisschen in den Schubladen. Er fand einen kleinen Stapel Papierservietten mit Adventssternen, die noch von Weihnachten übrig waren, machte eine Runde um den Esstisch und legte auf jeden Teller eine Serviette.

Lia kam aus dem Garten herein. »Ich zerlege das Fleisch!« Auch sie versuchte, den Rauch mit einer Hand zu verscheuchen. »Ich hab in letzter Zeit viele Kochshows gesehen. Wusstet ihr, dass man mehr als fünftausend Pfund für ein japanisches Messer aus weißem Papierstahl ausgeben kann?«

Nonna schnalzte missbilligend mit der Zunge. »Schwacheköpfe«, murmelte sie. »Habbe sie mehr Geld als Hirn, manche Leute.«

Ich hielt Lia mein Tranchiermesser hin, als wäre es ein kostbares Schwert. »Guck mal, wie du mit diesem Kleinod zurechtkommst.«

»Ist es japanisch?« Lia betrachtete mein Supermarktmesser mit dem Plastikgriff, das nicht besonders stabil aussah, und rümpfte die Nase. Es war noch ganz neu; ich hatte es zu diesem Anlass gekauft.

»Nah dran«, sagte ich. »*Made in China.*«

»Wird ein ziemliches Gedränge«, sagte Mum und trat einen Schritt zurück, um den gedeckten Tisch besser begutachten zu können. »Aber so geht's.«

»Ich hab nichts dagegen, dicht neben dir zu sitzen, Luisa«, sagte Dad und versuchte, Mum auf die Wange zu küssen.

Sie wehrte ihn ab. »Nicht jetzt, Alec! Geh lieber und hol die beiden Stühle aus dem Auto.«

Dad drückte ihre Hände gegen seine Brust, holte tief Atem und schmetterte die ersten Zeilen des alten Bryan-Adams-Songs aus dem Film *Robin Hood,* der vor Jahren im Kino gelaufen war: »*Everything I do, I do it for you!*«

Ich beeilte mich, die gebackenen Kartoffeln aus dem Ofen zu holen, um ihnen das Schicksal des Schweinebratens zu ersparen. Außerdem war das eine gute Gelegenheit, mein Grinsen zu verbergen. Dad sang leidenschaftlich gern, aber nicht besonders gut. Normalerweise erlaubte

Mum ihm bloß loszulegen, wenn er im hintersten Winkel des Gartens arbeitete.

Auch jetzt hielt sie ihm den Mund zu. »Du bist ein Mann mit vielen Talenten, Alec, aber fürs Singen hast du keins. Was ist jetzt mit den Stühlen?«

Mir wurde das Herz schwer, als ich sah, wie er sich davonschlich. Mein Vater freute sich an kleinen Dingen: Er war Fan des Derby-Country-Fußballvereins, von Schweinefleischpasteten und von Dolly Parton. Aber keine dieser Leidenschaften ließ sich mit der bedingungslosen Hingabe vergleichen, die er seiner Frau entgegenbrachte. Nur schien Mum immer zu beschäftigt zu sein, um Zeit mit ihm zu verbringen – sie liebte ihn, ja, aber mir kam es so vor, als hätte sie ihn dauerhaft in die untere Hälfte ihrer To-do-Liste verbannt.

»Kann man bedenkenlos wieder reinkommen?«, fragte Ed von der Tür aus.

»Das Mittagessen ist fertig, man kann schon wieder ganz gut durch den Rauch gucken, und Dad hat aufgehört zu singen«, sagte ich. »Also ja – du hast genau den richtigen Moment abgepasst!«

Ed schwang Arlo durch die Luft, sehr zu dessen Begeisterung. Mum streckte die Arme aus, um ihm ihren Enkel abzunehmen, und Ed rieb sich mit einem breiten Grinsen die Hände. »Dann schenke ich mal aus.« Er füllte die Weingläser und reichte mir eins. »Für dich, liebste Schwägerin.«

Ich lächelte und nahm einen Schluck. Ich mochte Ed. Er war ein sanfter Mann mit großen Muskeln, kurz geschorenem, dunklem Haar und Grübchen in den Wangen. Er arbeitete hart für das Fuhrunternehmen seines Vaters und half Lia ganz selbstverständlich mit Arlo. *Lia kann sich wirklich glücklich schätzen,* dachte ich.

»Familie, zu Tisch!«, rief ich und zog für Nonna einen Stuhl zurück. »Lasst uns essen.«

Das Mittagessen war nicht direkt ein Riesenerfolg, aber alles war essbar, und es war genug da. Auch ohne Lias Hilfe verputzten wir die Zabaione ganz, und der letzte Gang bestand aus Kaffee und Trüffeln aus dunkler Schokolade.

»Wie macht Rosie sich im Café, Nonna?« Lia gab Arlo ein Stück weich gekochter Karotte, die er sich prompt ins Gesicht schmierte. Dann zeigte er hoffnungsvoll (und vergeblich) auf die Schokolade. »Bist du zufrieden mit ihr?«

»Machte sie noch nichte viel«, sagte Nonna. Sie sprach über mich, als säße ich nicht mit am Tisch. »Bringe ich sie um ganze vorsichtig.«

»Ich glaube, du meinst, du bringst ihr etwas *bei*, Mamma«, korrigierte Mum sie.

»Sì, sì.« Nonna schnaufte. »Iste sie okeh.«

Lia und ich grinsten uns an: Aus dem Mund unserer Großmutter war das ein hohes Lob.

Tatsächlich hatte Nonna den Nagel auf den Kopf getroffen: Die Arbeit im Café brachte mich tatsächlich um. Alles tat mir weh, und meine Fingernägel waren völlig ruiniert. Denn sobald Nonna mir den Rücken kehrte, scheuerte, schrubbte und putzte ich wie eine Verrückte. Am Freitag hatte sie einen Termin beim Arzt gehabt und es mir überlassen, das Café zu schließen. Juliet und ich hatten die Gelegenheit genutzt und den großen Ofen auseinandergenommen, um jedes Einzelteil sauber machen zu können. Zwei Stunden lang hatten wir gegen den Ruß und die

Ablagerungen vieler Jahre gekämpft. So hart hatte ich mein ganzes Leben noch nicht gearbeitet.

»Ich glaube, ich stelle mich ganz gut an«, sagte ich nun. »Wenn man bedenkt, dass ich noch nie etwas Ähnliches gemacht habe.«

»Was du anpackst, gelingt, mein Mädchen«, sagte Dad warmherzig und löffelte Zucker in seinen Kaffee. »Das war schon immer so.«

»Das stimmt.« Mum hob ihre Kaffeetasse. »Auf Rosie, die ihren Prinzipien treu geblieben ist! Ich bin stolz auf dich, Süße.«

Nonna trank ihren Wein aus. »Du bist eine brave Kinde, Rosie. Machste deine Sache gut. Sagste mir nicht, wie ich habbe su fuhre die Café, und wir bleibe Freunde, *eh?*«

»Ach, Mamma.« Mum runzelte die Stirn. »Wann siehst du endlich ein, dass du in deinem Alter ...«

»*Dio mio!*« Nonna schlug ärgerlich mit der Hand auf den Tisch. »Wann siehste *du* ein, dass meine Geschäft iste meine Geschäft? Steckste du deine Nase nichte rein.«

Mum und Nonna starrten einander finster an. Alle waren still bis auf Dad, der auf einem übrig gebliebenen Stück Kruste herumkaute. Schließlich schluckte er es herunter und trank etwas Wein hinterher. »Was für ein zähes Schwein«, sagte er und schüttelte den Kopf.

Ed machte ein Geräusch, das ein Husten oder ein unterdrücktes Auflachen hätte sein können. Ich wagte keinen Blick in seine Richtung.

»Es wäre schön, wenn ich auch im Café mithelfen könnte«, sagte Lia sehnsuchtsvoll. »Wo ich doch so gern koche.«

Ed schlang einen Arm um sie und gab ihr einen Kuss auf den Kopf. »Aber du genießt deinen Mutterschaftsurlaub doch, oder? Bloß Arlo und du! Du bist schneller wieder im Freizeitzentrum, als dir lieb ist. Warum solltest du eher als nötig wieder mit dem Arbeiten anfangen?«

Lia war Schwimmlehrerin in dem viel besuchten Freizeitzentrum direkt vor den Toren Derbys. In der Schwangerschaft hatte sie ihre Arbeitswoche auf drei Tage reduziert. Dann war Arlo auf die Welt gekommen, und Lia hatte nie darüber gesprochen, dass sie das Unterrichten vermisste. Ich hatte es für möglich gehalten, dass sie einfach zu Hause bleiben würde.

Sie seufzte. »Natürlich ist es toll, dass ich Arlo noch ein Weilchen ganz für mich habe. Aber ich fühle mich ... Ach, ich weiß nicht. Ist ja auch egal!«

Sie stieß ihren Stuhl zurück und lief so schnell die Treppe hinauf, dass ich fast nicht gesehen hätte, wie heftig ihre Unterlippe zitterte.

Für einen Moment sagte niemand etwas.

Dann sprang ich auf. »Ich sehe nach ihr!«


Lia saß vor dem Fenster auf dem Bett und fummelte an einer Zeitschrift herum, die auf meinem Nachttisch lag. In ihren Augen standen Tränen.

»Was ist denn los?«, fragte ich.

»Nichts ist. Oder alles. *Das hier*«, sagte sie, packte eine Handvoll Bauchspeck und brachte ihn in ihrer Hand zum Wabbeln.

»Sei nicht blöd!« Ich gab ihr einen leichten Schubs. »Du hast gerade erst ein Baby gekriegt!«

»Ich meine es ernst«, sagte sie. »Ich finde es schrecklich, so auszusehen. Wenn ich den Fernseher anmache oder eine Zeitschrift aufschlage, sehe ich jedes Mal irgendeine

Schauspielerin, die ein sechs Wochen altes Baby im Arm hält und Größe 36 trägt. Und die erzählt dann lang und breit, wie doll sie auf ihre Figur achten musste. Ich hasse das! Mir passt gar nichts mehr. Ich kann mir schöne Kleider bloß noch angucken – für mich bleiben Leggins und weite Pullis. Ich würde alles dafür geben, wenn ich so schlank wäre wie du!«

»Bist du verrückt?«, fragte ich erschüttert. »Du bist wunderschön. Deine Kurven hast du dir verdient: Dein Körper sieht so aus, weil er ein Wunder hervorgebracht hat! Du hast ziemliches Glück, weißt du?«

Lia sah mich mit großen Augen an. »Das ist eine schöne Sichtweise der Dinge. Danke, Rosie.«

»Gern geschehen.« Ich war vielleicht die Schwester mit der Karriere, aber Lia hatte eine Familie. Sie liebte Ed, und er liebte sie. In meinen Augen war das unbezahlbar.

»Es ist bloß so, dass …« Sie sah mich nicht an. »Lach mich bitte nicht aus.«

Ich streichelte ihren Rücken. »Werde ich nicht.«

Sie senkte die Stimme. »Ich fühle mich wie eine Versagerin, weil ich so außer Form bin. Eine fette Versagerin mit einem abstoßenden Körper.«

»Das darfst du nicht mal denken, Lia!«, sagte ich scharf. »Sonst haben die gewonnen. Lass dir nicht von den Medien vorschreiben, wie du auszusehen, was du zu wiegen oder wie du dich zu benehmen hast. Das ist genau der Grund, warum ich bei *Digital Horizons* aufgehört habe! Himmel, wir leben im einundzwanzigsten Jahrhundert, und immer noch werden Frauen manipuliert und zu Objekten degradiert und dazu gedrängt, gegen ihren Willen *ihren eigenen Körper* zu verändern!«

»Schon gut.« Lia war ein Stück vor mir zurückgewichen, als hätte ich sie geschlagen. »Ich hab's verstanden.«

»Entschuldige.« Ich holte tief Atem, um mich zu beruhigen. »Aber das macht mich so wütend … Egal, was noch? Ich hab dich gefragt, was los ist, und du hast gesagt: ›Alles.‹«

Sie stand auf, stützte sich mit den Händen aufs Fensterbrett und blickte in die Ferne.

»Ich möchte etwas Neues machen, ich brauche eine Herausforderung! Ich will nicht zurück ins Freizeitzentrum, aber was ich stattdessen machen will, weiß ich auch nicht. Ich bin verrückt nach Arlo, und trotzdem – ich muss auch ein bisschen Zeit für mich haben, damit ich mal wieder ich selbst sein kann. Ed versteht das nicht. Er fährt morgens zur Arbeit, und sobald er allein im Auto sitzt, ist er wieder einfach Ed. Ich hab vergessen, wer ich früher gewesen bin, was ich gemacht habe, als es noch keine Windeln zu wechseln, keine Sabberschnute abzuwischen oder Babynahrung zu pürieren gab. Nur wenn Arlo schläft, bin ich mal für mich. Seine Nickerchen regieren mein Leben.«

»Und wenn du ihn für ein paar Stunden in der Woche in eine Krippe oder zu einer Tagesmutter gibst, damit du den Kopf freibekommst?«, schlug ich vor.

»Das wäre fantastisch«, sagte sie mit einem schwachen Lächeln. »Aber das kostet Geld und ginge nur, wenn ich wieder arbeiten würde.«

»Klopf, klopf!«

Lia und ich wandten uns um. Mum stand in der Zimmertür und winkte.

»Darf ich reinkommen?«

Wir nickten beide, und sie setzte sich zu uns aufs Bett.

»Lia, ich hab bloß das Ende mitgekriegt ... Ich wünschte, du wärst damit zu mir gekommen! Arlo ist doch mein einziges Enkelkind, ich passe gerne auf ihn auf. Jederzeit! Du musst nur ein Wort sagen.«

Lia holte tief Atem und warf mir einen Seitenblick zu.

»Das ist lieb von dir, Mum, aber wenn du mal zurückdenkst, habe ich dich zu verschiedenen Gelegenheiten gefragt, ob du Arlo nehmen könntest. Du warst jedes Mal zu beschäftigt. Mal musstest du ein Wohltätigkeitsessen organisieren, mal zu einer Versammlung gehen, mal Preise für eine Tombola sammeln – irgendwas war immer. Deshalb habe ich aufgehört, dich deswegen anzurufen.«

Mums Engagement für ihre Ausschüsse kannte keine Grenzen. Ich konnte mir gut vorstellen, wie oft Lia abgeblitzt war. Ich nahm ihre Hand und drückte sie.

»Oh ...« Mums Gesicht lief rot an. »Oje. Das war mir gar nicht klar. Aber jetzt werde ich mir Zeit nehmen! Sag mir nur rechtzeitig vorher Bescheid, Liebling, du weißt doch, ich habe immer so viel um die Ohren ...« Ihre Stimme verebbte. Lias Gesichtsausdruck war resigniert.

»Natürlich. Vergiss es einfach, Mum!« Sie erhob sich von meinem Bett und verließ das Zimmer.

Mum stöhnte.

Ich hielt meine Zunge im Zaum: Partei zu ergreifen war das Letzte, was ich tun wollte.

Als wir alle wieder unten angekommen waren, war der Tisch schon abgeräumt und Ed hatte Arlo sein Nachmittagsfläschchen gegeben.

»Gut gemacht, Superdad«, sagte Lia und gab ihrem Mann einen Kuss.

»*Du* bist super«, sagte er und küsste sie seinerseits.

Ich begegnete Lias Blick und formte lautlos mit den Lippen: *Siehst du?* Ed fand ganz offensichtlich nicht, dass sie eine Versagerin war. Das musste ihr doch mehr bedeuten als das, was ein paar Schundzeitschriften druckten!

»Was war denn nun?«, fragte Dad, der an der Spüle stand. »Verratet ihr uns das große Geheimnis?«

Lia schüttelte nur den Kopf und senkte den Blick. Mum war plötzlich sehr damit beschäftigt, ihre Handtasche zu durchsuchen. Ed schaute Lia an und dann mich.

»Wir haben keine Geheimnisse«, sagte ich und lächelte Ed ungezwungen an. »Es ging bloß um Mädchenkram.«

Nonna ließ sich aufs Sofa plumpsen. »Iste nixe falsch mit habbe Geheimenisse. Brauchte keiner su wissen alles uber jeden.«

»Das ist wahr«, sagte ich und streckte die Hand nach dem letzten Schokoladentrüffel aus. Ich liebte meine Familie von Herzen, aber es gab ein paar Dinge in meinem Leben, über die ich nie am gemeinsamen Mittagstisch sprechen würde. »Solange wir füreinander da sind.«

Mum räusperte sich. »Es gibt da eine Sache…« Ihre Stimme klang zögerlicher, als wir es gewohnt waren, und wir sahen sie alle an.

»Ich habe eine Entscheidung getroffen. Ich werde ein paar meiner Ämter niederlegen – für ein paar Monate. Solange Lia mich braucht.« Sie ging zu Lia und nahm ihre Hand. »Als Großmutter wäre ich gern mehr involviert.«

Lia schluckte. »Das wäre wunderbar, Mum! Wenn du dir sicher bist?«

»Das bin ich! Jeden Tag für ein paar Stunden oder auch mal für einen ganzen Tag – ich nehme Arlo, wann du möchtest.« Sie lächelte ihren Enkel an. »Wir werden uns amüsieren, nicht wahr, Schätzchen? Nur du und ich – oh, geht es ihm gut?«

Arlo sah plötzlich hoch konzentriert aus, sein kleines Gesicht war dunkelrot angelaufen.

Ed lachte. »Ich glaube, die Gaudi hat schon begonnen, Luisa.«

Er hob Arlo auf, schnupperte an dessen Kehrseite und reichte ihn dann an Mum weiter. »Jo. Willst du gleich damit anfangen, mehr involviert zu sein?«

»Kein Problem«, sagte Mum gefasst. Allerdings hielt sie Arlo ein Stück von sich weg. »Es sei denn … Alec?«

»Mum!«, riefen Lia und ich im Chor.

»Schon gut, schon gut!«, sagte sie und hängte sich den Träger der Wickeltasche über die Schulter. »Bin schon dabei.«

Ein paar Tage später kam Dad ins *Lemon Tree Café*. Ich stand gebeugt hinter dem Tresen und war damit beschäftigt, einen gewaltigen Block Käse für die gegrillten Sandwiches zu raspeln. Dads Ankunft überraschte mich so sehr, dass ich mir die Fingerspitze an der Reibefläche schnitt.

»Hallo, Dad! Arbeitest du heute nicht? Au!«, sagte ich, ließ den Käse in Ruhe und nahm meine Fingerspitze in den Mund. »Möchtest du etwas bestellen?«, fragte ich ein bisschen undeutlich.

»Am liebsten hätte ich eine Verabredung mit deiner Mutter«, sagte er und setzte sich auf einen der hohen Hocker am Tresen. »Wenn du das nicht dahast, nehme ich eine Bouillon.«

»Morgen, Sonnenschein«, sagte Juliet in ihrem rauen

schottischen Dialekt zu Dad. Während sie die Schüssel mit dem geriebenen Käse inspizierte, reichte sie mir ein blaues Pflaster aus dem Erste-Hilfe-Kasten. »Hier. Die Vegetarier drehen durch, wenn du in den Käse blutest.«

Juliet war eine drahtige Glasgowerin in den Vierzigern mit stacheligem Haar und einer ebensolchen Persönlichkeit. Es war gut, dass sie die beste Kuchenbäckerin diesseits der Apenninen war – ihr Können versöhnte die meisten Leute mit ihrer ruppigen Art. Jetzt musterte sie Dad, während sie ihm eine Tasse Brühe zubereitete. »Himmelherrgott, Mann, du siehst aus, als hätte jemand dir deinen Lutscher geklaut. Reiß dich zusammen! Du verjagst uns die Gäste.«

Ich musste grinsen. Niemand drückte sich so aus wie Juliet.

Ich löffelte den geriebenen Käse in eine Frischhaltedose und stellte sie in die Kühltheke zwischen die Gurkenscheiben und die Kopfsalatstreifen. »Du siehst wirklich ein bisschen niedergeschlagen aus«, sagte ich.

»Mir geht's gut«, sagte Dad mit einem gezwungenen Lachen. »Es ist bloß so, dass ich ein paar Stunden Leerlauf nach einer Veranstaltung habe. Da dachte ich, ich überrasche Luisa und führe sie zum Mittagessen aus. Aber sie hat gesagt, dass Arlo und sie um zwei zum Babytrommeln gehen.«

Wie sie es versprochen hatte, war Mum sofort von ein paar ihrer ehrenamtlichen Verpflichtungen zurückgetreten und hatte sich darauf eingerichtet, Arlo wochentags für vier Stunden zu sich zu holen.

Gestern Abend am Telefon hatte Lia zu mir gesagt: »Sie kennt nur Extreme: alles oder nichts, ganz oder gar nicht.

Ich wollte doch eigentlich bloß, dass hin und wieder jemand spontan auf Arlo aufpasst. Stattdessen hat Mum Tagestouren zum Fluss organisiert, Schwimmunterricht, Kinderturnen ... Jetzt hat der arme kleine Kerl einen Terminkalender, der voller ist als der des Premierministers.«

»Babytrommeln?«, fragte Juliet und verdrehte die Augen. »Als ich 'n kleines Ding war, hatte ich 'nen Kochtopf und dazu 'nen Holzlöffel.«

Nonna kam mit zwei Schüsselchen Babynahrung aus der Küche: Eine Mutter saß mit ihren Zwillingen in der Spielecke und versuchte, beide gleichzeitig zu beschäftigen, bis das Essen kam.

»Iste gern in Bewegunge, Luisa, ganze Zeit. *Lavora, lavora, lavora.* Immer arbeite, arbeite, arbeite. Wie ich!«

»Sie findet Zeit für alles, was sie gern macht«, sagte Dad. »Ich dagegen bin entweder in der Uni oder sitze in unserem leeren Haus und warte auf sie.«

»Damit solltest du aufhören, Dad. Mach es lieber wie sie. Was tust du gern? Hast du keine heimliche Passion, der du nachgehen könntest?«

»Hm.« Dad rieb sich nachdenklich das Kinn. »Das ist gar keine schlechte Idee.«

»Wenn ihr mich fragt: Babys brauchen bloß 'n bisschen Aufmerksamkeit. Genau wie Hunde«, sagte Juliet, die Tiere liebte und keine eigenen Kinder hatte. »Dieser ganze Frühbildungsmist, das is alles bloß Zeitverschwendung.«

»Da«, sagte Nonna und drückte ihr die beiden Schüsselchen in die Hände. »Fur die Zwillinge. Kannste du helfe die Mutter – gibste du ihnen eine bisschen von deine Aufmerksamkeit!«

»Zwillinge.« Dad beobachtete die Kinder, während er

seine Brühe schlürfte. »Da hat man wirklich alle Hände voll zu tun.«

»Iste doppelte Sege von Gott, Zwillinge!«, sagte Nonna nachdrücklich. »Doppelte Freude. Warum, glaubste du, habbe wir swei Arme, *eh?*«

»*Aye,* jetzt haltet mal alle die Luft an«, knurrte Juliet und stapfte davon, um ihre Hilfe anzubieten. Allerdings kam sie gleich wieder zurück, weil sie, so sagte sie, nicht gebraucht würde. Ich hatte eher den Verdacht, dass sie die Schüsselchen wortlos abgestellt und sich eiligst davongemacht hatte.

»*Eh,* Rosanna?« Nonna nickte zu einem Tisch hinüber, der gerade erst leer geworden war. »Habbe diese Mann bezahlte seine Essen?«

»Ähm …« Ich wechselte einen schuldbewussten Blick mit Juliet. Der Mann, der an dem fraglichen Tisch gesessen hatte, hatte ein T-Shirt mit einem *Klempner-Peter-Pipes*-Aufdruck getragen. Ich hatte ihm Frühstück aufs Haus angeboten, wenn er dafür den tropfenden Wasserhahn in der Damentoilette reparierte. »Ja, er hat bezahlt. Das stimmt doch, Juliet, oder?«

»Aber ja doch«, sagte Juliet. »Er hat alles repariert … Unsinn, spendiert! Das wollt ich sagen: Der hat uns sogar 'n Trinkgeld spendiert!«

Sobald Nonna uns den Rücken kehrte, hielt sie mir ihre Hand hin, damit ich einschlagen konnte. »Es sieht hier jetzt schon so viel besser aus, Mäuschen. Als Nächstes versuchen wir mal, das braune Zeug hinten ausm Kühlschrank rauszukriegen, wenn sie nicht aufpasst.«

»Erinnert mich daran, hier keinen Hummus zu bestellen«, sagte Dad trocken.

»Ah, bleibst du zum Mittagessen?«, fragte ich ihn. »Ich kann die Quiche empfehlen.«

Er kletterte von seinem Hocker herunter und küsste mich auf die Wange. »Ich habe keine Zeit mehr. Ich werde deinen Rat befolgen.«

Er sah viel fröhlicher aus, und ich lächelte ihn erleichtert an. »Was hast du denn vor?«

»Ich werde jemanden suchen, der mir hilft, meine bloß noch glimmende Leidenschaft neu zu entfachen.« Er legte einen Zeigefinger an die Lippen. »Aber nicht weitersagen, in Ordnung?«

Obwohl mich ein mulmiges Gefühl beschlich, nickte ich.

Dad ging, und während sie ihm nachsah, fasste Juliet, die Arme vor der Brust verschränkt, meine Sorge in Worte: »O weh, Kleine, worauf hast du ihn da bloß gebracht?«

# Kapitel 4

Eine Woche später streckten auf dem Dorfanger die ersten Krokusse ihre Köpfe aus der Erde. Gelb, violett und weiß leuchteten sie im Gras; sie sahen aus wie winzige Ostereier. Der Frühling kam und brachte uns milderes Wetter und kürzere Nächte. Mein Kirschbaum würde bald in voller Blüte stehen – und, Mums Vorhersage zum Trotz, erblühte hier im Café, inmitten von klingelndem Besteck und dem Zischen und Gurgeln der Kaffeemaschine, die Romanze zwischen Nonna und Stanley.

Heute wirkte Stanley wie aus dem Ei gepellt: Sein Haar war frisch geschnitten, sein Bart gestutzt, und hinten aus seinem offenbar nagelneuen Pullover lugte noch das Preisschild hervor. Er hatte Tee für zwei bestellt und Nonna eingeladen, sich zu ihm zu setzen. Kurz bevor er gekommen war, hatte sie noch im Wintergarten ein Nickerchen gehalten (was sie natürlich leugnete). Juliet und ich hatten währenddessen rasch die schwere italienische Anrichte ausgeräumt, die Regalbretter und die Arbeitsfläche gewienert und dann das Geschirr mit den Zitronenmustern wieder aufgestellt. Nonna hatte nichts davon mitbekommen. Jetzt saß sie Stanley gegenüber und teilte sich ein Puddingtörtchen mit ihm. Ein Teller, zwei Gabeln – es war rührend.

Gegen halb zehn war die Frühstückszeit vorbei. Plötzlich hatten Juliet und ich kaum noch etwas zu tun, außer ein paar Tassen Tee und Kaffee auszuschenken. Nonna verschwand in der Küche, um die Spülmaschine zu beladen. Stanley beschäftigte sich währenddessen mit dem Kreuzworträtsel in seiner Zeitung und blickte jedes Mal hoffnungsvoll auf, wenn er Nonnas Stimme hörte.

Als Verity anrief, nahm ich mir guten Gewissens einen Kaffee und machte es mir im Wintergarten auf einem der Stühle gemütlich. Man hatte hier keinen besonderen Ausblick, die Fenster gingen auf den kleinen Hinterhof hinaus, aber die Sonne wärmte die Terrakottafliesen auf dem Boden und die Zitronenbäume verliehen dem Wintergarten eine beinah paradiesische mediterrane Atmosphäre.

»Ich wollte nur mal hören, ob du das Café schon abgebrannt hast«, scherzte Verity.

»Du wirst staunen«, sagte ich, »aber ich fühle mich hier wie ein Fisch im Wasser.«

Sie lachte. »Kein Wunder. Ich arbeite so gern in dieser Branche! Wir machen die Leute ein bisschen glücklicher. Deine Gäste kommen ins Café, um sich nach einem harten Tag zu belohnen, um etwas zu feiern ... Stell dir einen alten Menschen vor, der allein lebt. Du bist vielleicht die Erste, mit der er an dem Tag spricht! Wir können so viel Gutes bewirken, Tag für Tag. Deshalb ist unser Job so schön!«

Verity war Vertriebsleiterin in einem Finanzdienstleistungsunternehmen gewesen, bevor sie nach Plumberry in der Grafschaft Yorkshire gezogen war, um bei der Eröffnung der Kochschule zu helfen. Es war eine Wende zum Guten für sie gewesen.

»Du hast recht«, sagte ich. »Und ich merke jetzt erst, wie wenig Zeit ich durch die Pendelei für meine Familie hatte.«

»Das hört sich ja ganz so an, als würdest du überlegen, länger zu bleiben«, sagte sie fröhlich.

Ich sah mich um und nahm alles in mich auf: die verblassende Farbe an den Wänden, die zerfledderten Speisekarten, die eingesunkenen Kissen.

Mein Herz schlug mit einem Mal schneller.

Es ließ sich nicht leugnen, dass immer mehr Städter aufs Land zogen, es wurden ständig neue Häuser im Umkreis von Barnaby gebaut. Und darin lebten potenzielle Gäste auf der Suche nach einem niedlichen Café, in dem sie Avocadocreme auf Toast, Bircher-Müsli oder warme Salate bestellen konnten. Würde das Café mir gehören, würde ich …

Ich schüttelte mich wie ein nasser Hund. Was für ein lächerlicher Gedanke!

»Neeeeee«, versuchte ich, nicht nur Verity, sondern auch mich selbst zu überzeugen. »Ich bin daran gewöhnt, unter Druck Ideen zu verkaufen. Ich kann vage, kaum zu Ende gedachte Wünsche interpretieren und dann mit einer kreativen Lösung aufwarten, die so fantastisch ist, dass sie die Kunden sprachlos macht!«

»Das sind doch Stärken, die du auch für das Café brauchen kannst!«

Ich zupfte ein wachsartiges Blatt vom Ast eines Zitronenbaums und faltete es zwischen meinen Fingern. »Da gibt es noch ein kleines Problem«, gestand ich, »und das heißt Nonna. Was soll aus ihr werden? *Dafür* bräuchte ich eine kreative Lösung! Sie glaubt, dass sie jeden Tag voll arbeitet, aber sobald sie sich hinsetzt, schläft sie ein. Und wenn sie Gäste bedient, geht sie manchmal einfach weg, weil sie vergessen hat, was sie gerade machen wollte! Sie nimmt sich nie einen Tag frei. Sie ist ein echter Workaholic.«

»Hm. Das erinnert mich an eine gute Freundin.«

Damit brachte sie mich zum Lächeln. Sie hatte recht: Ich machte es genauso. Bei *Digital Horizons* hatte ich dauernd Erinnerungen per E-Mail bekommen, dass ich meinen bezahlten Urlaub noch nicht genommen hatte.

»Aber sie ist fünfundsiebzig! Ich nehme mal an, dass sogar ich bereit sein werde, die Beine hochzulegen, wenn ich mal so alt bin.«

»Sehr gut. Du legst die Beine hoch und blickst darauf zurück, wie du dich wahnsinnig verliebt und lauter wunderschöne, dunkelhaarige Babys bekommen hast!«

»Ach, komm, Verity. Das ist nun wirklich unwahrscheinlich.«

»Unsinn! Wenn du erst mal den richtigen Mann gefunden hast, so wie ich …« Für einen Moment war es still am anderen Ende. »Sorry, das hat sich sogar in meinen Ohren selbstgefällig angehört. Erzähl mir mehr von Nonna!«

Ich unterdrückte ein Seufzen. Natürlich freute ich mich darüber, dass Verity mit Tom so glücklich war, aber Liebe stand bei mir einfach nicht auf der Tagesordnung. Außerdem mochte ich es gar nicht, wenn jemand mir erzählen wollte, dass alle meine Sorgen ein Ende hätten, wenn ich endlich meiner »großen Liebe« begegnen würde. Und Verity wusste das genau.

Ich versuchte, den Faden wieder aufzunehmen. »Es ist einfach Juliet und Doreen gegenüber nicht fair. Im Augenblick veranstalten wir immer dann, wenn Nonna nicht hinguckt, einen großen Frühjahrsputz. Aber in ein paar Wochen bin ich weg, und was dann?«

Michael hatte mich gestern Abend angerufen. In Manchester suchte die Agentur *HitSquad* jemanden mit meinen Qualifikationen. Die Stelle war perfekt für mich. Der Arbeitsweg war ein wenig länger, aber daran würde ich mich gewöhnen. Ich hielt mir selbst die Daumen, dass ich es in die engere Auswahl schaffen würde. Es würde schon seltsam sein, wieder meine eleganten Business-Outfits zu tragen und jeden Morgen mit den anderen Pendlern in einen Bus oder Zug zu steigen. Ich hatte mich ziemlich schnell an den kurzen Fußweg über den tauglitzernden Dorfanger gewöhnt.

»Hast du einen neuen Job? Wie aufregend!«

»Noch nicht, aber es kann sein, dass ich bald ein Vorstellungsgespräch habe. Ich muss auch wirklich wieder Geld verdienen. Letztes Jahr hab ich fast meine ganzen Ersparnisse aufgebraucht, als ich das Cottage gekauft habe.«

»Hm.« Verity schien nicht überzeugt zu sein. »Überleg dir, ob du dem Café nicht doch eine Chance gibst. So wie ich dich kenne, hättest du innerhalb eines Jahres schon eine ganze Kette!«

»Möglich wär's«, sagte ich. Aber just in dem Moment wurde ich von Stimmengewirr, das durch die angelehnte Tür hereindrang, abgelenkt. »Hör mal, gerade kommt eine Gruppe an. Die Schule hier im Ort veranstaltet eine kleine Feier für die Lehrerinnen und das Personal. Ich muss Schluss machen – die wollen alle Backkartoffeln, und Juliet hat schon eine Schlange an der Kasse stehen.«

»Was feiern sie denn?«, fragte Verity.

»Ihre Erstklassigkeit. Unsere kleine Dorfschule hat eine Schulinspektion mit Bravour bestanden.«

»Wirklich? Eine Grundschule?«

»Ja. Ich war als Kind auch da.«

»Da hat dein Dorf aber Glück. Ich mache mir schreckliche Sorgen wegen der Schule, auf die Noah nach Ostern gehen soll. Sie hat einen furchtbaren Ruf. Gabe sagt, sie hat bei der letzten Inspektion so schlecht abgeschnitten, dass sie jetzt regelmäßig kontrolliert wird.«

Ich kannte Gabe Green kaum – ich konnte an den Fingern einer Hand abzählen, wie oft ich ihn getroffen hatte –, aber Verity und er standen sich nah. Nach Mimis frühem Tod hatten sie Kontakt gehalten. Gabe war beinahe an seiner Trauer zugrunde gegangen: Er hatte seinen Job in einer bedeutenden Anwaltskanzlei hingeschmissen, war mit seinem Sohn auf ein Hausboot gezogen und restaurierte jetzt Möbel. Außerdem saß er mit im Vorstand der Kochschule, die Verity leitete. Verity war Noahs Patentante, und sie liebte den Jungen, als wäre er ihr eigenes Kind.

»Nun, ich bin einfach nur froh für meinen Neffen, dass unsere Schule so fabelhaft ist«, sagte ich.

»Für deine eigenen Kinder ist es auch gut!«, warf Verity ein.

Ich schwieg.

»Sorry, sorry, sorry«, sagte sie rasch. »Ich lege jetzt besser auf.«

Juliet und ich dirigierten das triumphierende Kollegium in den Wintergarten. Es gab nur einen einzigen Mann in der Gruppe, Mr. Beecher, der schon zu meiner Zeit Schulwart gewesen war. Damals hatten sich alle Kinder ein bisschen vor ihm gefürchtet: Er hatte rote Haare gehabt, buschige, zusammengewachsene Augenbrauen und ein ewig finsteres Gesicht. Inzwischen war er ergraut, und die Haare, die ihm aus den Ohren wuchsen, waren beinahe so verwildert wie seine Augenbrauen.

»Eine Backkartoffel mit Thunfisch?«, rief ich über die vielen sich vermischenden Gespräche hinweg, die sich um den Schaukasten in der Schule drehten, um Konferenzen und Elternbefragungen.

Mr. Beecher hob die Hand. »Die ist für mich«, sagte er. Dann verengten sich seine Augen. »Ich erinnere mich an Sie.«

»Und ich mich an Sie«, sagte ich und stellte den Teller mit der Backkartoffel vor ihn hin. »Mayonnaise steht auf dem Tisch. Lassen Sie es sich schmecken!«

Kein Wunder, dass er sich an mich erinnerte: Wahrscheinlich gab es nicht besonders viele Siebenjährige, die eine Ein-Personen-Demo auf dem Schuldach abhielten, um zu erreichen, dass der Eiswagen auf den Schulhof fahren durfte. Mr. Beecher war sehr wütend darüber gewesen, dass er mich vom Dach holen musste. Mum, ebenfalls wütend, hatte mich gleich auf mein Zimmer geschickt. Aber Nonna hatte mir heimlich ein kleines Eis gebracht und gesagt, ich solle immer so mutig bleiben, wie ich war, und wenn ich glaubte, dass etwas falsch war, sollte ich meine Meinung kundtun.

Meistens war mir das gelungen.

»Danke.« Mr. Beecher hatte leicht herabhängende Augenlider. Er spähte darunter hervor und ließ seinen Blick durchs Café wandern. »Sie sind also wieder da. Haben am Ende doch keine neuen Höhen erklommen, was? Ha, ha.«

»Jeden Tag haben wir Gelegenheit, das Leben unserer Gäste zu bereichern«, machte ich mir Veritys Worte zu eigen. »Im Kleinen zwar. Aber das ist deswegen keine kleine Sache, würde ich sagen.«

»Da haben Sie recht! Bitte entschuldigen Sie«, sagte er kleinlaut. »Ich wollte nur einen Scherz machen, Sie wissen schon, wegen der Sache auf dem Dach.«

»Das habe ich schon verstanden.« Ich lächelte ihn an. »Ich hatte hinterher immer ein bisschen Angst vor Ihnen.«

Da lachte er und sah plötzlich durch und durch freundlich aus. »Ich hatte auch ein bisschen Angst vor Ihnen, Mädchen. Sagen Sie, haben Sie zufällig ein bisschen Worcestersauce? Ich finde diese schicke, neue Mayonnaise ziemlich scheußlich.«

»Natürlich.«

Mayonnaise war also etwas Neumodisches? Vielleicht war Bircher-Müsli doch nicht die beste Idee …


Eine halbe Stunde später war die Schulgruppe damit beschäftigt, einem Kuchen den Garaus zu machen, den die Köchinnen aus der Schulkantine als Überraschung gebacken hatten. Und Stanley war *immer noch* da. Mittlerweile hatte er zwei Tassen Kaffee auf seiner Rechnung, zwei Kannen Tee, das Puddingtörtchen, eine Suppe mit fluffigem Weißbrot, ein Stück Apfelkuchen mit Eis sowie ein Blätterteigteilchen.

»*Eh*, Rosanna?«, rief Nonna von ihrem Platz ihm gegenüber. »Bringste du Stanley mehr Milch, *prego!*«

Als wir die Teller und Tassen der Lehrerinnen abräumten, fragte ich Juliet: »Glaubst du, mit Stanley ist alles in Ordnung?«

»Wollte dich gerade dasselbe fragen, Mäuschen«, sagte Juliet. »Er kommt mir 'n bisschen nervös vor.«

Sie balancierte einen Tellerstapel auf dem Arm mit dem Distel-Tattoo; auf den Fingerknöcheln der Hand, mit der sie fünf Tassen aufsammelte, stand »Dean«. Ich stellte leere Flaschen auf ein Tablett und folgte ihr Richtung Küche.

»Und er ist schon so lange hier«, sagte ich. »Länger als gewöhnlich.« Dabei warf ich einen Blick zu Stanleys Tisch hinüber. Nonna redete auf ihn ein. Auf seinem Platzdeckchen lag ein Haufen aus Papierserviettenfetzen.

»Wo bleibte der Milch?« Nonna schnalzte ärgerlich mit der Zunge. »Melkste du Kuh mit die eigene Hände?«

»Bin schon auf dem Weg!«, rief ich ihr zu.

Im Kollegium wurden Stimmen laut, dass man wieder in der Schule sein wollte, wenn die Essensglocke läutete. Stühle wurden gerückt, Taschen aufgehoben, es wurde gestöhnt und gelacht darüber, dass man zu viel gegessen habe.

Ich füllte ein Milchkännchen und brachte es zu Stanleys Tisch.

»Ist alles in Ordnung?«, fragte ich. »Möchten Sie noch etwas bestellen?«

»Ich behellige Sie nicht mehr lange«, sagte Stanley und mengte dem Bodensatz in seiner Tasse einen Tropfen Milch bei. »Ich will nur schnell ... Ähm ...«

»Nur die Ruhe!« Nonna wedelte abwehrend mit einer Hand. »Biste du willkommen in die Café.«

Stanley lief rot an. »Oh, vielen Dank. Wenn das so ist ...« Er zögerte und griff dann in die Tasche seines Jacketts.

Aber er hatte keine Gelegenheit, etwas daraus hervorzuziehen, denn Tyson kam in dem Moment hereingestürzt. Er drängte sich an den Lehrerinnen vorbei und preschte auf den Tresen zu. Seine Augen waren weit aufgerissen, er keuchte heftig. Die Lehrerinnen schüttelten die Köpfe und taten halblaut ihre Missbilligung kund, bis eine feststellte, wie spät es schon war. Daraufhin brachen sie hastig auf.

»Ich brauche einen Brandy«, sagte Tyson atemlos. »Einen großen. Gegen den Schock.« Dann brach er in raue Schluchzer aus.

Nonna und ich waren in Windeseile bei ihm. Tyson war ein herzensguter junger Mann, zwar mit ewig schmutzigen Fingernägeln, dafür aber mit tadellosen Manieren.

»Was iste los mitte dir, meine Junge?«, rief Nonna.

Juliet goss ihm eine Tasse Tee ein. »Groß, mit viel Zucker«, sagte sie. »Gegen den *Schock!*«

Tyson betrachtete die Tasse enttäuscht und schniefte. Ich drückte ihm ein Taschentuch in die Hand.

»Clarence ist tot«, schluchzte er. Die Nase lief ihm so sehr, dass ich ihm noch ein Taschentuch gab. »Hat einen Sack Kiesel auf die Ladefläche vom Land Rover gehoben und ist einfach umgefallen.«

»*Signore mio!*« Nonna bekreuzigte sich. »Der arme Mann. Arme Clementine!«

Juliet und ich sagten wie aus einem Munde: »O nein!«, und ich fügte hinzu: »Das hört sich so an, als hätte er eine Herzattacke gehabt.«

»Es ging so schnell«, sagte Tyson. »So!« Er schnipste mit den Fingern, um zu zeigen, *wie* schnell. »Er ist einfach umgekippt, und der Kies ist auf ihn drauf gefallen.«

Clarence Fearnley gehörte die Gärtnerei am Rand des Dorfes. Nonna war gut befreundet mit seiner Frau Clementine.

»Was wird jetzt aus der Gärtnerei? Was wird aus *mir?*«

Tyson vergrub das Gesicht in seiner Armbeuge. »Ich hatte noch nie einen besseren Job!«

Juliet und ich wechselten einen mitleidigen Blick. Tyson war noch so jung, vermutlich war der Job in der Gärtnerei auch sein erster.

Ich legte einen Arm um Tysons breite Schultern. »Warte erst mal ab.«

»Iste gewese noch junge Mann. Nicht einmale siebsig.« Nonna nahm ihren Mantel vom Kleiderständer und warf ihn sich über. »Ich gehe su Clementine. Hatte keine Familie. Niemande.«

Das Glöckchen über der Tür bimmelte. Stella Derry, Mums Stellvertreterin im Frauenverein, kam hereingestolpert. Sie war verschwitzt und ganz außer Atem. Der oberste Knopf an ihrer Bluse war aufgesprungen.

»Ich habe leider schlimme Nachrichten«, stieß sie hervor. Während sie sich am Tresen festhielt, vornübergebeugt, als hätte sie gerade ihren ersten Marathon absolviert, sah sie sich hastig um. Als sie sicher war, dass die allgemeine Aufmerksamkeit auf ihr ruhte, holte sie tief Atem. »Clarence F...«

Juliet unterbrach sie: »Wissen wa.«

»Schon?« Stellas Doppelkinn zitterte vor Entrüstung.

»Sekunde, Nonna«, sagte ich. Ich nahm ein Stück herzhaften Blätterteigkuchen mit Brokkoli und Käse aus der Kühltheke und verstaute es in einer Frischhaltedose. »Für Clementine. Sie hat vielleicht keinen Appetit, aber ...«

Nonna trat zu mir und legte ihre Hand gegen meine Wange. Ich bedeckte sie mit meiner eigenen und dachte, wie glücklich ich mich schätzen konnte, dass sie noch so gesund und munter war.

»Biste du eine gute Kinde, Rosanna. Kommt ihr aus ohne mich? Ganze sicher?«

Wären die Umstände nicht so traurig gewesen, hätte die Frage Juliet und mich zum Kichern gebracht.

»Wir schaffen das schon«, sagte ich.

Sie wandte sich der Tür zu. Einer unserer Stammgäste, Barry, sprang auf und wischte sich den Mund ab. »Warten Sie!«, sagte er und holte seinen Autoschlüssel aus der Tasche. »Ich fahre Sie schnell hin.«

Als sie aus der Tür waren, tätschelte ich Tysons Rücken. »Geht's dir besser?«

Er nickte. »Aber ich glaube, ich brauche noch mehr Zucker im Tee. Und vielleicht einen Brownie?«

»Wir nehmen zwei«, sagte Stella. »Ich bezahle. Setz dich zu mir, Tyson, und erzähl mir alles. Es wird dir guttun, darüber zu reden!«

Ich überließ es Juliet, die beiden mit Brownies zu versorgen, und ging zurück zu Stanley, um seinen leeren Teller abzuräumen. Er sah furchtbar unglücklich aus.

»Der arme Clarence tut mir leid«, sagte er seufzend, »aber die Nachricht hätte zu keinem schlechteren Zeitpunkt kommen können.«

»Oh?«

Stanley legte zwei Kinokarten vor sich auf den Tisch. »Ich habe den ganzen Morgen über versucht, all meinen Mut zusammenzunehmen, um Maria einzuladen.« Er sank in sich zusammen. »Und jetzt habe ich die Chance verpasst.«

Ich hätte ihn am liebsten umarmt. Kein Wunder, dass er so lange hier gesessen hatte!

»Nonna mag Sie sehr«, sagte ich und lächelte ermutigend. »Vielleicht hat es heute nicht sein sollen. Aber Sie sollten die Hoffnung nicht aufgeben!«

Seine Miene hellte sich auf. »Denken Sie wirklich?«

»Ja! Es ist nie zu spät, etwas Neues zu wagen. Jemanden wissen zu lassen, dass er oder sie einem viel bedeutet.«

Das sagte ich im Brustton der Überzeugung, obwohl ich keine Ahnung hatte, ob ich damit richtiglag. Aber Stanley brauchte die Ermutigung, und mir gefiel der Gedanke. Denn falls ich recht hatte, gab es auch für mich noch Hoffnung …

# Kapitel 5

Ende März gewann der Frühling endgültig die Oberhand über den Winter. Die Bäume standen in voller Blüte, und die Männer des Gemeinderates hatten dem Dorfanger den ersten Haarschnitt des Jahres verpasst. Fesch sah er aus! Bloß da, wo die wilden Schlüsselblumen wuchsen, hatten die Männer ein paar Grasbüschel stehen lassen, sodass diese zottelig aus dem raspelkurz gesensten Gras ragten.

Juliet hatte für das kommende Osterwochenende zarte Zitronen-Cupcakes gebacken, deren blassgelbe Cremehäubchen mit kristallisierten Blüten bestreut waren. Und für unsere Gäste, die im Herzen Kinder geblieben waren, gab es eine mit kleinen Schokoladeneiern gefüllte Ostertorte.

Aber heute feierten wir etwas anderes: das Leben von Clarence Fearnley. Im Café ging es so geschäftig zu wie in einem Bienenstock.

»Wenn das Leben dir Zitronen gibt, mach Kuchen draus«, sagte Juliet und zog mit dramatischer Geste den Deckel von einer großen Frischhaltedose. Darin befand sich ein Blechkuchen mit Zitronenguss, groß genug, um damit die Speisung der Fünftausend zu bestreiten. Oder wenigstens die der fünfzig Trauergäste.

»Ah ja«, Doreen, die Blätterteigteilchen auf einem gro-ßen Teller gestapelt hatte, stülpte die Glashaube darüber und richtete sich auf, »das sollten wir als Leitspruch über den Tresen hängen!«

Nonna beugte sich über den Kuchen und schnupperte. »Iste das meine liebste Geruch auf der ganze Welt. Erinnerte mich an meine Suhause und an die Gärten mit Sitronebäume nahe bei die Haus. Und *il lemoncello!* Mache wir den jede Jahr in große Eimer. *Delizioso.*«

Limoncello war Nonnas liebster Likör. Sie behauptete, dass ein Glas davon vorm Zubettgehen das Geheimnis ihres langen und gesunden Lebens war. *Vielleicht hat sie damit sogar recht,* dachte ich, während ich meine Großmutter dabei beobachtete, wie sie eine volle Gießkanne aufhob und in den Wintergarten trug. Sie war stark wie ein Ochse, kaum je krank und geistig noch sehr rege.

Als sie in die Gaststube zurückgewieselt kam, unterbrach ich meine Arbeit (ich war dabei, Gurken in hauchdünne Scheiben zu schneiden) und bat: »Erzähl uns ein bisschen von Neapel, Nonna. Von den Zitronengärten!«

»Lange her«, sagte sie knapp. »Habbe vergesse.« Dann presste sie die Lippen fest zusammen.

»Da, wo du groß geworden bist, gab es viele Zitronenbäume?«, fragte ich in dem Versuch, sie aus der Reserve zu locken.

Nonna spähte zu mir herüber, dann wandte sie sich dem Fenster zu. »*Mamma mia!* Iste Clementine schon da, unde das Essen iste nichte fertig!«, rief sie aus. Meine Frage beantwortete sie nicht.

Clementine Fearnley parkte ihren Van vor dem Café, stieg aus und ging um das Auto herum zum Kofferraum.

Nonna knurrte: »Reichte jetzte mitte der Gerede. Haste du Sandwiches su machen!«

»Ich bin fast fertig.« Ich runzelte die Stirn und schnitt meine Gurke etwas schneller. Es war immer dasselbe: Sobald ich etwas über ihr Leben in Italien wissen wollte, wechselte sie das Thema. Wohl zum hundertsten Mal fragte ich mich, wieso. In einem Atemzug sagte sie, der Geruch von Zitronen versetze sie in ihre Heimat zurück, im nächsten behauptete sie, sich kaum erinnern zu können. Das passte doch nicht zusammen!

Juliet drückte den Deckel wieder auf die Frischhaltedose und stellte sie auf die anderen, die sie mitgebracht hatte. »Die Würstchen im Teigmantel kühlen ab, Maria«, sagte sie. »Die Scones sind noch im Ofen, aber die brauchen bloß noch ein paar Minuten.«

Clementine hatte das Trauermahl für Clarence' Beerdigung im *Lemon Tree Café* bestellt. Nonna, die gerne etwas für ihre Freundin tun wollte, hatte sofort zugesagt, aber zu dritt hätten wir die Sache nicht schaukeln können. Daher war Juliet, die das ganze Wochenende für die Trauerfeier gebacken hatte, an ihrem freien Tag ins Café gekommen, um mit mir zusammen hundert Sandwiches zu belegen und zweihundert Würstchen im Teigmantel zu backen, während Doreen sich ums Tagesgeschäft kümmerte.

Achtzig Sandwiches mit Ei und Kresse, mit Käse und Gürkchen, mit Schinken und Senf und mit Hühnchen, Mayonnaise und Curry stapelten sich unter Frischhaltefolie auf Platten im Kühlschrank; die Thunfisch-Gurken-Sandwiches waren in Arbeit.

Nonna beeilte sich, Clementine die Tür zu öffnen. Die Witwe trug einen Sack Kompost über der Schulter, als wöge er nichts. Sie war in einen abgetragenen schwarzen Mantel gekleidet, der ihr mehrere Nummern zu groß war. Unter dem Saum sahen dicke schwarze Strumpfhosen mit einer kleinen Laufmasche an der rechten Wade und klobige schwarze Halbschuhe hervor.

Ich kannte Clementine nicht besonders gut. Sie kam normalerweise nicht ins Café, weil sie viel zu viel in der Gärtnerei zu tun hatte. Die war vorübergehend geschlossen, und Tyson hatte heute Morgen bloß ein Ei auf Toast bestellt – um sein Geld zusammenzuhalten, hatte er gesagt, falls Clementine die Gärtnerei nicht weiterbetreiben würde.

»Denkste du, eine Frau kann nichte fuhren Geschäft ohne eine Mann?« Nonna hatte drohend ihr Geschirrtuch durch die Luft sausen lassen und war dann Richtung Küche davongestapft, leise auf Italienisch vor sich hin schimpfend. Tyson war kurz darauf gegangen. Er hatte sich nicht einmal getraut aufzuessen.

Nonna wollte ihre alte Freundin umarmen, aber der schwere Sack auf Clementines Schulter war im Weg. Also beschränkte sich Nonna darauf, Clementines Arm zu tätscheln.

»Guten Morgen allerseits«, sagte Clementine, darauf bedacht, niemanden direkt anzusehen.

Sie war gut zehn Jahre jünger als Nonna, aber heute sah sie alt und erschöpft aus. Was für ein seltsames Paar die beiden doch abgaben: Nonna, klein und rund, die langen weißen Haare zu einem Knoten aufgesteckt, und Clementine, groß und dünn und mit kurzem Haar, das sie vermutlich mit einer Gartenschere selbst schnitt.

»Mein herzliches Beileid«, sagte ich und lächelte Clementine traurig an. »Möchten Sie vielleicht eine Tasse Tee?«

Sie winkte ab. »Ach, sag doch ›du‹ zu mir, bitte. Ich kenne deine Großmutter doch schon so lange.«

»Möchtest du eine Tasse Tee?«

»Das wäre wunderbar«, sagte sie und seufzte. »Katzenminze, wenn ihr welche dahabt.«

Ich war nicht sicher, ob sie scherzte. »Ich glaube nicht ...«

»Oder Baldrian? Zitronenmelisse? Helmkraut?« Sie sah immer enttäuschter aus, je öfter ich den Kopf schüttelte. »Was *habt* ihr denn Beruhigendes da?«

»Ähm ...« Ich sah Doreen an. Sie kaute auf ihrer Unterlippe herum, als versuchte sie, ein Grinsen zu unterdrücken. »Wie wäre es mit Kamille?«

»Bleibt mir wohl nichts anderes übrig«, sagte Clementine und wandte sich Biddy zu, der Besitzerin des Haustierfachgeschäfts, die zum Kondolieren herangekommen war.

»Helmkraut!« Juliet schnaubte. »Die is eine von diesen Pflanzenheilkundlerinnen!« Juliet hatte immer eine spitze Bemerkung parat, wenn Gäste etwas anderes trinken wollten als eine einfache Tasse *Twinings*-Beuteltee. »Kocht ihre eigenen Pflanzensude. Ein paar Leute sagen, das is Hexenkra ...«

»Aber bloß Leute, die mit ihrer Zeit nichts Besseres anzufangen wissen!« Doreen funkelte sie an. Dann schnupperte sie. »Und deine Scones verbrennen gerade.«

Juliet marschierte in die Küche, das Gesicht so rot wie ihr Haar.

»Für deine Zitronenbäume, Maria.« Clementine wuchtete den Sack Kompost von ihrer Schulter und stellte ihn auf den Boden. »Bedeck die Erde in den Töpfen mit ein paar Zentimetern hiervon. Bald musst du auch mal mit Stickstoff düngen. Wo soll ich dir den Sack hinstellen?«

Nonna zeigte auf die Tür zum Wintergarten. Clementine zerrte den Sack hinter sich her, und Nonna folgte ihr und putzte Kompostsprenkel auf. Die beiden Frauen kamen ohne den Sack zum Tresen zurück.

»*Grazie!*« Nonna küsste ihre Freundin auf beide Wangen und klopfte kleine Brocken Erde von ihrem Mantel. Ihre offen gezeigte Zuneigung schien der jüngeren Frau unangenehm zu sein. »Iste alles okeh?«

»Es will mir einfach nicht in den Kopf.« Clementine sah auf ihre Hände hinunter. Nach Jahren der Arbeit in der Gärtnerei hatte sich Erde unter ihren Fingernägeln und in den Furchen ihrer Hände festgesetzt. »Heute Morgen bin ich aus dem Bett gesprungen und auf dem Weg ins Bad habe ich über die Schulter gerufen: ›Halt dich ran, Clarrie, heute kannst du nicht faul rumliegen, wir gehen doch zu der Beerdigung!‹ Dann erst ist mir eingefallen, dass ich zu *seiner* Beerdigung gehe. Er ist nicht mehr da, Maria.«

»*Lo so, cara,* ich weiß«, sagte Nonna. »Erinnere ich an der Schmerz, als ob er iste in mir gewese gestern. Als risse dir jemand der Herz aus der Leib. Setze du dich eine Momente!«

»Ich kann nicht. Es gibt noch so viel zu tun!«

Nonna wedelte herrisch mit einer Hand, bis Clementine aufgab und sich an einen leeren Tisch setzte.

»Clarence war meine erste Liebe. Hab nie einen anderen ... *gekannt*, wenn du verstehst, was ich meine. Er war ein fauler Kerl, und wenn ich nicht aufgepasst hab, hat er auch noch was auf der Rennbahn verspielt. Aber er war *mein* fauler Kerl. Ich hab ihn geliebt.«

Nonna sah zum Tresen herüber und lehnte sich dann vor, um in Clementines Ohr sprechen zu können. Ich lauschte angestrengt, während ich nach dem Kamillentee suchte.

»Habbe ich geliebte auch nur eine einzige Mann. Aber verliere habbe ich ihn fruh.«

Ein warmes Gefühl breitete sich in meiner Brust aus. Ach, meine Nonna, sie war so zurückhaltend, wenn es um ihr Leben in Italien ging; es machte mich froh, dass sie glücklich gewesen war, wenigstens eine Zeit lang.

Clementine seufzte schwer. »Ich weiß nicht, wie du das machst, Maria – das Café ganz alleine führen. Du bist eine erstaunliche Frau.«

»Iste meine Leben.« Nonna holte zwei Haselnuss-Biscotti aus dem Glas auf dem Tresen, legte sie auf einen Teller und ging zurück zu Clementine. Sie ließ sich schwer auf einen Stuhl ihr gegenüber sinken. »Denke ich nichte so, dass es iste Arbeit. Obwohl schufte, schufte, schufte, immer auf die Beine.«

Doreen und ich sahen uns an und zogen beide die Augenbrauen hoch.

Clementine schlüpfte aus ihrem Mantel. Knochige Schultern und ein dürrer Hals kamen darunter zum Vorschein.

»Du bist ein Phänomen«, sagte sie. »Und du hast immer genug Gäste. In der Gärtnerei taucht manchmal stundenlang keine Menschenseele auf, ich habe mich immer gefragt, woher unsere Einnahmen kommen. Aber Clarence hat sich immer um das Finanzielle gekümmert … Oh, verdammter Mist.«

Zwei große Tränen fielen auf die Tischplatte. Clementine vergrub das Gesicht in den Händen. Nonna wischte die Tränen mit ihrem Tuch auf und beschmierte dabei den Tisch mit Kompost.

»Was soll ich jetzt bloß tun? Was, wenn ... «

Nonna tätschelte wieder ihre Schulter. »Das sinde Probleme fur eine andere Tage. Unde wenn du Hilfe brauchste mit die Geschäft, helfe wir alle. Alle Läden. Iste doch so, *eh, Nina?*«

Ihre letzte Frage galt Nina, der das Blumengeschäft nebenan gehörte. Sie war gerade hereingekommen, von Kopf bis Fuß in Wolle gehüllt, einen Thermosbecher in der Hand.

»Natürlich machen wir das, Clem!«, rief sie und wickelte sich aus ihrem langen Schal, der ihren Mund und ihre Nase verdeckt hatte.

Nonna hatte mir erzählt, dass Clementine es nicht leiden konnte, wenn Leute ihren Namen abkürzten. Jetzt runzelte sie die Stirn und versuchte scheinbar, vor Nina zu verbergen, dass sie geweint hatte. »Oh, gut.«

»Ich weiß zu schätzen, dass ihr nie Schnittblumen verkauft habt wie die meisten anderen Gärtnereien. Es ist schwer genug, im Geschäft zu bleiben, ohne Konkurrenz direkt vor der eigenen Haustür zu haben«, sagte Nina munter. Sie parkte ihr Hinterteil auf dem Stuhl neben dem von Clementine. »Natürlich verrate ich dir alles, was ich weiß. Obwohl«, sie lehnte sich zu Clementine hin und flüsterte hinter vorgehaltener Hand, »ich nie wirklich Gewinn gemacht habe. Egal! Kleinunternehmen, vereinigt euch! Hurra!« Kämpferisch streckte sie ihre Faust in die Luft.

»Danke«, sagte Clementine liebenswürdig. Gleichzeitig brachte sie ein bisschen Abstand zwischen Nina und sich. »Das ist sehr freundlich.«

Nina hatte überhaupt kein Distanzgefühl. Um sie abzulenken, rief ich ihr zu: »Was darf es sein?«

Sie sprang auf, kam zum Tresen herüber und stellte ihren Thermosbecher ab.

»Suppe, bitte!« Sie streifte ihre fingerlosen Handschuhe ab, legte ihre Hände auf den alten Heizkörper an der Wand und erzitterte theatralisch. »Ich liebe Blumen«, sagte sie und betrachtete ihre rauen roten Hände, »aber ich nehme es ihnen übel, dass sie verwelken, sobald die Zimmertemperatur über ein Grad Celsius steigt.«

»Du hast recht«, sagte Clementine. Jetzt, da Nina ihr nicht mehr so auf die Pelle rückte, brachte sie sogar ein schwaches Lächeln zustande. »Genau deswegen arbeite ich lieber mit Pflanzen, die kommen einfach besser mit Temperaturschwankungen zurecht. Und es ist wunderbar, an einem kalten Tag in ein Folienzelt schlüpfen zu können, um zwanzig Reihen Tomaten von Hand zu bestäuben!«

»Große Güte!« Ich kam mit ihrem Kamillentee hinter dem Tresen hervor und stellte die Tasse vor sie auf den Tisch. »Wie macht man das denn?«

»Man braucht eine Menge Feingefühl.« Clementine drückte ihren Teebeutel unsanft mit einem Löffel an der Innenwand ihrer Tasse aus. »Und Geduld.«

Stanley, ganz in Schwarz gekleidet, kam herein. Er hob eine Hand zum Gruß. »Guten Morgen, die Damen«, sagte er ehrerbietig.

»Guten Morgen, Stanley!«, sagten wir im Chor.

Auf dem Weg zu seinem angestammten Platz blieb er

kurz an Clementines Tisch stehen. »Mrs. Fearnley«, sagte er und nahm seinen Hut ab, »bitte gestatten Sie mir, Ihnen meine tief empfundene Anteilnahme auszusprechen. Es ist jetzt schon fünf Jahre her, dass meine Winnie gestorben ist, und doch fehlt sie mir immer noch schmerzlich. Darf ich den Damen ein *Werthers* anbieten?«

Nonna hatte etwas sehr Ähnliches gesagt. Es gab mir einen Stich ins Herz, wie schwer sie alle drei an ihrem Verlust zu tragen hatten.

Stanley holte eine Bonbontüte aus seiner Manteltasche und hielt sie Nonna und Clementine hin. Die beiden Frauen bedienten sich.

»Vielen Dank, Mr. Pigeon.« Clementine putzte sich die Nase und räusperte sich, bevor sie sich ihr Sahnebonbon in den Mund steckte.

Stanley machte eine reizende kleine Verbeugung vor Nonna und murmelte, sie sähe bezaubernd aus. Sie gluckste und wedelte mit ihrer Hand, um ihn wegzuscheuchen. Er ging weiter zu seinem Tisch und wickelte ein Bonbon für sich selbst aus.

»Wie ich gerade sagte, man braucht sanfte Hände, ein Wattestäbchen und viel Ausdauer. Das sieht dann so aus.« Sie krümmte die Finger um einen unsichtbaren Stängel und bewegte die Hand auf und ab. »Bäumchen, schüttle dich, rüttle dich … Wenn es mir zu viel wird, nehme ich einen Vibrator zu Hilfe.«

»Würde ich dasse gerne sehe«, sagte Nonna, die Tomaten in ihrem kleinen Gewächshaus zog. »Manchmal ich mache es auch, aber iste alles kleine bei mir. Nehme ich Feder dafur. Kitzele.«

»Heiliger Bimbam«, murmelte Stanley, der sich beinahe

an seinem Bonbon verschluckt hatte. Er sank in seinen Sessel und lockerte seinen Kragen.

Ich goss Ninas Suppe in den Thermosbecher und presste mir dann eine Hand vor den Mund, um nicht in Gelächter auszubrechen. Nina tat es mir nach. Armer Stanley!

Als Nina wieder ruhig atmen konnte, sagte sie: »Ich habe gerade den Kranz für deinen Clarence gebunden, Clem. Die historischen Rosen waren eine gute Wahl, die sind zum *Sterben* schön!«

Nie hatte ich einen tödlicheren Blick gesehen, als den, den Clementine nun Nina zuwarf.

»Oh, Mist, sorry!« Nina sah mich entsetzt an. Dann imitierte sie mit zwei Fingern eine Pistole und setzte sie sich an die Schläfe.

»Ich sehe besser zu, dass ich wieder rüber komme«, sagte sie und hielt mir ein paar Geldscheine hin. »Muss noch ein paar kleinere Trauergebinde fertig machen. Gib mir bitte noch eine Dose Cola. Für den Fall, dass mir doch noch mal warm wird.«

Clementine zog ihren Ärmel hoch und sah auf ihre altmodische Herrenarmbanduhr. »Ich sollte auch aufbrechen. Vor der Beerdigung habe ich noch dreitausend Zucchinijungpflanzen zu gießen.«

»Brauchen Sie Hilfe, um alles zum Auto zu tragen?«, fragte Juliet. Während ich alles über das Bestäuben von Tomaten gelernt hatte, hatte sie das Essen für das Büfett verpackt. Zur Abwechslung war sie heute mal richtig höflich. Ich vermutete, dass Doreen dahintersteckte.

»Bin sofort fertig.« Clementine trank ihre Tasse in einem Zug leer, stand auf und warf sich ihren riesigen Mantel um.

Draußen stotterte ein Motor, und als wir alle aus dem

Fenster schauten, konnten wir Lia dabei beobachten, wie sie versuchte, ihren Mini in die schmale Lücke hinter Clementines Van zu manövrieren. Sie winkte, als sie ausgestiegen war, und hielt ein paar Einkaufstüten eines hochnoblen Supermarktes in die Höhe. Nachdem sie die Tüten im Kofferraum verstaut hatte, kam sie herein.

»Warst du shoppen?«, fragte ich sie.

»Ja. Und zwar alleine! Mum hütet Arlo, und ich habe beschlossen, ein richtig schönes Abendessen zu kochen.«

»Da hat Ed aber Glück.«

Wir lächelten uns an. Ich vermutete, dass mir dasselbe ins Gesicht geschrieben stand wie ihr: *Es geschehen noch Zeichen und Wunder!*

Lia sagte: »Endlich können wir unser Valentinsessen nachholen! Ich wollte dieses extravagante Lammgericht machen, hatte den Kopf voller romantischer Ideen – aber dann ging es Arlo nicht gut. Als ich endlich dazu gekommen bin, mit den Vorbereitungen anzufangen, hab ich im Rezept gelesen, dass der Braten ganze vier Stunden im Ofen sein muss. Da war die Sache natürlich gegessen. Leider nur sprichwörtlich – tatsächlich hatten wir stattdessen Bohnen auf Toast.«

»Mir war gar nicht klar, dass du eine so leidenschaftliche Köchin bist!«, sagte ich überrascht. Ich zog sie hinter mir her zum Tresen. Nach der großen Sandwich-Schlacht musste ich dort dringend aufräumen.

»Im Augenblick bin ich wohl nur eine Art Kochshow-Groupie«, gab Lia zu. Dann lehnte sie sich über den Tresen zu mir hin. »Aber nachdem wir miteinander geredet haben, du weißt schon, über meine Figur, hab ich kapiert, dass das dauernde Hungern mich bloß unglücklich macht.

Wenn ich stattdessen richtig koche, esse ich gesünder und fühle mich viel besser.«

»Das freut mich, Schwesterherz!«

»Na, ich hab mir jedenfalls gedacht, statt nur Kochshows anzugucken, sollte ich lieber meinen Hintern in die Küche schwingen und selber loslegen.«

Ich grinste und hielt ihr einen feuchten Lappen hin. »Wenn du möchtest, kannst du gern deinen Hintern in *diese* Küche schwingen und loslegen.«

Sie verzog das Gesicht. »Ich dachte eher daran, auf dieser Seite des Tresens zu bleiben, eine angesagte Kaffeespezialität zu trinken und dabei ein bisschen mit dem Handy zu recherchieren – ich bin auf der Suche nach einer Couscous-Beilage für das Lamm.«

»Also schön«, sagte ich und machte mich daran, die Krümel selbst aufzuwischen.

»*Un momento,* Clementine …« Nonna zauberte eine reife Zitrone aus ihrer Schürzentasche und reichte sie ihrer Freundin. »Nimmste du das, unde machste du dir heiße Sitrone. Iste gut fur dich. Vitamine!«

»Oh, ich liebe Zitronen!«, sagte Lia. »Ich könnte sofort eine Scheibe essen.«

»Du weißt, was es bedeutet, wenn du Appetit auf Zitronen hast«, sagte Clementine zu ihr.

Juliet, die die ganze Zeit ritterlich eine große, schwere Kiste für Clementines Kofferraum in den Armen gehalten hatte, stellte die Kiste auf dem Tresen ab und sank darüber zusammen. »Jetzt geht das schon wieder los! Hokus, Pokus, Trullala …«

Doreen stieß ihr mit dem Ellbogen in die Rippen.

»Es heißt nicht, dass ich wieder schwanger bin, oder?«,

fragte Lia. Sie war blass geworden. »Mein Körper hat sich nämlich noch nicht von der letzten Geburt erholt. Ein Baby würde im Augenblick vermutlich einfach aus mir rauspurzeln.«

Ich verzog das Gesicht. »Vielen Dank für das Kopfkino. Also, was bedeutet es, wenn man Lust auf Zitronen hat, Clementine?«

Sie hielt die Frucht zwischen Daumen und Zeigefinger hoch. »Die Zitrone ist ein mächtiges Symbol in der Pflanzenheilkunde, in der Mythologie und in der Folklore«, sagte sie. »Manchmal heißt es, dass sie für das Bedürfnis steht, sich selbst zu reinigen.«

»Das trifft auf mich zu.« Doreen lachte anzüglich auf. »Gestern Abend hat Leonardo DiCaprio mich zu ausgesprochen unreinen Gedanken animiert.«

»Pff, keine Sorge«, sagte Nonna. »Iste das normale. Solche Gedanke ich habe andauernd.«

»Nonna!«, quietschte Lia und stopfte sich die Finger in die Ohren. Hinter Stanleys Zeitung drang ein ersticktes Geräusch hervor.

»Andere sagen«, fuhr Clementine ungerührt fort, »dass Zitronen Wandel ermöglichen. Jemand könnte sich mit ihrer Hilfe neu erfinden und sozusagen von der Vergangenheit reinwaschen.«

»Also würde man sich mit Zitronen umgeben, falls man einen Neustart wollte?«, fragte ich. Dabei sah ich mich in Nonnas Café um. Die Zitronenbäume, das ausgestellte Geschirr mit den Zitronen darauf, die Bilder von Zitronen an den Wänden …

Nonna verengte die Augen zu Schlitzen, dann wedelte sie abwehrend mit einer Hand durch die Luft.

»Hatte Juliet recht«, sagte sie und lachte barsch, »Hokusse, Pokusse. Jetzt alle widder an der Arbeit!«

Um Viertel vor zwei setzte das Totengeläut ein. Es war beinahe an der Zeit, Abschied von Clarence Fearnley zu nehmen. Nonna und Stanley trafen sich am Kleiderständer.

»Gehst du mit mir zusammen auf die Beerdigung, Maria?«, fragte Stanley, während er seinen Schal in den Mantelkragen steckte.

»Stanley Pigeon!« Nonna befestigte einen Hut mit einer schwarzen Feder daran über ihrem weißen Haarknoten. »Was schlägste du vor?«

Stanley warf der Feder in ihrem Hut einen zutiefst verunsicherten Blick zu. »Nichts!«, sagte er rasch. Er schüttelte den Kopf. »Ich dachte nur … Aber nein.«

Zu seiner offenkundigen Überraschung hakte sie sich bei ihm ein.

»Du gehst su der Beerdigung. Ich gehe su der Beerdigung. Also wir gehen su die Kirche zusammen. Aber denkste du nichte, das wir gehe *gemeinsam, no,* das nichte!«

»Roger.« Stanley blickte auf Nonnas Hand hinunter, die in seiner Armbeuge lag. Er sah vollkommen verdattert aus.

»Iste das keine *appuntamento* – keine Stelledichein«, sagte Nonna und drohte ihm mit dem Finger.

»Um H-Himmelswillen!«, stotterte Stanley. »Was für ein Gedanke …« Er hielt ihr die Tür auf. »Andererseits«, sagte er mit schwankender Stimme, »da wir gerade dabei sind …«

Die Tür fiel hinter ihnen zu, und wir konnten drinnen das Ende des Satzes nicht hören.

»O mein Gott!« Lia kicherte. »Er lädt sie zu einem Rendezvous ein!«

Wir grinsten uns an, während die beiden Arm in Arm auf die Kirche zu spazierten.

»Sind die zwei nicht süß?« Ich stützte mich mit den Ellbogen auf den Tresen.

»Hashtag ›Ziele fürs Altwerden‹«, sagte Lia mit einem Seufzen. »Wie dem auch sei, die Liebe *meines* Angebeteten geht durch den Magen, vergiss also den Kaffee: Ich habe ein Lamm zu marinieren.«

»Viel Erfolg dabei!« Ich küsste sie rasch auf die Wange. »Ich find es richtig toll, dass du was Neues ausprobierst.«

»Oh, danke!« Lias Wangen röteten sich. »Deine Meinung bedeutet mir viel.«

Ich brachte sie zur Tür und winkte ihr hinterher. Als ich mich wieder dem Tresen zuwandte, gefror mein Lächeln bei dem Anblick, der sich mir bot.

Juliet und Doreen waren dabei, sich aus der Kasse zu bedienen.

# Kapitel 6

Das Herz schlug mir bis zum Hals. Wie konnten die beiden Nonna bestehlen? Und wie lange ging das schon so? Nonna vertraute ihnen!

Bis gerade eben hatte ich das auch getan.

Noch hatten sie mich nicht bemerkt, sie waren zu sehr damit beschäftigt, Geld zu zählen und in ihren Handtaschen verschwinden zu lassen.

*Nonna ist kaum aus der Tür ...*

Ich wandte mich rasch ab und schaute aus dem Fenster über den Dorfanger.

Das würde Nonna das Herz brechen. Natürlich bestand die Möglichkeit, dass ich mich selbst um das Problem kümmerte: Wenn ich die beiden zur Rede stellte, wenn ich sie auf frischer Tat ertappte, sie zwang, das Geld zurückzulegen ... Wenn sie versprachen, so etwas nie wieder zu tun ... Vielleicht musste Nonna dann gar nicht davon erfahren.

Entschlossen fuhr ich herum, und mein Blick traf auf Doreens. Sie lief dunkelrot an und stieß Juliet mit dem Ellbogen an. Juliet schob eilig die Geldschublade der Kasse zu. Die beiden Frauen wechselten einen Blick. Ich machte einen Schritt auf sie zu. Mir war übel.

Doreen schluckte. »Rosie, lass mich erklären ...«

Ich hob eine Hand, um sie zum Schweigen zu bringen. »Ich hab gesehen, was ihr da gerade gemacht habt«, sagte ich, »aber glauben kann ich es nicht!«

»Huhu! Schau nur, wer da ist! Arlo, schau, es ist Tante Rosie!«

Mum hielt die Tür mit einer Hand auf und mühte sich mit Arlos Kinderwagen ab, der nicht über die Schwelle wollte. »Süße, hilf mir mal eben, ja?«

Ich bedachte Doreen und Juliet mit einem strengen Blick. »Wir sprechen später darüber! Ihr könnt derweilen Nonnas Abwesenheit dazu nutzen, die Geschirrschränke gründlich sauber zu machen.«

Juliet starrte mich finster an, aber Doreen zog sie mit sich.

»Wir hatten es schön!« Mum schob den Kinderwagen zu einem Tisch hinüber. »Wir waren gerade am Fluss, die Enten füttern. Der kleine Kerl fand es toll! Enten, Arlo! Enten machen quak, quak, quak!«

Mum zog ihren Mantel aus, und ich öffnete Arlos Gurt. Aus den Augenwinkeln konnte ich sehen, dass Doreen und Juliet sich miteinander berieten. Sie wirkten fahrig. Das war auch das Mindeste, fand ich – mal ehrlich, was hatten sie sich bloß gedacht? Ich holte tief Atem und lächelte dann meinen Neffen an, der mir ein Bilderbuch aus Stoff entgegenstreckte und dabei fröhlich brabbelte: »Da, da, da!«

»Soll ich dir das vorlesen?« Ich nahm ihn auf den Arm und prustete in seinen Nacken. Er quietschte begeistert und wand sich.

»Er wollte heute Morgen schon eins nach dem anderen

hören«, sagte Mum. Sie trug einen Hochstuhl zum Tisch. »Er ist ein kluger kleiner Kerl, das merkt man jetzt schon.«

Ich zog Arlo die Jacke aus und setzte ihn in den Hochstuhl. »Es macht dir wirklich Spaß, auf Arlo aufzupassen, oder?«

Ihr Gesicht nahm einen ganz sanften Ausdruck an. Dann blinzelte sie überrascht. »Ja, es macht mir sogar großen Spaß. Wollen wir einen Tee zusammen trinken? Hast du Zeit dafür?«

»Habe ich«, sagte ich wie aus der Pistole geschossen. Ich hätte alles Mögliche getan, um das unangenehme Gespräch mit Doreen und Juliet hinauszuschieben. »Aber würdest *du* bestellen gehen? Ich hab hier alle Hände voll zu tun.«

Sie blickte auf das kleine Quadrat aus Stoff hinunter, das ich festhielt. »Hm, na klar.«

Ich klappte das Büchlein auf und lachte Arlo an. »Wie macht die Kuh? Muh! Muh!«

Mum kam mit zwei Tassen Tee zurück und suchte in ihrer Handtasche nach einer Reiswaffel für Arlo.

»Eigentlich wollte ich bloß Lia helfen. Aber du kennst mich ja, ich kann nichts halbherzig machen …«

Ich musste mir das Lächeln verkneifen. Sie hatte den Vorsitz des Frauenvereins aufgegeben und war aus dem Heimatkundeverein, dem Gemeindevorstand und dem Schulbeirat ausgetreten – alles nur, um Platz für Arlo in ihrem Terminkalender zu schaffen.

»Es hat sich herausgestellt, dass das Leben ohne endlose Ausschusssitzungen sehr schön sein kann. Und ich liebe den Gesichtsausdruck dieses kleinen Kerls, wenn er mich morgens sieht! Ich habe das Gefühl, gebraucht zu werden.«

»Das wirst du«, sagte ich und trank einen Schluck von meinem Tee. »Es tut Lia unheimlich gut, ein bisschen Zeit für sich zu haben. Ich glaube, Ed geht es damit auch besser – zumindest nach dem Abendessen zu urteilen, das sie vorhin für ihn geplant hat.«

Mum sah Arlo liebevoll an und seufzte glücklich. »Vielleicht ist es an der Zeit, ein paar ehrenamtliche Tätigkeiten dauerhaft niederzulegen, um ein bisschen öfter mit meinem Enkel zu Hause sein zu können – und mit deinem Vater natürlich! Wir wollen diesen Sommer sogar mal wieder verreisen, nur wir beide. Zusammen ein kleines Abenteuer erleben.«

Oh, das hörte ich gern – Dad war sicherlich begeistert! Er beschwerte sich immer, dass seine Semesterpause so lang war, Mum aber nie mit ihm in Urlaub fuhr, weil sie viel zu beschäftigt war.

»Das ist eine wunderbare Idee! Und wenn ich wieder eine richtige Stelle habe, kannst du vielleicht ab und zu mal hier im Café vorbeischauen? Die Dinge im Auge behalten?«

Zum Beispiel das diebische Personal. Ich sah zum Tresen hinüber. Doreen bereitete einen Latte macchiato zu und unterhielt sich dabei mit einem Gast. Juliet ordnete die Kuchenstücke unter der Glashaube neu. Sie benahmen sich beide, als wäre gar nichts passiert!

»Auf keinen Fall!«, sagte Mum. »Sie ist meine Mutter, und ich wünsche ihr nur das Allerbeste, aber das gebrannte Kind und so weiter. Ich ziehe den Hut vor dir, dass du so lange durchgehalten hast. Deine Nonna wird kein bisschen dankbar sein, wenn ich mich einmische.«

»Hm«, machte ich vage. War es die richtige Entscheidung, dass *ich* mich einmischen wollte? Um mich abzulenken, fragte ich: »Also werdet ihr eine Reise buchen, Dad und du?«

Sie verdrehte die Augen. »Wir denken darüber nach. Er will das goldene Zeitalter der englischen Kanalschiffffahrt nachempfinden und einen Monat auf einem Narrowboat verbringen.«

»Oh.«

Narrowboats waren schmale Boote, bis zu zweiundzwanzig Meter lang, aber nur etwa zwei Meter zwanzig breit. Früher waren sie zum Transport großer Gütermengen auf den Binnenwasserstraßen eingesetzt worden, heute wurden die meisten als Charter- oder Hausboote privat genutzt.

»Allerdings.« Mum lächelte spitzbübisch. »Ich habe ihm gesagt, dass ich nichts gegen Kanäle einzuwenden habe, solange sie sich in Italien befinden. Und dass es höchste Zeit wird, dass ich mich auf die Spuren meiner italienischen Herkunft begebe! Wir sind uns noch nicht einig… Aber ich habe schon mal einen neuen Reisepass beantragt.«

Darüber mussten wir beide lachen. Ich glaubte nicht, dass Dads Chancen, sich durchzusetzen, besonders gut standen. Aber es würde ihm nichts ausmachen – er würde zufrieden sein, solange er mit Mum zusammen war.

Ihre Digitaluhr piepste. Sie holte ein Fläschchen aus ihrer Handtasche und ging damit in die Küche, um es zu erwärmen. Ich hob Arlo aus seinem Hochstuhl und dachte, dass Mum und Dad von Glück reden konnten: Sie waren vielleicht nicht das perfekte Paar, aber sie liebten einander wirklich. Früher war ich ganz selbstverständlich davon ausgegangen, dass auf mich dasselbe wartete.

Wie hatte ich bloß so falschliegen können?

Im Laufe meines Studiums hatte ich verschiedene feste Freunde gehabt, in die ich mal mehr und mal weniger verliebt gewesen war, aber immer auf der Suche nach der großen Liebe. Dann hatte ich in London Callum getroffen – und meine Suche hatte ein Ende gefunden. Nicht etwa, weil Callum meine große Liebe gewesen wäre, sondern weil mich das, was ich in ihm gefunden hatte, so erschreckte. Nie wieder hatte ich einen Mann ernsthaft als Partner in Betracht gezogen; ich fürchtete mich zu sehr, dass es wieder schlimm enden könnte.

Was wohl bedeutete, dass ich selbst nie einen kleinen Arlo haben würde.

Ich schüttelte den Kopf, um die Erinnerungen zu verscheuchen, und konzentrierte mich auf meine Mutter, die mit dem Fläschchen in der Hand zurückkam. Während ich ihr half, Arlo sein Lätzchen umzubinden, sagte ich: »Ich sollte langsam wieder an die Arbeit gehen.«

»Warte noch kurz … Ist dir in letzter Zeit an deinem Vater irgendwas komisch vorgekommen?«

Sie setzte sich Arlo auf den Schoß. Er nuckelte zufrieden am Sauger seines Fläschchens.

»Nein. Warum fragst du?«

»Irgendetwas stimmt nicht mit ihm. Seit ich auf Arlo aufpasse, verschwindet er dauernd, ohne mir zu sagen, wo er hingeht. Und gestern …« Sie rutschte auf ihrem Stuhl hin und her und lief rosa an. »Gestern hab ich zufällig gesehen, was er sich im Internet angeguckt hat.«

Ich widerstand dem Impuls, die Hände über die Ohren zu schlagen. »Was war's denn?«

»Schicke BHs. Ich hab immer bloß ganz einfache, langweilige an. Als er gemerkt hat, dass ich hinter ihm stand, hat er schnell den Laptop zugemacht, gemurmelt: ›Es ist nicht das, wonach es aussieht!‹, ist aus dem Zimmer gestürzt – und dann mit dem Auto weggefahren.«

»Und wonach *sah* es für dich aus?«, fragte ich lachend. »Das scheint mir das ganz normale Verhalten eines gesunden Mannes zu sein.«

»Zuerst hab ich mir gar keine Gedanken gemacht. Aber dann … Gott, das ist so ein Klischee. Er hatte roten Lippenstift am Kragen.«

Ich zog die Augenbrauen hoch. »Könnte das nicht deiner gewesen sein?«

Das war zugegebenermaßen unwahrscheinlich: Mums Lippenstifte hatten Namen wie »Karamell« und »Cappuccino«. Aber Dad und eine Affäre?

Sie sagte: »Nein, ausgeschlossen. Briefkastenrot ist nichts für mich.«

»Es gibt viele mögliche Erklärungen dafür. Vielleicht hat er eine Kollegin umarmt oder ist in einem Geschäft mit einer Frau zusammengestoßen.«

»Du glaubst also wirklich nicht, dass er eine Affäre hat?« Mum kaute am Rand ihres Daumennagels herum. »Dass er eine Frau gefunden hat, die an seinen Lippen hängt und ihm nicht die ganze Zeit sagt, wo's langgeht?«

Eine warme Welle der Zuneigung zu meiner Mutter stieg in mir auf: Sonst schien sie sich ihres Platzes in seinem Herzen immer so sicher zu sein. Und jetzt gab sie sogar zu, dass sie ihn ein bisschen viel herumkommandierte.

»Dad würde dir nie untreu sein, Mum, das ist ganz undenkbar. Bestimmt hat er vor, dich mit extravaganter Unterwäsche zu überraschen! Wenn du sowieso dabei bist,

Ausschüsse auszusortieren, kannst du vielleicht ein biss-chen mehr Zeit für ihn erübrigen. Zeig ihm, wie wichtig er dir ist!«

»Weise Worte, mein Schatz, ich danke dir. Warum dich nicht längst ein wunderbarer Mann aufgegabelt hat, werde ich nie verstehen.«

Darauf ging ich lieber nicht ein. Als sie mich umarmte, fing mein Handy an zu klingeln. »Michael«, verkündete das Display.

»Ohhh, da muss ich rangehen! Vielleicht hat er gute Nachrichten!«

Mum warf mir eine Kusshand zu, und ich schlüpfte nach draußen, um unter dem schweren grauen Nachmit-tagshimmel an mein Telefon zu gehen.

»Wie geht es meiner liebsten Kreativchefin?«, sprudelte Michael los. »Schon gelangweilt von der Kaffeehauskul-tur?«

»Langweilig ist es hier nicht gerade«, seufzte ich und dachte an das Gespräch mit Doreen und Juliet, das mir noch bevorstand. Ich ging die paar Schritte zum Dorfanger, strich ein paar Blätter von einer Bank und setzte mich.

»Darling, von dir habe ich auch nichts anderes erwar-tet«, sagte Michael diplomatisch. »Jede Wette, du hast längst Wi-Fi eingerichtet, eine Facebook-Seite erstellt und das Café über Twitter bekannt gemacht!«

»Nichts dergleichen, aber jetzt, wo du es sagst – das sind alles gute Ideen!«

Warum war ich nicht selbst darauf gekommen? Das war doch etwas, das ich tun konnte, ohne dass Nonna es als Angriff auf ihr Hoheitsgebiet betrachten würde.

»Allerdings wirst du *jetzt* zu beschäftigt dafür sein«, sagte Michael lässig. »Denn rate mal, wer ein Vorstellungs-gespräch bei *HitSquad* in Manchester hat!«

»Ich? Hurra!«

Eine Stelle, eine richtige Stelle! Weder würde ich bei *HitSquad* je Gummihandschuhe tragen müssen noch Käse reiben – geschweige denn der Herrentoilette Besuche ab-statten!

»Hör dir die Stellenbeschreibung an, Rosie, du machst! Dich! Nass! Der beziehungsweise die erfolgreiche Kandida-tin steht an der Spitze der globalen …«

Mein Puls beschleunigte sich, als ich seinen Worten lauschte: Der Job war perfekt für mich! Im Café war mir das Adrenalin nur ein einziges Mal in die Adern geschos-sen – als Biddys Schwester ihren inzwischen motorisierten Rollstuhl rückwärts in die Spielecke steuerte und ich den kleinen Alfie Sargent schon unter den Rädern hatte ver-schwinden sehen. Zum Glück war alles gut gegangen. Alfie hatte einen Chocolate-Chip-Cookie bekommen, und Bid-dy hatte ihre Schwester streng angewiesen, die Gebrauchs-anleitung für ihren Rollstuhl zu studieren.

»Michael, du kannst Wunder vollbringen! Wann findet das Vorstellungsgespräch statt?«

»Nächste Woche. Ich schicke dir eine Mail mit allen Details. Oh, ich hab jemand anderen in der Leitung. Bis später!«

Ich rief schnell: »Danke!«, ehe er auflegen konnte.

Alles war so, wie ich es mir gewünscht hatte. Aber als ich zum *Lemon Tree Café* hinüberschaute, fiel mir auf, wie einladend und freundlich es sogar an einem verhangenen Tag wie heute wirkte. Ich würde die Arbeit hier schrecklich vermissen. Natürlich war das albern, das Café konnte meine Karriere nicht ersetzen. Außerdem wollte Nonna nicht einmal, dass ich blieb. Ich gab mir einen Ruck und ging wieder nach drinnen.

Kaum hatte ich die Tür hinter mir geschlossen, als Doreen und Juliet mich auch schon durch das Café, durch die Hintertür und in den kleinen Hinterhof zerrten.

Doreen stieß hervor: »Es ist nicht so, wie du denkst!«

»Hab ich mir also bloß eingebildet, dass ihr Geld aus der Kasse genommen und in eure eigenen Taschen gesteckt habt?« Ich verschränkte die Arme, blickte von einer zur anderen und hoffte, dass ich einigermaßen Respekt einflößend aussah – meine Beine fühlten sich nämlich so zittrig an wie der Pudding in Stanleys geliebten Puddingtörtchen.

»Das haste wirklich gesehen«, sagte Juliet. »Aber wir ham uns bloß unser eigenes Geld genommen!«

Doreen fügte hinzu: »Wenn wir es uns nicht selbst nehmen, bekommen wir gar nichts.«

»Das is wahr.« Juliet nickte heftig.

»Einen Moment mal«, sagte ich und hob abwehrend die Hände. »Nonna zahlt euch in bar aus. Sie gibt euch wöchentlich Umschläge, das hab ich gesehen.«

Auch ich hatte solche Umschläge bekommen. Nonna hatte meinen Protest nicht gelten lassen; sie hatte gesagt, es sei nur fair. Zornig starrte ich Doreen und Juliet an. Von Fairness hatten die beiden offenbar noch nie was gehört!

»*Aye*, das sind unsere Löhne«, sagte Juliet. »Der Himmel weiß, wie sie das mit den Steuern und so Kram macht …«

Doreen erklärte: »Sie vergisst, uns für andere Sachen zu bezahlen.« Sie setzte sich auf den Stuhl, den Nonna hier aufgestellt hatte, um darauf ein Nickerchen zu halten, sooft sich die Gelegenheit ergab.

»Und was sollen das für Sachen sein?«, fragte ich.

Juliet fuhr sich nervös mit beiden Händen durch die Haare und zerstörte dabei die sorgfältig geformten Stacheln. »Du weißt ja, dass ich Kuchen fürs Café backe?«

Ich nickte. An ihren freien Tagen backte sie ganze Ofenladungen.

»Das Geld, das ich mir genommen hab, war für die Zutaten.«

»Und ich kaufe Nachschub ein, wenn uns was ausgeht, ehe der Großhändler liefert«, sagte Doreen. »Toilettenpapier zum Beispiel. Seife. Eier. Solche Sachen.«

»Wir würden Maria nie bestehlen«, knurrte Juliet.

Ich war so erleichtert und gleichzeitig beschämt, dass mir Tränen in den Augen brannten. »Es tut mir so leid, dass ich an euch gezweifelt habe!«, sagte ich kläglich.

Doreen kämpfte sich aus Nonnas Stuhl hoch und schloss mich in die Arme. »Du willst nur deine Großmutter beschützen. Daran ist nichts auszusetzen! Wir sind dir nicht böse.«

»*Aye*. Das konnte man schon falsch verstehen«, brummte Juliet.

»Aber warum lasst ihr euch nicht einfach für die Quittungen das Geld von Nonna wiedergeben?«, fragte ich.

Doreen zog unbehaglich die Schultern hoch. »Maria hasst Papierkram.«

»Und sie vergisst so was«, sagte Juliet. »Is viel einfacher, wenn wir's selbst machen.«

Meine Gedanken überschlugen sich. So weit, so gut – aber wenn Nonna nicht Buch führte, wie konnte sie dann wissen, wie es um die Finanzen des Cafés bestellt war?

»Und was ist mit den Unterlagen für die Steuer?«, fragte

ich. »Das Steuerjahr ist fast zu Ende. Muss sie nicht bald ihrem Steuerberater die Buchführung schicken?«

Doreen und Juliet sahen einander an.

»Komm mit, ich zeig dir was«, sagte Doreen mit einem schweren Seufzer.

In dem schmalen Flur, der zu den Toiletten führte, gab es eine Abstellkammer. Wischmopp und Eimer waren hier untergebracht, außerdem alles, was nicht in eins der Küchenregale passte.

»Ganz hinten, hinter dem ganzen Kram, steht ein Aktenschrank«, sagte Doreen. Sie knipste eine nackte Glühbirne an, die von der Decke hing.

Das grelle Licht brachte mich zum Blinzeln. »Ich kann ihn sehen. Gerade so.«

Die Abstellkammer war der feuchte Traum eines Hamsterers: Die Regale auf beiden Seiten waren vollgestopft mit Küchenutensilien, und was dort keinen Platz mehr gefunden hatte, stapelte sich auf dem Boden.

»Hier«, sagte Doreen unheilverkündend, »bewahrt deine Großmutter die Bücher für das Café auf. Oder besser: Hier versteckt sie sie. Letztes Jahr hatte ihr Steuerberater die Nase voll von ihr – hat ihr alle Unterlagen zurückgeschickt und gesagt, dass sie sich jemand anderen suchen soll.«

»Und wer macht ihre Steuererklärung jetzt?«

Doreen zuckte mit den Schultern. »So wie's aussieht, niemand. Das Ganze ist eine Zeitbombe, die uns zum Ende des Steuerjahrs um die Ohren fliegen wird. Maria hat ihren Kopf in den Sand gesteckt ... Immer wenn wir nach Erstattungsformularen gefragt haben, um das Geld für unsere Einkäufe zurückzukriegen, hat sie so empfindlich reagiert, dass wir es schließlich aufgegeben haben.«

»Aber … aber …« Ich starrte Doreen fassungslos an. »Ich hab gedacht, die größten Probleme wären die tropfenden Wasserhähne, die staubigen Ecken, der verkrustete Grill und die Speisekarten von 1987! Das hier ist viel schlimmer!«

Sie schluckte. »Da hast du sicher recht.«

»Ich muss einen Blick in die Bücher werfen.« Ich seufzte. »Allerdings habe ich von Buchhaltung wirklich kaum Ahnung.«

Doreen zeigte auf das Schild, das vorne am Aktenschrank angebracht war. »Privat«, stand dort. »Es wird ihr nicht gefallen, wenn du herumschnüffelst«, meinte sie.

»Was sie nicht weiß, macht sie nicht heiß«, murmelte ich und schob mich in die Abstellkammer.

Im selben Moment fing in der Ferne eine einsame Kirchenglocke an zu läuten. Doreen und ich sahen uns an. Die Beerdigung war vorbei. Nonna hatte vor, zum Trauermahl zu gehen, aber was, wenn sie aus irgendeinem Grund zuerst im Café vorbeikam?

Ich fuhr mir erschöpft mit einer Hand durchs Gesicht. Wie hatte ich nur glauben können, verglichen mit meinem alten Job wäre es ein Leichtes, hier zu arbeiten? »Heute wird das nichts mehr, aber mir bleibt keine Wahl. Wenn das Finanzamt Wind davon bekommt, in welchem Zustand die Bücher sind, ist das *Lemon Tree Café* vielleicht Geschichte!«

# Kapitel 7

Die Sorge um die vernachlässigte Buchführung des Cafés überwog meine Erleichterung darüber, dass Doreen und Juliet Nonna nicht bestahlen, bei Weitem. Auch die laxe Haltung meiner Großmutter beunruhigte mich. Über die nächsten Tage und das Osterwochenende hinweg drehten sich meine Gedanken wie die Pferdchen in einem Kinderkarussell im Kreis.

Seit Nonna das Café übernommen hatte, hatte sich viel geändert: Heutzutage musste alles, jeder noch so kleine Einkauf, ordentlich aufgeführt und abgerechnet werden. Nur der Himmel allein wusste, was ein Steuerprüfer zu einer Buchführung sagen würde, die nur aus ein paar Papierfetzen in einem Aktenschrank bestand. Falls es sie überhaupt gab! Die ganze Angelegenheit wäre weniger schlimm gewesen, wenn Nonna einen Steuerberater gehabt hätte. Aber offenbar war das nicht der Fall.

Die ganze Sache machte mich so unruhig, dass ich ernsthaft darüber nachdachte, Nonna darauf anzusprechen, aber ich war zu feige. *Man kann nie wissen*, redete ich mir ein, *vielleicht ist ihre Buchführung makellos, und ich rege mich grundlos auf.*

Am Ende waren Doreen, Juliet und ich uns einig, dass

uns nichts anderes übrig blieb: Sobald wir das nächste Mal alleine waren, würde ich mir den Aktenschrank vornehmen.

Während wir auf eine Gelegenheit warteten, entwickelten sich die Dinge prächtig. Das Café bekam Internetzugang. Ein fröhlicher Telefontechniker legte die Leitung und setzte dann sein halbes Körpergewicht in Honigkuchen um. Ich richtete uns eine Facebook-Seite ein, der es zugegebenermaßen noch an Bildern, Posts und Followern fehlte – aber daran würde ich arbeiten. Und Nonna und Stanley gingen zum Abendessen aus!

Heute Morgen hatte ich alle zusammengetrommelt, um Fotos von den Mitarbeiterinnen zu machen. Doreen war extra dafür ins Café gekommen, obwohl ich den starken Verdacht hegte, dass sie sowieso vorbeigeschaut hätte, da wir es alle kaum erwarten konnten, Nonna wegen ihres Rendezvous auszufragen.

»Ich kann mir nicht vorstellen, dass es einem Dorfcafé irgendwas nützt, auf Facebook zu sein«, murrte Doreen. Sie band sich ihren Pferdeschwanz neu und rückte dann dem Muttermal auf ihrer Nase mit einem Abdeckstift zuleibe.

Ich lächelte in mich hinein. Wie viele Kunden hatte ich betreut, die den neuen Medien gegenüber skeptisch waren? Die meisten loggten sich schon nach wenigen Tagen heimlich ein, um zu sehen, wie viele Likes ihr Foto mittlerweile bekommen hatte.

»Das kann sein, aber ein Versuch kann nicht schaden – immerhin ist es kostenlose Werbung. Und wenn die Seite erst mal steht, ist es ganz leicht, sie zu pflegen. Dafür braucht ihr mich nicht. Falls ich die Stelle in Manchester bekomme, bin ich ja auch nicht mehr lange hier.«

»Natürlich kriegste du die Stelle«, rief Nonna aus dem Wintergarten. »Wenn nichte, sinde die alle Arschegeigen!«

»Das werde ich ihnen sagen«, schlug ich vor. »Ganz zum Schluss, wenn sie mich fragen, warum sie mich nehmen sollten.«

Nonna kam ins Café zurück und zuckte mit den Schultern. »*Sì*, warum nichte? Iste wahr.«

Mein Vorstellungsgespräch bei *HitSquad* stand unmittelbar bevor, in achtundvierzig Stunden war es so weit. Michael mailte mir alle fünf Minuten einen neuen Artikel über die Firma, den er online gefunden hatte: Die Agentur schien ein ganz wunderbarer Arbeitsplatz zu sein. Doch jedes Mal, wenn ich daran dachte, dass meine Zeit im Café beinahe um war, regte sich ein Gefühl in mir, das ich nicht klar benennen konnte. Außerdem setzte mir der Termin bei *HitSquad* auch in einer anderen Sache eine Frist: Es würden sich nicht mehr viele Chancen bieten, den Aktenschrank durchzugehen. Wenn Nonna bloß mal für einen Tag verschwinden würde!

Murmelnd, dass Facebook sie ihre Privatsphäre koste, wanderte Doreen davon. Juliet zupfte ihren Ausschnitt zurecht. »Besser wird's nicht!«, sagte sie entschieden. Ihr kurzes rotes Haar war starr von dem vielen Haarspray, das sie hineingesprüht hatte. Sie schob die Sprühdose in ihren Rucksack und wischte sich Kuchenkrümel vom Kinn. »Wo willste mich?«

Ich musste husten, als die Haarspray-Wolke zu mir herübergetrieben kam. »Vielleicht vor der Kuchenauslage?«, schlug ich vor.

Juliet warf sich vor dem Tresen in Pose und machte kokett einen Schmollmund.

Mir gelang eine schöne Aufnahme von ihr mit einem Teller Muffins, dann war Nonna dran. Sie setzte sich mit einer Speisekarte neben einen der Zitronenbäume im Wintergarten. Vielleicht lag es am Licht, aber die Bilder, die ich von ihr schoss, waren alle sehr schmeichelhaft: Sie lächelte ganz sanft darauf, und ihre Wangen waren so rosig wie die eines jungen Mädchens.

Nein, das Licht war es nicht. Viel eher, vermutete ich, war ein gewisser Gentleman der Grund dafür, dass heute Morgen ein solches Funkeln in ihren Augen lag.

»Doreen, jetzt du! Zieh schnell eine Schürze über und schnapp dir das Tablett da!«

Sie gehorchte, überprüfte ihr Erscheinungsbild im spiegelnden Metall der Kaffeemaschine und warf sich den Pferdeschwanz über die Schulter.

»Nun erzähl schon, Maria!«, drängte sie. Dabei versuchte sie, den Mund möglichst wenig zu bewegen. Mit leerer Miene starrte sie angestrengt ins Nichts, während ich sie fotografierte. Sie sah nicht gerade so aus, als würde sie Gäste mit offenen Armen willkommen heißen, also nahm ich die hübsche, bauchige Teekanne auf ihrem Tablett in den Fokus. Dadurch wirkte Doreen auf dem Bild, als hätte ich einen Weichzeichner über sie gelegt.

»Wir wollen alle Details hören!«

Nonna lächelte abgründig. »Eine Dame hatte paar Geheimenisse«, sagte sie.

»Ein paar vielleicht«, sagte ich. »*Du* hast mehr Geheimnisse als James Bond und der ganze Secret Service zusammen!«

»Ha, dann hättet ihr aber nicht ins *Cross Keys* gehen dürfen, Maria!«, sagte Juliet, die wieder hinterm Tresen stand. »Vorhin hab ich Adrian getroffen. Er sagt, ihr hättet euch ganz prima verstanden!«

»Habbe wir keine Grunde su streite«, sagte Nonna und wischte mit ihrem Lappen über ein Fensterbrett. »Setzt ihr keine Geruchte uber die Chefin in der Welt, bitte!«

»Ich freue mich für euch.« Ich schaute von meiner Kamera auf, um sie anlächeln zu können. »Sich so spät noch zu verlieben ... oder, wenn wir schon beim Thema sind, sich überhaupt zu verlieben!«

»Mach dir keine Gedanken, Süße«, sagte Doreen, »irgendwann triffst du den richtigen Mann. Jede trifft ihn irgendwann. Sogar ihr ist das passiert!« Sie nickte zu Juliet hinüber, die gerade den Milchschäumer an der Kaffeemaschine gründlich mit einem Lappen abrieb.

Juliet sah kein bisschen beleidigt aus. »Das ist wahr. Hab ich dir je erzählt, wie ich meinen Dean gefunden hab? Das war im Winter, saukalt war's, und er kam in meine Gegend, um Nachforschungen anzustellen wegen Tierquälerei. Es hat an meine Tür geklopft, und da stand er dann, in seiner Tierschutzuniform, mit Gummihandschuhen, und ich wär fast ohnmächtig geworden und ihm in die Arme gefallen!« Sie fächerte sich mit einer Scheibe Toast Luft zu. »Was für ein Held! In derselben Nacht hat er Bobsie, das misshandelte Kaninchen meines Nachbarn, entführt. Hat es am Nacken gegriffen und wollte es schwungvoll hochnehmen – blöderweise war sein Po am Käfigboden festgefroren, weil es in seinem eigenen Pipi sitzen musste ...«

Doreen und ich zuckten beide zusammen.

»Dean und das Kaninchen waren beide traumatisiert und auf der Flucht. Da hab ich sie natürlich bei mir aufge-

102

nommen. Ich erinnere mich noch gut an diesen Hintern – der war so kahl wie der von einem Pavian! Bobsies, meine ich, nich Deans. Der war reizend.«

Nonna tätschelte meine Wange. »Eines Tages triffst du besondere Junge und bamm: Biste du verliebte. Wirste du sehen!«

»Ich kann's kaum erwarten«, sagte ich und versuchte, das Bild zu verdrängen, wie Dean Bobsie unabsichtlich einem brasilianischen Waxing unterzog.

»Konnte ich auch nicht.« Juliet zog den Träger ihres BHs hoch, der ihr heruntergerutscht war. Dann wandte sie sich Tyson zu. »Und du?«

Tyson war wie immer zum Lunch hergekommen: Nach einer Woche hatte Clementine die Gärtnerei wieder aufgemacht. Die Saison für Gartenpflanzen habe begonnen, und wenn Clementine die nicht verkaufen könne, ehe sie zu groß für ihre Töpfe wurden, würde sie nicht genug Geld haben, um die fälligen Rechnungen zu bezahlen, hatte sie Nonna anvertraut.

»Ich?« Tysons Gesicht lief knallrot an. »Ich bin nicht verliebt.«

»Das meinte ich nich.« Juliet schnalzte mit der Zunge. »Was bekommst du zu essen?«

»Ein getoastetes Sandwich mit Käse und Bohnen, bitte.«

Ich fragte Juliet staunend: »Wusstest du denn gleich, dass Dean deine große Liebe ist?«

»*Aye,* Mäuschen, er is ein wahrer Gentleman.«

»Wie Lorenzo.« Nonna seufzte. »Iste er gewese wahre Gentleman.«

»Stanley ist auch ein Gentleman«, sagte ich. »Du hast es geschafft, *zwei* gute Männer zu treffen – das sind schon zwei mehr, als ich auf meiner Liste stehen habe. Vielleicht hast du bald einen Freund, Nonna!«

»Pff, unde Wunder geschehen.« Sie widmete sich den Töpfen, in denen Kräuter wuchsen, zupfte tote Blätter ab und zerkrümelte sie zwischen den Fingern. »Stanley iste gute Mann. Aber Lorenzo iste einzige Mann, den ich werde habbe geliebt.«

Nonnas Blick in die Ferne schnürte mir die Brust zu. Wie ich hatte sie früh den Glauben an die Liebe aufgegeben. Mum war noch ein Baby gewesen, als ihr Vater gestorben war; sie hatte gar keine Erinnerung an ihn. Jetzt war sie dreiundfünfzig Jahre alt. Und fast genauso lange war Nonna allein gewesen … Würde es mir so gehen wie ihr? Würde ich mich nie wieder verlieben? Das war ein ernüchternder Gedanke.

»Ich weiß nicht, ob mich das froh oder traurig stimmt«, sagte ich und ließ die Kamera sinken.

»Gibte keine Grunde, traurig su sein«, sagte Nonna. »Habbe ich meine Café, meine Familie und meine Gesundeheit … In meine Alter bin ich glucklich zu habbe alle diese Dinge.«

»Und wir sind alle froh, dass wir dich haben!«, sagte ich nachdrücklich.

Den Rest des Tages verbrachte ich damit, mir einzureden, dass ich mich ganz bestimmt nicht in meine Großmutter verwandelte.


Am nächsten Morgen hatte unsere Facebook-Seite zweihundert Follower, und ich wagte mich daran, einen Twitter-Account für das Café zu erstellen.

Nonna begriff nicht, warum das nötig sein sollte.

»Warum wolle alle dauernde tippi-tippi-tappi machen?«, fragte sie stirnrunzelnd und tat dabei so, als würde sie auf einem Handy herumdrücken.

»Weil die Leute heutzutage in Kontakt miteinander stehen, Nonna«, sagte ich. »In *ständigem* Kontakt. Wir sind eine Gesellschaft, in der alle jede kleinste Regung mit der ganzen Welt teilen wollen.«

»Ich nichte«, erklärte Nonna. »Iste meine schlimmste Albetraum. Hängste du eine große Schild an meine Facebook-Schaufenster: ›*Privato,* drauße bleibe‹!«

»An deine Pinnwand«, korrigierte ich sie.

»Meine Freundin Tansy aus der Line-Dancing-Gruppe ist auf Facebook«, sagte Doreen. »Männer aus Russland schreiben ihr, wie sexy sie aussieht.« Sie schaute mir über die Schulter, als ich mich bei Facebook einloggte. »Hat schon jemand *mein* Foto kommentiert?«

»Bis jetzt noch nicht«, sagte ich. Sie machte ein derart enttäuschtes Gesicht, dass ich ein Lächeln unterdrücken musste. »Hab noch ein bisschen Geduld!«

Es war eine gute Strategie, freies WLAN im Café anzubieten. Teenager gingen nirgends mehr hin, wo es das nicht gab. Und auch Geschäftsleute würde der Zugang zum Internet anlocken: Vielleicht konnten wir den Wintergarten für Meetings anbieten. Natürlich würde ich bald nicht mehr hier sein. Ich musste unbedingt Doreen und Juliet an den Umgang mit den sozialen Medien gewöhnen – und, wenn das möglich war, Doreen dabei von sexhungrigen Russen fernhalten.

Aber bis zu meinem Vorstellungsgespräch morgen hatte ich noch Zeit, deshalb konzentrierte ich mich auf Twitter. Sogar ein Model für ein Fotoshooting hatte ich gebucht …

»Kannst du ihn dazu kriegen, dass er sich aufrecht hinsetzt, Biddy? Hier neben den Stuhl?«, fragte ich und rückte einen Teller mit Keksen verführerisch nah an die Tischkante heran. »Und es wäre super, wenn er die Schnauze heben und schnüffeln würde.«

Gestern hatte ich herausgefunden, dass der April der Monat des Haustiers war. Da sich nichts Passenderes bot – wie beispielsweise der Tag des Cappuccinos oder der Iss-mehr-Kuchen-Monat –, hatte ich beschlossen, dass wir mitziehen und uns tierfreundlich geben würden. Ein paar Bilder von einem Hund, der einen gemütlichen Nachmittag im Café verbrachte, würden sich gut auf Twitter machen. Biddy aus dem Haustierfachgeschäft, die ihre eigene Kampagne am Laufen hatte (für jede gekaufte Schlange gab es einen Beutel gefrorene Mäuse gratis), war vorbeigekommen, um mir Churchill zu leihen, ihren ältlichen schwarzen Labrador. Leider lief das Shooting nicht besonders gut. Churchill hatte bereits zwei Gäste in die Flucht geschlagen, weil er kanonengeschossartige Fürze losließ, und als ich nicht hingesehen hatte, hatte er den Saum meines Cardigans zerkaut.

»Ich gebe mir die größte Mühe!« Biddy wirkte gestresst. Sie stupste den vor sich hindösenden Churchill in die Seite. »Oh, warte … Schau mal, mein Großer, was ich hier für dich habe!«

Biddy war in den späten Vierzigern, hatte aber schon immer älter ausgesehen, als sie war. Ihr blondes Haar wurde zusehends dünner, und ihr liebstes Hobby war die Häkelei. Mum hatte einmal gesagt, dass jede freie Fläche in ihrem Haus, egal ob horizontal oder vertikal, mit Häkelarbeiten bedeckt war. Jetzt zog Biddy ein gekochtes Würstchen aus ihrem Poncho und wedelte damit unter Churchills Nase herum. Churchill gähnte und machte dann wieder die Augen zu.

»Womit *kann* man ihn denn verführen?«, fragte ich und fächelte mir Luft zu. Nach Churchills letzter Furzattacke war ich noch nicht wieder richtig zu Atem gekommen.

»Hauptsächlich mit Sex«, sagte Biddy und lachte perlend.

»Ha!« Nonna schwenkte ihren Lappen flüchtig über den Tisch und kam dabei dem Teller mit den Keksen gefährlich nahe. »Iste das Verfuhrung fur uns alle!«

O Gott. Um mich von den tieferen Regungen der Seele meiner Großmutter abzulenken, knipste ich ein Foto vom schlafenden Churchill.

Just in diesem Moment ging die Tür auf, das Glöckchen bimmelte aufgeregt, und Stanley wurde von einem kleinen weißen Pudel hereingezerrt, dessen rosafarbene, mit Strass besetzte Leine er fest umklammert hielt. Augenblicklich kam Leben in Churchill. Er sprang auf die Pfoten und fing an, so heftig mit dem Schwanz zu wedeln, dass er den Keksteller vom Tisch fegte.

»Sklave seiner Triebe«, murmelte Juliet. »Biddy hat nicht zu viel versprochen. Jetzt kannst du *alles* von ihm verlangen!« Sie versetzte mir einen Stoß mit dem Ellbogen.

»Hör bloß auf«, knurrte ich.

»Hallo, alle miteinander. Das ist Crystal«, stieß Stanley hervor. Er taumelte vorwärts und versuchte, seinen Hut vor uns zu lüften, ohne dabei das Gleichgewicht zu verlieren.

»Ganz ruhig, Churchill!«, keuchte Biddy. Sie wollte Churchill am Schwanz packen, aber er war zu schnell für sie.

»Männer!« Juliet schnaubte. »Die sind echt alle gleich.«

Der Pudel schoss Biddy zwischen den Beinen hindurch, und der arme Stanley landete mit dem Gesicht in ihrem Poncho. Trotzdem schien er fest entschlossen, die Strassleine nicht loszulassen.

Die beiden Hunde stürzten sich zielsicher auf denselben Schokokeks: Churchill schnappte ein Ende und Crystal das andere. Es gelang mir, ein Foto davon zu schießen, wie ihre Nasen sich berührten.

»Das ist das perfekte Bild, Biddy!«, sagte ich mit einem erleichterten Grinsen. »Wenn das unserem Twitter-Account kein Leben einhaucht, dann weiß ich auch nicht.«

Churchill und Crystal trotteten jetzt gemeinsam im Kreis und schnupperten sich gegenseitig am Hintern.

»Oh«, sagte Juliet, »wie romantisch!«

»Also *das* mach ich immer falsch«, sagte ich.

»Herr im Himmel«, murmelte Stanley und starrte auf eine hellbraune Masse in seiner Hand herunter. Vorsichtig schnupperte er daran. »Was in aller Welt ...«

»Bloß ein Frankfurter Würstchen«, beruhigte ich ihn und gab ihm eine Serviette.

Stanley machte sich daran, Biddys Beine aus Crystals Leine auszuwickeln. Dabei erklärte er: »Crystal gehört meinem Nachbarn. Ich passe auf sie auf, solange er nicht in der Stadt ist. Ich hoffe, sie darf mit ins Café?«

»Aber ja!«, sagte ich und zeigte ihm den großen Hundenapf, den ich mit Wasser gefüllt hatte. »Sie ist hochwillkommen. So wie Sie!«

Nonna stolzierte davon, um einen Besen zu holen. Biddy leinte Churchill an und führte ihn zu einem ruhigen Tisch im Wintergarten, um sich dort über den Himbeermuffin herzumachen, den ich ihr als Dankeschön spendiert hatte. Stanley hob Crystal auf und warf einen nervösen Blick in Nonnas Richtung.

»Ich freue mich, dass wir ein hundefreundliches Café sind!«, sagte Juliet. »Dean sagt immer, dass es schön wäre, wenn man seine Tiere überallhin mitnehmen könnte.«

»Schwachekopfe. Iste nichte er, der musse sauber machen«, grollte Nonna. Sie schwang zornig ihren Besen.

»Maria …« Stanley räusperte sich. »Ich habe mir die Freiheit genommen … Ich hoffe wirklich, dass das nicht anmaßend von mir war, und wenn es nicht passt …«

»*Santa pazienza!*«, murmelte Nonna. »Kommste du su der Punkt – oder binne tot, bis du soweite bist!«

Stanleys Adamsapfel hüpfte. »Im Kino läuft heute Nachmittag ein alter Film mit Doris Day. Würdest du mich in die Vorstellung begleiten?«

»Gucke ich rasch in meine Kalender«, sagte Nonna und eilte mit auffällig geröteten Wangen davon, um ihren Besen wegzustellen. Als sie zurückkam, verkündete sie: »Ich habbe Zeit!«

»Wirklich?« Stanleys Augen leuchteten auf. »Wundervoll! In einer Viertelstunde fährt ein Bus vom Dorfanger ab. Ich muss vorher nur schnell Crystal nach Hause bringen!«

Nonna tastete prüfend über ihren Haarknoten. »Hole ich meine Mantel und komme mit.«

Beinahe stockte mir der Atem. Das war sie! Das war meine Gelegenheit, in den Aktenschrank zu schauen.

»Ich nehme an, ein Kinobesuch dauert seine Zeit, nicht wahr, Stanley?« Ich warf Juliet einen verstohlenen Blick zu.

»Den ganzen Nachmittag. Und auf dem Heimweg will ich Maria zu einer Portion Fish and Chips einladen.« Er legte die Stirn in Falten. »Es sei denn, Sie denken, das wäre zu viel? Ich bin vollkommen aus der Übung! Seit fünfzig Jahren habe ich keine Frau mehr auf ein erstes Rendezvous ausgeführt.«

Nonna kam mit ihrem Mantel, ihrer Handtasche und korallfarben geschminkten Lippen zurück. »Gebongte, gehe wir!«

»Viel Spaß!«, sagte ich und begleitete die beiden zur Tür.

Zehn Minuten später beobachteten Juliet und ich, wie Nonna und Stanley ohne Crystal den Dorfanger überquerten und sich an der Bushaltestelle auf eine Bank setzten.

»Denkst du dasselbe wie ich?«, fragte ich Juliet in gedämpftem Ton.

»Operation Steuerunterlagen?«

»Haargenau!«

Wir sahen einander nervös an.

»Maria würde uns umbringen«, flüsterte Juliet. Ihre Augen waren groß.

»Ich mache es«, sagte ich entschlossen. »Mich kann sie nicht umbringen, ich bin ihre Enkelin!«

Ein Eindecker rumpelte um die Ecke. Als Nonna und Stanley aufstanden, konnte ich nicht länger warten – mit klopfendem Herzen schlich ich mich zur Abstellkammer. Juliet folgte mir auf dem Fuß. Sie murmelte etwas, das sich wie »Mafia« und »Betonschuhe« anhörte.

Ich öffnete die Tür und knipste das Licht an. Der Weg zum Aktenschrank war zugestellt; mit Juliets Hilfe rückte ich den Besen, einen Staubsauger, drei Eimer, fünf Wischmobs (in unterschiedlich gutem Zustand), eine Trittleiter und zwei große Universal-Küchenmaschinen (beiden fehl-

ten Zubehörteile) beiseite. Endlich hatten wir einen schmalen Pfad freigeräumt.

Ich flüsterte: »Zieh die Tür ran!«

Der Aktenschrank hatte drei Schubladen, von denen
nur die oberste beschriftet war (»Privat«). Ich fing ganz
unten an. Die ersten beiden Schubladen ließen sich einfach
herausziehen und enthielten nichts Aufregendes: alte Be-
stellkataloge, Rezeptbücher und Gebrauchsanleitungen für
Elektrogeräte. Aber die oberste Schublade war abgeschlossen.

Über dem Aktenschrank gab es ein Regalbrett, auf dem
sich Einweckgläser stapelten. Sie enthielten von Nonna
Eingekochtes: Zitronen, Marmelade, Chutney und irgendetwas in der Farbe von Pflaumen. Seitlich in das Regalbrett
war ein Nagel eingeschlagen worden, und an diesem Nagel
baumelte ein Schlüssel.

Er passte ins Schloss.

Ich warf Juliet über meine Schulter hinweg einen Blick
zu. Sie stand hinter mir und kaute auf ihren Nägeln herum.

»Ich hab's«, flüsterte ich.

»Nich gerade Fort Knox, wa?«, flüsterte Juliet zurück.

»Weil sie uns vertraut«, murmelte ich.

Wir sahen uns schuldbewusst an.

»Du solltest lieber gehen«, sagte ich. »Damit du dich
nicht der Mittäterschaft schuldig machst.«

Aber Juliet schüttelte den Kopf. »Maria is schon fast im
Kino, Mäuschen«, sagte sie, »mach dir keine Sorgen.
Außerdem sind wir ein Team!« Sie klopfte mir ungeschickt
auf die Schulter. Von ihr war eine solche Geste das Äqui-
valent einer Liebeserklärung.

»Das weiß ich wirklich zu schätzen!«, sagte ich, und das

kam von Herzen. Dann zog ich die Schublade auf und sah hinein.

Sie war vollgestopft mit Kassenzetteln, Rechnungen, beschriebenen Papierfetzen, Kontoauszügen – das mussten die Nachweise für das ganze Steuerjahr sein! Dieses wilde Durcheinander müsste allerdings gründlich sortiert werden, ehe es beim Finanzamt eingereicht werden konnte.

»Jesus, Maria und Joseph!« Ich pfiff durch die Zähne. »Ich kann nicht fassen, dass sie das alles einfach hier reingeschmissen hat!«

»Die Frage ist doch«, zischte Juliet, »was machen wir jetzt?«

Aber ich war abgelenkt: Ganz oben in der Schublade lag ein großer brauner Umschlag, auf dem in verblasster Tinte »*privato*« zu lesen war. Darunter stand noch etwas, aber ich konnte nur den Anfang entziffern: »Ben …«. Ich nahm den Umschlag aus der Schublade und drehte ihn um. Die Lasche war offen. Mit einem Mal surrten meine Nerven wie Drähte unter Strom: Ich war im Begriff, etwas zu tun, von dem ich wusste, dass es falsch war. Nonna war ihre Privatsphäre sehr wichtig. Aber gerade darum konnte ich der Versuchung nicht widerstehen. *Ich werfe bloß einen ganz kurzen Blick hinein,* dachte ich. Dann hatte ich auch schon ein paar Schwarz-Weiß-Fotografien und ein offiziell aussehendes Dokument in der Hand.

Die Tür flog auf und krachte gegen die Wand. Ich ließ alles wieder in den Umschlag rutschen.

»*Eh,* was machte ihr da?!«

Nonna starrte uns an. Juliet fluchte heiser, und mein Mund war plötzlich ganz trocken. *Sie ist deine Großmutter,* rief ich mir in Erinnerung. *Sie liebt dich!*

Nonna erblickte den Umschlag in meinen Händen und schien ein paar Zentimeter zu wachsen. »*Giù le mani!* Fingere weg!«, bellte sie. »Du wühlst in meine Privatesache? Raus hier, auf die Stelle!«

Okay, vielleicht hatte ich die Stärke von Familienbanden überschätzt. Hastig stopfte ich den Umschlag wieder in die Schublade.

»Wir haben gedacht, du wärst weg«, sagte Juliet und drängte sich an mich.

»So iste das!«, fauchte Nonna. »Biste du Schlange in der Garten, Rosanna!«

Stanley erschien an Nonnas Seite. »Hallo noch mal, meine Damen! Der Bus hat nicht angehalten«, erklärte er fröhlich, ohne das Entsetzen auf unseren Gesichtern oder Nonnas brodelnden Zorn zu bemerken. »Wir wollen rasch ein Taxi rufen.«

»Das mach ich!«, sagte Juliet und drückte sich an Nonna vorbei aus der Abstellkammer. Sie zog Stanley hinter sich her und überließ es mir, die Suppe auszulöffeln.

Ich hob beide Hände, als wollte ich mich ergeben. »Ich habe nichts gesehen! Bloß einen Haufen Papierkram, der unbedingt sortiert werden muss.«

»Begreifste du, was heißte ›privat‹, *no*?« Nonna ließ mich nicht aus den Augen. Ich trat unsicher auf sie zu. »Privat iste privat aus bestimmte Grund. Und ich habbe jetzt meine Vertrauen su dir verlore!«

»Es tut mir leid, dass ich herumgeschnüffelt habe«, sagte ich kleinlaut. »Aber du kannst das nicht einfach wegschieben! Du brauchst Hilfe ...«

»Iste genau dieselbe wie mitte deine Mamma!« Nonna tippte mit dem Zeigefinger gegen mein Brustbein. Aus der

Nähe konnte ich sehen, dass ihre Hände zitterten, und obwohl sie so wütend war, liebte ich sie in diesem Moment sehr, meine reizbare Nonna. Ich versuchte, ihre Hände zu ergreifen, aber sie ließ es nicht zu.

»Glaubste du, du weißte Bescheid uber alles. Deine Hilfe will ich nichte«, sagte sie steif. »Das *Lemon Tree Café* iste *meine* Café. Ich brauche niemande, der steckte seine Nase rein. Deine Mamma nichte unde dich auch nichte!«

Sie trat einen Schritt zurück, damit ich aus der Abstellkammer herauskommen konnte. Ich fühlte mich hundeelend, aber auch frustriert.

»Ich sorge mich um dich, weil du mir viel bedeutest.« Ich schluckte gegen den Kloß an, der in meiner Kehle steckte. »Wenn das ›die Nase reinstecken‹ ist, dann tut es mir leid!«

»Wenn ich bedeute dir etwas, dann machste du die Dinge nichte hinter meine Rucken!« Ein Ausdruck von Schmerz huschte über Nonnas Gesicht, aber sie sammelte sich rasch und wandte sich ab. Ohne mich noch einmal anzusehen, sagte sie: »Iste es dasse gewese fur dich hier.«

Alle Gäste starrten uns an, als wir aus dem kleinen Flur traten – einschließlich Stella Derry, wie ich nervös feststellte. Sie hatte schon ihr Handy gezückt. Die Nachricht würde schneller die Runde im Dorf machen, als ich es nach Hause schaffen konnte.

Mir blieb nichts anderes übrig, als mich an die letzten Überbleibsel meines Stolzes zu klammern. »Mein Monat hier ist eh vorbei«, sagte ich laut. »Morgen um diese Zeit habe ich längst eine richtige Stelle!«

»Sie wird sich wieder beruhigen, Mäuschen«, murmelte Juliet, als ich mir meine Jacke und meine Handtasche holte.

Ich warf Nonna einen Blick zu, die Stanley anblaffte, dass ihre Verabredung »in die Wasser« gefallen sei, weil im Café unerwartet Personalmangel herrsche.

»Hm«, machte ich und umarmte Juliet zum Abschied. »Und Wunder geschehen.«

# Kapitel 8

Am nächsten Tag fuhr ich nach Manchester. Nach Nonnas Standpauke kam mir das Vorstellungsgespräch bei *Hit-Squad* wie ein Spaziergang bei lachendem Sonnenschein vor. Im Geheimen hoffte ich, dass die Agentur mich vom Fleck weg engagieren würde, damit ich im Triumphmarsch nach Barnaby zurückkehren konnte. Leider war mir das nicht vergönnt. Aber als ich in Chesterfield vom Zug in den Bus umstieg, dachte ich, dass ich mich gut geschlagen hatte – vor allem in Anbetracht der Tatsache, dass ich letzte Nacht kaum ein Auge zugetan hatte.

Noch nie hatte ich Nonna so wütend erlebt. Sie musste doch wissen, dass ihre Buchführung in einem furchtbaren Zustand war! Vielleicht hatte sie eben deshalb so defensiv reagiert – eben *weil* sie es wusste, aber versucht hatte, das Problem zu verdrängen.

Bloß war sie nicht explodiert, weil ich die Buchführung gefunden hatte. Sie hatte mich mit dem Umschlag in der Hand erwischt, dem Umschlag, auf dem »*privato*« stand. Wer war wohl auf den alten Schwarz-Weiß-Fotografien abgebildet, die ich mir nicht hatte ansehen können? Ich hätte viel dafür gegeben, mehr über die Vergangenheit meiner Familie zu erfahren. Wie wunderbar, wenn es Fotos von meinen italienischen Verwandten gäbe – sicher auch für Mum! Andererseits ... wenn der Umschlag nur Schnappschüsse von Familienmitgliedern enthielt, warum hatte Nonna sich dann so aufgeregt? Warum die Geheimniskrämerei?

Ich sah aus dem Busfenster und seufzte leise. Nonna hatte deutlich zum Ausdruck gebracht, dass mich die ganze Sache nichts anging. Es war also wirklich höchste Zeit, dass ich mich wieder um mein eigenes Leben und um meine Karriere kümmerte.

Nach einem ganzen Monat im verträumten Barnaby hatten mir Manchester und *HitSquad* beinahe eine Art Schock versetzt. *HitSquad* residierte im hippsten Gebäude, das ich je gesehen hatte: ein polierter Glaswürfel, in dessen Inneren sich ein riesiges Großraumbüro befand. Auf der einen Seite lief laute Musik, auf der anderen gab es eine Chillout-Zone. Überall standen moderne, weiche Sofas. Für mich, die wochenlang in durchhängenden Sesseln gesessen und nur das leise Klingeln von Teelöffeln gehört hatte, war das Ganze eine fast außerweltliche Erfahrung.

In Manchester hatte es ununterbrochen geregnet: Die Bürgersteige waren nass und rutschig gewesen, und die Farbe des Asphalts hatte sich zu einem tiefen Schwarzgrau verdunkelt. Als der Bus jedoch über die Hügel gen Barnaby zockelte, rissen die Wolken auf. Breite Sonnenstrahlen tauchten die Gipfel des Peak District in leuchtendes Gold.

Der Anblick war so schön, dass sich mir die Brust zusammenzog. *Das werde ich vermissen,* dachte ich. Die grünen Wälder und die Steinmäuerchen, die die Felder begrenzten. Die gewundenen Straßen, die sich durch die Hügel schlängelten, das Glitzern des Flusses im Tal, die Blüten in den Hecken und die stämmigen Lämmer, die einander verspielt Kopfstöße versetzten. *Aber in Manchester gibt es Leute,* versuchte ich, mich selbst zu trösten, *viele Leute und Geschäfte und keine verbiesterten alten Frauen.*

Am Dorfanger stieg ich aus dem Bus, weigerte mich aber kategorisch, zum Café hinüberzuschauen. Ich würde nach Hause gehen, Michael mailen, wie begeistert ich von *Hit-Squad* war, und dann vielleicht zum Joggen an den Fluss gehen. Ich trat auf die Straße – allerdings nur um einen Satz zurückzumachen. Lias Auto kam mit quietschenden Reifen neben mir zum Stehen.

Ich winkte. »Hast du Lust auf einen Kaffee bei mir?«, brüllte ich ihr durch das geschlossene Fahrerfenster hindurch zu.

Dann erst sah ich, dass ihr Gesicht ganz rot und ihre Augen so groß wie Untertassen waren. Sie kurbelte ihr Fenster herunter.

»Oh! Rosie, ich bin ja so froh, dich zu sehen! Ich weiß nicht, was ich tun soll … Steig ein!«

Ohne Umschweife ließ ich mich auf den Beifahrersitz fallen und fragte: »Was ist passiert?«

Sie nagte an ihrer Unterlippe. »Ich bin nicht ganz sicher.«

Mir wurde angst und bange, als ich mich zu Arlo umdrehte, der in seinem Kindersitz schlief. »Er ist doch nicht krank, oder?«

»Nein, nein. Es geht um Dad!«, sagte sie grimmig. »Ich glaube, er führt was im Schilde.«

Ich blinzelte sie verwirrt an. »Was denn?«

»Für mich sah's ganz so aus, als träfe er sich heimlich mit einer anderen Frau.«

»*Dad?*«, fragte ich ungläubig. »Bist du sicher?«

»Ja. Schnall dich an! Meine Fahrkunst lässt gerade einiges zu wünschen übrig.«

*Großer Gott,* dachte ich, während meine Schwester so gewaltsam schaltete, dass ich das Getriebe knirschen hörte, *in dieser Familie gibt es wirklich keine Atempause ...*

Während wir dahinrasten, erzählte mir Lia, was sie erlebt hatte.

Sie war mit Arlo im Kinderwagen den Pfad am Fluss hinuntergegangen. Am *Riverside Hotel* hatte sie Dads Auto auf den Parkplatz einbiegen sehen und heftig gewunken, er hatte sie aber nicht bemerkt. »Also bin ich zum Hotel rübergegangen. Ich dachte: ›Vielleicht hat er genug Zeit, um ein Glas Limonade mit mir zu trinken!‹«

Aber gerade als sie die Zufahrt des Hotelparkplatzes erreicht hatte, fuhr ein anderes Auto an ihr vorbei und hielt neben dem von Dad. Eine Frau stieg aus. Lia, misstrauisch geworden, versteckte sich mit dem Kinderwagen hinter der Ecke des Hotels. Von dort hatte sie einen guten Blick auf Dad und die fremde Frau.

Lia konnte die Frau gut beschreiben: Sie war viel jünger als Dad und »furchtbar dünn«. Sie trug ein Kleid und dazu Stiefel, ihr langes Haar war zu einem Pferdeschwanz gebunden. Dad sprang aus seinem Auto, und die beiden unterhielten sich. Lachten miteinander. »Dann hat er die Autotür aufgemacht und eine Jeansjacke vom Rücksitz genommen. Eine Jeansjacke, Rosie!«

Die feinen Härchen in meinem Nacken stellten sich auf.

Gestern Abend hatte ich Mum und Dad besucht, um ihnen zu sagen, dass Nonna mich gefeuert hatte. Natürlich kam ich zu spät. Ken aus dem Einkaufsladen hatte es sich nicht nehmen lassen, Dad von meinem Schicksal zu informieren – er hatte die Neuigkeit von seiner Frau, bei der wiederum Stella Derry eine Stippvisite gemacht hatte. Ich bezweifelte, dass es auch nur eine einzige Menschenseele in Barnaby gab, die noch nicht Bescheid wusste.

Jedenfalls hatte Mum, während ich noch bei ihnen war, Dad gefragt, ob er Lust hätte, heute zum Mittagessen mit ihr auszugehen. Daraufhin war er feuerrot geworden und hatte gesagt, er hätte schon eine Verabredung, die er nicht absagen könnte.

»Hast du sie denn dabei beobachtet, wie sie … du weißt schon …« Ich schluckte und war gar nicht sicher, ob ich das wirklich wissen wollte.

Aber Lia schüttelte den Kopf. »Sie sind zusammen ins Hotel gegangen. Dad hat ihr die Tür aufgehalten und ihr eine Hand auf den Rücken gelegt!«

»Wie lange ist das her?«

»Ungefähr eine halbe Stunde. Ich bin mit dem Kinderwagen den ganzen Weg zurück zum Auto gerannt, hab Arlo in den Kindersitz geschnallt, den Kinderwagen verstaut … Ich glaube, ich war seit Jahren nicht mehr so außer Atem!«

Dads ganze Garderobe bestand aus Woll- und Tweedstoff. Er war nicht der Typ für Jeanssachen. Oder vielleicht doch? Was wusste ich schon?! Letzte Woche hatte Mum ihn dabei erwischt, wie er sich Rüschenunterwäsche anschaute, und dann war da noch die Sache mit dem roten Lippenstift. Ich zweifelte langsam daran, dass ich meinen Vater je gekannt hatte.

»Verflucht noch mal«, murmelte ich. »Und Mum hat noch gesagt, dass er sich in letzter Zeit komisch benimmt!«

Ich erzählte ihr alles, was ich wusste, angefangen von der Bemerkung, die er im Café gemacht hatte – dass er seine bloß noch glimmende, geheime Leidenschaft neu entfachen wollte. Alles schien zusammenzupassen; trotzdem wünschte ich verzweifelt, dass der Schein trog.

»O Gott, o Gott, er betrügt Mum«, sagte Lia. Sie fuhr Schlangenlinien, während sie sich mit dem Ärmel Tränen aus dem Gesicht wischte. »Und warum redet Mum mit dir darüber, aber nicht mit mir? Ich bin bloß zwei Jahre jünger als du, nicht zwanzig!«

»Ich war gerade da, das ist alles.«

Lia schnaubte und bog auf den Parkplatz des Hotels ein. Um diese Tageszeit standen hier nicht viele Autos, ein halbes Dutzend vielleicht. Dazu kamen Dads Volvo und der kleine blaue Nissan der geheimnisvollen Fremden. Lia parkte in sicherer Entfernung zwischen einem verbeulten weißen Van, auf dessen Seite für Möbelrestaurationen geworben wurde, und den großen grünen Recyclingtonnen des Hotels.

Ich wandte mich ihr zu. »Was wir auch herausfinden mögen – es könnte unsere Familie für immer verändern. Ich will mich jetzt nicht mit dir streiten! Können wir nicht zusammenhalten?«

Lia atmete tief ein. »Okay. Was machen wir jetzt?«

»Lass uns reingehen, dann sehen wir weiter.« Ich rang mir ein Lächeln ab. »Bestimmt gibt es eine ganz harmlose Erklärung, und später lachen wir alle gemeinsam über die Geschichte!«

Lia sah mich zweifelnd an. »Ich hoffe, du hast recht.«

»Ich auch.«

Wir stiegen aus, und Lia holte Arlo aus seinem Kindersitz. Er öffnete die Augen, blinzelte seine Mutter an, vergrub das Gesicht in ihrer Bluse und schlief wieder ein.

Auf unsicheren Beinen marschierte ich neben Lia her, die Arlo auf dem Arm trug, und machte die Eingangstür für die beiden auf. Der Griff fasste sich unangenehm klebrig an. In meiner Teenagerzeit war es angesagt gewesen, ins *Riverside* zu gehen, aber mittlerweile wirkte das Hotel ein bisschen heruntergekommen. *Eine Absteige,* dachte ich, und eine große Traurigkeit ergriff mich bei der Vorstellung, dass mein Vater mit einer fremden Frau hier ein Zimmer genommen haben könnte.

»Warum das *Riverside*«, fragte Lia leise, »wenn die Wahrscheinlichkeit so groß ist, einem Bekannten über den Weg zu laufen?«

»Warum überhaupt eine Affäre?«, fragte ich zurück. »Ich dachte, er wäre Mum verfallen!«

Lia zuckte mit den Schultern.

Das alles kam mir so irrwitzig vor. Aber meiner Erfahrung nach *war* das Verhalten von Männern unvorhersehbar. Sie waren einfach nicht verlässlich. Vielleicht war es naiv gewesen zu glauben, dass Dad anders wäre.

Hinter dem Rezeptionstresen stand niemand, die Lobby war leer. Aber wir konnten einen Flur hinunterschauen, und während wir noch ratlos dastanden, ging eine der Zimmertüren auf. Dad kam heraus. Lia und ich gingen hinter dem Tresen in Deckung – wir machten uns klein, als wären wir die schlechtesten Privatdetektivinnen aller Zeiten. Dad hielt einen Umschlag in der Rechten, mit dem er rhythmisch gegen die Handfläche der Linken klopfte. Dazu summte er. Sogar auf die Entfernung erkannte ich die Melodie: *Jolene* von Dolly Parton. Das war einer seiner

Lieblingssongs. Er überquerte den Flur, ohne in unsere Richtung zu sehen, und verschwand durch eine andere Tür.

»O – mein – Gott!«, würgte ich hervor. »Hast du gesehen, wie *zufrieden* er mit sich ist? Ich werd jetzt auf der Stelle rausfinden, was hier läuft!«

»Rosie, warte!« Lia hielt mich am Ärmel fest.

Ich schüttelte sie ab und rannte los, den Flur hinunter. Lia folgte dichtauf. Die plötzlichen heftigen Erschütterungen weckten Arlo, der Anstalten machte, in lautes Geheul auszubrechen.

»Hey!«, rief ich, während ich mich durch die Tür katapultierte, durch die Dad verschwunden war. »Alec Featherstone, du sagst uns jetzt *sofort,* was hier vor sich geht!«

»Rosie, das ist die Herrentoilette!«, zischte Lia und zerrte an mir.

»Oh! Oh, Verzeihung!«

Wir wichen eilig in den Gang zurück. Trotzdem erhaschte ich ungewollt einen Blick auf zwei Herren, die sich über den Urinalen zusammenduckten und hastig versuchten, ihre Reißverschlüsse zuzuziehen. Einer der beiden war Dad.

Dann standen wir unbehaglich im Flur. Als die Tür aufging, senkten wir die Köpfe. Ein Mann drückte sich an uns vorbei. Obwohl er seinen Schritt mit beiden Händen abschirmte, sah ich, dass ihm in der Eile ein kleiner Unfall passiert war. Arlo stieß einen durchdringenden Schrei aus. Lia schaukelte ihn, aber er brüllte aus Leibeskräften weiter.

»Schau mal!«, rief sie und nickte in Richtung der Eingangstür.

Eine gertenschlanke Frau in hochhackigen Stiefeln war

im Begriff, das Hotel zu verlassen. Ihr Pferdeschwanz schwang bei jedem ihrer Schritte energisch von einer Seite auf die andere.

»Das ist sie!«, sagte Lia.

»Komm mit, gleich wissen wir, wer das ist!« Ich wollte losstürzen, aber in diesem Moment kam Dad aus der Herrentoilette, und ich erstarrte. Mein Herz trommelte gegen meine Rippen.

»Na, ihr beiden?«, sagte Dad. Es klang eher wie eine Frage. Sein Begrüßungslächeln passte nicht recht zu seiner verdutzten Miene.

Lia sagte nichts.

Ich starrte den Mann an, dem keiner meiner Freunde je das Wasser hatte reichen können.

*Dad, bitte sag mir, dass das hier bloß ein Missverständnis ist!*

Meine Kehle schnürte sich zusammen. Ich hatte keine Ahnung, ob ich überhaupt reden konnte.

Ich war ohne einen Großvater aufgewachsen – nicht nur Mums, auch Dads Vater war früh gestorben. Somit war Dad mein einziges männliches Vorbild, und schon als kleines Mädchen hatte ich ihn auf ein Podest gehoben. Plötzlich merkte ich, dass ich wütend war – um Mums, aber auch um meiner selbst willen. Wie konnte er uns das antun?!

»Du meine Güte, junger Mann!«, sagte Dad und zog sanft an Arlos Fuß. »Du schlägst ja einen Radau!«

Arlo hörte auf zu weinen und streckte die Arme nach Dad aus, der ihn Lia abnahm.

»Was machst du hier?«, fragte Lia.

»Gerade habe ich versucht, ungestört die Herrentoilette zu benutzen.« Er lachte auf.

»Dad.« Ich rieb mir die Schläfen. »Sag uns die Wahrheit. Hast du eine Affäre mit dieser Frau? Die mit dem blauen Nissan. Ja oder nein?« Ich riss einen Arm in die Höhe und zeigte auf die Eingangstür, durch die die Frau mit dem hüpfenden Pferdeschwanz verschwunden war.

Dad starrte den Flur hinunter. Sein Mund öffnete und schloss sich zweimal, ehe er herausstieß: »Ich werde diese Frage keiner Antwort würdigen!«

»Ha! Bridget Jones!«, rief ich. Es war ein bitterer Triumph. »Wir haben dich also auf frischer Tat ertappt.«

»Wie bitte?« Er schaute stirnrunzelnd zwischen Lia und mir hin und her.

»Das ist ein Filmzitat«, erklärte Lia, »aus einem der Bridget-Jones-Filme.« Dann sah sie mich an. »Also waren wir auf der richtigen Fährte.«

Dad, der auf einem Arm immer noch Arlo hielt, fuhr sich mit der freien Hand durch das feine blonde Haar. »Ich kann euch nicht folgen.«

»Mark Darcy sagt das zu Bridget Jones, als sie ihn fragt, ob er eine Affäre mit Rebecca hat. ›Ich werde diese Frage keiner Antwort würdigen.‹ Ihre Freunde haben ihr gesagt, wenn er so reagieren würde, wäre das der Beweis, dass er wirklich fremdgeht.« Ich verschränkte die Arme vor der Brust und schaute Lia an. Sie gab sich große Mühe, gefasst zu erscheinen, aber ihre Unterlippe zitterte.

»Also wissen wir jetzt Bescheid«, sagte ich und reckte mein Kinn in die Luft.

»Bloß dass Mark Darcy gar keine Affäre mit Rebecca hatte«, flüsterte Lia mir zu. »Könnte das nicht bedeuten …?«

»Psst!« Ich warf ihr einen tadelnden Blick zu, obwohl sie recht hatte: Mark hatte Bridget nicht betrogen.

Lia reckte ihr Kinn ebenfalls empor. »Weiß Mum, mit wem du dich gerade getroffen hast?«, fragte sie.

»Nein.« Dad versuchte abzulenken, indem er leise auf Arlo einredete.

Ich schlang einen Arm um Lias Schultern, als wären wir Kampfgenossinnen, die einander stützen mussten. »Du verstehst sicher, warum uns die Sache komisch vorkommt. Dass du hier bist. In einem Hotel. Mit einer Frau!«

»In einer *Jeansjacke*«, fügte Lia hinzu. »Ich hab dich noch *nie* in einer Jeansjacke gesehen!«

»Das mag ja sein …« Dad wurde rot, richtete sich dann aber gerade auf. »Aber ihr kennt mich doch! Und trotzdem können sich meine beiden Töchter nur vorstellen, dass ich eine Affäre habe? Na, danke schön. Vielen Dank auch.«

»Dann sag uns doch, was *wirklich* los ist!«, rief ich.

Dad straffte die Schultern. »Ich denk nicht daran.«

»Dann ist wohl alles gesagt!« Ich zitterte vor Wut. »Sei so gut und gib mir meinen Neffen.«

Dad gab Arlo einen zärtlichen Kuss, bevor er ihn an mich weiterreichte. Dann machte er einen Schritt auf die Eingangstür zu, seufzte und drehte sich wieder zu uns um. »Mädchen, schenkt eurem alten Vater ein wenig Vertrauen, ja? Gebt mir eine Woche Zeit. Nur eine Woche, ich bitte euch!«

Der Schmerz, der sich auf seinem Gesicht spiegelte, brach mir schier das Herz.

Lia sah mich an. Sie kaute auf ihrer Unterlippe herum und wartete darauf, dass ich antwortete.

»In Ordnung«, sagte ich und atmete ein paarmal tief durch, »einverstanden. Aber du hast besser eine wirklich gute Erklärung!«

Dad trat beinahe schüchtern näher und küsste uns nacheinander zum Abschied auf die Stirn.

»Das kann ich nicht versprechen«, sagte er trocken. »Aber ich glaube schon, dass ich euch überraschen werde.«

Als er aus der Tür war, lehnte Lia sich an mich. »Glaubst du ihm?«, fragte sie.

»Ich *will* ihm glauben«, murmelte ich. »Wenn nicht mal unsere Eltern das mit der Ehe hinkriegen, weiß ich nicht, wie das überhaupt gehen soll.«

# Kapitel 9

Kaum war mein Handydisplay erloschen, da erweckte ich es auch schon wieder zum Leben. Immer noch nichts. Na schön! Dann würde ich mir eben noch einen Kaffee aufsetzen und in ungefähr neunzig Sekunden abermals nachschauen.

Michael zufolge wollte Finnegan O'Reilly, der Geschäftsführer von *HitSquad,* heute eine Entscheidung treffen. Meine Chancen stünden gut, sagte Michael – ich hatte offenbar einen positiven Eindruck hinterlassen.

Das hoffte ich sehr. Es war erst eine Woche her, dass Nonna mich auf die Straße gesetzt hatte, und ich wusste jetzt schon nichts mehr mit mir anzufangen.

Mit einem frischen Kaffee bewaffnet, setzte ich mich aufs Sofa. Ich schaltete den Fernseher ein, schaltete ihn gleich wieder aus und checkte die Twitter-Nachrichten des Cafés. Die Bilder, die ich anlässlich des landesweiten Haustiermonats getweetet hatte (obwohl ich gefeuert worden war!), waren gut angekommen und sogar von einer Seite, die Tipps für hundefreundliche Ausflugsziele gab, geteilt worden.

Ich fragte mich, wie es im Café lief. Welche Stimmung herrschte dort, so kurz nach der Abstellkammeraffäre?

Gern hätte ich einen Spaziergang zum Dorfanger gemacht, um die Lage zu peilen, war aber nicht sicher, ob ich im Café überhaupt willkommen war. Außerdem war ich so wütend auf Nonna! Ich hatte geglaubt, dass sie sich bei mir dafür entschuldigen würde, wie sie mich behandelt hatte, aber von wegen – diese Frau war wirklich nachtragend.

Mein Handy piepste, und ich stürzte mich darauf. *Oh, hoffentlich, hoffentlich habe ich die Stelle bekommen ...*

Aber die Nachricht war von Dad:

Heute Familienabend im Riverside Hotel um 20 Uhr!
Wir können alle eine kleine Aufmunterung brauchen.
Zieht euch schick an! P.S.: Und esst vorher was, ich bin
schließlich nicht Krösus.

Mum und ich betraten Arm in Arm nach Lia und Ed den Veranstaltungssaal des *Riverside Hotels*. Ich konnte mich nicht daran erinnern, wann wir das letzte Mal alle zusammen ausgegangen waren.

»Was für eine unerwartete Einladung.« Lia warf Dad einen forschenden Blick zu. »Welchem Umstand verdanken wir die Ehre?«

Dad wirkte angespannt: Schweiß glänzte auf seiner Stirn, und er war blass. Er lockerte seinen Kragen und sagte: »Warte ab, Lia. Alles zu seiner Zeit.«

Der Saal war ziemlich groß: Vor der Bühne standen schätzungsweise dreißig oder vierzig Tische. Die Stühle waren so positioniert worden, dass niemand mit dem Rücken zum Geschehen sitzen würde. Dad führte uns zu einem Tisch in der ersten Reihe. Fröhliches Stimmengewirr und das Klingen von Gläsern mischten sich mit Frank-

Sinatra-Songs, die im Hintergrund liefen. Gerade als wir unseren Tisch erreicht hatten und unsere Jacken auszogen, verdunkelte sich der Saal. Ein Scheinwerfer tauchte die leere Bühne in helles Licht.

»Ich muss gar nicht wissen, warum wir hier sind!« Ed seufzte vor Behagen. »Es ist einfach toll, überhaupt mal wieder so spät draußen zu sein. Unser erster kinderfreier Abend!«

Lia und er lächelten einander an; ich hatte allerdings beobachtet, dass sie beide, seit wir auf dem Parkplatz angekommen waren, schon mindestens ein halbes Dutzend Mal auf ihre Handys geschaut hatten, um sicherzugehen, dass der Babysitter nicht geschrieben hatte.

»Tolle Plätze, Alec«, sagte Ed. »Die waren bestimmt nicht leicht zu kriegen … Was musstest du dafür tun?«

Dad wurde rot und lachte so übertrieben, dass eine Frau am Nebentisch sich nach ihm umdrehte.

»Haha, nichts, rein gar nichts!«, rief er. »Ein glücklicher Zufall.«

»Ob dieser glückliche Zufall wohl dürr war und einen Pferdeschwanz hatte?«, fragte Lia mich leise.

Ein mulmiges Gefühl breitete sich in meiner Magengegend aus, und ich zog es vor, Lia zu ignorieren. »Setz dich hierher, Mum«, sagte ich und rückte einen Stuhl für sie zurecht. »Von hier siehst du gut!«

»Wenn bloß kein Comedian auftritt, der Witze über die Leute im Publikum macht!« Mum schauderte und hängte ihren samtenen Blazer über die Stuhllehne. »Das wäre mir fürchterlich peinlich!«

»Dann werfe ich mich vor dich«, versprach Dad. »Sei ganz unbesorgt!«

Sie lachte leise und küsste ihn auf die Wange. »Mein Held!«

Mum sah umwerfend aus in ihrem goldenen Shiftkleid: Es brachte ihre olivfarbene Haut und ihre dunklen Augen voll zur Geltung. Dad musste verrückt sein, sollte er tatsächlich eine Affäre haben.

Lia und ich hatten Wort gehalten und Mum nichts gesagt. Was Dad für den Abend auch planen mochte – ich hoffte verzweifelt, dass es ihm gelingen würde, unsere Sorgen ein für alle Mal zu zerstreuen. Als er Mums Hand ergriff und küsste, musste ich den Blick abwenden.

Die Tische waren jetzt beinahe voll besetzt, und es wurde noch dunkler.

»Da sind Nonna und Stanley!«, sagte Lia und winkte.

Sofort fingen meine Wangen an zu prickeln. Ich mied Nonnas Blick. Es war das erste Mal, dass wir uns wiedersahen, seit sie mich gefeuert hatte. Eigentlich hatte ich in ihrer Gegenwart von meiner neuen Stelle erzählen wollen, aber leider hatte *HitSquad* einen brandeiligen Auftrag hereingekriegt und Finnegan O'Reilly sich noch nicht gemeldet.

»Wenigstens kommt Stanley so zu einem zweiten Rendezvous«, sagte ich trocken. »Mit dem Kinobesuch war's ja Essig nach dem ganzen Drama.«

»Willkommen im Klub«, sagte Mum. »Ich will ja nicht sagen: ›Ich hab's dir ja gesagt!‹ *Aber* ...«

»Ja ja, schon klar.« Ich verdrehte grinsend die Augen.

»Da wir gerade von Rendezvous sprechen«, sagte Ed, offenbar in der Stimmung, mich ein bisschen aufzuziehen, »wann warst *du* eigentlich das letzte Mal mit einem Mann aus, Rosie?«

»Im Februar«, erwiderte ich prompt. »Mit einem gewissen Lewis. Er ist mit mir Golf spielen gegangen. Es war schrecklich!«

»Oh, Süße, warum denn?«, fragte Mum besorgt.

Ich zuckte mit den Schultern. »Wir waren gerade mal am vierten Loch angekommen, da sagte er, er wüsste, es wäre ein bisschen früh, aber er müsste mir einfach sagen, wie verliebt er in mich sei.«

»Oh, wie romantisch!«, seufzten Mum und Lia im Chor.

»Romantisch? Das war unsere allererste Verabredung!«, entgegnete ich. »Ich habe ihm gesagt, er sei ein Spinner. Und auf dem Holzweg!«

»Wo hat der ihn denn hingeführt – ins Wasserhindernis?«, fragte Ed und lachte über seinen eigenen Witz.

Mum und Dad stimmten mit ein.

Lia grinste. »Er hat also letztendlich ins Aus geschlagen?«

»Und ich möchte wetten, dass es ihm nicht gelungen ist, mit einem Schlag einzulochen!« Ed stieß seinen Schwiegervater mit dem Ellbogen an.

»Ed!« Lia warf ihrem Mann einen scharfen Blick zu. »Über die Schmerzgrenze!« Dann fiel ihr offensichtlich etwas ein. Sie wandte sich Dad zu und fragte lauernd: »Was ist mit dir, Dad? Wann warst du das letzte Mal aus?«

Ich starrte sie an und versuchte, ihr telepathisch zu vermitteln: *nicht vor Mum!*

Dad machte den Mund auf, aber ehe er antworten konnte, räusperte sich hinter uns jemand höflich.

»Einen schönen guten Abend allerseits!«, sagte Stanley. Nonna stand an seiner Seite, sie hatte sich bei ihm eingehängt. »Ich freue mich sehr über Ihre Einladung, Alec!«, fuhr Stanley fort. »Wo sollen wir uns hinsetzen?«

Dad sprang auf, schüttelte Stanley die Hand und führte die beiden zu zwei Stühlen, die Gott sei Dank nicht direkt neben mir platziert waren. Nonna warf Mum und Lia über den Tisch hinweg Kusshände zu, mich ließ sie links liegen. Ich biss die Zähne zusammen. Von mir aus – stur konnte ich auch sein! Es war nicht zu übersehen, dass sie Hilfe mit dem Café brauchte. Nur meine Sorge um ihr Wohl hatte mich veranlasst, in den Aktenschrank zu sehen – sonst nichts! Ich war verletzt, dass sie das nicht verstand, wurde aber zusehends wütender.

»Guten Abend.« Ein Kellner stellte eine Flasche Prosecco und Sektgläser auf unseren Tisch. Eine Flasche reichte kaum für sieben Leute, aber er goss in jedes Glas ein Schlückchen. »Auf Kosten des Hauses!«

»Warum das?«, fragte ich.

»Alle Künstler bekommen eine Flasche Sekt.« Er lächelte flüchtig und schwebte davon.

»Künstler?« Ich runzelte die Stirn. »Aber wir sind doch gar nicht …«

Dad legte mir rasch eine Hand auf den Arm. »Psst! Schauen wir dem geschenkten Gaul nicht ins Maul, Rosie!« Er trank sein Glas in einem Zug leer. »Offenbar ein Irrtum.«

»Ich möchte einen Toast ausbringen!«, sagte Lia und griff nach ihrem Glas.

Dad zog einen Flunsch. »Das wollte ich tun! Es ist *mein* Abend.«

»Ist das so?« Lia riss ihre Augen weit auf. »Ich dachte, es wäre ein Familienabend?«

Ich gab ihr unter dem Tisch einen Tritt, aber sie stellte ihr Glas nicht wieder ab. »Mum, du bist wunderschön. Das ist sie doch, Dad, findest du nicht?«

Dad nickte heftig. »Was ich sagen wollte ...«

»Und Ed und ich möchten dir dafür danken, dass du uns mit Arlo so hilfst!«, fuhr Lia unbeirrt fort. »Auf deine Gesundheit. Auf dich, Mum!«

Wir stießen alle an. Ich versuchte, Dads Miene zu deuten, aber so, wie er Mum ansah – ich konnte nichts anderes in seinem Blick lesen als Liebe und Zärtlichkeit. *Was hast du bloß vor, Dad?*, fragte ich mich, während ich den letzten Rest Schaum aus meinem Glas trank.

»Außerdem habe ich etwas anzukündigen«, sagte Lia. »Ich werde nicht weiter Schwimmen unterrichten, ich habe beschlossen, als Köchin zu arbeiten. Nonna, kann ich vielleicht bei dir anfangen? Im Café?«

»Musste du denken, ich binne verruckt wie eine Hutmacher!«, sagte Nonna. »Nichte eine von euch wird je widder fur mich arbeite.«

Mum und ich wechselten einen Blick.

»Typisch!«, schnaubte Lia und warf mir einen ärgerlichen Blick zu. »Das ist deine Schuld!«

Ed schnitt eine Grimasse, stand auf und ging zur Bar. Stanley hatte seine Brille abgenommen, um die kleine Schrift auf dem Programm entziffern zu können, und Nonna starrte entschlossen ins Nichts. Lia schmollte. Dad sah sich nervös im Saal um und wippte unter dem Tisch mit dem Bein. Er wartete, bis Ed mit zwei weiteren Flaschen Prosecco zurück war, dann räusperte er sich bedeutsam.

»Ich möchte ebenfalls einen Trinkspruch auf Luisa halten.« Er griff nach Mums Hand. »Was du auch tust, du verschreibst dich der Sache mit Leib und Seele – sei es, dass du unseren Enkel hütest oder hundert Ehrenämter gleichzeitig ausfüllst. Du bist meine Inspiration. Ich bewundere dich, Luisa, und wenn ich dich nur ein kleines bisschen stolz machen kann, bin ich ein glücklicher Mann.«

»Oh, Alec, natürlich tust du das!« Mums Augen glänzten verräterisch. »Was für eine schöne Ansprache!«

Sie küssten sich, und Lia und ich lächelten uns vorsichtig an. Niemand konnte dieses Maß an Hingabe simulieren! Das war einfach nicht möglich.

Die Musik wechselte zu einer Big-Band-Nummer, Lichter blitzten auf, und ein Ansager betrat die Bühne. Die nächste Stunde verging wie im Flug: Wir bestaunten Akrobaten, Sänger, einen Zauberer und einen tanzenden Hund. Mum ließ Dads Hand keinen Augenblick lang los. Während einer Kampfkunstdarbietung, die dem Publikum immer wieder den Atem raubte, gab Dad ihr einen Kuss auf die Wange und erhob sich.

»Ich muss kurz verschwinden«, raunte er.

Ich winkte ihm mit einer leeren Flasche. »Bring noch Sekt mit!«, bat ich.

Er nickte, duckte sich, um niemandem die Sicht zu versperren, und schlängelte sich zwischen Tischen und Stühlen hindurch.

Die Samurai-Krieger verneigten sich ein letztes Mal und verließen mit wirbelnden Schwertern die Bühne. Ich lehnte mich zu meiner Mutter hinüber. »Alles in Ordnung, Mum?«

Sie nickte. In ihren Augen tanzten Reflexionen des Scheinwerferlichts. »Traumhaft! Mit der ganzen Familie auszugehen war eine wunderbare Idee – und genau das, was wir gebraucht haben. Wenn nur du und Nonna euch wieder vertragen könntet, dann wäre der Abend perfekt!«

Sie sah mich hoffnungsvoll an, und ich biss mir auf die Unterlippe. Sollte ich ihr zuliebe den ersten Schritt tun? Aber bevor ich eine Entscheidung treffen konnte, kam eine ABBA-Coverband auf die Bühne gestürmt. Lia, Mum und ich warfen einander Blicke zu, schnellten wie auf Kommando in die Höhe und schoben unsere Stühle zur Seite.

»VOULEZ-VOUS, AH-HA!« Wir drei brüllten mehr, als dass wir sangen, und fingen an zu tanzen.

Nonna und Stanley beschränkten sich darauf, im Takt zu klatschen. Ed machte sich in seinem Stuhl so klein wie möglich und trank sein Sektglas leer.

»Komm, Ed!«, schrie ich ihm zu. »Mach mit!«

Er schüttelte hastig den Kopf. »Ich werd lieber mal Alec mit den Getränken helfen!«, rief er und floh.

Als er mit einer Flasche Prosecco zurückkam, gingen die ABBA-Doubles gerade von der Bühne, begleitet von Applaus und dem Jubel der Menge. Mum, Lia und ich ließen uns atemlos auf unsere Stühle fallen.

»Juhu!«, rief Lia. »Mehr Kribbelwasser!«

Eigentlich sah sie jetzt schon so aus, als hätte sie genug gehabt.

»Wo ist Alec?«, fragte Mum.

Ed zuckte mit den Schultern. »An der Bar ist er nicht. Vielleicht noch auf dem Klo?«

Mum seufzte. »Wahrscheinlich hat er irgendwo eine Zeitung aufgetrieben und sich damit in eine Kabine eingeschlossen.«

Die Musik für den nächsten Auftritt setzte ein, und meine ganze Familie brach in Gelächter aus: Jeder, der schon einmal mit Alec Featherstone zusammengelebt hatte, kannte diesen Song. Es war sein Lieblingslied: Dolly Partons *9 to 5*.

Dieses Mal sprangen wir alle auf. Lia schwenkte die Arme über dem Kopf. Aus dem Augenwinkel sah ich, wie eine hochgewachsene blonde Frau auf die Bühne getanzt kam.

»Soll ich rasch einen Blick in die Herrentoilette werfen, Luisa?«, fragte Ed. »Alec würde das hier nicht verpassen wollen!«

Aber Mum antwortete nicht, scheinbar konnte sie ihren Blick nicht von der Sängerin losreißen.

»Er hat recht, Mum!«, sagte ich und legte ihr eine Hand auf die Schulter. »Dad wird traurig sein, dass er nicht dabei war!«

Aber es war, als wäre sie in eine Art Trance verfallen. Ich verstand nicht, wieso – *Dad* war der begeisterte Dolly-Parton-Fan in der Familie, nicht Mum. Bevor ich Ed an ihrer Stelle bitten konnte, Dad zu holen, legte die Sängerin los, und die Menge klatschte und johlte.

»O mein Gott, er singt wunderschön!«, flüsterte Mum und legte sich eine Hand vor den Mund.

»Er? Ist das ein Mann? Oh, jaah!« Lia schirmte ihre Augen mit einer Hand gegen das Licht ab. »Ein Transvestit!«

»Seine Beine verraten ihn«, sagte Ed lachend. »Und die 80er-Jahre-Perücke!«

»Das ist nicht bloß ›ein Mann‹«, sagte Mum mit schwankender Stimme. »Das ist …«

»*Mamma mia!*«, rief Nonna. »Iste das gar nicht Dolly Parton! Iste Alec!«

# Kapitel 10

Wir tanzten und klatschten wie wild, während mein Vater in einem weißen Trägerkleid und auf High Heels die Bühne rockte. Er sang drei Songs von Dolly Parton, und kaum hatte er sich verabschiedet, stürzten wir aus dem Saal und rannten durch die Flure, bis wir den Backstage-Bereich gefunden hatten.

In einer großen Gemeinschaftsumkleide saß Dad auf einem Hocker und streifte langsam seine silbernen Stöckelschuhe ab, wobei er mehrmals vor Schmerz zusammenzuckte.

Ich warf die Arme um ihn. »Dad, das war wunderbar! Du hast es drauf! Du hast es absolut drauf!«

»Findest du?«, fragte er und erwiderte meine Umarmung. Sein Gesicht leuchtete vor Aufregung, und am Rand seiner blonden Perücke standen Schweißperlen. »Ich hatte das Gefühl, dass meine Stimme bei der zweiten Nummer ein bisschen wackelig war.«

Der Rest der Familie war direkt hinter mir. Alle drückten und küssten Dad. Mum und Lia weinten, und sogar Ed sah bewegt aus. Stanley klopfte Dad auf den Rücken und konnte seinen Blick nicht von Dads Ausschnitt wenden, aus dem seine Brusthaare hervorlugten.

Die russischen Kosaken hatten ihre Mützen auf einen Tisch geworfen und tranken Wodka, als ginge er ein für alle Mal zur Neige. Die ABBA-Doubles tanzten, als wären sie noch auf der Bühne. Andere Künstler wanderten herum, nur noch halb kostümiert, und tauschten sich über ihre Auftritte aus. Sechs Samurai-Schwerter in ledernen Scheiden lehnten nebeneinander an der Wand, und der tanzende Hund schlief tief und fest auf einem Deckchen in der Ecke.

Und inmitten all dieses Trubels saß mein Vater, Dozent an der Universität von Derby, und kämpfte sich aus seiner Feinstrumpfhose. Ich war noch nie so stolz auf ihn gewesen.

»Du warst spitzenmäßig, Dad!«, rief Lia.

»Diese blonde Diva hat ihre Hüften geschwungen, und ich hatte sofort das seltsame Gefühl, dass ich sie von irgendwoher kennen würde.« Mum lachte und legte ihren Arm um Dads Taille. »Und ich hatte recht! Herzlichen Glückwunsch, du bist ein Star, mein Liebster! Wie hast du es nur geschafft, das alles vor uns geheim zu halten?«

»Ein Star?« Er warf sich in die Brust und musste dann lachen. »Ich habe Gesangsunterricht genommen. Und ich muss mich entschuldigen … Ich weiß, ich habe mich in letzter Zeit komisch benommen, aber ich wollte euch unbedingt überraschen!«

»Meine Schwiegersohn in eine Kleid«, sagte Nonna. Sie setzte sich auf einen Stuhl, den Stanley für sie herangeholt hatte, und schüttelte ungläubig den Kopf. »Aber schätze ich, jede Tierchen ihre Blähsierchen.«

Dad sagte schüchtern: »Ich wollte immer schon vor Publikum singen. Aber du hattest recht, Luisa, meine Stimme war nicht gut genug. Deshalb dachte ich: Zeit, dass ich daran was ändere!«

»Dein Erfolg spricht für sich, Alec!« Mum giggelte, zog an Dads BH-Träger und ließ ihn zurückschnipsen. Dann fügte sie ernst hinzu: »Es tut mir leid, dass ich dir das Singen immer schlechtgeredet habe. Das zeigt bloß, wie wenig Ahnung ich habe: Du singst wunderbar!«

Ed musterte Dad mit einer Mischung aus Unbehagen, Achtung und einer Spur von etwas, das Neid sein konnte. »Wie ist es denn, Frauenkleider anzuhaben?«

Dad zupfte an seinem Ausschnitt. »Sie sind eng. Ich nehme an, so fühlt sich eine Wurst in ihrer Pelle.«

»Hm.« Ed pfiff leise durch die Zähne. »In dem Outfit dürfte jetzt jedenfalls aller Welt klar sein, dass du Eier in der Hose hast!«

Dad zog eine Grimasse und sah an sich herunter. »Wirklich?«

Lia lachte auf. »Ich glaube, er will sagen, dass du ganz schön mutig bist!«

»Biste du sexy!« Nonna gluckste in sich hinein. »Fur mich haste du ausgesehe wie eine Frau!«

»Ich bin auch drauf reingefallen!«, sagte Stanley und legte ganz selbstverständlich seine Hand auf Nonnas Schulter. Ich dachte, sie würde ihn abschütteln, aber stattdessen bedeckte sie seine Hand mit ihrer.

»Es war nicht leicht.« Dad lächelte Lia und mich an. »Ich hätte beinahe kapituliert und euch alles erzählt, als ihr mich letzte Woche mit meiner Gesangslehrerin gesehen habt.«

Lia zuckte schuldbewusst zusammen. »Also ist sie deine Lehrerin … Es tut mir so leid, Dad, dass wir voreilige Schlüsse gezogen haben!«

Mum legte fragend den Kopf schief, und ich erzählte ihr, wie wir Dad im Hotel getroffen und gleich das Schlimmste angenommen hatten.

»Wir waren bloß hier, um uns schon mal die Bühne anzusehen«, erklärte Dad. »Ich kam nichtsahnend aus der Herrentoilette – und davor wartete die spanische Inquisition auf mich!«

»Wir hätten nicht an dir zweifeln sollen.« Ich küsste ihn auf die Wange, nur um mir gleich darauf orangefarbenes Make-up vom Mund zu wischen, das Dad viel zu dick aufgetragen hatte. »Aber das nächste Mal schminke ich dich!«

»Und das Outfit?« Dad hob den Rocksaum seines silberweißen Kleides und machte einen Knicks. »Ich hab es aus einem Secondhandgeschäft. Und den BH hab ich online bestellt!«

»Wissen wir!« Lia kicherte. »Mum dachte, du wärst auf etwas ... Exotisches aus!«

Er vergrub das Gesicht in den Händen. »Und ich dachte, ich hätte meine Spuren gut verwischt!«

»Hätte mir vor einem Monat jemand gesagt, wie erleichtert ich sein würde, meinen Mann in Frauenkleidern auf einer Bühne *9 to 5* von Dolly Parton singen zu hören – ich hätte ihm kein Wort geglaubt!« Mums Augen leuchteten.

»Ich habe den Song für dich ausgesucht«, sagte Dad und legte den Arm um sie. »Weil es darum geht, das geschäftige Leben aufzugeben und lieber das zu tun, was einen glücklich macht.«

»Oh, Alec«, sagte sie und küsste ihn. »Das trifft es genau – so fühle ich mich!«

»Aber wirste du dich langweilen«, sagte Nonna und schüttelte den Kopf. »Was wirste du tun der ganze Tag, *eh?*«

Mum hakte sich bei Dad unter und begegnete dem Blick ihrer Mutter. »Das habe ich mich vor zehn Jahren auch gefragt, als ich meinen Job verloren hatte. Die Mädchen waren beide aus dem Haus, und ich habe mich so … so richtungslos gefühlt, verloren. Nutzlos. Zu Hause brauchte mich niemand, und in der Welt da draußen scheinbar auch nicht. Ich dachte, ich könnte vielleicht dir helfen, im Café. Aber natürlich wolltest du meine Hilfe nicht.«

Nonna sah betreten drein. »Habbe ich gern alles *a modo mio* … auf meine Art«, murmelte sie.

Mum fuhr fort: »Deshalb habe ich mir ehrenamtliche Arbeit gesucht. Und plötzlich hatte ich wieder alle Hände voll zu tun. Aber auf Arlo aufzupassen hat mir geholfen, die richtige Balance zu finden. Ich liebe meine Familie, und mit meiner Familie möchte ich meine Zeit verbringen – nicht damit, von Versammlung zu Versammlung zu hetzen.«

»Darauf trinke ich!«, sagte Dad strahlend.

Nonna blinzelte ihre Tochter an. »Habbe ich das nichte gewusst, Luisa.«

Mum seufzte. »Natürlich nicht! Du hattest es viel zu eilig, mich aus dem Café zu jagen – genau wie jetzt Rosie. Du weist jede Hilfe kategorisch zurück, als würde es dich schwach aussehen lassen, wenn du sie annimmst.«

»Iste es … iste es nur so …« Nonna schaute von Mum zu mir und zuckte hilflos mit den Schultern. »Habbe ich immer alles alleine gemachte. Aber tute mir leid, dass ich nichte habbe sugehört. Euch beide nichte.«

Ich lächelte sie schwach an. Ich hatte eine Entschuldigung gewollt – hiermit würde ich zufrieden sein müssen. Mehr würde Nonna zu dem Thema sicher nicht sagen.

»Was denkst du, können wir einen zweiten Anlauf wagen?«, fragte Mum Nonna. »Und miteinander über die Zukunft sprechen?«

Nonna schluckte schwer. Die ganze Familie hing an ihren Lippen, aber ehe sie antworten konnte, kam einer der Kosaken in unseren kleinen Kreis hineingetorkelt und schwenkte seine Wodka-Flasche.

»Wollt ihr was mit uns trinken?«, fragte er in breitem Liverpooler Akzent.

Mum wirkte erleichtert. »Gern!«, sagte sie. »Ihr auch?«

»Oh, und ob!« Stanley rieb sich die Hände.

»Gebongte«, sagte Nonna. Dabei sah sie immer noch Mum an.

Wir suchten und fanden Gläser, die Kosaken aus Liverpool schenkten Shots aus und die Künstler prosteten einander zu. Gerade als ich mein Glas in einem Zug leerte, vibrierte mein Handy. Ich schaute aufs Display. Die SMS kam von einer unbekannten Nummer:

Bitte entschuldigen Sie die späte Störung, wir haben einen hektischen Tag hinter uns. Ich möchte Ihnen gern die freie Stelle bei *HitSquad* anbieten! Rufen Sie mich zurück, wenn Sie Zeit haben. Herzlich Finnegan O'Reilly

Mein Herz fing an zu rasen. Ich warf einen Blick in die Runde. Meine verrückte, wunderbare Familie war damit beschäftigt, Wodka zu trinken und mit den Künstlern zu lachen – es war der perfekte Moment, um unbemerkt aus der Umkleide zu schlüpfen.

Ich ging ein Stück den Flur hinunter, drückte eine schwere Tür auf, über der »Notausgang« stand, und folgte einem schmalen Pfad in den Garten, der an den Fluss grenzte.

Die Luft war feucht und kühl, der Himmel jedoch klar; Millionen Sterne funkelten über mir. Nach den flackernden Lichtern, der lauten Musik und den aufregenden Darbietungen war der dunkle Garten der ideale Rückzugsort. Hier würde ich meine Gedanken sammeln können.

Ich spazierte über das tauglitzernde Gras zum Wasser und zu den Picknicktischen hinunter. Am Ufer lagen Hausboote vertäut. Für mich sah es nicht so aus, als würden sie bald wieder in See stechen: Eins hatte große Blumentöpfe an Deck stehen, aus dem Schornstein eines zweiten stieg Rauch.

Ich setzte mich an einen der Tische, schaute aufs Wasser, in dem sich die Lichter des Hotels unruhig spiegelten, und atmete tief ein. Dann holte ich mein Handy aus der Tasche und las die SMS noch einmal.

Ich hatte die Stelle bekommen. Warum sprang ich nicht vor Freude in die Luft?

Beinahe unbemerkt hatte sich in mir ein Wandel vollzogen.

Ich war so sicher gewesen, dass ich Herausforderungen und Deadlines brauchte, dass mich der Konkurrenzdruck, der in der Werbebranche herrschte, zu Bestleistungen anspornte. Und doch war ich im *Lemon Tree Café* glücklicher gewesen, als ich es für möglich gehalten hatte.

Wenn ich die Stelle in Manchester annahm, würde ich kaum noch etwas von meiner Familie haben. Arlo würde größer werden, würde seine ersten Worte sagen und in die Schule kommen, und ich würde nichts davon mitbekommen. Die Romanze zwischen Nonna und Stanley würde nur noch eine Geschichte für mich sein, die Mum mir in der Mittagspause schnell am Telefon erzählte. Ich würde keine Neuigkeiten aus dem Leben von Juliet und Doreen, Biddy, Clementine oder der Stammgäste des Cafés mehr erfahren. Nicht einmal den Wechsel der Jahreszeiten würde ich richtig mitbekommen – dabei hatte ich mich bereits so sehr daran gewöhnt, ihn an den verschiedenen Blumen abzulesen, die auf dem Dorfanger blühten.

Ich erkannte mich selbst kaum wieder. War ich nicht die ambitionierte Karrierefrau, die es kaum abwarten konnte, im Beruf voranzukommen und ihr Können zu zeigen? Meine Familie hatte mich immer für mutig gehalten, für risikofreudig. *Rosie packt es an!*

Nur hatte Mut vielleicht gar nichts damit zu tun, dass ich so fixiert auf meine Karriere gewesen war. Vielleicht war ich auf der Flucht gewesen – auf der Flucht vor dem, was mir mit Callum passiert war.

Aber hatte ich überhaupt eine Wahl? Ich brauchte einen Job. Nonna mochte sich entschuldigt haben, aber ich glaubte nicht, dass sie mich wieder einstellen würde.

Ein kalter Lufthauch vom Fluss her ließ mich schaudern, als ich Finnegan O'Reilly meine Antwort schickte. Ich nähme die Stelle bei *HitSquad* ausgesprochen gerne an, schrieb ich. Ich könne sofort anfangen.

Die Entscheidung war getroffen.


»Da bist du ja!« Lia ließ sich neben mich auf die Bank fallen, reichte mir ein Glas und schenkte mir Wein aus einer beinahe noch vollen Flasche ein, die sie anschließend auf den Picknicktisch knallte. »Ich hab dich überall gesucht.«

»Du kommst genau richtig!« Ich stieß mit ihr an. »Du kannst mit mir feiern. Ich habe einen neuen Job!«

Lia stieß einen Freudenschrei aus. »Du hast die Stelle gekriegt?«

Ich trank einen großen Schluck Wein. »Ja. Es wird höchste Zeit, dass ich mich wieder um meine Karriere kümmere.«

»Und wieder zieht sie von dannen und lässt mich zurück.« Lia seufzte schwer und starrte in ihr Glas.

»Wie meinst du das?«

»Lach mich nicht aus ... Ich hatte diesen Tagtraum, dass du und ich zusammen im Café arbeiten könnten. Jetzt verschwindest du nach Manchester, und mich will Nonna sowieso nicht haben. Ach, was soll's.« Sie stürzte ihren Wein hinunter. »Denk ich mir eben was Neues aus.«

»Vielleicht solltest du mit Nonna reden. Oder soll ich?«

»Sie wird ihre Meinung nicht ändern, die Frau ist unerbittlich.« Sie zuckte mit den Schultern. »Wenn sie *dich* nicht beschäftigen will, hab *ich* keine Chance. Du bist ihr Liebling.«

»Unsinn«, widersprach ich, fühlte mich aber unwohl dabei, denn sie hatte womöglich recht. Ich stieß sie sanft mit meiner Schulter an. »Wenn es dir ein Trost ist – ich fände es auch toll, mit dir zusammenzuarbeiten. Obwohl ich nicht glaube, dass das Café genug Geld abwirft, um uns beide zu bezahlen.«

»Egal!« Lia lallte ein ganz kleines bisschen; ich fragte mich, ob ich ihr das sagen sollte. »Es war blöd von mir zu denken, dass ich überhaupt was anderes machen kann. Du warst immer so furchtlos – bist zum Studieren weggegangen, ohne zurückzuschauen. Ich war zu feige dazu. Bin lieber im Dorf geblieben, nah bei meinen Eltern. Hab einen netten Jungen geheiratet und ein Baby gekriegt – leichter kann man's sich nicht machen.«

»Du machst Witze!«, rief ich. »Als du an deinem Hochzeitstag an Dads Arm die Kirche betreten hast, hatte ich solche Hochachtung vor dir! Ich habe mich gefragt: ›Wie macht sie das? Wie schafft sie es, so gelassen und glücklich zu wirken an einem Tag, der sicher der Angst einflößendste in ihrem ganzen Leben ist?‹«

Lia sah mich verblüfft an. »Ich hatte keine Angst. Ich war bis über beide Ohren verliebt! In einen Mann, der, so kitschig sich das anhören mag, meine verlorene andere Hälfte ist.«

Vom Fluss her hörte ich das ferne Tuckern eines Dieselmotors, das sich näherte. Ein Narrowboat, auf dem alle Lichter brannten, glitt auf uns zu. Leise Stimmen wurden über das Wasser zu uns herübergeweht. *Was für ein unbeschwertes Leben,* dachte ich. *Ein kleines Boot auf einem ruhigen Fluss, das an den Irrungen und Wirrungen des Alltagslebens einfach vorbeifährt.*

»Aber wenn du heiratest, geht es um den Rest deines Lebens!« Ich drehte den Stiel meines Glases in den Fingern.

»Ich weiß«, sagte sie schlicht. »Aber wir haben Glück, du und ich. Dank Mum und Dad hatten wir immer ein Beispiel für eine gut funktionierende Ehe vor Augen.«

»Obwohl wir gerade fast Sand ins Getriebe gestreut hätten.« Ich versuchte zu lächeln, aber es gelang mir nicht recht. »Das erhöht für mich den Druck bloß noch, verstehst du? Ich werde nie wie Mum und Dad sein. Wie bekommt man das richtig hin – einen Menschen nah an sich heranzulassen, aber nicht zu nah?«

»Was meinst du damit?« Lia zog die Nase kraus. »Zu nah gibt es nicht. Du brauchst bloß jemanden in dein Herz zu schließen. Den Rest erledigt die Liebe.«

Aus ihrem Mund hörte sich das ganz einfach an.

»Wen soll ich denn ins Herz schließen?« Ich hob eine Augenbraue. »Alle Männer im Dorf sind entweder verheiratet oder Witwer.«

»Was hast du gegen Witwer?«

»Nichts – solange sie jünger sind als vierzig. Was sie in Barnaby aber nicht sind.«

Lia beäugte mich skeptisch über den Rand ihres Glases hinweg. »Hm. Ich hab mich schon oft gefragt, wie es kommt, dass eine so schöne Frau wie du immer noch Single ist.«

»Schön? Oh, danke! Darauf trinke ich.« Ich hob mein Glas, um mich dahinter zu verstecken. Wenn sie nur wüsste … Aber vielleicht war es an der Zeit, dass ich ihr einfach erzählte, was mit mir los war. Ich liebte Lia. Mit den Jahren waren wir uns nähergekommen, und ich hatte immer mit ihr reden können. Über beinahe alles.

Mein Herz schlug hart gegen meine Rippen. Es wäre eine Erleichterung, mit jemandem über Callum zu sprechen. Damals hatte ich das nicht gekonnt, ich hatte mich zu sehr geschämt. Für das, was passiert war, und für das, was ich *nicht* getan hatte. Aber vielleicht würde es uns beiden guttun, wenn ich mich Lia anvertraute. Ihr, weil sie erkennen würde, dass es die perfekte große Schwester, an der sie sich maß, so nicht gab. Und mir würde es vielleicht helfen, Abstand zu gewinnen. Die Sache mit Callum hatte mein Leben die letzten zehn Jahre lang beeinflusst. Viel zu lange.

»Lia …«

»Ach, hier versteckt ihr euch!« Mum und Nonna kamen Arm in Arm durch den Garten auf uns zu. »Nonna möchte euch etwas sagen.« Mum zögerte und schaute Nonna an, beide schienen ganz aus dem Häuschen zu sein.

»Iste so, *Cara* …« Nonna tätschelte meine Hand. »War ich gewese verruckte alte Schacktel. Das Café iste su viel fur mich, habbe ich vergrabe meine Kopf su lange in der Zement. Wollte ich meine Café nichte aufgebe.«

»Niemand will dir dein Café wegnehmen, Nonna«, sagte ich geduldig. »Ich wollte es dir bloß ein bisschen leichter machen. Ich hätte das nicht hinter deinem Rücken tun dürfen, aber ich dachte wirklich, es wäre das Richtige!«

»Biste du gute Kinde, Rosanna. Begreife ich das jetzte.« Sie strich mir mit dem Daumen über die Wange. Ihre Haut war rau, ein Zeugnis ihrer harten Arbeit. »Und ich begreife, dass vielleicht iste gut, nichte jede Tag su arbeite. Dann habbe ich mehr Zeit … fur Stanley.«

»Das höre ich gern«, sagte ich und lächelte. »Und ich wette, Stanley auch!«

Mum gab ihrer Mutter einen sanften Schubs. »Du weißt noch, was du sagen wolltest?«

»Tut mir leid, ich habbe dich gefeuert. *Io infurio* … War ich wütend, wenn ich sehe …« Sie zögerte.

Ich wartete gespannt darauf, ob sie den Satz beenden würde. Sollte sie den Umschlag erwähnen, würde ich sie danach fragen. Aber sie streckte nur die Arme nach mir aus.

»Vergibste du deine alte Nonna?«

Ich sprang auf und umarmte sie. »Natürlich!«

»Heißt das, du verkaufst das Café, Nonna?«, fragte Lia.

Der Gedanke daran, dass das *Lemon Tree Café* nicht mehr meiner Familie gehören könnte, machte mich auf der Stelle unglücklich. Wer würde es kaufen? Was würde der neue Besitzer daraus machen? Ich schauderte. Ich konnte es kaum ertragen, mir diese Fragen zu stellen.

Plötzlich wurde ich mir der bedeutungsschwangeren Stille bewusst. Ich sah Nonna an. Sie erwiderte meinen Blick mit einem breiten Grinsen auf dem Gesicht.

»Verkaufe? *No, no,* warum dasse? Mache ich Rosanna su die Geschäfteleiterin!«

Ich starrte sie an, sprachlos. Am Rande nahm ich wahr, dass Lia neben mir leise mit den Zähnen knirschte.

»Herzlichen Glückwunsch, Süße!«, rief Mum. »Du hast dir die Beförderung verdient. Du hast im letzten Monat so viel geschafft … Das Café ist nicht wiederzuerkennen!«

»*Eh!*«, murmelte Nonna. »Iste gewese halbe so schlimm!«

»Es ist sogar in Mode, Mamma«, sagte Mum lachend. »Viele Leute mögen den schäbig-schicken Stil. Sind alle glücklich? Prima! Kommt ihr dann wieder mit rein? Als Nächstes tritt ein Schlangenbeschwörer auf!«

Ich versprach, dass wir gleich nachkommen würden. Mum und Nonna wanderten davon. Lia füllte ihr Glas und kippte den Wein, ohne abzusetzen, hinunter.

»Wie war das? Du bist nicht ihr Liebling?«, fragte sie trocken. »Versteh mich nicht falsch, ich wäre absolut ungeeignet dafür, das Café zu leiten. Den Posten will ich gar nicht. Ich will bloß ein paar Pasteten und so Zeug machen!«

»Ich habe gerade eine andere Stelle angenommen, schon vergessen?« Ich schlug die Hände vors Gesicht und stöhnte. Was sollte ich jetzt machen? Mit einem Mal hatte ich *zwei* Stellen. »Bleibe ich, oder gehe ich nach Manchester?«

»Oh, wie war noch gleich der Song?« Lia kicherte. »*Do I stay or do I go now?*«, schmetterte sie los.

»Ich glaube, du hast genug getrunken«, sagte ich.

»Das entscheide ich!«

Was würde aus dem Café werden, wenn ich die Stelle bei *HitSquad* wirklich antrat? Nonna würde sicherlich weitermachen. Sie würde auf ihren Ruhestand verzichten. Aber wenn ich im Café blieb, war meine Karriere im Social-Media-Bereich ein für alle Mal vorbei. Ich hatte jetzt schon das Gefühl, nicht mehr auf dem neusten Stand zu sein. Wenn man in dieser Branche einmal Schwäche zeigte, war man weg vom Fenster.

»Kommt das Schiffchen hierher?« Lia hielt sich ein Auge zu. »Ich kann nich richtig guck'n.«

Tatsächlich näherte sich das Narrowboat dem Anlegesteg.

Ich seufzte. Mit Lia ließ sich jetzt nicht mehr reden – weder über das Problem mit dem Café und *HitSquad* noch über irgendetwas anderes. Sie war zu angetrunken, um mir wirklich zuzuhören.

»Das is so toll, wie die Boote st… steuern«, sagte Lia. »Ich hab schon Schwierigkeit'n mit Autos … un die ham Steuerräder und so!«

»Boote haben Steuer*ruder*, Lia.« Ich folgte ihrem Blick. Das Hausboot schwenkte in den einzigen freien Anlegeplatz am Ende der Hausbootreihe ein.

»Da is'n kleiner Junge an Bord!«, sagte Lia. »Soll'n wir ›Hallo!‹ rufen?«

»Nein.« Ich lachte. »Ich glaube echt, dass du's ein bisschen langsamer angehen solltest mit dem Wein.«

Ein Mann sprang von Bord des Hausboots an Land.

»Vorsicht, Kumpel!«, rief er dem Kind zu. »Geh nicht zu nah an die Kante ran.«

»Glaubst du, er is'n Vagabund?«, flüsterte Lia ziemlich laut. »Wie Dschohnny Depp in *Chocolat*?«

»Alle möglichen Leute leben auf Hausbooten«, sagte ich. »Ich kenne sogar jemanden, der eins hat! Erinnerst du dich an Gabe? Veritys Freund, der mal Anwalt war? Er hat alles hingeschmissen und ist jetzt Möbelrestaurateur. Wenn ich mich recht erinnere, ist er unheimlich heiß – so ein Räuberzivil-Typ, immer in Jeans und löchrigen Pullovern. Wie hieß bloß sein Boot noch mal? Es liegt mir auf der Zunge!«

»Die *Neptun*«, sagte Lia, angestrengt blinzelnd.

Ich schluckte, als ich ihrem Blick folgte. »Ja«, sagte ich langsam. »*Neptun*. So heißt es.«

Der Mann drehte sich um, als er unsere Stimmen hörte. Er lächelte und hob eine Hand zum Gruß.

»Mach schnell, Daddy!« Der kleine Junge sprang vor Aufregung auf und ab wie ein Gummiball.

»He, Noah, warte!« Der Mann machte einen schnellen Schritt nach vorn, um den Jungen von Bord zu heben.

Noah? Mir stockte der Atem. Konnte das sein? Ich stand auf und ging dem Mann und seinem Sohn entgegen.

»Gabe? Bist du das? Und Noah?«

Er blinzelte gegen die Lichter des Hotels an. »Rosie?«

»Ihr seid es wirklich!« Ich lachte und winkte Noah.

Hinter mir quietschte Lia: »O Gott! *Heiß!*«

»Das ist ja unglaublich!« Er küsste mich zur Begrüßung auf beide Wangen und strahlte mich an. Mein Blick wanderte über seine strohblonden Locken und grauen Augen. Wie hatte ich diese Augen vergessen können?

»Verity hat mir gesagt, wo ich dich finden kann – aber

ich hab nicht damit gerechnet, mit dir zusammenzustoßen, kaum dass wir angelegt haben! Was machst du hier draußen?«

»Ganz ehrlich? Meine Schwester betrinkt sich, und ich zerbreche mir den Kopf über meine Zukunft.«

Er sah mich amüsiert an. »Ihr habt also richtig Spaß.«

Lia schubste mich mit ihrer Hüfte beiseite. »Hiichbinlia. Ihre Schwester. Wir sin hier, weil unser Vater sich als Dolly Pahton verkleidet hat und im Hotel mit rusch... mit rusch... mit *russischen* Ko-sa-ken und Sam-u-rais Vodka trin't!«

»Haben die echte Schwerter?«, fragte Noah leise. Seine Augen waren riesig.

»O ja, all das und außerdem Schlangen«, sagte ich beiläufig. »Ein ganz gewöhnlicher Donnerstagabend in Barnaby. Und ihr zwei? Was bringt euch hierher?«

Gabe warf einen kurzen Blick über seine Schulter auf das Hausboot. »Wir sind gerade hergezogen. Quasi vor einer Minute. Ich habe meinen Van letzte Woche hergefahren und abgestellt ...« Er nickte in Richtung Parkplatz. »Dann sind wir mit dem Hausboot den Fluss runtergegondelt.«

Natürlich! Der weiße Van mit der Werbung für »Möbelrestaurationen« auf der Seite – wir hatten daneben geparkt, als wir Dad hinterherspioniert hatten.

Noah meldete sich zu Wort. »Und morgen gucken wir uns die Sterne an, stimmt's, Daddy?«

Gabe zog nach Barnaby? Wieso hatte Verity mir nichts davon gesagt?

»Das is ja toll!«, rief Lia und kniff mich in den Arm.

Ich warf ihr einen Blick zu und bückte mich, um mit

Noah auf Augenhöhe zu sein. »Erinnerst du dich noch an mich? Ich bin Rosie, die Freundin von deiner Tante Verity.«

Noah nickte.

»Daddy sagt, dass du wie Katy Perry aussiehst.« Er legte eine Hand wie ein Sprachrohr um seinen Mund und flüsterte laut: »Die findet er toll.«

Gabe stöhnte und fuhr sich mit einer Hand durchs Haar. »Danke, Kumpel!« Leiser fügte er, an uns gerichtet, hinzu: »Sorry!«

»Magst du Sterne?«, fragte Noah mich.

»Sehr sogar«, sagte ich. Wie Noah sich so am Bein seines Vaters festhielt, während er mit mir sprach, war zu süß. »Und den Mond mag ich besonders.«

»Heute ist richtig doller Neumond«, erklärte Noah und hüpfte auf der Stelle. »Der Jupiter leuchtet so hell, hell, hell!«

Er ließ kurz Gabes Bein los, um mit allen Fingern zu wedeln. Jupiters Glitzern, nahm ich an.

Ich musste lächeln. »Ja, davon habe ich gelesen. Diese Woche kann man Jupiter besonders gut sehen.«

Lia hängte sich an meinen Hals und schnurrte in mein Ohr: »Und du erglühst vor Lie-hi-be wie ein Schte-hern!«

Kurz spielte ich mit der Überlegung, sie in den Fluss zu schubsen.

»Ich glaube, du hast gerade einen Freund fürs Leben gewonnen«, sagte Gabe zu mir und lächelte dann seinen Sohn zärtlich an. »Jetzt komm aber, Noah. Du solltest längst im Bett sein. Bis die Schule anfängt, musst du dich wieder an einen normalen Schlafrhythmus gewöhnt haben.«

»Ich komme nämlich in die Schule«, verkündete Noah schüchtern. »In Barnaby?« Ich sah Gabe erstaunt an.

Er nickte. »Alles ein bisschen auf den letzten Drücker, aber – ja. Auf deine Empfehlung hin. Das sagt jedenfalls Verity. Die Schule, auf die ich ihn eigentlich schicken wollte, hat sich als ziemliche Katastrophe herausgestellt.«

»Wir sin hier zur Schule gegang'n!« Lia torkelte auf Gabe zu. »Un aus uns is was gewor'n!«

Gabe grinste uns beide an. »Das sehe ich. Gute Nacht! Es war sehr schön, euch zu treffen.«

Er nahm Noah an die Hand und machte ein paar Schritte auf das Hausboot zu. Dann zögerte er und drehte sich noch einmal um.

»Rosie, hättest du Lust, uns morgen Abend Gesellschaft zu leisten?« Er rieb sich die Stirn. »Um dir mit uns die Sterne anzusehen? Nur wenn du Zeit hast natürlich!«

»O ja!« Noah hüpfte wieder auf der Stelle. »Komm, Rosie! Wir haben Hotdogs! Und Marshmallows!«

Lia stieß mir so rabiat den Ellbogen in die Rippen, dass ich mir die Seite halten musste. »Au!« Morgen früh würde ich einen blauen Fleck haben. »Wenn ihr wollt, komme ich gern! Danke für die Einladung, ihr beiden.«

»Manchmal backen Frauen Kuchen«, sagte Noah und grinste schelmisch. »Bist du so eine Frau?«

»Sorry! Zum zweiten Mal.« Gabe hielt seinem Sohn den Mund zu und rollte mit den Augen. »Dann sehe ich dich morgen. Gegen sieben?«

Wir grinsten uns an. Gabe winkte ein bisschen verlegen und hob Noah wieder an Bord. Lia hakte sich bei mir unter, und wir gingen durch den Garten zurück, um den Rest der Familie zu suchen.

»Hab schon ganz vergess'n, wie aufregend es is zu flöhrt'n!«, kicherte sie.

»Das war kein Flirt. Das war ein Gespräch mit dem Freund einer Freundin und seinem Sohn.«

»Wie du meinz.« Sie schnaubte. »Also hat der heutige Ahben dir zwei neue Dschobs und ein Date mit ei'm hübsch'n Mann gebracht. Nich schlecht für einen Donnerstag!«

»Wir haben *zwei* hübsche Männer getroffen«, korrigierte ich Lia und sah über die Schulter zur *Neptun* zurück. Noah winkte wild, ich winkte zurück. »Und es ist kein Date. Aber du hast recht, es war kein schlechter Abend!«

Lia schielte mich an. »Wie wirs du dich entschei'n, Rosie? Für den aufregen'en neu'n Dschob? Oder für die Sch-Schürze?«

Ich musste lachen. »Du bist *so* knülle!« Seufzend hob ich die Schultern. »Ich weiß noch nicht. Ich werde wohl darüber schlafen müssen.«

Meine Karriere hatte mich so lange erfüllt. Wenn ich sie aufgab, um das Café zu führen, wäre das eine große Veränderung für mich. Andererseits scheute ich davor zurück, das Café hinter mir zu lassen, seit Michael das Vorstellungsgespräch bei *HitSquad* für mich organisiert hatte.

Ich warf einen letzten Blick zurück, bevor ich das Hotel betrat. Für einen Moment raubte mir ein Gefühl, das ich lange verschüttet geglaubt hatte, den Atem. Ein Lächeln stahl sich auf mein Gesicht.

In Barnaby zu leben war mit einem Mal sehr viel interessanter geworden.

# ZWEITER TEIL

## Ein Hurrikan
## im Wasserglas

# Kapitel 11

Am Morgen nach Dads Dolly-Parton-Debüt öffnete das Café, als wäre alles beim Alten.

Das Gegenteil war der Fall.

Obwohl sie einen Kater hatte, stand Lia in der Küche. Der Probetag war meine Idee gewesen: Bisher hatte Lia bloß davon geträumt, das Kochen zum Beruf zu machen; jetzt konnte sie sich ausprobieren. Ich war nicht sicher gewesen, ob sie sich daran erinnern würde, dass wir verabredet waren, aber sie war überpünktlich da gewesen und schnitt jetzt so temperamentvoll Gemüse, als würde sie sich für die Kochshow *MasterChef* bewerben. Dad saß mit Robin Barker, dem jungen Reporter vom *Derbyshire Bugle,* im Wintergarten und gab ein Interview. Mum hatte Arlo mit ins Café gebracht. Er spielte auf ihrem Schoß mit Holzlöffeln, während sie und Nonna sich angeregt über die Seniorenuniversität unterhielten. Nonna, so schien es, wollte ihr neues Leben so rasch wie möglich beginnen.

Und ich hatte die Geschäftsführung des *Lemon Tree Cafés* übernommen.

»Eine Kanne Tee und zwei Stücke Karamelltorte!«, sagte ich und schob ein Tablett über den Tresen zu Mr. Beecher, dem Schulwart. Stanley und er wollten zusammen das Kreuzworträtsel lösen.

»Sie sind also noch da.«

Mr. Beecher hatte wirklich die beeindruckendsten buschigen Augenbrauen, die ich je gesehen hatte.

»Wäre jede Wette eingegangen, dass Sie so schnell wie möglich wieder in die große Stadt abzischen würden.«

»Dann müsste ich ja ohne diesen Ausblick leben!« Ich nickte zum großen Fenster des Cafés hinüber, das auf den Dorfanger hinausging. Die Uferböschung des Flusses war mit blassgelben Schlüsselblumen gesprenkelt, und im Wasser planschten Kinder. Hinter dem Pub konnte man die Kirchturmspitze aufragen sehen, und die grünen und braunen Hänge der Berge in der Ferne bildeten einen eindrucksvollen farblichen Kontrast zum wolkenlosen blauen Frühlingshimmel. Dagegen hatte der gläserne Bürowürfel von *HitSquad* keine Chance.

»Da ham Sie recht«, sagte Mr. Beecher und warf eine Pfundmünze in unsere Trinkgeldbüchse. »Genehmigen Sie sich ein Glas Tee auf mich!«

»Vielen Dank!« Ich lächelte ihn an. »Ein Espresso ist, glaube ich, die bessere Wahl. Letzte Nacht habe ich nicht besonders viel geschlafen.«

Ich hatte mich stundenlang im Bett herumgeworfen und über mein Dilemma nachgegrübelt. Erst gegen fünf Uhr morgens hatte ich eine Entscheidung treffen können. Unter Zuhilfenahme eines starken Kaffees hatte ich Finnegan O'Reilly noch einmal geschrieben, mich entschuldigt und ihn wissen lassen, ich müsse sein Stellenangebot nun doch ausschlagen. Danach hatte ich auch Michael Bescheid gesagt.

Ich würde nirgendwo glücklicher sein als im *Lemon Tree Café*.

Mr. Beecher zog mit seinem Tablett davon, und ich genoss den Moment der Ruhe. Unter der Woche war freitags am meisten los, und da im Augenblick noch Osterferien waren, hatte das Glöckchen über der Tür bis jetzt beinahe pausenlos gebimmelt.

Im Wintergarten erhoben sich Dad und der junge Journalist und gaben einander die Hand. Robin ging, und Dad kam zu mir an den Tresen.

»Netter Bursche«, sagte er und rieb sich die Hände. »Ich glaube, eine Brühe wäre genau das Richtige, um meine fünfzehn Minuten im Rampenlicht zu feiern.«

Als ich ihm die Tasse hinstellte, klingelte sein Handy.

Juliet grinste. »Das dürfte Las Vegas sein«, sagte sie und warf eine ganze Banane in den Mixer. »Die wollen wissen, ob du diesen Sommer Zeit hast, im *Caesars Palace* aufzutreten.«

Dads Augen leuchteten auf. Juliet stellte den Mixer an, und er suchte sich eine ruhigere Ecke, um den Anruf entgegenzunehmen. Zwei Minuten später war er wieder da. Seine Miene war betrübt.

»Was?«, fragte Juliet. »Haben sie dir kein sechsstelliges Honorar angeboten, Schätzchen?«

»Das war Ed«, sagte Dad. »Er schafft es nicht zum Spiel morgen. Er muss arbeiten.«

Die beiden gingen oft zusammen zu Spielen von Dads Lieblingsmannschaft, Derby County. Dad hatte Lias und meine Verehrer immer auf Herz und Nieren geprüft, indem er sie in ein Gespräch über Fußball verwickelte. Ed, der eigentlich Rugby-Fan war, hatte damals diplomatisch Interesse bekundet, und Dad war sofort von ihm begeistert gewesen. Bis heute hatte mein armer Schwager es nicht fertiggebracht, Dad reinen Wein einzuschenken.

Die Tür flog auf, und Lucas aus dem Geschenkeladen kam hereingestürzt. Während er auf die Gästetoiletten zusteuerte, rief er Juliet und mir über die Schulter hinweg zu: »Morgen, ihr Hübschen! Eine heiße Schokolade und ein Würstchen im Schlafrock, bitte. Der Schlafrock soll warm und weich sein, aber nicht glitschig! Danke schön!«

Juliet knurrte: »Wo brennt's denn bei dem?«

»Wenigstens hat er ›bitte‹ und ›danke‹ gesagt.« Ich griff nach einer großen Teigrolle.

»O weh.« Juliet stieß mich mit ihrem knochigen Ellbogen an und zeigte nach draußen. »Guck dir die zwei an!«

Clementine hatte ihren Van vor dem Café geparkt, Tyson saß neben ihr auf dem Beifahrersitz. Beide schluchzten offenbar in Taschentücher, die sie sich vor die Gesichter hielten. Bevor ich etwas dazu sagen konnte, kam Lucas von der Herrentoilette zurück.

»Entschuldigt den stürmischen Auftritt«, sagte er und strich sich glättend übers Haar. »Meine eigene Toilette ist gerade unbenutzbar.«

Ich mochte Lucas. Er war der bestgekleidete Mann in ganz Barnaby – er sah aus wie ein Model aus einem Burberry-Katalog. Sein guter Geschmack zeigte sich auch in den Waren, die der *Heavenly Gift Shop* führte, seit Lucas ihn im letzten Jahr übernommen hatte. Oftmals behielt man die wunderschönen Postkarten und Geschenke, die man eigentlich für andere gekauft hatte, lieber selbst.

»Kein Problem.« Ich öffnete die Mikrowelle und holte

sein dampfendes Würstchen heraus. »Dein Urteil über den Schlafrock?«

»Perfekt!« Er vollführte einen kleinen Tanz auf der Stelle, während er bezahlte.

Dad maß Lucas mit einem zweifelnden Blick. »Haben Sie Lust, morgen das Derby-Spiel zu sehen? Ich habe ein Ticket übrig.«

»Fußball?« Lucas zuckte entsetzt zurück. »Um Himmels willen! Nein, danke. Das würde mich zu sehr an meine Ex-Frau erinnern.«

»Oh, ist sie Derby-Fan?«, fragte Dad interessiert.

»Nein«, sagte Lucas, »sie spielt selbst. ›Flügelstürmerin‹. Was immer das auch bedeuten mag.« Geziert drückte er die Fingerspitzen seiner rechten Hand gegen seine Stirn. »Ich kriege Zustände, wenn ich nur daran denke! Jeden Sonntag habe ich mir in eisiger Kälte am Spielfeldrand die Beine in den Bauch gestanden, nur um dabei zuzugucken, wie sie und ihre Freundinnen hin und her gerannt sind, hin und her.«

»Das klingt wunderbar!«, sagte Dad und seufzte sehnsuchtsvoll.

Clementine riss die Tür von draußen auf und winkte Tyson hindurch. »Heute geht das Essen auf mich.« Sie hielt auf den Tresen zu. »Eine heiße Schokolade und eine Schaumrolle, habe ich recht?«

»Nein!«, rief Tyson und straffte sich. »Lassen Sie mich das machen. Solange ich mir das noch erlauben kann … Einen Kräutertee und ein Stück Ingwerkuchen für Sie?«

Clementine trug einen schäbigen Overall und kam mir noch dünner vor als sonst. Ihre Wangen waren eingefallen, ihre Augen wirkten groß und waren vom Weinen gerötet.

Sie hatte offenbar nicht die Kraft zu streiten, denn sie nickte bloß. »Ja, bitte. Das wäre schön.«

In Sekundenschnelle war Nonna an Clementines Seite. »Was iste passiert? Arschegeige von Finanzamtemann?«

Sofort zogen Clementine und Tyson ihre Taschentücher wieder hervor, und Nonna wedelte mit den Händen.

»Egal! Iste alles auf die Haus! Rosie, bringste du ihnen, was sie wolle habbe!«

Nonna legte einen Arm um Clementines angespannte Schultern. Tyson ließ den Kopf hängen.

»Das ist einfach nicht fair!«, murmelte er in sein Taschentuch. »Clementine ist so ein wunderbarer Mensch.«

Juliet und ich warfen uns bedrückte Blicke zu. Clementine hatte angedeutet, dass die Gärtnerei in finanziellen Schwierigkeiten steckte. Juliet krönte Lucas' heiße Schokolade mit Schlagsahne und Marshmallows, während ich nach dem ausgefallensten Kräutertee suchte, den wir hatten.

»Nach einer Schaumrolle sieht die Welt freundlicher aus.« Lucas klopfte Tyson auf die Schulter.

Tyson lächelte schüchtern. »Danke.«

»Ich weiß, was dich aufmuntern wird, Junge«, sagte Dad. »Freier Eintritt zum Derby-County-Spiel! Und in der Halbzeit kaufe ich die Snacks.«

Tyson schauderte. »Sorry, ich bin kein Fußball-Fan.«

»Dito!«, sagte Lucas und nahm einen winzigen Bissen von seinem Würstchen im Schlafrock. »Fußball – einer der Nägel im Sarg meiner Ehe.« Dann wurde er blass. »Oh, Mrs. Fearnley, es tut mir leid! Ich hätte nicht ›Sarg‹ sagen sollen.«

Clementine tupfte sich die Augen mit ihrem Taschentuch und winkte ab. »Vergessen Sie's. Wo ich auch auftauche, scheinen die Leute so eine Art Trauerfall-Tourette-Syndrom zu entwickeln – je mehr sie versuchen, nicht über den Tod zu sprechen, desto schlimmer wird's.«

»Komm, setzte du dich«, sagte Nonna. »*Sembri la morte in persona* ... Siehste du aus wie die Tod selbste.« Sie führte Clementine zu Mums und ihrem Tisch hinüber.

»*Sie* waren verheiratet?«, fragte Tyson ungläubig und musterte Lucas von Kopf bis Fuß (oder besser gesagt: von seinen Diamantohrringen bis zu seinen eleganten Mokassins).

Lucas schob die Ärmel seines Kaschmirpullovers zu den Ellbogen hoch. »Allerdings. Mit einem Mädchen namens Tanya. Bis sie die Scheidung eingereicht hat, weil ich ihr, wie sie mir freundlicherweise mitgeteilt hat, nicht männlich genug war.«

Tyson blieb der Mund offen stehen. »Wie *unhöflich!*«

»Das finde ich auch.« Lucas zog einen reizenden Schmollmund.

Lia kam aus der Küche, die Wangen gerötet. Ihre Locken kräuselten sich wild um ihr hübsches Gesicht. »Möchte jemand einen Teller Minestrone?«, fragte sie. Sie stellte eine schwere Terrine auf die Wärmeplatte. »Nach original italienischem Rezept!«

Ich hob den Deckel an und schnupperte. »Wie das duftet!«

Lia sagte: »Ich dachte, wir könnten ein bisschen mehr aus unserer Herkunft machen ... Vielleicht frage ich Nonna mal nach alten Familienrezepten. Allerdings gehören die meisten Möbel hier auf den Sperrmüll, und wenn sie noch so italienisch sind.«

»Wenn ich dir einen Rat geben darf, Mäuschen«, Juliet

knallte zwei Teller mit Zitronenmuster auf den Tresen und deponierte unsanft eine Schaumrolle auf dem einen und ein Stück Ingwerkuchen auf dem anderen, »lass es. Sie hat mir fast den Kopf abgerissen, als ich das vorgeschlagen hab.«

»Ja, Nonna ist dünnhäutig, was ihre Vergangenheit angeht. Und es ist mein erster Tag als Geschäftsführerin … Ich will nicht zu viel auf einmal ändern.«

»Ja, klar.« Lia seufzte und senkte den Blick. »War nur so ein Gedanke.«

Ich biss mir auf die Unterlippe. Ich hatte vergessen, wie dünnhäutig *sie* im Moment war.

»Oh, Alec«, sagte Lucas, »heute haben drei meiner Kunden von Ihrem Auftritt erzählt. Wie haben Sie das hingekriegt?« Er leckte am Sahnehäubchen auf seiner heißen Schokolade. »Immerhin sind Sie, wenn ich das so sagen darf, ein richtiger Kerl!«

Tyson nickte zustimmend, und Dad warf sich in die Brust.

»Ah. Ihr müsst eure innere Diva finden, und dann, ja dann …«

Ich riss die Augen auf, als mein Vater beide Hände auf den Tresen stützte, in die Knie ging und sein Hinterteil schwenkte. Mein Vater *twerkte!*

Die beiden jüngeren Männer sahen ihm ehrfürchtig zu.

»Die innere Diva«, sagte Lucas staunend. »Wow. Ich bin nicht sicher, ob ich das könnte …«

Juliet neben mir schüttelte es vor unterdrücktem Gelächter.

»Wie dem auch sei, Lucas«, sagte ich und gab mir große Mühe, keine Miene zu verziehen, »wann kommt der Klempner, um deine Toilette zu reparieren?«

Er holte tief Atem und fächelte sich mit der Hand Luft zu. »Oh, mit den Rohrleitungen ist alles in bester Ordnung«, sagte er. »Aber da drin ist eine Hummel gefangen! Die ist so groß!« Er deutete auf seinen Teller. »Bis die nicht weg ist, kann ich da unmöglich reingehen.«

Dads Mundwinkel zuckten. »Wenn Sie wirklich in sich gehen, Lucas«, sagte er, »glaube ich schon, dass Sie Ihre innere Diva an der Hand nehmen und hervorholen können. Falls ihr mich braucht: Ich bin im Wintergarten und rufe meinen Agenten an.« Er nahm seine Tasse mit Brühe und zog davon.

Tyson sah ihm nach. »Nächstes Mal bestelle ich auch Brühe«, murmelte er. »Lucas, ich hab keine Angst vor Hummeln. Ich komme mit und rette sie.«

Lucas' Hand flatterte zu seiner Kehle, als würde ihm etwas die Luft abschnüren. »Sie retten *die Hummel? Ich* bin derjenige, der gerettet werden muss! Aber danke. Das wäre fabelhaft.«

Tyson lieh sich ein kleines Glas Honig für den Fall, dass die Hummel hungrig war, dann brachen die beiden gemeinsam auf.

Juliet verschränkte die Arme. »Ich glaube, das ist der Beginn einer wunderbaren Freundschaft«, sagte sie. »Lia, kann ich jetzt endlich in die Küche? Ich bin fürchterlich im Verzug mit dem Backen. Nachher kommen die Damen vom Frauenverein und schreien alle nach Zitronenkuchen!«

»Oh!« Lia riss die Augen auf. »Rosie, du solltest von dem Kuchen was einpacken. Den kannst du heute Abend mit zu Gabe nehmen. Für Noah!«

Ich zog die Augenbrauen hoch. »Daran erinnerst du dich also noch?«

Sie wurde rot. »Ich erinnere mich gut ... bis ich das Trinkspiel gegen die Kosaken verloren hab. Von da an wird alles ein bisschen verschwommen.«

»Gabe? Ich weiß nichts von einem Gabe.« Juliet sah verwirrt aus. Sie war stolz darauf, jeden im Dorf zu kennen. »Und auch keinen Noah.«

»Du meinst, du hast noch nichts davon gehört?! Erzähl ihr von deinem heißen Date!«, verlangte Lia.

»*Du* hast ein Date?« Juliet starrte mich an.

»Es ist kein Date!« Ich erklärte Juliet, dass Gabe ein Bekannter war, der mich eingeladen hatte, heute Abend mit seinem Sohn zusammen den Sternenhimmel anzuschauen.

Juliet tätschelte meinen Arm. »Tja, Mäuschen«, sagte sie, »dann kommst du immerhin mal unter Leute. In deinem Alter kann man nicht wählerisch sein.«

»O wow. Danke für die aufmunternden Worte!«

»Ich back dir 'nen Kuchen für dein Date«, sagte Juliet großzügig. »Vorausgesetzt, du schälst die hier!« Sie sammelte ein Schneidbrett, ein scharfes Messer und einen Korb voller Zitronen auf und baute alles vor mich auf.

Ich öffnete den Mund, um noch einmal zu sagen, dass Gabe und ich definitiv *kein* Date hatten ... Aber dann dachte ich an Noah. Er würde sich freuen. Also dankte ich Juliet, und sie verschwand in der Küche, um den Kuchenteig anzurühren. Ich nahm das Messer und attackierte damit die erste Zitrone.

Clementine erhob sich und klingelte vielsagend mit ihren Autoschlüsseln. Nonna zerrte sie zum Tresen.

»Isste du nicht, ich sehe das!«, sagte Nonna. »Biste du bloß noch eine Knochengerippe. Ich mache eine Fressepaket fur dich.«

Clementine stützte die Ellbogen auf den Tresen und vergrub das Gesicht in den Händen, während Nonna Frischhaltedosen mit Essensportionen füllte.

»Pack ein paar Tausend Pfund mit ins Paket, wenn du gerade dabei bist«, sagte sie. »Das könnte sich positiv auf meinen Appetit auswirken.«

»Oh, *Cara*.« Nonna schnalzte traurig mit der Zunge. »Tut mir leid, dasse du haste Sorge mit die Geschäft.«

Ich sagte: »Wenn ich irgendetwas tun kann – online ein bisschen Werbung machen oder so –, sag mir bitte Bescheid.«

»Das ist sehr freundlich von dir, meine Liebe.« Clementine lächelte verkrampft. »Aber ich werde verkaufen müssen. Ich denke, Clarrie wusste, dass die Gärtnerei nicht zu retten ist. Wir haben schon länger Schwierigkeiten. Jedes Mal, wenn ein Brief von der Bank wegen des Dispokredits kam, hat er die Ärmel hochgerollt und gesagt: ›Grab dich da wieder raus, Clarence Fearnley!‹« Sie seufzte schwer. »Vielleicht lasse ich das auf seinen Grabstein schreiben.«

»Bin ich sehr gluckliche Frau«, sagte Nonna wehmütig. »Habbe ich nie gehabt eine Mann, der mir sagt, wie ich habbe su fuhren die Café. Und jetzte ubernimmte meine schlaue Enkelin Geschäft.«

»Und du hast eine zweite Enkelin, die kochen kann!«, sagte Lia nachdrücklich und schob Nonna ein Schüsselchen mit ihrer Suppe über den Tresen.

Nonna tätschelte ihr liebevoll die Hand.

»Guckt jetzt nicht«, sagte Clementine leise, »aber auf zwei Uhr befindet sich ein echtes Zuckerstückchen!«

Lia und ich schauten auf unsere Armbanduhren, Nonna sah das Bonbonglas auf dem Tresen an.

»Euch ist echt nicht zu helfen!« Clementine machte mit dem Kinn eine ruckartige Bewegung zur anderen Seite des Cafés hinüber. »Da drüben!«

Ohne das geringste bisschen Taktgefühl wandten wir uns alle gleichzeitig um. An der Garderobe stand Gabe und half Noah aus seiner Jacke. Es war mir ein Rätsel, wie die beiden unbemerkt hereingekommen waren. Noah zeigte auf die Spielecke und hüpfte auf der Stelle. Gabe merkte, dass wir ihn alle anstarrten, und hob eine Hand zum Gruß.

»Gabe! Willkommen im *Lemon Tree Café*!«, rief ich. »Hallo, Noah!«

Noah lächelte schüchtern und flitzte dann in die Spielecke. Gabe kam an den Tresen. Ich stellte ihn Nonna und Clementine vor, die schamlos mit ihm flirteten, und er bestellte bei Lia etwas zu trinken zum Mitnehmen und einen Cookie für Noah.

»Bitte verzeihen Sie den Lauschangriff – ich habe mitgehört, dass Sie in einer Notlage sind«, sagte Gabe zu Clementine. »Ich bin Anwalt gewesen ... Wenn ich Ihnen irgendwie helfen kann, sagen Sie mir Bescheid. Ich könnte vielleicht einen Blick auf den Papierkram werfen, auf Ihren Pachtvertrag ... Das mache ich gern. Ich weiß sehr gut, wie es ist, einen Ehepartner zu verlieren. Alles kommt einem so überwältigend vor.«

Es waren genau die richtigen Worte – und noch dazu kein Anzeichen von Trauerfall-Tourette. Clementine schluckte schwer und brachte ein Nicken zustande. Ich reichte ihr ein frisches Taschentuch. Im selben Moment streckte Juliet ihren Kopf aus der Küchentür.

»Ein Anwalt?« Sie starrte mich an. Ganz offenkundig war Gabe nicht der Einzige, der gelauscht hatte. »Ich habe einen von diesen schmuddeligen New-Age-Typen erwartet, die Grassamen im Haar haben und von Linsen leben!«

*Erdboden, bitte sei so gut und tu dich auf …*

»Ich weiß nicht, wie du darauf kommst!«, sagte ich und hoffte, dass niemand die hektischen Flecken auf meinen Wangen bemerken würde.

Gabes Augen funkelten. »Hm … Mein Pullover hat wohl wirklich schon mal bessere Tage gesehen.«

»Unsinn, er steht dir fantastisch!«, protestierte ich. Zu spät schenkte ich dem fraglichen Kleidungsstück meine Aufmerksamkeit – es sah aus, als wäre es von einer Horde riesiger Motten heimgesucht worden.

»Ähm …« Dad, der offenbar das Telefonat mit seinem Agenten beendet hatte, war hinter Gabe aufgetaucht und tippte ihm auf die Schulter. »Ich bin Alec Featherstone, Dozent der Philosophie an der Universität Derby. Und Sie müssen Gabe sein, der Bursche, von dem meine Tochter gestern Abend gesprochen hat.«

»Er spricht von seiner *anderen* Tochter, Gabe«, sagte ich verzweifelt und wünschte mir, meine ganze Familie würde sich in Luft auflösen. »Nicht von mir … Ich habe kein Wort gesagt!«

»Dürfte ich fragen, warum ein Anwalt sich dazu entschließt, auf einem Hausboot zu leben?« Dad hob beide Augenbrauen.

Gabe sah aus, als müsste er sich ein Grinsen verkneifen. Er senkte kurz den Blick, ehe er antwortete. »Vermutlich aus demselben Grund, aus dem ein Dozent der Philosophie sich nach Feierabend als Dolly Parton verkleidet«, sagte er. »Weil er es *kann*.«

Dad lief rot an, machte den Mund auf und schloss ihn

sofort wieder. Ich hatte ihn schon sehr lange nicht mehr so entgeistert gesehen.

»Und wie ich gerade zu Mrs. Fearnley sagte ...« Gabe machte eine Pause, um Clementine anlächeln zu können. Sie lächelte verschämt zurück. »Ich bin ein *ehemaliger* Anwalt. Heutzutage repariere ich Möbel.«

»Verstehe«, sagte Dad steif. »Ein Schreiner.«

»Eigentlich eher ein Möbelrestaurateur«, sagte Gabe liebenswürdig. Er sah sich im Café um. »Sie haben ein paar schöne Stücke hier, Signora Carloni.«

»Viele Dank! Möge viele Leute Schabenschick.« Nonna strich sich übers Haar und klimperte mit den Wimpern.

Gabe sah sie verwirrt an.

»Meine Großmutter meint ›schäbig-schick‹«, sagte ich und zwinkerte ihm zu.

»Habbe ich doch gesagte!« Nonna schlug mit ihrem Lappen nach mir.

»Sie kommen aus der Gegend hier?«, fragte Dad.

»Wenn man auf einem Boot lebt, kann man überall auf der Welt zu Hause sein«, sagte Gabe. »Das gefällt mir so gut daran – die Freiheit. Aber ich bin in Nottingham geboren und auch da aufgewachsen.«

»Nottingham? Ha! Welche Mannschaft – Nottingham Forest oder Notts County?«, fragte Dad und verengte die Augen.

Lia und ich tauschten einen Blick. Nottingham-Forest- und Derby-County-Fans waren einander spinnefeind.

»Keine von beiden«, sagte Gabe. »Aber hin und wieder sehe ich mir gern ein Spiel an. Und mein Sohn Noah ist verrückt nach Fußball.«

»Wirklich?« Dad schlug ihm auf die Schulter. »Wie es

das Schicksal will, habe ich eine Eintrittskarte für das Derby-Spiel morgen übrig. Gehen Sie mit mir hin ... Ich bestehe darauf! Dann können wir uns ein bisschen besser kennenlernen. Für den Jungen kann ich auch noch eine Karte auftreiben!«

Gabe sah ehrlich gerührt aus. »Danke, Mr. Featherstone, wir kommen gerne mit. Noah war noch nie bei einem Spiel.«

Dad strahlte ihn an. »Nennen Sie mich Alec!«

Die beiden Männer besprachen, wann und wo sie sich vor dem Spiel treffen würden, dann verabschiedete Dad sich. Er schüttelte Gabe herzlich die Hand. Lia schob Gabe seine Getränke und eine Papiertüte mit Noahs Cookie zu, und Gabe zahlte, ehe er nach Noah rief.

»Das war ein Volltreffer«, sagte ich und lächelte Gabe an. »Du hast meinem Vater den Tag gerettet.«

»Und das, obwohl ich bloß ein einfacher Schreiner mit einem Boot bin«, sagte er.

»Beachte ihn gar nicht«, sagte ich. »Er benimmt sich meinen Freunden gegenüber immer so.«

Gabe hob eine Augenbraue.

»Nicht dass ich sagen wollte, du wärst mein Freund!«, stieß ich hervor. War es wärmer im Café geworden, oder kam mir das nur so vor? »Und mit ›immer‹ meinte ich ...«

Gabe feixte und wartete ganz offensichtlich darauf, dass ich mich noch mehr reinritt.

Bevor ich seine Erwartungen erfüllen konnte, fragte Nonna: »Rosanna, denkste du, deine Freund kann besser mache unsere Tische? Sagste du immer, dass sie sinde runtergekomme.« Sie hielt Noah das Bonbonglas hin, der hineinlangte und höflich nur ein Bonbon nahm.

Gabes Gesicht leuchtete auf. Er sah mich an, und ich nickte eifrig, erleichtert, das Thema wechseln zu können.

»Die Anrichte auch!«, sagte ich. »Ich würde das sehr gerne übernehmen«, sagte er. »Ich habe einen Arbeitsraum im *Riverside Hotel* angemietet. Ich könnte sofort anfangen.«

»Und ich nehme Ihre Hilfe als Anwalt vielleicht wirklich in Anspruch«, sagte Clementine rasch, die sich nicht ausstechen lassen wollte.

»Sieht so aus, als würdest du bald jede Menge zu tun haben«, sagte ich. Es stimmte mich fröhlich, dass wir ihm alle dabei helfen konnten, sich einzuleben.

»Wir müssen los«, sagte Gabe und griff nach Noahs Hand. »Wir sind auf dem Weg, ein paar Sachen von der Post abzuholen. Aber wir sehen uns heute Abend?«

Ich nickte. Mir war nur zu bewusst, dass alle uns beobachteten. Noah schob sich näher an mich heran und tippte mit dem Finger gegen mein Bein. »Dad sagt, Katy Perry ist eine heiße Braut. Bist *du* eine heiße Braut?«

Gabe sah mich an, und mein Herz machte einen kleinen Satz. Dann kicherte Lia, Gabe stöhnte, und Nonna fragte Clementine flüsternd: »Wer iste Katy Perry?«

»Na ja, ich ... Ähm ...« Ich lachte verlegen.

»Wir sind dann mal weg!«, sagte Gabe und hielt Noah die Tür auf. *Sorry!,* formte er lautlos mit den Lippen.

»Bis später, ich freue mich auf heute Abend!« Ich winkte den beiden hinterher.

*Ich freue mich wirklich,* dachte ich, während ich zusah, wie Gabe und Noah über den Dorfanger gingen und in Gabes verbeulten weißen Van stiegen.

Lia legte eine Hand auf ihr Herz. »Wie süß sind die beiden bitte?!«

»Netter Bursche«, stimmte Juliet ihr zu. Dann klopfte sie auf das Schneidbrett. »Jetzt aber zack-zack! Ich brauche die Zitronen.«

Ich hob das Messer auf und machte mich wieder ans Schälen.

»Das erinnert mich an die Sagen, die sich ums Zitronenschälen ranken«, sagte Clementine.

»Geht das wieder los«, knurrte Juliet.

Nonna versetzte ihr einen Stoß in die Rippen, und Juliet trat den Rückzug in die Küche an.

»Es heißt«, sagte Clementine so leise und geheimnisvoll, dass wir uns über den Tresen zu ihr hinüberbeugen mussten, »wenn ein Mädchen die Schale einer Zitrone in einem Stück abschälen kann, begegnet sie bis zur nächsten mondlosen Nacht einer neuen großen Liebe!«

»O mein Gott!« Lia schlug sich eine Hand vor den Mund. »*Gabe* könnte deine große Liebe sein! Heute ist Neumond. Das hat Noah uns erzählt, erinnerst du dich?« Sie sah mich mit weit aufgerissenen Augen an. »Gabe kam genau in dem Moment hereinspaziert, als wir über euer Date gesprochen haben, *und* ihr seht euch zusammen die Sterne an!«

»Du glaubst doch nicht wirklich an so was, oder?«, fragte ich. Mir war wieder warm.

Lia sagte atemlos: »Einen Versuch ist es wert!«

Ich hatte noch eine Zitrone übrig. Alle starrten auf meine Hände. Wie absurd.

»Okay, von mir aus!« Ich schnaufte und nahm die Zitrone in die Hand.

Clementine befahl: »Seid alle ganz leise!«

Ich hielt den Atem an, während ich die Zitrone schälte.

Vorsichtig, vorsichtig führte ich die Klinge unter der Schale entlang, rundherum, immer rundherum. Die gelbe Spirale wurde länger und länger, schwerer und schwerer. Lia quietschte. Ich konnte spüren, wie angespannt meine Zuschauerinnen waren.

»Hatte sie es fast geschaffte!«, zischte Nonna. »Weiter so, Rosanna!«

Die Zitrone war jetzt zum größten Teil nur noch von ihrer weißen Haut überzogen. Aber als ich mit der Klinge die kleine Ausstülpung an der Spitze der Frucht erreicht hatte, rutschte ich ab und schnitt durch die Schale. Der lange, gekräuselte Streifen fiel auf das Schneidbrett hinunter. Einen Moment lang sagte niemand ein Wort.

Dann tätschelte Clementine ungeschickt meinen Arm. »Wie Juliet immer sagt – es ist bloß Hokuspokus.«

»*Aye*, mach dir nichts draus!« Juliet, die sich wieder aus der Küche herausgewagt hatte, warf die Zitronenschalen in eine Schüssel. »Wenn das Leben dir Zitronen gibt ...«

»Ja ja, ich weiß schon.« Ich seufzte, unerklärlicherweise enttäuscht. »Mach Kuchen draus.«

# Kapitel 12

Als ich das Dorf zu Fuß verließ, war die Sonne schon untergegangen. Der Himmel war klar und leuchtete orangerot, die Luft war frisch und kühl. Ein paar Tische auf der Terrasse des *Riverside Hotels* waren besetzt, von der Bar drangen Licht und Musik nach draußen. Ich ging über den Uferpfad zur Mole, an der die Hausboote vertäut lagen.

Gabe war an Deck und packte gerade einen der Pappkartons aus, die sich um ihn herum stapelten.

»Hallo!«, rief ich ihm zu.

»Willkommen auf der *Neptun!*« Er streckte eine Hand aus, um mir an Bord zu helfen. »Du bist unsere erste Besucherin, seit wir in Barnaby angedockt haben.«

»Danke! Ich war noch nie auf einem Narrowboat.«

Ich geriet ins Straucheln, als ich vom festen Boden auf das sich sanft wiegende Deck stieg, und hielt mich an Gabes Hand fest. Zwischen den Kisten war nicht viel Platz – meine Nasenspitze berührte beinah seinen Pullover. Er beugte sich zu mir herunter, um meine Wange zu küssen. Sein Aftershave roch gut, sehr maskulin, nach Leder und Holz. Mich überkam das Bedürfnis, mein Gesicht in seiner Halsbeuge zu vergraben und so lange an ihm zu schnuppern, wie ich wollte.

Offenbar war ich schon zu lange Single.

»Sorry. Es ist im Augenblick wirklich eng hier.« Er nickte zu den Kisten hin. »Meine Mutter war so gut, mir die Sachen herzuschicken.«

Die Kisten waren beschriftet. »Gabes Arbeitsanzüge«, las ich auf einer. »Mimis Bücher«, »Gs+Ms Hochzeit« ...

Gabe seufzte. »Sie hat sie nach Mimis Tod für mich aufbewahrt. Jetzt hat sie plötzlich keinen Platz mehr dafür.«

Ich sah die aufeinandergestapelten Kisten an, dann warf ich einen Blick durch die Kabinentür in die winzige Kombüse. »Und wo willst du damit hin?«

»Ich habe nicht die geringste Ahnung.« Er kratzte sich am Kopf. »Drinnen sind noch mehr Kisten ... Noah gräbt darin wie ein Schürfer auf der Suche nach Gold. Komm rein, ich führ dich rum!«

»Ich hab Kuchen dabei.« Ich hielt ihm die Tüte hin, die ich mitgebracht hatte. »Auftragsgemäß. Und Wein.«

»Ha, wir werden dich wohl öfters einladen müssen!« Er grinste und zeigte auf die Kabinentür. »Nach dir.«

Wir gingen durch die Kombüse in den Wohnraum. Gabe zeigte mir, wie modern und komfortabel das Hausboot eingerichtet war (wenn auch mit Miniaturausgaben von Möbeln und Geräten). Die Gardinen hatte Gabe selbst genäht. An der Tür der Vorratskammer hingen Kunstwerke von Noah und ein Foto, das Gabe und Noah vor Veritys Kochschule zeigte.

Ich runzelte die Stirn. »Es ist sonderbar, dass Verity mir nicht gesagt hat, dass ihr nach Barnaby ziehen würdet!«

»Hm.« Mit einem Mal sah Gabe verlegen aus. »Sie weiß noch nichts davon. Verity ist wirklich eine wunderbare Freundin, aber sie und meine Mutter werden erst glücklich sein, wenn sie mein Leben für mich geregelt und mich neu verheiratet haben. Darum hat Mum mir auch die Kisten nachgeschickt; sie ist gekränkt, dass ich nicht wieder bei ihr eingezogen bin. Ich hab mich noch nicht getraut, Verity von meiner Entscheidung zu erzählen. *Sie* will, dass ich nach Plumberry ziehe.«

»Ich werde ihr sagen müssen, dass wir uns getroffen haben«, warnte ich. »Oder sie wird nie wieder ein Wort mit mir wechseln.«

Er machte ein resigniertes Gesicht. »Ich rufe sie heute Abend an, versprochen. Okay, weiter geht's! Ich präsentiere: das kleinste Schlafzimmer der Welt!« Mit dramatischer Geste öffnete er eine schmale Tür.

Ein Doppelbett nahm fast den ganzen Platz ein. Auf einem Regalbrett darüber stand ein gerahmtes Hochzeitsfoto, und in einer Ecke des kleinen Zimmers stand eine weitere Bücherkiste.

»Ist doch groß genug«, meinte ich.

»Stimmt. Definitiv groß genug«, stimmte er mir zu.

Wir wurden beide rot, und Gabe senkte den Blick.

Ich wechselte rasch das Thema. »Du liest also gern?«, fragte ich.

»O ja«, sagte er erleichtert, »sehr gern! Wenn Noah eingeschlafen ist, gehe ich meistens auch zu Bett und lese. Die Wände sind so dünn, dass der Fernseher ihn wecken würde. Wenn das Wetter schön ist, gerate ich allerdings manchmal außer Rand und Band und setze mich mit einem Bier aufs Deck. Ziemlich Rock 'n' Roll, was?«

Plötzlich hatte ich einen Kloß im Hals. Ich hatte nicht erwartet, dass Gabe ein so einsames Leben führte.

»Klingt gut in meinen Ohren.« Ich lächelte zu ihm auf.

Er schloss die Tür zum Schlafzimmer und machte die nächste auf, die in ein kleines Bad führte. »Was klingt gut? Früh ins Bett gehen?«

Ich boxte ihm spielerisch gegen die Schulter, ließ es aber dabei bewenden. Obwohl ich definitiv die Vorteile darin sehen konnte, mit *Gabe* früh ins Bett zu gehen …

Im letzten Monat war ich so beschäftigt gewesen, dass ich kaum an Männer gedacht hatte. Aber jetzt stand Gabe dicht neben mir, und meine Hormone erwachten schlagartig aus ihrem Winterschlaf. Mit Mühe riss ich mich zusammen – Gabe war ein Freund! Und Verity würde mich umbringen! Für eine kurze, bedeutungslose Affäre war Gabe nicht der Richtige.

Das Bad war blitzsauber, und über dem Waschbecken stand ein Becher, in dem sich eine große und eine kleine Zahnbürste aneinander lehnten. Der Anblick rührte mich.

»Und zum Schluss: das Herz des Chaos.« Gabe klopfte an die letzte Tür, ehe er die Klinke herunterdrückte. »Das Zimmer meines Sohns und Erben!«

»Dad!«, rief Noah aufgeregt. Er kniete neben einem Haufen Baby-Kleider. »Guck mal! Die sind von früher, als ich noch klein war. Ich erinnere mich an das hier!«

Noah hielt eine gelb und grau gemusterte Babydecke hoch. In meinen Augen war er immer noch klein. Er hatte speckige Händchen mit Grübchen am Fingeransatz, sein Haar war so lockig und unbändig wie Gabes, und Vater und Sohn hatten dasselbe ansteckende Lächeln.

»Oh, Kumpel.« Gabe stöhnte und rieb sich mit einer Hand übers Gesicht. »Was für ein Durcheinander. Aber ja – ich erinnere mich auch an die Decke. Sag Rosie Hallo!«

»Hallo«, sagte Noah pflichtschuldig, ohne dabei aufzuschauen. »Warum hatte ich ein Kleid?« Er zeigte auf ein elfenbeinfarbenes Spitzenkleidchen.

Gabe schluckte. Er bückte sich, hob das winzige Kleidungsstück auf und strich sachte mit den Fingerspitzen darüber. »Das hat deiner Mummy gehört, als sie noch ein Baby war«, sagte er leise. »Und du hast es auch getragen, als du getauft wurdest.«

»Das Kleid will ich nicht behalten«, sagte Noah. Dabei machte er ein entsetztes Gesicht. Dann schob er rasch hinterher: »Aber den Rest schon.«

Gabe schüttelte den Kopf. »Dafür haben wir keinen Platz, Großer. Du musst dir ein paar Sachen aussuchen.«

Noah machte ein schrecklich enttäuschtes Gesicht. »Oh. Aber ...«

»Hey, ich hab Kuchen mitgebracht!« Ich hielt ihm meine Hand hin. »Könntest du vielleicht mal probieren, ob er gut geworden ist?«

Mein Ablenkungsmanöver funktionierte. Noah machte sich über ein Stück von Juliets Kuchen her und kramte gleichzeitig in der Kiste, auf der »Gs+Ms Hochzeit« stand. Gabe und ich blieben in der Kombüse.

Gabe sagte gedämpft: »Danke, das war eine gute Idee! Von mir aus könnte er alles aufbewahren ... Aber wir haben wirklich ein Platzproblem.« Er reichte mir ein Glas Wein und seufzte. »Ich bin ziemlich sicher, dass Mimis Hochzeitskleid in der Kiste da ist. Ich habe fast alle ihre Sachen weggegeben, aber ...«

Mir kam ein Gedanke. »Wie wäre es mit einem Erinnerungsquilt? Ihr schneidet Stücke aus allen Kleidern heraus, die euch wichtig sind, und näht eine Flickendecke daraus.« Das hatte ich auf Pinterest gesehen.

Gabe sah mich nachdenklich an. »Ich kann ganz gut mit der Nähmaschine umgehen …«, sagte er.

Noah sprang auf und brachte seinen Teller zur Spüle. »Danke, Rosie!«, rief er über die Schulter, schon wieder auf dem Weg in sein Zimmer.

»Willst du helfen, die Hotdogs zu machen?«, rief Gabe ihm nach.

»Du kannst sie machen«, sagte Noah großzügig, als täte er seinem Vater einen Riesengefallen. »Aber ich röste die Marshmallows!« Damit verschwand er in seinem Zimmer und schloss die Tür hinter sich.

»Jetzt ist er vier«, sagte Gabe. »Stell dir vor, wie das erst sein wird, wenn er vierzehn ist!«

Ich schnitt und briet Zwiebeln, während Gabe die Würstchen kochte und den Tisch deckte. Beim Essen bestritt Noah die Unterhaltung beinahe ganz allein: Zuerst erzählte er mir alles über seine Dinosauriersammlung, dann beschrieb er mir seine neue Schuluniform. Er schloss mit der Erklärung, dass er wirklich, wirklich gern ein Bett mit Rutsche hätte – aber dafür sei seine Zimmerdecke zu niedrig.

»Vielleicht könntest du eine Rutsche haben, die aus dem Fenster rausgeht«, schlug ich mit einem Augenzwinkern vor. »Wenn du die runterrutschst, landest du direkt im Fluss!«

Noahs Augen wurden groß. »Jaah!«

Gabe warf mir einen entsetzten Blick zu. »Solltest du nicht auf *meiner* Seite sein?«

Meine Wangen fingen an zu kribbeln, als meine Gedanken automatisch zu der Frage wanderten, auf welcher *Bett*-seite er wohl schlief.

»Willst du noch Kuchen, Kumpel?«, fragte Gabe. »Oder sparst du ein bisschen Platz für Marshmallows auf?«

»Platz für Marshmallows. Darf ich bitte aufstehen?« Und schon war er von seinem Stuhl geklettert.

»Was *machst* du denn da in deinem Zimmer?«, rief Gabe ihm hinterher. »Hoffentlich nicht noch mehr Unord-nung!?«

»Das wird eine Überraschung. Komm nicht rein!«

Gabe verbarg das Gesicht in den Händen. »Das sind die Worte, die Eltern das Fürchten lehren.«

»Vielleicht probiert er das Taufkleidchen an«, sagte ich lachend.

»Vielleicht baut er auch eine Rutsche durch sein Fens-ter.« Gabe zog die Augenbrauen hoch.

»Das war nur ein Scherz!«, verteidigte ich mich.

Er legte den Kopf schief und sah mich an. »Wie wär's mit etwas frischer Luft?«

Draußen war es dunkel und kalt geworden, und ich zitter-te. Gabe reichte mir eine Wolldecke, die ich mir dankbar um die Schultern legte. Er sprang auf die Mole und mach-te das Tau vom Anleger los.

»Oh!«, sagte ich. »Machen wir einen Ausflug?«

Er kam wieder an Bord und ließ den Motor an. »Ich hab dir versprochen, dass wir uns die Sterne ansehen … Dabei stören uns die Lichter des Hotels bloß.«

Das leise Tuckern des Motors hatte eine beinahe hypno-tische Wirkung auf mich. Das Boot glitt durch das Wasser auf das dunkle, unbebaute Land zu. Ich kuschelte mich in meine Decke. Schnell hatten wir die Zivilisation hinter uns gelassen, das einzige Licht weit und breit drang aus der Kajüte der *Neptun*. Gabe steuerte auf die Uferböschung zu. Als er den Motor abschaltete, umfing uns eine samtige Stille. Nur die Wellen plätscherten gegen den Rumpf, irgendwo in der Ferne rief eine Eule.

Gabe machte das Boot an einem Baumstamm am Ufer fest und führte mich zum Heck, wo er in einem kleinen Ofen ein Feuer anzündete. Dann füllte er mein Weinglas wieder auf, und wir setzten uns nebeneinander und schauten in die Flammen.

»Stups mich einfach an, wenn ich einschlafen sollte«, sagte ich gähnend. »Ich bin so unglaublich entspannt!«

»Hoppla. Heißt das, dass du meine Gesellschaft einschläfernd findest?«

Ich verschluckte mich beinahe an meinem Wein, bevor ich das amüsierte Funkeln in seinen Augen bemerkte.

»Nein«, sagte ich, erleichtert, ihn nicht beleidigt zu haben. »Ich fühle mich wohl. Die letzten Wochen waren so hektisch, ein Abend wie dieser ist genau das, was ich brauche.«

Der Himmel war nachtschwarz, der Mond nur eine schmale Sichel über den Bäumen. Zuerst sah ich kaum Sterne, aber als meine Augen sich an die Dunkelheit gewöhnten, entdeckte ich mehr und immer mehr.

»Ich liebe den Nachthimmel«, murmelte Gabe. »Besonders bei Neumond.«

»Ich auch«, sagte ich. »Er weist einen in die Schranken, findest du nicht? Seine Erhabenheit … Wenn ich zum Sternenhimmel aufsehe, erinnere ich mich, dass wir alle bloß winzige Pünktchen im Universum sind. Und alle unsere

Probleme, die uns so gewaltig vorkommen, sind in Wahrheit mikroskopisch klein.«

»Unter diesem hübschen Kleid verbirgt sich eine Philosophin!« Gabe grinste.

»Zerbrich dir mal lieber nicht den Kopf darüber, was sich unter meinem Kleid verbirgt.«

Ich begegnete seinem Blick, und wir mussten beide lachen. Ich ermahnte mich, dass es keine gute Idee war, mit Gabe zu flirten. Also schaute ich weg und fragte: »Also ... warum liebst *du* den Sternenhimmel?«

»Ach, ich weiß nicht.« Er war einen Moment lang still, dachte nach oder suchte vielleicht nach Worten. »Es ist so: Am Tag erhellt die Sonne den Himmel, und sein Blau ist einfach da. Aber in der Nacht braucht man Geduld. Nur wenn man die hat, wird man belohnt – und zwar mit Tausenden und Abertausenden von Sternen. Sie sind wie verborgene Schätze. Wenn sie nach und nach aufblitzen, ist das wie Zauberei.«

Ich legte den Kopf in den Nacken. Seine Beschreibung traf es genau. »Danke, dass du mich eingeladen hast«, sagte ich. »Und du hast recht: Es ist märchenhaft.«

Wir lächelten uns an. Der Feuerschein beleuchtete sein gut aussehendes Gesicht.

»Vielleicht ist das sogar eine Metapher für das Leben«, meinte er dann. »Je dunkler der Himmel, desto heller leuchten die Sterne. Manchmal fragt Noah mich nach seiner Mutter. Dann sage ich ihm, dass sie da oben ist ... Dass sie für uns funkelt und leuchtet und dass sie auf uns herabsieht. Das sage ich ihm zuliebe, aber der Gedanke hat mir durch ziemlich viele dunkle Nächte geholfen.«

Armer Gabe. Die Liebe seines Lebens so jung zu verlieren ... Wie hieß es noch gleich: *Es ist besser, geliebt und verloren zu haben, als nie geliebt zu haben.* Aber stimmte das? Wog die Liebe den Schmerz wirklich auf, der unweigerlich folgte? Meiner Erfahrung nach war dem nicht so. Und doch – in meinem innersten Herzen lebte die Hoffnung, dass ich eines Tages den Mut finden würde, wieder nach der Antwort auf diese Frage zu suchen.

Ich schubste seine Schulter sanft mit meiner an. »Dürfte ich einen Vorschlag machen? Versteh mich nicht falsch, aber wenn du irgendwann mal einen romantischen Abend mit einer Frau verbringen solltest, an einem Feuer, mit dem Sternenhimmel über euch, dann solltest du vielleicht nicht über deine Ehefrau reden, die auf dich hinabschaut. Oder du schaffst es nie mit einer in die Koje!«

Um seine Augen bildeten sich Fältchen, als könnte er sein Lächeln kaum zurückhalten. »Danke für den Tipp ... Ich werde daran denken, wenn es so weit ist. Und was ist mit dir?«

Ich verschluckte mich am Wein. »Mit mir?«

»Ja. Hast du jemanden, mit dem du romantische Abende verbringen kannst?«

»Ach was«, sagte ich leichthin. »Ich bin nicht besonders romantisch veranlagt. Hab mir mal die Finger verbrannt ... Nicht unbedingt etwas, was ich widerholen möchte.«

Gabe schenkte mir Wein nach. Er sah nachdenklich aus. Schließlich sagte er: »Ich schon. Ich sehne mich danach, wieder die Hälfte eines Ganzen zu sein, Teil von etwas Besonderem. Aber ich weiß nicht, wie ich es anfangen soll.«

Seine Worte gingen mir ans Herz: Sie waren so schlicht und ehrlich. Selten hatte ich einen Mann so reden hören.

»Ich finde, du machst dich gut«, sagte ich. »Obwohl du

erst vierundzwanzig Stunden in Barnaby bist, ist es dir bereits gelungen, eine Frau zu einer nächtlichen Flussfahrt und zu einem Glas Wein unterm Sternenhimmel zu verführen. Ein guter Anfang!«

Er musste lachen. »Du hast recht. Ich bin besser, als ich dachte!«

»Na, siehst du!« Ich prostete ihm zu.

Er runzelte die Stirn. »Manchmal denke ich, dass ich zu schnell aufgegeben habe. Allem hab ich den Rücken gekehrt: meinem Beruf, dem Haus, meinem ganzen alten Leben. Dabei war ich gerne Anwalt! Es hat mir einen Kick gegeben, meinen Puls zum Hämmern gebracht. Ich hab das alles zurückgelassen. Ich dachte … Ich dachte, dass ich inzwischen einen Schlussstrich unter die Vergangenheit gezogen hätte …«

Ich stellte mein Glas ab, wandte mich ihm zu und ergriff seine Hand. »Manchmal muss das gute alte Einen-Schlussstrich-Ziehen warten, bis es verdammt noch mal an der Reihe ist«, sagte ich entschieden. »Du warst noch nicht bereit dazu. Und wie hättest du das auch sein sollen? Du musstest lernen, ein alleinerziehender Vater zu sein – und gleichzeitig hast du einen schrecklichen Verlust betrauert. Damit hattest du mehr als genug um die Ohren. Du hast getan, was in deiner Situation das Richtige für dich war!«

Gabe nickte langsam. »Das hat noch niemand so gut in Worte gefasst.«

Seltsamerweise erfüllte mich das mit Stolz. Ich sah ihm in die sanften grauen Augen und lächelte. »Eines Tages, wenn du bereit dafür bist, rast dein Puls von ganz allein wieder.«

»Um ehrlich zu sein«, sagte er heiser, »rast er *jetzt* ganz schön.«

Mir ging es genauso. Wir saßen so dicht beieinander, dass ich Gabe atmen hören konnte, und sein Mund sah so einladend aus ...

O Gott. Das durfte nicht passieren. Gabe und ich waren Freunde, er war Verity wichtig. Er war niemand, mit dem ich mal eben ins Bett steigen konnte. Kühl strich ein Windhauch über meine nackten Arme und ließ mich frösteln. Ich wandte den Blick ab und ließ Gabe los.

Er fasste wieder nach meiner Hand. »Rosie ...«

Just in diesem Augenblick kam jemand von hinten auf uns zu gerannt.

»Dad? Ist das Feuer schon heiß genug? Machen wir jetzt die Marshmallows?«

Gabe und ich fuhren auseinander, als Noah sich zwischen uns drängelte. Ich war nicht sicher, ob ich über seine Ankunft erleichtert oder enttäuscht war.

»Ich glaube schon, Kumpel. Ordentlich heiß ist mir auf jeden Fall schon«, sagte Gabe grinsend.

*Nicht nur dir,* dachte ich und presste meine Hand gegen meine glühende Wange. *Nicht nur dir.*

# Kapitel 13

Das ganze Wochenende widmete ich mich der Buchführung des Cafés. Seit ihr Steuerberater ihr den Laufpass gegeben hatte, hatte Nonna offenbar keine einzige Ausgabe oder Einnahme mehr gelistet. Ich musste die Bücher in Ordnung bringen, bevor das Finanzamt unangenehme Fragen zu stellen begann.

Am Samstag hatte Nonna mir zwei Einkaufstüten vorbeigebracht, die mit eng beschriebenen Papierschnipseln vollgestopft gewesen waren, und ich hatte wie eine Verrückte sortiert und gestapelt und schließlich alles in eine Kalkulationstabelle eingetragen. Zwar züchtete ich mir so einen tüchtigen Kopfschmerz heran, aber bis Montag hatte ich die Lage mehr oder weniger unter Kontrolle. Ein Freund von Dad, der Steuerberater war, erklärte sich bereit, einen Blick auf die Sache zu werfen.

Es wurde Dienstag, ehe ich dazu kam, Verity anzurufen, um ihr von meinem Abend mit Gabe und Noah zu erzählen.

»Ich bin längst im Bilde!«, sagte Verity und fügte selbstgefällig hinzu: »Und ich muss mir echt selbst auf die Schulter klopfen. Gabe hat nonstop über Noahs Schulsituation gejammert, aber meine Vorschläge wollte er lange Zeit nicht hören. Als du dann von eurer ausgezeichneten

Grundschule erzählt hast, habe ich ein paar nicht sehr dezente Andeutungen fallen lassen – *et voilà!* Außerdem hat er eine Schwäche für dich. Das hat geholfen.«

»Hat er das?«, fragte ich beiläufig.

»Ja, seit letztem Jahr, als die Sache im Krankenhaus war, weißt du noch? Gabe und ich waren völlig mit den Nerven runter, und du hast dich so wunderbar um Noah gekümmert.«

Jäh fiel mir die schreckliche Nacht in Plumberry ein, von der Verity sprach. Sie und ich hatten Cocktails in einem Restaurant getrunken, als sie die Nachricht erhielt, dass Gloria – Mimis Mutter und Veritys gute Freundin – ins Krankenhaus eingeliefert worden war. Gabe und Noah waren schon dort gewesen, als wir ankamen. Ich hatte mit Noah gespielt, während Verity und Gabe mit den Ärzten sprachen.

»Ich war froh, dass ich etwas tun konnte. Das war wirklich eine schlimme Nacht.«

»Ja.« Verity seufzte. »Aber zurück zu dir und Gabe. Erzähl mir alles!«

Ich reckte den Kopf, um einen Blick in den Wintergarten werfen zu können, wo unsere Geschäftsleute saßen. Drei Männer und eine Frau hielten seit einer Stunde ein Meeting; ich war stolz wie ein Pfau. Letzte Woche hatte ich ein LinkedIn-Profil für das Café erstellt, um mehr Geschäftskunden anzuziehen, und mein Plan schien aufzugehen. Wir hatten sonst nie Gäste, die so viel Geld ausgaben und so lange blieben.

»Ich hab die beiden auf dem Boot besucht, und wir haben Hotdogs gegessen, Verity«, sagte ich und lachte. »Mehr gibt es nicht zu erzählen. Alles rein freundschaftlich.«

»Oh, weiß ich doch!«, sagte sie fröhlich. »Aber selbst

wenn … Er hat eine Frau auf die *Neptun* eingeladen und für sie gekocht!«

So wie sie »für sie gekocht« sagte, klang es, als gäbe es nichts Anrührenderes, was ein Mann für eine Frau tun konnte.

»Verity Bloom«, sagte ich gemessen, »er ist froh darüber, hier schon jemanden zu kennen. Mehr ist das nicht. Ich schwöre, nichts ist passiert!«

Es war gut, dass sie mein Gesicht nicht sehen konnte: Ich grinste bis über beide Ohren, während ich mich daran erinnerte, wie viel Spaß wir gehabt hatten. Wir hatten in Decken gewickelt beisammengesessen, Marshmallows auf Stöcke gespießt, sie über dem Feuer gegrillt und zu Jupiter aufgesehen, den Noah mir fachkundig gezeigt hatte.

Da war etwas an Gabe, das mich im Innersten berührte: Er brachte anderen Menschen so viel Freundlichkeit entgegen. Das zeigte sich an der Art, wie er mit Noah umging, aber auch daran, dass er Clementine Hilfe angeboten hatte, obwohl er gar nicht mehr als Anwalt praktizierte. Garantiert hatte er tausend dringende Sachen zu erledigen – und trotzdem hatte er Dads Einladung zum Fußball angenommen. (Dad hatte es einen Riesenspaß gemacht, mit Gabe und Noah zum Fußball zu gehen; er sprach schon vom nächsten Heimspiel.)

Mit einem Mann wie Gabe … Würde da nicht sogar ich mich sicher fühlen?

»Natürlich ist nichts passiert.« Jetzt lachte sie. »Er ist ja nicht dein Typ. Aber würdest du mir einen Gefallen tun?«

»Was denn für einen?«

Ich konnte nicht leugnen, dass ich ein bisschen beleidigt war. War ich wirklich eine so schlechte Partie, dass

Verity die Vorstellung gleich verworfen hatte, Gabe und ich könnten zusammenpassen?

»Stell ihm ein paar Single-Frauen vor. Versuch, ihn zu verkuppeln. Es ist Zeit, dass er den Sprung ins kalte Wasser wagt!«

Ich dachte daran, ihr zu sagen, dass Gabe von der ständigen Einmischerei vielleicht langsam die Nase voll hatte, entschied mich aber dagegen. Sie sorgte sich um ihn.

»Kann ich machen«, sagte ich und sah zur Tür, als das Glöckchen bimmelte. Stella Derry half ihrer ältlichen Mutter über die Schwelle. Als sie meinen Blick auffing, tat Stella so, als würde sie einen Teebeutel in eine Tasse tunken. Ich nickte ihr zu.

»Obwohl mir auf Anhieb niemand einfällt.«

Außerdem gefiel mir der Gedanke überhaupt nicht, dass eine andere Frau meinen Platz unter dem Sternenhimmel auf seinem Boot einnehmen könnte.

»Halt einfach die Augen nach der Richtigen offen. Oh! Und ist Noah nicht der tollste kleine Junge auf der Welt?«

»Allerdings!«, pflichtete ich ihr bei und erinnerte mich daran, wie Noah mir seine Theorie dargelegt hatte, warum die Dinosaurier »rausgestorben« waren.

Noah war fürs Rösten der Marshmallows zuständig gewesen und dabei für meinen Geschmack viel zu nah ans Feuer herangekrochen. Gabe hatte ganz cool auf meine Warnung reagiert: »Manchmal muss man es auf die harte Tour lernen.« Dann hatte er gestöhnt und gesagt: »Gott, du hast recht. Mimi hätte mich für den Spruch gelyncht ...« Im nächsten Moment hatte er gegrinst und sich dafür entschuldigt, dass er schon wieder über Mimi sprach.

»Schon okay«, hatte ich gesagt. »Ich bin froh, dass es ihr

immer noch gelingt, dich zur Vernunft zu bringen.« Da hatte er heimlich, als Noah nicht hinsah, meine Wange geküsst und gesagt, dass *er* froh war, in Barnaby eine Freundin zu haben.

»Rosie?«, fragte Verity nun laut. »Bist du noch da?«

»Hm? Ja, bin ich. Noah hat gestern in seiner Schuluniform so niedlich ausgesehen!«

Gestern war der erste Schultag nach den Osterferien gewesen, und Noah war als einziges Kind neu eingeschult worden. In Hemd und Krawatte hatte er gleichzeitig besonders klein und wie ein großer Junge ausgesehen. Anstatt reinzukommen, hatte Gabe ans Fenster des Cafés geklopft, damit Noah sich für uns im Kreis drehen konnte.

Verity wurde still. Nach einer langen Pause sagte sie: »Ich wäre so gern da gewesen … An Mimis statt. Kinder brauchen eine Mutterfigur. Na ja. Jetzt bist du ja da! Ich bin sicher, dass du deine Sache gut machst!«

Ich lachte nervös und verabschiedete mich. Verity hatte nicht einmal zwei Minuten gebraucht, um mir erst die Rolle der Kupplerin und dann die der Mutter zuzuschreiben. Diese Frau sollte das Land regieren …

Eine Stunde später waren die Geschäftsleute immer noch da. Sie hatten jede Menge Getränke und später etwas zu essen bestellt, aber freundlich waren sie nicht gerade. Wenn wir an den Tisch kamen, bedeckten sie ihre Papiere mit den Armen oder drehten sie um. Ich hatte – erfolglos – versucht, ihr Firmenlogo zu erspähen; zu gern hätte ich gewusst, was sie im Schilde führten.

»Ich habe nachgedacht«, sagte Lia, die mit einem Tablett gebackener Kartoffeln aus der Küche kam.

»Tatsächlich?« Ich hob eine Augenbraue. »Möchtest du dich einen Moment ausruhen?«

Sie kicherte. »Ich glaube, mein von der Mutterschaftsdemenz geschwächtes Gehirn weiß gar nicht, wie ihm geschieht! Da wir gerade von Mutterschaft sprechen … Schaut mal!«

Sie zog ihr Handy aus der Schürzentasche und zeigte Doreen und mir ein Bild von Arlo in Rettungsweste und gestreifter Schwimmwindel. »Seine erste Stunde! Ich weiß nicht, wer begeisterter war: er oder Mum!«

Pflichtschuldig flöteten Doreen und ich im Chor: »Süüüß!«

»Wo war ich? Ach ja!« Sie steckte ihr Handy wieder ein. »Ich habe nachgedacht. Sollten wir nicht vielleicht ein bisschen experimentierfreudiger sein, was die Speisekarte angeht?«

Doreen, die die Kaffeemaschine putzte, hielt inne. »Wir *sind* experimentierfreudig!«, ereiferte sie sich. »Hier hatte noch keiner von Sauerteigbrot gehört, ehe *wir* es als Alternative zu Toast angeboten haben!«

»Toast ist kein Experiment!«, spöttelte Lia. »Genau das meine ich. Wir haben eine richtige Küche, aber die meisten Sachen, die wir anbieten, werden bloß zusammengestellt. Quiche mit Salatbeilage, Backkartoffeln mit der herkömmlichen Füllung – sogar unsere Sandwiches sind die üblichen Verdächtigen. Alles ist frisch und schmeckt gut, aber mit diesem Angebot heben wir uns nicht von der Konkurrenz ab. Wir fallen nicht auf!«

Doreen warf ihren Zopf über die Schulter zurück. »Warum sollten wir auffallen *wollen*?«

»Das *Lemon Tree* ist ein italienisches Café in einem Derbyshire-Dörfchen«, sagte ich. »Denkst du nicht, das ist auffällig genug?«

»Ein Café mit italienischer Einrichtung vielleicht«, sagte Lia. »Aber wenn wir mehr Leute wie die da anziehen wollen«, sie machte eine Kopfbewegung zum Wintergarten hin, »sollten wir unser Angebot wirklich ein bisschen aufpeppen.«

Sie hatte schon recht: Die Geschäftsleute hatten ziemlich enttäuschte Gesichter gemacht, als sie die Karte gesehen hatten. Schlussendlich konnte ich sie vom Nudelsalat überzeugen. Das ausschlaggebende Argument war, dass man den gut mit einer Hand essen könne – weder die Männer noch die Frau schienen in der Lage zu sein, ihr Handy für mehr als zwei Sekunden beiseitezulegen.

»Es ist eine gute Idee, die Speisekarte ein bisschen zu erweitern«, sagte ich diplomatisch, »solange wir unsere Stammkunden nicht verschrecken.«

»Wenn du meinst.« Lia seufzte und trottete zurück in die Küche.

»Wo sie recht hat, hat sie recht.« Doreen nahm ihren Lappen wieder in die Hand und rieb mit Gusto über die getrockneten Milchspritzer an der Kaffeemaschine. »Das Café muss mal *aufgepeppt* werden. Wahrscheinlich wirst du auch eine Oldtimerin wie mich bald loswerden wollen!«

»Niemals!«, rief ich. »Ich wäre jetzt nicht hier, wenn du mich nicht um Hilfe gebeten hättest, als ich bei *Digital Horizons* gekündigt habe. Und überhaupt – ohne dich wäre das Café nicht das, was es ist! Weißt du noch, als Lia und ich nach der Schule immer hergekommen sind, um dich zu besuchen?«

Sie lachte leise. »Ihr wolltet immer beide einen frischen

Knust mit dick Butter. Deshalb musste ich jedes Mal ein neues Brot von beiden Enden her anschneiden.«

Die Erinnerung brachte mich zum Lächeln. »Das war immer mein Höhepunkt des Tages.«

»Das höre ich gerne.« Sie stieß einen tiefen Seufzer aus. »Und ich bin froh – ich möchte gern bleiben. Das Café ist das Herz des Dorfes, seit ich denken kann … Wenn es ein Problem gab, haben sich immer alle hier versammelt, um gemeinsam eine Lösung zu finden. Wie damals, als Wegwerfwindeln die Kanalisation verstopft haben und der Dorfanger unter Wasser stand …«

»Was habt ihr da gemacht?«

»Clarence Fearnley hat seinen kleinen Bagger geholt, die verstopfte Stelle ausgebaggert und einen Haufen alter Windeln aufgeschüttet.« Sie schauderte. »Kein schöner Anblick. Und der Geruch erst!«

Ich verzog das Gesicht. Ich hatte schon ein paarmal Arlos Windeln gewechselt. Das war schon schlimm genug gewesen!

»Dann haben alle mit angepackt«, sagte sie mit verklärtem Blick, »sind mit Spaten und großen schwarzen Müllsäcken ans Werk gegangen. Was ich damit sagen will: Deine Nonna hat das Café zum Dreh- und Angelpunkt gemacht, und trotz des Geruchs und des Drecks, den alle an den Stiefeln mit reingeschleppt haben, hat die Sache einen Riesenspaß gemacht. Die Dorfgemeinschaft ist darüber wirklich zusammengewachsen.«

Mir gefiel der Gedanke, dass das *Lemon Tree Café* das Herz der Dorfgemeinschaft war. Das war es, was ich mittels der sozialen Medien hatte erreichen wollen – aber es sah so aus, als wäre Nonna mir zuvorgekommen.

»Und«, sagte Doreen und hielt den Zeigefinger hoch, »die Kasse hat den ganzen Tag über geklingelt. Am Abend war alles restlos ausverkauft!«

»Entschuldigung!« Die Geschäftsfrau winkte, um unsere Aufmerksamkeit zu erregen. »Könnten Sie unseren Tisch abräumen? Wir würden gern Kaffee bestellen. Vier Americanos mit Milch. Oh, Verzeihung!« Sie lachte. »Das wären also vier gestreckte Espressi!«

»Oh, herzlichen Dank für die Erklärung!«, knurrte Doreen leise.

»Und könnten wir noch ein paar Stühle an unseren Tisch bekommen? Wir erwarten noch zwei Personen.«

»Selbstverständlich!« Ich wischte mir die Hände an der Schürze ab.

»Ich räume ab und rücke zwei Stühle den weiten Weg vom Nachbartisch rüber«, sagte Doreen leise zu mir und griff nach einem Tablett. »Du machst die *gestreckten Espressi.*«

Ich war gerade dabei, vier Tassen auf Untertassen zu stellen, als Lia neben mir auftauchte. Sie pfiff leise durch die Zähne und zeigte auf die Glastür. »Ist das nicht Gabe?«

Ein hochgewachsener Mann schritt zielstrebig auf das Café zu. Ich musste zweimal hinsehen, um sicher zu sein; Gabe sah so anders aus als sonst. Er machte die Tür auf, warf einen Blick auf seine Armbanduhr und sah sich suchend im Café um.

Anstelle von Jeans und T-Shirt trug er einen eleganten dunkelblauen Leinenanzug und ein blassrosa Hemd. Das Selbstbewusstsein, das er ausstrahlte, in Kombination mit seinen intelligenten grauen Augen und seinem zuversichtlichen Lächeln verschlug mir den Atem. Ich konnte meinen Blick nicht von ihm losreißen.

»Wow«, sagte ich bloß.

»Ich mache mich ganz gut im Anzug, was?« Gabe breitete die Arme aus. »Danke, Mum! Die Kisten mit dem ganzen alten Zeug kommen gerade recht. Das letzte Mal bin ich so rumgelaufen, als ich noch in der Kanzlei beschäftigt war. Apropos altes Zeug: Ich wage es kaum, an die Patchworkdecke zu denken, an der Noah, ähm, *arbeitet*. Er hat damit angefangen, als du und ich an Deck waren. Überall fliegen Stofffetzen rum!«

Die Vorstellung von Mimis zerschnittenem Hochzeitskleid ließ mich zusammenzucken. »Sorry, das hätte ich nicht vorschlagen sollen.«

»Du musst dich nicht entschuldigen.« Die Art, auf die er mich ansah, ließ meine Knie weich werden. »Er war das ganze Wochenende beschäftigt. Und es ist eine wunderbare Idee! Ich danke dir.«

»Also hattet ihr ein schönes Wochenende?«

»Ja. Wir hatten volles Programm! Am Samstag waren wir mit deinem Dad beim Fußball, am Sonntag ist Clementine vorbeigekommen, um mir ihre Unterlagen zu zeigen. Ich konnte gar nicht so schnell gucken, da war schon Montag, Noah eingeschult und ich mit Clementine auf dem Weg zu ihrer Bank.«

Ich freute mich, dass Clementine sich entschlossen hatte, seine Hilfe anzunehmen.

»Wie sind wir bloß bisher ohne dich zurechtgekommen?«, scherzte ich gutmütig. Er lächelte schüchtern. »Es ist schön, gebraucht zu werden.«

*Ein Mann wie Gabe könnte auf vielerlei Arten gebraucht werden,* dachte ich und spürte ein leichtes Ziehen in meinem Bauch.

»Warum grinst du so?«, fragte er.

»Ach, nichts!«, sagte ich und riss mich zusammen. »Möchtest du etwas bestellen?«

»Genau genommen habe ich einen Termin.« Er neigte diskret den Kopf in Richtung des Durchgangs zum Wintergarten. »Mit Clementines Bank und einem … ähm … jemand anderem.« Er räusperte sich. »Clementine müsste auch jeden Moment kommen. Ich hatte die Idee, dass wir uns hier zusammensetzen, nicht in der Gärtnerei oder der Bank. Ich dachte, für Clementine würde es so einfacher: ein Treffen auf neutralem Boden sozusagen.«

»Oh, verstehe.« So viel zu meinen außergewöhnlichen Marketing-Fähigkeiten. »Lieb von dir, das *Lemon Tree Café* vorzuschlagen. Danke!«

»Sehr gerne. Da ist sie ja!«

Und wirklich, das Glöckchen über der Tür läutete, als Clementine sie langsam aufschob. Blass und hager kam sie auf uns zu, den Kopf hoch erhoben. Sie trug ein schwarzes Kleid und Perlen.

Gabe bot ihr seinen Arm an, und sie hielt sich daran fest.

»Sind Sie bereit?«, fragte er.

»Nein«, sagte sie und stieß zittrig ihren Atem aus. »Aber bringen wir's trotzdem hinter uns.«

# Kapitel 14

»*Ein Pfund*?«, riefen Mum und Nonna im Chor.

Sie klangen so entrüstet, dass die beiden Radfahrer, die auf Stanleys Stammplatz saßen, für einen Moment aufhörten zu kauen und einen neugierigen Blick in den Wintergarten warfen.

Wir hatten uns um Clementine versammelt. Nachdem das Meeting beendet war, hatten die vier Fremden in ihren Business-Outfits ihre beträchtliche Rechnung beglichen, uns knapp zugenickt und waren gegangen. Clementine war allein zurückgeblieben, da Gabe Noah von der Schule hatte abholen müssen. Auf dem Tisch vor ihr stapelten sich leere Teller.

»Das ist alles?« Beim Anblick von Clementines zerzaustem Anblick runzelte Doreen die Stirn. Ihr kurzes drahtiges Haar stand ihr in alle Richtungen vom Kopf ab, Doreen musste sich offensichtlich mit Gewalt zurückhalten, um es nicht glatt zu streichen.

Clementine nickte erschöpft. »Die Bank hat die Gärtnerei verkauft – oder besser gesagt die Schulden an irgendeinen Investor weitergereicht. Und das Geld, das dabei den Besitzer gewechselt hat, war bloß ein einziges Pfund.«

Mir wurde ein bisschen übel, als ich daran dachte, dass

die Banker gerade mehr als achtzig Pfund für Erfrischungen ausgegeben hatten.

»Arschegeigen!«, knurrte Nonna. Sie war mit Stanley gekommen; die beiden waren auf dem Markt in Chesterfield gewesen. Jetzt saß sie mit einer Tasse Tee neben Clementine. Stanley hatte sich einen Moment lang in der Nähe der Radfahrer rumgedrückt, als könnte er sie kraft seiner Gedanken zum Aufstehen bewegen, hatte dann aber aufgegeben und sich zu unserem kleinen Grüppchen gesellt.

»Gärtnerei iste eine gute Geschäfte!«

Clementine seufzte. »Eher nicht. Wie gerade bewiesen wurde.«

»Halsabschneider!«, war Doreens Meinung. Verärgert begann sie, die Teller der Banker aufeinanderzustapeln. »Und solche Leute willst du als Gäste haben, Rosie?«

»Nein, eigentlich nicht.« Ich hob die Rechnung auf, die sie auf dem Tisch hatten liegen lassen – es war die höchste, die ich ausgestellt hatte, seit ich im Café arbeitete. »Aber es ist mir lieber, dass sie ihr Geld bei uns lassen als in irgendeinem Café in der City.«

Lia kam aus der Küche und nahm Arlo von Mum in Empfang. Mums Haare hatten sich gekräuselt und rochen nach Schwimmbad; Arlo und sie sahen beide müde, aber glücklich aus.

Ich sagte: »Natürlich fühlt sich das schrecklich an, aber wenigstens weißt du jetzt, woran du bist, Clementine. Du musst keine Angst mehr davor haben, was als Nächstes passiert.«

»Das stimmt«, sagte Clementine. »Schlimmer kann es nicht mehr werden.«

»An Geld scheint es denen ja nicht zu fehlen. Warum

haben sie dann keinen fairen Preis gezahlt?«, fragte Doreen über die Schulter, während sie die Teller auf einem Tablett Richtung Küche trug. »So viel zu Gabes Hilfe. Da hätte *ich* ja mehr rausschlagen können! Ein lausiges Pfund ...«

Clementine schien sich ein wenig zu sammeln. »Gabe Green war großartig!«, sagte sie mit Nachdruck. »Was für ein wunderbarer Junge!«

Ich seufzte erleichtert. Gabe würde immer sein Bestes geben, davon war ich überzeugt. Aber wie Doreen hatte ich kurz an seinen Fähigkeiten gezweifelt. Als ich den Blick hob, sah ich, dass Mum mich beobachtete. Meine Reaktion war ihr nicht entgangen, sie lächelte, und mir schoss die Hitze in die Wangen.

»Wenn Gabe nicht da gewesen wäre, hätte ich auch noch das Haus verloren«, fuhr Clementine fort. »Es war mit was weiß ich wie vielen Hypotheken belastet. Gabe hat darauf bestanden, dass ich es behalten kann. Immerhin habe ich noch ein Dach über dem Kopf. Ich wette, er war ein toller Anwalt. Streng, aber fair.«

»Aber nur ein Pfund!«, sagte Stanley. »Für das ganze Grundstück. Das ist schon schofel.« Er warf dem Butter-gebäck, das die Banker stehen gelassen hatten, einen Blick zu. »Stört es jemanden, wenn ich ...«

Clementine schob ihm den Teller zu. »Nur zu. Ich krieg keinen Bissen runter.«

»Ich hab die gebacken«, flüsterte Lia Stanley zu. »Was bedeutet ›schofel‹?«

»Knauserig.« Er nahm einen Bissen. »Oh, köstlich – du dagegen hast kein bisschen mit Butter geknausert!«

Lia lächelte stolz und nahm sich einen halben Keks. »Qualitätskontrolle.«

Nonna schnalzte missbilligend mit der Zunge. »Ge-mampfe iste Clementine keine Hilfe!«

»Es ist eh zu spät«, sagte die. Plötzlich klapperten ihre Zähne aufeinander.

Mum wisperte mir zu: »Das ist der Schock.«

»Ich mache ihr eine Tasse heißen, süßen Tee«, sagte ich, froh, etwas zu tun zu haben. Schnell lief ich zum Tresen und suchte nach einer belebenden Teemischung.

»Nichte Tee«, sagte Nonna, die mir gefolgt war. Sie hol-te eine Flasche Limoncello aus dem hintersten Winkel des Geschirrschranks. »Etwas, das iste stärker.«

»Aber wir haben keine Ausschankgenehmigung ...« Nonnas Gesichtsausdruck ließ mich verstummen: Es war der, den sie für Politessen und für Leute reservierte, die im Sommer ihre Hunde im Auto ließen, ohne ein Fenster zu öffnen.

»Dasse iste eine Notefall.«

Sie goss einen ordentlichen Schwupp in ein Glas und brachte es Clementine. »Trinkste du das – *adagio,* lang-sam.«

Clementine sagte: »Das Leben ist ein Miststück, und dann stirbt man. Prost!« Sie trank das Glas in einem Zug aus und sog scharf die Luft ein. Sie stellte das Glas unsanft auf die Tischplatte und fasste die Flasche ins Auge. Nonna seufzte und schenkte nach.

»Eine noch. Stehste du unter der Schock.«

»Natürlich stehe ich unter Schock. Als Clarrie gestorben ist, dachte ich, ich würde verkaufen und meinen Lebens-abend an der Küste verbringen. Stattdessen werde ich mir einen Job suchen müssen. Ich! Nicht mal *ich* würde mich einstellen. Und ich werde ... Oh, es gibt zu viele Dinge, die bedacht werden müssen! Das ist das Ende.« Sie sank vornüber, bis ihre Stirn auf der Tischplatte ruhte.

Stanley zog den Stuhl heran, auf dem die Frau gesessen hatte, die dachte, wir Landeier wüssten nicht, was ein Kaffee Americano war (was mir vollkommen egal war und mich keinesfalls noch immer ärgerte!), und ergriff Clementines Hand.

»Ich weiß, dass Sie um Clarence trauern«, sagte er. »Aber Ihr Leben ist noch nicht zu Ende.«

Clementine richtete sich auf. Tränen standen ihr in den Augen. »Clarries und mein Lebenswerk ist dahin«, sagte sie. »Und der Kerl, den diese Investoren vorgeschickt haben, hat sich nicht mal die Mühe gemacht, vorher einen Rundgang zu machen. Das ist es, was mich so traurig macht … Den interessiert gar nicht, *was* er gekauft hat. Wahrscheinlich gehört er zu einer Firma, die in Immobilien investiert. Die werden einfach alles plattmachen. Unsere Beete, unsere Folienzelte …«

Nonna blinzelte heftig hinter ihren dicken Brillengläsern. »Also die wisse gar nichte, wasse sie habbe gekaufte?«

Clementine zuckte mit den Schultern. »Ich vermute stark, dass sie mehr an dem Grundstück interessiert sind als an meinen wunderschönen Pflanzen und Büschen. Ich habe noch so viele unverkaufte Setzlinge in der Gärtnerei – und noch mehr zu Hause … Wahrscheinlich sollte ich die zurück in die Gärtnerei bringen. Sie gehören mir schließlich nicht mehr.«

Das Glöckchen über der Tür läutete, und ein paar Mütter kamen mit ihren Kindern herein. Die Schule war aus, und in der nächsten Stunde würde im Café einiges los sein.

»Ich gehe schon«, bot Doreen an.

»Danke!« Ich setzte mich neben Lia und schnitt Grimassen für Arlo. »Wann wechselt die Gärtnerei den Besitzer?«, fragte ich.

»Offiziell um Mitternacht. Die Investoren werden morgen vor Ort sein und eine Inventur machen. Aber ich schätze, mit Abschluss der Verhandlung heute … O Gott.« Clementine legte beide Hände vor ihr Gesicht. »Ich muss Tyson sagen, dass er keinen Job mehr hat. Ich muss zurück in die Gärtnerei.«

»Eine Augeblick! Habbe ich Idee.« Nonna hatte die Stirn in tiefe Falten gelegt. Ich konnte beinahe sehen, wie sich die Räder in ihrem Kopf drehten. »Die wisse nicht, was iste in die Gärtnerei … Also merke nichte, wenn morge wasse fehlt, *vero*? Stimmte?«

Clementine versuchte ein Lächeln. Es erreichte ihre Augen nicht. »Ich habe keine Zitronenbäume, Maria, falls du das denkst. In den vierzig Jahren, die ich im Geschäft war, warst du die Einzige, die je welche bestellt hat.«

Nonna wedelte mit der Hand in der Luft. »Denke ich nichte *das!* Denke ich an *dich*. Wie viele Setzelinge haste du?«

»Schwer zu sagen. Fünftausend? Mehr?« Clementine zuckte mit den Schultern. »Ich habe welche in den großen Folienzelten, im neuen Gewächshaus, im alten Gewächshaus, dann sind da noch die, die draußen stehen …«

»Nimmste du sie!«, zischte Nonna. Sie lehnte sich über den Tisch. »Merke die nie. Und iste besser für Pflanzen. In der Gärtnerei sterbe sie. Was, wenne niemande komme su giesen? Sinde sie tot und nutze niemande. Also. Nimmste *du* sie.«

»Aber dann werde ich bis zum Hals in Tomaten, Zucchini und grünen Bohnen stecken«, brummte Clementine. »Was soll ich mit all dem Zeugs deiner Meinung nach machen?«

»Oh!« Lias Augen leuchteten auf. »Ratatouille?«

Clementine warf ihr einen vernichtenden Blick zu.

»Ich hole meinen Mantel«, flüsterte Lia mir zu und küsste mich zum Abschied auf die Wange. »Wird Zeit, dass ich nach Hause gehe.«

Ich unterdrückte ein Lächeln. Auch Stanley gluckste leise, bis Nonna mit ihrem Geschirrtuch nach ihm schlug. »*Eh*. Dasse iste ernste Angelegenheit!«

»Entschuldigung«, sagte er zerknirscht. »Aber hört mal, als ich noch Postbote war ...«

Nonna verdrehte die Augen. »Iste nichte Geschichte, wo große Spinne in Hosenbein raufeklettert und musste du dann Hose ausziehen auf der Friedhof?«

»Maria, das habe ich dir im Vertrauen erzählt!«, sagte er und wurde ein bisschen rot. »Nein. Was ich sagen wollte: Als ich noch Postbote war, ist mir aufgefallen, dass die meisten Leute im Dorf Gewächshäuser haben. Vielleicht könnten wir die Setzlinge sozusagen in Pflege geben, bis ...«

»Tja, das ist ja gerade der Punkt«, sagte Clementine. »Bis *was?*«

Obwohl ich noch damit beschäftigt war, das geistige Bild eines ältlichen Postboten ohne Hose zwischen Grabsteinen abzuschütteln, kam mir eine Idee. »Bis wir ein Dorffest organisiert haben!«, sagte ich. »Dann kannst du sie verkaufen und wenigstens ein bisschen was für deine Arbeit bekommen. Nicht genug, um an die Küste zu ziehen – aber vielleicht reicht es für einen Urlaub am Meer!«

»Urlaub«, sagte Clementine erschöpft. »Was war das noch mal?«

»Ein Dorffest«, sagte Mum begeistert. »Damit kann Barnaby glänzen. Erinnert ihr euch an das Thronjubiläum der Königin? An die Silvesterparty zum Millennium? Ich helfe bei der Organisation!«

Nonna schlug mit der flachen Hand auf den Tisch. »Iste beschlossene Sache. Gehe wir in die Nacht, wenn iste dunkel.«

Stanleys Augen funkelten. »In geheimer Mission!«

Offenbar hatten beide ein Faible fürs Dramatische. Mich beschäftigte derweil die Frage, welche Rolle das Café bei einer Veranstaltung spielen konnte, die sich um fünftausend empfindliche Pflänzchen drehte ...

Just in dem Moment kam Noah hereingestürmt. Gabe folgte ihm auf dem Fuß. Er ging zum Tresen, um eine Bestellung bei Doreen aufzugeben. Noah schwenkte ein Buch durch die Luft und kam auf mich zugerannt.

»Rosie, ich kann lesen!«, verkündete er, kletterte ohne Umschweife auf meinen Schoß und machte es sich dort gemütlich.

»Du bist ein Genie«, sagte ich ruhig, obwohl mein Herz vor Freude über sein Zutrauen Purzelbäume schlug.

Er schlug das Buch auf und blätterte darin. Sein Pullover roch nach dem Putzmittel, das Mr. Beecher in der Schule verwendete, aber unter dieser Kopfnote kam die Herznote zum Vorschein: Shampoo, Gras, Kekse.

»Hallo noch mal!« Gabe lächelte, als er Noah auf meinem Schoß sitzend vorfand. »Entschuldigen Sie bitte, dass ich so hereinplatze ... Halten Sie Kriegsrat?«

»Mache wir genau das!« Nonna packte den überraschten Gabe an den Schultern und küsste ihn auf beide Wangen. »Wir plane eine Raub. Biste du dabei?«

»Heilige Scheiße! Wirklich?«

Noah betrachtete seinen Vater streng. »Daddy! Du musst fünfzig Pence ins Fluchschwein werfen.«

»Ganz schön happig«, sagte Clementine und pfiff durch die Zähne. »Damit kann man eine halbe Gärtnerei kaufen!«

Um halb acht Uhr abends rückte ein Kommando zur Mission »Setzlinge befreien« in einem Konvoi aus Fahrzeugen aus. Ich saß mit Dad in seinem Volvo, die Rücksitze hatten wir vorsorglich schon zurückgeklappt. Lia war widerstrebend zu Hause geblieben, damit sie Arlo ins Bett bringen konnte, aber Ed hatte einen Van von der Arbeit mitgebracht. Nonna und Stanley fuhren mit ihm. Doreen und Juliet hatten ihre Ehemänner Alan und Dean angestiftet, und die anderen Ladenbesitzer, die um den Dorfanger herum angesiedelt waren, waren ebenfalls da: Adrian, dem der Pub gehörte, war in seinem edlen Range Rover gekommen. Ken aus dem *Mini Mart,* Biddy und Nina besaßen alle drei Vans. Lucas hatte bloß einen winzigen Smart, deshalb war er mit Mum im Café geblieben. Während sie im Dorf herumtelefonierte, um Pflegeeltern für die Setzlinge zu finden, hielt Lucas Kontakt zu Clementine, um die Fahrer der Vans zu den richtigen Häusern zu dirigieren.

Bloß Gabe hatte es nicht geschafft. Als er mich anrief, hatte er ziemlich enttäuscht geklungen. »Ich würde so gern helfen, aber Noah ist am Abendbrottisch eingeschlafen. Die Schule schlaucht ihn total. Und die Leute auf dem Hausboot nebenan kenne ich noch nicht so gut, ich will sie nicht bitten, auf ihn aufzupassen. Mist. Ich versäume alles!«

Ich stellte mir vor, wie er allein auf seinem Hausboot saß. Vielleicht würde er wieder früh ins Bett gehen, um zu lesen …

»Ich könnte später vorbeikommen«, hörte ich mich sagen. »Um dir alles zu erzählen. Wenn du magst?«

»Das wäre großartig.« An seiner Stimme konnte ich hören, dass er lächelte. »Seid bitte vorsichtig, und denk dran, wenn euch irgendwer fragt, holt ihr bloß vorbestellte Ware ab, okay?«

Wir fuhren auf den Parkplatz der Gärtnerei, folgten dem Schild, auf dem »Lieferungen« stand, und parkten vor dem größten Folienzelt. Es war windig, und am dunklen Himmel hingen schwere Wolken. Trotzdem waren alle bester Stimmung.

Nonna hatte sich von Ed einen schwarzen Hoodie geliehen, und Stanley hatte sich die Kapuze seiner dunklen Regenjacke aufgesetzt und den Kordelzug festgezurrt. Die beiden sahen aus wie Gevatter und Gevatterin Tod – wenn auch um einiges fröhlicher.

»Binne so aufgeregt, musse gleich auf der Klo!«, sagte Nonna gedämpft und eilte auf die Gästetoilette zu.

Clementine und Tyson warteten bereits auf uns. Sie standen Seite an Seite im Eingang der Gärtnerei, identisch gekleidet in gesteppte Westen, Jeans und Arbeitsstiefel. Trotzdem wirkten sie wie eine Studie der Gegensätze: Clementine so groß, hager und blass, Tyson stämmig und rosa im Gesicht.

Clementine sagte: »Ich bezweifle, dass die Käufer heute Nacht jemanden vorbeischicken werden, aber vorsichtshalber habe ich die Lichter draußen ausgemacht. Habt ihr eure Taschenlampen dabei?«

Als Antwort ließen wir sie aufleuchten.

»Wir könnten dir ein bisschen Ware abnehmen und sie in unseren Läden verkaufen«, schlug Ken vor. Biddy und Nina nickten zustimmend.

Rasch sagte ich: »Ich habe schon darüber nachgedacht ... Wir könnten ein Event daraus machen. Wie ein Dorffest, aber von uns ausgerichtet – den Ladenbesitzern.«

Interessiertes Gemurmel erhob sich.

Clementine räusperte sich. Mit leicht schwankender Stimme sagte sie: »Es ist kalt und dunkel und wahrscheinlich ziemlich matschig da draußen. Und trotzdem seid ihr alle hergekommen, um einer dummen alten Frau zu helfen, die ein schreckliches Chaos angerichtet hat. Ich kann euch gar nicht genug danken.«

»Nicht doch!«

»Aber Clementine, das ist ...«

»Biste du nichte schuld an diese Misere!«

Tyson warf die Arme um seine Chefin und vergrub sein Gesicht an ihrer Schulter. »Ich werde Sie so vermissen«, kiekste er. »Sie haben Ihr Bestes gegeben!«

Sie tätschelte ihm unbeholfen den Rücken. »Das stimmt. Ich wünschte nur, mein Bestes wäre gut genug gewesen.«

»Also, ich kann mir nicht vorstellen, wie ich den Abend erquicklicher verbringen könnte«, sagte Stanley und hakte sich bei Nonna unter.

Clementine fuhr sich mit dem Ärmel über die Augen. Dann teilte sie uns in Teams ein, und wir stoben in alle Himmelsrichtungen davon. Tyson führte Dad und mich zu den Handwagen, und wir nahmen beide einen mit.

»Da lang, an den Ringelblumen vorbei!«, sagte er entschlossen. »Packen wir's an!«

# Kapitel 15

Zwei Stunden später hatten wir unsere Mission erfüllt. Um keinen Verdacht zu erregen, hatten wir ein paar Gartenpflanzen zurückgelassen – das war Gabes Idee gewesen. Trotzdem hatten wir ungefähr fünftausend zarte Setzlinge beiseitegeschafft. Sie residierten jetzt in verschiedenen Frühbeeten und Treibhäusern, verteilt über ganz Barnaby. Clementine hatte aufgeschrieben, wie die Pflanzen gewässert werden mussten, und versprochen, Hausbesuche zu machen, falls irgendetwas »durchzuschießen« drohte. Alle waren so aufgeputscht, dass niemand nach Hause gehen wollte. Schließlich lud Adrian die Räubertruppe in den Pub ein, um eine Runde zu schmeißen.

Ich entschuldigte mich und wanderte durch die dunklen Straßen des Dörfchens zum Fluss. Die anderen Hausboote lagen dunkel und still da, aber aus der Kajüte der *Neptun* drang ein warmes, einladendes Licht.

»Das Dorf hat wirklich Gemeinschaftsgeist bewiesen«, sagte Gabe, nachdem ich ihm alles über unseren gelungenen Beutezug erzählt hatte. »Barnaby ist ein toller Ort zum Leben.«

Heute Abend war es zu windig, um an Deck zu sitzen, deshalb hatten wir es uns in seinem kleinen Wohnraum gemütlich gemacht. Gabe gab mir eine Tasse heißen Tee und schob einen Schemel unter meine Füße. Das eingebaute Sofa erinnerte mich eher an eine Bank und war nicht besonders bequem, aber ich war müde. Im Hintergrund lief leise Musik, nur eine Lampe brannte, das Boot wiegte sich auf dem Wasser, und es war herrlich warm ... Ich entspannte mich zusehends. Wir sprachen mit gedämpften Stimmen, da Noah in seinem Zimmer tief und fest schlief.

»Alle reden über dich. Sie singen regelrecht Loblieder.« Ich streifte meine Schuhe ab und ließ sie unter den Tisch fallen. »Clementine, Nonna, sogar mein Dad sind begeistert von dir.«

»Wirklich?« Er setzte sich neben mich. »Das beruht auf Gegenseitigkeit. Sie haben mich sofort in ihrer Mitte aufgenommen. Das macht mich glücklich, ich möchte, dass wir dazugehören.«

»Ohne Zweifel hast du auch an den Schultoren einen guten Eindruck gemacht. Ein neues Gesicht, ein alleinstehender Vater mit einem süßen ...«, ich nahm einen Schluck Tee und sah ihn dann über den Rand meiner Tasse hinweg an, »Jungen.«

»Ich habe wirklich ein paar Blicke gespürt.« Er rieb sich unbehaglich den Nacken. »Ehrlich gesagt mag ich diesen Teil nicht besonders, obwohl ich mich langsam daran gewöhne. In Noahs Kindergarten war es dasselbe. So viele neugierige Blicke ... Und alle fragen sich, was aus Noahs Mutter geworden ist.«

»Entschuldige.« Ich biss mir auf die Unterlippe und legte ihm eine Hand auf den Arm. Er trug ein Hemd aus Jeansstoff, dessen Ärmel er hochgekrempelt hatte. Seine Haut war warm. »Ich wollte das nicht bagatellisieren. Wieso habe ich daran nicht gedacht?! Ich hätte dich begleiten können, wenigstens an Noahs erstem Schultag.«

»Dann hätten sie erst recht die Zungen gewetzt.« Er grinste. »Ist schon in Ordnung. Es ist immer erst mal schwierig, wenn man umzieht ... Bald sind wir kalter Kaffee.«

Ich warf ihm einen verstohlenen Blick zu, während er in seine Tasse schaute; der Gedanke, dass Gabe Green kalter Kaffee sein könnte, kam mir verrückt vor.

Es sei denn, er zog wieder weg. Jäh wurde mir klar, dass ich das nicht wollte.

»Du hast zu Dad gesagt, dass es dir gefällt, frei zu sein. Bedeutet das, das du nicht vorhast, lange in Barnaby zu bleiben?«

Er antwortete nicht sofort. »Das ist die Preisfrage«, sagte er schließlich. »Das ungebundene Leben auf dem Hausboot hat mir in den letzten Jahren sehr gutgetan. Aber vielleicht ist es an der Zeit, sesshaft zu werden, an einem Ort Wurzeln zu schlagen. Eine Familie zu haben.«

Für einen kurzen Moment sah er mir in die Augen, und mein Herz machte einen Sprung.

»Hier habe ich eine Ahnung davon bekommen, was mir fehlt ... Ich möchte wieder Teil einer Gemeinschaft sein, in der wirklichen Welt leben.«

»Verity würde dir zujubeln«, sagte ich und lachte. »Ich sollte dich warnen! Sie hat mir den Auftrag gegeben, dich jeder einzelnen heiratswilligen Frau im Dorf vorzustellen.«

Er stöhnte. »Jeder einzelnen?«

»Sei unbesorgt: Es gibt nicht besonders viele.«

»Das trifft sich gut. Mich interessiert nämlich bloß eine einzige.«

»Du hast dich also schon umgesehen?« Ich hob die Augenbrauen und fragte mich, wer wohl die Glückliche war.

Er lachte leise. »Es geht mir nicht bloß darum, eine Freundin zu finden. Ich will mein ganzes Leben ändern! Bevor ich hergekommen bin, dachte ich, ich könnte mich ewig als Möbelrestaurateur durchschlagen und einfach mit Noah auf dem Boot wohnen bleiben. Aber jetzt ...«

»Ich weiß, woran du denkst.« Ich setzte mich auf. Ein warmes Gefühl breitete sich in mir aus: Gabe war bereit, seine Karriere wieder in Schwung zu bringen! Und es war seine Zeit in Barnaby, die das Verlangen in ihm geweckt hatte.

»Wirklich?« Er wandte sich mir zu.

Ich nickte. »Ja. Und ich bin ganz deiner Meinung!«

Bestimmt hatte die Sache mit Clementine den Anstoß gegeben. Aber es würde fordernd und zeitaufwändig sein, als Anwalt zu praktizieren – er würde Unterstützung brauchen. Und ich würde ihm sehr gerne helfen!

»Danke, dass du es mir so leicht machst!«, sagte er. »Das ist eine große Sache für mich.«

»Natürlich ist es das«, sagte ich ermutigend. »Ich habe diese Theorie. Sie besagt, dass wir danach streben sollten, die beste Version unserer selbst zu sein. Und ich glaube, für dich bedeutet das, wieder einen richtigen Job zu haben!«

»Einen *richtigen* Job?« Er starrte mich an.

Mir wurde flau, als ich begriff, dass ich ihn falsch verstanden haben musste. »War ... war das nicht das, was du gemeint hast?«, stammelte ich.

»Nein, ich ...« Er fuhr sich durchs Haar. »Eigentlich

hatte ich vor, dich zu fragen, ob du mit mir ausgehen willst.«

Er sah so geknickt aus, dass ich ihn beinahe umarmt hätte. Gleichzeitig fing mein Herz in meiner Brust gleich einem eingesperrten, kleinen Vogel nervös zu flattern an.

»*Mich?*«

»Aber das war offensichtlich ziemlich dumm von mir. Wenn man bedenkt, dass ich nicht mal einen *richtigen* Job habe.«

O Gott, ich hatte ihn beleidigt … »Bitte vergiss, dass das gesagt habe! Natürlich hast du einen richtigen Job. Ich wollte dir bloß den Rücken stärken … Ich hab dich miss-verstanden, das ist alles!«

Er sprang auf. »Nein, *ich* bin derjenige, der die Situation falsch gedeutet hat … Ich bin wirklich aus der Übung. Es tut mir so leid. Und du hast recht – es wird Zeit, dass ich die Kurve kriege. Warum sollte eine Frau wie du … Hör mal, vergiss es einfach, okay?«

Jetzt stand ich auch auf. Ich fühlte mich schrecklich. »Gabe, bitte lass mich erklären …«

»Das ist nicht nötig.« Er setzte ein gezwungenes Lächeln auf. »Ehrlich. Die Botschaft ist angekommen.« Er küsste mich rasch auf die Wange und ging zur Tür voraus. »Du musst müde sein. War ein langer Tag. Für mich auch.« Er gähnte gekünstelt und streckte die Arme zur Decke.

Ich rührte mich nicht und starrte ihn so lange an, bis er meinen Blick erwiderte.

»Gabe, hör mir zu.« Ich strich mir die Haare hinter die Ohren. »Ich fühle mich geehrt! Und ich mag dich wirklich, wirklich sehr. Es ist nur …«

Ich konnte sehen, wie Gabes Brust sich mit jedem seiner

Atemzüge hob und senkte. Er wartete darauf, dass ich den Satz zu Ende brachte. Verzweifelt rang ich nach Worten – es lag nicht an ihm, es lag an mir! Er hatte nichts falsch gemacht, und trotzdem war ich fluchtbereit. Wie immer. Obwohl Verity ihn liebte, obwohl meine ganze Familie ihn zu mögen schien. Seit er in Barnaby war, hatte er nichts anderes getan, als allen zur Seite zu stehen, die Hilfe brauchten. (Und obendrein, das war nicht zu leugnen, sah Gabe Green einfach umwerfend aus.)

Er war nicht das Problem. Ich war das Problem.

»Ich verstehe vollkommen«, sagte er stoisch. »Ein Witwer mit einem vierjährigen Sohn ist kein besonders toller Fang.«

»Nein. *Ich* bin kein toller Fang. Ich hab genug über dich und Mimi gehört, um zu wissen, wie glücklich ihr wart und dass ihr Tod dein Herz gebrochen hat«, sagte ich leise. »Aber ich habe auch eine Vergangenheit.«

Eine Erinnerung, deutlich wie ein Foto: Callums gequälter Gesichtsausdruck. Dann sein Flehen: »*Gib mir noch eine Chance, Rosie, ich bitte dich, eine einzige Chance … Es kann nicht aus sein mit uns.*«

Ich schauderte.

»Wir sind über dreißig«, sagte Gabe. Er zuckte mit den Schultern. »Natürlich hast du eine Vergangenheit!«

»Es ist anders, als du denkst.« Ich erschrak selbst über die schwere Traurigkeit in meiner Stimme. Trotzdem redete ich weiter. »Du kannst Verity fragen … Es ist immer dasselbe. Sobald mir jemand nahekommt, ziehe ich mich zurück. Ich kann nichts dagegen machen. Ich bin jetzt … Ich bin jetzt so.« Ich schluckte und sagte dann mühsam: »Ich kann das Risiko nicht eingehen, nicht noch einmal. Und du verdienst etwas Besseres, Gabe, glaub mir bitte. Und Noah auch.«

Er trat einen Schritt auf mich zu und nahm meine Hände. »Was ist dir zugestoßen?«, fragte er. Ich fühlte seinen Blick, als könnte er sich durch meine Haut brennen und bis in meine Seele schauen. Ich zitterte vor Angst, was sich ihm dort offenbaren könnte.

Vorsichtshalber sah ich zu Boden. »Bitte frag mich nicht danach.«

»Okay.« Er kam noch einen Schritt näher. Ich konnte seine Wärme spüren und kniff fest die Augen zu.

*Himmel, ich bin so wankelmütig und so blöd!*

Ich *wollte* jemanden treffen, aber kaum zeigte sich das kleinste Anzeichen, dass ein Mann, der mir gefiel, auch Interesse an mir hatte, sabotierte ich mich selbst.

Gabe nahm mich in die Arme, und ich lehnte mich an ihn.

»Können wir Freunde sein?«, fragte ich leise.

»Klar«, murmelte er und gab mir einen flüchtigen Kuss auf die Stirn. »Freunde mit gewissen Vorzügen.«

»Gabe!« Ich machte mich hastig von ihm los. Mir entglitten alle Gesichtszüge.

»Was denn?«, fragte er unschuldig. »Morgen poliere ich deine Möbel. Was dachtest du, was ich meine?«

Ich lächelte immer noch, als ich eine Stunde später zu Hause ins Bett fiel.

# Kapitel 16

Am nächsten Morgen briet ich Eier auf der Grillplatte und schrieb gleichzeitig Ideen für das Dorffest auf, als Lia mit einem Löffel in der Hand auf mich zukam.

»Probier mal!«, sagte sie.

Ich pustete auf den dampfenden Löffel und machte dann den Mund auf. Oh! Ich schmeckte Auberginen, Tomaten, Knoblauch und Kräuter, paniert und mit Käse überbacken. »Fantastisch!«, sagte ich. »Was ist das?«

»Auberginen-Parmigiana. Ich wollte mal was Neues ausprobieren – obwohl du dich bis jetzt allen Versuchen widersetzt hast, die Speisekarte aufzumöbeln.«

Ich sah meine Schwester an. Ihr Gesicht strahlte vor Begeisterung, und sie lächelte mich an.

»Ich glaube, du hast deine Leidenschaft entdeckt«, sagte ich und umarmte sie, in einer Hand meinen Stift, in der anderen den Bratwender. »Wenn du kochst, leuchten deine Augen. Oh! ZZPVE!«

Ich ließ sie los und schrieb den Begriff auf meinen Zettel.

»Gerade wollte ich sagen: ›Oh, danke, lieb von dir‹«, sagte Lia trocken, »aber das klang nach einer Beleidigung. Verschlüsselt zwar ...«

»Nicht doch«, sagte ich lachend. »Das heißt: zwei zum Preis von einem!« Ich warf einen Blick auf die Grillplatte. »Juliet? Ich hab hier zwei Eier *Sunnyside Up* für Barry. Die gehören zu den Bohnen auf Toast!«

Juliet kam in die Küche geflitzt und trug Barrys Frühstück auf einem vorgewärmten Teller davon.

»Ich übernehme«, sagte Lia und nahm mir den Bratwender weg. »Geh du und schreib noch ein paar codierte Beleidigungen auf!«

Ich atmete erleichtert auf. »Danke! Ich habe keine Ruhe, ehe ich nicht weiß, wie wir Clementine dabei helfen können, die Setzlinge zu Geld zu machen.«

»Sollte für dich nicht eigentlich das Café Vorrang haben? Immerhin bist du jetzt Geschäftsführerin!«

»Das Café *hat* Vorrang. Diese Woche werden alle unsere Möbel aufbereitet«, sagte ich, während ich Zettel und Stift aufhob. »Gabe kommt jeden Moment, um sie abzuholen.«

Beim Gedanken an Gabe musste ich mich zwingen, die Hände stillzuhalten und nicht nervös an meiner Schürze herumzuzupfen. Ich konnte nicht glauben, dass ich ihm vermittelt hatte, seine Arbeit wäre nicht gut genug ... Dabei bewunderte ich ihn für das, was er geschafft hatte! Heute musste ich das irgendwie wiedergutmachen.

Lia schlug noch zwei Eier in die Pfanne. »Seltsam«, sagte sie spitzbübisch. »Du hast noch nie was an den Möbeln auszusetzen gehabt. Aber kaum taucht Gabe im Dorf auf – schwuppdiwupp!«

»Nonnas Idee, nicht meine«, sagte ich und achtete darauf, keine Miene zu verziehen. Dann spähte ich durch die offene Küchentür ins Café. War Gabe schon da? Nein, noch nicht ... *Freunde mit gewissen Vorzügen,* hatte er gesagt. Ich starrte auf meine Notizen hinunter und versuchte, die Schmetterlinge in meinem Bauch zu ignorieren. »Für jeden Einkauf gibt es eine Pflanze gratis«, hatte ich aufgeschrieben. Und: »ZZPVE«. Nicht gerade überwältigend.

»Außerdem tun wir ihm einen Gefallen damit: Er braucht den Auftrag.«

»Und du machst das ganz ohne Hintergedanken!«, kicherte Lia.

»So ist es. Noch mal zum Dorffest«, sagte ich betont unbekümmert. »Wenn ich es schlau anstelle, kann ich das Café bekannt machen *und* Clementine helfen. Ich brauche bloß einen guten Plan!«

»Dir fällt schon was ein«, sagte Lia. »Als Ideenschmiedin bist du ganz groß! Außerdem steht und fällt die ganze Sache mit dir … Wir zählen alle auf dich!«

Ich stöhnte. »Danke, dass du mich nicht unter Druck setzt«, sagte ich sarkastisch und verließ die Küche.

Im Café war es ziemlich voll, am Tresen hatte sich eine Schlange gebildet. Draußen war es grau und regnerisch, das warme Café ein Zufluchtsort.

Juliet sah von den beiden Cappuccini auf, die sie mit Kakaopulver bestäubte, und machte eine ruckartige Kopfbewegung zu einem Mann hin, der abseits der Schlange am Tresen wartete. »Nimm doch mal eben das Paket da an. Der wartet schon ewig.«

Das Päckchen war an Dad adressiert und kam von einem Hersteller für edle Dessous. Ich rief Dad an.

»Hier ist gerade ein Päckchen für dich mit Damenunterwäsche angekommen. Plant Dolly Parton ihr Comeback?«

»Dolly? Nein. Das war eine einmalige Sache. In dem Päckchen ist eine Überraschung für deine Mutter. Ich konnte es nicht ins Büro liefern lassen … Die Leute ziehen so schnell voreilige Schlüsse.«

*Das ist wohl wahr,* dachte ich beschämt.

Aber Lia und ich waren nicht der Grund, warum Dad beschlossen hatte, dass seine Transvestitenshow der Vergangenheit angehörte. In der Sonntagsausgabe der Zeitung war ein Artikel erschienen, der sich augenzwinkernd mit der Frage befasste, wie Männer mit akademischem Hintergrund die Midlife-Crisis erlebten. Dazu war ein Foto von Dad in seinem glitzernden Kleid gedruckt worden.

Dads »Agent« (wie sich herausgestellt hatte, bloß ein Bursche von Dads Stammtisch in Sheffield), war herb enttäuscht gewesen – er hatte Dads Dolly bereits für einen Junggesellenabschied vorgesehen. Aber Dad hatte ihn trösten können, indem er ihm die Telefonnummer der russischen Kosakentänzer aus Liverpool gab.

Inzwischen hatte Dad – dank Gabe – sein Interesse an Narrowboats wiedererweckt, und er hatte sich ein Buch über die Geschichte englischer Binnenwasserstraßen gekauft. Zugegeben, Mum war nicht so sicher, wie sie dazu stand.

»Was ist der Anlass?«, fragte ich.

Er senkte die Stimme. »Weißt du noch, als sie mich dabei erwischt hat, wie ich mir BHs im Internet angeguckt habe? Und wie sie zu dir gesagt hat, dass sie nur ganz einfache, langweilige BHs trüge?«

»Ja?«

»Damit ist jetzt Schluss. Sie soll etwas haben, das so schön ist wie sie!«

Plötzlich steckte mir ein Kloß im Hals. Wie wunderbar, einen Menschen zu haben, der an einen dachte und einem kleine Freuden bereitete! Heute Morgen war ich mit Magenkrämpfen aufgewacht. Ich hätte gerne jemanden angestupst und gefragt: »Holst du mir eine Tablette?« Oder mich in den Arm nehmen lassen.

Ich verbot mir, weiter darüber nachzudenken. Was brachte es? Solange ich jeden Verehrer, der des Weges kam, mit einem knappen »Sehr freundlich, aber nein danke!« abspeiste, konnte ich nichts dergleichen haben.

»Sie wird sich so freuen, Dad!«

Als Stanley zum Frühstücken hereinkam, war ich immer noch ganz gerührt von Dads Geste.

»Abscheuliches Wetter«, sagte Stanley. »Aber im Café fühle ich mich, als wäre ich im Urlaub!«

»Das höre ich gern!« Ich half ihm aus seinem nassen Anorak. Er sah sich unwillkürlich nach Nonna um. »Und wenn Maria mich anlächelt, geht die Sonne auf. Wo ist sie denn?«

Noch jemand, dessen Tag durch die Existenz eines anderen Menschen bereichert wurde. Wieder spürte ich, wie mir die Kehle eng wurde.

»Sie besucht Clementine«, berichtete ich, während er es sich in seinem Stammsessel gemütlich machte. »Um moralische Unterstützung leisten zu können, wenn die neuen Besitzer in die Gärtnerei einrücken.«

»Maria ist so eine gute Seele«, sagte Stanley. »Eine loyale Freundin.«

»Und wenn es irgendwo Schwierigkeiten gibt, ist sie immer mittendrin«, fügte ich grinsend hinzu.

Ich konnte mir nur zu gut vorstellen, wie die beiden hinter Clementines großem Wohnzimmerfenster standen und trotzig die Fäuste schüttelten, während die Käufer ihre Investition in Augenschein nahmen.

»In dem Fall nehme ich heute ein Schinken-Sandwich mit Butter auf beiden Brotscheiben«, sagte er und zwinkerte mir zu. Er breitete seine Zeitung vor sich auf dem Tisch aus. »Aber verrat bitte deiner Großmutter nichts!«

Seit Clarence' Herzanfall sorgte Nonna sich um Stanleys Cholesterinspiegel. Er tat so, als würde ihm das nicht gefallen, aber es war offensichtlich, dass er gern ein bisschen umsorgt wurde.

»Wie raffiniert!«, sagte ich. »Ich werde dein Geheimnis hüten … Aber dafür musst du mir auch einen Gefallen tun. Falls du brillante Ideen für das Dorffest hast, heraus damit! Ich quäle mich wirklich. Bis jetzt ist mir bloß eingefallen, die Leuten mit ›zwei zum Preis von einem‹ zu locken. Ich kann mir nicht vorstellen, dass das wie eine Bombe einschlägt.«

Stanley holte einen Stift aus der Brusttasche seines Blazers und nahm die Kappe ab. »Je verzweifelter man danach sucht, desto schwerer wird es, eine Lösung zu finden«, sagte er. Er nahm seine Brille ab und tauschte sie gegen eine Lesebrille. »Wenn mir das passiert, höre ich auf, über das Problem nachzudenken. Letzten Endes fällt mir immer etwas ein.«

»Also sollte ich versuchen, das Ganze erst mal zu vergessen?«

»Genau.« Er lächelte, und in seinen Augenwinkeln bildeten sich Fältchen. Durch die Gläser seiner Lesebrille wirkten seine blauen Augen größer. Er ließ seinen Zeigefinger über die Kästchen des Kreuzworträtsels wandern. »Hm … ›Ein auf ewig schweigendes Herz‹, zwölf Buchstaben. Herzstillstand? Nein, das passt nicht …«

Aus dem Augenwinkel sah ich Gabes Van. Gabe fuhr

langsam am Café vorbei, auf der Suche nach einem Park-platz. *Mein Herz schweigt auch*, dachte ich und seufzte. *Aus Angst … Und ich habe keine Ahnung, wie ich es zum Sprechen bringen soll.*

Auf dem Weg zum Café hatte Gabe Nonna aufgegabelt. Sie sprudelte über vor Neuigkeiten.

»Habben die alle Pflanze auf großer Lastwage gelade und weggefahre!«, berichtete sie. Sie pflückte ein Blatt Basilikum aus einem Topf, der auf dem Tresen stand, zer-drückte es zwischen den Fingern und roch daran. »Wir hätte nehme solle mehr. Habben sie nicht einmal geguckt, was iste da, bloß schnell, schnell. Arschegeigen.«

Gabe deutete durch die offene Tür in den Wintergarten, der mit Setzkästen völlig zugestellt war. Die Leute, die ges-tern keine Zeit gehabt hatten, hatten versprochen, später am Tag vorbeizukommen und welche mitzunehmen. »Ihr habt eure Sache sehr gut gemacht, Maria. Und wo hätten Sie mehr Pflanzen unterbringen wollen, ohne Verdacht zu erregen?«

»Stimmte, du kluge Junge«, sagte Nonna. Dann ging sie, um Stanley zu begrüßen, und ließ mich mit Gabe allein zurück.

»Hi«, sagte ich und spürte den kleinen Vogel in meiner Brust unruhig mit den Flügeln schlagen. Gestern Abend hatten wir uns als Freunde verabschiedet, aber vielleicht … Wenn ich es bloß nicht so eilig gehabt hätte, ihn abzuweh-ren. Vielleicht wäre der Abend dann anders zu Ende ge-gangen.

Ein leises Lächeln umspielte seine Lippen, und wieder sah er mich so durchdringend an, als könnte er in mich hineinschauen. »Hi«, sagte er. Er zog das Ende seines auf-rollbaren Maßbands aus dem Plastikgehäuse und ließ es zurückschnellen. »Wo soll ich anfangen?«

»Ich hab nicht die geringste Ahnung«, gab ich zu und musste grinsen. »An beinahe allen Tischen sitzen Gäste, auf den übrigen stehen Tomatenpflanzen. Möchtest du vielleicht erst mal einen Kaffee?«

»Siehst du?« Gabe stieß mich sanft mit seiner Schulter an. »Freunde mit gewissen Vorzügen sind die besten Freunde überhaupt!«

Als Nina später ins Café kam, bestellte sie ein gegrilltes Sandwich. »Und einen Haferkeks, bitte«, sagte sie. »Ich brauche eine Zuckerinjektion.«

Ich packte ihr den größten Keks in eine Papiertüte. »Hattest du einen stressigen Morgen?«

»Ach, das Geschäft ist bei dem Wetter so ausgestorben wie ein Dodo. Zum Glück hab ich drei Bestellungen für große Bouquets über *Fone-A-Flower* reinbekommen ... Bloß haben die mir auch eine ganz komische Mail ge-schickt: Die wollen neu verhandeln. Ab nächstem Monat verkleinert sich mein Territorium, sagen sie. Das bedeutet, dass viel weniger Bestellungen reinkommen werden.«

Juliet schraubte den Standmixer zu, verschränkte die Arme und warf Nina einen finsteren Blick zu. »Ich hab bei *Fone-A-Flower* mal Blumen für meine Mutter bestellt. Die kamen super spät an, waren halb tot und sahen überhaupt nicht so aus wie auf der Website. Von mir sehen die keinen Penny mehr.«

Nina runzelte die Stirn. »Meine Blumensträuße sind im-mer ganz frisch! Und wir liefern rechtzeitig.«

»Ich sag ja bloß, wie's war.« Juliet schaltete den Mixer an.

Nina streckte ihr die Zunge heraus, sobald sie ihr den Rücken zugewandt hatte.

Ich brachte Nina zur Tür. »Ich sage das furchtbar ungern, aber es hört sich ganz so an, als würdest du Konkurrenz bekommen.«

»Mein schlimmster Albtraum.« Nina seufzte schwer. »Es kommen eh schon wenig Aufträge rein. Und was Juliet sagt, stimmt leider: Es gibt Floristen, die dem Ruf von *Fone-A-Flower* schaden. Um in deren Heer aufgenommen zu werden, muss man aber auch bloß ein paar Formulare ausfüllen und ein, zwei Fotos von Gestecken schicken … Ich kann den Laden auch nicht wirklich leiden, aber ohne die Bestellungen würde ich nicht überleben. Nicht dass ich Konkurrenz überleben würde. Bitte sag mir Bescheid, wenn du irgendwas Neues hörst, ja?«

»Selbstverständlich«, sagte ich und legte ihr kurz tröstend eine Hand auf die Schulter.

Ein Mann zog die Tür auf, und Nina schlüpfte an ihm vorbei. Er kam herein und schlug seine nasse Kapuze zurück. Ich hatte ihn noch nie gesehen. Er hatte ein einnehmendes Gesicht, strahlende Augen und einen ordentlich gestutzten Bart.

»Willkommen im *Lemon Tree Café*!«, sagte ich und strich mir die Haare hinter die Ohren. Ich hoffte, dass ich nicht nach gebratenen Eiern roch.

»Vielen Dank!« Er sah sich um, nickte anerkennend und schenkte mir ein warmes Lächeln. »Wie schön, aus dem Regen rauszukommen.« Er schlüpfte aus seiner Regenjacke und schaute sich nach der Garderobe um.

»Darf ich?« Ich streckte die Hand aus. Er trug ein gut geschnittenes Polo-Shirt, Jeans und ein Jackett. Das Outfit stand ihm ausgezeichnet.

»Danke.« Er gab mir die Jacke, und ich hängte sie auf.

»Mmh, das riecht aber gut. Was für Kaffeebohnen verwenden Sie, wenn ich fragen darf?«

Augenblicklich hob sich meine Stimmung. Übers Wochenende hatten wir eine beachtliche Menge Likes auf Facebook und sogar ein paar Anfragen von Food-Bloggern bekommen, die über Cafés berichteten. Vielleicht war der Mann einer von ihnen? Er wirkte auf jeden Fall sehr interessiert.

»Alles streng geheim!«, sagte ich lächelnd. »Aber ich kann Ihnen verraten, dass es sich um eine italienische Röstung handelt.«

Er hob die Augenbrauen. »Beeindruckend!«

Wir gingen zusammen zum Tresen, und er zog ein kleines Notizbuch aus der Tasche. Ich trat hinter den Tresen, während er die Speisekarte und die Kuchenstücke in der Auslage studierte.

»Na«, fragte ich, »kann ich Sie zu irgendwas verführen?«

Er grinste mich spitzbübisch an. »Die geheimnisvolle italienische Röstung, so viel liegt auf der Hand. Schwarz bitte. Was würden Sie mir denn noch empfehlen?«

Juliet, die damit beschäftigt war, Brot zu schneiden, sah auf. »Den hier«, sagte sie und deutete auf den Blaubeerstreuselkuchen. »Um den ham sich die Gäste die ganze Woche über gerissen.«

»Tatsächlich?!«, sagte er und schrieb etwas in sein Büchlein, bevor er es wieder einsteckte. »Dann nehme ich ein Stück.«

Während ich ihm seinen Kaffee machte, fragte er, ob unsere Gäste nur aus Barnaby oder auch aus dem Umland kamen und was wir sonst noch anboten. Nur zu gern zählte ich auf, was sich gut verkaufte.

»Und wie sind Sie auf uns gekommen?«, fragte ich, als ich seinen Americano auf ein Tablett stellte.

»Mundpropaganda.« Er stützte sich mit den Ellbogen auf den Tresen und lächelte.

»Das ist die beste Werbung!«, sagte ich glücklich.

»Hast du nicht gesagt, Virus-Marketing wäre die beste Werbung?«, fragte Juliet. Das Stück Kuchen, das sie abschnitt, war viel kleiner, als mir lieb war.

»Du meinst *virales* Marketing«, korrigierte ich sie. »Und das ist im Grunde dasselbe wie Mundpropaganda – nur auf digitalem Weg, durch Blogs. Würden Sie nicht auch sagen?« Ich lächelte unseren charmanten Gast an.

»Ja, doch, durchaus«, sagte er. Er hielt eine Speisekarte hoch. »Macht es Ihnen was aus, wenn ich eine mitnehme?«

»Nein, gar nicht!« Ich hatte die Speisekarten neu gestaltet und professionell drucken lassen und war stolz auf das Ergebnis. Und er schien wirklich angetan zu sein.

»Unsere Instagram- und unsere Twitter-Adresse finden Sie ganz unten und den WLAN-Code auch. Wenn Sie noch etwas brauchen, sagen Sie mir Bescheid!«

»Gerne.«

»Wahrscheinlich sind Sie nicht besonders hungrig«, sagte ich und zeigte auf die Tafel, auf die wir unser Tagesangebot schrieben, »aber falls doch – wir haben heute eine Auberginen-Parmigiana anzubieten. Und machen Sie ruhig so viele Fotos, wie Sie wollen!«

Er machte ein amüsiertes Gesicht und nahm sein Tablett in Empfang. »Es heißt ja, Probieren geht über Studieren ...«

Sobald er außer Hörweite war, zischte Juliet: »Der is so glitschig wie ein Aal!«

»Er ist ein Blogger, da muss er ein bisschen Distanz wahren«, flüsterte ich. »Wie ein Reporter, verstehst du?«

»Distanz, am Arsch«, knurrte Juliet. »Falls irgendwer mich braucht – ich bin in der Küche und mach was Nützliches.«

Ich verdrehte die Augen. Manchmal trieb Juliet mich zur Verzweiflung.

Gabe und ich hatten vereinbart, dass er immer bloß acht Tische auf einmal mitnahm. Die ersten vier hatte er in seinem Van abtransportiert; ich erwartete ihn jeden Moment zurück, um den Rest abzuholen.

»Ich weiß die Lösung!«, sagte ich und spähte über Stanleys Schulter auf das Kreuzworträtsel. »›Ehehindernis‹.«

»Für was denn, Sonnenschein?« Er schob seine Lesebrille auf der Nase nach unten, um mich über den Rahmen hinweg anschauen zu können.

»›Ein ewig schweigendes Herz‹. So wie: ›Wer einen Grund vorbringen kann, warum dieses Paar nicht den Bund der Ehe eingehen soll, der möge jetzt sprechen oder *für immer schweigen.*‹«

»Ah! Genau!« Er lachte auf. »Das passt. Danke! Ich war sicher, es müsste etwas aus dem Bereich Medizin sein, Herzinfarkt oder so.« Er sah zu Nonna hinüber, die zur Tür wuselte, um Gabe hereinzulassen, und seufzte leise. »Meistens wagen wir es bloß nicht, unserem Herzen richtig zuzuhören ... Und dann entsprechend zu handeln.«

»Das ist wahr«, sagte ich leise. Ich war nicht in der Lage, meinen Blick von Gabe loszureißen, der lachend Nonnas Versuche abwehrte, ihm etwas zu essen aufzuschwatzen. »Ganz schön bescheuert, oder?«

»Allerdings.«

Jetzt seufzten wir beide.

»Nun gut«, sagte er abrupt. Er hievte sich aus dem Sessel und faltete seine Zeitung zusammen. »Dann will ich mal.«

Verblüfft fragte ich: »Wohin so plötzlich?«, und hielt ihm seinen Mantel hin.

Er warf ihn sich über, ehe er antwortete: »Nach Bristol!«

Da ich nicht die geringste Ahnung hatte, was das bedeuten konnte, küsste ich ihn auf die Wange und verabschiedete ihn.

»Wohin gehte er so eilig?«, fragte Nonna, während ihr Galan zielstrebig über den Dorfanger marschierte.

»Offenbar nach Bristol«, sagte ich und lächelte Gabe zu. Zum Plaudern hatte ich keine Zeit, ich würde Juliet helfen müssen, klar Schiff zu machen.

»*Mamma mia!*« Nonna stöhnte. »Warum dasse denn?«

Ich blinzelte sie verwirrt an. Vielleicht war »Nach-Bristol-Gehen« ein Code, den nur alte Leute knacken konnten. Gabe jedenfalls machte auch ein verständnisloses Gesicht.

»Das hat er mir nicht gesagt.« Ich zuckte mit den Schultern. »Aber er schien fest zu etwas entschlossen zu sein.«

Nonna fing an, auf Italienisch vor sich hin zu murmeln.

Was die Losung »Bristol« auch bedeuten mochte – sie schien sowohl für Stanley als auch für Nonna bedeutsam zu sein. Ich war neugierig und hätte gern genauer nachgefragt, aber bald war Mittagessenszeit, und vorher musste die Küche aufgeräumt werden. Also eilte ich dorthin.

»In Ordnung, Truppe!«, sagte ich und griff nach einem Geschirrtuch. »Die Kavallerie ist da!«

Offenbar kam die Kavallerie gerade recht, denn Lia und Juliet stritten sich.

»Ich würd ja gar nicht meckern, wenn du einen Musiksender einstellen würdest!«, stöhnte Lia.

»Mund zu!«, befahl Juliet barsch. »Wir hören *Fragen an den Gärtner*. Das is 'ne super Sendung ... Heute geht's darum, welche Pflanzen man in Tonboden ziehen kann. Das is genau das, was ich im Garten hab: Im Winter is das 'n feuchter Sumpf, im Sommer hart wie Ziegelstein. Die ham immer einen Experten da. Ich kann 'n paar Tipps brauchen.«

Ich zuckte heftig zusammen. »Das ist es! Wir veranstalten *Fragen an den Gärtner* in Barnaby! Stanley hatte recht, ich hab aufgehört, darüber nachzudenken – und schon präsentiert sich die Lösung! Wir können eine Riesenwerbekampagne starten und massenhaft Leute ins Dorf locken!«

Juliet sah skeptisch aus. »Da gibt's bloß ein Problem, Mäuschen. Wie willst du so Geld machen?«

»Details, Juliet, das sind nur Details!«, sagte ich zuversichtlich. »Barnaby mag seine Gärtnerei verloren haben, aber wir haben immer noch unsere Expertin!«

»Hurra! Gut gemacht, Schwesterherz.« Lia umarmte mich. »Ich wusste, dir fällt was ein!«

Just in diesem Moment steckten Lucas und Gabe die Köpfe in die Küche. Beide machten schrecklich ernste Gesichter.

»Entschuldigt, dass wir so reinplatzen ...«, sagte Gabe.

»Aber wir haben rausgefunden, wer wohl der neue Besitzer der Gärtnerei ist«, fiel Lucas ihm ins Wort. Er massierte sich die Stirn mit den Fingerspitzen.

»Wer?«, fragten Juliet, Lia und ich wie aus einem Mund.

»Mich hat heute mein Postkartenlieferant angerufen. Hat mir gesagt, ich hätte meine Exklusivrechte verloren, weil eine ›ganz große Nummer‹«, Lucas machte sarkastisch Anführungszeichen mit den Fingern, »hier aufmacht.«

»Nina ist was Ähnliches passiert«, warf ich ein. »Mit *Fone-A-Flower*.«

»Hoffentlich ist es *Waitrose*«, sagte Lia verträumt. »Es ist völlig unmöglich, hier in der Gegend eingelegte Zitronen zu bekommen.«

Ich warf ihr einen missbilligenden Blick zu.

»Es ist nicht *Waitrose*«, sagte Gabe. »Ich hab meinen ehemaligen Chef aus der Anwaltskanzlei gebeten, Nachforschungen über den Investor anzustellen, mit dem Clementine und ich uns gestern getroffen haben. Es hat sich herausgestellt, dass er ein Scout für *Garden Warehouse* ist. Er sucht neue Standorte.«

»O nein«, sagte ich erschrocken. *Garden Warehouse* war eine große Handelskette aus dem Norden, die überall billige Grundstücke aufkaufte und darauf Markthallen errichtete. Ihr Sortiment war riesig.

»Die haben eine gigantische Geschenkabteilung mit allem Drum und Dran«, sagte Lucas. »Postkarten, Geschenkpapier … Ich gehe unter, wenn die aufmachen, das weiß ich!« Tränen stiegen in seinen Augen auf. Er drehte sich um und vergrub sein Gesicht in Gabes Pullover.

Gabe tätschelte ihm ungeschickt den Rücken. »Schon gut, schon gut«, murmelte er unbehaglich.

Juliet verengte die Augen zu Schlitzen. »Haben die nicht auch Zeug für Tiere? Und Schnittblumen?«

»Vergiss nicht das Café«, sagte ich. Mein Magen hatte sich verkrampft. »Die haben immer ein Café mit drin.«

»Was machen wir denn jetzt?«, fragte Lia mit schwankender Stimme. »Das könnte das Aus für unsere kleine Ladengemeinschaft bedeuten!«

Ich starrte sie an, während ich versuchte, die Neuigkeit zu verarbeiten: *Garden Warehouse,* die größte Gartenfachmarktkette des Landes, kam ausgerechnet nach Barnaby.

Schließlich schluckte ich und sagte: »Ich weiß es noch nicht genau … Aber wir werden uns gehörig zur Wehr setzen, so viel ist sicher!«

# Kapitel 17

Die bevorstehende Eröffnung der *Garden-Warehouse*-Filiale wurde innerhalb kürzester Zeit zum Dorfgespräch. Während sich die meisten Ladenbesitzer Sorgen machten, konnte so manch anderer der Idee, einen so großen Markt in der Nähe zu haben, durchaus etwas Positives abgewinnen.

»Wie schön, auch bei Regenwetter einen kleinen Bummel machen zu können«, sagte Dad fröhlich und rieb sich die Hände, bis ich ihm einen bösen Blick zuwarf.

»Ich war schon mal in der Filiale in Derby«, gab Doreen zu. »Alan hat mir einen ganz reizenden solarbetriebenen Gartenzwerg zum Geburtstag gekauft. Der leuchtet im Dunkeln!«

Juliet knurrte: »Und das allein is Grund genug für mich, nie im Leben nich einen Fuß in den Laden zu setzen!«

»An diesen riesen Gartenfachmärkten beunruhigt mich eins«, sagte Biddy und strich sich nervös Hundehaare von ihrer gehäkelten Tunika. »Wer kümmert sich um die Tiere, wenn der Markt geschlossen ist? Meine nehme ich alle mit zu mir nach Hause.«

*Mal abgesehen von den Ratten und Hühnern in der Tiefkühltruhe,* dachte ich.

Als der Gemeindepfarrer ins Café kam, um einen getoasteten Teacake zu bestellen, flüsterte er verschämt: »Fearnleys Gärtnerei war schon ein bisschen teuer.« Dann trieb ihm die eigene Illoyalität die Röte in die Wangen.

Nonna sah ihn streng an. »*Specialisti* habbe ihre Preis«, sagte sie. »Iste wie mit Jesus.«

»Ähm ...« Der Pfarrer wirkte etwas ratlos.

Barry sagte: »Ich bin Ihrer Meinung, Herr Pfarrer. Ich brauch was Farbenfrohes, Billiges für meine Gartenmauer. Weiß jemand, wann's dahinten losgeht?«

Diese Frage sollte schnell beantwortet werden. Früh am nächsten Montag verteilte jemand im ganzen Dorf Handzettel (auch jeder Laden hatte einen im Briefkasten, was, da waren wir uns einig, ein Schlag unter die Gürtellinie war), auf denen verkündet wurde, dass Barnabys *Garden-Warehouse*-Filiale in einer Woche die Tore öffnen würde. Außerdem hieß es, es gäbe Teilzeitstellen zu vergeben.

Noch für denselben Abend lud ich die Ladenbesitzer und Stella Derry, als Repräsentantin des Frauenvereins, zu einem Treffen im Café ein.

Mum war die Erste, die an die Ladentür klopfte und hereinkam. »Ich bin's bloß!«

Ich sah von den zusammengeschobenen Tischen im Wintergarten auf, die ich eindeckte, und fühlte mich augenblicklich underdressed. Ich war leger in Jeans und einen Kapuzenpullover gekleidet; Mum trug ein Strickkleid aus weicher Wolle und dazu Stiefel. Ihr dunkles, lockiges Haar umrahmte ihr ungeschminktes Gesicht. Lediglich auf die Lippen hatte sie einen dezenten Naturton aufgetragen.

»Du siehst fantastisch aus, Mum.«

»Du auch, Schätzchen!« Sie legte eine Hand unter mein Kinn und musterte mich eingehend. »Ich glaube, der neue

Job tut dir gut. Und Nonna scheint sich an ihren Ruhestand zu gewöhnen! Du hattest recht: Sie mag Stanley
offenbar wirklich. Es ist so schön, sie mit einem Mann zu
sehen. Das kenn ich so ja auch noch nicht.«

»Ach Mensch, natürlich«, sagte ich und schämte mich,
dass ich bis jetzt noch gar nicht daran gedacht hatte. »Ist
das komisch für dich?«

»Überhaupt nicht!«, sagte Mum. »Ich hab meinen Vater
ja nicht mal gekannt ... Und deine Nonna hat mir nie viel
von ihm erzählt. Ich weiß bloß, dass er in den Zitronengärten in Neapel gearbeitet hat, dass die beiden sich jung ineinander verliebt hatten und dass er einen tödlichen Unfall
hatte, als ich noch ein Baby war. Das war's.«

»Arme Nonna. Und du tust mir auch leid, Mum!«

Sie lächelte traurig. »Ich hätte ihn so gern kennengelernt.
Wenn ich wenigstens mit ihr über ihn sprechen könnte ...
Aber sie sagt, es regt sie zu sehr auf, die Erinnerungen an
ihn wachzurufen. Ich habe nicht mal ein Foto von ihm. Sie
hat ja nur das Allernotwendigste mit nach England bringen
können – und das waren zumeist meine Babysachen.«

»Oh, Mum, ich kann mir nicht mal vorstellen, wie
schlimm das sein muss.« Ich war dabei gewesen, Tassen
und Untertassen auf dem Tisch zu verteilen, aber jetzt ließ
ich alles stehen und liegen und umarmte sie. »Ich hab so
ein Glück, dass ich dich und Dad habe!«

Dann durchfuhr es mich wie ein Blitzschlag – die
Schwarz-Weiß-Fotografien in Nonnas Umschlag! Ich hatte
keine Chance gehabt, mir die Bilder anzusehen, ehe Nonna
in den Abstellraum geplatzt war ... Aber war es nicht möglich, sogar *wahrscheinlich,* dass eine Aufnahme meines
Großvaters darunter war?

Mein Blick wanderte zu dem kleinen Flur, von dem die Tür des Abstellraums abging. Solange wir noch allein im Café waren, wäre es ein Leichtes, rasch in den Umschlag zu schauen. Mum hatte ein Recht, die Bilder zu sehen, oder etwa nicht? Ich stellte mich in den Durchgang zum Hauptraum des Cafés und spähte aus dem Fenster. Es war noch niemand im Anmarsch.

»Ich kann es nicht mit absoluter Sicherheit sagen«, sagte ich, »aber ich glaube, dass Nonna vielleicht ein paar Bilder versteckt.« Ich deutete in den Flur und auf die Tür zur Abstellkammer.

»Wirklich?«, fragte Mum überrascht. »Warum sollte sie das tun?«

»Ich hab nicht die geringste Ahnung. Sollen wir nachsehen?«

Mum schluckte, aber dann nickte sie. Auf Zehenspitzen (als könnte Nonna uns hören, wenn wir zu viel Krach machten) gingen wir zur Abstellkammer. Ich zog die Tür behutsam auf und schaltete das Licht ein. Unter Nonnas wachsamen Blicken hatte ich hier aufgeräumt und den Großteil des Gerümpels weggeworfen. Dieses Mal war der Weg zum Aktenschrank frei.

Nervös trat ich darauf zu. »Halt du Wache!«, flüsterte ich Mum zu. Sie nickte. Dabei sah sie sogar noch ängstlicher aus, als ich mich fühlte.

Ich nahm den Schlüssel von seinem Nagel, schloss die Schublade auf und öffnete sie.

»Sind da wirklich Fotos drin?«, fragte Mum über ihre Schulter.

Die Schublade war leer. Ich runzelte die Stirn und schüttelte den Kopf. »Der Umschlag ist weg. Vielleicht ...«

»Rosie!«, zischte sie. »Schnell! Da kommt jemand!«

Himmel! Ich wollte auf keinen Fall, dass Nonna mich noch einmal beim Schnüffeln erwischte! Hastig warf ich die Schublade zu, schloss sie ab und hängte mit ungeschickten Fingern den Schlüssel wieder auf. Das Glöckchen läutete, und Stimmen waren zu vernehmen.

Ich griff nach dem erstbesten Gegenstand, der mir in die Hände fiel – eine große Glaskaraffe – und kam aus der Abstellkammer geschossen. »Wusste ich doch, dass ich die da drin gesehen habe!«, sagte ich übertrieben fröhlich zu Mum. Ich wagte es nicht, sie anzusehen. »Da tun wir das Wasser rein.«

»Ich wasche sie schnell ab«, sagte Mum und nahm mir die Karaffe ab.

Ken und Nonna standen im Café. Letztere sah mich an, die Augen zu Schlitzen verengt. Zum Glück kam in diesem Moment Stella Derry ins Café gestürzt. Eine Schlange war offenbar aus Biddys Haustierfachgeschäft entkommen, und Stella nahm gewissenhaft die Aufgabe wahr, genaustens Bericht zu erstatten. Alle hingen an ihren Lippen und rätselten, wo die Schlange hingekrochen sein konnte. Mit Ausnahme von mir: Mich interessierte viel mehr, was aus dem Umschlag geworden war.


Um acht waren alle da und ließen sich die Sandwiches und Kekse schmecken, die Doreen vorbereitet hatte.

Ich wollte das Treffen gern mit etwas Positivem beginnen. Also sagte ich: »Mit den Preisen von *Garden Warehouse* können wir vielleicht nicht konkurrieren, aber wir können etwas anderes bieten: echte Qualität, Andersartigkeit und unseren altmodischen Dorfcharme.«

»Wohl wahr«, sagte Ken behäbig.

Ken hatte angeboten, den Vorsitz über unsere Versammlung zu führen. Für seinen Einkaufsladen war *Garden Warehouse* keine große Bedrohung, daher war er nicht so aufgewühlt wie wir anderen. Obwohl, so wie er in seinem Stuhl zurückgelehnt saß, in einem gestreiften Strickpullunder, Schlaghosen und Sandalen, war es schwer vorstellbar, was ihn aus der Ruhe bringen könnte.

»Ehe wir anfangen«, sagte Clementine und blinzelte heftig, »möchte ich mich gern bei euch allen für das ganze Debakel entschuldigen.«

»Papperlapapp!«, sagte Nonna bestimmt. »Biste du Opfer wie wir andere auch.«

Clementines Unterlippe zitterte. »Aber wenn ich nicht so viele Fehler gemacht hätte …«

Lucas beugte sich über den Tisch und ergriff ihre Hände. »Vergessen Sie's«, sagte er. »Es sind die schweren Zeiten im Leben, die einen stärker machen. Das hat mir mein Scheidungsanwalt gesagt – als er mir seine Rechnung überreicht hat.«

»Ähm … Danke«, sagte Clementine unsicher und entzog ihm ihre Hände.

Ich sagte: »Ich hab mein Versprechen nicht vergessen … Ich werde dir helfen, die Setzlinge zu verkaufen. Unsere Versammlung heute schlägt hoffentlich zwei Fliegen mit einer Klappe.«

Clementine runzelte besorgt die Stirn. »Wir haben nicht viel Zeit«, sagte sie. »Sie müssen bald umgetopft werden. Wenn wir zu lange warten, wachsen sie aus ihren Setzkästen heraus. Mr. Beecher hatte schon die ersten Probleme mit den Zuckerschoten!«

Adrian, der Wirt des Pubs, goss sich ein Glas Wasser aus dem Krug ein, der mir als Alibi gedient hatte. Er sagte unbehaglich: »Hört mal, Leute, ich fühle mich wie der Kuckuck im Nest … Für mich könnte es *gut* sein, eine *Garden-Warehouse*-Filiale um die Ecke zu haben.« Er zog die Schultern hoch, als erwartete er, dass wir gleich Kekse nach ihm werfen würden. »Die Leute, die da hingehen, werden hinterher bei mir was trinken oder sonntags schnell 'nen Happen essen. Aber ich bin auf eurer Seite – was immer ihr machen wollt, ich bin dabei!«

Der Pub und das Café existierten friedlich nebeneinander: Adrian bot nur am Sonntag (unserem Ruhetag) Mittagessen an, und das Café war abends keine Konkurrenz für den Pub, weil es gar nicht geöffnet hatte. Zwar gab es im Pub den ganzen Tag über Kaffee und Tee, aber da man das eine nicht vom anderen unterscheiden konnte (beides erinnerte stark an Spülwasser), machten wir uns deswegen keine Sorgen.

»Darüber freuen wir uns, Adrian«, sagte ich, »aber ein schlechtes Gewissen muss niemand haben! Wir stehen alle auf derselben Seite. Wir können nicht verhindern, dass *Garden Warehouse* herkommt, aber wir können zusammenhalten und unsere Dörflichkeit bewahren. Durch *Garden Warehouse* werden viele Leute nach Barnaby kommen, ob wir das möchten oder nicht. Es geht darum, dass sie unsere Läden nicht übersehen, weil *Garden Warehouse* mit Sonderangeboten lockt!«

Biddy kam mit rotem Gesicht herein, ließ sich neben Stella auf einen Stuhl fallen. »Ich hab sie!«, verkündete sie lachend. »Das kleine Luder hatte sich in meiner Handtasche versteckt.«

Stellas Blick wanderte unwillkürlich zu Biddys Handtasche, die zwischen ihrem und Stellas Stuhl auf dem Boden stand. »Sie ist da aber nicht mehr drin, oder?«

»Oh, Stella!« Biddy lachte und nahm sich ein Sandwich. »Du bist lustig.«

Mum und ich tauschten einen Blick. Stella sah nicht besonders amüsiert aus.

Ken räusperte sich, um die Versammlung zur Ordnung zu rufen. »Ich werde vermutlich auch profitieren«, sagte er. »Das will ich gar nicht … Ich mag meinen *Mini Mart* genau so, wie er ist: vernünftiges Kundenaufkommen und keine Überraschungen. Ich fände es furchtbar, wenn ich plötzlich alle fünf Minuten die Regale wieder auffüllen müsste.«

Ich bezweifelte, dass Kens Frau seine Ansicht teilte. Gestern war sie mit ihrer Schwester im Café gewesen. Die beiden hatten sich Reisekataloge angesehen. Wenn Ken bloß endlich die Hemdsärmel aufkrempeln würde, hatte seine Frau gesagt, könnten sie Urlaub in Spanien am Meer machen, anstatt zum fünften Mal in Folge an die irische See zu fahren. »Benidorm statt Blackpool!«, hatte sie hinzugefügt und geseufzt.

Jetzt redeten alle durcheinander: Lucas jammerte darüber, dass er seine exklusiven Postkartenbezugsrechte verloren hatte; Nina prangerte die schlechte Qualität der Schnittblumen von *Garden Warehouse* an; Stella prophezeite, dass es bei *Garden Warehouse* keinen frisch gebackenen Kuchen geben würde, und Biddy sagte, dass sie sich in ihrem Laden kaum noch bewegen könne, weil sie nur extragroße Hütten für Kaninchen führte, während *Garden Warehouse* Hütten hätte, die so winzig waren, dass sie nicht mal als Katzenschaukeln taugten.

Ken klopfte mit einem Löffel gegen seine Tasse. »Das Ding ist«, sagte er, »dass wir alle mit der Zeit gehen müssen. Früher haben die Leute ihren Wocheneinkauf bei mir erledigt, heute bestellen sie online und lassen sich ihre Sachen liefern. Und wie oft sehe ich frühere Kunden mit riesigen Supermarkttüten von der Bushaltestelle nach Hause stapfen?«

Adrian, Mum und Stella rutschten unbehaglich auf ihren Stühlen herum.

»Jetzt kommen sie zu mir, weil sie etwas vergessen haben. Man vergisst *immer* was! So ist das halt. Ihr müsst nach eurer Nische suchen.« Er lehnte sich in seinem Stuhl zurück und verschränkte die Arme. »In meinem Fall bedeutet das, dass ich alles dahabe, was man im Alltag so braucht. Was es in eurem Fall bedeutet, müsst ihr selbst herausfinden.«

»Das ist ein guter Tipp für eine Langzeitstrategie«, sagte ich. »Wir spezialisieren uns, sorgen dafür, dass unsere Geschäfte auffallen. Darüber müssen wir uns alle Gedanken machen! Aber das reicht nicht, wir brauchen auch einen Plan für die Eröffnung. Die werden versuchen, ein großes Publikum anzuziehen. Ich schlage vor, dass wir schon vorher etwas auf die Beine stellen und ihnen die Show stehlen. Meine Idee wäre es, kommendes Wochenende einen Frühjahrsmarkt zu organisieren!«

»Ein Frühjahrsmarkt!« Biddy klatschte begeistert in die Hände, und auch die anderen murmelten zustimmend.

»Meine Enkelin!« Nonna strahlte über das ganze Gesicht. »Iste kluge Kinde! Iste sie gegange auf die *università*!«

»Das wissen alle, Mamma«, flüsterte Mum und tätschelte Nonnas Hand. Aber sie lächelte mir zu, und ich lächelte zurück. Wir waren beide froh, dass Nonnas Laune sich ge-

243

bessert hatte. Stanley besuchte seine Tochter, und seit er fort war, war Nonna reizbar und mürrisch. Seine Tochter lebte, wenig überraschenderweise, in Bristol ...

»Wenn wir alle mit anpacken«, sagte ich, »können wir auf dem Frühjahrsmarkt eine Menge von dem anbieten, was auch *Garden Warehouse* im Sortiment hat – aber in viel schönerer Umgebung, nämlich hier, auf dem Dorfanger. Natürlich werden sie trotzdem ihre Eröffnungsfeier halten. Aber wenn wir ihnen zuvorkommen, haben die Leute ihr Geld schon auf unserem Markt ausgegeben!«

»Aber wir haben keine Pflanzen«, wandte Nina ein.

»Wir haben fünftausend Gartenpflanzen – Blumen, Früchte- und Gemüsesetzlinge eingeschlossen. Die meisten Leute wollen jetzt genau das, stimmt's, Clementine?«

Sie nickte. »Ich könnte einen kleinen Verkaufsstand aufbauen ...«

»Stände. Mehrzahl«, sagte ich. »Aber *du* solltest sie nicht betreuen. Ich dachte, der Frauenverein könnte sich vielleicht darum kümmern?«

»Aber ja!«, riefen Mum und Stella gemeinsam.

Ein Moment unangenehmer Stille folgte. Im Großen und Ganzen kam Mum gut damit zurecht, dass sie den Vorsitz der meisten Ausschüsse im Dorf aufgegeben hatte, aber jetzt hatte sie es offenbar im Eifer des Gefechts vergessen. Sie wurde rot.

»Verzeihung! Bitte, Stella.«

»Wir helfen gern!«, sagte Stella. »Normalerweise würden wir an einem Stand Kuchen anbieten, aber ...«

»Den Kuchen sollte das Café verkaufen«, sagte ich schnell.

»Marmelade und Chutney?«, fragte sie hoffnungsvoll.

»Unter dem Motto ›Früchte und Gemüse – vorher und nachher‹ oder so …«

Damit waren alle einverstanden. Mum schlug vor, auf dem Dorfanger Spiele für die Kinder zu veranstalten, worauf Lucas meinte, dass die Kinder vielleicht ein Teddybären-Picknick toll fänden. Ich fragte mich unwillkürlich, ob Noah einen Teddybären hatte …

»Aber was ist mit mir?«, fragte Clementine. Sie wirkte ein bisschen verloren.

»Du wirst andere Aufgaben haben.« Ich erklärte, was ich mir vorstellte: Dass der Verkauf von Clementines Pflanzen der Mittelpunkt des Marktes sein sollte. Clementine selbst sollte als unsere Expertin für Gartenfragen auftreten, das wollte ich vorher groß in den örtlichen Zeitungen ankündigen: *Fragen an die Gärtnerin!*

Ich hatte befürchtet, dass sie sich zieren würde, aber tatsächlich war sie begeistert von der Idee.

Wir diskutierten Werbung, Werbegeschenke und kleine Wettbewerbe, und Adrian schlug vor, dass er, wenn das Wetter es zuließ, ein Bierzelt auf dem Anger aufbauen konnte.

Biddy hob die Hand. »Und wie wollen wir die Leute ins Dorf locken?«

»Das könnt ihr getrost mir überlassen!«, sagte ich mit einem geheimnisvollen Lächeln. »Aber bitte macht euch alle einen Twitter-Account! Und es wäre gut, wenn ihr ein paar Leute dazu kriegen könntet, euch zu folgen.«

»Sind wir dann so weit?« Adrian sah auf seine Uhr. »Ich muss langsam zurück in den Pub … In zehn Minuten geht das Pubquiz los.«

Ich nickte Ken zu, und er verkündete das Ende der Versammlung. Nonna, Mum und ich blieben noch und räumten zusammen auf. Schon nach ein paar Minuten war das Café bereit für den nächsten Tag.

»Wollt ihr mitfahren?«, fragte Mum und suchte in ihrer Handtasche nach ihrem Autoschlüssel.

»Ich dachte, Nonna und ich könnten zu Fuß gehen«, sagte ich und hakte mich bei Nonna unter.

Nonna verengte die Augen hinter ihren dicken Brillengläsern. »Warum? Was willste du?«

»Informationen«, sagte ich und steuerte sie auf die Tür zu. »Über Bristol.«

Nonna schnaubte. »Iste nicht interessant, Bristol!«

Ich zog sie in die windige Nacht hinaus. »Das lass mal mich entscheiden!«


Der Wind blies so heftig, dass wir auf dem kurzen Marsch zu Nonnas Cottage nicht zum Reden kamen. Wir gingen mit gesenkten Köpfen und so schnell, wie die Beine einer Fünfundsiebzigjährigen es erlaubten.

Endlich schloss Nonna die alte Eichentür ihres Cottages auf und winkte mich hinein. Ich trat in den Flur und atmete tief ein: Nonnas Cottage roch nach Mandelplätzchen. Ich fühlte mich in meine Kindheit zurückversetzt. Als Lia und ich noch klein gewesen waren, hatte Nonna oft Mandelplätzchen für uns gebacken.

»*Caffè?*«, fragte sie, während sie sich das Tuch vom Kopf zog und es in ihre Manteltasche stopfte. Aus ihrem strengen Knoten hatte sich kaum ein Haar gelöst.

»Und Plätzchen, bitte!« Ich versuchte, mit den Fingern durch meinen Bob zu kämmen, und schnitt eine Grimasse – jede einzelne Strähne schien sich verknotet zu haben.

Nonna ging mir voraus in die Küche. Ich hatte ihr Cottage immer geliebt. Vor hundert Jahren oder so war es die Bäckerei des Dorfes gewesen. Im hinteren Teil gab es einen Raum, in dem einmal die alten Öfen gestanden hatten; es gab eine winzige Seitentür, durch die Mehlsäcke geliefert worden waren und – das coolste Extra – eine Falltür unter Nonnas Bett, durch die man Vorräte in den Keller ablassen konnte.

Ich setzte mich an den Tisch, auf dem wie immer eine Wachstuchdecke lag, und sah zu, wie sie Kaffee in ein uraltes Herdkännchen füllte. Auf dem Tisch stapelte sich die Post, und das erinnerte mich an den Umschlag, der nicht mehr im Café war. Er musste irgendwo hier im Cottage sein. Ich streckte einen Finger nach dem Stapel aus und hob unauffällig die Kanten von zwei, drei Umschlägen an.

Nonna sagte: »Iste schön, su habbe Besuch. Besonders, weil Stanley iste nichte hier.«

Sie lächelte mich so warm an, dass ich sofort ein schlechtes Gewissen bekam. Ich ließ von der Post ab und griff stattdessen nach der Keksdose.

»Stanley ist also bei seiner Tochter?«, fragte ich und legte ein paar Kekse auf einen kleinen Teller. Es waren Mandelplätzchen dabei, bemerkte ich glücklich. »Er ist ein bisschen plötzlich aufgebrochen, oder?«

Gerade noch hatte er zufrieden sein Kreuzworträtsel gelöst, dann war er aufgesprungen und hatte eilig ein Zugticket gekauft.

»Hatte er auf eine Mal entschiede, dass er musse ersählen seiner Familie von mir.« Nonna nahm ihre Brille ab, putzte sie mit dem Geschirrtuch und seufzte. Maria Carloni ließ sich kaum je aus der Ruhe bringen – aber jetzt sah sie besorgt und ängstlich aus.

»Das ist doch gut!«, sagte ich. »Ich finde, er benimmt sich wie ein Gentleman: respektvoll.«

»Seine Winnie iste gestorbe vor nur funf Jahre«, sagte Nonna. »Wasse, wenn sie denke, binne ich eine Flittche unde will fische seine Geld?« Sie setzte sich schwer auf einen der Stühle, die Knie wie immer weit auseinander. Ihre stämmigen, gebräunten Beine hatten an den Knöcheln Fältchen. Sie verschränkte die Arme über ihrem Busen.

»Flittchen« war keineswegs das Wort, das ich benutzen würde, um sie zu beschreiben. »Temperamentvoll« vielleicht, oder »sprühend vor Leben«.

»Dann wären sie auf dem Holzweg, weil du nämlich dein eigenes Geld hast. Es könnte auch sein, dass sie froh sind, dass er nicht mehr so allein ist. Das halte ich für viel wahrscheinlicher.«

Das Herdkännchen fing an zu gurgeln und zu zischen. Nonna machte Anstalten aufzustehen, aber ich war schneller und brachte es zum Tisch.

»Unde wasse will er ihne erzähle, *eh?* ›Binne ich gewesen esse mit alte Dame, habbe ich gehalte ihre Hand und habbe gekaufte ihr Blume?‹ Iste da nix su erzähle!«

»Vielleicht *plant* er was Großes«, schlug ich vor.

»Ah ja.« Nonna knallte Tassen auf den Tisch und zeigte auf den Kühlschrank, damit ich die Milch herausholte. »Dasse iste noch eine Probleme.«

»Was meinst du?« Ich goss uns den Kaffee ein, schob ihr die Zuckerdose hin und wartete auf ihre Erklärung.

Sie schippte zwei Löffel Zucker in ihre Tasse, rührte heftig um und nahm schlürfend einen Schluck. »Iste so, will er …« Sie zögerte und murmelte dann in ihre Tasse hinein: »… bleibe uber Nacht.«

Ich verschluckte mich an meinem Kaffee. Meine zweiunddreißig Jahre auf diesem Planeten hatten mich nicht auf dieses Gespräch vorbereitet.

»Iste lange her, dasse ich mit eine Mann susamme gewese bin. Habbe ich gehabt Bewunderer, fruher, aber habbe ich immer aufgehort, sie zu sehe, ehe …«

»Ich weiß schon!«, sagte ich schnell. *Zu* viel hören wollte ich lieber nicht. »Aber warum? Warum hast du aufgehört, sie zu treffen?«

Sie senkte den Blick. Trotzdem sah ich den verräterischen Glanz in ihren Augen.

»O, Nonna! Ich wollte dich nicht aufregen.«

Sie schüttelte den Kopf. »Keine Grund fur Entschuldigunge. Möchte ich dir sage. Höre ich auf, sie su sehe, weil iste ausgegange schlimme mitte deine Nonno. Deshalb ich habbe Angst, es su versuche noch eine Mal.«

»Aber Stanley ist reizend«, sagte ich. »Was könnte mit ihm schiefgehen?«

»Dasse weis ich! Binne ich dumme alte Frau. Machste du nicht meine Fehler, *cara*. Immer Angst habbe, deine Herz su offenbare, andere Leute su zeige, was sie dir bedeute.«

Defensiv sagte ich: »Ich habe keine Angst!«

Nonna hob die Augenbrauen.

Meine Wangen wurden heiß. Ich fragte mich, ob ihr aufgefallen war, dass es in meinem Leben keinen Platz für einen Mann zu geben schien.

»Was wirst du tun?«, fragte ich sie. »Wegen Stanley?«

»Denkste du, iste besser, ich lasse ihn ubernachte?« Sie blinzelte mich an.

»Hm.« Ich schluckte. Als Beziehungsberaterin fühlte ich mich unqualifiziert. »Ja.«

Sie dachte einen Augenblick darüber nach. »Gebongte. Aber wenne er schnarcht, ich mache auf Falltur unter meine Bette!«

»Ich mag die Art, wie du denkst!«, sagte ich grinsend.

»Unde du?« Sie sah mich über den Rand ihrer Brille hinweg an. »Was wirste du tun? Wege Gabe? Iste er auch reizende Junge.«

Ich starrte sie an. »Wie bitte?«

»Ah, Rosanna. Binne ich alt, aber nichte blind.«

»Er ist gerade erst nach Barnaby gezogen«, sagte ich hastig, »und ich bin so beschäftigt. Das Café ... Und dann hat er Noah ...«

»Spielte keine Rolle.« Nonna griff nach einer Flasche Limoncello, die im Regal über dem Tisch stand, und schenkte uns beiden einen Schluck ein. »Wenn ich kanne riskiere was in meine Alter, kannste du das auch. Biste du mutig, *cara!*«

Auf dem Heimweg, den ich geduckt zurücklegte, um dem schneidenden Wind möglichst wenig Angriffsfläche zu bieten, fragte ich mich, ob sie recht hatte. *Konnte* ich das Risiko eingehen? Mir ein Beispiel an ihr nehmen?

Zu Hause machte ich mir eine große Tasse Tee und entwarf die beste Social-Media-Kampagne meiner Karriere. Dann fiel ich ins Bett und hatte einen wunderbaren Traum, in dem ein Mann mit sanften grauen Augen vorkam, dessen Lächeln mich wie die Sommersonne wärmte ...

# Kapitel 18

Gabe stellte den restaurierten Tisch auf seinen Platz zurück und richtete sich auf. Er hatte wirklich erstklassige Arbeit geleistet: Die Atmosphäre des Cafés war unverändert (es erinnerte an ein italienisches Zuhause, in dem eine große Familie lebte), aber es wirkte nicht mehr heruntergekommen. Jetzt fehlte nur noch die Anrichte. Sie passte nicht in Gabes Van, deshalb würde er sie auf unserem kleinen Hinterhof herrichten müssen, was seine Zeit dauern würde. Er versprach, sobald wie möglich einen ganzen Tag im Café zu verbringen. Wenn ich ehrlich war, freute ich mich darauf. Ich hatte Gabes Gesellschaft während der letzten Tage genossen und wartete mittlerweile regelrecht auf ihn.

»Da. So gut wie neu!« Er wischte sich mit dem Ärmel über die Stirn.

»Hmm, ich weiß nicht«, meinte ich gespielt kritisch. »Irgendwie fehlt mir ja das Bild von Nonna, das Alfie Sargent mit Edding auf die Platte gemalt hat.«

Gabe musste sich sichtlich ein Lächeln verbeißen. Der kleine Junge hatte kein besonders schmeichelhaftes, dafür aber unverkennbares Porträt von Nonna mit ihrem großen Busen, ihrer Schürze und ihren dicken Brillengläsern hinterlassen.

»Was kann ich nur tun, um dich zu beeindrucken?«, fragte Gabe mit gespieltem Kummer.

»Ich mach nur Spaß! Ich bin tatsächlich beeindruckt.« Ich strich mit einem Finger über die Tischkante. »Ich hatte ein bisschen Angst, dass sie zu perfekt aussehen würden. Aber sie sind noch genauso einladend. Bloß die rauen Kanten sind weg.«

»Die rauen Kanten sind mir das Liebste. Eine echte Herausforderung.« Gabe schaute mir tief in die Augen. »Ganz gleich, wie schlecht Holz behandelt worden ist, die Maserung ist da, unter der Oberfläche, jedes Muster so einzigartig wie die Seele eines Menschen. Ich genieße es, das Holz wieder zum Glänzen zu bringen, seine natürliche Schönheit hervorzulocken.«

Mein Herz flatterte.

»Wie ihr zwei euch anseht«, ertönte Lias spöttische Stimme, »wollt ihr euch nicht ein Zimmer nehmen?« Sie stand hinter uns, zwei Cappuccini auf einem Tablett in den Händen.

Wir traten hastig auseinander.

»Lia!«, zischte ich, furchtbar beschämt.

»Also kein Zimmer. Wie wär's stattdessen mit einem hübsch restaurierten Tisch?«, fragte Lia, die es offenbar amüsierte, wie unwohl ich mich fühlte. Dann wechselte sie gnädig das Thema. »Freut Noah sich schon auf morgen, Gabe?«

Morgen würde der Frühlingsmarkt in Barnaby stattfinden.

»Er ist total aufgeregt. Da draußen sieht es schon super aus!« Gabe deutete über die Schulter aus dem Fenster.

Unter leuchtend blauem Himmel bauten Mitglieder des Elternvereins auf dem Dorfanger Markisen für die Verkaufsstände auf. Darunter wurden unter Aufsicht der Damen vom Frauenverein Tische aufgestellt, und Mr. Beecher lud stapelweise Stühle aus dem Minivan der Schule. Zum Glück hatte der starke Wind der letzten Tage nachgelassen, und ein Hauch von Sommerwärme lag in der Luft.

Die letzten paar Tage waren vollkommen verrückt gewesen: Es war mir gelungen, Clementine heute direkt vor den Nachrichten beim hiesigen Radiosender unterzubringen. Sie würde Anrufe entgegennehmen und Fragen zur Gartenarbeit beantworten. Ich hatte ihr eingeschärft, den Frühjahrsmarkt auf dem Dorfanger bei jeder sich bietenden Gelegenheit zu erwähnen.

Ich hatte alle sozialen Gruppen im Dorf in die Organisation des Festes einbezogen – von den Müttern aus der Krabbelgruppe bis hin zu den Schrebergärtnern. Sogar die örtliche Krebshilfe, *Chestnuts Cancer Hospice,* hatte ich dazu bekommen mitzumachen. Außerdem hatte ich eine unendlich lange Wimpelgirlande gekauft, die ums Dorf herum aufgehängt worden war, und eine Social-Media-Kampagne über Thunderclap gestartet, die mit Clementines Auftritt im Radio zusammenlief.

»Das war alles Rosies Idee!«, sagte Lia zwinkernd, reichte uns die Cappuccinos und tanzte wieder in die Küche.

»Du hast hart gearbeitet«, sagte Gabe und setzte sich. »Das ist schon beeindruckender, als ein paar Tische abzuschleifen.«

»Unsinn.« Ich zog die Nase kraus und nahm ihm gegenüber Platz. »Es war ziemlich genau das, was ich früher gemacht habe.«

»Fehlt dir dein altes Leben?«, fragte er. »Manchmal fehlt mir meins.«

Er löffelte Schaum von seinem Cappuccino, und ich dachte: *Was für einen schönen Mund er hat!* Gabe hatte Lippen, die geküsst werden sollten. Ich könnte ihn *jetzt* küssen, mich einfach nach vorne lehnen und den kleinen Flecken Schokoladenpulver von seinen Lippen lecken …

»Rosie?« Er sah mich amüsiert an.

»Ja!«, sagte ich erschrocken. »Ich meine: Nein … Wie war noch gleich die Frage?«

»Nicht so wichtig.« Er schüttelte den Kopf und lachte. »Hast du ein bisschen Zeit?«

Ich schaute mich im Café um. Es war nicht viel los, die anderen würden wunderbar ohne mich zurechtkommen.

»Könnte sein. Warum?«

Er lächelte spitzbübisch. »Hast du Lust auf ein kleines Abenteuer?«

Ich zog eine Augenbraue hoch. »Immer.«


Gabe verstaute Noahs Kindersitz im Kofferraum des Vans, klopfte Krümel vom Beifahrersitz und ließ mich dann einsteigen. Er fuhr am Dorfanger vorbei und bog auf die Chesterfield Road ein.

»Mir schwant, wo du hinwillst«, sagte ich.

Er hielt auf dem Grünstreifen unweit der alten Gärtnerei.

»Man muss seinen Gegenspieler kennen«, sagte Gabe. »Das haben sie uns am ersten Tag an der juristischen Fakultät beigebracht. Komm, wir schleichen uns rein und gucken, was die vorhaben!«

Aus dem Autofenster konnte ich sehen, dass im Gras winzige violette und gelbe Blümchen blühten. Eine ordentlich beschnittene, lange Hecke grenzte an den Grünstreifen. Hinter der Hecke lag eine Weide, auf der Schafe genüsslich das zarte Frühlingsgras fraßen. Lämmer jagten einander auf unsicheren Beinen.

Diese ländliche Idylle bildete einen scharfen Kontrast zu dem, was auf der anderen Straßenseite stattfand.

Auf der Zufahrt und dem kleinen Parkplatz wimmelte es von Lastwagen, Vans und Menschen. Gabelstapler bewegten Kisten, Männer brachten Schilder an, eine Frau kniete vor zwei riesigen hölzernen Pflanzenbehältern, die sie mit Primeln und Nadelbäumchen füllte. Andere Leute zogen große Handwagen hinter sich her, die hoch mit Pflanzen beladen waren. Ein gewaltiges schwarz-gelbes Schild auf dem Hauptgebäude warf seinen Schatten über die eifrig arbeitenden Menschen. Darauf war zu lesen: »*Garden Warehouse:* Alles, was Sie im Garten brauchen, und mehr!«

Ich konnte nicht glauben, wie sehr sich die Gärtnerei in so kurzer Zeit verändert hatte.

»Ist das wirklich eine gute Idee?«, fragte ich zweifelnd.

»Ich habe dir ein Abenteuer versprochen«, sagte Gabe grinsend, »keinen Spaziergang im Park!« Er zog mit einem Ruck die Handbremse an.

»Und der da?« Ich zeigte auf die Absperrung aus Metall, die den Eingang verschloss. Dahinter stand ein hochoffiziell aussehender Mann mit Klemmbrett.

»Kein Problem.« Gabe stieg aus dem Van, holte einen Werkzeuggürtel aus dem Kofferraum, legte ihn um und setzte sich eine Baseballkappe auf, die er sich tief ins Gesicht zog. »Du wirst schon sehen.«

Als wir auf die Absperrung zumarschierten, murmelte er: »Es geht bloß darum, so *auszusehen,* als würde man dazugehören. Guck niemanden direkt an und stell dir vor, du wärst spät dran für ein Meeting!«

Er nickte dem Mann mit dem Klemmbrett zu – und tatsächlich erwiderte der Mann den Gruß und ließ uns passieren. Bloß meine *Lemon-Tree-Café*-Schürze streifte er mit einem leicht verwirrten Blick.

Während wir an einem langen Folienzelt vorbeihasteten und auf die Markthalle zusteuerten, fragte ich leise: »Was machen wir *wirklich* hier, Gabe?«

»Wir machen uns schlau. Ich dachte, es interessiert dich vielleicht, wie weit sie schon mit den Umbauarbeiten sind.«

Das tat es.

Zügig wanderten wir über die ganze Anlage: Unter dem schwarz-gelben *Garden-Warehouse*-Schild hindurch ging es in die Markthalle. An den Regalen vorbei, die mit Tütchen voll Samen, großen Blumenkübeln und buntem Plastikramsch bestückt wurden. Durch den Gang, in dem unendlich viele Sorten Tierfutter angeboten wurde. Durch die Hintertür, die groß wie ein Tor war.

Im Hof brachten zwei Männer über einem langen Plastiktisch ein Banner an, auf dem »Frische Blumen« zu lesen war. Leere Metalleimer stapelten sich daneben. Das Herz wurde mir schwer – arme Nina! Dieser eine Bereich war größer als ihr ganzes Blumengeschäft.

Außerdem standen hier draußen lange Reihen hölzerner Tische, noch leer, aber mit Schildern versehen, die gute Geschäfte versprachen: Gartenpflanzen gab es »Fünf für einen Zehner!«, Terrakottablumentöpfe »DREI zum Preis von einem!«. Wo man auch hinsah, bewarben Schilder in Neonfarben Eröffnungsangebote.

Die Gewächshäuser ließen wir links liegen, aber wir verlangsamten unsere Schritte, als wir an der großen

Blockhütte vorbeikamen, in der Clementine früher ihre Bonsai-Kollektion ausgestellt hatte: Sie wurde in ein Café umgebaut. Ein kalter Schauder lief mir über den Rücken.

»Sehr professionell«, sagte ich, als wir uns wieder auf den Weg zu dem kleinen Parkplatz machten, »aber seelenlos!«

Gabe nickte. »Ganz im Gegensatz zu den Läden in Barnaby. Ich kann mir nicht vorstellen, dass diese Hütte auf irgendeine Weise mit dem *Lemon Tree Café* konkurrieren kann. Zumindest nicht, was die Schönheit der Mitarbeiterinnen angeht!«

Das heiterte mich tatsächlich ein bisschen auf. Ich schubste ihn im Gehen an und grinste. »Das Kompliment gebe ich gerne an Nonna weiter!«

Es war schon beinahe Zeit, Noah von der Schule abzuholen. Vor und hinter Gabes Van hatten mittlerweile andere Autos geparkt; es schien noch mehr los zu sein als vorhin.

»Ich frage mich, wie die arme Clementine sich bei all dem Rummel fühlt.« Ich sah zu ihrem Haus hinüber. Durch das große Fenster war kein Lebenszeichen zu sehen – sie sollte auch längst auf dem Weg zum Radiosender in Derby sein, zu ihrem ersten Auftritt als Expertin für Gartenfragen.

»Ich weiß ziemlich genau, was sie davon hält«, sagte Gabe trocken. »Der Gemeindepfarrer hat es mir gesagt. Aber ich wiederhole es lieber nicht … zu heftig.«

Er lächelte und legte seinen Werkzeuggürtel wieder in den Kofferraum. Ich lehnte mich gegen den Van und starrte zur Gärtnerei hinüber. »Es sieht alles so riesig aus, viel größer als früher.«

»Sie scheinen jeden Quadratmillimeter ausnutzen zu wollen«, stimmte er zu. »Aber sie sind auch bekannt dafür, dass sie gewaltige Vorräte auf Lager haben und billig Massenware verkaufen.«

»Aber warum Barnaby?«, fragte ich und runzelte die Stirn.

Gabe öffnete mir die Beifahrertür. »Stell dir vor, *Garden Warehouse* wäre einer deiner Kunden. Dir würden wahrscheinlich mindestens ein Dutzend Gründe einfallen, warum es gut für das Dorf wäre, einen großen Gartenfachmarkt zu haben: Jobs, freie Auswahl für die Kunden, mehr Besucher von außerhalb ...«

Ich schüttelte nachdrücklich den Kopf und stieg ein. »So will ich nicht denken! Ich stehe auf der Seite von Barnaby und unserer kleinen Dorfgemeinschaft. Was für mickrige Vorteile wir durch *Garden Warehouse* auch haben mögen, sie werden die Nachteile nicht aufwiegen. Hoffentlich wird unsere Veranstaltung morgen denen zeigen, dass wir uns nicht einschüchtern lassen! Wir werden es ihnen nicht leicht machen, uns unsere Kundschaft wegzunehmen.«

Gabe schloss seine Tür und schob den Schlüssel ins Zündschloss. »Aber wie soll es nach dem Frühjahrsmarkt weitergehen? *Garden Warehouse* wird immer noch da sein. Glaubst du nicht, man sollte versuchen, eine Möglichkeit zu finden, zum gegenseitigen Nutzen zusammenzuarbeiten? Meiner Erfahrung nach sind die meisten großen Firmen heiß darauf, mit den lokalen Geschäftsbesitzern eng zusammenzuarbeiten.«

»Heiß darauf?« Ich zog eine Augenbraue in die Höhe. »Wie eng, denkst du, wollen sie wohl zusammenarbeiten?«

Wir grinsten beide. Dann wurde er wieder ernst.

»Ich will nur sagen: Es wäre schwer für mich, aus Idealismus ein Arbeitsangebot abzulehnen, wenn ich dringend einen Job bräuchte.«

Ich warf ihm einen raschen Blick zu. Ich dachte an Noah und ihn auf der *Neptun*, an das unkomplizierte Leben, das sie geführt hatten – und daran, wie ich ins Fettnäpfchen getreten war, als ich über »richtige Arbeit« gesprochen hatte. Ich fragte leise: »Brauchst du einen Job?«

Er öffnete den Mund, zögerte dann und stieß scharf die Luft aus. »Ich habe von Tyson gesprochen.«

Lucas hatte Tyson angeboten, für ein paar Stunden in der Woche im Geschenkeladen auszuhelfen, aber Tyson brauchte mehr als das. Er hatte lange mit sich gerungen, ehe er sich schweren Herzens als Teilzeitkraft bei *Garden Warehouse* beworben hatte. Er würde am Montag anfangen, in der Holzabteilung. Ihm graute davor.

»Du hast wahrscheinlich recht«, sagte ich widerstrebend. »Lass mich trotzdem noch eine Weile wütend sein. In dieser Angelegenheit kann ich nur auf mein Herz hören.«

Gabe sah mich an. Sein Blick war forschend, und seine Mundwinkel hoben sich zu einem leisen Lächeln. »Gibt es vielleicht noch etwas anderes, das dein Herz dir sagt?«

Die tief stehende Nachmittagssonne fiel, gefiltert durch die Blätter der Bäume, zu uns herein, tauchte Gabes Lächeln in ein warmes Licht und verlieh seinem Haar einen goldenen Schimmer. Als er die Hand nach mir ausstreckte und mit dem Daumen über meine Wange strich, stockte mir der Atem. Seine Berührung ließ ein wunderbares, kribbelndes Gefühl auf meiner Haut zurück.

Ich nickte mühsam. »Obwohl ich es, wenn möglich, ignoriere.«

»Du vibrierst«, sagte Gabe mit einem Blick in meinen Schoß.

»Oh.« Ich zuckte mit den Schultern, um die Spannung darin zu vertreiben. »Sorry. Über Gefühle zu reden ist ein bisschen schwierig für ...«

»Nein, es kommt aus deiner Tasche. Irgendwas vibriert da drin.«

»Oh!«

Es war mein Handy, das ich eigentlich auf stumm geschaltet hatte. Ich zog es aus meiner Schürzentasche und erschrak, als ich den Namen »Robert Crisp« auf dem Display las. Darüber hinaus schienen eine Menge andere Nachrichten eingetrudelt zu sein: Voicemails, SMS und Facebook-Nachrichten. Was hatte ich verpasst?

»Mein ehemaliger Chef«, sagte ich zu Gabe und runzelte die Stirn. »Von *Digital Horizons*.« Ich schluckte. »Ich nehme den Anruf besser an ...«

»Na klar. Soll ich aussteigen, damit du deine Ruhe hast?«

Ich schüttelte den Kopf, das Handy schon am Ohr. »Hallo, Robert. Das ist aber eine Überraschung.«

»Rosie! Wie schön, von Ihnen zu hören!« Er räusperte sich. »Genau genommen rufe ich Sie an. Wie schön, dass ich Sie erwischt habe, wollte ich sagen.«

Ich warf Gabe einen verstohlenen Blick zu. Er tat höflich so, als würde er seine eigenen Nachrichten lesen. Ich bedeckte mit einer Hand die Wange, die er berührt hatte, und fragte mich, was wohl geschehen wäre, wenn wir nicht unterbrochen worden wären.

»Was kann ich für Sie tun?«, fragte ich.

»Also ...« Es folgte eine unbehagliche Pause. »Ja. Es hat sich bisher niemand bei mir gemeldet, der ein Arbeitszeugnis von Ihnen sehen wollte. Einerseits war ich froh darüber, aber andererseits auch ein bisschen ... ein bisschen verwirrt. Eine Frau ...« Er hustete. »Ähm, eine *Person* wie Sie sollte hoch im Kurs stehen und jetzt ... Ich schwafele. Ich will sagen, dass es mir leidtut, Sie verloren zu haben.«

»Das ist schön zu hören«, sagte ich.

»Es ist ein Jammer, dass Sie sich entschlossen haben zu kündigen.«

Gabe ließ den Motor an und deutete auf die Uhr im Armaturenbrett. »Wir müssen Noah abholen«, flüsterte er.

Ich legte meinen Sicherheitsgurt an, während Gabe den Van wendete, um zurück ins Dorf zu fahren. »Robert«, sagte ich streng. »Sie wollten, dass ich an Lucinda Miller herumdoktere.«

Ich sah aus dem Augenwinkel, wie Gabe der Mund offen stehen blieb, und musste mich abwenden, um nicht in Gelächter auszubrechen.

»Hm«, machte Robert düster. »Eine schlechte Entscheidung, wie sich gezeigt hat. Lucinda war nicht glücklich darüber und hat sich geweigert, das Projekt mit der Wohltätigkeitsorganisation fortzuführen. Daraufhin hat die sich von uns getrennt.«

Nur mit Mühe gelang es mir, die Worte zurückzuhalten, die mir auf der Zunge lagen: *Was habe ich Ihnen gesagt?*

»Na ja, wie auch immer ...« Er räusperte sich. »Als ich dann heute Ihren Namen gehört habe, dachte ich: ›Aha, das macht sie also! Sie macht sich selbstständig.‹«

Wir kamen an Gina Evans vorbei, meiner alten Schulfreundin. Sie schob einen Krippenwagen, in dem vier kleine Kinder saßen und sich an den Seiten festhielten. Ich winkte ihr. Sie schüttelte sich das pinkfarbene Haar aus den Augen und winkte zurück. Gina schaffte es leider nie ins Café – mit einer ganzen Kinderschar sei das zu stressig, hatte sie mir auf Facebook geschrieben.

Ich wandte meine Aufmerksamkeit wieder Robert zu, der zu glauben schien, dass ich dabei war, meine eigene Social-Media-Werbeagentur zu gründen.

»Ich mache mich selbstständig?«, wiederholte ich verblüfft.

»Sie unterstützen lokale Läden. Kümmern sich um die Eichhörnchen.«

Ich konnte ihm nicht folgen, und das sagte ich ihm auch.

»Sorry.« Er lachte auf. »Ich unterteile die Kunden immer in Tierarten. Es gibt die fetten Kunden: Das sind die Elefanten. Wir brauchen alle einen oder zwei Elefanten, um schwarze Zahlen zu schreiben. Außerdem Antilopen – schnelle Aufträge, mittelgroß, halten einen auf Trab. Und dann gibt es noch die Eichhörnchen. *Digital Horizons* ist zu groß, um sich mit Eichhörnchen zu befassen, da ist nicht genug Fleisch dran für uns. Aber ich habe oft gedacht: Wenn man *genug* Eichhörnchen anlocken könnte, hätte man, Sie wissen schon – ein Festmahl.«

»Oh-kay.«

Gabe parkte den Van vor der Grundschule. Ich sah ihn an und tippte mir mit dem Zeigefinger gegen die Stirn, um zu kommunizieren, dass Robert meiner Meinung nach den Verstand verloren hatte. Der Schulhof war leer. Wir hatten noch ein paar Minuten Zeit, ehe die Glocke läutete. Gabe stellte den Motor ab und machte seinen Sicherheitsgurt auf.

»Moment mal«, sagte ich und richtete mich in meinem Sitz auf. »Sie haben gesagt, Sie hätten meinen Namen gehört. Wann? Wo?«

»In den BBC-Nachrichten natürlich«, sagte Robert. »Ich muss sagen, ich war wirklich …«

»O mein Gott!« Ich griff nach Gabes Arm und hielt mich daran fest. »Und was haben die da gesagt?«, fragte ich atemlos.

Robert erzählte, er habe in den Drei-Uhr-Nachrichten gehört, dass ich hinter einer äußerst erfolgreichen Social-Media-Kampagne steckte, durch die der kommende Frühjahrsmarkt in Barnaby in der Gegend in aller Munde war.

»Also: Gut gemacht!«, sagte er. »Und viel Glück. Heute fangen Sie Eichhörnchen, morgen, ähm … Elefanten!«

»Vielen Dank, Robert«, sagte ich. »Ich muss jetzt auflegen!«

»Erzähl schon«, drängte Gabe, sobald ich das Gespräch beendet hatte. »Spann mich bitte nicht länger auf die Folter.«

»Meine Thunderclap-Kampagne war gerade in den landesweiten Nachrichten«, sagte ich. Meine Stimme klang ein bisschen schwach, weil ich so aufgeregt war.

»Thunderclap? O Mann …« Er sah erschrocken aus, als ginge es um eine ansteckende Krankheit.

Ich lachte. »Das ist ein Tool für Social-Media-Kampagnen!«, erklärte ich und umarmte ihn. »So eine Art Online-Flashmob, mit dem ich den Frühjahrsmarkt auf Facebook und Twitter bekannt gemacht habe.«

»Dann sind das also gute Nachrichten?« Er sah skeptisch aus, obwohl es ihn nicht zu stören schien, dass ich ihn nicht wieder losgelassen hatte.

»Besser als gut!« Ich strahlte ihn an. »Wir werden so viele Besucher haben, dass der Frauenverein am Ende keine Marmelade mehr zu verkaufen haben wird!« Ich wickelte endlich meine Arme von seinem Hals und steckte mein Handy ein. »Ich muss zurück ins Café! Ich muss einen ganzen Haufen Tweets absetzen. Gib Noah einen dicken Kuss von mir, ja?«

Ich griff nach dem Türgriff, beschwingt von meinem Erfolg und begierig darauf, mit meiner Kampagne weiterzumachen, aber Gabe hielt mich zurück.

»Noah bekommt also einen Kuss«, sagte er. In seinen Augenwinkeln waren Lachfältchen zu sehen. »Und was ist mit mir?«

Das ließ ich mein Herz beantworten.

Erst das lauter werdende Gekicher der Mütter, die ihre kleinen Engel abholen wollten, unterbrach unseren Kuss.

# Kapitel 19

Am Tag des Frühjahrsmarktes sprang ich um sieben aus dem Bett, und um acht stürzte ich praktisch aus dem Haus. Jedes Mal, wenn ich an den Kuss in Gabes Van dachte, musste ich lächeln. Seit Jahren hatte ich mich wegen eines Mannes nicht mehr so gefühlt! Genau genommen glaubte ich nicht, dass ich mich *je* so gefühlt hatte … Schon gar nicht nach einem einzigen Kuss.

Aber was war das für ein Kuss gewesen!

Die Funken, die zwischen uns übergesprungen waren … Ich war wirklich keine Romantikerin, aber zusammen hatten wir genug Elektrizität erzeugt, um das ganze Dorf eine Woche lang zu versorgen.

Ich suchte den Dorfanger mit Blicken nach Gabe ab und fand ihn zwischen den anderen Helfern. Er hatte Noah bei sich und machte irgendetwas mit einem Stapel alter Paletten und einem Hammer.

Ich hob die Hand, um ihm zu winken, da klingelte mein Handy. Mein Magen zog sich nervös zusammen, als ich Veritys Namen auf dem Display sah.

Sollte ich ihr von dem Kuss erzählen?

»Wie läuft's?«, jubelte sie. »Ich hab gestern deinen Namen im Radio gehört!«

»Es läuft fantastisch!« Ich lächelte Mr. Beecher zu, der mit einem großen Stapel Verkehrskegel in den Armen an mir vorbeigestolpert kam, die für den Hindernisparcours für die Kinder gedacht waren. »Die Sonne scheint, und wir gehen davon aus, dass das ganze Dorf zum Markt kommt.«

»Und hast du Gabe schon verkuppelt? Er hat noch keine Frau erwähnt – na ja, abgesehen von dir.«

Ich biss mir auf die Zunge, um nicht zu fragen, was er über mich gesagt hatte. »Ähm … Nein, bis jetzt noch nicht. Ich hatte viel zu tun. Und ich hab ihn kaum zu Gesicht gekriegt.« Ich kniff die Augen fest zusammen und versuchte, nicht an den Augenblick zu denken, als unsere Lippen sich berührt hatten. »Aber verlass dich auf mich.«

»Ich möchte, dass du mir was versprichst.« Veritys Stimme war mit einem Mal ernst geworden.

»Was du willst!« Ich kreuzte die Finger hinter dem Rücken, obwohl sie mich gar nicht sehen konnte.

»Gabe und Noah bedeuten mir wirklich viel«, sagte sie. Dann fügte sie hinzu: »Du natürlich auch!«

»Dito«, sagte ich leise.

»Eigentlich geht mich das gar nichts an«, sagte sie. »Aber bitte – pass auf Gabe auf. Er wird viel Mut brauchen, um sich noch mal jemandem zu öffnen. Erspar ihm eine bittere Enttäuschung. Geh sicher, dass die Frau, die du für ihn aussuchst, ihm nicht das Herz brechen wird! Versprichst du mir das?«

Ihre Worte trafen mich wie Hagelkörner in einem Sturm. Ich sank auf eine Bank am Rand des Dorfangers und umklammerte das Handy an meinem Ohr.

Deshalb hatte ich mich an jenem Abend auf Gabes Boot

zurückgehalten ... Veritys Worte erinnerten mich mit schmerzhafter Klarheit daran, dass ich nicht die Richtige für Gabe war. Wenn es ernst wurde, ergriff ich die Flucht. Was hatte ich zu Gabe gesagt? *Ich bin jetzt so.* Daran hatte sich nichts geändert. Und dieses Mal würde ich nicht nur Gabe verletzen, sondern vielleicht auch Noah.

Eine Welle großer Traurigkeit stieg in mir auf und verschlang die beschwingte Stimmung, in der ich aufgewacht war. Für eine Weile konnte ich nicht sprechen.

Verity murmelte: »Oh, ich glaube, die Verbindung ist weg ...«

»Ich bin noch dran«, sagte ich heiser. »Und ja – ich verspreche es dir.«

In diesem Augenblick kam Doreen in heller Panik aus dem Café gerannt und sah sich wild nach mir um. Vor dem Café stand ein Übertragungswagen der BBC.

»Rosie?«, rief Doreen. »Hilfe!«

»Himmel!«, sagte ich und musste erst mal schlucken. »Ich muss mich ganz schnell verabschieden, Verity. Sieht so aus, als wäre die BBC zum Frühstück gekommen!«


Die Social-Media-Kampagne und Clementines brillanter Auftritt im Radio hatten Wunder gewirkt: Gestern Abend waren wir von einer Fragenflut auf Facebook und Twitter überschwemmt worden und hatten eine Notfallsitzung des Frühjahrsmarkt-Organisationsteams einberufen müssen, um Aufgaben zu verteilen und mit allem rechtzeitig fertig zu werden. Die geschätzte Besucherzahl war so hoch, dass unsere beiden örtlichen Polizisten weiche Knie bekommen und Back-up angefordert hatten. Wir hatten außerdem ein brachliegendes Feld zu einem behelfsmäßigen Parkplatz umfunktioniert. Das *Riverside Hotel* hatte sich eingeklinkt und Clementine angeboten, mit *Fragen an die Gärtnerin* am Abend im großen Saal auf der Bühne aufzutreten und die letzten Setzlinge zu verkaufen. Clementine ging wie auf Wolken und war zu Tränen gerührt von den vielen mitfühlenden Nachrichten, die sie bekommen hatte, nachdem der Radiomoderator sie gestern nach ihrer Vorgeschichte gefragt hatte. Ich hatte so eine Ahnung, dass unser Dorf unerwartet eine Berühmtheit hervorgebracht hatte.

Der Morgen verflog im Nu. Das Café musste für den geschäftigen Tag vorbereitet und Fragen, die in letzter Minute hereinkamen, beantwortet werden – so konnte ich das Gespräch mit Verity erst einmal verdrängen.

Durften nur Teddybären zum Teddybärenpicknick kommen? (Nein, alle flauschigen Freunde waren herzlich eingeladen.) Waren alle einverstanden, wenn Kens Sohn Martin an einem Stand sein selbst gemachtes Rhabarberfondant verkaufte? (Aber ja – allerdings glaubten die meisten, dass Martin nicht viele Abnehmer finden würde, wenn die Leute erst mal die Farbe gesehen hatten.) Und wäre es in Ordnung, wenn der örtliche Fernsehsender ein Kamerateam schickte, um für die Reihe *Derbyshire People* zu filmen? (Ein begeistertes »Ja!« war die Antwort darauf.)

Das Programm wurde noch um einige Attraktionen reicher: Biddy wollte eine Hundeshow veranstalten, und Gina mit einer anderen Tagesmutter zusammen mit Kindern Kresseköpfe basteln. Der Tag versprach, unvergesslich für die Leute aus Barnaby zu werden.

Und dann war es mit einem Mal Mittag, und die schmalen Straßen des Dorfs füllten sich zusehends mit Autos. In einem Moment befestigten Dad und Ed noch das letzte

Ende einer Wimpelgirlande am Bierzelt des Pubs, im nächsten schien der Dorfanger zum Bersten voll mit fröhlichen Menschen, die sich an den Ständen vorbeischoben, für hausgebrautes Bier anstanden, sich die Gesichter mit dem Antlitz einer Fee, eines Superhelden oder eines Tigers anmalen ließen und sich gegenseitig auf das sonderbare, leuchtend rosa gefärbte Fondant aufmerksam machten (diejenigen, die mutig genug waren, es zu probieren, erklärten, es sei unheimlich lecker). Die vielen Stände, die Clementines Setzlinge verkauften, bildeten einen Ring um den Dorfanger und waren gut besucht. Jemand reichte Clementine ein Megafon, und sie erklärte den ersten Frühjahrsmarkt in Barnaby für eröffnet. Alles klatschte begeistert. Bis auf Nonna und Stanley – Stanley war gerade aus Bristol zurückgekommen, und Nonna und er küssten sich heimlich im Schutz der Zitronenbäume.

Ich sah sie, und mir traten die Tränen in die Augen. Sie sahen so glücklich aus, wieder zusammen zu sein – es schien ganz so, als würden Nonnas Sorgen der Vergangenheit angehören.

Die Medienberichterstattung war beeindruckend: Neben der Fernseh-Crew der BBC war Dales FM gekommen und ein Team des örtlichen Nachrichtensenders. Robin Baker, der Dad nach seinem Auftritt als Dolly-Parton-Double interviewt hatte, war auch wieder da. Da ich keine Zeit gehabt hatte, einen eigenen Fotografen zu engagieren, gab ich ihm fünfzig Pfund und ein Schinken-Sandwich und meinte: »Tu dir keinen Zwang an.« Woraufhin er begann, wie ein Verrückter loszuknipsen. Er war so glücklich wie ein Fisch im Wasser – vor allem als ich ihm wie allen anderen Medienleuten einen Presseausweis gab. Mrs. Murray, die Schulsekretärin, hatte die von mir bedruckten Kärtchen in aller Eile laminiert.

Ich räumte gerade die Tische vor dem Café ab, als ich Gabe und Noah sah, die sich zusammen mit anderen Elternteil-Kind-Paaren für das Huckepackrennen einfanden.

Mum winkte mir aus dem Café zu und hielt eine Teekanne in die Höhe. Sie half heute aus, was ein Glück war: Wir brauchten jedes Paar Hände, das zupacken konnte. Ich nickte heftig, und kurz darauf kam sie mit einem Tablett nach draußen.

»Das ist jetzt genau das Richtige!« Ich nahm ihr das Tablett ab und stellte es auf einen Tisch, der in der Sonne stand.

»Was für ein Erfolg!« Sie gab mir einen Kuss auf die Wange.

»Oder?« Ich lächelte. »Hättest du mich zu Beginn des Jahres gefragt, was Erfolg für mich bedeutet, hätte ich wahrscheinlich gesagt: eine Beförderung, eine Gehaltserhöhung um zehntausend Pfund oder der gelungene Coup, dem Twitter-Account eines Kunden eine Million neue Follower zu bescheren. ›Ein Dorffest‹, hätte ich bestimmt nicht gesagt. Ich bin ehrlich gesagt ziemlich überrascht, wie glücklich ich bin!«

Das brachte Mum zum Lachen. »Ich bin gar nicht überrascht. Du hast immer schon für Gerechtigkeit gekämpft.«

»Hab ich das?« Ich sah sie verwundert an. Sie schenkte uns Tee ein und reichte mir eine Tasse.

»Erinnerst du dich an den Eiscreme-Protest auf dem Schuldach?« Sie schaute mich über den Rand ihrer Tasse hinweg an.

»Das ganze Dorf erinnert sich daran. Mr. Beecher hat immer noch Albträume deswegen.«

»Und an den Vorfall mit den Xylophon-Schlägeln beim Krippenspiel?«

»Daran nicht«, sagte ich und grinste. »Erzähl!«

»Gina sollte *Silent Night* auf dem Xylophon spielen. Jimmy Dillon war neidisch auf sie, deshalb hat er die Schlägel gestohlen, gerade als die Eltern in die Aula kamen. Gina bekam Ärger, weil alle dachten, sie hätte sie verloren.«

»Jetzt erinnere ich mich!«, rief ich lachend. Ich war auf die Bühne marschiert und hatte dabei meine Becken zusammengeschlagen. Dann hatte ich das ganze Publikum dazu gebracht, die verlorenen »Stöckchen« zu suchen. Sie waren in der Jungentoilette gefunden worden – in den Händen von Jimmy Dillon, der damit seine eigene Version von *Silent Night* auf der Heizung trommelte.

»Das war dir bestimmt furchtbar unangenehm, Mum, dass ich so ein Theater gemacht habe.«

»Nicht doch, ich war stolz auf dich! Du hast dich für die Gerechtigkeit starkgemacht. Mit dem Frühjahrsmarkt in Barnaby ist es dasselbe: Es geht um Fairness. Und wenn ich mir angucke, dass kaum noch Setzlinge da sind – ganz zu schweigen von unserer Kuchenauswahl –, würde ich sagen, dass du großen Erfolg hattest.«

»Danke, Mum.« Ich legte meinen Kopf an ihre Schulter.

Ich hatte bloß vorgehabt, Clementine Starthilfe für die nächsten paar Monate zu verschaffen, aber das Ergebnis des Marktes schlug meine kühnsten Träume um Längen. Clementine war in ihrem Element: Sie unterhielt sich angeregt mit anderen Gärtnern. Die Schulleitung hatte sie gebeten, in Zukunft für einen kleinen Lohn eine Gärtnerei-Gruppe zu leiten. Dales FM wollte die Sendung mit ihr fest ins Programm aufnehmen, wobei Gabe dafür gesorgt hatte, dass sie nicht nur Ruhm, sondern auch Geld für ihr Fachwissen bekam. Clementine und Tyson waren beide zu so begehrten Ratgebern geworden, dass sie spontan beschlossen hatten, sich gemeinsam als Gärtner selbstständig zu machen.

»Ich werde *Garden Warehouse* sagen, wohin sie sich ihre Holzabteilung schieben können«, hatte Tyson gesagt, das Kinn stolz in die Luft gereckt.

Mum hatte recht: Es lag mir am Herzen, dass es fair zuging. Es war ungerecht, dass Clementine so viel in so kurzer Zeit verloren hatte. Und egal wie vernünftig Gabe an die Sache heranging – es kam mir ebenso ungerecht vor, dass *Garden Warehouse* einfach über Nina hinwegtrampeln und ihr *Fone-A-Flower*-Gebiet schmälern konnte, dass Lucas seinen besten Kartenlieferanten anbetteln musste, ihn nicht fallen zu lassen, und dass *Garden Warehouse* Biddy locker unterbieten konnte. Und bald, wenn das Café in der Blockhütte fertig war, würden sie es mit uns genauso machen.

»Der Markt war ein Erfolg«, sagte ich. »Aber wenn das neue Café eröffnet, werden wir Probleme bekommen.«

Mum zuckte beiläufig mit den Schultern. »Daran ist nichts zu ändern. Konzentrier dich auf das Positive: Keine Ahnung, wann wir das letzte Mal so gute Geschäfte gemacht haben! Und das ganze Dorf hat zusammen etwas auf die Beine gestellt, zum ersten Mal seit … Ich kann gar nicht sagen, seit wann!«

»Seit der ›Großen Windel-Verstopfung‹, wenn man Doreen Glauben schenken darf.«

Mum zuckte zusammen. »Oh, danke, dass du mich *daran* erinnerst …«

Eine ihrer Freundinnen rief ihren Namen. Sie gab mir einen Abschiedskuss, bevor sie aufstand. Ich sammelte die Teekanne und unsere Tassen ein. Meine Gedanken wanderten noch einmal zu dem, was Mum über mich gesagt hatte. *Es stimmt, Gerechtigkeit ist schon immer ein hohes Gut für mich gewesen.*

Nur in der Sache mit Callum ... Da hatte ich nicht um Gerechtigkeit gekämpft. Ich hatte mich wie ein Feigling benommen: zu eingeschüchtert, um das Richtige zu tun. Ich hatte ihn bloß vergessen und mein Leben weiterleben wollen.

Aber hatte ich das wirklich getan? Ich war noch immer genauso ängstlich. Hatte Angst davor, Fehler zu machen und dass sich die Geschichte wiederholen könnte.

Und jetzt ...

Ich schaute über den Dorfanger und sah Gabe mit Noah auf dem Rücken über das Gras galoppieren. Sogar aus der Entfernung konnte ich die Rufe und den Jubel der Zuschauer hören – und Noahs aufgeregtes Quieken, als sein Vater und er als Erste über die Ziellinie kamen.

Das Versprechen, das ich Verity gegeben hatte, hallte in meinem Kopf wider. Ihnen gegenüber musste ich auch fair sein.

Ich hob eine Hand zum Gruß, als Gabe Noah auf mich aufmerksam machte, und ging den beiden über den Anger entgegen.

»Wir haben gewonnen!« Noah hüpfte auf der Stelle und streckte mir seine Medaille hin.

»Ihr seid ein super Team«, sagte ich und verwuschelte ihm die Haare. »Gut gemacht!«

Lias Stimme erklang durch das Megafon: »Das Teddybären-Picknick beginnt in zwei Minuten! Alle hungrigen Bären zu mir!«

»Dad!« Noah zupfte Gabe am Ärmel. »Wo ist Jorvik?«

Gabe zog einen verschlissenen grünen Dinosaurier aus Stoff aus der Innentasche seiner Jacke und gab ihn seinem Sohn. Noah klemmte Jorvik unter seinen Arm und küsste ihn auf den Kopf.

»Gefällt dir die Schule?«, fragte ich ihn und rieb mit dem Daumen einen Schokoladenfleck von seinem Kinn.

»Schon in Ordnung«, murmelte Noah. Er senkte den Kopf und bohrte die Spitze seines Schuhs ins Gras. »Aber ich muss nächste Woche schon wieder hin!«

»Das Konzept von jahrelangem Lernen ist noch etwas unklar«, erklärte Gabe.

Ich musste lächeln. »Was ist denn das Beste an der Schule?«, fragte ich Noah.

Er dachte einen Moment lang nach. »Sport. Und die Sandwiches!«

Auf der anderen Seite des Dorfangers fing die Teddy-bären-Picknick-Musik an zu spielen. Eine Welle von Kindern schwappte auf Mum und Lia zu – alle wollten einen Platz an dem langen Tapetentisch ergattern, auf dem sich Leckereien stapelten.

Noah umarmte ein Bein seines Vaters. »Tschüss, Daddy!«, sagte er und rannte los.

»Soll ich nicht mitkommen?«, rief Gabe ihm nach.

Noah drehte sich noch einmal um, damit sein Vater die Grimasse sehen konnte, die er schnitt. »Ich bin doch kein *Baby* mehr!«

»Er ist noch nicht mal fünf!«, murmelte Gabe. »Er wird noch eine ganze Weile lang mein Baby sein.«

Ich schubste ihn sanft an. »Deine Sandwiches müssen toll sein«, meinte ich. »Wenn sie das Beste an der Schule sind.«

»Thunfisch und Zuckermais. Keine Mayo. Er will jeden Tag dasselbe haben. Mein Sohn ist kein Freund von Veränderungen.«

Wir hielten zusammen den Atem an, als Noah nach einem Platz am Picknicktisch suchte. Als er sich gesetzt hatte und Jorvik den Teddybären links und rechts die Hand gab, seufzten wir beide erleichtert.

»Sieht so aus, als käme er gut zurecht!«, sagte ich. Ich war so stolz, als wäre Noah mein eigenes Kind.

»Rosie …« Gabe fuhr sich nervös mit einer Hand durchs Haar. »Ganz im Gegensatz zu Noah wünsche ich mir eine Veränderung. Ich habe viel nachgedacht, seit wir in Barnaby angekommen sind, und nach gestern … im Auto … Ich denke, nein, ich *weiß*, dass Noahs und mein Leben ein wenig Aufrüttelung gebrauchen könnte.«

Der kleine Vogel, der in meiner Brust gefangen war, fing panisch an zu flattern. Ich musste die Notbremse ziehen.

Was Gabe auch im Sinn hatte – ich hatte den Verdacht, dass es etwas damit zu tun haben würde, mich wieder zu küssen. Und obwohl ich das ebenfalls wollte, gerne auch *mehr* als das, konnte ich das nicht. Es war nicht fair.

»Geht es dir gut?«, fragte er und sah mich genauer an. »Du bist ganz blass geworden, siehst aber gleichzeitig so aus, als wäre dir heiß.«

Ich konnte nicht widerstehen. »Macht mich das zu einer heißen Braut? Wie Katy Perry?«, fragte ich und presste eine Hand gegen mein Dekolleté, als könnte ich so irgendwie meinen inneren Aufruhr beruhigen.

»Du bist heißer«, murmelte er und berührte meine Stirn mit seinem Handrücken.

»Ich muss dir etwas sagen«, sagte ich und holte tief Atem. »Über mein Frühstück!«

Das schien ihn zu amüsieren. »Schieß los.«

»Heute Morgen habe ich gemerkt, dass ich keinen Toast mehr hatte. Und keine Butter. Also habe ich einen Bagel getoastet und Erdnussbutter drauf getan. Ein heißer Bagel mit schmelzender Erdnussbutter. Das war fantastisch. Köstlich, verstehst du?«

Gabe gab sich offenbar große Mühe, nicht zu lachen. Seine Mundwinkel zuckten verräterisch. »Hört sich wunderbar an.«

»Das war's auch.« Ich holte wieder Atem. »Die meisten Leute würden denken: ›Hmmm, das war gut, nie wieder esse ich öden Toast mit Butter, von jetzt an werde ich bloß noch Bagels essen.‹ Ich nicht. Ich hab gedacht: ›Ich esse das besser nicht zu oft. Sonst werd ich abhängig davon, und dann verliert es seinen Zauber.‹«

»So viel Lebensangst wegen eines Bagels.«

»Es ist, als könnte ich es mir nicht gestatten, mich zu sehr an etwas zu gewöhnen«, sagte ich, »falls es letzten Endes schiefgeht. Und da kommst du ins Spiel.«

»Ich mag die Geschichte«, sagte er und lächelte. »Am Anfang war ich ein bisschen verwirrt, aber jetzt mag ich sie.«

»Du bist mein getoasteter Bagel mit Erdnussbutter. Etwas ganz Besonderes.«

Ich schaute Gabe an, und mein Mund wurde trocken. In seinen Augen tanzte ein Licht, sein Lächeln wurde mit jedem meiner Worte breiter.

Wieder holte ich tief Atem. Eine schleichende Angst kroch durch meinen ganzen Körper, lähmte sogar das Vögelchen. Gleich würde er aufhören zu lächeln.

»Aber es ist so«, sagte ich verzweifelt und legte meine Hände gegen seine Brust, als wollte ich ihn von mir schieben. »Ich habe Angst, dass, wenn ich dich an mich heranlasse und etwas schiefgeht, du aufhörst, etwas Besonderes zu sein. Wie der Bagel.«

Gabe kratzte sich am Kopf. »In einer Million Jahren hätte ich nicht erwartet, dass dieses Gespräch hierhin führt.«

»Es tut mir so leid!« Ich fühlte mich elend. »Aber ich musste dir das sagen.«

»Ähm.« Gabe schien unsere Unterhaltung im Kopf durchzugehen, um die Stelle wiederzufinden, an der ich ihn mit meinem bizarren Bagel-Gleichnis unterbrochen hatte.

»Okay«, sagte er schließlich, als wäre er zu einer Entscheidung gelangt. »Aber könnte es nicht *in Ordnung* sein, jeden Tag etwas Besonderes zu haben? Ich möchte sogar so weit gehen zu sagen, dass wir uns das schuldig sind!«

So wie er das sagte, klang es so einfach. Konnte es das sein? Vielleicht konnte ich etwas Besonderes in meinem Leben haben – jeden Tag!

Langsam schüttelte ich den Kopf. »Aber so ist das Leben nicht. Und ich kann das Risiko nicht eingehen.«

»Also willst du es nicht mal versuchen?«, fragte er traurig. »Ich glaube, du und ich, wir könnten ...«

Das Ende des Satzes bekam ich nicht zu hören – es krachte ohrenbetäubend, und am Teddybären-Picknicktisch schrien und quietschten die Kinder vor Schreck. Wir fuhren herum und sahen Noah im Gras liegen. Er war offenbar rücklinks von seinem Hocker gekippt und hatte versucht, sich am Tischtuch festzuhalten. Um ihn herum lagen Sandwiches und Erdnussflips verstreut, und der Inhalt einer Kanne Orangensaft ergoss sich ins Gras.

Die Schreie der Kinder verwandelten sich rasch in Gelächter, als Noah mit den Beinen strampelte und um Hilfe rief, während er gleichzeitig Flips aufsammelte und in seinen Mund steckte – was seine Rufe etwas dämpfte.

Gina rannte zu ihm, um ihn aufzuheben. Mum sah sich hektisch nach Gabe um.

»Eine Zirkusnummer nach der nächsten«, stöhnte Gabe und lief los, um Noah zu retten.

Ich sah zu, wie Gina und Gabe Noah abklopften und mithilfe des Tischtuchs Orangensaft aus seinen Haaren rubbelten.

Gina und Gabe.

Der Gedanke gefiel mir zwar gar nicht, aber ... er musste in Erwägung gezogen werden.

# Kapitel 20

Am Samstag hatten im Café Chaos und Gedränge geherrscht, aber am Montag war tote Hose. Nicht einmal
Stanley war zum Frühstück gekommen. Er hatte allerdings
einen Tisch für den Nachmittag reserviert – das hatte er
noch nie getan. Zur Mittagszeit war das Café wie ausgestorben, und Doreen und ich waren uns einig, dass sie genauso
gut heimgehen konnte. Lia verabschiedete sich, um mit
Mum und Arlo einkaufen zu gehen, und zwei Stunden
lang war ich allein. Ein Student bestellte eine heiße Schokolade, an der er die nächsten drei Stunden nippte, eine
Mutter schlief mit ihren Zwillingen in der Spielecke ein,
und zwei Frauen, die in einer Kosmetikfirma arbeiteten,
diskutierten Highlights für den Winter, bis der Grüntee in
ihren Tassen kalt geworden war.

Mum, Lia und Arlo kamen gegen halb zwei zurück. Wir
standen zusammen am großen Fenster des Cafés und
blickten auf die leere Straße, die am Dorfanger vorbeiführte.

Ich zuckte mit den Schultern. »Die Leute sind wahrscheinlich alle bei *Garden Warehouse*.«

Mum und Lia sahen sich an. Mum lachte unbehaglich.

»Was denn?« Ich schaute von einer zur anderen. »Hab
ich recht?«

Mum nickte. »Der Parkplatz ist so voll, dass die Leute an der Straße stehen.«

»Wirklich?« Ich musste zugeben, dass ich neugierig war. Und ein bisschen gelangweilt. »Ich glaube, das seh ich mir besser mal an. Lia, kann ich mir dein Auto leihen?«

»Was hast du vor?« Sie versteckte ihre Autoschlüssel hinter ihrem Rücken. »Du solltest dich lieber nicht auf einen Streit einlassen!«

»Gabe würde sagen: ›Man muss seine Feinde kennen.‹ Würde es dir was ausmachen, hier die Stellung zu halten, bis ich zurück bin?«

Sie gab mir ihren Schlüssel, rang mir das Versprechen ab, vorsichtig zu sein, und nahm mir meine Schürze ab. Kaum war ich aus dem Dorf heraus, steckte ich im Verkehr fest. Autofahrer versuchten, auf jeder noch so kleinen Fläche zu parken – ein einsamer Mann in einer gelben Warnweste versuchte zu verhindern, dass die Leute illegal parkten, hatte aber keine Chance.

Ich kroch vorwärts, bis ich Clementines Auffahrt erreicht hatte. Ihre Haustür flog auf, als ich auf ihrem Hof hielt, und Clementine stürzte auf mich zu und schüttelte ihre Faust. Ihr Gesicht war vor Zorn dunkelrot angelaufen.

»Oh, du bist es«, sagte sie, als sie neben meinem Fenster angelangt war. Sie runzelte die Stirn.

»Kann ich hier stehen bleiben?«, fragte ich und stieg aus. »Es gibt nirgendwo sonst noch Platz zu parken.«

»Was du nicht sagst«, knurrte sie und verschränkte die Arme vor dem Latz ihrer alten Arbeitshose. Freundlicher fügte sie hinzu: »Natürlich kannst *du* hier stehen.«

Ich blickte über das Automeer, das ihr Haus umschloss. »Gott, ist das schrecklich. Tut mir leid.«

»Ich hab mich schon beschwert«, sagte sie. »Die Erwei-
terung des Parkplatzes wird in einer Woche fertig sein,
pünktlich zur Eröffnung des ... äh«, sie hüstelte, »Cafés.
Sie nennen es übrigens das *Cabin Café*.«

Eine Woche. Mein Magen verkrampfte sich. Ich zwang
mich, tief durchzuatmen. »Wenigstens ist das Verkehrs-
chaos nicht von Dauer.«

Clementine sagte widerwillig: »Sie waren recht anstän-
dig deswegen. Haben mir fünfhundert Pfund wegen der
Unannehmlichkeiten gegeben – damit kann ich ein paar
Rechnungen zahlen – und noch mal hundert in Form eines
Gutscheins.«

»Das ist ja wohl das Mindeste«, sagte ich verstimmt.

»Um ehrlich zu sein, fühle ich mich gerade ziemlich
schlecht.« Sie zog ihre Ärmel über ihre knochigen Hand-
gelenke herunter.

»Warum das?«

»Ich bin hingegangen, um mich mal umzusehen, und
hab was von meinem Gutschein für Vogelfutter und ein
Geschenk für einen von Clarries Neffen ausgegeben. Ich
hab mich wirklich amüsiert. Seit Jahren hatte ich nicht
mehr so viel Geld, das ich einfach so ausgeben konnte.«

Mitgefühl stieg in mir auf, als ich mir vorstellte, wie das
Leben für sie und Clarence gewesen sein musste – sie waren so hoch verschuldet gewesen, und niemand hatte etwas
geahnt.

»Du musst deswegen keine Gewissensbisse haben. Es ist
ja nicht so, als könntest du den Gutschein im Dorf einlösen.«

»Hm.« Sie kaute auf ihrem Daumennagel herum. »Ich
weiß doch, wie wichtig es ist, die Dorfläden zu unterstüt-

zen. Ihr habt alle so viel für mich getan! Ich hätte bei Biddy und Lucas einkaufen sollen.«

Mir wurde mulmig zumute. Was, wenn auch die anderen Leute aus Barnaby und die Leute aus den umliegenden Dörfern mehr und mehr bei *Garden Warehouse* einkaufen würden? Wir würden sehr bald in Not geraten.

»Das Geschäft ist für uns alle heute nicht besonders gut gelaufen«, gab ich zu. »Aber so können wir uns nach dem großen Triumph am Samstag ein bisschen entspannen.«

»Was machst du überhaupt hier?«, fragte sie. »Willst du deinen kostenlosen Cappuccino abholen, wie all die anderen?«

Ich erstarrte. »Wie bitte?«

Clementine deutete zum Parkplatz hinüber. An der Einfahrt stand ein Schild. »›Unsere ersten fünfhundert Gäste erhalten einen Cappuccino gratis‹«, las ich laut. »*Fünfhundert!* So viele Cappuccini verkaufen wir in einer Woche nicht! Nicht mal in zwei!«

»Das Zeug schmeckt nicht mal besonders«, erklärte Clementine entrüstet. »Wie verbrannte Erde.«

Ich verengte die Augen. »Du hast einen getrunken?«

»Ich hab einen *vernichtet*«, korrigierte sie. Ihr Blick wanderte unruhig umher. Sie sah mich nicht an. »Sieh es mal so: einer weniger, den jemand anders geschenkt bekommen kann! Mach dir keine Gedanken. Irgendwann haben die keine mehr.«

Ich presste die Lippen aufeinander, zu verärgert, um etwas zu sagen.

Sie musterte mich, pflückte einen kleinen Zweig Minze von einem Busch am Rand der Einfahrt und drückte ihn mir in die Hand. »Beruhigt den inneren Tumult.«

»Fünfhundert Gratis-Cappuccini!«, stieß ich wütend hervor. »Und deren Café ist noch nicht mal offen! Wie machen die das?«

»Sie haben so ein Verkaufsmobil. Da gibt's auch Schinken-Sandwiches. Und Kekse. Die Kekse sind auch umsonst.« Sie sah meinen Blick und schluckte. »Ich habe keinen gegessen, das schwöre ich!«

»Ich muss mir das ansehen.« Ich ließ sie stehen und stapfte davon.

Es dauerte nicht lange, die Quelle der kostenlosen Cappuccini zu finden: Die lange Schlange war nicht zu übersehen. Ich marschierte durch die schwarz-gelbe Markthalle in den Hof hinaus, wo das Verkaufsmobil stand. Die Verkleidung aus Edelstahl glomm in der Sonne. Die Schlange reichte bis zum Blumenverkaufsstand. Ich schluckte gegen die bittere Enttäuschung an, als ich gleich mehrere Gesichter erkannte: den Postboten, ein paar der jungen Mütter, die beobachtet hatten, wie Gabe und ich uns am Freitag im Auto geküsst hatten, Kens Sohn Martin, der wahrscheinlich hier das Geld ausgab, das er am Samstag mit seinem Fondant verdient hatte …

*Verräter!* Ich lächelte dünn und ging einfach an der Schlange vorbei zum Tresen des Mobils. Hinter mir räusperten sich die Wartenden, und manche schnalzten sogar missbilligend mit der Zunge. Ich sagte laut: »Ich guck nur mal auf die Speisekarte!«

Die lang gezogene Klappe des Mobils stand weit offen. Im Inneren waren zwei Frauen und ein Mann damit beschäftigt, Getränke auszugeben, Bestellungen auszurufen, zu kassieren, die Leute auf die Zuckerpäckchen und Rührstäbchen hinzuweisen, die am Ende des einklappbaren Tresens bereitstanden, und sich gegenseitig im Weg zu stehen.

»Der Nächste bitte!«, brüllte der Mann. Sein Gesicht war rot, und über seiner Nasenwurzel stand eine steile Falte.

»Was ist das für ein Kuchen?«, fragte die dickliche Dame, die ganz vorne in der Schlange stand, und deutete auf etwas, das ich nicht sehen konnte. Unter dem Arm trug sie ein gelbes Hündchen, das eine auffällig akrobatische Zunge hatte: Es versuchte hingebungsvoll, den Zuckerguss des nächsten Cupcakes abzuschlecken.

»Blaubeerstreuselkuchen«, sagte der Mann und fuhr sich mit den Fingern einer Hand durch den Bart. »Unsere beliebteste Sorte.«

*Was für ein Zufall! Blaubeerstreusel ist auch unser Bestseller ...*

Da begriff ich, wo ich den Mann schon einmal gesehen hatte.

»Hey, Sie!«, stieß ich hervor und erkämpfte mir einen Platz neben der Dame mit dem Hündchen.

Mein Blogger. Zumindest hatte ich *geglaubt,* er wäre einer ... Der Mann war der gut angezogene Herr, der letzte Woche im Café gewesen war und Fragen über unsere Speisekarte gestellt hatte.

»Ja, bitte?« Zuerst sah er ob meiner rüden Unterbrechung erschrocken aus, aber dann erkannte er mich. Er zog beide Augenbrauen in die Höhe. »Oh, hallo.«

»*Glitschig wie ein Aal*«, hatte Juliet gesagt. Ich hätte auf sie hören sollen. Aber ich wäre nie auf den Gedanken gekommen, er könnte ein Industriespion sein! Ich stöhnte. Ich hatte ihn sogar eine Speisekarte mitnehmen lassen.

»He!« Ein Mann mit zurückgegelten Haaren und einer

E-Zigarette im Mundwinkel tippte mir auf die Schulter. »Wir stehen hier alle an, Schätzchen.«

Ich lächelte ihn zuckersüß an. »Ich bestelle nichts.«

Der Mann im Verkaufsmobil trug ein Namensschild an seiner schwarz-gelben Uniform: »Jamie Dawson, Gastronomieleiter«. Fantastisch.

»Sie sind kein Blogger.« Ich starrte ihn aus verengten Augen an.

Er blinzelte mich unschuldig an. »Ich habe nie behauptet, ich wäre einer.«

*Stimmt,* dachte ich verärgert. Ich war einfach davon ausgegangen. Und hatte ihm so viele Informationen über das Café frei Haus geliefert, wie er nur in sein Notizbuch kritzeln konnte.

»Was macht der Blaubeerstreuselkuchen?«, fragte die Dame mit dem Hündchen.

»Ein Pfund«, sagte Jamie. »Aber ich fürchte, Sie müssen auch den Cupcake zahlen: Ihr Hund hat ihn gerade abgeleckt.«

*Mist! Unser Kuchen kostet doppelt so viel!*

»Princess!« Die Dame warf ihrem Hündchen einen strafenden Blick zu. »Ich möchte nur den Gratis-Cappuccino, vielen Dank.«

»Im *Lemon Tree Café* bekommen Sie denselben Kuchen in der doppelten Größe. Und er ist hausgemacht!«, wisperte ich der Frau zu, wobei ich allerdings den Preis unterschlug. »Und für Princess haben wir auch eine Schale Wasser!«

Die Dame strahlte begeistert, nahm ihren Cappuccino und ging.

»Himmelherrgott!«, murmelte Jamie und warf den abgeschleckten Cupcake in den Müll.

»Sie haben gesagt, Sie haben durch Mundpropaganda von uns erfahren!?« Ich verschränkte die Arme.

»Und genau so war es. Jetzt gehen Sie bitte zur Seite, Sie halten die Schlange auf. *Der Nächste!*«

Ich rührte mich nicht. »O ja? Wer hat Sie denn auf uns aufmerksam gemacht?«

Jamie verdrehte die Augen und schaute über meine Schulter. »Der da!«

Ich fuhr herum. Sämtliche Luft entwich aus meiner Lunge, als hätte mir jemand einen Faustschlag in die Magengrube versetzt.

Da waren Gabe und Gina. Er schob einen Einkaufswagen, sie hielt eine Pflanzenschale in die Höhe, um sie sich genau ansehen zu können.

*Das hat ja nicht lange gedauert,* dachte ich bitter. Erst am Samstag auf dem Frühjahrsmarkt hatte ich Gina Gabes Nummer gegeben – und hier waren sie nun. Zusammen. Und sahen aus wie ein Pärchen.

Ein Schluchzer steckte in meiner Kehle fest. Ich fühlte mich auf jede erdenkliche Art im Stich gelassen. Verraten und verkauft.

»Gabe?«, fragte ich heiser und zeigte auf ihn. »Der Mann mit den Locken?«

»Japp, der war's«, sagte Jamie.

Der Mann mit der E-Zigarette wählte diesen Moment, um mich aus dem Weg zu drängen, und ehe ich mich's versah, marschierte ich auf Gabe und Gina zu.

Ich tippte Gabe auf die Schulter und schluckte gegen die Tränen an. »Danke vielmals«, sagte ich mühsam. »Du Judas!«

»Rosie?« Er warf Gina einen Blick zu. »Was ist los?«

»Oh, hi, Rosie!« Gina lächelte und trat einen Schritt näher, um mich zu umarmen.

Gina war schon in der Schule immer aufgefallen. In dieser Hinsicht hatte sie sich kaum verändert: Sie hatte sich ein orangefarbenes Tuch um den Kopf gewunden, unter dem ihre grellrosa Haare hervorschauten, trug eine orange Latzhose und eine gestreifte, folkloristische Jacke. Sie sah aus wie ein Paradiesvogel.

»Hi«, stieß ich mühsam hervor.

»Was geht, Kollegin?«, fragte Gina und schlang einen Arm um meine Schultern.

Den ganzen Tag über war ich davon ausgegangen, dass wir wenig Gäste hatten, weil sich die Leute nach dem Frühjahrsmarkt ausruhten. Aber das war ein Irrtum gewesen. *Garden Warehouse* hatte uns unsere Gäste gestohlen, und das gleich an ihrem ersten Tag. Alle waren hier. Alle tranken Gratis-Cappuccini, während wir uns die Beine in den Bauch standen und nicht vorhandene Krümel von unseren Tischen wischten …

Und Gabe, der mir am Freitag erst den Kuss meines Lebens gegeben hatte – *vor drei Tagen!* –, war mit Gina einkaufen, als wollten die beiden für die Spielshow *Mr. & Mrs.* kandidieren. Und das, nachdem er dem Feind geholfen hatte, uns auszuspionieren!

Ich schaute von Gabe zu Gina und dann zurück zu Jamie Dawson, der aus seinem Edelstahlmobil heraus Gratisgetränke verteilte. Die zurückgehaltenen Tränen brannten mir in den Augen, meine Kehle schmerzte.

»Was hast du?«, fragte Gabe sanft. Er legte mir eine Hand auf den Arm.

Ich machte einen Satz zurück, als hätte ich mich verbrannt. »Fass mich nicht an! Ich muss los. Lia braucht ihr Auto wieder.«

»Rosie?« Gabe sank ein wenig in sich zusammen. »Können wir darüber reden?«

»Nicht jetzt.«

Ich drehte mich um und floh.

Ich hörte ihn fluchen. Gina rief meinen Namen. Aber ich lief einfach weiter auf den Ausgang zu. Mir war schwindelig und übel. Es war gut möglich, dass heute der schlimmste Tag meines Lebens war. Abgesehen von ... Aber ich wehrte jeden Gedanken an Callum ab. Ich würde nicht zulassen, dass er sich hereindrängte. Nicht heute.

Ich rannte über den Parkplatz, die Straße hinunter und Clementines Auffahrt hinauf. Bevor ich das Auto aufschließen konnte, bekam ich eine SMS von Lia:

Wo bleibst du? Wir warten auf dich.

Als ich das Café betrat, hatte sich eine kleine Versammlung um Stanleys üblichen Tisch gebildet. Doreen war zurück, Juliet war gekommen, Lia fütterte Arlo, der in einem Hochstuhl saß, und Mum und Dad stellten Champagnergläser und einen Eiskübel auf ein Tablett. Stanley saß in seinem Sessel, und Nonna rutschte auf dem Stuhl ihm gegenüber herum.

»Ah!« Stanley strahlte, als er mich erblickte. »Großartig! Wir sind vollzählig.«

Juliet verengte die Augen, als ich mich zwischen sie und Doreen stellte. »Du siehst ja ma beschissen aus.«

»Danke«, murmelte ich. »Was ist hier los? Ich hab wirklich keine Lust auf eine Feier.«

»Was iste alle das hier, Stanley, *eh?*«, rief Nonna. »Haste du sechse Richtige?«

»Geduld, meine Liebe, Geduld!« Er gluckste.

Nonna nahm Stanley seine Brille von der Nase und putzte sie energisch mit einer Serviette. Sie spähte durch die Gläser und fragte tadelnd: »Mitte was machste du die sauber? Oliveöl?«

Stanley setzte die Brille wieder auf und holte tief Atem. »Jetzt bist du sogar noch schöner.«

Sie schüttelte den Kopf, klimperte aber gleichzeitig geschmeichelt mit den Wimpern.

»Also«, sagte Stanley. »Alec, würdest du den Champagner köpfen? Meine Finger sind nicht mehr so geschickt, wie sie's mal waren.«

Dad machte sich pflichtschuldig an seine Aufgabe.

Ich fragte Mum im Flüsterton: »Was ist denn los?«

Sie zuckte mit den Schultern. »Stanley ist heute Morgen bei mir aufgetaucht und hat mich gebeten, diese kleine Zusammenkunft zu arrangieren. Mehr weiß ich auch nicht.«

Stanley räusperte sich und ergriff Nonnas Hand. »In der letzten Zeit sind wir uns nah gekommen, Maria. Und mir ist klar geworden, dass die schönsten Momente meines Tages die sind, die ich mit dir verbringe. Von diesen Momenten hätte ich gerne mehr.«

»Fuhle ich mich genauso«, sagte Nonna. »Aber«, und sie senkte ihre Stimme, »musse wir das bespreche mitte meine ganze *famiglia?*«

»Es ist mir eine Ehre, dich meine Herzensdame zu nennen«, fuhr Stanley unbeirrt fort.

»Gebongte.« Sie lächelte befangen. »Nenne ich dich meine Herzemann.«

Dad stellte die Champagnerflasche auf den Tisch. »Der Korken ist präpariert«, sagte er. »Bereit zu knallen.«

»In Ordnung«, sagte Stanley mit einem seltsamen Schwanken in der Stimme.

Er ließ Nonnas Hand los, hielt sich an der Tischkante fest und rutschte in seinem Sessel nach vorn, bis seine Knie Nonnas berührten. Und dann, überraschend flink für einen Mann seines Alters, zog er ein kleines, blausamtenes Kästchen aus seiner Brusttasche und sank vor Nonna auf ein Knie.

»Maria Carloni.« Er öffnete das Kästchen mit Bedacht: Darin ruhte ein Diamantring. Nonnas Augen wurden riesig. Stanley fragte: »Willst du mich heiraten?«

Mum und Lia keuchten. Wir sahen alle Nonna an.

Dad nahm die Champagnerflasche wieder vom Tisch und wartete auf sein Stichwort. Mum hatte eine Faust vor ihre Brust gepresst, in ihren Augen standen Tränen. Lia vergaß, Arlo den nächsten Löffel in den Mund zu schieben. Juliet und Doreen lehnten sich gegeneinander.

Nonna wurde blass.

»Maria?«, fragte Stanley.

»Warum?«, fragte sie rau. »Habbe ich schon gesagte, dass du kannste ubernachte.«

Juliet schnaubte.

Stanley blinzelte sie an, sah in die Runde und sagte dann leise zu Nonna: »Ich respektiere dich zu sehr, meine Liebste. Ich möchte warten, bis wir verheiratet sind.«

»*Santo cielo*«, murmelte sie. »*No, no, no!*«

»O je.« Stanleys Kinn sank auf seine Brust hinunter. Er stemmte sich in die Höhe, und Dad half ihm zurück in seinen Sessel.

Nonna rieb sich die Augen.

»Stanley«, sagte sie und schaute auf ihre Hände hinunter, »tute mir sehr leid, aber kann ich dich nichte heirate.«

Dad trat vom Tisch zurück und stellte die Champagnerflasche unauffällig zur Seite. Doreen und Juliet waren vor Schreck ganz still.

Der arme Stanley. Sein Gesicht war dunkelrot, und er sah aus, als könnte er jeden Moment anfangen zu weinen.

»Ich habe dich bedrängt.« Er steckte das Schmuckkästchen eilig wieder ein. »Das war dumm von mir. Unverzeihlich. Mich in meinem Alter zu so etwas hinreißen zu lassen ...«

»*Aspetta!* Warte.« Nonna hob eine Hand. »Kann ich dich nichte heirate, weil ...«, sie drehte sich zu Mum um, und eine einzelne Träne rann ihre runzelige Wange hinab, »glaube ich, dass ich noch bin verheiratet.«

»Großer Gott!« Stanley zuckte gegen die Lehne seines Sessels zurück.

»Was ... Was soll das heißen?«, fragte Mum. »Mamma?«

Sie sah so hilflos aus, dass ich mich einschaltete. »Nonna«, sagte ich so ruhig wie möglich, »ist Lorenzo noch am Leben?«

»*No*«, sagte sie. »Lorenzo iste tot.« Sie verbarg das Gesicht hinter den Händen. »Nur iste Lorenzo nicht meine Ehemann.«

»O mein Gott«, flüsterte Mum. »O mein Gott ...« Sie war ganz weiß im Gesicht. Dad bahnte sich eilig einen Weg um den Tisch herum und nahm sie in die Arme.

Nonna holte tief Luft. »Bin ich nichte Maria Carloni«, sagte sie. Sie formte die Worte mit Sorgfalt. »Bin ich auch nichte aus Neapel. Meine Name iste Signora Maria Benedetto ... Aus Sorrent. Bin ich verheiratet mit Marco.«

Lia nahm Arlo aus seinem Hochstuhl und drückte ihn an sich. »Würde mir bitte irgendwer erklären, was hier los ist?«

Stanley erhob sich schwerfällig. »Die Feier ist vorbei«, sagte er heiser. »Ich verabschiede mich.«

Doreen sagte rasch: »Wir gehen auch!« Sie zerrte Juliet hinter sich her zur Tür. »Kommen Sie, Stanley, wir bringen Sie nach Hause.«

Die beiden Frauen nahmen Stanley in die Mitte und hakten sich bei ihm unter. Mit einem Mal sah er aus wie ein alter Mann. Sie führten ihn aus dem Café und über den Dorfanger davon. Im Café zurück blieb nur noch unsere Familie.

Aber wer waren wir eigentlich?

»Liebe ich Stanley wirkelich«, flüsterte Nonna. »Habbe ich su lange gewartet. Warte ich immer su lange.«

Mein Handy piepste. Gabe hatte mir geschrieben.

Rosie, geht es dir gut? Ich mache mir Sorgen um dich. Sind wir noch Freunde?

Für einen Augenblick schloss ich die Augen und versuchte, seine Präsenz heraufzubeschwören, sein angedeutetes Lächeln und seinen wunderbaren maskulinen Geruch. Ich hätte alles dafür gegeben, jetzt von ihm in die Arme genommen und auf die Stirn geküsst zu werden. Gesagt zu bekommen: »Was immer auch passiert, ich bin an deiner Seite.«

Das hätte ich haben können, aber wie für Nonna war es für mich zu spät. Ich hatte zu lange gewartet.

Aber war ich deshalb jetzt zur Tatenlosigkeit verdammt?

»Nonna, wir können das in Ordnung bringen!«, sagte ich eindringlich. »Wir können herausfinden, ob Marco noch am Leben ist. Das muss nicht das Ende für Stanley und dich bedeuten!«

»Wirkelich?« Nonnas dunkle Augen bohrten sich in meine. »Du willste mir helfe?«

Ich nickte heftig. Dann schaute ich auf mein Handy hinunter, und Hoffnung keimte in mir auf. Vielleicht musste es auch für Gabe und mich noch nicht zu Ende sein ...

# DRITTER TEIL

## Tee und Trost

# Kapitel 21

Als ich die Haustür öffnete, wirbelte ein Windstoß zartrosa Kirschblüten wie Konfetti über meinen Kopf hinweg. Sie sanken im Inneren meines Cottages zu Boden. Mein armer Kirschbaum: Nach dem Sturm letzte Nacht sah er aus wie ein Skelett. Ich trat über die Schwelle und ließ meinen Blick in die Ferne wandern. An einem klaren Tag konnte ich von meinem steilen Hügel bis zu den Derbyshire Dales sehen – die Schönheit der zerklüfteten Berggipfel, der weitläufigen grünen Täler und der sprudelnden Bäche raubte mir dann jedes Mal schier den Atem. Aber heute war es zu diesig. Düstere Wolken hingen unheilverkündend am Himmel.

Ich machte mich fröstelnd auf den Weg die Gasse hinunter. Gestern, als *Garden Warehouse* eröffnet hatte, war es wärmer gewesen. Und der Samstag davor, der Tag des Frühjahrsmarktes, war erfüllt gewesen von Sonnenschein, Blumen, Kuchen und – zumindest für Nonna und Stanley – Küssen. Die Bewohner Barnabys waren als glückliche Gemeinschaft zusammengekommen, um all das zu feiern, was an unserem Dorf gut war.

Heute war von der Sonne nichts zu sehen. Stattdessen ging beinahe stündlich ein Regenguss über den Hügeln nieder. Auf Dales FM, dem örtlichen Radiosender, wechselten sich Hochwasserwarnungen und Neuigkeiten über Straßensperrungen ab. Das Wetter war jedoch das geringste meiner Probleme.

Seltsam, wie das Leben so voller Sorgen und Kümmernisse zu sein schien – und dann, plötzlich, unerwartet, passierte etwas, und man merkte, dass man vorher gar keine Probleme gehabt hatte.

Uns waren Nonnas Enthüllungen passiert.

Alles andere musste warten. Denn bis meine Familie der Sache auf den Grund gegangen war, hatte keiner von uns die geistigen Kapazitäten, sich mit etwas anderem zu beschäftigen.

Gestern, nach Ladenschluss, hatte Nonna uns ein bisschen mehr erzählt: Sie war in der Stadt Sorrent, an der malerischen Amalfiküste geboren worden. Dort hatte sie gelebt, bis sie 1964 ihrem Ehemann, Marco Benedetto, davongelaufen war. Sie hatte nichts mitgenommen als ihr Baby und einen kleinen Koffer, und sie hatte jedem – uns eingeschlossen – gesagt, dass sie die Witwe Lorenzo Carlonis aus Neapel war.

Nachdem sie so weit gekommen war, war sie in derart herzzerreißendes Schluchzen ausgebrochen, dass Mum darauf bestanden hatte, es erst einmal gut sein zu lassen. Sie hatte Nonna heimgefahren und sich zu ihr ans Bett gesetzt, bis sie eingeschlafen war.

Währenddessen hatte Dad mich angerufen, weil er sich Sorgen um Mum machte. Sie war aschfahl gewesen, während sie Nonna gelauscht hatte. »Sie hat ihr ganzes Leben lang geglaubt, sie wäre Lorenzos Tochter ... Von diesem Marco-Typen hat sie noch nie ein Wort gehört! Und dem

eigenen Mann davonzulaufen, aus der Heimat zu fliehen ...
Deine Mutter weiß nicht, was sie denken soll.«

Lia war von der ganzen Geschichte am wenigsten mitgenommen. »Das ist alles schon sehr lange her«, hatte sie
philosophisch zu mir gesagt. »Mum ist immer noch Mum.
Dass ein anderer Mann ihr Vater ist, ändert doch nichts
daran. Ist das überhaupt wichtig?«

»Ja, ist es, wenn es bedeutet, dass Arlo einen Urgroßvater haben könnte«, hatte ich erwidert. »Und Mum würde ihren Vater vielleicht gern kennenlernen.«

Im Stillen dachte ich, dass wir keine Ahnung hatten,
was sich verändern würde. Das wüssten wir erst, wenn wir
den Grund für Nonnas Lügen erfuhren.

Heute Morgen sollte es so weit sein: Wir hielten einen
Familienrat ab. Ed konnte Lia nicht begleiten – die Spedi-
tion seines Vaters zog um, und er wurde gebraucht –, aber
Dad brachte sie, Mum und Nonna ins Café. Die Morgen-
schicht übernahmen Doreen und Juliet.

Als ich um die Ecke bog und am Friedhof vorbeikam,
sah ich, dass Clementine und Tyson damit beschäftigt waren, die Kletterrosen zurückzuschneiden. Ich hob grüßend
eine Hand.

»Nachher kommen wir noch im Café vorbei!«, rief Clementine und winkte mir mit ihrer Gartenschere. Sie trug
schlammverkrustete, alte Stiefel, eine Latzhose, die schon
bessere Tage gesehen hatte, und einen breitkrempigen
Wachshut. Obwohl ihr Gesicht hinter der Krempe beinahe
verschwand, war ihr Lächeln unverkennbar.

Unentschlossen blieb ich an dem eisernen Zaun stehen,
der den Friedhof umgab. Ich war nicht in Stimmung für
Small Talk.

»Da halten wir dann unsere erste Vorstandssitzung ab!«
Tysons Gesicht erschien zwischen den dornigen Zweigen.
Er sah ausgesprochen stolz aus.

Clementine verdrehte gutmütig die Augen. »Um Cappuccini zu trinken, wollte ich sagen.« Sie sah sich verstohlen zwischen den Grabsteinen um. »Um gestern wiedergutzumachen.«

»Nicht nötig«, sagte ich abwesend.

Sie hob fragend die Augenbrauen.

Ich senkte den Blick und machte mich mit der Spitze meines Schuhs an einem Moosflecken zu schaffen. Kaum zu glauben, dass noch nicht einmal vierundzwanzig Stunden vergangen waren, seit ich auf ihrer Auffahrt geparkt hatte. Wie wütend ich darüber gewesen war, dass *Garden Warehouse* sich nicht um ihre Privatsphäre scherte und dass der Gastronomieleiter betrügerische Taktiken einsetzte!

»Es ist *unbedingt* nötig«, sagte Clementine bestimmt und rieb sich mit einem behandschuhten Finger die spitze Nase. »Ich hab bisher noch nicht mal allen für ihre Hilfe am Samstag danken können. Wusstest du, dass der Verkauf der Setzlinge mehr als zweitausend Pfund gebracht hat? Stella Derry ist heute Morgen bei Einbruch der Dämmerung vorbeigekommen und hat mir eine große Dose überreicht, vollgestopft mit Bargeld!«

»Oh.« Ich trat von einem Fuß auf den anderen. Ich wollte weiter, ehe sie dazu kam, eine Frage zu stellen, auf die ich die Antwort nicht wusste. *Wie geht's deiner Nonna?*, zum Beispiel.

Oder müsste die Frage viel richtiger lauten: Wer *ist deine Nonna?*

»Schön.«

»*Schön?*«, wiederholten Tyson und Clementine im Chor.

»Das ist affengeil!«, korrigierte mich Tyson. »Wir kaufen eine von diesen benzinbetriebenen Heckenscheren, hab ich recht, Geschäftspartnerin?«

»*Clementine!* Und: Ja, das werden wir.«

»Das ist ja großartig«, sagte ich schwach und setzte ein gezwungenes Lächeln auf. Wie waren wir bloß auf den Gedanken gekommen, unsere schmutzige Wäsche ausgerechnet im Café zu waschen? Wahrscheinlich würden die ganze Zeit Gäste ein und aus gehen. »Bis später dann!«

Ich ging rasch weiter: über den Dorfanger, die Hauptstraße hinunter, an der Schule vorbei. Wenn meine Eile groß genug schien, so hoffte ich, würde mich niemand mehr ansprechen.

Fünf Minuten später stand ich vor einem einstöckigen Häuschen am Rande des Dorfes und stampfte mit den Füßen, um sie warm zu halten.

Ich warf einen Blick auf das Stück Papier, das Nonna mir mitgegeben hatte. Eigentlich hätte ich darauf verzichten können, die Adresse zu überprüfen. Zwar ähnelten alle Häuser in der Sackgasse einander, aber es bestand dennoch kein Zweifel daran, welches Stanleys war. Der ordentliche kleine Vorgarten mit dem frisch gemähten Rasenquadrat konnte niemand anderem gehören. In einem Beet standen Tulpen in Reih und Glied, und der Briefkasten war eine Replik im typischen Rot der Royal Mail.

Ich hauchte meine steif gefrorenen Finger an und hämmerte wieder gegen die Tür. Ich hatte schon mehrmals geklopft und geläutet, aber Stanley hatte nicht geöffnet. *Vielleicht ist es das Beste, ich lass ihn in Ruhe,* dachte ich und wollte meine Mission gerade aufgeben, da hörte ich ein schwaches scharrendes Geräusch aus dem Flur.

Ich beugte mich zum Briefschlitz hinunter, drückte ihn auf und wurde mit dem Anblick eines braunen Fußabstreifers belohnt.

»Stanley? Bitte mach die Tür auf! Ich bin's, Rosie.«

Schnell wie ein Blitz tauchte ein kleines, weiß befelltes Gesicht mit leuchtenden schwarzen Augen im Rahmen des Briefschlitzes auf. Ich schrie erschrocken auf, taumelte zurück und fiel rücklings zu Boden.

»Crystal! Böses Mädchen!« Stanley riss die Tür auf, den Pudel unter einem Arm. »Ich muss mich entschuldigen, mein Nachbar hat sie überhaupt nicht erzogen. Ist dir etwas passiert?«

Er half mir auf die Beine, was nicht gerade einfach war, weil Crystal gleichzeitig versuchte, sich ihm zu entwinden.

»Mir geht's gut«, versicherte ich und kraulte Crystal hinter den Ohren. Ich musterte Stanley. »Und dir?«

Auf jeden Fall sah er nicht so adrett aus wie sonst. Seine Haut hatte einen gelblichen Stich, als hätte er in der letzten Nacht nicht viel Schlaf bekommen. Am Hinterkopf standen ihm die Haare zu Berge, in seinem Bart hatten sich Krümel verfangen, und seine Strickjacke war schief zugeknöpft. Im Kragen seines Hemdes steckte eine Serviette.

Stanley seufzte. »Das wird schon werden. Und wie … wie geht es Maria?« Rote Flecken breiteten sich von seinem Hals über sein Gesicht bis hin zu der kahlen Stelle auf seinem Kopf aus.

Ich lächelte ihn traurig an. »Einerseits ist sie erleichtert, dass die Wahrheit ans Licht kommt, aber andererseits fürchtet sie, alle vor den Kopf gestoßen zu haben, die sie liebt. Ich habe ihr gesagt, dass sie sich deswegen keine Sorgen machen muss.« Ich sah ihm direkt in die Augen. »Wir lieben sie, was sie uns auch zu sagen hat. Das stimmt doch, oder?«

Die Frage hing zwischen uns in der Luft. Ich legte meine Hand auf seine und war froh, dass er sie mir nicht entzog. Er hielt immer noch Crystal fest, sie hechelte mir ins Gesicht und stellte ihre Vorderpfoten auf meinen Arm, sodass wir eine Art Dreieck bildeten.

Als Stanley sprach, klang es, als hätte er sich seine Worte gut überlegt. »Ich habe in meinem Leben nur um die Hand von zwei Frauen angehalten. Ich würde also nicht behaupten, dass ich viel Erfahrung auf dem Gebiet habe. Trotzdem kommt es mir so vor, als wäre mein zweiter Versuch der kläglichste aller Zeiten gewesen. Herauszufinden, dass die Frau, der man den Hof gemacht hat, bereits verheiratet ist … Und weil ich das Bedürfnis hatte, meine Absichten ihr gegenüber öffentlich kundzutun, habe ich auch noch deiner Familie Schaden zugefügt.«

»Du hast keine Schuld an dem, was gestern passiert ist«, sagte ich traurig. »Gar keine.«

Es war offensichtlich, dass Stanley anderer Ansicht war. Eine eisige Windböe fuhr zwischen uns, trieb mir das Wasser in die Augen und ließ Crystals Ohren flattern.

»Komm rein«, murmelte Stanley.

Ich folgte ihm und schloss die Tür hinter uns.

Der kleine rechteckige Flur hatte einen abgenutzten Holzfußboden und cremefarben gestrichene Wände. Auf einer Seite hingen Jacken an Haken, darunter standen gepflegte Halbschuhe in Reih und Glied in einem Schuhregal. Nur an dem Paar Wanderschuhe klebte ein klein wenig getrockneter Schlamm. Auf einem Tischchen hatte ein avocadogrünes Telefon mit verdrehter Schnur seinen Platz, eine Messingvase mit zerfledderten Seidenblumen und ein Foto von einem ernsten Paar in den frühen Vierzigern mit zwei dunkelhaarigen, sommersprossigen Kindern. *Stanleys Tochter mit ihrer Familie,* vermutete ich. Die Luft in dem kleinen Haus roch staubig und abgestanden. Stanleys Einsamkeit war beinahe mit den Händen greifbar.

Crystal kam zu mir herübergetrottet und setzte sich auf meine Füße. Stanley faltete die Hände vor seinem Bauch und wartete. Er wirkte so steif, dass ich ihn kaum wiedererkannte.

»Nonna ist immer noch dieselbe Frau«, sagte ich leise. »Und du bedeutest ihr sehr viel.«

Er neigte den Kopf und fixierte einen Punkt irgendwo über mir. »Eine Antwort in meinem Kreuzworträtsel heute Morgen war ›übers Ohr gehauen‹.«

»Oh, Stanley …«

Er blinzelte und strich mit einer Hand über die Knopfleiste seiner Strickjacke. »Und genau so fühle ich mich. Übers Ohr gehauen. Sie hat mich in dem Glauben gelassen, dass sie frei ist.«

»Und das ist sie«, sagte ich. »Sie ist frei. Das ist beinahe sicher.«

Gestern Abend hatte Ed Arlo gebadet und ins Bett gebracht, während Lia und ich mit ihrem Laptop auf dem Sofa gesessen und das Internet durchforstet hatten. Natürlich konnten wir nicht hundertprozentig sicher sein, aber wir hatten einen Mann gefunden, der Marco Benedetto hieß und 1939 geboren worden war. Er war 1997 gestorben und lag auf einem Friedhof in Sorrent begraben.

Stanleys Augenbrauen zuckten. »Maria schien sich dessen gestern Abend nicht so sicher zu sein.«

»Das weiß ich wohl«, sagte ich. »Heute werden wir allen Fragen auf den Grund gehen. Gleich jetzt. Sie möchte gern, dass du dabei bist. Ob es dir gefällt oder nicht, du bist jetzt Teil unserer Familie.«

Ich lächelte und hoffte, dass er zurücklächeln würde. Stattdessen senkte er den Blick auf seine Hausschuhe.

Genau genommen hatte Nonna mich nur gebeten, bei Stanley vorbeizuschauen, aber ich war sicher, dass sie froh wäre, wenn er zu unserem Familienrat käme. Außerdem wollte ich ihn einbeziehen. Nonna hatte uns. Obwohl Mum ihr gegenüber im Augenblick etwas zurückhaltend war (verständlicherweise), unterstützte sich die ganze Familie gegenseitig. Aber Stanley war ganz allein, und ihn ging die Wahrheit genauso viel an wie uns.

Crystal gähnte, tappte zu Stanley hinüber und lehnte sich an seine Schienbeine.

»Du könntest Crystal mitbringen«, schlug ich vor.

»Lieber nicht.« Stanley nahm den Pudel auf den Arm. »Ich möchte dem Café heute fernbleiben. Du musst verstehen … Ich habe gedacht, ich könnte einen Neuanfang wagen. Altwerden ist kein Spaß. Die Hälfte deiner Freunde ist tot, die andere plemplem. Aber nicht Maria: In ihr brennt ein Feuer, mit ihr habe ich mich wieder jung gefühlt. Jetzt ist mir klar geworden, dass ich sie gar nicht gekannt habe. Hat sie mir überhaupt je die Wahrheit gesagt?«

»Bis jetzt weiß ich genauso viel wie du. Aber ich kenne meine Großmutter, und sie ist ein guter Mensch. Wenn sie geglaubt hat, dass sie ihre Familie belügen muss, dann hat sie das aus einem wichtigen Grund getan!«

»Wenn man Geheimnisse schwären lässt«, er schüttelte den Kopf, »können sie einem bloß Kummer bringen.«

Seine Worte versetzten mir einen Stich. *Das weiß ich, glaub mir. Besser als jeder andere.* Ich zuckte hilflos mit den Schultern. Hoffentlich sah er nicht, dass mir die Tränen in die Augen gestiegen waren. »Was soll ich ihr sagen?«

Ich hielt den Atem an, während er sich mit den Fingern durch den Bart fuhr.

»Sag ihr ...« Der Ausdruck seiner Augen wurde sanfter. »Sag ihr, dass ich ihr nichts nachtrage. Das Leben ist zu kurz dafür.« Er lachte leise. »Seit Langem bin ich nicht mehr so glücklich gewesen wie in den letzten paar Wochen. Dafür werde ich immer dankbar sein. Und wenn sie reinen Tisch gemacht und immer noch Interesse an meiner Gesellschaft hat ... Nun, dann soll sie sich bei mir melden. Ich verspreche auch, ihr nie wieder einen Antrag zu machen.«

Mehr konnte ich unter diesen Umständen nicht erwarten. Ich machte einen Schritt auf ihn zu, um ihn zu umarmen, und erwartete beinahe, dass er zurückfahren und mich rauswerfen würde. Stattdessen lehnte er sich gegen mich, tätschelte meinen Rücken und seufzte zittrig, ehe er mich wieder losließ und tapfer lächelte.

Nonna hatte lange gezögert, einen Mann in ihr Leben zu lassen, und jetzt verstand ich, wieso. Aber nach mehr als fünfzig Jahren Einsamkeit war es Stanley, dem sie ihr Herz geöffnet hatte. Das musste etwas bedeuten! Ihre zarte Liebe war es wert, gerettet zu werden.

Und genau das hatte ich vor.

# Kapitel 22

Als ich endlich beim Café angelangt war, hatte es angefangen, heftig zu regnen. Bevor ich mich durch die Tür ducken konnte, hörte ich eine Frau meinen Namen rufen: Es war Gina. Der kleine Vogel in meiner Brust regte sich, als ich mich an unsere letzte Begegnung erinnerte – bei *Garden Warehouse,* Gina an der Seite von Gabe.

In vollem Tagesmuttermodus kam sie aus *Ken's Mini Mart:* Sie schob einen Geschwisterkinderwagen, in dem ein schlummerndes Baby und ein kleines Mädchen unter einem durchsichtigen Regendach saßen. Links und rechts am Wagen hielten sich zwei stämmige Jungen fest. Die Kinder und Gina trugen Gummistiefel und riesige Regenjacken. Gina steuerte ihr kleines Grüppchen auf mich zu. Die beiden Jungen sprangen unterwegs in jede Pfütze, weshalb ich vorsichtshalber einen Schritt zurücktrat. Dabei zwang ich mich zu einem Lächeln.

Gina rief fröhlich unter ihrer leuchtend gelben Kapuze hervor: »Was für eine Katastrophe: Ken hat kein trockenes Brot mehr!«

»Nak, nak!«, machte das kleine Mädchen, das mit dem Baby im Kinderwagen saß. »Nak, nak, nak!«

Die Jungen fielen mit ein und schrien immer lauter.

Gina warf mir einen derart hilflosen Blick zu, dass ich lachen musste. Sie lachte mit.

»Lass mich raten … Ihr seid auf dem Weg, die Enten zu füttern.«

»So ist es.« Sie fuhr sich mit einer Hand über das regennasse Gesicht.

»Und mit den Stiefeln patschen wir in jede Pfütze!«, fügte einer der Jungen begeistert hinzu.

»Schöner Tag für einen Ausflug«, sagte ich und sah vielsagend zum dunkelgrauen Himmel empor.

Gina verdrehte die Augen. »Kannst du dir vorstellen, wie es ist, den ganzen Tag mit der Truppe drinnen eingesperrt zu sein? Ob du's glaubst oder nicht, der Regen beruhigt sie.«

Mir fiel das sanfte Plätschern der Wellen gegen den Rumpf von Gabes Hausboot ein, der ferne Ruf der Eule, der Sternenhimmel über uns … *Das* war beruhigend gewesen. Bis Noah angerannt gekommen war und nach unserer vollen Aufmerksamkeit verlangt hatte. Ein heftiges Gefühl der Zuneigung zu den beiden stieg in mir auf, und ich lächelte auf Ginas Schützlinge hinunter.

»Das glaub ich gern«, sagte ich. Dann fiel mir etwas ein. »Ich hab eine Lösung für dein Problem! Kommt rein, dann geb ich dir Brot von gestern mit.«

»Hiermit?« Sie zeigte auf den ausladenden Geschwisterkinderwagen. »Wir warten lieber hier auf dich.«

Während ich ihnen die Brötchen einpackte, die vom Vortag übrig geblieben waren, hörte ich sie und die Kids ausgesprochen quirlig *Alle meine Entchen* schmettern. Die beruhigende Wirkung des Regens ließ offenbar noch auf sich warten.

Die Tüten mit den Brötchen gab ich den beiden Jungen. »Das ist hartes Zeug«, sagte ich. »Wenn ihr mit einem dieser Wurfgeschosse eine Ente am Kopf trefft, haut ihr sie bewusstlos.«

Gina stöhnte. »Setz ihnen keine Flausen in den Kopf! Aber vielen Dank. Du hast unseren Ausflug gerettet!«

»Viel Glück damit, die Rasselbande müde zu kriegen.« Ich lächelte und wandte mich ab, um wieder nach drinnen zu gehen, zögerte dann aber. Ich musste einfach fragen.

»Sah aus, als hättet ihr Spaß gehabt gestern? Du und Gabe?«

Sie nickte. »Er kam vorbei, um nach einem Platz für seinen Jungen zu fragen, aber ich bin im Moment voll ausgelastet. Das tat mir wirklich leid. Netter Kerl.« Unter ihrer nassen Kapuze strahlte sie mich an. »Er hat sich sogar erboten, mit mir ein paar Pflanzen zu besorgen. Ist echt ein Albtraum, ohne Auto sperrige Sachen nach Hause zu kriegen.«

Oh! Mein Herz hüpfte. »Und ich hab gedacht, dass du und er …«

Sie strich sich eine nasse pinkfarbene Haarsträhne aus den Augen und steckte sie unter die Kapuze. »So viel Glück müsste ich mal haben … Egal. Du hast so aufgestört ausgesehen, geht's dir gut?«

»Nicht besonders.« Ich schnitt eine Grimasse. Das war die Untertreibung des Jahrhunderts.

»Komm jetzt, Gina!« Einer der Jungen zupfte an Ginas Jackenärmel.

»Ich fürchte, ich muss gehen. Oh, aber ich hab gute Nachrichten, das hätte ich fast vergessen. Sag Gabe doch bitte, dass Freitag klargeht, es ist eine Absage reingekommen. Heute Morgen hab ich ihn vor der Schule verpasst. – Hey, iss das nicht auf!«

Das Letzte galt einem der Jungen, der sich tapfer abmühte, ein Stück aus einem steinharten Brötchen herauszubeißen. Ich griff in seine Tüte, holte ein anderes Brötchen heraus und brach es in drei Stücke. Das kleinste gab ich dem Mädchen unter die Regenhaut in den Kinderwagen.

»Freitag?«, fragte ich.

»Da kann ich Noah nehmen«, sagte sie. »Offenbar führt er jemand Besonderes zum Abendessen aus.«

Wieder das nervöse Flattern in meiner Brust. Davon hörte ich gerade zum ersten Mal. Vielleicht hatte er ja doch an den Schultoren eine Frau getroffen, die er mochte.

»Natürlich«, sagte ich. »Wenn er mir über den Weg läuft, sag ich ihm Bescheid.«

Im Café genoss ich die Wärme und das Gefühl des Zuhauseseins. Mein Blick wanderte über unsere frisch restaurierten Tische, die Blumentöpfe, in denen duftende Kräuter wuchsen, das farbenfrohe italienische Geschirr auf Nonnas alter Anrichte und die gerahmten Poster, die links und rechts des Tresens an der Wand hingen. Auf unserer altmodischen Tafel war zu lesen, dass es heute eine wärmende Tomaten-Basilikum-Suppe gab. Der Duft der frisch gebackenen Bananenmuffins, die Juliet vom Kuchengitter in die Auslage räumte, wehte verführerisch durch das Café.

Jetzt war ich doch froh, dass wir uns hier verabredet hatten. Die tröstliche Vertrautheit des Cafés verlieh diesem Tag wenigstens den Anschein von Normalität.

Jemand hatte aus den eingetopften Zitronenbäumen

eine Barriere gebaut, die den Durchgang zum Wintergarten versperrte – so würden wir wenigstens etwas Privatsphäre haben. Ich kämpfte mich durch Zweige und Blätter zu den anderen hindurch, die alle schon da waren: Dad hatte seinen Arm auf die Rückenlehne von Mums Stuhl gelegt, Mum riss eine Serviette in winzige Fetzen, Lia postete ein Foto von Juliets Muffins auf der Instagram-Seite des Cafés, und Nonna goss die Zitronenbäume.

»Bitte entschuldigt.« Ich hängte meine nasse Jacke zum Trocknen über einen Stuhl und gab jedem Familienmitglied einen Kuss, ehe ich mich neben Lia setzte. »Wo hast du denn Arlo gelassen?«

Lia zeigte zur Spielecke hinüber. Dort saß mein Neffe mit zwei anderen Krabbelkindern auf einer Spieldecke und hielt Hof. »Naomi passt auf ihn auf. Er knüpft Kontakte.«

Heute herrschte im Café nicht dieselbe Geisterschiffatmosphäre wie gestern, obwohl es immer noch ruhiger war als gewöhnlich. Doreen war in der Küche und arbeitete die Frühstücksbestellungen ab, die Juliet am Tresen entgegennahm.

Stanleys Sessel wirkte traurig und verlassen.

Nonna stellte die Gießkanne ab. Einen Augenblick stand sie nur da, dann seufzte sie und setzte sich zwischen Mum und Lia. »Wie gehte es dem arme Stanley? Was sagte er?«

Heute sah sie wirklich wie fünfundsiebzig aus: Ihr weißes Haar war nicht so ordentlich in einen Knoten gewunden wie sonst, und ihre Augen sahen stumpf und müde aus.

»Er hat gesagt, dass er sich jung fühlt, wenn er mit dir zusammen ist. Und dass er sich darauf freut, wieder Zeit mit dir zu verbringen.«

»Iste er bezaubernde Mann!« Sie seufzte wieder und

311

presste eine Hand gegen ihr Brustbein. »Nach alle dem, was habbe ich ihn angetan.«

Mum ergriff ihre freie Hand. »Das Wichtigste zuerst, Mamma. Wir müssen herausfinden, ob Marco noch am Leben ist.«

Nonna senkte den Blick. »Sì lo so ... Iste falsch su gebe Stanley Hoffnung, ohne su wisse das.«

»Es geht nicht nur darum, Mamma«, sagte Mum und ließ Nonna los. »Marco ist mein Vater. Wenn er noch am Leben ist, würde ich ihn gern kennenlernen. Wenn du erlaubst!«

Nonnas Kinn fing an zu zittern. »Oh, Luisa, cara, was fur eine Durcheinander!«

Dad hob seinen Arm von Mums Lehne und legte ihn ihr um die Schultern. Sie ließ sich gegen ihn sinken.

Lia sah mich an, als wollte sie sagen: Du bist die Ältere! Dann begutachtete sie ihre Fingernägel.

»Es könnte sein, dass wir das schon rausgekriegt haben«, sagte ich und erzählte von Lias und meiner Internetrecherche.

»Iste möglich«, sagte Nonna. Ihre Hand flatterte zu ihrem Hals. Sie drehte das goldene Kruzifix, das sie immer trug, zwischen ihren heftig zitternden Fingern. »Iste er gewese swei Jahre älter als ich.«

»Also werde ich ihn nie treffen«, sagte Mum mit einem bitteren Unterton in der Stimme.

Nonna richtete sich auf und sah ihrer Tochter ins Gesicht. »Dann du biste gluckliche, gluckliche Mädchen. Diese Mann iste gewesen cattivo. Böse Mann. Begreife ich, dasse du biste wutend jetzte. Aber iste wahr. Unde wenn er iste tot, bin ich nichte traurig. Nichte kleine bisschen!«

Plötzlich merkte ich, dass meine Handflächen schweißnass waren. Ich wischte sie unauffällig an meiner Jeans ab.
»Erzähl uns, warum, Nonna«, bat ich. »Erzähl uns, was
passiert ist!«

Nonna sah mich dankbar an. »Liege ich wache letzte
Nacht, denke, denke, denke. Wie erkläre ich euch, wie iste
gewese fur mich, warum ich habbe gemachte, was ich habbe gemachte. Wie fange ich die Geschichte an? Iste nichte
einfach.«

»Wie wär's erst mal mit Frühstück?«, fragte Doreen
durch das Blättergewirr der Zitronenbäume. Sie schob zuerst ihr dralles Hinterteil hindurch, dann stellte sie ein
Tablett mit Schinken-Sandwiches auf den Tisch. »Wetten,
ihr habt alle noch keinen Bissen gegessen?«

Sie hatte recht: Bisher war ich nicht hungrig gewesen.
Jetzt lief mir zwar das Wasser im Mund zusammen, aber
gleichzeitig fühlte mein Magen sich sonderbar flau an. Ich
war nicht sicher, ob ich etwas essen *konnte*.

»Doreen, du bist ein Engel«, sagte Dad, nahm sich ein
Sandwich und biss hinein.

Doreen errötete. Die Grübchen in ihren Wangen erschienen, als sie lächelte. »Und ihr wisst ja, dass das echter
Derbyshire-Schinken ist.« Sie warf ihren Zopf zurück.
»Nicht wie der Mist, den sie bei *Garden Warehouse* auf-
tischen – bei denen gibt's bloß Fett und Knorpel!«

»Der Tee ist fertig!«, rief Juliet. Sie zwängte sich ebenfalls durch die Barriere.

Mum schuf Platz auf dem Tisch für das zweite Tablett,
und Doreen und Juliet blieben stehen, während wir den
Tee einschenkten und die beiden mit Dank überschütte-
ten.

Ich ließ es vorsichtshalber bei Tee bewenden. Nonna nahm ein paar Bissen, dann schob sie ihren Teller beiseite.

»Warum fängst du nicht ganz am Anfang an, Nonna?«, fragte ich. »Wir wissen so wenig über dein Leben in Italien.«

»Und es hat sich ja nun herausgestellt, dass nichts von dem wahr ist, *was* wir wussten«, sagte Mum. Ihre Lippen waren schmal.

Lia fragte leise: »Was ist mit ...« Sie machte eine Bewegung mit dem Kinn in die Richtung von Doreen und Juliet, die in Zeitlupe unsere leeren Teller einsammelten.

Nonna zuckte mit einer Schulter. »Habbe ich keine Geheimenisse vor meine Angestellte.«

Dad räusperte sich.

»*Bene*, nichte mehr als vor alle andere«, murmelte Nonna und verschränkte die Arme vor der Brust.

»Hallo? Bedient hier irgendjemand?«, rief eine vertraute Frauenstimme vom Tresen her. Im nächsten Moment stand Stella Derry vor der Zitronenbaumbarriere. Sie spähte zwischen den Zweigen hindurch. »Ähm, hallo? Hab ich irgendwas verpasst?«

Auf eine Antwort wartete sie gar nicht erst. Die behelfsmäßige Barriere konnte ihrer Neugier nicht standhalten: In Sekunden war Stella auf der anderen Seite, und ihr forschender Blick wanderte über unsere Gesichter.

»*Aye*, dass du nich eingeladen worden bist«, knurrte Juliet, griff nach Stellas Handgelenk und zerrte sie hinter sich her, durch die Bäume und zurück ins Café. »Tee?«

»Aber ...«, protestierte Stella, ehe sie aufgab und hinzufügte: »Ja. Earl Grey, bitte.«

Doreen warf Juliet einen Blick nach und kaute auf ihrer

Unterlippe herum. »Äh ... Juliet und ich wollten euch was sagen: Wir verstehen, dass gerade alles ein bisschen schwierig ist. Bitte macht euch keine Sorgen um das Café, wir kriegen das hin!«

Juliet, die in nie da gewesener Geschwindigkeit Stellas Tee aufgebrüht hatte, kam zurück und nickte bestätigend. »Und ob«, sagte sie. »Das Café is'n echtes Familienunternehmen. So wie ihr euch umeinander kümmert ...«

»Genau! Wie Rosie zum Beispiel, als sie hier ausgeholfen hat, obwohl sie dachte, sie wäre viel zu gut für den Job!«, sagte Doreen mit einem winzigen Lächeln.

Ich machte den Mund auf, um zu protestieren, aber Juliet ließ mir keine Chance.

»*Aye,* oder wie ihr alle Alec zugejubelt habt, als er Dolly-Parton-Songs auf einer Bühne gesungen hat!«

»In einem Kleid. In High Heels!« Doreens Augenbrauen hoben sich leicht.

»Als er seine Midlife-Crisis hatte.«

Dad zerrte an seinem Hemdkragen. »›Midlife-Crisis‹ geht vielleicht etwas zu weit ...«

»Und ihr habt Lia stundenlang die Küche besetzen und jedes einzelne Küchengerät benutzen lassen, das wir ham, bloß um 'nen Topf Suppe zu machen«, fügte Juliet unschuldig hinzu.

Lia runzelte die Stirn. »*So* lang hab ich nicht gebraucht!«

Ich sah sie nicht an. Tatsächlich waren es etwas mehr als drei Stunden gewesen.

»Und das macht euch so besonders. Eure Familie. Wir fühlen uns geehrt, dass wir ein Teil davon sind, stimmt's, Juliet?« Doreen hakte sich bei ihrer Kollegin unter.

»*Aye.* Ich schätz mal, nich jede Familie hat überhaupt

'ne Geschichte, die es wert is, erzählt zu werden.« Juliet warf einen Blick in unsere Tassen, um zu sehen, ob wir noch genug Tee hatten. »Wir hau'n jetzt ab, damit ihr euch in Ruhe eure anhör'n könnt.«

Die beiden verschwanden gemeinsam durch die Barriere. Für eine Weile saßen wir schweigend beisammen. Ich sah die Menschen an, die ich mehr liebte als irgendjemand anderen auf der Welt, und schluckte gegen den Kloß in meinem Hals an. Meine Familie *war* etwas Besonderes. Was Nonna uns auch erzählen würde, das würde sich niemals ändern.

»Mamma?«, fragte Mum.

»Okeh.« Nonna nahm einen Schluck Tee und stellte die Tasse dann sorgfältig auf der Untertasse ab, während sie ihre Gedanken sammelte. »Bin ich gebore worde in Sorrent, in die Jahr 1941. Meine Mamma war Isabella, meine Papà Salvatore de Rosa. Alle nenne ihn Sav. Meine Bruder iste älter, auch eine Sav. Habbe wir gelebt in einer *appartamento* uber unsere Familiegeschäfte.«

»Hattet ihr ein Café?«, fragte Lia.

Nonna schüttelte den Kopf. »Eine *ristorante. Bar Salvatore.«*

Dad lachte leise.

Sie sah ihn an, und ihre Mundwinkel zuckten amüsiert. »Habbe meine Familie der Name gemocht sehr gerne. Meine Papà habbe gearbeitet hart, su hart – iste gestorbe mit eine Mal. Bin ich noch gewese jung. Mamma hatte gefuhrt der Restaurant, bis iste Sav nichte mehr in die Schule. Dann ubernimmt er, *naturalmente,* weil iste er *Mann* in die Familie!«

Nonna erzählte uns, wie es gewesen war, im schönen

Sorrent aufzuwachsen: Sie war von Klippen ins smaragd-grüne Mittelmeer gesprungen, hatte am Hafen Marina Grande die Fischer beobachtet und in den engen Gassen gespielt, die auf die Piazza Tasso zuführten, während der Platz sich mit Menschen füllte, die bis spät in die Nacht tanzten und Wein tranken, lachten und sich unterhielten. Und sie erzählte von den Zitronengärten, an die sie so oft gedacht hatte, über die sie aber nie hatte sprechen wollen.

»Dann, mit sechzehn, höre ich auf mit die Schule und arbeite in der Restaurant. Koche, mache sauber, bediene Gäste. Sav iste Chef, aber tute so wenig wie möglich.«

Lia sagte: »Wenn ich noch ein Kind bekomme und es ist ein Mädchen, werde ich es ganz genauso behandeln wie Arlo!« Ich nickte zustimmend.

»Ich treffe jede Tag meine Freundinnen in Zitronebaum-garte in *il centro* von Sorrent«, erzählte Nonna weiter. »Sitze wir in die Schatte unde rede uber Jungen. Dasse ware kleine Flucht vor unsere Mammas und unsere Arbeit. Kleine Freiheit fur eine Stunde.«

Ich konnte meinen Blick nicht von Nonna wenden. Alles trat in den Hintergrund: das Zischen der Kaffee-maschine, Stella Derrys Stimme, der Duft der Kaffeeboh-nen. Ich fühlte mich ins Italien der 1950er-Jahre zurückver-setzt, fand mich im Kopf eines sechzehnjährigen Mädchens wieder, das sich bald zum ersten Mal verlieben würde …

An einem glühend heißen Tag, die Luft war schwer und unbewegt, saß Maria mit ihren Freundinnen wie gewöhn-lich unter den Zitronenbäumen. Sie redeten und tranken Limonade, als plötzlich ein Aufschrei ertönte – eine Leiter, die ganz in der Nähe an einem Stamm lehnte, fiel um. Eine Holzkiste stürzte aus dem Baum und krachte zu Boden, gefolgt von einem Jungen, der den Mädchen quasi vor die Füße fiel. Die Zitronen rollten und sprangen davon, und der Junge, unverletzt, lief ihnen hinterher. Die Mädchen lachten – alle, bis auf Maria. Sie starrte den Jungen an. In ihrem ganzen Leben hatte sie noch nie so ein schönes Gesicht gesehen! Schwarze Augen hatte er, wildes, lockiges Haar, eine kräftige, stolze Nase, und als er sie anlächelte … Nun ja, da war es um sie geschehen. Sie sprang auf die Beine und half ihm, die Zitronen einzusammeln.

Der Junge stellte sich als Lorenzo Carloni vor und bat Maria, sie später nach Hause bringen zu dürfen. Maria, die kaum in der Lage war, einen zusammenhängenden Satz hervorzubringen, sagte Ja.

Danach sahen sie sich beinahe jeden Tag. Maria war verliebt, und obwohl sie das kaum glauben konnte, erwiderte Lorenzo ihre Gefühle. Er war nur zwei Jahre älter als sie, hatte aber schon viel mehr erlebt: Seine Eltern waren früh gestorben, und seine Großmutter hatte ihn in einem der Armenviertel von Neapel aufgezogen. Nach ihrem Tod war er nach Sorrent gegangen und hatte Arbeit als Zitronenpflücker gefunden. Er verdiente nicht viel, aber Lorenzo war dankbar für das, was er hatte.

Maria war wie berauscht. Sie fühlte sich, als hätte sie in einer Schwarz-Weiß-Welt gelebt, die plötzlich in Farbe getaucht worden war wie die Kinofilme. Wenn sie mit Lorenzo zusammen war, schien die Sonne. Ihre Mutter mochte ihn auch. Er wohnte in einer Pension, in einem Mehrbettzimmer, aber bald verbrachte er seine ganze Freizeit mit Marias Familie. Lorenzo träumte davon wegzugehen, der Armut zu entkommen, die in den Nachkriegsjahren in Süditalien herrschte. Er erzählte Maria Geschichten von

Männern, die Arbeit in England gefunden hatten und dort ein gutes Leben führten. Sobald er und Maria verheiratet waren, wollten die beiden auswandern. Aber Marias Mutter erlaubte ihr nicht zu heiraten, ehe sie achtzehn Jahre alt war. Also warteten sie und sparten das wenige Geld, das sie verdienten. Sie sprachen kaum noch über etwas anderes, als Marias achtzehnter Geburtstag näher rückte.

Endlich war der Tag gekommen. Lorenzo hatte versprochen, dass er nach der Arbeit zu ihr kommen würde. Er habe ein besonderes Geschenk für sie, sagte er.

Sie verbrachte den Nachmittag kichernd mit ihren Freundinnen, ließ sich die Haare flechten und zog ihr schönstes Kleid an. Sie freute sich so sehr darauf, ihn zu sehen. Aber er kam nicht.

Als die Dämmerung fiel, wartete sie immer noch. Um Mitternacht war er immer noch nicht da und hatte ihr auch keine Nachricht zukommen lassen.

Maria ging zu Bett. Sie machte sich große Sorgen: Es sah ihm nicht ähnlich, ein Versprechen zu brechen, dass er ihr gegeben hatte.

Am Morgen kam die Polizei zu Marias Familie. Lorenzo war in einer der schmalen Gassen nah der Kathedrale ausgeraubt und erstochen worden.

Maria war untröstlich. Einen Monat lang verließ sie kaum ihr Bett. Sav ging häufig zur Polizeistation, um zu fragen, ob Lorenzos Mörder gefasst worden war, aber es kam nie heraus, wer ihn getötet hatte. Ein Polizist erzählte Sav, der letzte Mensch, der Lorenzo lebend gesehen hatte, sei ein Schmuckhändler gewesen. Der Dieb musste gesehen haben, wie Lorenzo aus dem Laden gekommen war. Dann war er ihm gefolgt.

Maria ging zu dem Schmuckgeschäft, um selbst mit dem Händler zu sprechen. Lorenzo hatte wirklich um ihre Hand anhalten wollen: Der Händler zeigte ihr einen Ring, der dem ähnelte, den Lorenzo ausgesucht hatte. In der goldenen Fassung saßen zwei winzige Steine – sie repräsentierten die beiden Jahre, die er sie geliebt hatte.

Maria brach in Tränen aus, und der Schmuckhändler war so überwältigt von ihrer Trauer, dass er ihr den Ring schenkte.

»Aber habbe ich suerst nichte getrage«, seufzte Nonna. »Iste Lorenzo gestorbe, weil er die Ring fur mich hatte gekauft. Konnte ich nichte vergesse.«

»Ach, Nonna, wie traurig!«, sagte Lia. Ihre Stimme schwankte ein wenig. »Wie kannst du so ruhig bleiben?«

Nonna tätschelte ihre Hand. »Iste mehr als sechzig Jahre her, *cara*. Und in meine Innere ich habbe erzählt die Geschichte viele Male.«

»Warum hast du sie dann nicht mir erzählt, Mamma?« Mum fuhr sich mit allen zehn Fingern durch die Haare.

Ich trank den letzten Schluck kalten Tee aus meiner Tasse und fragte dann: »Und warum hast du ein Geheimnis daraus gemacht? Du hast doch überhaupt nichts falsch gemacht!«

Dad runzelte die Stirn. »Ich muss auch sagen, Maria … Das ist eine schrecklich traurige Geschichte, aber Lorenzo war eben deine erste Liebe! Was hat das alles mit Marco Benedetto zu tun?«

»Mit Lorenzo ich habbe gelernt su liebe.« Nonnas Gesicht schien zu Stein zu erstarren. »Mit Marco ich habbe gelernte, nie widder eine Mann su öffne meine Herz.«

Wieder musste ich mir die Handflächen abwischen.

Diese Lektion hatte auch ich gelernt … Mein Herz flatterte heftig, und ich hoffte, dass Nonna sie nicht auf dieselbe Art gelernt hatte wie ich.

»Jetzt vielleicht einen Kaffee?«, fragte Doreen munter. Auf einem neuen Tablett brachte sie eine Kaffeekanne und einen Teller Mandelkekse.

Ich hatte nicht einmal gemerkt, dass ich den Atem angehalten hatte. »Danke!«, sagte ich zittrig. »Und Doreen? Bitte hol uns noch den Limoncello.«

Doreen schürzte die Lippen. »So schlimm?«

»Schlimmer«, antwortete Nonna düster.

# Kapitel 23

Nonna trank ihren Limoncello, für uns anderen gab es Kaffee. Sie erzählte uns, dass sie vom Gefühl her von ihrem achtzehnten Lebensjahr an Maria Carloni gewesen war – Lorenzos Witwe. Sie trug seinen Ring (oder zumindest einen, der dem sehr ähnlich war, den er ihr hatte geben wollen), sie wusste, dass er sie geliebt hatte, und in ihrem Herzen war sie mit ihm verheiratet. Und obwohl ihre Pläne und Träume von einer gemeinsamen Zukunft in Trümmern lagen, war sie doch dankbar für die Zeit mit ihm.

Die nächsten vier Jahre verbrachte sie wie eine Zuschauerin: Sie nahm Anteil am Leben ihrer Freundinnen, die heirateten und Kinder bekamen, aber für sie gab es keinen anderen Mann. Sie lebte mit ihrer Mutter zusammen und arbeitete im Restaurant ihrer Familie. Sie wollte, dass die Gäste sich dort so wohlfühlten wie früher, als ihr Vater noch gelebt hatte.

Während Nonna dies erzählte, hielt sie den Kopf hoch erhoben. Ich konnte die stolze junge Frau, die sie gewesen war, deutlich in ihr erkennen. Wie war es Marco nur gelungen, sie in die Flucht zu schlagen? Ich hielt mich an meiner Kaffeetasse fest.

»Lia?« Juliet kämpfte sich durch die Barriere. Sie hielt

den strampelnden Arlo auf Armeslänge. »Naomi will mit den Zwillingen aufbrechen. Und ich glaube, Arlo braucht eine frische Windel!«

Lia stand auf, winkte der Mutter der Zwillinge und rief ihr ein Dankeschön zu. Dann nahm sie Arlo in Empfang, schnupperte an ihm und verzog das Gesicht. »Na toll. Jetzt verpasse ich das Ende der Geschichte!«

Nonnas Gesicht war rot angelaufen. »Komme wir eh su die Teil von die Geschichte, die iste nix fur der Ohre vonne Kinder. Oder fur deine Ohre, Alec.«

»Keine Sorge«, sagte Lia. »Arlo versteht kein Wort.«

»Meine ich dich unde Rosanna. Werde ich nun spreche uber Sex.«

Mum schluckte schwer.

Dad sprang auf und warf sich seinen Anorak um. »Ich werd wohl mal zum *Mini Mart* rüberspazieren und mir eine Schweinefleischpastete kaufen.«

Ich wusste nicht, was ich tun sollte. Ein Teil von mir wollte sagen, dass ich kein Kind mehr war und bleiben wollte. Dass es wichtig für mich war, alles zu hören. Ein anderer Teil von mir konnte es gar nicht erwarten, aus dem Café zu entkommen.

»Warte auf mich, Dad!«


Nachdem Dad und ich durch den Regen zu Kens Einkaufsladen gestapft waren und zwei kleine Schweinefleischpasteten für ihn besorgt hatten, machte ich mich wieder im Café nützlich. Wie auf Autopilot fing ich an, leere Tassen einzusammeln und den Geschirrspüler zu beladen. Lia und Dad machten einen Spaziergang mit Arlo, damit er einschlief.

Mein Blick wanderte immer wieder zum Eingang des Wintergartens hinüber. Ich konnte Mum und Nonna durch die Zweige der Zitronenbäume sehen. Sie saßen dicht beieinander und hielten sich an den Händen, beinahe berührten sich ihre Köpfe. Einmal sah ich, wie Nonna mit einem Taschentuch Mums Wangen abtupfte.

*Ich gehe zu ihnen,* entschied ich. *Egal ob über Sex geredet wird oder nicht.*

Mein Handy klingelte, bevor ich dazu kam, zur Tat zu schreiten. Es war Verity.

»Ich musste mal eine Pause machen«, sagte sie und kicherte heftig. »Tom hält gerade den Sushi-für-Anfänger-Kurs ... Ich sollte wirklich nicht lachen, aber einer der Kursteilnehmer, so ein richtiger Klugscheißer, hat sich gerade einen Teelöffel Wasabi-Paste in den Mund gesteckt, und jetzt macht er Geräusche wie ... wie ...« Eine neue Lachsalve brach aus ihr heraus. »... wie eine Elefantenkuh, die ein Baby bekommt!«

»Klingt schmerzhaft.«

»Einer versucht's immer«, sagte sie. »Er wird's überleben. Aber genug von mir! Ist dieser attraktive Blogger noch mal da gewesen? Und hat er seinen Artikel schon veröffentlicht?«

»Oh, der«, sagte ich. Es war gut, mit Verity zu sprechen: Ich fühlte mich gleich besser. Normaler. »Der ist gar kein Blogger. Und er hat Hausverbot!« Ich informierte sie über die neuesten Entwicklungen in Barnaby: über die Eröffnung von *Garden Warehouse,* über die betrügerischen Machenschaften des angeblichen Bloggers, der nur unsere Ideen hatte stehlen wollen, und über die momentane Flaute im Café.

»Lass dich nicht entmutigen!«, sagte sie. »Das ist nur der Reiz des Neuen. Aber die haben keine Familie Carloni zu bieten! Ihr seid außergewöhnlich.«

Bloß waren wir gar nicht die Carlonis ... Wir waren Benedettos. Aber das konnte ich Verity nicht erzählen. Nonna hatte uns gebeten, außerhalb der Familie mit niemandem darüber zu sprechen.

Ich ließ meinen Blick über die Tische schweifen, die zum größten Teil leer waren. »Ich hoffe, du hast recht. Die sind billig und fröhlich, während wir bloß ...«

Mein »fröhlich sind« ging in Mums Schrei unter.

»*Was?!*«

Ich mochte mir gar nicht vorstellen, was der Grund für diesen Ausbruch gewesen war.

Ich fiel beinahe von meinem Stuhl, als Doreen mir auf die Schulter tippte.

»Ich glaube, deine Mutter braucht dich, Liebes.«

»Warte eine Sekunde, Verity, ich schau nur schnell, was los ist.«

Ich tauchte zwischen den Bäumen hindurch und erschrak, als ich sah, dass Nonna ihr Gesicht in Mums Halsbeuge vergraben hatte. Sie weinte, und Mum wiegte sie wie ein Kind. Ich hob mein Handy, um Verity zu sagen, dass ich sie zurückrufen würde, aber der Ausdruck auf dem Gesicht meiner Mutter ließ mich erstarren.

»Mum? Was ... was ist denn los?«


Ich stand auf dem Bürgersteig, ließ den Regen auf meinen Kopf prasseln und über mein Gesicht strömen.

»Hallo? Rosie? Bist du noch dran?«

Ich senkte den Blick und sah, dass ich immer noch mein

Handy in der Hand hatte. In dem ganzen Trubel hatte ich vergessen aufzulegen.

Ich hob das Telefon an mein Ohr. »Nonna ist auch vergewaltigt worden«, sagte ich. Meine Stimme klang fremd in meinen eigenen Ohren.

»*O, mein Gott!* Wer würde einer alten Dame so etwas antun?!«

»Nicht gerade erst. Als sie … Ich weiß nicht. Als sie Anfang zwanzig war, schätze ich.«

»Himmel. Aber trotzdem … Die Arme. Ich kann mir nicht mal vorstellen … Hey, warte mal! Du hast *auch* gesagt!«

Zuerst verstand ich nicht mal, was sie meinte.

»Was?«

»Du hast gesagt: ›Nonna ist *auch* vergewaltigt worden.‹ Wer noch, Rosie?«

Meine Lunge fühlte sich an, als wäre sie in einen Schraubstock gespannt worden; ich konnte nicht atmen. Mühsam rang ich nach Luft. Auf der anderen Straßenseite auf dem Dorfanger stand eine Bank, da wollte ich mich hinsetzen. Der Regen war mir egal. Ich trat blind vom Bürgersteig herunter, zwischen zwei geparkte Autos.

»Vergiss das wieder«, sagte ich. »Vergiss, dass ich überhaupt was gesagt habe!«

Ich sah den Van nicht kommen. Auf meiner Höhe fuhr er durch eine riesige Pfütze, und ein Wasserschwall durchnässte mich von der Hüfte an abwärts.

Verity machte ein ersticktes Geräusch. »O Gott, du sprichst von *dir*! *Dir* ist das passiert, hab ich recht?«

»Ich muss Schluss machen.« Ich schaute auf meine nassen Jeans hinunter.

»Hat das irgendwas mit Callum zu tun? Ist das der Grund...«

Aber den Rest der Frage hörte ich nicht mehr. Ich legte auf.

# Kapitel 24

Der Regen prasselte herab, peitschte gegen die Fenster des Cafés. Die Tropfen trafen den Asphalt mit solcher Wucht, dass sie aufspritzten. In den Gullys gurgelte das Wasser. Mir klebten die Kleider auf der Haut, aber ich konnte mich nicht rühren. Der Regen störte mich nicht. So fiel wenigstens nicht auf, dass mir Tränen übers Gesicht liefen. Aus den Augenwinkeln konnte ich Dad und Lia sehen, die sich in den Eingang des Haustierfachgeschäfts drängten. Dad winkte mir. Lia schrie mir etwas zu; ich verstand nur »begossener Pudel«.

Der Van kam schleudernd zum Halten, und der Fahrer sprang heraus und schlug die Tür zu. Jemand rief meinen Namen.

Erinnerungen, die ich in eine Kiste gesperrt hatte, damit sie mich nicht länger quälen konnten, regten sich und kratzten am Kistendeckel. Ich presste die Hände gegen die Schläfen, als könnte ich so die Kiste zuhalten.

Ich hatte es nie ausgesprochen. Zuerst hatte ich unter Schock gestanden. Dann war ich zornig geworden, so schrecklich zornig. Aber ich hatte es nie ausgesprochen.

Bis heute.

*Nonna ist auch vergewaltigt worden.*

Plötzlich war Gabe an meiner Seite. Er hielt irgendetwas über uns in die Luft, um uns vor dem Regen zu schützen. Ein Laken. Holzspäne hingen daran, Sägemehl rieselte herab. Ich starrte blicklos in Gabes Gesicht. Mein Mund war trocken. Meine Zunge fühlte sich taub an.

»Rosie!« Gabe fuhr sich mit der freien Hand durch die Locken. »Es tut mir so leid ... Ich konnte nicht mehr bremsen.«

»Das hat er auch gesagt«, sagte ich. »Dass er sich nicht mehr hätte bremsen können.« Ein raues Lachen brach aus meiner Kehle. Ich versuchte, die Tränen herunterzuschlucken.

Er legte die Stirn in Falten. »Ist alles in Ordnung?«

»Schock.«

»Klar. Du bist völlig durchnässt. Meine Schuld ... O Mist.« Er starrte auf meine Haare hinunter. »Jetzt hab ich dich auch noch mit Sägemehl überschüttet. Komm, wir gehen besser rein, bevor das zu Pappmaché wird.«

Er wollte mich auf die Tür des Cafés zuschieben, aber ich bewegte mich nicht vom Fleck.

»Nicht da rein«, sagte ich.

So durfte mich niemand sehen. Sie würden alle Fragen stellen. Damit würde ich jetzt nicht zurechtkommen. Ich schluckte mühsam.

»Ich lasse dich nicht hier draußen stehen.« Gabe sah sich um und traf schließlich eine Entscheidung. »Ins Auto?«

Ich zuckte mit den Schultern. Er nahm das als ein Ja und führte mich auf den Van zu. Unsere Füße platschten durch die Pfützen. Sobald wir eingestiegen waren, fingen die Scheiben an, von innen zu beschlagen.

Unter normalen Umständen wäre das mein Stichwort,

einen Witz zu machen – irgend so was wie: »*Hey, wir sind so heiß, wir produzieren mächtig Dampf!*«

Nicht heute.

»Zu mir oder zu dir?«, fragte Gabe und ließ den Motor an.

Ich warf ihm einen Blick zu. Er errötete.

»Das habe ich noch nie zu einem Mädchen oder zu einer Frau gesagt.« Er schluckte. »Und jetzt hab ich es auch nicht so gemeint.«

Ich dachte an sein großes Bett in der kleinen Kabine und merkte, wie mir selbst die Röte ins Gesicht stieg. Der Vogel in meiner Brust hatte kaum Platz zum Flattern. Ich starrte auf das beschlagene Seitenfenster.

»Zu mir«, murmelte ich.

Wir fuhren an Dad und Lia vorbei. Meine Schwester verrenkte sich den Hals, um einen Blick durch die beschlagene Windschutzscheibe zu erhaschen. Ohne Zweifel fragte sie sich, was los war.

»Ich weiß nicht, wie's dir geht«, sagte Gabe in dem Versuch, heiter zu klingen, »aber ich bin durchweicht, mir ist kalt, und ich könnte gut eine Tasse heißen Tee gebrauchen.«

*Nein,* dachte ich und wandte mich ab, *du weißt wirklich nicht, wie es mir geht. Du hast keine Ahnung.*

Die Fahrt zu meinem Cottage war so kurz, dass das Gebläse die Windschutzscheibe nicht freibekam. In dem Futterhäuschen, das ich an den Kirschbaum gehängt hatte, bewahrte ich einen Ersatzschlüssel auf. Ich schüttelte es, um an den Schlüssel heranzukommen.

»Aha, jetzt kann ich bei dir einbrechen!« Gabe grinste.

Ohne darüber nachzudenken, sagte ich: »Ich werd mir ein neues Versteck suchen.«

Gabe runzelte die Stirn. »Ich würde doch nie wirklich einbrechen.« Er klang verletzt.

Ich schloss die Tür auf. »Ich weiß. Sorry.«

»Hübsch hast du's.« Er sah sich in meinem kleinen Zuhause um. »Ich liebe die *Neptun,* aber manchmal hab ich es satt, mich mit Noah bloß im Gänsemarsch vorwärtsbewegen zu können. Oder mir die Knie an der Wand zu stoßen, wenn ich morgens aufstehe.«

Ich sagte nichts. Ich stand mitten im Zimmer und zitterte.

»Du musst aus den nassen Klamotten raus«, sagte Gabe und machte einen Schritt auf mich zu.

Ich fuhr zurück. »Auf gar keinen Fall!«

Gabe hob erschrocken beide Hände. »Natürlich nicht … Sorry! Ich bin wirklich total außer Übung, ich weiß nicht mehr, wie man mit Erwachsenen umgeht. Wenn Noah hier wäre, würde ich ihn aus seinen Kleidern schälen, in eine Decke wickeln, vors Feuer setzen und ihm eine Tasse heiße Schokolade machen.«

Um ein Haar wäre ich in lautes Schluchzen ausgebrochen. Das hörte sich wie der Himmel an.

»Ich gehe besser …« Ich zeigte die Treppe hinauf.

»Klar.« Er fuhr sich mit einer Hand übers Gesicht und schien überrascht zu sein, dass es nass war. »Was kann ich für dich tun?«

Er sah mich fragend an. Es war so offensichtlich, wie verzweifelt er das Richtige sagen, das Richtige tun wollte … Meine Augen fingen an zu brennen. Ich drehte mich um und hastete die Treppe hinauf, damit er mich nicht weinen sah.

»Heiße Schokolade und ein Feuer, bitte«, rief ich dabei mit zitternder Stimme.

Als ich wieder nach unten kam, hatte Gabe ein Feuer im Kamin angezündet und rührte kräftig mit einer Hand in einem kleinen Topf, während er mit der anderen seine Haare mit meinem Geschirrtuch abrubbelte. Mir stockte der Atem: Wie wunderbar, einen anderen Menschen dazuhaben, der sich um einen kümmerte!

Natürlich war ich bestens in der Lage, mich um mich selbst zu kümmern, aber manchmal war es doch schön ...

Ich kniete mich so dicht wie möglich vors Feuer und legte noch ein Scheit nach. Die Wärme der Flammen strich über meine Haut.

»Eine heiße Schokolade.« Er wartete, bis ich mich aufs Sofa gesetzt hatte, und reichte mir dann eine tropfende Tasse, die ein Berg Schlagsahne krönte. »Noah hat mich mal gebeten, ihm die beste heiße Schokolade der Welt zu machen. Ich hab genau das gegoogelt – ›beste heiße Schokolade der Welt‹ –, und mittlerweile hab ich ihm die so oft gemacht, dass ich Experte auf dem Gebiet bin.«

»Und doch bist du so bescheiden geblieben«, sagte ich und lächelte.

Er schien erleichtert, dass meine Stimmung sich gebessert hatte, und setzte sich in den Sessel, der neben dem Sofa stand. Seine eigene Tasse stellte er auf der Armlehne ab.

Ich nahm einen kleinen Schluck. Der Kakao war so dickflüssig und süß wie geschmolzene Schokolade und einfach köstlich.

»Oh, wow!« Ich leckte mir die Lippen. »Danke schön! Das ist besser als ...«

Das Wort »Sex« bekam ich nicht über die Lippen. Mein Magen drehte sich um. Warum fielen mir immer nur solche Sprüche ein? Ich setzte ein strahlendes Lächeln auf und kramte hektisch in meinem Kopf herum.

»Es ist wie flüssiger Trost. So warm wie eine Umarmung.«

»Hm.« Er rieb sich das Kinn. »Geht es dir gut? Gestern bei *Garden Warehouse* – und jetzt gerade ... na ja, es ist offensichtlich, dass es dir *nicht* gut geht, aber ...«

»Gabe, können wir einfach ... Kannst du mir ein bisschen Zeit geben?«

»Selbstverständlich.«

Ich saß gedankenverloren da und ließ die heiße Schokolade ihre Wirkung tun. Gabe wippte abwechselnd mit einem Knie und stocherte mit einem Ast im Feuer herum.

Zehn Jahre lang hatte ich meine Sexualität wie eine Rüstung getragen. Sie war meine harte, undurchdringliche Schale gewesen. Ich war nie davor zurückgeschreckt, über meinen Körper oder über Sex zu sprechen (ausgenommen mit Eltern oder Großeltern) oder Männer wissen zu lassen, dass ich sie anziehend fand. Warum auch? Was Männer konnten, konnten Frauen auch, fand ich. Ich hatte die Gesellschaft von Männern immer genossen. Oft waren sie weniger gehemmt als Frauen, sagten einfach geradeheraus, was sie dachten. Ich hatte auch feste Freunde und Beziehungen gehabt. Ich würde wegen ihm nicht wie eine Nonne leben.

Wegen Callum.

Aber wenn mir jemand zu nah kam, wenn ein Mann erwartete, dass ich mich wirklich auf ihn einließ – dann klappte ich das Visier herunter. Ich hatte Liebhaber gehabt, aber ich hatte stets darauf geachtet, mich nicht zu verlieben. Wie Nonna war ich zu verletzt gewesen, um das geschehen zu lassen.

Meine Gedanken wanderten zu Nonna. Fünf Jahrzehnte lang hatte sie ihr Trauma stillschweigend mit sich herumgetragen. Nachdem ich mir jetzt eingestanden hatte, was mir passiert war, reifte der Entschluss in mir, es anders zu machen.

Ich sah Gabe an. Sein feuchtes, lockiges Haar stand ihm vom Kopf ab, sein Blick war aufmerksam, geduldig und besorgt.

Er sagte: »Du zitterst«, erhob sich, nahm die Decke von der Sofalehne und legte sie mir um die Schultern.

»So bestimmend kenn ich dich ja gar nicht«, sagte ich und lächelte ihn an.

Er lächelte zurück. »Es gibt noch viel zu entdecken«, sagte er. Dann sank er wieder in seinen Sessel.

Ich fragte mich, ob er mit mir flirtete. Aber seine grauen Augen schienen so tief wie Seen, ich konnte nicht in ihnen lesen. In meinem Bauch breitete sich ein warmes Gefühl aus, das ich zuerst nicht einmal erkannte, so lange war es her, dass ich es verspürt hatte. Ich ließ meinen Blick über sein Gesicht wandern, über sein sanftes, freundliches Lächeln und seine Wangen mit den blonden Bartstoppeln.

Er war ein großartiger Mann. Aber wir waren nur Freunde. Und diese Freundschaft wurde mir von Tag zu Tag wichtiger. Ich würde sie für nichts riskieren.

»Hör mal«, sagte er. Er schaute auf und erwischte mich dabei, wie ich ihn anstarrte. Wieder ein warmes Aufzüngeln in meinem Bauch – dieses Mal war ich ziemlich sicher, dass es Begehren war. »Ich will nicht neugierig sein, aber was es auch ist: Du kannst mit mir darüber reden.«

Ich blinzelte ihn an. »Wirklich?«

Er stand auf und setzte sich zu mir aufs Sofa. Allerdings hielt er respektvoll Abstand. »Wirklich.«

»Es ist ein Geheimnis«, sagte ich. »Noch nicht mal Verity weiß davon.«

»Wenn du es mir anvertraust, werde ich es hüten. Ehrenwort.«

»Hm ...« Ich atmete tief durch.

Ich war öfters nah daran gewesen, mich jemandem zu öffnen: Mum, Lia, Verity. Nie wäre mir der Gedanke gekommen, meine Geschichte einem Mann zu erzählen. Aber hier und jetzt – in meine Decke gekuschelt, während das Feuer flackerte und der Regen sanft an die Fenster meines kleinen Cottages klopfte, mit einer Tasse heiße Schokolade in den Händen – blickte ich Gabe in die Augen und dachte: *Vielleicht ist endlich der richtige Moment gekommen.*

»Okay. Aber es könnte sein, dass du keine großen Stücke mehr auf mich hältst, wenn du mein Geheimnis kennst.«

»Wie kommst du darauf, dass ich große Stücke auf dich halte?«

»Oh«, sagte ich betreten. »Da hast du recht.«

»Rosie, entschuldige, das war ein blöder Witz. Ich *habe* eine hohe Meinung von dir ... Ich will eigentlich sagen, dass sich daran nichts ändern wird, egal, was dein Geheimnis ist.« Er griff nach meiner Hand und drückte sie sanft, ehe er sie wieder losließ.

»Okay. Ich hatte einen Freund, Callum«, sagte ich. »Es war nichts Ernstes, wir waren nicht lange zusammen ...«

Gabe war ein guter Zuhörer. Er sagte kaum etwas, während ich ihm erzählte, wie ich Callum kennengelernt hatte. Wir waren beide Praktikanten in einer Media-Agentur gewesen, die in dem Bürogebäudekomplex Canary Wharf auf der Isle of Dogs in London ihr Büro hatte. Die Praktikanten verdienten nicht viel, wurden von der Agentur aber untergebracht: Zu sechst teilten wir uns eine Wohnung in Putney. Wir hatten alle gerade die Uni abgeschlossen und waren ein lustiger Haufen. Irgendwie wurde aus Callum und mir ein Paar. Er war eigentlich nicht mein Typ: Er war in sich gekehrt und still – manchmal *zu* still –, aber dass er so anders war als meine früheren Freunde, machte ihn in meinen Augen noch interessanter. Wir waren jung und mittellos, aber wir lebten in London, und das Leben kam uns herrlich vor.

Nach drei Monaten war das Praktikum vorbei. Callum bekam eine Stelle in einer anderen Agentur angeboten und bat mich, ihn zu begleiten. Ich aber hatte beschlossen, nach Barnaby zurückzukehren. Dads Tante war gestorben und hatte mir ein bisschen Geld vererbt; ich hatte schon damals die Idee, ein Haus zu kaufen, zu renovieren und wieder zu verkaufen. Gleichzeitig wollte ich mich bei Agenturen um eine richtige Stelle bewerben. Ehe wir ausgingen, um meinen letzten Abend in London zu feiern, sprach ich mit Callum. Ich hatte gedacht, dass er schon wissen würde, was ich zu sagen hatte: dass ich nicht an Fernbeziehungen glaubte ... dass ich viel Spaß mit ihm gehabt hatte ... dass ich hoffte, wir könnten Freunde bleiben ...

Stattdessen war er am Boden zerstört, machte mir eine Liebeserklärung und flehte mich an, unserer Beziehung eine Chance zu geben. Ich konnte es nicht fassen – für mich war klar gewesen, dass wir uns trennen würden, wenn ich aus London wegging. Wir waren erst zweiundzwanzig, standen noch ganz am Anfang unseres Lebens und waren bloß ein bisschen ineinander verknallt. Zumindest ging es mir so, und ich hatte gedacht, wir schätzten die Situation beide gleich ein. Aber schon im ersten Klub betrank Callum sich fürchterlich und erzählte unseren Freunden und überhaupt jedem, dass ich ihm das Herz gebrochen hätte, dass er ohne mich nicht leben könnte, dass ich seine Seelenverwandte wäre …

Abgesehen von Callums Benehmen war es ein toller Abend mit der Clique: Wir tanzten, tranken Cocktails und teilten uns auf dem Nachhauseweg im Nachtbus eine Tüte Chips. Erst in den frühen Morgenstunden kamen wir zurück in unsere Wohnung. Mein Zug fuhr mittags; ich hatte genug Zeit, um ein bisschen zu schlafen. Callum flehte mich an, mit in mein Zimmer kommen zu dürfen – »bloß, um zu kuscheln« –, aber ich wies ihn ab. Wir hatten Schluss gemacht, und ich hielt nichts davon, den Abschied in die Länge zu ziehen und ihm am Ende noch Hoffnungen zu machen. Außerdem war er so betrunken, dass ich fürchtete, er würde sich übergeben. Ich ging allein ins Bett und schlief sofort ein – so tief offenbar, dass ich ihn nicht einmal hereinkommen hörte. Ich wachte erst auf, als er schon mit seinem ganzen Gewicht auf mir lag, sein heißer Atem über mein Gesicht strich und er an meinem T-Shirt zerrte.

Ich wehrte mich. Ich versuchte, ihn zu treten, ihm ins Gesicht zu schlagen, seine Schultern wegzudrücken, aber er war stärker als ich. Ich fing an zu weinen. Callum weinte auch: Er sagte, dass er mich liebte, wieder und wieder.

Ich rief um Hilfe, aber alle unsere Freunde hatten zu viel getrunken. Niemand hörte mich. Niemand kam.

Als er von mir herunterrollte, versetzte ich ihm einen Kinnhaken: Ich hörte seinen Kiefer knacken und brach mir beinahe das Handgelenk. Callum taumelte aus dem Zimmer. Ich stand unter Schock und rührte mich nicht mehr, sondern lag einfach nur da und schnappte nach Luft.

Als ich am nächsten Morgen aufwachte, war er nirgendwo zu finden – er war einfach verschwunden.

»Ich fuhr zum Bahnhof, stieg wie geplant in den Zug und sah ihn nie wieder.«

Während ich erzählt hatte, hatte ich ins Feuer oder auf meine Hände hinabgesehen. Jetzt hob ich den Blick zu Gabes Gesicht. Der Ausdruck in seinen Augen war so zornig, dass ich erschrak.

»Toller Kerl«, knurrte Gabe. Er lehnte sich nach vorne, stützte die Ellbogen auf seine Oberschenkel und rieb sich mit beiden Händen durchs Gesicht. »Es gibt keine Entschuldigung für das, was er getan hat. Wenn ein Mädchen Nein sagt, ist ganz egal, was vorher war ... Ob sie gestern Ja gesagt hat. Oder sogar vor fünf Minuten! Es zählt bloß das, was sie *in dem Moment* sagt. Ich hoffe, du hast dir nicht eingeredet, dass du irgendwie schuld an der Sache warst?«

Ich streckte meine Beine aus, um die Wärme des Feuers besser spüren zu können.

»Zuerst schon. Ich hab mir ewig Vorwürfe gemacht, weil ich die Situation so falsch gedeutet habe ... Dass ich nicht kapiert habe, wie stark seine Gefühle für mich waren. Dann dachte ich, dass ich mich nicht hätte überwältigen lassen dürfen ... Mehr als alles andere hab ich ihn dafür gehasst, dass er seine physische Überlegenheit ausgenutzt und mich zu etwas gezwungen hat, das ich nicht tun wollte. Der Kampf war nicht fair. Zum ersten Mal in meinem Leben hab ich mich wie das schwächere Geschlecht gefühlt, und das war seine Schuld.«

»Du bist kein bisschen schwach!« Sein Blick war so eindringlich, dass meine Wangen heiß wurden. »Du bist sogar eine der stärksten Frauen, die ich je getroffen habe! Ich bewundere dich. Und Noah bewundert dich auch.«

Ich hatte nicht erwartet, wie gut es mir tun würde, das zu hören.

»Ich habe dafür *gesorgt,* dass ich stark wurde. Von dem Moment an habe ich nie wieder einem Mann Macht über mich gegeben.«

»Deshalb willst du dich nicht verlieben.« Gabe stand auf, ging zu dem Korb mit den Scheiten darin und legte Holz nach. »Weil niemand mehr Macht über uns hat als die Menschen, die wir lieben.«

Ich hob und senkte eine Schulter. »Genau. So weit lasse ich es nicht kommen.«

»Das ist schade … Du enthältst dir so viel vor. Die Liebe bewirkt viel mehr Gutes als Schlechtes. Von jemandem geliebt zu werden ist eins der größten Geschenke des Lebens.«

Er sprach leise, und in seiner Stimme schwangen starke Gefühle mit. Ob er an Mimi dachte?

»Aber auch das größte Risiko«, murmelte ich.

Er wandte sich vom Feuer ab und sah mir in die Augen. »Nicht alle Männer sind wie Callum«, sagte er. »Was dir passiert ist, tut mir so leid. Aber bitte gib uns Männern eine zweite Chance … Wenn du das Risiko nicht eingehst, wirst du nie herausfinden, wie schön eine Partnerschaft sein kann.«

Ich fragte mich, ob *er* das Risiko noch einmal eingehen würde.

»Ich weiß, dass nicht alle Männer schlecht sind, Gabe. Mein Vater zum Beispiel … Er ist ein guter Mann. Bei Alec Featherstone weiß man, woran man ist.«

Gabe zog eine Augenbraue in die Höhe.

»Okay, na gut«, gab ich zu. »Vielleicht nicht, wenn er gerade als Dolly Parton verkleidet ist.«

Wir mussten beide lachen, und mir wurde klar, dass ich vor Jahren mit jemandem über Callum hätte sprechen sollen. Ich fühlte mich, als wäre eine Last von meinen Schultern gefallen.

»Oh!«, sagte ich, als mir plötzlich etwas einfiel. »Gina lässt übrigens ausrichten, dass sie am Freitag auf Noah aufpassen kann.«

»Tatsächlich? Schön.« Er rieb sich mit einer Hand den Nacken und fing wieder an, mit einem Knie zu wippen. »Ich, äh … Danke fürs Weitergeben.«

Armer Gabe – er wirkte, als wäre ihm schrecklich unbehaglich zumute. Da hatte er mich bloß nach Hause bringen wollen, und was war daraus geworden? Eine Therapiestunde. Ich war ziemlich sicher, dass er sich seinen Morgen so nicht vorgestellt hatte.

»Du willst wahrscheinlich langsam aufbrechen«, sagte ich, um es ihm einfacher zu machen.

»Eigentlich wollte ich …« Er blinzelte mich an und seufzte. »Ich würde dich gerne umarmen. Aber nach allem, was du mir gerade erzählt hast, würde ich vollkommen verstehen, wenn du das lieber nicht möchtest.«

»Umarm mich ruhig«, sagte ich und schluckte. »Bitte.«

Mehr brauchte es nicht: Gabe rutschte auf dem Sofa zu

mir herüber und zog mich an sich. Ich vergrub mein Gesicht in seiner Halsbeuge. Sein feuchtes Haar kitzelte mich an der Wange. Er roch nach Rauch und ein kleines bisschen nach Aftershave.

»Danke, dass du mir dein Geheimnis verraten hast, Rosie. Ich fühle mich geehrt.«

»Danke, dass du mir zugehört hast. Du bist ein guter Freund, Gabe.«

Er antwortete so leise, dass ich ihn nicht richtig verstehen konnte. Es klang wie: »… ein guter Anfang.«

Ich schloss die Augen. Lauschte dem Knistern der Flammen, den Regentropfen, die draußen von den Zweigen der Bäume fielen, den Vögeln, die ihren Gesang wieder aufnahmen – und dem ruhigen Schlagen von Gabes Herzen.

Nach langer Zeit empfand ich so etwas wie Frieden.

Ich hatte zehn Jahre gebraucht, um mich der Erkenntnis zu stellen, dass ich vergewaltigt worden war. Die Tatsache, dass ich meinen Angreifer kannte, dass ich schon zuvor mit ihm geschlafen hatte, änderte nichts daran. Callums und meine Beziehung war nicht zu einem »unglücklichen Ende« gekommen, mir war nicht »etwas« zugestoßen – Callum hatte mir mein Recht genommen, Nein zu sagen.

Endlich hatte ich es nicht nur geschafft, mir das selbst einzugestehen, ich hatte das Geheimnis auch mit jemandem geteilt.

Ich hatte gedacht, dass ich mich schutzlos fühlen würde, wenn jemand davon erfuhr, aber stattdessen fühlte ich mich mutig und hoffnungsvoll. Vielleicht hatte Gabe recht, und das war ein guter neuer Anfang für mich und mein zerbrechliches Herz.

# Kapitel 25

Die nächsten paar Tage waren der reine Wahnsinn: In der Grafschaft Derbyshire schneite es – und das im Mai! Die Gipfel der Pennines sahen aus wie Postkartenmotive, und wenn die Sonne schien, glitzerte es überall. Wir vergaßen, über die Kälte zu klagen, so schön war es. Eines Tages sah ich sogar Noah nach der Schule mit seinen Freunden auf dem Dorfanger spielen: Sie versuchten, genug Schnee für Schneebälle und winzige Schneemänner zusammenzukratzen. Gabe stand inmitten einer Gruppe Mütter am Rand. Ich freute mich, dass er Bekanntschaften schloss, verbrachte aber trotzdem viel zu viel Zeit damit, die Tische abzuwischen. Durch das große Fenster konnte ich ihn perfekt im Auge behalten. Ob er am Freitag eine der Mütter ausführen würde? Und wenn ja, welche?

Ich würde ihm nie vergessen, dass er für mich da gewesen war, als ich ihn gebraucht hatte. Bevor er gegangen war, hatte er noch einmal versprochen, niemandem ein Wort zu verraten, auch Verity nicht. Ich wollte nicht, dass meine Familie jemals davon erfuhr, wie es zwischen Callum und mir geendet war; sie sollten sich nicht auch noch um mich sorgen müssen. Es reichte, dass mir ein Mensch zugehört und mich verstanden hatte, damit ich langsam anfangen konnte, es selbst zu bewältigen. Ein Mensch, der sagte: »Du bist nicht verrückt, das ist dir wirklich passiert – und es hätte nicht passieren dürfen!« Gabe war für mich dieser Mensch. Er war wunderbar gewesen, und seine Reaktion auf meine Offenbarung ließ ihn mir nur noch liebenswerter erscheinen.

Verity erzählte ich eine kleine Notlüge.

Ich schrieb ihr, dass ich Schlimmes über Nonnas Jugend erfahren hätte und sehr mitgenommen gewesen sei. Deshalb hätte ich ein bisschen wirr geredet. Was ich hatte sagen wollen, war: Nach all dem, was Nonna zugestoßen war, war sie *auch noch* vergewaltigt worden. Ich schrieb ihr:

Ich erzähle dir mehr, sobald ich kann.

Vielleicht würde ich ihr irgendwann die Wahrheit sagen. Aber im Augenblick ging es nicht um mich – im Augenblick musste ich für Nonna da sein.

Denn auf einmal, nach über fünfzig Jahren, konnte Maria *Benedetto* es kaum abwarten, nach Italien zu reisen. Keiner von uns mochte mit ihr darüber diskutieren. Sie musste ihre Geister zur Ruhe legen, das gehörte zum Heilungsprozess. Wir verstanden das. So würden auch wir über kurz oder lang unsere Familienidentität wiederfinden.

Nonna bat mich, sie zu begleiten. Ich fühlte mich geehrt, fürchtete aber gleichzeitig, dass der Rest der Familie sich ausgeschlossen fühlen könnte. Doch alle waren einverstanden. Mum wäre vielleicht gern mitgekommen, hatte aber immer noch keinen gültigen Reisepass, Dad wollte nicht ohne Mum reisen, und Lia konnte sich nicht von Arlo trennen. Also buchte ich Flüge und ein Hotelzimmer für Nonna und mich, und drei Tage später waren wir auf dem Weg nach Sorrent.

»Bitte klappen Sie Ihre Tische hoch, öffnen Sie die Fensterblende und verstauen Sie lose Gepäckstücke unter Ihrem Vordersitz.«

Ich warf Nonna einen Blick zu. Auf dem Flug von Luton nach Neapel war kein Glas Limoncello zu haben gewesen, daher hatte sie einen doppelten Brandy bestellt. Seit einer Stunde schnarchte sie leise. Ihr Kinn ruhte auf ihrer Brust, und sie hatte die Finger über ihrem neuen fliederfarbenen Kleid und der dazu passenden Jacke verschränkt.

Mums Rat, sich für die Reise bequem anzuziehen, hatte sie ignoriert.

»Will ich aussehe so gut wie möglich, wenn ich komme heim nach *Italia*«, hatte sie nachdrücklich gesagt.

*Was für eine bemerkenswerte Frau sie ist,* dachte ich. Mit fünfundsiebzig Jahren unternahm sie ihren ersten Flug, um sich einer Zeit in ihrem Leben zu stellen, die sie hatte vergessen wollen. Und obwohl sie Angst davor hatte, was – oder wen! – sie in Italien vorfinden würde, war sie fest entschlossen, die Sache durchzuziehen.

Sie hatte sich mit dem Brandy wirklich ausgeknockt. Weder die Signaltöne, die das Aufleuchten des Anschnallzeichens begleiteten, noch die fröhliche Durchsage des Kapitäns (»... freue mich, Ihnen mitteilen zu können, dass in Süditalien milde sechzehn Grad herrschen!«) konnten sie wecken. Ich schloss erst ihren Gurt und dann meinen, zog den Busfahrplan aus meiner Handtasche und studierte ihn wohl zum hundertsten Mal. Nonna zufolge kam man am besten mit dem Bus von Neapel nach Sorrent. Ich hatte daran gezweifelt, dass ihre Reisetipps auf dem neusten Stand waren, also hatte ich bei TripAdvisor recherchiert – nur um herauszufinden, dass sie recht hatte. Ich hatte online Fahrkarten für den letzten Bus gekauft: Wir würden Sorrent gegen elf Uhr abends erreichen.

Ich blickte in Nonnas faltiges Gesicht. Im Schlaf war es ganz schlaff. Es fiel mir schwer, mir die lebhafte junge Frau vorzustellen, über die ich in den letzten Tagen mehr und mehr erfahren hatte.

In meinen Augen sammelten sich Tränen. Während das Flugzeug die Nase senkte und in den Sinkflug ging, blinzelte ich dagegen an. Nonna bewegte sich, und ich nahm ihre Hand.

Ich hatte Nonnas Geschichte noch lange nicht verarbeitet. Damit war ich nicht die Einzige, die ganze Familie war zutiefst erschüttert.

Ich sah auf Nonnas Hand hinunter und strich über den abgewetzten Goldring an ihrem Finger. Obwohl sie mit Marco verheiratet gewesen war und nicht mit ihrer ersten Liebe, Lorenzo Carloni, trug sie Lorenzos Ring. Aber wäre ein Mann wie Marco mein Ehemann gewesen, hätte ich wohl auch der Versuchung nachgegeben, die Zeit mit ihm aus meinem Gedächtnis zu streichen.

Ich schaute nach draußen, als das Flugzeug tief über dem Wasser dahinflog. Die untergehende Sonne hatte den Himmel in Rosa- und Orangetöne getaucht, und das Meer darunter leuchtete wie flüssiges Gold. Ab und an blitzte das Licht eines winzigen Bootes auf. Dann beschrieb das Flugzeug plötzlich eine Kurve, und die zerklüftete Küste erschien vor meinem Fenster. Die Lichter Neapels breiteten sich unter mir aus.

Mein Magen schlug einen Purzelbaum: In wenigen Minuten würde Nonna wieder in Italien sein.

Als wir ins Flugzeug gestiegen waren, war Nonna so aufgeregt gewesen wie ein Kind. Sie hatte die Karte mit den Sicherheitshinweisen aus der Sitztasche gezogen und genau studiert. Sie hatte kontrolliert, ob unter unseren Sitzen auch *wirklich* Rettungswesten verstaut waren. Sie war zweimal auf die Toilette gegangen, und schließlich hatte sie sogar an die Tür des Cockpits geklopft, um den Piloten kennenzulernen. Danach war sie vom Bordpersonal zu ihrem Sitz zurückbegleitet worden.

»Mag ich Flugzeuge«, verkündete sie. »Als ich gemachte diese Reise mit deine Mamma, iste gewese in eine volle Zug. So iste besser.« Sie lachte leise und bestellte, als der Servierwagen vorbeigeschoben wurde, einen Cappuccino und einen Schokoladenmuffin.

»Erzähl mir davon!«, bat ich und reichte ihr ein Zuckertütchen. Sie kippte den Inhalt in ihren Cappuccino.

»Mum hat mir ein bisschen was erzählt, aber nicht alles. Warum musstest du Marco heiraten? Und wie bist du ihm entkommen?«

Nonna runzelte die Stirn und rührte ewig lange in ihrem Cappuccino, ehe sie zu mir aufsah.

»Ich schäme mich.«

»Das musst du nicht.« Ich schluckte und legte meine Hand auf ihre. Ich verstand vollkommen, wie sie sich fühlte – aber weder sie noch ich hatten einen Grund, uns zu schämen. »Ich habe dich immer geliebt. Immer. Und nachdem ich jetzt weiß, was du durchgemacht hast, achte ich dich nur noch mehr.«

»Okeh.« Sie spähte zu den Passagieren auf der anderen Seite des Ganges hinüber. Niemand achtete auf uns. Der Sitz am Gang neben mir war leer. Es war, als wären wir alleine, dreißigtausend Fuß hoch in der Luft, irgendwo über Europa ...

»Wenne meine Zeit mit Lorenzo war wie Leben in Himmel, meine Zeit mit Marco war Lebe in schlimmster Hölle«, sagte sie.

Nachdem Lorenzo gestorben war, zeigte sich, dass Maria kein Interesse mehr an Männern hatte. Ihre Mutter machte sich große Sorgen. Sav und seine Frau Sofia hatten mit ihren beiden Kindern die Wohnung über dem Restaurant übernommen; jetzt mussten Maria und ihre Mutter sich ein Zimmer teilen. Die Wohnung war zu klein, und Sofia ließ Maria deutlich spüren, dass sie nicht willkommen war.

Eines Tages kam Marco Benedetto in die Bar und lud Maria ein, mit ihm tanzen zu gehen. Sie wollte nicht, aber Sav und ihre Mutter sagten Marco, dass sie mit ihm ausgehen würde. Jeder kannte Marco: Er führte die Eisdiele der Familie Benedetto und verdiente viel Geld damit, den Touristen am Strand der Marina Piccola *gelato* zu verkaufen.

Er holte Maria mit seinem Motorrad ab. Sie fuhren ein Stück die Küstenstraße hinunter, bis sie nach Piano di Sorrento kamen. Zu dem Tanz waren viele junge Mädchen gekommen, die versuchten, die Aufmerksamkeit der Männer zu erregen, und Männer, die sich vor diesen Mädchen in Pose warfen. Maria fühlte sich unwohl. Auch konnte sie Marco nicht leiden: Lorenzo war voller Leben gewesen, Marco war bloß eingebildet. Sein Atem roch nach türkischen Zigaretten und Knoblauch, und er hatte viel zu viel

Aftershave aufgetragen. Maria wurde übel, wenn er zu dicht bei ihr stand. Er hatte schwere Lider und ein dominantes Kinn. Es gab Frauen, die ihn anziehend fanden, das wusste Maria, aber sie gehörte nicht dazu. Sie sehnte das Ende des Abends herbei. Marco wirbelte sie über den Tanzboden und lachte, wenn er sie zum Stolpern brachte. Sie sagte ihm, er habe schlechte Manieren, doch auch darüber lachte er.

»Ausländerinnen finden mich unwiderstehlich«, sagte er grinsend. »Am Strand habe ich Mühe, sie abzuschütteln.«

»Und trotzdem bist du immer noch unverheiratet?«, fragte sie spöttisch.

Sie bat ihn, sie nach Hause zu bringen, aber er ließ sie warten, bis die Tanzveranstaltung zu Ende war. Als sie zurück zu seinem Motorrad gingen, blieb er unter einer Straßenlaterne stehen und schlang einen Arm viel zu fest um ihre Taille.

»Ich denke, ich habe mir ein kleines Küsschen verdient«, sagte er. Seine Augen glitzerten im gelblich-orangefarbenen Licht der Laterne.

Sie hätte ihn einfach küssen sollen, aber in ihrem ganzen Leben hatte Maria noch nie jemanden so verabscheut. Sie konnte sich nicht dazu überwinden.

»Du benimmst dich wie ein schmutziger Straßenköter und hast dir gar nichts verdient«, sagte sie und wandte stolz den Kopf ab. Er erwischte mit seinem Kuss nur ihre Wange.

»So – ein Hund bin ich also?«, fragte er wütend.

Er zerrte sie in einen gemauerten Durchgang, in den man von der Straße aus nicht hineinsehen konnte. Sie war machtlos, etwas dagegen zu tun, als er ihr ihre Unschuld und ihre Würde nahm. Nach Lorenzos behutsamen, unschuldigen Berührungen waren Marcos eine Folter. Er brachte Maria nach Hause, und an der Tür fasste er ihr Kinn derart fest, dass ihr vor Schmerz die Tränen in die Augen stiegen.

Er lächelte. »Siehst du?«, sagte er. »Du bist genau wie alle anderen Mädchen. Verzehrst dich nach mir.«

Sie biss ihm in die Hand und rannte ins Haus. Sein Gelächter verfolgte sie noch lange in ihren Gedanken und Träumen.

Daraufhin kam er immer wieder im Restaurant vorbei. Maria ging ihm aus dem Weg, aber nach drei Monaten bemerkte ihre Mutter, dass ihr Bauch sich zu wölben begann.

Schließlich willigte sie ein, ihn zu heiraten, nachdem der Priester und Marias Mutter immer wieder auf sie eingeredet hatten. Einer unverheirateten Frau würde man das Kind wegnehmen, sagten sie. Marcos Familie war sehr daran gelegen, dass er Maria heiratete. Sie glaubten, dass er erwachsen werden würde, wenn er Vater wurde. Und auch Marco selbst fand, dass er im richtigen Alter zum Heiraten war.

Marias Hochzeitstag kam ihr wie ein böser Traum vor. *Wenn nur Lorenzo noch am Leben wäre,* dachte sie verzweifelt. *Dann wäre das alles nie passiert!* Sie glaubte nicht, dass es noch schlimmer werden konnte. Niemand wollte ihren Protesten Gehör schenken, ihre Familie war vielmehr erleichtert, dass sie versorgt sein würde.

»Du bist bloß aufgewühlt, weil du schwanger bist«, sagte ihre Mutter.

Als die Hebamme zwei Herzschläge hörte, riss Maria

sich zusammen. Jetzt hatte sie mehr als nur ihr eigenes Leben zu beschützen.

Marco war begeistert. »Jeder Bengel kann Kinder machen«, sagte er, »aber es braucht einen richtigen Mann, um mit *einem* Mal *zwei* Kinder zu zeugen!«

Er ließ sie nicht mehr aus den Augen, war überzeugt, dass Maria ihn betrog. Aber wer hätte schon Interesse an ihr haben sollen? Ihre Beine waren geschwollen, ihr Leib aufgedunsen, sie war immer müde und krank. Manche Frauen erblühten wie eine Blume, wenn sie schwanger waren. Nicht so Maria: Sie verblasste, bis ihre Haut farblos und durchscheinend wirkte. Ihr Bauch wuchs und wuchs, und der Tag rückte näher, an dem die Babys auf die Welt kommen sollten. Die Stimmung zwischen Maria und Marco wurde immer angespannter, als wäre ein Sturm in Anmarsch.

Einmal hatte Maria einen Arzttermin. Marco bestand darauf, sie zu begleiten, konnte aber, als sie loswollten, sein Portemonnaie nicht finden. Maria musste es verkramt haben, sagte er. Als er es endlich in seiner eigenen Jackentasche fand, waren sie spät dran. Als er die Wohnungstür abschloss, bat Maria ihn, sich zu beeilen. Marco drehte sich zu ihr um und versetzte ihr eine Ohrfeige.

Maria wurde von der Wucht des Schlags zur Seite geschleudert, sie verlor das Gleichgewicht. Marco versuchte noch, sie festzuhalten, aber es gelang ihm nicht: Maria fiel die Treppe hinunter. In dem Versuch, sich abzufangen und ihre ungeborenen Kinder zu retten, brach sie sich das Handgelenk. Marco zerrte sie in die Höhe und schleifte sie zum Auto, vor Schmerz war Maria beinahe ohnmächtig. Acht Stunden später wurden Gennaro und Luisa geboren –

zwei Wochen zu früh. Während Luisa wie am Spieß schrie, war Gennaro reglos und blau angelaufen. Ein Arzt wurde gerufen, konnte aber nichts mehr tun.

Gemeinsam mit ihrem Sohn starb ein Teil von Marias Seele.

Sie konnte nie beweisen, dass Marco ihren Jungen getötet hatte, aber vor ihrem Sturz hatte den Föten nichts gefehlt. Maria sprach nur noch wenig. Sie kümmerte sich um Luisa und hielt, soweit das möglich war, ihre Tochter und sich selbst von Marco fern. Er drohte ihr: Sollte sie ihn je beschuldigen, würde er alles abstreiten. Wer würde einer hysterischen Frau Glauben schenken? Als Luisa gerade mal zwölf Tage alt war, zwang Marco sich Luisa erneut auf, während das Baby in seiner Krippe am Fuß des Bettes schrie.

Da wurde Maria klar, dass sie lieber sterben würde, als so zu leben.

Sie brauchte einen Monat, um ihre Flucht zu planen. Ein Freund aus Schulzeiten besorgte ihr einen falschen Pass und eine Zugfahrkarte nach England. Einst hatte sie zusammen mit Lorenzo davon geträumt, dorthin zu gehen … Als der Schulfreund sie fragte, wie sie von jetzt an heißen wollte, musste sie nicht lange überlegen: Sie wollte Lorenzos Witwe sein, nicht Marcos Frau. Nie wieder würde sie jemand anderen darüber entscheiden lassen, wer sie zu sein und was sie zu tun hatte.

Ihre Mutter zu verlassen war schwer, und die Zugreise durch Europa, allein mit einem winzigen Baby, war aufreibend. Maria trauerte weiterhin um ihr zweites Kind, aber während sich der Abstand zwischen ihr und Marco immer mehr vergrößerte, konnte sie freier und freier atmen. Da wusste sie, dass sie das Richtige getan hatte.

Sobald sie in England war, wandte sie sich an eine Hilfsorganisation für Frauen. Sie hatte große Angst, dass Marco sie suchen könnte, und die Organisation half, ihre Spuren zu verwischen. Bevor sie sich mit Luisa in der Grafschaft Derbyshire niederließ, wechselte sie häufig den Wohnort. Sie trug Sorge, ihren Reisepass regelmäßig zu erneuern – nur für den Fall, dass sie noch einmal würde fliehen müssen.

»Das erste Jahr iste gewese das schwerste«, sagte Nonna. »Ich vermisse die Sonneschein und der Meer, der Geruch von Zitronebaumbluten in die Luft und meine Mamma. Am meiste meine Mamma. Suerst ich wage nicht, ihr su schreibe. Dann gebe ich eine *Italiano* eine Brief, wenn reiste er suruck nach Hause, nach Salerno. Sie antwortet, unde wir habben uns geschrieben heimlich. Aber gesehen habbe ich sie nie widder. Sie iste gestorbe 1975. Habbe ich keine Ahnung, ob ich habbe noch Familie in *Italia*.«

Ihre Geschichte machte mich traurig. Sie musste sich so allein gefühlt haben – in einem fremden Land, in dem sie niemanden kannte. Und trotzdem hatte sie überlebt.

»Du bist die mutigste Frau, die ich kenne«, sagte ich leise und drückte ihre Hand.

Der Servierwagen kam wieder auf unserer Höhe an, und Nonna zwinkerte mir zu.

»Mutig oder nichte, denke ich, ich nehme eine Limoncello, su beruhige meine Nerven!«

Ich lächelte, als sie anstelle des Limoncellos den doppelten Brandy wählte, und hielt ihre Hand. Mit dem Daumen streichelte ich ihren runzeligen Handrücken, bis sie eingeschlafen war.

Das Flugzeug setzte auf der Landebahn des Flughafens auf, und die Passagiere applaudierten, als die Maschine bremste.

Ich wandte mich Nonna zu, um sie aufzuwecken, aber ihre dunklen Augen waren schon offen. Ein ängstlicher Blick lag darin. Sie blinzelte mich durch ihre dicken Brillengläser hindurch an, ehe sie aus dem Fenster spähte. Der Abend dämmerte. Das Flugzeug kam ruckelig zum Halten.

»*Dio mio!* Sinde wir hier. Jetzte gibte kein Suruck.«

Hektische Betriebsamkeit brach aus, als die anderen Passagiere anfingen, ihre Sachen zusammenzupacken, ihre Sicherheitsgurte öffneten, aufsprangen und Taschen und kleine Koffer aus den Handgepäckfächern holten. Nonna und ich blieben sitzen. Ich lehnte mich zu ihr hinüber und küsste ihre weiche Wange.

»Wenn du dich deiner Vergangenheit gestellt hast«, sagte ich, »kannst du ohne Angst an deine Zukunft denken. Du tust das Richtige.«

Sie nickte. »Iste Stanley su verdanke, dass ich binne hier. Hätte er mir keine Antrag gemacht ...«

»Stanley ist der Beste«, sagte ich lächelnd.

Sie lachte leise, wurde aber gleich wieder ernst. »Habbe ich nichte gedacht, dass ich noch einmale liebe eine Mann in meine Lebe. Denke ich, binne ich su alt. Aber Stanley ... Ich wunsche mir, ich hätte ihm gesagt. Durch ihn, ich habbe gemerkt, was mir fehlt ... Jemande su gebe eine Kuss an Abend, der iste da an Morgen. Jemande su teile Kleinigkeite.«

Mein Herz flatterte. »Ich weiß, was du meinst«, sagte ich.

Sie sah mich durchdringend an. »Aber habbe ich gebroche seine Herz. Vielleichte will er mich nichte mehr sehe.«

Stanley war die ganze Woche über nicht erreichbar gewesen. Nonna war ein paarmal bei ihm zu Hause vorbeigegangen, aber er war entweder nicht da gewesen oder hatte nicht mit ihr sprechen wollen. Schließlich hatte sie ihm eine Nachricht in den Briefschlitz gesteckt, um ihm zu sagen, dass sie nach Italien reiste, um ihre Angelegenheiten zu regeln. Sie sorgte sich, weil er ihr auswich, aber ich vermutete, dass er noch unter seinem verletzten Ego litt. Wenn wir zurückkamen, war er sicher so weit, sich wieder mit ihr zu treffen.

»Stanley Pigeon ist verrückt nach dir«, sagte ich zuversichtlich. »Und wenn wir herausgefunden haben, was aus Marco geworden ist, kannst du ihn vergessen und Stanley sagen, was du für ihn empfindest.«

»Meine Damen, es wird Zeit!« Ein großer blonder Flugbegleiter lächelte auf uns herunter. Da erst merkte ich, dass wir die letzten Passagiere an Bord waren.

»Sie haben recht, es ist Zeit«, sagte ich und half Nonna aus ihrem Sitz. »Italien erwartet uns!«

# Kapitel 26

»Schwachekopfe!« Nonna setzte sich im Bus neben mich, nachdem sie dem Fahrer die Adresse unseres Hotels genannt und ihn gebeten hatte, uns davor abzusetzen. »Diese Junge hatte gelachte uber meine Italienisch! Sagt, ich habbe englische Akzente.«

Der Fahrer zwinkerte mir im Rückspiegel zu. Meine Mundwinkel zuckten. Er hatte lockiges schwarzes Haar, einen schelmischen Ausdruck in den Augen und ein freches Grinsen. Bestimmt konnte man mit ihm eine Menge Spaß haben. Er zwinkerte noch einmal und lachte mich an.

Ich wollte ihn nicht zum Flirten ermuntern und senkte rasch den Kopf. Ich hatte gelesen, dass die Straßen hier an der Küste schmal und gewunden waren und oft gefährlich nah an den Klippen vorbeiführten. Auf dieser Strecke konnten wir wirklich keinen Fahrer gebrauchen, der mehr auf seine weiblichen Fahrgäste achtete als auf die Straße.

Also konzentrierte ich mich auf mein Handy. Im Flughafen-Café hatte ich Fotos gemacht, die ich nun Lia schickte: Panini, dick belegt mit Salami, in Scheiben geschnittenen, reifen Tomaten, luftgetrocknetem Schinken, Käse mit kräftigem Aroma und leuchtend grünen Basilikumblättern; riesige Calzoni, die mit schwarzen Oliven, Artischocken und gerösteter roter Paprika gefüllt waren; süße Pasteten mit Früchten und Mandeln.

*Ideen für unsere Karte?*

Nonna sah mir beim Tippen über die Schulter. »In *Italia* gibte beste Brot auf der ganze Welt. Wenn ich habbe angefange in die Café, gibte nicht in Engeland, und ich habbe keine Zeit su backe. Die Engeländer esse sowieso nur weiche weiße Brot. Heute ist anders. Engeländer esse alles, unde Panini sinde so gewohnlich wie Brötchen.«

Mum hatte damals recht gehabt: Wir sollten wirklich Panini in die Karte aufnehmen, wir konnten sie so großzügig belegen wie die, die ich fotografiert hatte. Sie würden viel verlockender sein als die üblichen Käse-Schinken-Sandwiches ...

»Wir sollten mehr italienisches Essen anbieten, meinst du nicht auch? Nicht bloß Suppe und Backkartoffeln.«

»Mmh.« Aber sie hörte mir nicht richtig zu. Sie hatte in die Plastikmappe gegriffen, in der ihre Papiere steckten, und fummelte nervös an ihrer Heiratsurkunde herum. Ich drückte sanft ihren Arm.

Sie machte sich Sorgen, und auch ich war ein wenig nervös. Was, wenn wir uns geirrt hatten und Marco noch am Leben war? Wenn er immer noch vor Wut schäumte, dass Nonna ihm davongelaufen war? Oder wenn er sich geändert hatte und verzweifelt seine Tochter kennenlernen wollte?

Als hätte sie meine Gedanken gelesen, sagte Nonna: »Gehe wir morgen auf der Friedhof.« Sie schob die Urkunde wieder in die Mappe und lächelte mich tapfer an. »Dann wisse wir genau.«

Der Fahrer ließ den Motor an und schloss die Türen. Der Bus rollte auf die Schranke an der Ausfahrt des Flughafenparkplatzes zu.

»Wie lange brauchen wir nach Sorrent?« Ich schnallte mich an und schraubte eine Flasche Wasser auf, um einen Schluck zu trinken.

Nonna zuckte mit den Schultern. »Eine Stunde.«

Die Schranke ging hoch, und der Fahrer trat aufs Gas. Schleudernd fädelte er sich in den Verkehr ein. Nonna und ich fielen in unsere Sitze zurück, und ich schüttete Wasser über uns beide.

Sie wischte sich das nasse Gesicht am Ärmel ihrer Jacke ab und hielt sich dann am Vordersitz fest. »Vielleicht gehte doch schneller.«

Die Reise führte uns über eine Autobahn und dann durch eine Reihe kleiner, an den Hängen von Bergen liegender Städte, auf einer holprigen Brücke über einen Fluss und über Serpentinen – alles in haarsträubender Geschwindigkeit. Schließlich hielt der Bus am Rand von Sorrent.

»*Hotel Roseto!*«, rief der Fahrer.

Nonna und ich holten unser Gepäck aus dem Laderaum, und der Bus rumpelte davon.

»Wow!« Ich sah zu unserem Zuhause für die nächsten paar Tage auf.

Selbst in der fortschreitenden Dämmerung konnte man sehen, dass das *Hotel Roseto* ein hübsches blassgelbes Gebäude war, drei Stockwerke hoch, mit kleinen schmiedeeisernen Balkonen vor den oberen Fenstern. An der Fassade kletterten herrlich duftende Bougainvilleen hinauf, der große Vorgarten war ein Farbenmeer aus Rosa- und Violett-Tönen: Geranien wuchsen üppig in Blumentöpfen und Hängekörben. Orangen- und Zitronenbäume, in denen Lichterketten hingen, bildeten ein Blätterdach über Tischen und Stühlen. Auf den Tischen standen hohe Gläser, in denen Kerzen brannten.

Für eine Weile standen wir nur da, gebannt von all der Schönheit, und atmeten die süße Abendluft ein.

Nonna sah mich an. Ihre Augen glitzerten. »Iste möglich, dass Stanley und ich komme suruck hier fur unsere Hochseitsreise.«

Sie musste die unbezwingbarste alte Dame auf der ganzen Welt sein! »Ich würde vorschlagen, wir kümmern uns um einen Ehemann nach dem anderen«, sagte ich und erwiderte ihr breites Lächeln, »was meinst du?«

Am nächsten Morgen war der Himmel blau, wolkenlos und weit – ein Himmel, der einem das Gefühl gab, dass alles möglich war. Nonna und ich waren ausgeschlafen und hatten uns am Frühstücksbüfett mit gekochten Eiern, knusprigen Brötchen und Kaffee gestärkt. Kurz nach neun verließen wir das Hotel.

Wir wanderten die Hauptstraße hinunter, um ins Stadtzentrum zu gelangen. An einem kleinen Blumenstand kaufte Nonna Rosen für ihre Eltern und einen Strauß Maiglöckchen für Gennaro.

Der Friedhof lag am Ende einer steilen Straße, von der aus man über die Stadt schauen konnte. Wir waren beide außer Atem, als wir ihn endlich erreichten. Trotz des Sonnenscheins und der warmen Morgenluft zitterte Nonna, als wir durch das hübsche Tor traten.

»*O Signore mio*«, raunte sie.

Ich konnte ihre Angst deutlich spüren. Es musste schwer für sie sein, zum ersten Mal das Grab ihrer Mutter zu besuchen, und schwerer noch, das ihres Babys wiederzusehen. Und darüber hinaus hoffte sie, bald vor dem Grab ihres Ehemanns zu stehen ...

Nicht unbedingt das, was man sich unter einem Kurzurlaub vorstellte.

»Möchtest du, dass ich vorausgehe und wegen Marco frage, Nonna? Du könntest solange hier warten.«

Sie schüttelte den Kopf. »Ich möchte sehe mit meine eigene Auge.«

Der Friedhof war ganz anders als die Friedhöfe, die ich aus England kannte: Weit und breit war kein einziger Grashalm zu sehen, es gab keine windschiefen Grabsteine, die unterschiedlich groß und aus verschiedenartigem Stein gehauen waren, keine Wasserspeier und keine geschmacklosen Statuen. Stattdessen zogen sich schnurgerade Reihen von Gräbern über den Friedhof, die von schlichten blassgrauen Marmorkreuzen geschmückt wurden. Auf jedem Kreuz stand ein Name sowie ein Geburts- und ein Todesdatum. Das hätte karg und abweisend wirken können, aber das Gegenteil war der Fall: Es sah aus, als würde jedes einzelne Grab sorgfältig gepflegt und geschmückt. Pflanzen in Blumentöpfen, Kerzen, Blumensträuße, gerahmte Fotografien ... Auf jeder Grabplatte standen persönliche Gegenstände. Es kam mir vor, als würden die Menschen hier das Leben derer feiern, die von ihnen gegangen waren, glücklichen Erinnerungen nachhängen und ihre Liebe wachhalten. In Italien wurden die Toten nicht vergessen, schien es.

»Familie Benedetto iste begrabe da«, sagte Nonna und

wies nach links. »Habbe ich mit Marco die Grab von seine Nonno besucht. Wenn Marco iste gestorbe, er iste dort. Aber suerste besuche wir meine Sohn.«

»Also ist Gennaro nicht bei den Benedettos beigesetzt?«

Sie lachte rau auf. »Hatte Marco gehabte nix su tun mitte der Begräbnisse. Er sagt, iste gewese su erschuttert. Aber iste das eine *Luge*.« Die Zornesröte stieg ihr ins Gesicht. »Hatte er gewusste, dass Gennaro iste gestorbe wege ihm. Aber binne ich froh, dass Gennaro iste begraben mitte meine Familie. Sie habben geliebte mich und ihn.«

Nonna wusste immer noch genau, wo Gennaros Grab war. Sie stapfte voraus, und ich folgte ihr. Dabei kaute ich auf meiner Unterlippe herum. Wenn niemand aus ihrer Familie mehr lebte, wer kümmerte sich dann um Gennaros Grab? Bestimmt würde es Nonna wehtun, wenn seine Grabplatte als eine der wenigen leer war.

Eine alte Dame mit einem Kopftuch, die einen Weidenkorb im Arm trug, kam an uns vorbei.

»*Buongiorno*«, murmelte sie und neigte den Kopf.

Nonna war damit beschäftigt, die Namen auf den Grabkreuzen zu studieren, sie schenkte der Frau kaum Aufmerksamkeit und murmelte abgelenkt eine Begrüßung.

Auch ich sagte: »*Buongiorno!*« Im Vorbeigehen spähte ich in ihren Korb. Er enthielt eine Gartenschere, ein Tuch, eine Bürste mit weichen Borsten, eine Packung mit LED-Kerzen und ein paar lose grüne Blätter. Vielleicht hatte sie irgendwo eine Hecke zurückgeschnitten.

Sie bemerkte meinen Blick, runzelte die Stirn und eilte davon. Bei einem Mülleimer blieb sie kurz stehen, kippte die Blätter hinein und stieg dann die Treppe zum höher gelegenen Teil des Friedhofes hinauf.

Nonna flüsterte: »Gennaro!«

Sie sank vor einem Grab auf die Knie und begann, auf Italienisch zu sprechen, sanft und zärtlich, eine Liebesbekundung.

Ich stand hinter ihr und las die Inschrift auf dem Kreuz. Gennaro Benedetto, Mums Zwillingsbruder, war 1963 am selben Tag geboren worden und gestorben.

»Habbe ich gegebe mir die Schuld an seine Tod«, sagte Nonna. »Die Mutter musse beschutze ihre Kinder. Gennaro habbe ich nichte beschutzt. War ich nicht glucklich uber Schwangereschaft, war ich wutend. Habbe ich gehabte schreckliche Gedanke. Wollte ich Marco nichte heiraten und habbe gegeben die Schuld an meine Schicksal jedem, meine Familie, meine Babys ... Später sie habbe sich bewegt, unde da habbe ich gewusst: Ich liebe sie, obwohl Marco iste ihre Vater. Dann hätte ich meine Lebe gegebe fur sie.«

Es gab nichts, was ich sagen konnte. Ich streichelte Nonnas Rücken. Meine Augen brannten. Armer kleiner Junge. Er hatte nicht einmal lang genug gelebt, um ein einziges Mal in den Armen seiner Mutter liegen zu können.

Aber jemand kam hierher: Das Grab war so gepflegt wie alle anderen. Eine glänzende silberne Sturmlaterne stand auf der Grabplatte. Darin flackerte eine batteriebetriebene Plastikkerze. In zwei weißen Blumentöpfen wuchsen ordentlich beschnittene immergrüne Sträucher, und der Marmor selbst war makellos. Ich war erleichtert.

Nonna fand am Rand der Grabplatte eine Vase aus Metall, füllte sie mit Wasser aus einem Hahn und stellte die Maiglöckchen hinein.

»Wer pflegt wohl sein Grab?«, überlegte ich laut und

hob ein einzelnes Blatt vom Boden auf, das so aussah, als wäre es gerade abgeschnitten worden.

Nonna antwortete nicht. Auf ihren Wangen schimmerten Tränenspuren, und sie schien zu beten.

Ich drehte mich um. Die alte Dame, die an uns vorbeigegangen war, stand jetzt auf der obersten Treppenstufe und starrte uns an. »Nonna«, fragte ich leise, »wo, hast du gesagt, sind die Gräber von Marcos Familie?«

»Da obe«, sagte sie und zeigte in die Richtung. »Wo stehte diese Frau.«

»Hab ich's mir doch gedacht. Ich bin gleich wieder da!«

Ich ließ Nonna an Gennaros Grab zurück. Wahrscheinlich gehörte es sich nicht, auf Friedhöfen zu rennen, daher verlegte ich mich darauf, größere Schritte zu machen. Aber ehe ich überhaupt bei der Treppe angekommen war, hatte ich die Frau mit dem Kopftuch schon aus den Augen verloren. Der Friedhof erstreckte sich über mehrere Ebenen, und es gab Pfade, die in jede Richtung führten. Ich stand in einem Irrgarten aus Marmorkreuzen.

Ich kniff die Augen zusammen, beschirmte sie mit einer Hand und sah mich um. Nirgends bewegte sich etwas. Die alte Dame musste wendiger sein, als ich gedacht hatte. Allerdings war sie überstürzt aufgebrochen: Ihr Weidenkorb stand noch auf einer Grabplatte. Ich war beinahe sicher, dass sie sich um Gennaros Grab gekümmert hatte, ehe wir gekommen waren. Dann hatte sie sich zwischen den Gräbern der Familie Benedetto herumgetrieben … Wahrscheinlich war sie eine Benedetto. Vielleicht hatte sie Nonna erkannt und daraufhin das Weite gesucht.

Mit angehaltenem Atem ging ich auf das Grab mit dem Korb darauf zu.

Er stand zwischen zwei weißen Blumentöpfen mit immergrünen Büschen – es war dieselbe Art wie auf Gennaros Grab. Auch hier gab es eine silberne Sturmlaterne, allerdings war sie offen und die Plastikkerze fehlte. In einem der Blumentöpfe steckte die Gartenschere, die vorhin im Korb gelegen hatte. Ein ordentlicher kleiner Haufen toter Blätter lag daneben.

Ich hob den Blick zum Kreuz und übersetzte die Inschrift: »Marco Benedetto, geboren 1939, gestorben 1997«.

Also hatten wir die richtigen Informationen im Internet gefunden. Erleichterung durchspülte mich wie eine Welle. Wir würden nicht mit ihm zusammenstoßen. Ich hatte Nonna verschwiegen, dass auch ich mir deswegen Sorgen gemacht hatte. Aber er war tot, Nonna war frei – genau genommen schon seit beinahe zwanzig Jahren.

Mein Großvater war seit beinahe zwei Jahrzehnten tot.

Ich wartete darauf, dass bei dem Gedanken wenigstens ein bisschen Traurigkeit in mir aufkommen würde, fühlte aber nichts dergleichen.

Unter Marcos Namen war ein kleines gerahmtes Foto angebracht. Er hatte dunkle Augen mit schweren Lidern, wie Nonna es beschrieben hatte, aber seine Haare waren dünn und weiß, er hatte Hängebacken und ein knittriges Gesicht. Nonna hatte gesagt, dass er ein gut aussehender Mann gewesen war, aber das Altern hatte ihm nicht gutgetan.

Ich ballte die Hände zu Fäusten.

*Du hast sie nicht kleingekriegt, Marco!*

»Großvater Benedetto«, sagte ich laut. »Oder wahrscheinlich wärst du mein Nonno gewesen. Vielleicht hat es dir ja noch leidgetan … Das hoffe ich. Für dich. Aber ich glaube kaum, dass irgendjemand aus unserer Familie dir je vergeben wird.«

»Rosanna?« Nonna kam die Stufen heraufgeschnauft. »Was haste du gefunde?«

»Frieden.« Ich lächelte, als sie neben mir stehen blieb, und schlang einen Arm um ihre Schultern. »Für dich, hoffe ich.«


»Habbe ich nie in meine Lebe gedachte, so erleichterte su sein, dass meine Ehemann iste tot«, sagte Nonna, als wir zwanzig Minuten später den Hügel wieder hinunterstiegen. »Binne ich eine schreckeliche Mensch!«

»Unsinn. Er war wie ein Schurke aus einem Film. So sah er auf dem Foto auch aus! Ich bin so froh, dass du ihm entkommen bist.«

»Iche auch.« Sie blieb stehen und kniff mir liebevoll in die Wange. »Aber hatte er eine Nutze gehabt. Habbe ich bekomme euch alle, meine Familie.«

»Ob Marco wohl jemanden gefunden hat, mit dem er sein Leben teilen konnte?« Ich spähte in jede Seitenstraße, an der wir vorbeikamen. Während Nonna eine Weile stumm an Marcos Grab gesessen hatte, war ich um den ganzen Friedhof herumgegangen, aber die alte Dame hatte ich nicht noch einmal gesehen. Ich hätte gern gewusst, was sie mit meiner Familie zu tun hatte – *ob* sie etwas mit ihr zu tun hatte.

»Hoffe ich fur ihn, *cara.*« Nonna schniefte. »Aber glaube ich nichte so recht. Meiste Mensche ändere sich nicht so sehr.«

»Du hast recht«, sagte ich. Dann runzelte ich die Stirn. »Hörst du das?«

Hinter uns wurde ein schreckenerregend pfeifendes Geräusch immer lauter. Aus der gleichen Richtung näherten sich eilig Schritte. Wir blieben stehen und drehten uns um. Es war die alte Dame mit dem Kopftuch: Mit rasselnder Lunge kam sie uns hinterhergerannt.

»*Maria?*«, fragte sie, während sie verschnaufte, vornübergebeugt, eine Hand auf den Oberschenkel gestützt. »*Sei tu?*«

Als Nonna sich versteifte, trat ich unwillkürlich dichter an sie heran.

»*Sì?*«

Die Frau richtete sich auf und tippte sich gegen die Brust. »*Alba*«, sagte sie atemlos. »*Non ti ricordi di mi? Sono Alba Benedetto!*«

Nonna nickte langsam. Ihr Blick wanderte über das Gesicht der Frau, ihre gefurchten Wangen, die schweren Lider, das spitze Kinn. »*Santo cielo*«, murmelte sie.

Alba ergriff zaghaft Nonnas Hände. Nonna sah mich an.

»Rosanna, das ist Marcos Schwester. Alba, *mia nipote*, Rosanna.«

Und dann fingen beide Frauen an, so schnell zu reden, als würden sie Maschinengewehrsalven abfeuern. Ich konnte nicht ein Wort verstehen, aber sie schienen sich nicht zu streiten. Ich trat ein paar Schritte zur Seite und schrieb Mum und Dad eine SMS, während ich wartete. Als ich die beiden ins Bild gesetzt hatte, waren Nonna und Alba Benedetto dabei, sich auf die Wangen zu küssen und Telefonnummern auszutauschen. Beide Frauen weinten.

Nonna seufzte, als wir Alba hinterherschauten, die die steile Straße zum Friedhof wieder hinaufstieg.

»Alles okay?«, fragte ich und versuchte, im Gesicht meiner Großmutter zu lesen.

»Sie habben gehabt eine Ahnung«, sagte sie traurig. »Marcos *famiglia*. Dass ich habbe Luisa unde mich in Sicherheite gebrachte. Iste er gewese immer schon gewaltetätig.«

Ich dachte daran, was sie gesagt hatte. »Er hätte sich nie geändert.«

»Unde sie fuhle sich schuldig. Alba hat gesagt, sie und ihre Mamma wunschte sich, sie hätte geholfe, wenn die *bambini* ware da. Aber hatte sie Angst. Vor Marco. Albas Mamma iste gewese sehr traurig, dass sie nichte konnte sein eine Nonna. Aber hatte sie verstande. Dasse iste das Beste gewese.« Nonna schluckte mühsam. »Iste niemand wutend auf mich. Alba sagt, alle sinde gewese froh, dass ich binne davongekomme.«

Eine alte Dame weinen zu sehen war besonders schlimm, fand ich. Ich nahm sie fest in die Arme. So standen wir eine lange Zeit, während über uns Möwen kreisten. Schließlich fummelte sie ein Taschentuch aus ihrer Jackentasche, tupfte sich die Augen und lächelte mich zittrig an.

»Gehe wir«, sagte sie und hakte sich bei mir unter. »Fuhle ich mich, als ob eine Tur sugefalle iste … Als könnte ich jetzte mache, was ich will. Liebe, wen ich will.«

»Du meinst, eine Tür ist *auf*gegangen«, sagte ich und grinste. »Wenn sich eine Tür schließt, öffnet sich eine andere!«

»*No*, meine ich sugefalle. Als ich binne gelaufe weg vor Marco, lasse ich Tur offen stehe. Binne ich nichte gewese tapfer … Habbe ich ihm nichte gesagt, dass ich ihn verlasse unde wir habbe Scheidung. Mache ich Tur nichte su. Stehte sie auf alle die Jahre. Jetzte iste su. Verstehste du?«

Ich dachte einen Augenblick darüber nach.

»Du meinst, dass du nicht durch die neue Tür durchgehen kannst, ehe die alte nicht geschlossen ist?«

»Genau. Musste du suruckgehe unde schließe die alte Tur.«

Ich starrte sie an. Ich hatte das Gefühl, als würde in meinem Kopf eine Lampe angehen – eine große Neonlampe, die ihr Licht auf die Gedanken warf, die sich seit einer Dekade dort im Dunkeln herumdrückten.

Ich lachte auf und rief: »Du bist eine weise Frau! Wenn du es so sagst, ist es ganz offensichtlich.«

»*Grazie*«, sagte sie. Sie fuhr sich prüfend über die Haare. »Komm. Verdiene wir Espresso nach all die Aufregung. Unde vielleicht Kuche. Seige ich dir eine besondere Ort. Binne nichte sicher, ob er iste noch da nach so viele Jahre, aber …«

Sie beschrieb ein Café, in dem sie sich mit Freundinnen getroffen hatte, um dann und wann den wachsamen Blicken ihrer Familie zu entgehen. Den Kaffee dort habe sie immer mit Sorrent assoziiert, mit ihrer Heimat. Es sei schwer gewesen, in England Kaffee zu finden, der dasselbe Aroma hatte, kräftig und rauchig.

Für eine Weile schaltete ich ab und zog mich in meinen eigenen Kopf zurück.

Durch das, was Callum mir angetan hatte, hatte ich mich so tief verwundet, so machtlos gefühlt – ich hatte mir nicht erlauben können, jemanden zu lieben. Ich hatte mein Herz auf Eis gelegt. Aber Nonnas Geschichte war der Schlüssel zu meiner eigenen.

Wie sie hatte ich eine Tür geschlossen.

Mir fiel ein, was Gabe gesagt hatte: »*Von jemandem geliebt zu werden ist eins der größten Geschenke des Lebens.*«

Auch ich war dieses Geschenks würdig. Das nächste Mal, wenn die Liebe anklopfte, würde ich mich nicht von innen gegen die Tür stemmen.

Wir bogen in eine enge Straße ein. Nonna schob eine schäbige Tür auf, und der Duft frisch gerösteten Kaffees holte mich ins Hier und Jetzt zurück.

Nonna, die auf der Schwelle stand, wedelte mit einer Hand vor meinem Gesicht herum. »Aufgewachte!«, befahl sie. »Iche habbe gesehen mehr Lebe auf dieser Friedhof. Suche du dir eine Stucke Kuche aus … Danach gehe wir in die *biblioteca* unde schaue nach alte Zeitungsberichte!«

»Wie aufregend!« Ich lachte und folgte ihr nach drinnen. »Erst der Friedhof, dann die Bibliothek. Als Reiseführerin lässt du leider wirklich zu wünschen übrig, Nonna!«

# Kapitel 27

Am Abend saßen Nonna und ich zusammen vor der Frisierkommode in unserem Hotelzimmer. Ich versuchte, meinen Sonnenbrand hinter Make-up zu verbergen, während sie ihren Haarknoten aufmachte. Vor einer Viertelstunde hatte sie noch tief und fest geschlafen – wir hatten ja auch einen anstrengenden Tag hinter uns. Aber als ihr kleiner Wecker geklingelt hatte, war sie sofort aufgestanden und hatte ein schickes gelbes Kleid angezogen.

»Als ich eine junge Mädchen gewese war, sinde meine Haare schwarze gewese wie Kohle«, sagte Nonna. »Sinde gewese sogar länger als jetzte.« Sie legte ihre Haarnadeln auf die Frisierkommode und kämmte sich die Haare. »Habbe ich sie getrage offe, bis ich habbe geheiratet Marco. Hatte er gemocht daran ziehen, daher ich habbe immer die Haarknote gemachte.«

Ich sah sie im Spiegel an. Ihr dickes weißes Haar fiel ihr wie ein Wasserfall über die Schultern. Auch ihr Gesicht war ein wenig von der Sonne gerötet, und in ihre Augen war der Glanz zurückgekehrt. Sie mochte alt geworden sein – aber das Mädchen, das sie gewesen war, war noch in ihr.

»Du solltest es offen lassen – das steht dir. Du siehst jung aus!«

Sie betrachtete ihr Spiegelbild. »Warum nichte?«, sagte sie dann. »Okeh, gehe wir!«

Als wir das Hotel verließen, war die Dämmerung hereingebrochen. Die Abendluft war warm und duftete, und die Schneestürme von Derbyshire schienen Millionen Meilen weit weg zu sein. Wir waren erst seit vierundzwanzig Stunden hier, aber Sorrent kam mir bereits vertraut vor.

Bei unserem Bibliotheksbesuch hatten wir herausgefunden, dass *Bar Salvatore* nie verkauft worden war. Also war das Restaurant entweder irgendwann geschlossen worden oder noch in Familienbesitz. Deshalb wollten wir versuchen, heute dort zu Abend zu essen. Mittags, während wir unwahrscheinlich leckere Pizzen verputzt hatten, hatte Alba angerufen und Nonna auf einen Kaffee eingeladen: Morgen, ehe unser Flug nach Hause ging, würden die beiden sich treffen. Den Nachmittag hatten wir mit einer Erkundungstour verbracht. Nonna hatte mir die Piazza Tasso gezeigt, den zentralen Treffpunkt der Stadt, und wir hatten in den umliegenden engen Kopfsteinpflasterstraßen ein wenig eingekauft. Nonna hatte eine Tasse mit Zitronen darauf für Stanley ausgesucht, und ich hatte Mitbringsel für Mum und Lia besorgt: Kerzen mit Zitronenduft für Mum, ein Kochbuch mit traditionellen Rezepten aus Sorrent für Lia. Dann hatten wir die wunderschöne Klosterkirche San Francesco besucht. Der Kreuzgang mit seinen maurisch anmutenden Bögen brachte uns in schön gestaltete Gärten, die mit verzierten Zäunen eingegrenzt waren.

»Das Meer!«, hatte ich aufgeregt gerufen und auf das endlose Blau gezeigt, das sich hinter dem Zaun erstreckte.

Ich hatte mein Handy hervorgekramt und begeistert Fotos geschossen, während Nonna mir die Sehenswürdigkeiten zeigte. Weit zu unserer Linken lag die kleine Insel Capri, zu unserer Rechten, auf der anderen Seite der Bucht, erhob sich der Vesuv in Grün- und Blautönen über den Horizont. Direkt unter uns befand sich ein geschäftiger Hafen. Am Ufer zog sich eine Häuserzeile entlang – Restaurants, Hotels und Kneipen, die alle Tische am Wasser stehen hatten. Eine Menschenmenge wartete auf die Abfahrt einer Fähre, die hin und wieder ihr Nebelhorn hören ließ und dabei eine Dampffahne ausstieß. Draußen auf dem Meer schaukelten Boote auf den Wellen, und an einem kleinen Sandstrand planschten Leute im Wasser. Es war, als würde man auf ein Filmset hinunterblicken.

Ich hatte tief die salzige Luft eingeatmet, während mein Blick die Küste entlanggewandert war, über die rosa- und orangefarbenen Häuser, die sich auf den Klippen zusammenkauerten. *Sorrent ist ein zauberhafter Ort,* hatte ich gedacht und erst in diesem Moment wirklich begriffen, was Nonna alles hatte aufgeben müssen, um ihrer unglücklichen Ehe zu entrinnen.

Sie hatte still neben mir gestanden und weit über das Meer geblickt, der Blick verhangen und wohl in die Vergangenheit gerichtet.

»Zeig mir noch mehr«, hatte ich sie sanft gebeten, um sie zurückzuholen. »Zeig mir einen Ort, an den du glückliche Erinnerungen hast.«

Sie hatte kurz nachgedacht und dann gelächelt. »Die Zitronegarten, in die ich habe getroffe Lorenzo!«

Ich hatte ihr meinen Arm angeboten, und wir waren weiter durch die Sträßchen geschlendert, bis wir die Giardini di Cataldo erreicht hatten, den Zitronengarten mitten in der Stadt. Und dort hatte Nonna sich mit mir in den

Schatten der uralten Zitronenbäume gesetzt und sich an den Mann erinnert, den sie geliebt und verloren hatte.

*Bar Salvatore* war auf der anderen Seite der Stadt, und nachdem wir den ganzen Tag auf den Beinen gewesen waren, wurde Nonna rasch müde. Sobald wir die Hauptstraße erreicht hatten, winkte ich einem Taxi, und Nonna gab dem Fahrer die Adresse in der Via Vittorio.

Kaum fünf Minuten später standen wir auf dem Kopfsteinpflaster einer schmalen Straße vor dem Heim der Familie De Rosa.

Ich las das Schild über der Tür, die in eine hohe Mauer eingelassen war: »*Bar Bufalo.* Sind wir hier wirklich richtig?«

»*Ma sì!* Iste das *Bar Salvatore.*« Nonna legte die Stirn in Falten. »Oder ware gewese.«

Die Mauer war üppig mit Kletterpflanzen bewachsen. Leise Harfenmusik drang auf die Straße, und ich konnte Knoblauch und etwas Gebratenes riechen – mir lief das Wasser im Mund zusammen.

Ich öffnete die Tür und wollte Nonna den Vortritt lassen, aber sie schüttelte den Kopf.

»Du suerste.«

Also ging ich voran. Weil sie so nervös war, sagte ich: »Niemand wird dich erkennen. Lass einfach mich reden. Und wenn du wieder gehen willst, machen wir das!«

»Gebongte.«

Eine Steintreppe führte auf eine große Terrasse hinauf, auf der einfache Holztische aufgestellt waren. An den meisten saßen Leute und aßen zu Abend. Von belaubten Zweigen hingen kleine Windlichter aus Glas mit echten Kerzen darin. Eckige Terrakottablumentöpfe in verschiedenen

372

Größen waren auf der Terrasse verteilt und quollen beinahe über mit einer Unzahl verschiedener Pflanzen – von Kräutern bis Kakteen –, und in der Mitte von alldem saß eine junge Frau mit hellblondem Haar in einem langen, fließenden Kleid und spielte auf einer Harfe. In allen vier Ecken der Terrasse standen große Wärmepilze.

»*Mamma mia!*« Nonna drehte sich langsam einmal um die eigene Achse. »Iste alles so anders!«

»Es ist wunderschön«, sagte ich und legte ihr einen Arm um die Schultern, um sie auf die Tür zuzusteuern. »Hier bist du aufgewachsen ... Ich kann's gar nicht fassen! Wie fühlt es sich an, nach Hause zu kommen?«

»Kanne ich esse auch nichte fasse.« Sie schluckte schwer. »Brauche ich etwas su trinke.«

Drinnen nahm eine lange Theke den größten Teil des Platzes ein. In den Regalen dahinter standen die unterschiedlichsten Flaschen. Zwei Männer saßen am Tresen und tranken Bier, an kleinen Tischen studierten Paare die Karte, und Kellner und Kellnerinnen sausten zwischen den Tischen und einer Durchreiche in der hinteren Wand der Bar hin und her – auf den Fingerspitzen trugen sie voll beladene Teller. Der köstliche Duft war hier noch verlockender.

Hinter der Bar ließ ein schlanker Mann sein Tuch auf den Tresen fallen und breitete weit die Arme aus. »Hi, wunderschöne Ladys, ich bin Paolo! Willkommen in der *Bar Bufalo!*« Er grinste und zeigte dabei seine strahlend weißen Zähne. Sein schwarzes Hemd war beinahe bis zu seinem Bauchnabel aufgeknöpft, und in sein hellbraunes Haar war an den Seiten ein Muster rasiert. Er blinzelte mir zu. »Engländerinnen, richtig?«

Sein Englisch war sehr gut. Ich hörte, wie Nonna neben mir leise schnaubte, aber sie sagte nichts. Sie war zu sehr damit beschäftigt, sich umzuschauen.

»Ich bin Halbitalienerin«, sagte ich stolz.

»*Ah! Parla italiano?*«

»Ähm … Bloß ein paar Worte«, gab ich zu und nahm mir vor, einen Sprachkurs zu machen, sobald ich wieder in England war. »Und die sind noch dazu ziemlich unhöflich … Ich hab sie von meiner Großmutter gelernt.«

Ich schubste Nonna an, aber ein paar alte Schwarz-Weiß-Fotografien, die am Ende des Tresens an der Wand hingen, schienen sie vollkommen in ihren Bann geschlagen zu haben.

»Sie sind zum Abendessen gekommen, *sì?*« Er reichte uns Speisekarten, ohne auf eine Antwort zu warten. »Zuerst möchten Sie aber etwas trinken. Warten Sie, warten Sie, *un secondo prego,* die Damen! Lassen Sie mich raten.«

Er strich sich übers Kinn und musterte uns abwechselnd.

»Weißwein für die *Signorina*«, er zwinkerte mir wieder zu, »und roter für Ihre Schwester!«

»Schwachekopfe«, murmelte Nonna, während sie sich die größte Mühe gab, gleichzeitig für den jungen Mann hinter der Bar mit den Wimpern zu klimpern und ihn böse anzusehen.

»Gut geraten!«, sagte ich und zog einen Barhocker für Nonna zurück. Sie ignorierte mich und starrte wieder auf die Fotos.

»Was soll ich sagen?« Er grinste wieder und hob beide Hände in die Luft. »Ich bin Experte.«

»Dies hier war einmal *Bar Salvatore,* oder?«

Paolo, der ungefähr in meinem Alter sein musste, war gerade dabei, eine Weinflasche zu entkorken. Er unterbrach das Unterfangen und hob eine Augenbraue. »Sie waren schon mal hier?«

Nonna sog scharf den Atem ein. »*Santo cielo!*« Sie schob den Barhocker beiseite und eilte zu den Fotos hinüber.

»Ich nicht.« Ich sah meine Großmutter an, dann ihn. »Aber meine Großmutter, Maria de Rosa, ist hier aufgewachsen.«

»*De Rosa?*« Pablo blieb der Mund offen stehen. »*Maria de Rosa?*«

Nonna nickte und lächelte befangen.

Er stieß einen Jubelschrei aus, und alles drehte sich nach uns um.

»Ich bin Paolo *de Rosa!*«, rief Paolo und klopfte sich gegen die Brust. »Ihr seid Familie?«

Nonna zitterte jetzt. »*Tua famiglia,* sì.« Sie zeigte auf eine der Fotografien. »Rosanna, kommste du her … Das iste deine *bisnonno,* deine Urgroßvater.«

Und dann kam Paolo hinter dem Tresen hervorgeschossen, küsste Nonna auf beide Wangen, ergriff ihre Hände und weinte. Er weinte! Nonna und ich vergossen auch ein paar Tränen, während sie mir Familienmitglieder auf den alten Fotos zeigte, die noch in *Bar Salvatore* aufgenommen worden waren. Sogar Nonna als kleines Mädchen war auf einem zu sehen!

Pablo verkündete, dass seine *zia* Maria nach Italien zurückgekehrt war, und alle Gäste pfiffen und klatschten und hoben ihre Gläser.

»Rosie – wie die Rose, deren Duft ein Versprechen ist!«, sagte Paolo und küsste meine Fingerspitzen.

Ich musste grinsen. »Drückst du dich immer so blumig aus?«

Er lachte. »Die Touristen lieben das. Ich kann längst nicht mehr damit aufhören.«

»Aber ich bin keine Touristin«, sagte ich glücklich. »Ich bin Familie!«

Dann unterhielten sich Nonna und Pablo auf Italienisch, und natürlich konnte ich nicht folgen. Es machte mir aber überhaupt nichts aus, meinen Wein zu trinken, während sie klärten, wie genau sie miteinander verwandt waren – wie sich herausstellte, war Paolo der jüngste Enkel von Nonnas Bruder Salvatore und Nonna somit Paolos Großtante.

Paolo hatte die Bar vor zwei Jahren von seiner Mutter übernommen. Jetzt gewann sie Preise und war jeden Abend voll. Seine Mutter hatte sich mit ihrem neuen, blutjungen Ehemann zur Ruhe gesetzt und verbrachte ihre Tage damit, mit ihrer Jacht Sardinien zu umsegeln. Paolo staunte nicht schlecht, als Nonna ihm erzählte, wo sie die letzten fünfzig Jahre gewesen war. Ungläubig betrachtete er die Fotos vom Rest seiner englischen Verwandten auf meinem Handy.

Sobald die Harfenspielerin eine Pause einlegte, holte Paolo sie zu uns. Sie hieß Alice und war Paolos amerikanische Freundin. Ohne ihre Harfe wirkte sie winzig. Sie war schrecklich schüchtern, das Gegenteil ihres ungestümen Freundes, und ich fragte mich, wie ausgerechnet die beiden zusammengefunden hatten. Alice wurde rot, als Nonna ihr Harfenspiel lobte. Sobald sie konnte, flüchtete sie zurück zu ihrer Harfe.

Dann nahm Paolo uns mit in die Wohnung über dem

Restaurant, in der Nonna früher mit ihrer Familie gelebt hatte. Er öffnete leise die Tür zu Nonnas altem Zimmer, in dem seine achtjährige Tochter Adriana tief und fest schlief.

»Hier seht ihr die wahre Chefin«, flüsterte er voller Stolz. »Meine Kleine wickelt mich um den Finger!«

Nonna tätschelte seinen Rücken. »Unde so sollte es auch sein. Iste sie eine gluckliche Kinde su habbe dich!«

»So!« Paolo klatschte in die Hände, als wir wieder im Restaurant standen. »Seid ihr bereit herauszufinden, was *Bar Bufalo* so besonders macht?«

Unser Mittagessen lag schon Stunden zurück, daher folgten wir ihm nur zu gerne auf die Terrasse. Er suchte einen Tisch für uns aus, der in der Nähe eines Wärmepilzes stand, und machte großes Aufhebens um die Frage, ob Nonna warm genug war.

»Was empfiehlst du denn?«, fragte ich, als wir endlich Speisekarten in den Händen hielten. »Lass mich raten … Pizza?«

Paolo drohte mir mit dem Finger. »Hier gibt es keine Pizza! In Sorrent muss man etwas anders machen als die anderen, wenn man im Geschäft bleiben will. Alle geben damit an, die beste Pizza der Stadt zu backen, deshalb bieten wir gar keine an. Die Bar heißt nicht von ungefähr *Bufalo* … Unsere Hausspezialitäten sind Büffelmozzarella-Salat als Vorspeise, gefolgt von unseren preisgekrönten Büffelsteaks! Keiner macht sie wie wir, in Sorrent sind wir die Einzigen, die so etwas anbieten.«

Er warf sich in die Brust und sah uns gespannt an.

Ich grinste. »Das klingt sehr gut. Das nehme ich!«

»Ich auch«, sagte Nonna.

»*Fantastico!*« Er strahlte und nahm uns die Karten wieder ab.

»*Eh*, Paolo?« Nonna winkte ihm mit ihrem leeren Glas.

Er nahm es ihr lachend aus der Hand. »Genau so macht es auch dein Bruder!«

Wir beobachteten ihn, als er wieder in die Bar ging. An beinahe jedem Tisch blieb er stehen, um mit seinen Gästen zu sprechen. Nonnas Augen leuchteten.

»Ich habe meine Familie suruck, *Cara*«, sagte sie und nahm ihre Brille ab, um sich die Augen trocknen zu können. »Fuhle ich mich wie glucklichste Frau auf der Welt!«

»Geht mir ganz genauso«, sagte ich und lächelte breit.

Das Abendessen war so phänomenal wie versprochen: Das Zusammenspiel aus der Szenerie, dem köstlichen Mahl, Alice' Harfenmusik und Nonnas Erzählungen, wie es gewesen war, an diesem wunderschönen Ort aufzuwachsen, machten es zu einem wahrhaft unvergesslichen Ereignis. Wir teilten einen Baba au rhum, der im Mund schmolz; danach kam der Chefkoch an unseren Tisch, ein großer Mann mit einer silbernen Strähne im schwarzen Haar, um Nonna einen Rundgang durch die Küche anzubieten. Sie ging mit ihm und fragte ihn noch auf dem Weg, wie er den Baba al rum so hinbekommen hatte. Ich wanderte zur Bar.

»Hey, Cousinchen!« Paolo grinste mich an. Er hörte damit auf, den Tresen abzuwischen, und warf sich sein Tuch über die Schulter. »Mochtest du dein Büffelsteak?«

»Das war das beste Steak, das ich je gegessen habe«, sagte ich. »Du bist meine Inspiration! Ich werde darüber nachdenken, wie ich das *Lemon Tree Café* auch zu etwas Besonderem machen kann.«

Paolo nickte stolz und schenkte mir ein kleines Glas Dessertwein ein. »Ich werde euch besuchen und mir euer Café ansehen müssen!«

»Unbedingt!« Ich nahm einen kleinen Schluck. Der Wein war süß und sehr kalt und kribbelte angenehm auf der Zunge. »Bis dahin bin ich hoffentlich schon auf eine tolle Idee gekommen.« Ich erzählte ihm, dass eine große Gartenfachmarktkette in unserer direkten Nachbarschaft ein Café eröffnen würde und ich mir deswegen Sorgen machte.

»Du musst etwas machen, das dich mit Leidenschaft erfüllt! Mamma hat mich für verrückt erklärt, als ich all die De-Rosa-Traditionsgerichte von der Karte gestrichen habe. Aber wenn du mit Liebe dabei bist, spüren die Gäste das und kommen immer wieder.«

Ich lächelte. »Das ist ein guter Rat. Ich werde meine Schwester Lia fragen, was sie denkt: Sie ist die Köchin in der Familie.«

Alice kam herein und küsste Paolo auf die Wange. »*Ciao*, Darling! Ich muss zu Bella nach Hause.« Sie lächelte mich entschuldigend an und gab mir die Hand. »Es war schön, dich kennenzulernen! Ich würde gern bleiben, aber mein Babysitter hat nur bis zehn Uhr Zeit.«

Ich fragte verwirrt: »Ich dachte, eure Tochter heißt Adriana?«

»Paolos Tochter heißt Adriana. Meine heißt Bella!«, sagte Alice und lachte schüchtern. »Ich muss los. *Ciao!*« Sie küsste Paolo noch einmal und hastete davon.

Wir winkten, als sie die Stufen hinuntersprang, die von der Terrasse auf die Straße führten.

Als sie außer Sicht war, zog ich den Kopf ein. »Sorry«,

sagte ich. »Ich hab einfach angenommen, dass Adriana eure Tochter ist. Ich wollte Alice nicht in Verlegenheit bringen! Oder dich.«

Paolo winkte ab. »Mach dir keine Gedanken. Adriana, Bella, Alice und ich sind eine Patchwork-Familie und sehr glücklich damit. Meine Frau – Adrianas Mutter – hat Adriana und mich vor drei Jahren verlassen. Eines Morgens bin ich aufgewacht, und sie war fort.«

Ich war schockiert – dieses arme kleine Mädchen! Wie musste es sich anfühlen, wenn die eigene Mutter verschwand? Adriana war erst fünf gewesen ... Bestimmt hatte sie nicht verstehen können, was passiert war.

Paolo erzählte mir, wie schwer es gewesen war, seine Arbeit mit der Rolle des alleinerziehenden Vaters zu vereinbaren. »Aber meine Kleine war das einzige Licht in meinem Leben«, sagte er. »Sie hatte Vorrang vor allem anderen.«

»Ich habe einen Freund, dem es ähnlich ergangen ist wie dir«, sagte ich. »Seine Frau ist unerwartet gestorben. Sein Sohn war damals erst ein Jahr alt ... Er hatte es nicht leicht. Aber er ist ein großartiger Vater!«

»Ist er *ein* Freund oder *dein* Freund?« Paolo hob eine Augenbraue.

Ich schüttelte den Kopf. »Bloß *ein* Freund. Ein besonders guter Freund.«

»Bist du dir da sicher?«, fragte er und stupste mich an. »Mein Cousinchen wird nämlich gerade rot.«

»Er ist ein toller Mann, aber wir sind wirklich nur Freunde«, sagte ich. Plötzlich war ich verlegen. »Sein Sohn heißt Noah. Er ist gerade zur Schule gekommen. Er ist erst vier, aber so süß! Und er weiß unheimlich viel über das Planetensystem. Und über Dinosaurier!« Ich lachte, als ich mich daran erinnerte, dass Noah seinen Stoffsaurier zum Teddybär-Picknick mitgebracht hatte – unglaublich, dass das erst eine Woche her war!

Paolo lächelte mich an. In seinem Blick lag etwas, das ich nicht recht deuten konnte – als wüsste er etwas, das ich nicht wusste. »Erzähl mir mehr über diesen *Freund!*«

»Hm. Er war da, als ich jemanden zum Reden brauchte. Ich fühle mich wohl bei ihm. Sicher. Er ist ein guter Zuhörer – weil er weiß, wie es ist, wenn man verletzt wird, glaube ich. Und er ist warmherzig. Es ist erst ein paar Wochen her, dass er in mein Dorf gezogen ist, aber alle lieben ihn jetzt schon.«

Paolo grinste. »Alle?«

»Fast alle.« Ich konnte praktisch fühlen, wie mein Gesicht sich röter und röter färbte. Ich legte meinen Handrücken gegen eine Wange. »Sonnenbrand«, murmelte ich.

»Und er ist bloß ein Freund.« Paolo nahm einen Bierdeckel in die Hand und fächelte mir damit Luft zu. »Aha. Für mich hört es sich so an, als wolltest du vielleicht mehr von ihm.«

»Nein!«, protestierte ich und verfluchte meine Stimme, die mit einem Mal seltsam piepsig klang. Warum redete ich so viel über Gabe? Und warum machte mich das so nervös? »Ich hab nie auch nur darüber nachgedacht!«, log ich.

Er nickte entschieden. »Vielleicht solltest du das. Wenn dir so heiß wird, bloß weil dieser Mann dir *zuhört,* stell dir vor, was los ist, wenn er …«

»Zurück zu dir!«, rief ich. »Wie hast du die Sache mit deiner Frau verkraftet?«

Nach einem Jahr hatte Paolo einen Brief bekommen, in dem seine Frau ihm schrieb, Adriana und er seien ohne sie besser dran. Sie habe einen neuen Freund und käme nicht zurück.

»Das hat alles verändert. Ich hatte so um sie getrauert, aber sie – sie hatte uns einfach aufgegeben. Adriana aufgegeben. Da habe *ich* mich von *ihr* getrennt. Verstehst du?«

Ich nickte langsam und dachte an das, was Nonna gesagt hatte: »*Musste du suruckgehe unde schließe die alte Tur.*«

»Danach habe ich mich besser gefühlt – freier. Ich hab meinen alten Job gekündigt und meiner Mutter *Bar Salvatore* abgekauft. Und obwohl es viel zu tun gab, war es leichter, mich um meine Kleine zu kümmern, weil wir in die Wohnung über der Bar gezogen sind. Vor einem Jahr hab ich dann Alice getroffen.«

»Aus deinem Mund hört sich das alles ganz einfach an!«

Er lachte trocken. »Kein bisschen. Es hat lange gedauert, bis ich wieder in der Lage war, einer Frau über den Weg zu trauen. Und ich musste ja auch an Adriana denken! Zum Glück mag sie Alice sehr.«

Alice' Mann war bei einem Bootsunglück gestorben, als Bella noch ein Baby gewesen war. Eines Tages war Alice ins Restaurant gekommen, um zu fragen, ob Paolo Interesse an Livemusik hatte. Sie hatte ihm etwas vorgespielt, und er hatte sich auf der Stelle in sie verliebt.

Er grinste verlegen. »Mein Herz war gebrochen, aber ich habe eine Frau kennengelernt, die meinen Schmerz verstanden hat. Und deshalb konnte sie ihn heilen … So ähnlich wie dein Freund.«

Ich sah ihn beinahe ehrfürchtig an. *Wenn ich nur einen Bruchteil seines Muts hätte,* dachte ich. *Dann … Dann …* Aber ich wagte es nicht einmal, den Gedanken zu Ende zu denken.

Der Küchenchef brachte Nonna wieder in die Bar zurück. Die beiden plauderten angeregt auf Italienisch, aber Nonna rieb sich die Augen und unterdrückte ein Gähnen. Es war an der Zeit aufzubrechen.

Paolo brachte uns nach draußen, die Treppe hinunter und durch die Tür in der Mauer wieder auf die Kopfsteinpflasterstraße. »Fliegt morgen noch nicht heim«, sagte er. »An Sonntagen ist das Restaurant bis zum späten Abend geschlossen. Wir haben den Mädchen einen Strandbesuch versprochen. Ich fände es toll, wenn ihr Adriana und Bella kennenlernen könntet!«

»Das ist wirklich sehr verlockend«, sagte ich und umarmte meinen neuen Cousin. »Aber wir müssen wieder nach Hause. Das Familiencafé wartet darauf, dass ich es revolutioniere – nach deinem Vorbild!«

Von Lia wusste ich, dass *Garden Warehouse* eine große Reklametafel neben dem Eingang aufgestellt hatte: Das *Cabin Café* würde »sehr bald« eröffnet werden. Wenn ich etwas gegen die Verluste tun wollte, die dem *Lemon Tree Café* drohten, hatte ich keine Zeit zu verlieren.

Paolo warf sich in die Brust. »Dann fühle ich mich geehrt.«

»Binne ich so glucklich«, sagte Nonna und tätschelte Paolo die Wangen, ehe wir in unser Taxi stiegen. »Habbe ich nichte gedachte, dass ich meine Suhause wiedersehe wurde. Oder meine *famiglia*.«

Er sah zwischen Nonna und mir hin und her. »Ihr müsst wiederkommen«, sagte er. »Ich meine es ernst! Und bringt alle mit … Es ist nicht zu spät für uns, eine richtige große Familie zu sein!«

»Das werden wir«, versprach ich, warf Nonna einen

Blick zu und fügte verschmitzt hinzu: »Eine von uns plant bereits, ihre Hochzeitsreise hierher zu machen.«

Sie seufzte. »Wenn iste nichte su spät.«

Ich runzelte die Stirn. Nonna hatte Mum angerufen und sie gebeten, noch einmal nach Stanley zu sehen, aber er hatte nicht aufgemacht. Die Vorhänge waren zugezogen gewesen, und Stanleys Nachbar, Crystals Besitzer, hatte gesagt, dass er Stanley seit Tagen nicht mehr gesehen hätte. Ich hoffte, dass es ihm gut ging und er einfach wieder zu seiner Tochter gefahren war.

Paolo umarmte seine Großtante so fest, dass sie nach Luft schnappen musste. »Dann musst du zu ihm gehen, *zia* Maria! Sag dem Mann, wie du dich fühlst, was in deinem Herzen ist.« Dann sah er mich an und zwinkerte. »Und du machst dasselbe, Rosie!«

Ich war froh, dass es auf der Straße dunkel war und er nicht sehen konnte, dass ich *schon wieder* rot wurde.

Wir winkten Paolo aus dem Rückfenster des Taxis, als wir davonfuhren.

»Heute Nacht werde ich habbe gute Träume«, sagte Nonna lächelnd. Sie schloss die Augen, während das Taxi über die Piazza Tasso sauste. »Was fur eine wunderbare junge Mann!«

»Wirklich wunderbar«, sagte ich abgelenkt und fragte mich dann, ob ich an Paolo gedacht hatte – oder an Gabe …

# Kapitel 28

Ich lächelte die alte italienische Kaffeemaschine verliebt an. Sie mochte ewig schlecht gelaunt und störrisch wie ein Esel sein, aber es machte mich schon glücklich, bloß die kleine italienische Flagge auf ihrer glänzenden Chromvorderseite zu sehen. Ich war immer schon stolz auf meine Herkunft gewesen, aber nachdem ich das Land meiner Vorfahren nun tatsächlich besucht hatte, spürte ich eine neue tiefe Verbundenheit mit meinen Wurzeln. Ich holte eine Tasse und ein hohes Glas aus dem Regal und warf einen Blick nach draußen, während ich darauf wartete, dass die Maschine genug Druck entwickelte.

Durch das Fenster konnte ich den schweren grauen Himmel sehen: Was für ein Kontrast zu dem wunderbaren Wetter, das heute Morgen in Italien geherrscht hatte!

Nonna und ich hatten unsere Koffer gepackt, sie dem Concierge übergeben und waren nach dem Frühstück gleich aufgebrochen. Wir wollten das absolut Beste aus unseren letzten Stunden in Sorrent machen. Ich begleitete Nonna bis zur Piazza Sant'Antonio, wo sie sich mit ihrer Schwägerin Alba treffen wollte. Während die beiden alten Damen es sich im Schatten eines Sonnenschirms gemütlich machten, zog ich allein weiter. Am Hafen hatte ich den magischen Anblick des Meeres, das die Sonne reflektierte, sowie des Vesuvs auf der anderen Seite der Bucht in mich aufgenommen. Ich war versucht gewesen, eine Fähre nach Capri zu besteigen – aber das hatte bis zum nächsten Mal warten müssen.

Dass es ein nächstes Mal geben würde, war beschlossene Sache: Sorrent war mir unter die Haut gegangen.

Es war ein fantastisches Wochenende gewesen, aber jetzt war die Auszeit vorbei. Als Dad Nonna und mich vom Flughafen abgeholt hatte, hatte ich ihn gebeten, einen kleinen Umweg zu machen und bei Barnabys *Garden-Warehouse*-Filiale vorbeizufahren. Da *Garden Warehouse* die Tore nur über Weihnachten schloss, parkten zu beiden Seiten der Straße Autos. Aber was mir wirklich den Rest gegeben hatte, war die große Werbetafel, auf der die Eröffnung des Cafés am Dienstag angekündigt wurde – übermorgen schon! Die Tafel versprach außerdem den Auftritt einer »prominenten Persönlichkeit«.

In weniger als achtundvierzig Stunden würde das *Lemon Tree Café* nicht mehr das einzige Café in Barnaby sein. Und wenn das *Cabin Café* tatsächlich eine Berühmtheit aus dem Hut zaubern konnte, würde sich am Dienstag kaum jemand zu uns verirren.

Es sei denn natürlich, es gelang mir, etwas *Besseres* auf die Beine zu stellen!

Ich hatte keine Zeit zu verlieren. Sobald ich ausgepackt hatte, hatte ich Lia gebeten, mich im Café zu treffen. Ich war so aufgedreht, dass ich es kaum erwarten konnte, mit dem Planen anzufangen. Zeit mochte ich kaum haben, aber ich hatte meine Entschlossenheit, den Kopf voller Ideen und meine talentierte Schwester.

Ich trug meinen Kaffee und Lias Latte macchiato in den Wintergarten und setzte mich zu ihr an den Tisch. Ich hatte ihr mein Handy dagelassen, damit sie sich die Bilder von Sorrent ansehen konnte. Sie gab es mir zurück und nahm den langen Löffel von ihrer Untertasse, um den Milchschaum von ihrem Latte abzuschöpfen.

Das letzte Foto, das sie sich angesehen hatte, war noch offen. »Büffelsteak«, sagte ich. Mir lief das Wasser im Mund zusammen, wenn ich nur an unser gestriges Abendessen dachte. »Das ist Paolos Geheimnis. So ein Steak hab ich noch nie gegessen! Das musst du unbedingt probieren.«

»Dann werd ich mich mal im Supermarkt danach umsehen«, sagte sie spitz.

»Du hast recht«, sagte ich und tat so, als hätte ich ihren Ton nicht bemerkt. »Wahrscheinlich muss man zu einem Schlachter gehen, der so was anbietet. Ich googele das mal.«

»Ich glaub nicht, dass es die Mühe lohnt.« Sie zog skeptisch die Augenbrauen in die Höhe. »Ich kann mir nicht vorstellen, dass Büffelsteaks in Barnaby eine große Sache werden.«

Sie hatte wirklich schlechte Laune.

»Guck dir das an!« Ich zeigte ihr ein Bild von Nonna, die versuchte, sich ein ganzes Stück Pizza auf einmal in den Mund zu schieben.

Lias Mundwinkel zuckten.

Ermutigt sagte ich: »Die Pizza in Sorrent ist unglaublich. Der Boden ist dünn und knusprig und der Belag … Alles schmeckt so intensiv! Sogar die einfache Kombi Tomaten-Mozzarella-Basilikum war umwerfend.«

»Hör schon auf!«, sagte sie, rieb sich den Magen und stöhnte. »Für ein gutes Stück Pizza würde ich töten.«

Mir fiel plötzlich auf, dass Lias Bauch viel kleiner war als noch vor einem Monat. Ich grinste. »Sorry! Genug vom Essen in Italien.«

»Sieht so aus, als hättet ihr Spaß gehabt.«

Ich verzog das Gesicht und wiegte meine Hand in der universellen Halb-halb-Geste. »Es gab schon auch schlimme Momente. Aber die Hauptsache ist, dass Nonna endlich ein wirklich unglückliches Kapitel ihres Lebens abschließen konnte.« Ich lächelte Lia an. »Ich war froh, dass ich für sie da sein konnte.«

»Rosie Featherstone, Lebensretterin«, sagte Lia und pustete in ihr Glas.

»Das wohl kaum«, sagte ich verletzt.

So hatte ich es nicht gemeint! Da ich gerade erst gezwungen gewesen war, mich meiner eigenen Vergangenheit zu stellen, konnte ich mich gut in Nonna hineinversetzen – aber das konnte ich Lia nicht sagen. Nicht ohne ihr alles zu erzählen, und danach war mir nicht zumute. Also biss ich mir auf die Zunge und lenkte das Gespräch wieder in eine ungefährlichere Richtung.

»Sorrent würde dir gefallen!« Ich seufzte und griff nach dem Milchkännchen. »Du musst unbedingt hin – mit Ed und Arlo! Diesen Sommer noch, ehe es zu heiß wird. Wirklich … Das Meer, die Berge, die schönen Plätze und die Läden! Oh, da wir gerade davon sprechen …« Ich zog das Geschenk, das ich ihr gekauft hatte, aus meiner Handtasche.

Sie lächelte schwach, nahm das Kochbuch und blätterte darin.

Ich trank einen Schluck von meinem Kaffee. Er war gut,

aber nicht so gut wie der, den ich heute Morgen am Hafen gekauft hatte.

»Und der Kaffee!«, schwärmte ich weiter. Lia schien nicht besonders interessiert, aber ich hatte mich so darauf gefreut, meine Erlebnisse mit ihr zu teilen, dass ich die Notbremse nicht fand. »Die Kaffeezubereitung ist eine Kunstform in Italien! Ich hatte einen, der hieß *caffè alla nocciola* ... Das war Espresso mit Haselnusssahne. Der war so köstlich, dass ich beinahe in Tränen ausgebrochen wäre!«

Lia stieß einen Seufzer aus, der deutlich vermittelte: *Rosie, ich habe wirklich,* wirklich *für den Rest meines Lebens genug über Sorrent gehört!*

»Das klingt ja alles ganz wunderbar«, sagte sie kühl, schloss das Buch und schob es beiseite. »Aber ich möchte hoffen, dass du mich am Sonntagnachmittag nicht zur Arbeit geschleift hast, um mit deiner Reise anzugeben? Obwohl ... ›Arbeit‹ ist vielleicht nicht ganz das richtige Wort. Immerhin wird nur eine von uns beiden bezahlt.« Dann setzte sie ein höfliches Lächeln auf. »Wie dem auch sei! Danke für das Buch.«

Ich starrte sie an. Wusste sie nicht mehr, warum ich ihr vorgeschlagen hatte, im Café zu arbeiten? Dass es ihr helfen sollte zu entscheiden, ob eine Karriere in der Küche das war, was sie sich für ihre Zukunft wünschte. Und ich hatte wirklich nicht *angeben* wollen!

»Gern geschehen«, sagte ich steif. »Und nein ... Ich will nicht bloß über Italien reden. Paolo glaubt, dass wir unsere Karte überarbeiten müssen, um gegen die Konkurrenz zu bestehen. Ich würde wirklich gern deine Meinung dazu hören!«

Lia warf mir einen feindseligen Blick zu. »Das hab ich

dir schon vor Ewigkeiten vorgeschlagen. Ich hab dir gesagt, wir sollten experimentierfreudiger sein, aber du wolltest nichts davon wissen!«

Mein schlechtes Gewissen meldete sich. Daran erinnerte ich mich.

»Entschuldige! Ich wollte bloß vorsichtig sein. Aber damals gab es auch das *Cabin Café* noch nicht. Jetzt *müssen* wir auffallen. Du hattest recht!«

Lia sah mich misstrauisch an und kaute auf der Innenseite ihrer Wange herum. Schließlich zuckte sie wegwerfend mit den Schultern. »Also gut. Was stellst du dir vor?«

»Paolo hat großen Erfolg damit, etwas anderes anzubieten als die vielen Pizzarestaurants in Sorrent. Alle schreien, dass sie die beste Pizza der Stadt machen – Paolo hält sich raus und serviert seinen Gästen stattdessen Büffelsteaks. Wir wissen schon, dass die Speisekarte des *Cabin Café*s mit unserer nahezu identisch ist …«

»Abgesehen von der Qualität!«, warf Lia ein. »Wir bieten welche, die nicht.«

»Ganz genau!« Ich nickte, froh, dass sie gerade keine Anstalten machte, mir den Kopf abzureißen. »Deshalb habe ich gehofft, wir könnten uns was einfallen lassen, das supergut schmeckt, aber günstig verkauft und schnell gemacht werden kann. Etwas, das die Leute nirgends sonst kriegen!«

»Weiß nicht«, sagte Lia. Sie klang wieder gelangweilt. »Pommes?«

Vorhin hatte Ed sie vor dem Café abgesetzt und war dann weggefahren, ohne meinen Gruß zu erwidern. Ich hatte gedacht, dass er mich bloß nicht gesehen hatte, aber jetzt kamen mir Zweifel.

»Vielleicht können wir uns ein bisschen inspirieren lassen.« Ich atmete tief durch und streckte die Hand nach meinem Tablet aus, dessen Ecke aus meiner Handtasche herausragte.

Lia setzte ihr Latte-macchiato-Glas hart auf dem Tisch ab. »Rosie, es ist Sonntag.«

»Ich weiß. Gott sei Dank! Das bedeutet, dass wir ein bisschen Zeit haben.«

»Langes Wochenende?«, fügte sie hinzu.

Ich blinzelte. »Oh, das hab ich vergessen! Morgen ist auch noch frei. Das ist ja noch besser! Dann können wir länger an der neuen Karte feilen. Ich hab mir Folgendes gedacht: Das *Cabin Café* wird am Dienstag eröffnen und ein total gewöhnliches Angebot haben, Suppe, Sandwiches, Kuchen und so weiter. Das haben unsere Gäste alles tagein, tagaus bei uns gegessen. Also präsentieren wir ihnen eine brandneue, wahnsinnig tolle, in Barnaby noch nicht da gewesene Spezialität! Was denkst du?«

Lia warf einen prüfenden Blick auf die Nägel ihrer rechten Hand. »Nur zu.«

»Lia, bist du böse auf mich?«

Sie zuckte mit den Schultern. Ohne mich anzusehen, sagte sie: »Ed sagt, ich soll aufhören, im Café zu arbeiten. Er sagt, dass du mich ausnutzt. Ich hab mich deswegen mit ihm gestritten, aber er hat recht, oder?« Sie sank in ihrem Stuhl nach unten. »Ich werde immer bloß die kleine Schwester sein, die in deinem Schatten steht. Der Scheinwerfer ist auf dich gerichtet: Rosie, der Star der Familie! Ich dachte, dass sich das vielleicht ändert, wenn ich erst mal mit dir im Café arbeite. Aber es ist bloß schlimmer geworden: Jetzt bist du hier die Chefin, und ich bin der Depp vom Dienst.«

Lias Worte waren wie eine Ohrfeige für mich. Ich konnte nicht fassen, dass sie sich so fühlte – dass *ich* ihr dieses Gefühl gegeben hatte!

Sie kratzte mit dem Daumennagel an einem kleinen Fleck auf der Tischplatte.

»Lia, du hast absolut recht. Es ist nicht fair, dass du als Einzige umsonst hier arbeitest! Und ich hätte dich nicht an einem Sonntag um Hilfe bitten dürfen. Das tut mir alles so leid! Ich hab nicht nachgedacht.«

Ich langte über den Tisch und ergriff ihre Hand. Sie schenkte mir ein kleines Lächeln.

Die Situation war verfahren: Während ich auf Lia gewartet hatte, hatte ich die Einnahmen von gestern gesehen. Wir hatten Gewinn gemacht – gerade so. Theoretisch hätte genug Geld da sein müssen, um Lia regulär einzustellen, weil Nonna ja nicht mehr im Café arbeitete. Aber Nonna hatte ihr eigenes Gehalt verschwindend gering angesetzt. Auch ich zahlte mir nur einen Bruchteil von dem, was ich früher verdient hatte, aber von irgendetwas musste ich leben. Und in der letzten Woche hatten Doreen und Juliet Extraschichten übernommen, weil die Familie so überwältigt gewesen war.

Es war einfach nicht genug Geld da. Und wenn das *Cabin Café* am Dienstag eröffnete, würden wir noch schlechter dastehen.

»Es ist nicht allein deine Schuld.« Lia seufzte. »Ich war Feuer und Flamme, als du vorgeschlagen hast, dass ich mich im Café ausprobieren könnte. Ich weiß, dass du mir einen Gefallen tun wolltest. Aber ich hab im Freizeitzentrum Bescheid gesagt, dass ich nicht wieder als Schwimmlehrerin anfangen werde … Ich hab nie ein Vermögen verdient, aber das zusätzliche Einkommen hat uns geholfen. Jetzt lastet die ganze Verantwortung auf Eds Schultern, und das will ich ihm nicht antun.«

Letztes Jahr, als Lia schwanger gewesen war, waren sie in ein größeres Haus gezogen. Ich wusste, dass das Geld seitdem knapp war. Ach, zum Teufel mit allen Bedenken …

»Hör mal, ich brauche deine Kreativität in der Küche. Ohne dich schaffe ich es nicht. Wir sind ein Team! Darum würde ich dich gern dafür bezahlen, dass du eine neue Karte für das *Lemon Tree Café* entwirfst.«

»Wirklich?« Lia sprang auf und umarmte mich so fest, dass mir die Rippen wehtaten. »Das wäre ganz toll! Bist du sicher?«

»Ganz und gar. Aber nicht mehr heute! Ab nach Hause mit dir. Ruf Ed an und sag ihm, dass er dich abholen soll. Es ist Wochenende, du solltest bei deiner Familie sein. Und ich … Ich kann mir schon mal überlegen, wie wir unsere neue Karte in Szene setzen!«

»Du solltest am Wochenende auch nicht hier sein.«

Ich zog die Nase kraus. »Ich hab bloß das Café, Lia. Was soll ich denn sonst machen?«

Sie sah mich ungläubig an. »Spaß haben?«

»Spaß«, wiederholte ich und bewegte das Wort in meinem Kopf hin und her. »Willst du behaupten, dass es keinen Spaß macht, eine Werbekampagne zu entwerfen?«

»Nein. Das ist Arbeit.« Lia schnalzte missbilligend mit der Zunge. »Es ist schon okay, seine Arbeit zu lieben, aber du kannst dich nicht *nur* damit beschäftigen. Du musst dich auch mal auf der Couch entspannen und einen Film gucken! Zeit mit den Leuten verbringen, die du liebst.«

Meine Brust wurde eng. Ja, klar – vor meiner Haustür

hatte sich bestimmt schon eine Schlange gebildet, mit Leuten, die diese Rolle übernehmen wollten.

»Das hast du immer schon besser gekonnt als ich«, sagte ich und öffnete mein E-Mail-Postfach, damit ich sie nicht anschauen musste. Ich konnte ihren argwöhnischen Blick spüren.

»Willst du damit sagen, dass ich faul bin?«

»Ich will sagen, dass du ein wunderbares Talent hast und dich glücklich schätzen kannst«, sagte ich. Als ich sie anlächelte, lächelte sie voller Wärme zurück. »Jetzt ruf Ed an und lass mich in Ruhe arbeiten.«

»Pizza!«, sagte sie plötzlich. »Du wolltest wissen, was die Leute ständig essen würden. Pizza ist leicht zu backen, die Zutaten kosten nicht viel ... Und es ist eins der uritalienischsten Gerichte der Welt!«

Sie verschränkte die Arme vor der Brust und grinste selbstbewusst. Ihre Augen leuchteten.

Mein Herz schlug plötzlich schneller. Was für eine tolle Idee! Es gab kein Pizza-Restaurant in Barnaby. Ein Pizza-Café ... Das war eindeutig etwas Besonderes, passte zu unserem italienischen Grundkonzept und war gleichzeitig nicht *zu* gewagt.

»Aber wie sollen wir das bewerkstelligen? Braucht man nicht einen speziellen Pizzaofen?«

»Ja. Am besten wäre ein traditioneller Holzbackofen ... Ich sag dir was: Mach du dir Gedanken darum, wie wir die Sache aufziehen, und ich kümmere mich um den Ofen!«

Sie kramte ihr Handy aus ihrer Tasche. »Ed? Kannst du mich bitte abholen kommen? Oh, und wir sind doch heute Abend bei deinen Eltern eingeladen ... Glaubst du, sie würden mir ihren Pizzaofen leihen? Wirklich? Ich liebe dich auch!« Sie warf ihm durch die Leitung Küsschen zu und legte dann auf.

»Erledigt«, sagte sie und packte ihr Handy und ihr neues Kochbuch in ihre Tasche. »Ich sehe dich morgen Nachmittag! Hier. Wir werden den Ofen einweihen.«

»Aber es ist doch Feiertag?«

»Das stimmt«, sagte sie und zwinkerte mir zu. »Aber das ist nicht bloß Arbeit, sondern auch Vergnügen!«

Ich sprang auch auf, ergriff ihre Hände und hüpfte auf der Stelle wie Noah. »Du bist *brillant!* Ich wusste, dass dir was einfallen würde.«

Sie tat so, als nähme sie mein Lob lässig entgegen. »Ich bin halt ein kulinarisches Genie.«

Zehn Minuten später war Lia mit Ed auf dem Heimweg, und ich machte mich an die Arbeit. Der Frühjahrsmarkt war ein so großer Erfolg gewesen, dass ich unsere neue Karte über Facebook und Twitter sicher bekannt machen konnte.

Allerdings brauchte ich dafür Bilder.

Ich sah mich im Café um und tippte nachdenklich mit meinem Stift gegen meine Wange. Konnten wir etwas an der Einrichtung verändern? Aber Gabe hatte die Tische und die Anrichte bereits wunderschön hergerichtet. In meinen Augen sah das Café typisch italienisch aus. Es hatte Charakter!

Ich schloss die Augen, um mir *Bar Bufalo* besser ins Gedächtnis rufen zu können. Und plötzlich fiel mir ein, wie Nonna auf die Schwarz-Weiß-Fotografien reagiert hatte, die dort an der Wand hingen: Die Aufnahmen von dem De-Rosa-Familienrestaurant mitten in Sorrent.

Das war die Lösung! Paolo konnte mir digitale Abzüge

schicken. Unsere Familiengeschichte! Das *Cabin Café* hatte Plastiktische und -stühle, das *Lemon Tree Café* dagegen echte Tradition!

Rasch schrieb ich Paolo eine Mail. Dann musste ich mir die Augen reiben. Die Reise forderte ihren Tribut, ich war erschöpft. Ich stellte meine Tasse und Lias Glas in die Spülmaschine, reinigte den Milchschäumer und schaltete das Licht aus, ehe ich die Tür hinter mir abschloss und mich auf den Weg nach Hause machte.

Es war schon dunkel, aber weder kalt noch regnerisch. Ich wanderte über den Dorfanger und summte vor mich hin, zufrieden mit dem Tag, der hinter mir lag. Erst als ich vor meinem Cottage stand, merkte ich, dass ich meinen Hausschlüssel hinterm Tresen vergessen hatte.

Zum Glück hatte ich den Ersatzschlüssel! Ich griff in das Vogelfutterhäuschen und musste unwillkürlich daran denken, wie Gabe mich damit aufgezogen hatte, dass er das Versteck kannte.

Und als ich die Haustür aufschloss, klangen Lias Worte in meinem Kopf nach: Dass Wochenenden dazu da seien, sie mit den Menschen zu verbringen, die man liebte.

Mit einem Mal fühlte ich mich schrecklich einsam.

# Kapitel 29

Für die Belegschaft des *Lemon Tree Cafés* war der Montag zwar kein Feiertag, aber wir hatten trotzdem viel Spaß.

Kaum dass ich am Morgen die Augen aufgeschlagen hatte, hatte ich angefangen zu arbeiten: Zuerst hatte ich auf Facebook gepostet, dass das *Lemon Tree Café* am Dienstag eine Pizza-Party schmeißen würde. Jeder einzelne Gast würde ein Stück hausgemachte italienische Pizza umsonst bekommen.

Doreen war die Erste gewesen, die meinen Post gesehen hatte. Sie hatte Juliet angerufen, und beide Frauen waren ins Café gekommen, obwohl es feiertags geschlossen war. Ich war ihnen um den Hals gefallen, hatte sie auf die Wangen geküsst und mir eins geschworen: Ganz gleich, was der Dienstag bringen würde, die beiden würden einen Bonus bekommen!

Ed und Lia hatten den Pizzaofen von Eds Eltern im Hinterhof des Cafés aufgebaut, und Dad hatte sich auf die Suche nach Mr. Beecher begeben, der offenbar zu viel Holz in der Schule gelagert hatte und etwas abgeben konnte. Mum und Nonna waren nicht da: Sie verbrachten den Tag miteinander, und Nonna erzählte Mum, was sie auf der Reise herausgefunden hatte. Endlich zeigte sie Mum Fotos von ihrem Vater – die Bilder aus jenem Umschlag, den ich in der Abstellkammer des Cafés entdeckt hatte.

Lia und Juliet hatten herausgefunden, wie man die Temperatur des Ofens richtig hinbekam, und diskutiert, wie sie die Pizzen belegen wollten. Doreen hatte eine große Menge Pizzateig gemacht, während ich Holzscheite auf Ofengröße klein gehackt und eine Facebook-Kampagne entworfen hatte, damit sich die Pizza-Party herumsprach.

Als die Arbeit getan war, hatten wir mit einer Flasche Prosecco gefeiert, und ich hatte eine kleine feurige Rede gehalten.

»Denkt daran: In unserem Fall ist Schweigen wirklich Gold! Von jetzt an ist *Garden Warehouse* der Feind. Ich weiß, dass du eine Freundin hast, die da arbeitet, Doreen, aber du kannst mit ihr unter keinen Umständen über unsere Pläne sprechen!«

Doreen nickte ernst und tat so, als würde sie ihre Lippen zuschließen und den Schlüssel wegwerfen.

»Die nächsten Wochen werden entscheidend sein«, sagte ich. »Das *Cabin Café* hat sicher ein gewaltiges Marketing-Budget. Und wenn man sich ihre bisherige Strategie ansieht, kann man wohl davon ausgehen, dass sie unsere Pizza-Party nicht einfach hinnehmen werden. Ich gehe davon aus, dass sie zurückschlagen werden, und deshalb will ich nicht, dass sie im Vorfeld wissen, was wir planen! Wir müssen besser sein, und zwar was alles angeht: Ambiente, Bedienung und – natürlich! – Angebot.«

»Was ist mit dem Preis?«, fragte Doreen.

Ich schüttelte den Kopf. »Da ziehe ich die Grenze. Ich werde weder die Leistung meiner Angestellten noch unser Café abwerten. Unser Kaffee zum Beispiel ... Wenn die

Leute billiges Abwaschwasser trinken wollen, bitte schön!«
Ich zuckte trotzig mit den Schultern. »Dann sollen sie halt
ins *Cabin Café* gehen. Aber ...«

Doreen und Juliet prusteten beide los.

»Was denn?«

»Dieses Schulterzucken!«, sagte Doreen lachend.

»›Bitte schön!‹«, ahmte Juliet mich nach und hob die
Schultern, wie Nonna es immer tat – eine ihrer typischen
Gesten.

Lia giggelte. »Du hast Nonnas Schulterzucken voll
drauf! Zwei Tage Italien und du hast deine italienische Seele entdeckt.«

Ich lachte mit. Ich entsprang einer Familie, die fest entschlossen war, sich von ihren Lebensumständen nicht in
die Knie zwingen zu lassen. Wenn ich ein wenig von Nonnas Temperament geerbt und Paolos Hingabe etwas auf
mich abgefärbt hatte – umso besser.

»Was ich sagen wollte: Sie haben das Budget, um zu-
rückzuschlagen. Wir mögen morgen Gratis-Pizza haben,
aber danach bleibt uns bloß noch ...«

»Du!«, sagte Doreen. »Du bist unsere Geheimwaffe. Ich
wäre nie auf einen Gedanken wie diesen gekommen.«

»Das is wahr.« Juliet nickte und schlug dann mit der
Faust in die Handfläche ihrer anderen Hand. »Wir werden
den Boden wischen mit diesen Bastar ...«

»Die Pizza war genau genommen Lias Idee!« Ich prostete
meiner Schwester zu und dann Doreen und Juliet. »Und
ohne euch wäre die ganze Sache nichts geworden!«


»*When the moon hits your eyes like a big pizza pie that's
amore!*«, sang Dean Martin in mein Ohr.

Gestern Abend hatte ich mein Handy so eingestellt, dass es mich mit diesem Song wecken würde – ein kleiner Scherz, der mich tatsächlich zum Lächeln brachte. Allerdings erinnerte Dean Martin mich auch daran, dass ich heute keine Zeit hatte, die Schlummertaste zu drücken. Ich schwang die Beine aus dem Bett und tappte ins Bad.

Heute war Dienstag.

Das *Cabin Café* eröffnete um neun. Bis dahin hatten wir genug Beläge vorbereitet, um die italienische Armee zu versorgen, und an der Straße, die zu Barnabys *Garden-Warehouse*-Filiale führte, hatten wir große Schilder aufgestellt, die unsere Pizza-Party bewarben.

Es stellte sich heraus, dass die prominente Persönlichkeit, deren Auftritt *Garden Warehouse* angekündigt hatte, die Wetteransagerin eines lokalen Fernsehsenders war, von der ich noch nie gehört hatte. Sie hatte sich für ihren Auftritt mächtig in Schale geworfen: In einem engen, tief ausgeschnittenen roten Kleid und High Heels lächelte sie mit unwahrscheinlich weißen Zähnen in die kleine Menge, die sich vor der Filiale versammelt hatte. Bevor sie das Band zerschnitt, posierte sie zwischen dem Filialleiter und meiner Nemesis, Jamie Dawson, dem Gastronomieleiter. Dann stöckelte sie ins Café, um die erste Tasse Tee auszuschenken.

*Garden Warehouse* hatte einen Fotografen bestellt, der zu Werbezwecken ein paar Aufnahmen machte. Eine großflächigere Berichterstattung gab es jedoch nicht. Robin, der junge Zeitungsreporter, hatte mir gestern Abend gemailt, dass seine Zeitung nicht über die Eröffnung schrieb, weil die Wetteransagerin »von der Konkurrenz« sei. Wenn ich an das Medieninteresse dachte, das wir mit unserem Frühjahrsmarkt erregt hatten, fiel es mir schwer, nicht allzu selbstgefällig zu grinsen.

Wie erwartet konnte das *Cabin Café* nicht mit Qualität punkten. Die Sandwiches waren so lala, die Kuchenauswahl langweilig und der Kaffee nichts gegen unseren.

Meine Spione waren in diesem Fall Mum und ihre Freundin Karen. Die beiden Frauen teilten sich ein Garnelen-Sandwich, das dick mit Mayonnaise bestrichen, aber nur sehr spärlich mit Garnelen belegt war, und eine Scheibe Walnussbrot. Mum vertrat die Theorie, dass das Brot noch vor dem langen Wochenende gebacken worden war: Es sei so hart gewesen, sagte sie, dass sie nicht gewusst habe, ob sie es essen oder sich damit die Hornhaut von den Füßen feilen sollte.

*Garden Warehouse* hatte sich sicher mehr von diesem Tag erhofft.

Ach, mir blutete das Herz.

Auch in der Radiosendung »Wo diese Woche essen gehen?« war das *Cabin Café* nicht Thema. *Das* wusste ich, weil der Sender mich kontaktiert hatte – und mich in diesem Moment in der Leitung hatte. Live.

In der Küche war es zum Telefonieren nicht ruhig genug. Ständig kamen neue Gäste ins Café und winkten am Tresen mit ihren Handys, auf deren Displays unser Gutschein zu sehen war: »Ein Stück Pizza gratis!« Lia und Juliet rannten zwischen Hinterhof und Küche hin und her, und Doreen brüllte ihnen Bestellungen zu. Aber es gelang mir, den letzten freien Tisch im Wintergarten zu ergattern – gerade noch rechtzeitig. Der Sendeleiter bat mich, mich bereitzuhalten.

Da tauchten Lucas und Tyson neben meinem Tisch auf.

Beide trugen eine Tasse mit Brühe und ein Stück Pizza. Sie zeigten hoffnungsvoll auf die beiden freien Stühle, und ich nickte ihnen zu. Kurz sah ich mich um, ob es irgendwo anders eine ruhige Ecke gab, in die ich mich zurückziehen konnte, aber der Sendeleiter war wieder da und flüsterte in mein Ohr, dass ich gleich auf Sendung sein würde, in drei, zwei, eins ...

»Und hier haben wir Rosie aus dem *Lemon Tree Café!* Sie wird uns sagen ... *Wo diese Woche essen gehen?*«, dröhnte Jeff, der Moderator. »Hallo, Rosie!«

»*Buongiorno,* Jeff!« Ich hielt mir das freie Ohr zu, um den Lärm auszusperren.

»Während wir miteinander sprechen, schmeißt ihr eine Pizza-Party im kleinen Dörfchen Barnaby, sehe ich das richtig?«

»Das stimmt! Wir sind am Dorfanger zu finden, zwischen *Biddy's Pet Shop* und *Nina's Flowers* – und heute bekommt jeder Gast ein Stück Pizza umsonst!«

»Das hört sich nach jeder Menge Spaß an!«, sagte er in seinem munteren Moderatorenton. »Wie seid ihr auf die Idee gekommen?«

»Meine Schwester Lia ist eine begnadete Köchin. Es war ihre Idee, dass unsere Speisekarte unsere Herkunft repräsentieren sollte ... Unsere Großmutter stammt aus Sorrent. Und Sie wissen sicher, dass die beste Pizza der Welt da herkommt!«

Irgendwo hinter mir hörte ich Lia quietschen. Lucas und Tyson sahen mich und dann einander an. Sie machten beeindruckte Gesichter.

»Tatsächlich?« Jeff lachte. »Also ...«

Aber ich ließ ihn nicht zu Wort kommen. Ich war wild

entschlossen, die Gelegenheit am Schopf zu packen. »Unsere Pizzen werden nach alter Tradition im Holzofen gebacken. Die Zutaten sind ganz frisch und schmecken hervorragend! Und der Boden ist wahnsinnig leicht! Das perfekte Mittagessen.«

»Hört, hört«, sagte Tyson und steckte sich den Rest seines Stücks Parmaschinken-Mascarpone-Pizza in den Mund.

Lucas schüttelte den Kopf und tupfte ihm ein bisschen Tomatensoße vom Kinn.

Jeff versuchte es mit einer Frage. »Und ihr werdet …«

»Natürlich werden wir unseren Gästen bald unsere ganze Karte vorstellen. Aber erst mal geht es uns um Feedback! Was mögen unsere Gäste am liebsten? Welche Pizzen möchten sie in der Karte wiederfinden? Deshalb feiern wir heute und bitten unsere Gäste, zur Verkostung vorbeizukommen. Jeder Gast bekommt ein großes Stück nach Wahl!«

Ich musste Luft holen. Mir war klar, dass ich dem armen Mann über den Mund gefahren war, aber wir brauchten die Publicity! Ich drehte mich um und sah durch den Durchgang ins Café, zum Tresen hinüber.

Lia erwiderte meinen Blick. Sie formte mit den Lippen die Worte: »Du bist ein Ass!« Dann hielt sie beide Daumen in die Luft.

»Also …«, begann Jeff zögerlich – er ging wahrscheinlich davon aus, dass ich ihn wieder unterbrechen würde. Ich war versucht, genau das zu tun, wollte aber nicht als grob rüberkommen.

Als ich schwieg, fuhr Jeff fort: »Ich weiß ja nicht, wie es unseren Hörern und Hörerinnen geht, aber mir läuft gerade das Wasser im Mund zusammen! Bitte legen Sie mir ein Stück mit Salami zurück, ich bin gleich da!«

Ich lachte kokett. »Ich werde Sie beim Wort nehmen, Jeff! Vielleicht möchten Sie ja hinterher ein Stück Kuchen – hausgemacht! – und eine Tasse Kaffee. Unser Kaffee ist, wenn ich das selbst sagen darf, der Beste, den Sie in der Gegend finden werden«, sagte ich kühn. Dann hatte ich eine Eingebung. »Jeff, Sie wissen sicher, warum die meisten Leute heutzutage keine Jäger und Sammler mehr sind? Weil sie nicht wissen, wo Pizzen leben!«

Jeff lachte auf.

Ich sagte: »Kommt zu uns ins *Lemon Tree Café,* Leute, hier werdet ihr fündig!«

Jeff lachte wieder und erzählte einen eigenen Witz, dessen Pointe der schiefe Turm von Pizza war. Ich erinnerte die Zuhörer an unsere Facebook-Seite, dann verabschiedete ich mich mit einem »*Ciao!*«, das ich genauso aussprach, wie Paolo es getan hatte, und legte auf.

Hinter mir brach Applaus aus. Doreen, Juliet, Lia und sogar ein paar Gäste klatschten und jubelten begeistert.

»Du bist wunderbar!«, zirpte Lia und hüpfte mit ausgebreiteten Armen auf mich zu. »Ein Medienstar!«

Ich konnte mir ein breites Grinsen nicht verkneifen. »Ich will das Schicksal nicht herausfordern«, sagte ich, »aber das läuft besser, als ich dachte!«

»Das wird uns bekannt machen, Mäuschen«, sagte Juliet, »das is ma sicher!«

Doreen schubste sie an. »Wir hatten volles Vertrauen in sie, stimmt's, Ju?«

»Hatten wir, Dor! Hatten wir.«

Überrascht zog ich eine Augenbraue hoch – seit wann waren die beiden so dicke miteinander? Nicht dass ich mich beschweren wollte!

»Gruppenumarmung!«, rief Lia und streckte einen Arm nach Juliet und Doreen aus. Und tatsächlich kamen sie dazu!

»Kommt jetzt, Mädchen«, sagte Doreen dann und nickte zum Tresen hinüber, an dem sich eine Schlange gebildet hatte. »Wir haben Gäste! Wie sagt man ›Kommen wir in die Hufe!‹ auf Italienisch?«

Wir hatten großes Glück mit dem Wetter: Die Frühlingssonne schien und lockte die Menschen in hellen Scharen vor die Tür. Die Kälteperiode schien vorbei zu sein. Alles sah neu und frisch aus, von den blauen Hyazinthen, die am Flussufer standen und sich sanft im Wind wiegten, bis hin zu den Gipfeln der fernen Berge, die jetzt in hundert Grüntönen erstrahlten.

Auch das Café hatte einen Frühjahrsputz hinter sich. Ich hatte ein bisschen Geld lockergemacht, bei Nina kleine Sträuße Freesien gekauft, die himmlisch dufteten, und bei Lucas stabiles Holzspielzeug, das nicht einmal Alfie Sargent so leicht kaputt bekommen würde. Mum hatte sämtliche Kissen frisch bezogen und ordentlich aufgeschüttelt. Und an der Wand neben der alten Anrichte hingen die Schwarz-Weiß-Fotografien, die Paolo mir freundlicherweise sofort gemailt hatte. Ich hatte die Bilder vergrößert, gerahmt und aufgehängt.

Alle Tische waren besetzt, drinnen wie draußen, und obwohl die Pizzen ohne Frage der Hit waren (Lia und Juliet hatten beide vor Hitze gerötete Gesichter), verkauften wir auch alles andere. Natürlich würden wir einen Ansturm wie diesen nicht jeden Tag erleben, aber jetzt war ich erst einmal dankbar und ziemlich stolz.

Um die Mittagszeit kam Ed mit Arlo vorbei. Ich musste lächeln, als ich sah, wie beiläufig er seinen Sohn auf dem Arm trug: Er hatte weder Kinderwagen noch Wickeltasche dabei. Nach einer Stippvisite bei Lia auf dem Hinterhof kam er zurück ins Café, ein Stück Champignon-Knoblauch-Pizza in der Hand. Arlo griff immer wieder gierig danach, bis Ed ihm ein Stück vom Rand abbrach. Dann küsste er mich scheu auf die Wange. »Ich wollte dir bloß Danke sagen: Es ist toll, dass du Lia ein bisschen Verantwortung übertragen hast.« Er stupste mit der Spitze seines Schuhs gegen den Tresen. »Es bedeutet ihr viel, dass du sie gebeten hast, das Pizza-Menü zu entwerfen.«

»Was sie *bezahlt* tut«, versicherte ich ihm. »Mir ist klar, dass ich ihr schon eher Geld für ihre Arbeit hätte anbieten müssen … Wir haben bloß leider so wenig.«

»Es geht gar nicht ums Geld.« Ed sah mir endlich ins Gesicht. »Es geht um ihr Selbstwertgefühl. Sie verehrt dich, weißt du? Sie misst sich an dir … Leider kommen ihr deine Errungenschaften unerreichbar vor.«

Das machte mich traurig. Meine Schwester hatte einen anderen Lebensweg eingeschlagen als ich, aber ihre Wahl war deshalb nicht schlechter als meine! Ich warf Arlo, der glücklich an seinem Stück Pizzarand nuckelte, einen Blick zu und dachte: *In mancherlei Hinsicht hat sie es besser gemacht als ich.*

Aber wenn es Lia Selbstvertrauen gab, im Café zu arbeiten, konnte ich direkt jetzt noch einen draufsetzen.

Ich sah mich rasch um, ob jemand in Hörweite war. Dann flüsterte ich: »Ich hab bis jetzt noch nicht mit ihr darüber gesprochen, aber ich werde ihr eine Stelle anbieten. Das ist sicher auch für eure Familienkasse gut.«

»Das wird sie freuen.« Ed lachte leise. »Aber ich verrate dir ein Geheimnis: Wenn es nach mir ginge, müsste sie nicht arbeiten. Zu ihr und Arlo nach Hause zu kommen ist der Höhepunkt meines Tages. Und wenn sie für mich kocht …« Er sah an sich hinunter. »Ich werde anfangen müssen, ein bisschen auf mein Gewicht zu achten! Ich weiß, dass das altmodisch ist – und ich würde sie nie daran hindern, sich zu entfalten! –, aber das ist die Wahrheit.«

Er legte sich Arlo wie einen Kragen um die Schultern, was diesen zu einem fröhlichen, zahnlosen Grinsen animierte.

Ich sah Ed fragend an. »Ich dachte, ihr wärt ein bisschen klamm?«

Er schüttelte den Kopf. »Es gab kurz ein paar Liquiditätsprobleme, weil das Büro umgezogen ist, aber das Unternehmen wächst. Sie müsste nicht arbeiten. Aber darum geht es nicht. Sie muss das Gefühl haben, dass sie wertgeschätzt wird!«

»Ich verstehe. Und glaub mir, das tue ich … Ich hab bloß nicht gleich kapiert, wie sehr ich sie brauche.«

Den ganzen Nachmittag über kamen Gäste und Freunde ins Café. Besonders freute ich mich, als ich gegen drei Gina und die beiden kleinen Jungen sah, mit denen sie letzte Woche im Regen unterwegs gewesen war. Gina setzte die Jungen mit einem klein geschnittenen Stück Pizza und den neuen Holzspielsachen aus dem Geschenkeladen an einen Tisch und kam dann zu mir an den Tresen.

»Okay!«, sagte sie und strich sich ihr grellrosa Haar aus den Augen. »Wie war's Freitagabend? Erzähl mir alles!«

Ich schnitt einen Frucht-Scone auf und legte ihn auf einen Teller mit Butterlocken und einem Schälchen Marmelade. Den Teller reichte ich Doreen. Dann wandte ich mich wieder meiner alten Schulfreundin zu und lächelte sie an.

»Es war, als wäre ich nach Hause gekommen«, sagte ich.

»Ach, das freut mich so!« Gina sah ganz entzückt aus.

»Für mich war es das erste Mal. Und es war kein reines Zuckerschlecken … Aber ich kann's kaum abwarten, die Erfahrung zu wiederholen! Gut möglich, dass es das beste Wochenende meines Lebens war.«

»Wow!« Sie machte Stielaugen. »Hast du gerade ›Wochenende‹ gesagt?«

Ich nickte. Wie schön, mich für einen Moment den Erinnerungen an Italien hingeben zu können! »So nah am Meer zu sein ist schon was Besonderes«, seufzte ich. »Der Himmel scheint endlos weit, und man kann tiefer atmen …«

»Du bist ein Spaßvogel!« Sie lehnte sich über den Tresen und boxte mir gegen die Schulter. »Ist schon ein bisschen übertrieben, vom Meer zu sprechen. Und ich kann mir nicht vorstellen, dass Gabes Boot ein Gefühl von *endloser Weite* vermittelt, aber … Was?«

Ich starrte sie an. Offenbar hatten wir aneinander vorbeigeredet. Mit einem Mal fühlte sich meine Kehle eng an. »Ich war nicht mit Gabe zusammen. Ich war übers Wochenende mit Nonna in Italien.«

»Oh!« Sie hielt sich erschrocken eine Hand vor den Mund. »Ich hab am Freitagabend auf Noah aufgepasst. Gabe hat nicht gesagt, wen er treffen wollte, aber er sah superschick aus und hat himmlisch gerochen … Sorry.« Sie räusperte sich und zuckte linkisch mit den Schultern. »Ich war sicher, er wäre mit dir verabredet. Mit wem ist er wohl stattdessen ausgegangen?«

Hm. Das fragte ich mich auch. Und ich konnte mir nicht helfen, ich war ein ganz, ganz kleines bisschen beleidigt. Am Freitagmorgen hatte ich ihn nämlich besucht, um ihm von Italien zu erzählen. Von einem Date hatte er kein Wort gesagt. Natürlich ging mich das auch nichts an ... Aber immerhin waren wir Freunde, und ich hatte geglaubt, dass er mir solche Dinge anvertraute.

Vor allem nachdem *ich* mich *ihm* anvertraut hatte.

Das war alles. Deshalb ärgerte ich mich.

»Ist schon in Ordnung, Gina«, sagte ich und setzte ein bemühtes Lächeln auf. »Ich hab dir doch gesagt, dass Gabe und ich bloß Freunde sind. Er kann so viele Geheimnisse haben, wie er will!«

Sie wirkte nicht überzeugt.

Plötzlich hatte ich das starke Bedürfnis, das Gespräch zu beenden. »Hier.« Ich reichte ihr eine Tasse Tee. »Die geht aufs Haus. Und, ähm ... Ich glaube, die Jungs versuchen, deine Aufmerksamkeit zu erregen.«

Gina drehte sich um. Die Gesichter ihrer Schützlinge waren über und über mit Tomatensoße beschmiert. Ein Junge weinte, der andere hatte sich ein Stück Pizza in die Nase gestopft.

»O Freude.« Sie stöhnte. »Darum muss ich mich wohl kümmern ...« Sie presste die Lippen aufeinander. »Tut mir leid. Wegen der Geschichte mit Gabe.«

Ich lächelte tapfer und winkte ab.

*Das ist toll,* sagte ich mir bestimmt. *Es ist toll, dass Gabe sich wieder an Verabredungen heranwagt ...*

Wirklich, das war eine ganz tolle Sache.

Also warum fühlte ich mich dann, als müsste ich wie der kleine Junge in Tränen ausbrechen?

# Kapitel 30

Der Menschenstrom riss den ganzen Tag über nicht ab.

Als die Schulglocke das Ende des Schultages eingeläutet hatte, deutete Lia aus dem Fenster und rief: »Du liebe Zeit, schaut mal – eine Invasion!« Eine grau-rote Woge Kinder in der Schuluniform Barnabys wälzte sich über den Dorfanger und auf das Café zu.

»Alle auf Gefechtsstation!«, sagte ich. »Sieht ganz so aus, als würden wir gleich mit sehr hungrigen Kindern bombardiert!«

»Vier Mozzarella-Pizzen sind auf dem Weg in den Ofen!« Juliet fuhr sich mit ihrem mehlbestäubten Arm übers Gesicht. Sie hatte Mehl im Haar und auf der Schürze, und auf ihrer Jeans waren zwei weiße Handabdrücke zu sehen: Irgendwann hatte sie die Hände in die Hüften gestemmt.

»Wir haben nicht genug Käse!« Lia war offenbar kurz davor, in Panik auszubrechen. In einer Hand die Käsereibe, durchsuchte sie mit der anderen verzweifelt den Kühlschrank. »Der Mozzarella ist fast alle.«

»Tu weniger auf die Pizzen«, schlug Doreen sachlich vor. Sie stockte die Kuchentheke mit den letzten Mini-Cupcakes auf. »Die Arbeitswilligen hier drin werden auch immer weniger ...«

Die letzte Bemerkung mochte mir gegolten haben, denn während die anderen eilig wieder an die Arbeit gingen, stand ich reglos da und suchte in der Menge nach einem Mann mit strohblonden Locken und einem kleinen Jungen, der ihm ähnlich sah ...

Und dann stand Gabe plötzlich vor mir, sein Lächeln reichte bis in die grauen Augen. Er trug eine offene Sweatjacke und darunter ein enges, verblasstes T-Shirt, unter dem sich seine breite Brust abzeichnete. Ich konnte mich nur mit Mühe davon abhalten, ihm die Arme um den Hals zu werfen: Ich hatte ihn vermisst.

»Hi!« Ich strahlte ihn an.

»Wie geht es dir?«, fragte er. »Wie geht es Maria?«

»Gut! Okay! Prima!« Ich plapperte – ich musste mich zusammenreißen. »Ich erzähle dir alles, wenn es ein bisschen ruhiger ist.«

Er sah sich um und schüttelte den Kopf. »Du hast wahrlich Wunder gewirkt. Ich war vorhin kurz bei *Garden Warehouse* – da ist es wie ausgestorben.«

Ich grinste triumphierend. »Ha, mein verzweifelter Plan funktioniert! Die Gratis-Pizzen kosten uns ein Vermögen, aber sie finden einen Riesenanklang. Und es ist mir das Geld wert, dem *Cabin Café* den Eröffnungstag zu verderben!«

Zu meiner Überraschung sah Gabe unbehaglich aus. »Ist das nicht ein bisschen hart? *Garden Warehouse* spricht eine ganz andere Kundschaft an als ihr – als all die Läden in Barnaby, wenn man es genau betrachtet.«

»Ach, findest du? Mag sein ... Auf jeden Fall haben die angefangen!«, sagte ich. Das hörte sich sogar in meinen Ohren kindisch an. »Egal ... Wie geht's dir? Hattest du ein schönes Wochenende?«

»Oh, ähm, ja. Es war interessant ...« Er unterbrach sich.

Noah kam angelaufen, ein Stück Pizza in der Hand, von dem Käsefäden herunterhingen. Er sagte flüchtig Hallo, um dann seinen Vater zu fragen, ob er mit zu Robbie gehen dürfe, um mit dessen Kaninchenbabys zu spielen – und könne er eins behalten? Sie kosteten auch nichts.

Gabe lachte und fuhr seinem Sohn durch die Haare. Er winkte Robbies Mutter und sagte, dass Noah gern mitgehen könne, dass das Boot aber zu eng für ein Kaninchen sei. Noah schmollte, bis Gabe ihm von den kleinen Eulen erzählte, die er heute Morgen in einem Baum gesehen hätte.

Noah erklärte mir fröhlich: »Eulen würgen ihr eigenes Aa hoch!« Dann rannte er davon.

Ich kicherte. »Ich liebe diesen Jungen!«

Als ich mich wieder Gabe zuwandte, starrte er mich an, als wäre ich der Schatz am Ende des Regenbogens.

»Was denn?«, fragte ich und musste lachen.

»Ach, nichts ...« Gabe räusperte sich. »Also, was ich sagen wollte: Ja, es war ein interessantes Wochenende. Ich muss dir was erzählen, ich war ...«

Da wurde mir plötzlich klar, dass ich nicht wissen wollte, wie seine Verabredung am Freitag gelaufen war. Oder wer die Frau war, die er getroffen hatte, und wann er sie wiedersehen würde.

Weil *ich* diese Frau sein wollte.

So. Hatte ich es mir also eingestanden. Gabe war der wundervollste Mann, den ich je getroffen hatte, und wenn ich nicht nur mit mir selbst und meinem Trauma beschäftigt gewesen wäre, hätte ich vielleicht eine Chance bei ihm gehabt. Aber ich hatte ihm gesagt, dass er ein getoasteter

Bagel mit Erdnussbutter war und ich bloß mit ihm befreundet sein wollte. Ich hatte es verbockt.

»Gabe.« Ich legte eine Hand auf seine Brust, damit er nicht weitersprach. Anders als gedacht, ließ er sich dadurch nicht aus dem Konzept bringen. Seine Augen leuchteten, und er lächelte.

Ich vergaß, was ich hatte sagen wollen, als er näher trat. Die Spitzen seiner staubigen Stiefel berührten die meiner roten Ballerinas.

»Es ist wichtig, Rosie«, sagte er und fuhr sich mit der Zungenspitze über die Lippen.

Mir rauschte das Blut in den Ohren. Ich hatte keine Ahnung, was er mir sagen wollte, aber es machte ihn offenbar nervös – es musste bedeutsam sein. Unaufhaltsam breitete sich ein Gefühl der Beklemmung in mir aus.

»Ich habe eine neue Stelle. In drei Wochen, wenn ich meine Möbelprojekte fertig habe, fange ich an.«

Okay ... Nicht das, was ich erwartet hatte. Ich nickte langsam.

»Ich hab die Anzeige gesehen, und die Stelle schien genau auf mich zugeschnitten zu sein ... Und der Arbeitsplatz ist so nah, dass ich mich weiter gut um Noah kümmern kann. Da dachte ich: Warum nicht?«

Ich nickte einfach weiter – wie einer dieser Wackeldackel, die manche Leute hinten im Auto auf der Kofferraumabdeckung stehen haben.

»Das Vorstellungsgespräch am Telefon lief gut. Am Freitag ist dann der Geschäftsleiter aus York gekommen, um mich persönlich kennenzulernen. Wir haben zusammen zu Abend gegessen. Gina hat auf Noah aufgepasst – ich glaube, sie hätte mich furchtbar gern ausgefragt, aber ich wollte nichts sagen, ehe die Sache spruchreif war. Darum hab ich ihr nichts erzählt und dir auch nicht. Aber ich habe die Stelle bekommen! Und ich fühle mich großartig. Es ist der richtige Moment. Der richtige Moment, mein Leben wieder auf die Reihe zu kriegen. Der richtige Moment ...«, er sah mich durch seine goldenen Wimpern hindurch an, »... um eine schöne Frau um eine Verabredung zu bitten? Ich rede von dir!«, fügte er rasch hinzu. »Nur um ganz sicherzugehen, dass ich mich klar ausgedrückt habe.«

Er grinste verlegen, und plötzlich flog der nervöse kleine Vogel in meiner Brust fröhliche Loopings.

Er war gar nicht mit einer anderen Frau ausgegangen, er hatte ein Vorstellungsgespräch gehabt! Und nicht nur das – er fand mich schön!

Ich tat, was ich vorhin schon hatte tun wollen: Ich schlang die Arme um seinen Hals. »O Mann, Gabe!« Ich ließ ihn los, lachte und küsste ihn hauchzart auf den Mund. »Jetzt bin ich aber froh. Ich freu mich für dich! Und bin so *erleichtert!*«

Beim letzten Wort hob er erstaunt eine Augenbraue, aber ich winkte lachend ab; ich würde ihm lieber nicht sagen, was ich hinter seiner Freitag-Verabredung vermutet hatte.

»Danke! Ich war ein bisschen besorgt, dass du ...«

»Das müssen wir feiern.« Ich grinste. »Vielleicht kann Gina diesen Freitag noch mal babysitten!«

Er nickte, schlug sich dann aber eine Hand vor die Stirn. »Freitag ist Neumond ... Ich hab Noah schon versprochen, dass wir uns wieder die Sterne ansehen. Du hast nicht zufällig Lust auf noch so ein Event, oder? Angesengte Würstchen und eingeäscherte Marshmallows?«

Neumond …

»Du bist schon beinahe einen Monat lang in Barnaby!«, stellte ich fest und schüttelte ungläubig den Kopf.

Clementines alte Sage fiel mir wieder ein: Wenn ein Mädchen die Schale einer Zitrone in einem Stück abschälen könne, würde sie bis zur nächsten mondlosen Nacht einer neuen großen Liebe begegnen. Hokuspokus, hatten wir alle gesagt. Aber ich hatte am selben Abend meine letzte Zitrone aus dem Obstkorb genommen und mich vollkommen aufs Schälen konzentriert: Langsam, ganz langsam hatte ich das Messer geführt und aufgepasst, dass der Streifen Zitronenschale nicht zu dünn und nicht zu breit geriet. Dann hatte ich mit einer geschälten Zitrone und einer perfekten Zitronenschalengirlande an meinem Küchentisch gesessen und darüber gelacht, wie dumm ich war.

Gabe lächelte mich an, und ich lächelte zurück. Vielleicht war ich gar nicht dumm gewesen. Vielleicht konnte er meine neue große Liebe sein …

»Ich komme gern!«, sagte ich. »Danke für die Einladung.«

»Großartig!« Er umarmte mich rasch noch einmal, und ich atmete tief seinen Geruch ein. Gina hatte recht: Er roch himmlisch.

»Und ich will alles über eure Reise wissen!«

Ich nickte heftig – ich konnte es kaum erwarten, ihm von Sorrent zu erzählen, die Geschichte von Nonnas Ehe und von Paolo … Paolo würde ihm gefallen, sie hatten so viel gemeinsam!

Hinter uns räusperte sich jemand.

Ich drehte mich um. Hinter mir stand eine Frau: Sie war

in den Vierzigern, hatte braunes Haar, das wie glatt gebügelt war, blaue Augen, die hinter dicken Brillengläsern hervorlugten, und einen langen, geraden Pony. Zwei dunkelhaarige Kinder mit Sommersprossen hingen links und rechts an ihren Händen.

»Entschuldigen Sie«, sagte sie. »Können Sie mir sagen, wo ich die Besitzerin dieses Cafés finde?«

»Ich bin die Geschäftsführerin. Kann ich Ihnen helfen?«

Ich lächelte die Kinder an. Deutliche Spuren um ihre Münder ließen darauf schließen, dass sie ihr Gratis-Pizzastück schon gegessen hatten. Ich gab ihnen zwei Servietten von dem Stapel auf dem Tresen und zeigte ihnen die Spielecke. Nachdem ihre Mutter ihnen zugenickt hatte, sausten sie dorthin.

»Die Geschäftsführerin?« Sie sah mit hochgezogenen Augenbrauen zwischen Gabe und mir hin und her. Wir traten rasch noch einen Schritt auseinander. »Nein. Ich bin auf der Suche nach einer alten Dame. Ist Maria da?«

»Meine Großmutter?« Ich schüttelte den Kopf. »Sie verbringt den Tag mit einem Freund. Sie ist nur noch selten hier.«

Nonna wollte sich unbedingt mit Stanley aussöhnen. Wahrscheinlich belagerte sie gerade seine Türschwelle und sang italienische Volkslieder, bis er aufgab und ihr die Tür öffnete.

Die Frau schniefte, und mit einem Mal kam sie mir bekannt vor. Ich war allerdings sicher, dass ich sie noch nie im Café gesehen hatte.

»Na gut. Kann ich eine Nachricht für sie dalassen?«

»Natürlich.«

Sie griff in ihre riesige Handtasche und kramte eine Weile darin herum. Endlich förderte sie ein kleines Notizbuch zutage, an dem ein dünner Stift klemmte.

Da erinnerte ich mich an das gerahmte Foto in Stanleys Flur, das seine Tochter und ihre Familie zeigte. *Daher* kannte ich sie und die Kinder.

»Sind Sie vielleicht Angela?«, fragte ich.

Sie blinzelte heftig, überrascht. »Ja. Ich bin die Tochter von Stanley Pigeon.«

»Oh, wie schön, Sie kennenzulernen!« Ich strahlte und streckte ihr die Hand hin. Sie runzelte die Stirn und hielt demonstrativ den Stift und das kleine Büchlein hoch. Ich ließ meine Hand sinken, ein wenig in Verlegenheit gebracht. »Nonna ist Ihren Vater besuchen gegangen.«

»Nun ja, wenn sie nicht auf dem Weg zum Krankenhaus in Chesterfield ist, wird das nichts.«

»Stanley ist im Krankenhaus? Was hat er denn?«, fragte ich erschrocken.

Sie schnaubte. »Was hat er *nicht?* Der unvernünftige, alte Dussel achtet nicht richtig auf sich. Ich hab ihm schon vor hundert Jahren gesagt, dass er alte Nahrungsmittel aussortieren muss! Es musste so kommen.«

Ich wechselte einen besorgten Blick mit Gabe. Das klang, als hätte Stanley eine Lebensmittelvergiftung – schlimm genug, aber wenigstens nicht lebensgefährlich.

»Wie lange geht es ihm denn schon schlecht?«, fragte Gabe.

Angela wurde rot, nahm ihre Brille ab und fummelte daran herum. »Fünf Tage ungefähr.«

Der arme Stanley. Der Gedanke daran, dass er die ganze Zeit in einem Krankenhausbett gelegen hatte, ohne dass wir davon gewusst hatten, war fast unerträglich.

»Aber er ist erst gestern Abend ins Krankenhaus gekommen.« Angela setzte ihre Brille wieder auf, riss eine Seite aus ihrem Notizbuch und schrieb eine Zahlenreihe darauf. »Er fragt nach Ihrer Großmutter. Hier ist meine Handynummer, sagen Sie ihr bitte, dass sie mich anrufen soll.«

Ich nahm ihr den Zettel ab und faltete ihn in der Mitte. »Danke. Sie wird ihn so schnell wie möglich besuchen wollen.«

Angela zuckte mit den Schultern. »Wenn das geht. Die sind ziemlich heikel, was Besuche auf der Intensivstation angeht.«

»So ernst ist es?« Ich schluckte schwer. »Nonna wird untröstlich sein ... Ich muss sofort zu ihr!«

»Kann ich dich fahren?«, fragte Gabe. »Ich sage nur rasch Robbies Mum Bescheid und gebe ihr meine Handynummer ... Wir können Maria abholen und gleich ins Krankenhaus weiterfahren.«

Ich war schon dabei, meine Schürze abzunehmen. »Das wäre wunderbar.« Ich war so froh, dass er da war.

Er legte mir kurz die Hand auf die Schulter und ging dann rasch zu Robbies Mutter hinüber.

Wir mussten uns beeilen. Wenn Stanley ... Wenn er ... Und wenn Nonna dann nicht gewusst hatte, wo er war, ihn nicht hatte sehen können ... Ich schauderte. Ich wollte nicht weiter darüber nachdenken. Lia, ich musste Lia Bescheid sagen.

»Entschuldigen Sie mich«, sagte ich.

»Jetzt warten Sie mal eine Sekunde!«, knurrte Angela und versperrte mir den Weg. »*Mein Vater* ist untröstlich! Was ist Ihre Großmutter für eine Frau – spinnt einen alten

Mann erst ein, nur um dann seinen Heiratsantrag abzulehnen? Und glauben Sie mir, ich war nicht besonders glücklich darüber, dass er sich dazu überhaupt erst hat hinreißen lassen!«

Das war keine Überraschung, es war schwer vorstellbar, dass irgendetwas Angela glücklich machen konnte.

»Wahrscheinlich ist Ihre Großmutter der *Grund,* warum er krank ist!«

Ihre Anschuldigungen empörten mich. Nonna mochte Stanley aus der Fassung gebracht haben, das stimmte schon – aber hatte Angela nicht gerade selbst gesagt, dass Stanley verdorbene Lebensmittel gegessen hatte?

»Nonna und Ihr Vater machen sich gegenseitig sehr glücklich.« Ich stemmte die Hände in die Hüften. »Wollen Sie jetzt so gut sein und mir sagen, auf welcher Station er liegt? Oder muss ich das selbst herausfinden?«


Stanley sah in seinem Krankenhausbett sehr klein aus. Wie hatte er in so kurzer Zeit so viel Gewicht verlieren können? Von seinen runden Wangen und seinem warmen Lächeln war nichts geblieben. Sein graues, ausgemergeltes Gesicht verschwand zur Hälfte hinter einer Sauerstoffmaske, seine Augen wirkten stumpf und wässrig. In einem Handrücken und in seiner Brust steckten Nadeln, die mit dünnen Schläuchen verbunden waren. Er war an zwei Tröpfe angeschlossen. Verschiedene Monitore zeigten Linien und Zahlen, links und rechts von seinem Bett piepsten Maschinen. Nonna nahm behutsam seine nadellose Hand, hob sie an ihre Lippen und drückte einen Kuss darauf.

»*Signore mio*«, murmelte sie. »Was iste dir passierte?«

Stanley zog sich die Sauerstoffmaske aufs Kinn hinunter,

hob den Kopf ein wenig und öffnete den Mund – aber alles, was herauskam, war ein krächzendes Geräusch. Er hustete und ließ seinen Kopf wieder aufs Kissen sinken.

Auf seinem Nachttisch stand ein Krug mit Wasser und ein Becher mit einem Strohhalm darin. Ich stützte Stanleys Hinterkopf, während Nonna den Becher hielt und ihm den Strohhalm an die Lippen führte. Er nahm einen Schluck und lächelte uns dankbar an.

»Maria«, flüsterte er. »Ich dachte, ich würde sterben, ohne dich vorher noch einmal zu sehen.«

Sie schnalzte tadelnd mit der Zunge. »Schwachekopfe! Gehste du nirgendewo hin, Stanley Pigeon!«

»Es war schrecklich. Ich war in meinem Haus, alleine … und …« Er brach ab, zu erschöpft, um weiterzusprechen.

»Pst, binne ich jetzte hier.« Sie rückte ihren Stuhl so nah ans Bett heran wie möglich. »Werde ich dich nie widder lasse alleine.«

Seine Augen füllten sich mit Tränen. »Meinst du das ernst?«

»Sì. Ich meine vollkomme ernst.«

Er griff mit der anderen Hand nach ihr und verstrickte sie und sich hoffnungslos in seine Schläuche.

Ich wollte den beiden gern etwas Privatsphäre geben. Das war nicht ganz einfach: Zimmer vier der Intensivstation war ein großer Raum, in dem die Betten durch Vorhänge und Stellwände voneinander getrennt waren. An der Stirnseite gab es einen Schwesterntresen. Ich trat kurz auf den Flur, um nach Gabe zu sehen (es durften immer nur zwei Besucher zur gleichen Zeit zu einem Patienten), dann ging ich zum Schwesterntresen.

Vorhin hatte ich befürchtet, dass man uns abweisen

würde, aber kaum hatte ich Nonnas Namen erwähnt, war alles wie von selbst gegangen.

»Er hat immer wieder nach Ihnen gefragt«, hatte die Schwester Nonna am Empfang erzählt. »Wir haben versucht, Sie anzurufen, konnten Sie aber nicht erreichen.«

Jetzt stand sie am Schwesterntresen und erklärte gerade am Telefon, Blumen seien auf der Intensivstation nicht erlaubt. »Aber Karten mit Genesungswünschen heitern die Patienten immer auf. Und Luftballons sind in Ordnung – solange sie nicht aus Latex sind!«

Sie verabschiedete sich, legte auf und sagte zu mir: »Wegen der Allergene.« Sie hatte dunkle Haut und freundliche schwarzbraune Augen. »Wir haben schon genug Sorgen.«

Wir sahen beide zu Stanleys Bett hinüber. Auf seinem Nachttisch standen keine Karten, niemand hatte Luftballons an sein Bettgestell gebunden. Mir wurde die Kehle eng.

»Hat er …« Ich musste mich räuspern. »Hat er viele Besucher gehabt?«

Die Schwester, auf deren Namensschild *Mamta* stand, schüttelte den Kopf. »Nur seine Tochter war heute Morgen kurz da.«

»Ich bin nicht blutsverwandt mit ihm«, gab ich zu, »aber er bedeutet mir sehr viel. Können Sie mir sagen, wie es um ihn steht?«

Stanley hatte sich durch die Lebensmittelvergiftung eine schlimme Magen-Darm-Entzündung zugezogen. Er war zu krank gewesen, um aufzustehen, als Nonna vor unserer Reise an seiner Tür geläutet hatte. Da die Entzündung nicht behandelt worden war, hatte sie schließlich eine innere Blutung ausgelöst. Stanley nahm für sein Herz ein

Medikament zur Hemmung der Blutgerinnung, deshalb hatte die Blutung nicht von selbst wieder aufgehört. Als er begriffen hatte, wie krank er war, war es schon beinahe zu spät gewesen. Der Krankenwagen war gerade noch rechtzeitig gekommen.

»Gott sei Dank«, sagte ich schwach. Eine Welle großer Traurigkeit stieg in mir auf und verschlug mir den Atem.

Schwester Mamta nickte.

»Und warum bekommt er Sauerstoff?«

»Lungenentzündung«, sagte sie. »Aber die haben wir unter Kontrolle.«

Armer Stanley. Angela hatte nicht übertrieben, als sie gefragt hatte: »Was hat er *nicht*?«

»*Santo cielo!*«

Die Maschinen an Stanleys Bett waren plötzlich still geworden. Dann ging ein Alarm los.

»Schwester!«, rief Nonna.

Schwester Mamta rannte zu Stanleys Bett, las die Anzeigen auf den Monitoren und setzte Stanley die Atemmaske wieder auf. »Reden Sie weiter!«, sagte sie zu Nonna. »Er sollte jetzt Ihre Stimme hören.«

»Stanley Pigeon«, sagte Nonna mit schwankender Stimme, »erlaube ich dir nichte, mich jetzte su verlasse!«

Stanleys Augen waren geschlossen, sein Atem ging stoßweise. Um Schwester Mamta nicht im Weg zu stehen, quetschte ich mich zwischen Nonna und die Wand und legte Nonna eine Hand auf die Schulter.

Sie legte ihre Hand auf meine und sah durch ihre Tränen zu mir auf. »Binne ich su spät, *cara.* Habbe ich ihm nichte einmale gesagt, ich liebe ihn.«

»Sag es ihm jetzt«, flüsterte ich. »Sag's ihm einfach jetzt.«

Sie lehnte sich nach vorne und lehnte ihre Wange gegen seine. »*Ti amo,* Stanley Pigeon ... Habbe ich gebrauchte funfzig Jahre, um widder jemande su liebe ... Und hätte ich sage solle dir fruher. *Ti amo.* Ich liebe dich. *Ti amo.*«

Am Eingang der Station brach Tumult aus, Schwester Mamta und ich wandten die Köpfe. Angela drängte sich durch die Tür ins Zimmer. Gabe versuchte, sie zu beruhigen, aber ihre Stimme wurde immer lauter.

»Ich muss ihn aber sehen«, verlangte Angela, fuhr herum und hielt der Stationsschwester, die hinter ihr aufgetaucht war, ein Blatt Papier vors Gesicht. »Er muss mir eine Vollmacht unterschreiben. Sagen Sie diesen Leuten bitte, dass sie verschwinden sollen!« Sie gestikulierte zu Nonna und mir herüber.

Der Zug um den Mund der Stationsschwester machte deutlich, was sie von Angelas Auftritt hielt. Sie ergriff Angelas Oberarm und zog sie zurück auf den Flur. Gabe folgte den beiden. *Er ist so wunderbar!,* dachte ich, dann öffneten sich Stanleys Augen, und er machte ein leises Geräusch tief in der Kehle, das durch seine Sauerstoffmaske gedämpft wurde.

»Darf ich ihm die abnehmen?«, fragte ich.

»Natürlich«, sagte Schwester Mamta.

Behutsam hob ich Stanley die Maske vom Mund.

»Sag ... das noch einmal, Maria«, krächzte er.

Nonna küsste seine Wange. »Ich liebe dich, Stanley Pigeon.«

Er schloss die Augen. »Dann sterbe ich als glücklicher Mann«, wisperte er.

»*No*«, sagte Nonna. Ihre Stimme bebte. »Wagste du nichte!«

Seine Hand tastete sich durch die Luft, auf der Suche nach ihrer. Schwester Mamta legte einen Arm um meine Schultern; da erst merkte ich, dass ich am ganzen Körper zitterte.

Stanley blinzelte und lächelte schwach. »Nein ... Das wage ich wirklich nicht.«

Gabe und ich blieben noch eine Stunde im Krankenhaus. Stanley schien nicht in direkter Lebensgefahr zu schweben. Er würde so schnell wie möglich operiert werden müssen, damit die innere Blutung gestoppt werden konnte, musste sich aber vorher noch ein wenig stabilisieren. Seine Gesichtsfarbe kam mir aber bereits ein bisschen kräftiger vor.

Ich überließ Angela den zweiten Platz am Bett ihres Vaters. Durch die sich schließende Tür erhaschte ich noch einen Blick darauf, wie sie mit ihrer Vollmacht wedelnd auf sein Bett zumarschierte – und auf Nonnas Gesichtsausdruck, der Bände sprach.

Als Nächstes rief ich Mum an, die versprach, Nonna später abzuholen. Denn natürlich war Nonna noch nicht bereit zu gehen, und Gabe und ich mochten sie nicht dazu überreden.

Es war schon Viertel vor sieben, als Gabe mich vor dem Café absetzte. Er hatte ein paar SMS von Robbies Mutter bekommen und war in Eile.

*Ein Jammer,* dachte ich, während ich mich abschnallte und nach meiner Handtasche griff. Der Gedanke, ein paar ungestörte Minuten mit Gabe im Auto sitzen zu bleiben und zu ... *reden,* hatte etwas für sich. Aber es würde andere Gelegenheiten geben. *Bald,* hoffte ich.

»Danke, Gabe«, sagte ich. »Es hat mir viel bedeutet,

dich dazuhaben. Und danke, dass du dich um die entzückende Angela gekümmert hast!«

»Gern geschehen.« Er lächelte, warf aber gleichzeitig einen raschen Blick auf die Uhr im Armaturenbrett.

Ich küsste ihn auf die Wange und stieg aus, schloss aber die Tür nicht sofort. »Herzlichen Glückwunsch zu deinem neuen Job!«, sagte ich. »Du hast noch gar nicht gesagt, bei wem?«

Er nestelte nervös am Lenkrad rum. »Bei wem was?«

Ich lachte. »Bei wem du arbeitest!«

Gabe sah mich an und holte tief Atem. »Ich bin der neue Leiter der Rechtsabteilung von *Garden Warehouse*«, sagte er und lächelte verkrampft.

Es dauerte einen Moment, bis ich begriff, was es war, das mir die Brust zusammendrückte: Entsetzen. Machte er Witze?

»Für *die* willst du arbeiten?«, stieß ich hervor. »Für das Unternehmen, das meine Existenz bedroht?« Ich warf meinen Arm zurück, beschrieb damit einen Bogen, der all die kleinen Läden einschloss, die am Dorfanger standen. »Das unser aller Existenz bedroht?«

»Rosie …« Er massierte sich mit Daumen und Zeigefinger der rechten Hand die Nasenwurzel.

»Nein«, sagte ich rau, »ich will nichts hören. Du weißt, was das Café mir bedeutet.«

»Und ich?«, fragte er leise. »Weißt du, was diese Stelle für mich bedeutet? Wie dringend ich sie brauche?«

»Ich weiß eine Sache«, sagte ich und schluckte gegen die Tränen an. Ich wollte nicht vor ihm weinen. »Du bist ein Verräter. Wenn du für *Garden Warehouse* arbeitest, können wir keine Freunde mehr sein!«

»*Wie bitte?!*« Er starrte mich ungläubig an. »Rosie, warte! Es ist bloß eine Stelle, du kannst doch nicht … Ach, Scheiße, ich bin zu spät dran, ich muss Noah abholen …«

»Hau ab! Verschwinde endlich!« Ich schlug die Tür zu, aber obwohl ich zum Café hinüberrannte, konnte ich ihn aufschreien und auf das Lenkrad schlagen hören. Sein Van raste so schnell davon, dass er eine Staubwolke aufwirbelte.

Ich sah zu dem hellgrauen Schriftzug auf dem dunklen Schild des Cafés auf und schluchzte. Die letzte Woche war so aufreibend gewesen! Und gerade als ich gedacht hatte, dass es ein Happy End für mich geben, dass ich wieder einen Mann in mein Herz schließen könnte, fand ich heraus, dass ich mich in den Feind verliebt hatte.

Ich schluchzte immer noch, als ich die Tür des leeren Cafés aufschloss.

Wie sollte es bloß weitergehen?

# VIERTER TEIL

Ein frischer Aufguss

# Kapitel 31

Schon wieder war ich zu früh zur Arbeit aufgebrochen. Wie gestern. Und vorgestern. Wenn der Himmel über Barnaby sich rosa färbte, war ich froh, aufstehen zu können, obwohl meine Augen brannten und stachen und ich in einem fort gähnte. Denn obwohl ich Zwölfstundenschichten im Café absolvierte, Nonna zu Stanley ins Krankenhaus fuhr und sie abends wieder abholte (ich hatte jetzt ein kleines Auto, das mir einer unserer Stammgäste zu einem Schnäppchenpreis angeboten hatte) und bis spät in die Nacht Pizzaöfen recherchierte, schlief ich nicht gut. Ging ich zu Bett, warf ich mich bloß unruhig hin und her.

Und das alles nur, weil Gabe mir am Dienstag eröffnet hatte, dass er für *Garden Warehouse* arbeiten würde. Seitdem war ich ihm aus dem Weg gegangen. Die ganze Geschichte verwirrte mich schrecklich, denn im Stillen hatte ich gehofft, dass er endlich einmal zuerst an sich selbst denken würde. Noah zuliebe hatte er so viel aufgegeben, sein eigenes Leben hintenangestellt. Wie sehr hatte ich mich darüber gefreut, dass er seine Karriere wieder aufnehmen wollte!

Aber wie konnte er mir nur derart in den Rücken fallen?! Gerade erst hatte ich meinen Angestellten eingeschärft, dass *Garden Warehouse* der Feind war und dass sie niemandem trauen durften, der für den Feind arbeitete! Nicht einmal ihren Freunden. Und nun das!

Heute war der erste Freitag im Mai. Es war noch so früh, dass über dem tauglitzernden Dorfanger ein dünner Nebelschleier hing. *Neumond*, dachte ich düster und rieb mir die geschwollenen Lider. *Heute Abend werden wir Neumond haben.* So viel zu Clementines Theorie, was die Fertigkeiten im Zitronenschälen betraf. Oh, ich *hatte* mich verliebt – aber bloß in Lias Ziegenkäse-Rucola-Pizza mit extradünnem Boden.

Ja! Viel besser. Ich gratulierte mir dazu, das Thema gewechselt zu haben. Ich dachte wirklich lieber über Pizza nach. Und über meine Pläne für das *Lemon Tree Café*. Ich brauchte nur noch Nonnas Okay, um sie in die Tat umzusetzen.

Direkt vor mir flitzten zwei winzige Wildkaninchen durch eine Gruppe Hyazinthen und verschwanden im hohen Gras am Flussufer. Ha! Kaninchenbabys und Frühlingsblumen: Das Leben war gar nicht so schlecht. Wenn sich der Nebel verflüchtigt hatte, würde bestimmt die Sonne vom wolkenlosen blauen Himmel scheinen, einem Himmel, perfekt, um …

Perfekt, um sich am Abend die Sterne anzusehen.

Der Gedanke brachte mich unsanft auf den Boden der Tatsachen zurück.

Gabe hatte mich auf die *Neptun* eingeladen, um zusammen mit Noah an Bord des Hausboots seine neue Stelle zu feiern. Nur hatte Gabe die eine Stelle angenommen, die ich nicht feiern konnte. Und da wir im Augenblick nicht einmal miteinander sprachen, war ich ziemlich sicher, dass unsere Verabredung nicht mehr galt.

Ich ging schneller und versuchte wieder, mich abzulenken.

Was konnte ich auf der Habenseite verbuchen? Unsere Pizza-Party war ein durchschlagender Erfolg gewesen, die alte Karte interessierte unsere Gäste kaum mehr. Und in den letzten Tagen hatte Lia wirklich gezeigt, was in ihr steckte: Sie war eine wahnsinnig talentierte Köchin. Ihr Geschmack war unfehlbar, sie arbeitete schnell und konzentriert und blieb ruhig wie ein Fels in der Brandung (wenn ihr nicht gerade die Zutaten ausgingen). Ihr Selbstvertrauen wuchs von Tag zu Tag. Ich hatte alle Geldsorgen beiseitegeschoben und ihr eine feste Stelle angeboten. Lia organisierte eine Tagesmutter für Arlo, und sobald alles unter Dach und Fach war, würde sie die Rolle der Küchenchefin des *Lemon Tree Cafés* übernehmen.

Auch Stanley ging es besser. Unter Nonnas liebevoller Fürsorge hatte sich sein Zustand stabilisiert. Sein Arzt hatte ihm gesagt, dass er bald kräftig genug für die notwendige Operation war. *Alles in allem,* dachte ich, während ich den großen Messingschlüssel zur Cafétür aus meiner Tasche holte, *gibt es viel, für das ich dankbar sein kann.*

»*Eh,* Rosanna!«

Ich drehte mich um, als ich meine Großmutter rufen hörte. Sie hing aus dem Beifahrerfenster von Clementines Van und winkte mir. Clementine wendete ungeschickt und steuerte dann auf das Café zu.

Ich ging zu Nonnas Seite hinüber. »Guten Morgen, ihr beiden!«

»Warum biste du so fruh auf die Beine?«, fragte Nonna. Sie musterte mein Gesicht. »Was iste passiert? Haste du deine Bette nass gemachte?«

Sie versetzte Clementine einen Rippenstoß, und die beiden alten Damen brachen in gackerndes Gelächter aus.

»Ich konnte bloß nicht schlafen«, sagte ich, lehnte mich durch die Fensteröffnung und küsste Nonnas runzelige Wange. »Gut siehst du aus, Clementine!«

Das tat sie wirklich. Zwar trug sie wie gewöhnlich viel zu weite, abgetragene Männerkleidung, aber sie wirkte nicht mehr so gehetzt, sondern fröhlicher und entspannter, als ich sie je gesehen hatte.

»Danke schön.« Sie rollte die Schultern zurück und holte tief Atem wie für eine Yogaübung. Dann lächelte sie heiter. »Nach der Arbeit fahre ich ans Meer ... Ich übernachte bei einer Cousine im Wohnwagen. Am Morgen habe ich meine Radiosendung, und am Nachmittag mache ich noch das Hügelbeet für die Schule fertig, aber dann habe ich frei. Frei!«

Ihre Augenbrauen schossen in die Höhe, als hätte das letzte Wort sie selbst überrascht.

»Das hört sich wunderbar an ... Ein freies Wochenende! Erinner mich später daran, wie sich das anfühlt.« Ich tat so, als müsste ich seufzen, und lächelte dann. »Nonna, ich bin froh, dass wir uns über den Weg laufen. Ich möchte in einen richtigen Pizzaofen investieren! Wir haben bloß den, den uns Eds Eltern geliehen haben, und der ist nicht das Richtige für kommerziellen Betrieb. Es ist eine größere Ausgabe, aber ich habe einen Finanzierungsplan aufgestellt ...«

Clementine biss krachend in einen Apfel, während ich versuchte, Nonna zu erklären, was ich mir vorstellte: Ich wollte einen der beiden Herde aus der Küche verbannen und den Grill gegen einen kleineren austauschen, um Platz für den Pizzaofen zu schaffen. Nonna schien nur mit halbem Ohr zuzuhören. Sie hatte ihr Portemonnaie hervorgeholt und zählte die Münzen darin.

»Was machst du denn da?«, fragte ich schließlich. Es ärgerte mich ein bisschen, dass sie mir kaum Beachtung schenkte. Immerhin hatte ich ewig im Internet recherchiert, bis ich einen kleinen Ofen gefunden hatte, der sofort geliefert werden konnte – und einen Handwerker, dessen nächster Auftrag geplatzt war, sodass er Zeit für die Installation hatte. Wenn ich ihm heute Bescheid gab, würde er nächste Woche ins Café kommen.

»Brauche ich Kleinegeld für der Krankehausparkeplatz«, murmelte sie.

»Oh, natürlich«, sagte ich beschämt, machte meine Handtasche auf und holte mein Portemonnaie heraus. »Mir war nicht klar, dass ihr auf dem Weg ins Krankenhaus seid. Ist alles in Ordnung?«

»Hoffelich.« Nonna seufzte. »Operiere sie meine Stanley heute. Hatte mich diese nette indische Schwester angerufe. Clementine iste so gut unde fährt mich fruh hin, sodass ich kanne ihn sehe.«

Ich nickte. Schwester Mamta hatte uns erklärt, dass die Operation ein Risiko darstellte: Stanley mochte den Willen haben, gesund zu werden, aber sein Herz war sehr schwach. Und je länger seine innere Verletzung unbehandelt blieb, desto schlimmer wurde sein körperlicher Zustand. Den richtigen Moment zu erwischen, ihn zu operieren, war schwierig.

»Dann glauben die Ärzte wohl, dass es ihm gut genug geht. Das sind gute Neuigkeiten! Bitte grüß ihn lieb von mir«, sagte ich. »Oh, und ganz kurz, ehe du gehst ... Tut mir leid, dass ich so drängele wegen des Pizzaofens. Aber ich hab gestern Abend mit Paolo darüber gesprochen ...«

»Paolo?« Ein breites Lächeln erhellte Nonnas Gesicht. Zu Clementine sagte sie: »Iste er meine Großeneffe. In *Italia*. Wunderbare Junge.«

»Du hast ihn schon ein- oder zweimal erwähnt«, sagte Clementine trocken. Sie hatte ihren Apfel verputzt – samt Kerngehäuse und Stiel – und öffnete jetzt das Handschuhfach, aus dem sie eine kleine Lederbörse holte. »Was brauchen wir noch?«

»Eine Pfund«, sagte Nonna.

»Habe ich«, sagte ich und hielt eine Pfundmünze hoch.

Clementine winkte ab. »Ich hab massenweise Kleingeld hier drin.« Sie gab Nonna die Lederbörse und ließ den Motor wieder an. »Sehen wir zu, dass wir nicht in den Berufsverkehr kommen, Maria.«

»Wartet!«, bat ich und ergriff Nonnas Arm durch die Fensteröffnung. »Ich weiß, dass ihr los wollt. Aber, Nonna, kann ich den Ofen bestellen? Sie haben bloß einen auf Lager, und der Handwerker hat nächste Woche Zeit für uns.«

»Weiß ich nichte.« Nonna zuckte mit den Schultern. »Biste du die Geschäftefuhrerin!«

Clementine lachte bellend auf. »Rosie hat aber recht, Maria – du bist die Besitzerin des Cafés und musst entscheiden, ob große Investitionen gemacht werden sollen oder nicht. Ich beneide dich nicht! Das Pfund, das ich für die Gärtnerei bekommen habe, war das beste, das ich je verdient habe. Jetzt muss ich bloß noch entscheiden, welche Kräuter ich in meinem Tee haben möchte!«

»Will ich gar nix entscheide!«, rief Nonna. »Habbe ich genug von die Geschäftewelt! Binne ich jetzte alte Frau.

Will ich bloß mitte Stanley susammesein und der Zeite genieße, der wir habbe.«

Ich sah sie an und zog eine Augenbraue hoch. War das nicht genau das, was Mum seit Jahren sagte?

Dann ließ ich sie los und machte einen Schritt zurück. »Ich verstehe dich«, sagte ich. »Fahrt, ihr beiden … Wir klären das wann anders!«

»Okeh. Gibste du mir deine Pfund«, verlangte Nonna und streckte die Hand aus.

Verwundert hielt ich ihr die Münze hin, die sie gerade noch nicht hatte haben wollen.

Sie nahm sie mir ab. »Gebongte. Iste Deal perfekte.«

Ich blinzelte verwirrt. »Welcher Deal?«

Sie hielt die Pfundmünze zwischen Daumen und Zeigefinger hoch. »Fearnleys hatte gekostet eine Pfund. Das Café kostet auch eine. Gratuliere ich dir, *cara,* haste du meine Café gekaufte! Biste du neue Besitzerin. Du entscheidest wege der Ofen.«

Ich starrte sie an. »*Ich?*«

Sie wedelte mit einer Hand. »*Ma sì!* Habbe ich keine Zeite mehr fur solche Sache. Bestehte Lebe nichte nur aus Arbeit!«

Clementine schnaubte.

Mein Herz schlug schneller. Ich hatte nie gedacht, dass ich mal ein Café führen würde – oder es gar besitzen! Aber warum eigentlich nicht?

»Wirklich?« Ich fragte ganz ruhig, obwohl ich kaum meine eigene Stimme hören konnte, weil mir die Ohren sausten.

»Wirkelich. Einhunderte Prozent!«

Das Café. Das war etwas anderes als meine Social-

Media-Karriere! Immer hatte ich nur Cheerleaderin für die Unternehmen anderer Leute gespielt, für fremde Träume. Das *Lemon Tree Café* war *mein* Traum geworden. Als Paolo sein Familienrestaurant übernommen hatte, hatte er es zu seinem Restaurant gemacht. Dasselbe wollte ich auch tun. Das *Lemon Tree Café* würde sich verändern, mit der Zeit gehen, dabei aber das Herz Barnabys bleiben – und es würde für die nächste Generation der Familie da sein, die nach mir kam.

Ideen hatte ich genug. In drei schlaflosen Nächten hatte ich so viele ausgebrütet, dass das Notizbuch auf meinem Nachttisch von der ersten bis zur letzten Seite vollgeschrieben war.

Clementine lachte über das ganze Gesicht. »Das wurde aber auch Zeit! Glückwunsch, Rosie. Ich kann mir keine bessere Nachfolgerin für deine unbezähmbare Großmutter vorstellen als dich!«

Mir war ein bisschen schwindlig – ich hatte so viel zu lernen! Über Steuern, Arbeitsrecht, Hygienevorschriften … Und ich konnte immer noch nicht kochen.

Aber all das konnte warten.

In Nonnas Augen schimmerten Tränen. Jahrelang war das Café ihr Leben, ihr Rettungsanker gewesen: Dort hielt *sie* die Zügel in der Hand, niemand hatte Macht über sie. Sie mochte so tun, als wäre es keine große Sache, das Café an mich weiterzugeben – aber ich wusste, was es bedeutete.

Ich machte die Beifahrertür auf und umarmte sie. »Ich liebe dich, Nonna. Und ich verspreche dir, dass du stolz darauf sein wirst, was wir aus dem Café machen!«

Als ich »wir« sagte, traf mich die Erkenntnis wie ein

Blitz. Plötzlich wusste ich genau, was ich zu tun hatte. Also fragte ich: »Können wir das erst mal für uns behalten?«

Nonna zuckte mit den Schultern. »*Naturalmente*. Was immer du willste … Biste du die Chefin! Clementine, gibste du Gas! Habbe ich eine Mann su kusse.«

»Juhu!«, rief Clementine. »Jetzt sind wir beide frei!«

»*Ciao*, Rosie!«

Der alte Van setzte sich ruckelnd und ächzend in Bewegung. Nonna und Clementine streckten je eine Hand aus ihren Fenstern und winkten mir, als wären sie Thelma und Louise – alt geworden, aber immer noch auf Tour. Sie fuhren im frühmorgendlichen Sonnenschein davon.

Ich blieb für einen Moment benommen stehen und fragte mich, ob ich träumte. Dann schaute ich auf den Messingschlüssel des Cafés hinunter, den ich immer noch festhielt, und fing an zu lachen.

Rosie Featherstone, Besitzerin des *Lemon Tree Cafés*.

Ich schob den Schlüssel ins Schloss, öffnete die Tür und atmete tief den Duft meiner Zukunft ein. Die Kaffeemaschine lockte mich, aber bevor ich sie einschalten konnte, musste ich erst noch etwas anderes tun.

Ich ließ mich in einen Sessel fallen und zog mein Handy aus meiner Tasche, um meine noch nichts ahnende Geschäftspartnerin anzurufen.

»Lia«, sagte ich und lächelte, als könnte sie mich sehen. »Das mag um diese Uhrzeit eine seltsame Frage sein … Aber hast du vielleicht fünfzig Pence?«

# Kapitel 32

Und so kam es, dass Lia und ich plötzlich und völlig unerwartet zu stolzen Café-Besitzerinnen wurden.

Nonna widmete ihre Zeit Stanleys Genesung: Sie saß an seinem Bett, wann immer es möglich war, ließ nicht zu, dass Angela seinen Bungalow verkaufte und ihn in einem Altenheim in Bristol unterbrachte, und beaufsichtigte seine Verlegung von der Intensivstation auf eine *gewöhnliche* Station (das Wort »geriatrisch« konnten Stanley und sie nicht leiden). Beide warteten sehnsüchtig auf den Tag seiner Entlassung.

Sobald Lia sich mit fünfzig Prozent in das Café eingekauft hatte, sagten wir Doreen und Juliet Bescheid. Letztere brach in Tränen aus – eine Reaktion, die so untypisch für sie war, dass wir furchtbar erschraken. Es stellte sich heraus, dass sie Angst gehabt hatte, Nonna könnte das Café verkaufen oder gar schließen. Juliet brauchte den Job: Ohne ihren Verdienst war nicht genug Geld für die Pflege ihrer Schwiegermutter da. Doreen dagegen nutzte die Gelegenheit, um uns zu sagen, dass sie weniger arbeiten wollte. Das gehe nicht gegen uns, fügte sie rasch hinzu. Sie würde noch einmal Großmutter werden und wolle ihrer Familie helfen.

Die nächsten zehn Tage flogen nur so vorbei. Ofen und Handwerker kamen wie bestellt. Während die Küche umgebaut wurde, mussten wir schließen, gönnten uns aber keine Pause: Wir verlegten einfach unser Hauptquartier zu Lia nach Hause. Dort entwarfen wir unwiderstehliche Brunches und legten uns auf ein Pizza-Menü fest (das Pizza-Party-Feedback war uns dabei wirklich eine Hilfe). Außerdem polierten wir die Website auf, ließen eine Pressemitteilung veröffentlichen und sprachen mit einem Steuerberater – unsere To-do-Liste schien endlos.

Um des Papierkrams Herr zu werden, wandte ich mich an denselben Rechtsbeistand, der mir letztes Jahr beim Kauf meines Cottages geholfen hatte. Zwar dachte ich manchmal an Gabe und wünschte, ich könnte ihn bitten, einen Blick auf unseren neuen Mietvertrag zu werfen, auf die Arbeitsverträge, die wir für Doreen und Juliet aufgesetzt und in denen wir für beide eine regelmäßige Gewinnbeteiligung am Jahresende festgehalten hatten, und auf Lias und meine neue Partnerschaftsvereinbarung. Dann aber erinnerte ich mich streng daran, dass er nun zu *Garden Warehouse* gehörte. Die Konkurrenz durfte keinesfalls zu viel über unser Café erfahren!

Mit dem heutigen Montag war endlich der Tag gekommen, an dem wir das Café wiedereröffneten. Der neue Pizzaofen würde zeigen können, was in ihm steckte.

Ich saß vor dem Café, hatte mein Gesicht der Sonne zugewandt und wartete auf Lia, damit wir gemeinsam aufschließen konnten. Um Punkt acht hielt Eds Auto vor dem Café. Lia sprang heraus, und Ed folgte ihr.

»Wie geht's Arlo?«, fragte ich. Mein Neffe war heute zum ersten Mal bei seiner Tagesmutter Gina.

Ed sagte stolz: »Er hat's locker genommen. Hat kaum einen Mucks gemacht!«

»Gut«, sagte ich und verstand nicht, warum mir ein bisschen nach Weinen zumute war. »Das ist gut.« Dann sah ich Lia an.

Sie lächelte schüchtern. »Unser erster Tag«, sagte sie.

Wir schauten das Café an und dann wieder einander.

Lia umarmte mich stumm, und ich drückte sie an mich. Das *Lemon Tree Café* war Nonnas Zufluchtsort gewesen, ein kleines Stück Heimat in einem fremden Land, ein glücklicher, sicherer Ort. Und jetzt gehörte es uns. Lia und mir.

»Lächelt mal, ihr beiden!«, sagte Ed und hob sein Handy. »Ein Bild fürs Familienalbum!«

Er schoss das Foto, küsste Lia, wünschte uns viel Erfolg und stieg wieder ins Auto, um zur Arbeit zu fahren. Lia sah ihm nach und seufzte glücklich.

»Hashtag ›Der perfekte Mann‹! Schau mal, womit er mich heute Morgen überrascht hat!« Sie hielt mir ihre Hand vor die Nase. Über ihrem Verlobungs- und ihrem Ehering trug sie jetzt einen Reif aus Platin, der mit winzigen Diamanten besetzt war. »Er hat mir einen Memoire-Ring gekauft!«

»Wunderschön!« Ich ergriff ihre Hand und beugte mich darüber, um mir den Ring genauer anschauen zu können – und um zu verbergen, wie sehr ich sie beneidete.

Jetzt hatte meine Schwester schon drei Ringe von einem Mann bekommen. Drei! Ich bekam nicht mal einen Anruf.

*Und wer ist daran schuld?,* fragte eine leise, ausgesprochen lästige Stimme in meinem Hinterkopf. *Gabe ist der tollste Mann, den du seit hundert Jahren getroffen hast. Natür-*

*lich musstest du ihn fortjagen. Was hast du noch gleich zu ihm gesagt? Ach ja:* »*Wir können keine Freunde mehr sein!*«

Auch Lia sah auf ihren neuen Ring hinunter. »Offenbar sind die harten Zeiten vorbei. Das Unternehmen seines Vaters läuft gut, Ed hat gerade einen Bonus bekommen. Und sein Vater gibt ihm mehr Verantwortung... Er denkt wohl darüber nach, in Rente zu gehen.«

»Und Ed ist froh, dass dir jetzt ein halbes Café gehört?«, fragte ich vorsichtig.

Ed hatte mir gesagt, dass es ihm lieber wäre, wenn Lia nicht arbeiten würde. Da sie das Geld nicht brauchten, hoffte ich, dass er keinen Groll hegte.

Sie nickte. »Natürlich bin ich in erster Linie Mutter. Ich muss aber auch an mich denken! Klar, im Familiencafé zu arbeiten ist nicht dasselbe, wie eine berühmte Fernsehköchin zu sein... Aber für mich ist es perfekt. Ich hab's nicht weit nach Hause, muss mir also keine Sorgen wegen Arlo machen. Und ehrlich gesagt bin ich unheimlich stolz drauf, dass ich für unsere neue Karte verantwortlich bin und meine Berufung gefunden habe! Ed versteht das.«

»Das freut mich. Ich bin auch sehr stolz auf dich!«, sagte ich und überreichte ihr einen Schlüsselring, an dem alle Schlüssel für das Café hingen.

»Es ist nicht leicht, einen Job zu finden, den man liebt, und trotzdem noch Zeit für die Familie zu haben«, sagte Lia. »Ich hab großes Glück.«

Das erinnerte mich unangenehm daran, was Gabe gesagt hatte: Dass er sich für die Stelle bei *Garden Warehouse* auch deshalb beworben hatte, weil die Arbeitszeiten und der Arbeitsweg sich mit Noahs Stundenplan vertrugen. Ein bisschen schroff sagte ich: »Mach schon die Tür auf!«

»Sorry, Chefin!«

Ich zog sie an den Haaren wie früher, als wir noch Kinder gewesen waren. »Hey, wir sind Partnerinnen! Vergiss das nicht.«

»Partnerinnen«, wiederholte sie andächtig.

Wir schoben die Tür gemeinsam auf, drehten das Schild von »geschlossen« auf »offen« – und waren im Geschäft.

Um elf stand die Sonne hoch am Himmel, und es war beinahe sommerlich warm. Die schönen neuen Außentische des Cafés waren gerade rechtzeitig angekommen.

Gäste saßen unter der Markise und genossen das schöne Wetter, während sie Kaffee tranken und mit ihren Freunden plauderten. Sommersprossige Nasen und blasse Schultern waren mit Sonnencreme eingerieben worden, in der Luft lag der Duft von frisch geschnittenem Gras. Auf dem Dorfanger spielten kleine Kinder in T-Shirts und Shorts und in Sommerkleidchen, und auf einer Decke am Fluss kuschelten zwei Teenager, die wahrscheinlich dachten, dass niemand sie sehen konnte.

Wir ließen die Tür offen stehen, um die herrliche frische Luft hereinwehen zu lassen. Sie war uns hochwillkommen. Wir fanden nämlich gerade heraus, dass unser neuer Pizzaofen jede Menge Hitze produzierte. Rick, der Fotograf, wollte trotzdem, dass wir direkt davor posierten.

»Hervorragend. Okay, jetzt mal mit Rosie in der Mitte. Legt die Arme umeinander und setzt euer schönstes Lächeln auf!«

»Komm, Juliet, wir kuscheln!«, sagte ich zu unserer kratzbürstigsten Angestellten.

»Wenn's sein muss, Mäuschen«, knurrte Juliet, als ich

sie an mich zog. »Aber Vorsicht: Ich schwitz wie ein Renn-
pferd.«

Ich hatte Rick gebucht, damit ich ein paar professionelle
Bilder zu posten hatte. Juliet und Doreen arbeiteten heute
beide – ich hatte sicherstellen wollen, dass am ersten Tag
alles reibungslos lief. Rick war seit einer Stunde da. Er hatte
Nahaufnahmen von Doreen gemacht, wie sie den Teig aus-
rollte, von Juliet beim Pizzenbelegen, und von Lia, die den
Ofen befüllte. Mich hatte er auf der Türschwelle fotografiert, unter dem *Lemon-Tree-Café*-Schild, mit verschränkten
Armen. Obwohl ich fand, dass er meine kämpferische Seite
gut eingefangen hatte, hatte ich ihn noch ein zweites Foto
machen lassen, auf dem ich an der Kaffeemaschine stand
und freundlich lächelte. Jetzt machte er ein paar Gruppen-
aufnahmen – was unsere Gäste gut zu unterhalten schien.

Rick ließ die Kamera sinken und fuhr sich mit einer
Hand durch sein zerzaustes, schulterlanges Haar. »Sehr
schön. Lia, versuch bitte noch mal, die Pizza hochzuhalten
und zur Kamera zu neigen – aber nicht wieder in so stei-
lem Winkel!« Er warf einen bekümmerten Blick auf seine
Turnschuhe: Sie hatten den Sturz der letzten Pizza abge-
fangen.

Lia kicherte. »Ich werde mein Bestes tun!« Sie hielt vorsichtig die große Pizzaschaufel aus Metall vor sich, auf der
eine frisch gebackene Pizza Diavolo lag.

»Perfekt!« Er grinste.

»Sind wir bald durch?« Ich massierte mir die Wangen.
»Ich glaube, das Lächeln frisst sich langsam auf meinem
Gesicht fest. Fühlt sich an wie eine Kiefersperre!«

»Und ich hab Hitzewallungen«, sagte Doreen und pustete sich den Pony aus den Augen.

»Und mir tun die Arme weh!«, rief Lia. Sie legte die Pizzaschaufel auf die Arbeitsfläche.

Doreen versuchte, unauffällig auf die Uhr zu sehen, und Juliet starrte Stella Derry böse an, die auf der Kasse herumdrückte, um das Geld für ihren Tee selbst hineinzulegen.

»Okay, zum Abschluss: Guckt mal so, als würdet ihr es wirklich ernst meinen!«

*Und ob wir das tun,* dachte ich, während ich sah, wie Lia stolz das Kinn hob. Mit Einsatz, Fantasie und sehr wahrscheinlich mehr Überstunden, als ich je in meinem Leben gemacht hatte, würde das *Lemon Tree Café* nicht nur überdauern, sondern gedeihen.

»Okay – steht bequem!« Rick machte Anstalten, sich die Kamera umzuhängen.

»Warte – eins noch!« Lia griff nach der Pizzaschaufel. Sie grinste mich wild an. »Willst du wetten, dass ich die werfen kann?«

Ich lachte und nickte. »Du Verrückte!«

»Bist du bereit, Rick?«

Er war in Stellung gegangen und konzentrierte sich so sehr, dass seine Zungenspitze zwischen seinen Lippen hervorschaute.

Ich sah zu, wie Lia die Pizza wie einen Pfannkuchen in die Luft warf und sie dann geschickt wieder auffing. Unsere Gäste jubelten und applaudierten. Wie seltsam, dass ich immer als die mutige Schwester hingestellt wurde, dabei war *Lia* diejenige, die sich aus ihrer Komfortzone herauswagte, die Veränderungen begrüßte und vorwärtsstürmte, ohne einen Blick zurückzuwerfen. Ich konnte viel vom meiner kleinen Schwester lernen.

Sie strahlte. »Und so wirft man eine Pizza!«

»*Mamma mia!*«, rief Nonna, als sie eine halbe Stunde später hereinkam. Sie fächelte sich mit einer Hand Luft zu. »Iste das eine Hitze hier drinne!«

Sie hatte so recht. Ich würde mich mit Klimaanlagen beschäftigen müssen. Nonna begrüßte unsere Stammgäste und kam dann zum Tresen herüber.

»Nonna!« Ich küsste sie auf die Wange. »Du hast ganz knapp den Fotografen verpasst … Wir hätten ein Bild mit dir zusammen machen können!«

»Gut, dass iste er weg«, knurrte Nonna. »Will ich meine alte, runzelige Gesichte nicht habbe auf die Foto. Iste besser mit euch beide schöne Mädchen! Will ich euch nur alles Gute wunsche, bevor ich fahre in die Krankehaus.«

Lia und ich schlossen sie in die Arme und dankten ihr zum wohl hundertsten Mal, dass sie uns das Café gegeben hatte. Damit konnten wir gar nicht aufhören. Dann brüllte Juliet, dass die Pizzen im Ofen fertig waren, und Lia quietschte und rannte los, um sie zu retten.

Nonna führte mich zu einem Tisch, der gerade leer geworden war. Das benutzte Geschirr der Gäste stand noch darauf.

»Setzte du dich«, befahl sie.

Ich gehorchte, sammelte im Sitzen aber die Teller und Tassen ein, um sie zu stapeln.

»*No*«, sagte Nonna, »lasse das. Will ich, dasse du mir suhörst. Iste wichtig.« Sie ergriff meine Hände und sah mich über den Rand ihrer Brille hinweg ernst an. »Du willste hart arbeite, *lo so*. Aber iste Café nur eine Geschäfte. Vergisste du das nichte. Versteckste du dich nichte dadrin. Musste du auch lebe, *eh*? Unde liebe. Lerne ich das jetzte erst.«

»Ich werd's versuchen«, sagte ich. Ehrlich fügte ich hinzu: »Das ist nicht einfach für mich.«

Ich wollte nicht alleine sein. Ich wollte das, was Lia und Ed hatten, Mum und Dad und nun auch Nonna und Stanley. Ich *wollte* es, ich war bloß nicht sicher, wie ich es finden sollte.

»Weißte du, was ich denke?« Nonna lächelte und kniff mich in die Wange – das hatte sie früher oft getan. »Machste du dir die Lebe su schwer. Gabe iste …«

»Nonna!« Ich atmete scharf ein. »Darüber will ich nicht reden.«

Sie hob beide Hände. »Okeh. Aber gibste du ihm eine Chance und guckste du, was passierte.«

Ich verdrehte die Augen. »Ich weiß schon, was passiert. Wir streiten uns.«

»Iste eine gute Zeiche!« Sie wedelte mit dem Zeigefinger in meine Richtung. »Brennt er eine Feuer in dir! Lass nichte ausgehe.«

»Da fällt mir ein, dass ich dringend nachsehen muss, ob wir noch genug Holz für den Ofen haben«, sagte ich und sprang auf, froh darüber, das Thema wechseln zu können. »Kann ich dir etwas bringen? Immerhin bist du jetzt ein Gast!«

»Oh.« Nonna blinzelte, als käme ihr der Gedanke zum ersten Mal. »Habbe ich gerade genug Zeite fur eine Espresso. Bringste du schnell!«

Ich lachte und küsste sie. »Du hast auch jede Menge Feuer in dir.«

»Woher, glaubste du, haste du deine?«

Sie lächelte still vor sich hin, als ich zur Kaffeemaschine hinüberflitzte. Neuerdings konnte nichts das Lächeln von

Nonnas Gesicht vertreiben. Stanley erholte sich gut, und die beiden hatten endlich Gelegenheit gehabt, miteinander zu sprechen. Nonna hatte Stanley von Lorenzo erzählt, ihrer ersten Liebe, und von ihrer schrecklichen Ehe mit Marco. Jetzt waren Stanley und sie unzertrennlich.

Ich machte Nonna ihren Espresso und sauste dann durch das Café, um benutztes Geschirr einzusammeln und die Tische abzuwischen.

Plötzlich kribbelte es in meinem Nacken – ganz so, als würde ich beobachtet. Als ich mich umdrehte, blickte ich in vertraute Gesichter: Clementine und Tyson waren da (beide trugen Knieschützer und hatten Erde im Gesicht); Lucas und Nina ebenso (er trug zwei säuberlich verpackte Kartons, sie hatte zwei Bouquets dabei); Ken und Mrs. Ken (ihr Vorname wollte mir partout nicht einfallen); Adrian, der Pubbesitzer, mit Frances, seiner Reinigungskraft; Mr. Beecher, der Schulwart; Biddy, die Churchill dabeihatte (er leckte den Boden an der Stelle ab, an der Lia vorhin die Pizza fallen gelassen hatte); Stella Derry, die nie irgendetwas verpasste (wenn das hier tatsächlich *etwas* war) sowie Mum und Dad.

Da standen sie alle und grinsten.

Lia tauchte neben mir auf. Ihre Wangen waren rosig, die Augen groß. Ihre Locken hatten sich zum größten Teil aus ihrem Pferdeschwanz befreit und umrahmten ihr Gesicht. Sie war wunderschön.

»Ist irgendwas los?«, fragte sie mich flüsternd.

Ich schlang ihr einen Arm um die Taille. »Ich würde sagen, ja«, sagte ich. »Bloß so eine Ahnung!«

# Kapitel 33

»Alle sind da!«, flüsterte sie aufgeregt. »Alle bis auf ...«

»Gabe.«

»Gabe? Ich wollte sagen: Ed.« Lia zog eine Augenbraue hoch.

»Ed. Ja, das meinte ich auch!«, sagte ich hastig.

Lia glaubte mir kein Wort, so viel war klar. »Gabe ist nach London gefahren«, sagte sie und kaute auf ihrer Unterlippe herum. »Er hat ein Meeting. Wusstest du das nicht?«

»Ach ja, ich erinnere mich«, murmelte ich und gab mir die größte Mühe, meine Enttäuschung zu verbergen. Ich begriff ja nicht einmal, *warum* ich so enttäuscht war! Außerdem konnte es nicht mehr lange dauern, bis sich unser Besuch auf uns stürzte. Ich fragte: »Woher weißt *du* von dem Meeting?«

»Gina hat Ed und mir davon erzählt, als wir Arlo bei ihr abgegeben haben. Gabe war offenbar ziemlich aufgeregt ... Er fängt heute irgendwo neu an, und sie haben ihn in letzter Minute zu dem Meeting bestellt. Er hat Gina gefragt, ob sie nach der Schule auf Noah aufpassen kann, aber sie war schon ausgebucht und konnte ihm nicht helfen.«

O Himmel. Armer Gabe. Armer Noah.

»Hat er eine andere Lösung gefunden?«, fragte ich. Mir war ein bisschen schlecht. Wenn die Dinge anders gestanden hätten, hätte Gabe sicher mich um Hilfe gebeten.

Ich wünschte, er hätte mich um Hilfe gebeten.

Lia zuckte mit den Schultern und stieß dann einen Freudenschrei aus. »Meine Jungs!«

»Entschuldigt, ich bin spät dran!« Ed eilte mit Arlo auf der Hüfte herein. Er grinste seiner Frau zu und quetschte sich zwischen Mum und Dad.

Und dann kamen Doreen und Juliet mit Tabletts aus der Küche, auf denen Prosecco-Gläser standen. Das Grüppchen umschwärmte sie, bis Nonna in die Hände klatschte.

Sofort hielten alle den Mund – sogar die verblüfften Gäste.

»Will ich halte keine lange Rede«, sagte sie, nahm zwei Gläser von Doreens Tablett und reichte eins Lia und eins mir. »Aber wunsche ich euch viele Gluck unde *Liebe* fur der Café!«

Sie sah mir direkt in die Augen, als sie »Liebe« sagte.

Alle stießen miteinander an. Nina machte einen Satz nach vorn, um uns ihre Blumensträuße zu geben, und Lucas überreichte uns die eingepackten Geschenke (»Nichts Besonderes«, betonte er). Lia und ich schubsten uns gegenseitig an, um die jeweils andere dazu zu bekommen, auch einen Trinkspruch zu halten. Da räusperte sich Juliet unheilschwanger.

»Im Namen von Doreen und mir möchte ich sagen, dass es in einem Café natürlich schlechte Zeiten gibt … Wenn Gäste sich wegen nix und wieder nix beschweren oder sich in dieses Drecksloch von Café verziehen, um die Katzenpisse da zu saufen …«

Ich machte schnell einen Schritt nach vorn, um sie zu unterbrechen. »Danke für die Warnung.«

Doreen vergrub das Gesicht in den Händen.

Juliet fuhr unbeirrt fort: »Oder wenn das Holz alle is oder der Teig, oder wenn die Klos verstopft sind ...«

»Aber vor allem wird es *gute* Tage geben!«, fiel Doreen ihr laut ins Wort. »Wir wünschen euch wahnsinnig viele gute Tage! Herzlichen Glückwunsch, Rosie und Lia!«

Es gab Applaus, und Doreen zerrte Juliet zurück zum Tresen. Sie zauberten einen riesigen Kuchen hervor, und die anderen Ladenbesitzer aßen je ein Stück, tranken ihre Gläser leer und verabschiedeten sich dann. Ed küsste Lia und sauste los, um Arlo wieder bei Gina abzugeben und selbst zurück zur Arbeit zu fahren. Nur Stella Derry, Mum und Dad blieben übrig. Dad sammelte die leeren Sektflaschen ein, um die Beweise zu vernichten, immerhin hatten wir keine Ausschankgenehmigung.

Der Prosecco hatte Mums Wangen Farbe gegeben. »Wir sind so stolz auf euch beide!«, sagte sie.

»Danke schön!« Ich umarmte sie. »Ich hätte nicht gedacht, irgendwann einmal Cafébesitzerin zu sein – aber ich bin auch sehr stolz auf das, was Lia und ich geschafft haben.«

»Außerdem hast du fertiggebracht, was ich nicht konnte«, flüsterte Mum mir nicht besonders leise ins Ohr. »Du hast meine Mutter dazu bekommen, endlich in den Ruhestand zu treten!«

Insgeheim bezweifelte ich, dass *ich* es gewesen war, die dieses Wunder vollbracht hatte.

»Eure Mum hat auch Neuigkeiten«, sagte Dad und legte einen Arm um ihre Schultern.

»Oh?« Ich lächelte sie an. »Erzähl!«

»Ich wollte das gar nicht erwähnen. Heute ist euer Tag!« Mum zierte sich, obwohl sie offensichtlich beinahe platzte vor Freude. »Es hat Zeit!«

»Willst du den Vorsitz des Frauenvereins wieder übernehmen? Wie schön«, sagte Stella wenig überzeugend.

Mum schüttelte den Kopf. »Ich fürchte, ich muss den Ausschuss bitten, mich endgültig von allen Pflichten zu entbinden.«

Sie machte eine dramaturgische Pause. Stellas Mund formte ein perfektes kleines O.

»Denn ich habe eine Stelle im *Chestnuts Cancer Hospice* angeboten bekommen – als Verantwortliche für Spendenaktionen«, sagte Mum und strich sich über die Haare.

Dad runzelte die Stirn. »Oh. Ich dachte, du würdest bloß zwei Tage die Woche ehrenamtlich aushelfen?«

Mum versetzte ihm einen Rippenstoß und räusperte sich.

»Herzlichen Glückwunsch, Mum!«, sagte ich. »Du wirst da sicher glänzen, nur ...«

Aber Mum ließ sich auch von mir nicht den Wind aus den Segeln nehmen. »Ich werde bald die erste Veranstaltung planen, Stella«, sagte sie. »Ich hoffe, dass ich auf die Unterstützung des Frauenvereins zählen kann?«

»Selbstverständlich!«, rief Stella. Sie brachte eilig die letzten leeren Sektgläser zum Tresen. Dann warf sie sich ihre Handtasche über die Schulter. »Ist das endgültig? Ich meine: Wirst du den Vorsitz wirklich nicht wieder übernehmen?«

»Wirklich nicht«, bestätigte Mum.

»Dann gehe ich besser und informiere den Vorstand! Je

eher der im Bilde ist, desto besser … Auf Wiedersehen, ihr Lieben!«

Ich trat hastig beiseite, damit Stella mich nicht über den Haufen rannte: Sie hatte es offenbar wirklich eilig, die frohe Kunde zu verbreiten. Lia führte Dad in die Küche, um ihm den neuen Pizzaofen zu zeigen. Mum und ich blieben allein zurück.

»Ich dachte, du wolltest *weniger* ehrenamtliche Arbeit machen, Mum?«

»Ich wollte aus meinen Ausschüssen austreten«, erwiderte sie mit schelmischem Gesichtsausdruck.

»Was ist da der Unterschied?« Dad tat mir leid. Er hatte sich so darüber gefreut, seine Abende mit Mum verbringen zu können.

»Erinnerst du dich an den Stand mit den Secondhand-Büchern auf dem Frühjahrsmarkt? Den hat das *Chestnuts Cancer Hospice* betreut.«

Ich nickte.

Sie sagte: »Ich hab ein paar Bücher gekauft und mich mit den freiwilligen Helfern unterhalten. Da habe ich gemerkt, dass es zu früh für mich ist, gar nichts mehr zu tun. Ich bin erst fünfzig! Ich möchte einen Beitrag leisten, möchte helfen, die Welt ein Stück besser zu machen.« Sie klang beinahe befangen. »Ich wollte anbieten, in ihrem Spendenladen auszuhelfen. Dann hat Helena, eine der Leiterinnen, mich gefragt, wer den Frühjahrsmarkt organisiert hat, und ich, na ja … ich habe vielleicht ein bisschen übertrieben, was meine Rolle dabei anging.«

»Mum!« Voller Zuneigung schüttelte ich den Kopf. Ja, sie war bei jeder einzelnen Besprechung dabei gewesen und hatte sich mit Lia zusammen um die Kinderspiele gekümmert ... Aber die Organisation war Teamsache gewesen.

»Ich weiß, ich weiß!« Sie biss sich auf die Unterlippe. »Es ging alles so schnell! Und dann hat Helena mich auch schon angefleht, dem Hospiz meine Organisationsfähigkeit zur Verfügung zu stellen. Und ich wollte doch nützlich sein ... Deshalb habe ich zugestimmt. Und jetzt hab ich keine Ahnung, wie ich meine Versprechen einlösen soll!«

»Oh, ich bin sicher, dass du das hinkriegen wirst«, sagte ich zuversichtlich. »Du bist sehr gut darin zu ... delegieren.«

»Befehle zu geben, meinst du«, sagte sie, lächelte mich dabei aber an.

»Tja ...« Ich lachte.

»Du weißt ja, wie überflüssig ich mich gefühlt habe, als ich arbeitslos geworden bin und ihr Mädchen aus dem Haus wart«, sagte sie. »Die Ausschüsse haben mir damals das Gefühl gegeben, wieder gebraucht zu werden. Ich hab bloß gemacht, was ich gut konnte ...« Sie wurde rot. »Und das ist offenbar, andere Leute herumzukommandieren.«

»Wenigstens bist du ehrlich!«, sagte ich grinsend.

Mum lachte. »Zum Glück ist das genau das, was die Krebshilfe sucht. Ja, ich habe deinem Vater gesagt, dass es nur um zwei Tage die Woche geht, aber wenn ich möchte, kann ich öfter kommen. Und auch wenn es jetzt eine ehrenamtliche Stelle ist, gibt es wohl die Möglichkeit, dass später im Jahr genug Budget für ein Gehalt da ist. Es würde mir gefallen, wieder mein eigenes Geld zu haben.«

»Aber was wird aus deinen Plänen, mehr Zeit mit der Familie zu verbringen?«

Ich kannte Mum: Zwei Tage die Woche würden bald zu fünf werden, und dann würde sie zu beschäftigt sein, um mit Dad in Urlaub zu fahren.

»Arlo ist jetzt drei Tage die Woche bei der Tagesmutter, er braucht mich nicht mehr so oft. Und die Nachmittage und Abende kann ich weiterhin mit deinem Vater verbringen! Aber vorher kann ich etwas tun, bei dem es nicht nur um mich geht. Erinnerst du dich daran, als meine Freundin Karen ihre Krebs-Diagnose bekommen hat? Eine Gruppe von uns hat damals einen Wohltätigkeitsmarsch in unseren BHs gemacht.«

Ich nickte. »Ihr habt ein Vermögen zusammengekriegt.«

Die Zeitung hatte darüber berichtet und zu Nonnas Entsetzen ein großes Foto von Mum und ihren Freundinnen abgedruckt. Ihre BHs waren mit Federn und Pailletten geschmückt gewesen.

»Ich vermisse es, solche Aktionen zu machen. Ich würde gern etwas hier im Dorf organisieren, eine kleine Selbsthilfegruppe vielleicht. Damit Betroffene irgendwo hingehen können, wenn sie mal reden möchten. Es sind die kleinen Dinge, die wirklich helfen, denkst du nicht?«

Sie holte tief Atem und lächelte mich an. Ihre Augen leuchteten, und ich konnte beinahe *sehen*, wie die Ideen in ihrem Kopf herumwirbelten.

»Ich denke, du hast recht!«

Ich umarmte sie und dachte, dass ich sie wirklich bewunderte. Und nicht nur sie, sondern alle Frauen der Familie! Lia und Nonna waren genau wie Mum: Sie steckten voller Überraschungen, waren bereit, Risiken einzugehen und sich an Neuem zu versuchen, und mutig genug, sich und der Welt ihre Schwächen einzugestehen.

*So möchte ich auch sein,* dachte ich. Und dann kam mir plötzlich ein Gedanke.

»Wann ist die Schule aus?«, fragte ich Mum.

Gabe glaubte vielleicht, dass er mich nicht bitten konnte, auf Noah aufzupassen. Aber was hielt mich davon ab, es ihm anzubieten?

*Gabe und ich mögen unsere Meinungsverschiedenheiten haben,* dachte ich, während ich im Heer der Mütter auf Barnabys Grundschule zumarschierte, *aber ich werde nicht zulassen, dass Noah darunter zu leiden hat!* Ich sah es vor mir: Wie Noahs Freunde nach und nach abgeholt wurden, während er, von einer müden Lehrerin beaufsichtigt, in der Schule bleiben und auf seinen Vater warten musste. *Nicht mit mir!* Ich würde ihn mit ins Café nehmen, bis Gabe aus London zurück war. Gabe würde ich eine kurze SMS schicken, damit er wusste, dass Noah bei mir war – dann musste ich ihn nicht anrufen und am Telefon herumdrucksen. Lia und ich hatten als Kinder so viele schöne Nachmittage im Café verbracht. Es gab keinen Grund, warum Noah dort nicht genauso viel Spaß haben sollte.

Die Schulglocke läutete, und Mr. Beecher kam hinter den Mülltonnen hervor, um das Schultor aufzuschließen. Die Erwachsenen wanderten auf den Schulhof, bildeten kleine Grüppchen und unterhielten sich miteinander. Ich sah mich nach Gina um, konnte sie aber nirgends entdecken. Unbehaglich blieb ich in einem Feld des Himmel-und-Hölle-Spiels stehen und klammerte mich an dem Stück Kuchen fest, das ich in eine Serviette eingeschlagen dabeihatte. Dann öffneten sich zwei Türen, und die Schüler folgten ihren Lehrerinnen in zwei ordentlichen Reihen nach draußen auf die Treppe. Ich suchte nach Noahs blondem Schopf, während die Lehrerinnen die Kinder eins nach dem anderen an ihre Eltern abgaben.

Solch strenge Sicherheitsmaßnahmen hatte es früher nicht gegeben. Aber das würde schon in Ordnung gehen. Noah würde seiner Lehrerin sagen, wer ich war. Schließlich war ich keine Axtmörderin!

Eine Frau hinter mir rief: »Noah?«

Ich drehte mich um und erkannte Fiona, Robbies Mutter. Sie winkte ihrem Sohn und Noah, die neben einer der Lehrerinnen auf den Stufen standen.

»Hallo!«, sagte ich und gesellte mich zu ihr.

Fiona sah mich überrascht an. »Ähm … Hallo?«

»Ist das Noahs Lehrerin?« Ich deutete auf die junge Frau, die ein Jeanskleid mit großen aufgesetzten Taschen und um den Hals eine Trillerpfeife trug.

»Ja, das ist Miss Cresswell.« Fiona nickte und winkte wieder.

Robbie winkte zurück, und Miss Cresswell ließ ihn und Noah gehen. Als Noah mich sah, machte er einen Luftsprung und rannte los.

Wir gingen den Jungen entgegen.

»Ich werde ihr schnell sagen, dass ich Noah mitnehmen kann«, sagte ich.

»Das wird nicht nötig sein«, sagte Fiona und warf mir einen Blick zu. »Gabe hat mich gefragt, ob er bei mir bleiben kann.«

Die Eifersucht stach mich wie eine feine Nadel. »Oh, hat er das?« Natürlich hatte Gabe Fiona darum gebeten. Wie blöd von mir zu denken, dass er seinen Sohn allein in der Schule herumhocken lassen würde.

Fiona sagte ein wenig verschnupft: »Ich muss allerdings zugeben, dass ich ein bisschen erstaunt war ... nach dem letzten Mal.«

»Tatsächlich?« Ich wartete darauf, dass sie erklärte, was sie damit meinte, aber sie sagte bloß: »Wie dem auch sei. Ich hoffe nur, es wird nicht zur Gewohnheit, dass er Noah bei mir abstellt. Für mich ist das wirklich nicht günstig.«

Damit war die Sache für mich entschieden: Ich würde nicht zulassen, dass Noah bei einer Familie bleiben musste, die ihn nicht dahaben wollte!

»Entschuldigung, Miss Cresswell!« Ich umrundete eine kleine Gruppe Mütter und schwenkte meine Hand in der Luft, um Miss Cresswells Aufmerksamkeit zu erregen. Im nächsten Moment prallte Noah in vollem Lauf gegen meine Beine und warf die Arme darum.

»Rosie!«

»Hey, Kumpel!« Ich bückte mich und umarmte ihn mit einem Arm, während ich gleichzeitig versuchte, nicht das Kuchenstück zu zerdrücken, das ich in der freien Hand hielt. Bevor er mich losließ, gab ich ihm rasch einen Kuss in sein zerzaustes blondes Haar.

Fiona und Miss Cresswell kamen gleichzeitig bei uns an. Die Lehrerin lächelte hilfsbereit.

»Guten Tag?«

»Hallo! Ich bin Rosie«, sagte ich und fragte mich, wie ich mein Anliegen vorbringen sollte, ohne Fiona zu verärgern. Ich hatte den Eindruck, dass es dazu nicht viel bedurfte.

»Ist das *Kuchen?*«, fragte Noah.

Robbie war größer als Noah und konnte das Kuchenstück besser sehen. Er nickte Noah zu. Ich hatte nur ein

Stück mitgebracht, aber es war groß genug, um es zu teilen.

»Ja!« Ich strahlte Noah an. Dann fragte ich Robbie: »Möchtest du auch was abhaben?«

»Kennst du die Dame, Noah?« Miss Cresswell runzelte die Stirn, als wäre ich eine Kinderfängerin, die mit Buttercreme köderte.

»Natürlich kennt er mich!« Ich gab mir die größte Mühe, nicht ebenfalls die Stirn zu runzeln. Miss Cresswell war schon im Café gewesen. Wir hatten uns zwar noch nie unterhalten, aber sie musste wissen, wer ich war.

Fiona holte zwei geschälte Karotten aus einer Tupperdose und schürzte die Lippen. »Ich finde es nicht gut, den Kindern nach der Schule Zuckerzeug zu geben.«

Robbie seufzte, nahm eine Karotte und biss krachend ein Stück ab. Ich verbot mir, wie Nonna tadelnd mit der Zunge zu schnalzen. Wer missgönnte einem hungrigen Jungen ein Stück selbst gebackenen Kuchen?

»Ich kenne Rosie, Miss«, sagte Noah und nahm meine Hand. »Sie ist Daddys Freundin!«

Hurra! Ich lächelte triumphierend.

»Rosie hat mir geholfen, Mummys Hochzeitskleid zu zerschneiden!«

Fiona und Miss Cresswell fuhren zurück, als stünden sie einer Teufelin gegenüber.

»Ganz so … *Ganz* so war es nicht«, stammelte ich.

»Und sie hat gesagt, dass ich eine Rutsche haben soll, die aus meinem Schlafzimmerfenster rausgeht!« Er nickte stolz.

Miss Cresswell starrte mich an. »Lebst du nicht auf einem Boot, Noah?«

Fiona sagte zu der Lehrerin: »Deshalb erlaube ich Robbie nicht, Noah zu besuchen. Dieses Hausboot ist eine schwimmende Todesfalle!«

Das lief nicht so gut, wie ich gehofft hatte.

»Ich habe bloß einen Witz gemacht«, sagte ich schwach. »Weil Noah sich ein Bett mit einer Rutsche wünscht.«

Miss Cresswell presste die Lippen zusammen und verschränkte die Arme. Fiona lachte humorlos auf.

Noah wandte sich Robbie zu. »Kennst du Katy Perry?«

Robbie schüttelte den Kopf und nagte verdrießlich an seiner Karotte.

»Sie ist eine Sängerin«, erklärte Noah fröhlich. »Daddy sagt, Rosie sieht genauso aus. Er sagt, sie hat Biss.«

»Sie beißt?«, fragte Robbie kichernd. »Wie ein Löwe?«

Miss Cresswell und Fiona tauschten einen erschütterten Blick, als Noah und Robbie in voller Löwenmanier über den Spielplatz rannten, brüllten und fauchten. Ich sah die beiden Frauen an und begriff: Meine Chancen, Noah mit ins Café zu nehmen, standen in etwa so gut wie die von Cruella de Vil, einen Dalmatinerwelpen aus der Hundefarm von Roger und Anita zu adoptieren.

»Sie haben hier offenbar alles im Griff, Fiona«, trat ich deswegen den Rücktritt an. Obwohl ich damit eine öffentliche Steinigung riskierte, ließ ich es mir nicht nehmen, Noah einen Kuss und das Stück Kuchen zu geben. »Ich lasse Noah in Ihrer Obhut.«

»Ich denke, das wird das Beste sein«, sagte Miss Cresswell erleichtert.

# Kapitel 34

Das gute Wetter hielt die nächsten Tage über an. Am Mittwochnachmittag trafen sich die anderen Ladenbesitzer zufällig im Café, und Lucas schlug vor, dass wir uns zusammensetzten, um uns auszutauschen. Nur Adrian fehlte, der mit Freunden Golfurlaub in Algarve machte – und Clementine. Obwohl sie genau genommen kein Geschäft mehr besaß, war sie in meinen Augen immer noch Teil unseres kleinen Netzwerks. Heute hatte sie ein Meeting mit einem Redakteur, der gern eine monatliche Kolumne von ihr herausbringen wollte. Tyson half Lucas im Geschenkeladen.

Wir setzten uns nach draußen. Die Schule war noch nicht aus, aber ich warf trotzdem einen langen Blick über den Dorfanger.

Ich hatte gedacht, dass ich nach meiner Blamage auf dem Schulhof vielleicht von Gabe hören würde. Bis jetzt hatte er sich allerdings noch nicht gemeldet. War das gut oder schlecht? Ich hatte ihm helfen wollen, aber vielleicht war er wütend, dass ich versucht hatte, seinen Sohn zu entführen. Lia fand, dass ich mir viel zu viele Gedanken machte. Gabe, sagte sie, müsse sich noch an seine neue Arbeitsstelle gewöhnen. Wahrscheinlich fiel er abends erschöpft ins Bett, sobald Noah eingeschlafen war.

Na wunderbar ... Jetzt konnte ich nicht mehr aufhören, ihn mir im Bett vorzustellen. Seine breite Brust hob und senkte sich regelmäßig, er lag auf der Seite und vielleicht war die Decke verrutscht und man sah ...

»Frechdachs!«, sagte Lucas und verscheuchte Kens Hand von seinem Teller. »Besorg dir dein eigenes Petit Four!«

»Ist mir verboten. Meine Madame hat mich auf Diät gesetzt«, sagte Ken und tätschelte sein Bäuchlein. »Sie sagt, mein neues Motto lautet: ›Lean in Fifteen‹. Was immer das heißen soll!«

»Das ist der Instagram-Hashtag für diesen heißen Fitness-Typen in Shorts«, sagte Lucas. »Der 15-Minuten-Coach.« Dann wurde er rot. Er schob sich schnell den Rest seines Petit Fours in den Mund. »Hab ich gehört«, murmelte er.

Nina und Lia kicherten. Biddy und Ken sahen nicht so aus, als wüssten sie jetzt mehr.

»Du kannst gern bei mir in der Küche anfangen«, sagte Lia zu Ken. »Professionelles Pizzabacken ist der beste Weg, den es gibt, um Gewicht zu verlieren ... Ich kann keine Pizzen mehr sehen. Überhaupt kein Essen mehr!«

»Ähem!« Es gelang mir, meinen Blick vom Dorfanger abzuwenden, um Lia einen bedeutungsschweren Blick zuzuwerfen. »Obwohl unsere Pizzen bombastisch schmecken! Das wollte meine Schwester noch hinzufügen.«

Lia schlug sich eine Hand vor den Mund. »Ups. Bist du sicher, dass du meine Partnerin sein willst, Rosie? Mit meiner Geschäftstüchtigkeit ist es nicht weit her.«

»Mit meiner Kochkunst auch nicht«, sagte ich lachend.

»Teamwork«, sagte Biddy. Sie gab Churchill unter dem

Tisch ein Stück Frankfurter Würstchen. Sein wedelnder Schwanz klopfte gegen ihr Stuhlbein. Den Rest gab sie Ken, der seine Hälfte genauso begeistert hinunterschlang. Biddy lächelte. »Davon profitieren wir alle!«

»Das ist mein Stichwort«, sagte Lia. »Ich werde es euch Geschäftsfuzzis überlassen, eure Weltherrschaftspläne zu diskutieren, und ein paar Beispielpizzen für den Pappkartonmann vorbereiten.«

Ich musste lächeln, während ich ihr nachsah. Sie summte vor sich hin und blieb kurz im Eingang des Cafés stehen, um tote Blätter von den eingetopften Zitronenbäumen links und rechts zu zupfen. Das hatte Nonna auch immer getan.

Mit dem »Pappkartonmann« meinte sie den Vertreter eines großen Vertriebs von Pizzaschachteln. Lia war die kluge Idee gekommen, unsere Pizzen auch zum Mitnehmen anzubieten – erst mal versuchsweise an zwei oder drei Tagen die Woche, um zu sehen, wie es lief. Wenn hier also irgendjemand auf die Weltherrschaft aus war, dann sie! Sie hatte ein besseres Händchen fürs Geschäftliche, als sie glaubte. Ich hatte diese Woche kaum mehr zustande gebracht, als Bestellungen korrekt aufzunehmen – so beschäftigt war ich mit meinem nicht vorhandenen Liebesleben!

»Es muss schön sein, einen Partner zu haben«, sagte Lucas sehnsüchtig. Er sah zum Schaufenster seines Geschenkeladens hinüber: Tyson war gerade dabei, mit einem Staubwedel den Spinnweben zu Leibe zu rücken. Lucas seufzte. »Jemanden, an den man sich nach einem anstrengenden Tag anlehnen kann«, fügte er hinzu.

Nina arrangierte die Blumen in der kleinen Vase auf dem Tisch neu. Frische Blumen waren eine Schwäche von mir, sie waren so viel schöner als Plastiksträuße. Ein bisschen Schnüffelei hatte zutage gefördert, dass es im *Cabin Café* Kunstnelken gab, die jetzt schon staubig aussahen. Und wenn ich in Ninas Blumenladen auftauchte, um meine Bestellung aufzugeben, leuchtete ihr Gesicht jedes Mal auf. Das allein war die Sache wert.

Sie schlug vor: »Vielleicht könnten wir noch eine Wohltätigkeitsveranstaltung organisieren? Wie den Frühjahrsmarkt. Das war großartiges Teamwork!«

»Das war wirklich ein schöner Tag«, stimmte Biddy zu, schlüpfte aus ihrer gehäkelten Strickjacke und hängte sie über ihre Stuhllehne. »Hey! Ein *Sommer*markt in Barnaby, wie wäre das?«

»Hat jemand Verbindungen zu einer Wohltätigkeitsorganisation?«, fragte Ken. Er nahm sich eine Serviette, wischte sich die schweißglänzende Stirn ab, faltete die Serviette akkurat und legte sie zurück auf den Stapel in der Mitte des Tisches. Ich nahm mir vor, später den ganzen Stapel wegzuwerfen.

»Mum arbeitet für *Chestnuts*. Vielleicht können wir das gesammelte Geld dem Hospiz zukommen lassen. Das wäre toll, wenn ich so drüber nachdenke ... So könnte sie gleich ein paar Pluspunkte bei ihrem neuen Arbeitgeber sammeln!«

»Bleiben wir bei dem Gärtnerei-Schwerpunkt?«, fragte Ken. »Dann können wir wieder Gemüse und Grünzeug verkaufen.«

Biddy sagte: »Schade, dass wir nicht noch schnell Maronen anbauen können ... Die könnte man rösten und verkaufen: ›Chestnuts für das *Chestnuts Cancer Hospice*!‹ Oh, hey – wie wär's mit Maronen-Röhrlingen?«

Die Idee fanden wir alle gut. Ken sagte, dass er mit Clementine darüber sprechen wollte – sie war immerhin die Expertin und wusste sicher, ob wir die Pilze ziehen konnten. Ich erweckte mein Tablet zum Leben, um einen Blick in den Kalender zu werfen. Ein passender Termin wurde heiß diskutiert: Eine Hundeshow in Derby musste bedacht werden, verschiedene Hochzeiten, für die Nina die Blumenarrangements lieferte, der Wochenendtrip, den Lucas und Tyson nach Brighton machen wollten sowie Kens jährliche Pilgerreise nach Blackpool. Ich hatte nichts anstehen, deshalb loggte ich mich in den Twitter-Account des Cafés ein, um schon mal ein bisschen Werbung zu machen, während die anderen debattierten. Wir hatten recht viele neue Nachrichten, seit ich heute Morgen das letzte Mal online gewesen war.

Über hundert, um genau zu sein.

Das war ein Rekord. Ich scrollte zurück, um zu sehen, was den Ansturm ausgelöst hatte. Offenbar hatten wir in den letzten vierundzwanzig Stunden über fünfzig neue Follower gewonnen. Wie erstaunlich! Ich war so mit Twitter beschäftigt, dass Lucas mich zweimal anstupsen musste, um meine Aufmerksamkeit zu erregen.

»Das erste Wochenende im Juli«, sagte er. »Passt dir das?«

»Bestimmt«, sagte ich abgelenkt. Mir war eine besondere neue Followerin ins Auge gefallen. »Wow. Lucinda Miller folgt uns bei Twitter! Ich hab mal mit ihr gearbeitet … oder zumindest mit ihrem Agenten.«

»Wer?«, fragten Biddy und Ken gleichzeitig.

Nina setzte sich kerzengerade auf. »Die Schauspielerin? Schnell, Rosie, frag sie, ob sie als prominenter Gast unseren Sommermarkt eröffnen möchte!«

Ich lachte. »Sie folgt uns bei Twitter! Das hat mit dem

echten Leben nicht viel zu tun.« Aber es wäre schon schön, sie im echten Leben kennenzulernen, das musste ich vor mir selbst zugeben.

»Ich finde sie toll in *Raw Recruits*«, sagte Lucas. »Endlich mal eine tolle Frau mit echten Kurven.«

Ich sah ihn überrascht an. Er zuckte mit den Schultern und rieb sich verlegen den Nacken.

»Sie zeigt es allen!«, fügte Nina hinzu.

Ich klickte Lucinda Millers Profil an, um zu sehen, ob sie es wirklich war, und tatsächlich: Sie war Schauspielerin, schrieb sie, und im Augenblick in *Raw Recruits* zu sehen, sie liebte ihre französische Bulldogge Purdie, Punktmuster und Tee. Sie war es! Konnte es Zufall sein, dass sie uns folgte? Bestimmt lag es an unserer Zusammenarbeit. Ich drückte meinerseits auf »Folgen«. Ein paar Sekunden später kam eine private Nachricht an:

Rosie, sind Sie das? Aus der Social-Media-Werbeagentur?

Ich antwortete sofort:

Ja, ich bin's! Vielen Dank, dass Sie dem Café folgen! Wie geht es Ihnen?

Keine Ahnung, was ich als Antwort erwartete, aber das war plötzlich nicht mehr so wichtig, denn bevor sie antworten konnte, ließ Ken eine Bombe platzen.

»Wir könnten *Garden Warehouse* fragen, ob sie die Veranstaltung sponsern wollen«, sagte er, während er der Runde zuckerfreie Pfefferminzbonbons anbot. »Dann käme ein bisschen mehr rein.«

Ich starrte ihn entsetzt an. »Ken!«

Er zuckte mit den Schultern. »Warum nicht? Die können mehr Leute erreichen als wir.«

»Weil … Weil …« Ich stammelte vor Wut. »Weil die alles an sich reißen werden! Und weil die uns *bedrohen!* Das wird eine Dorfveranstaltung, da können bloß Läden aus Barnaby mitmachen. Das seht ihr doch auch so?«

Ich wandte mich Hilfe suchend an die anderen.

Biddy war schwer damit beschäftigt, Churchill zu streicheln, Nina zupfte an einem Farnblatt herum, und Lucas konzentrierte sich darauf, die Krümel seines Petit Fours aufzusammeln und in das Papierförmchen zu werfen.

»Seid ihr etwa anderer Meinung?«

Biddy hob eine Hand wie in der Schule. »Ich weiß, dass du sehr wütend darüber bist, dass *Garden Warehouse* hergekommen ist«, sagte sie schüchtern, »aber, um ehrlich zu sein, geht es meinem Laden besser als vorher. Ich musste umdenken und hab einen Hundesalon eingerichtet. Und ich verdiene jede Menge mit Pflegeprodukten für Hunde!«

»Ich bin nicht wütend!«, sagte ich böse. »Ich bin bloß …«

»Pflegeprodukte?« Nina guckte groß. »So was wie Shampoo und Spülung?«

Biddy nickte. »Das und noch viel mehr. Ich führe Pfotenbalsam, Haaröl gegen Filz, Sprays für wohlriechenden Atem, sogar Hundeparfüm.« Sie strich sich befangen die Haare aus dem Gesicht. »Außerdem Schühchen und Kleider.«

Nina kicherte und sagte, ihr wäre schon aufgefallen, dass Barnabys Hunde in letzter Zeit nicht mehr so struppig ausgesehen hätten, und Lucas warf ein, dass er vielleicht auch gern einen Hund hätte, wenn er ihn schick anziehen könnte.

»Wie ich gerade gesagt habe…« Ich klopfte mit meinem Löffel auf den Tisch, um ihre Aufmerksamkeit auf mich zu ziehen. Alle sahen mich überrascht an, und ich ließ den Löffel schnell sinken. »Entschuldigt bitte. Wir waren uns doch einig: *Garden Warehouse* ist in unser Territorium vorgedrungen, unser kleines ländliches Territorium! Ich dachte, wir würden uns gegen die zur Wehr setzen. Gemeinsam.«

Ken lachte leise. »Reg dich mal nicht zu sehr auf, Rosie. Das hier ist Derbyshire, nicht Dünkirchen.«

Biddy verschränkte die Hände und sagte kleinlaut: »Tut mir leid! Aber es hat mir wirklich geholfen, dass *Garden Warehouse* hier aufgetaucht ist. Ich war sozusagen gezwungen, etwas zu ändern… Und mit dem Ergebnis bin ich ziemlich zufrieden.« Dann wurde sie ein bisschen rot und versteckte sich hinter ihrer Tasse.

Ich seufzte. »Ich freue mich für dich, wirklich. Will sonst noch jemand, dass *Garden Warehouse* die Veranstaltung mitorganisiert?«

Lucas zuckte mit den Schultern. »Von mir aus ginge das in Ordnung. Ich verkaufe weniger Postkarten, das stimmt schon, *Garden Warehouse* verkauft fünf Karten für ein Pfund, so was gibt's im *Heavenly Gift Shop* nicht. Aber dafür verkaufe ich mehr große Sachen, seit *Garden Warehouse* da ist. Heute Morgen kam eine nette Dame mit einem Umschlag voller Geld aus dem Café …«

Ich sah ihn scharf an und verschränkte die Arme vor der Brust.

Er merkte, was er gesagt hatte, und korrigierte sich eilig:

»… aus diesem grauenhaften *Cabin Café!* Da hört jemand auf, und die Belegschaft hat für ein Abschiedsgeschenk gesammelt. Die Dame hat fünfzig Pfund für eine Riesenstoffgiraffe und einen Flachmann ausgegeben! Das ist viel Geld für mein Geschäft … Und die Giraffe hatte ich eh dringend loswerden wollen, ihr Hals war schon ein bisschen schlaff.«

Es hörte jetzt schon jemand auf? Das *Cabin Café* hatte doch gerade erst eröffnet!

Ich wandte mich Nina zu. »Was ist mit dir?«

»Ach, Mensch«, sagte sie gequält. »Ich weiß nicht, wie ich dir das sagen soll … Aber meinem Laden geht's auch besser. Natürlich hab ich nicht die leiseste Ahnung, warum. Ist echt ein Wunder, dass ich überhaupt im Geschäft bin.«

»Und ich war nie gegen die *Garden-Warehouse*-Filiale«, sagte Ken und klopfte mir auf die Schulter. »Wir müssen uns eben weiterentwickeln, das habe ich gesagt, weißt du noch? Und bei allem, was recht ist, Mädchen«, er wies auf die Pizzakarte, die zwischen der Blumenvase und der Schale mit Zuckertütchen steckte, »das hast du auch prima hingekriegt!«

Adrian hatte ebenfalls mehr Gäste im Pub, besonders am Sonntag zum Mittagessen, das hatte er Ken erzählt. Offenbar war ich die Einzige, die einen Groll hegte.

»Gut. Der erste Samstag im Juli, das halten wir fest. Vielen Dank, damit ist die Sitzung vertagt!« Ich schlug die Hülle meines Tablets zu und stand auf.

»Fragen wir *Garden Warehouse* denn nun, ob sie als Sponsor dabei sein wollen?«, fragte Lucas. Er hatte sich halb abgewandt, um mit seinem Handy ein Foto von seinem Laden zu machen. Tyson war jetzt damit beschäftigt, im Schaufenster einen etwas schiefen Turm aus Geschenk-boxen zu bauen.

»Noch nicht gleich«, sagte ich unbestimmt. »Lasst uns erst mal, ich weiß nicht … Lasst uns ein bisschen abwar-ten. Okay?«

»Zurück an die Arbeit!«, sagte Nina, stand auf und legte ein paar Münzen auf den Tisch.

»Ich muss auch los.« Biddy sprang auf. Ein halbes Frankfurter Würstchen fiel ihr aus der Tasche. Ken bückte sich hastig und hob es auf, ehe Churchill es sich schnap-pen konnte.

»Ha!«, rief er triumphierend und verschlang es mit einem Bissen. Churchill bellte empört.

Dann zogen sie davon, jeder in Richtung seines eigenen Ladens. Ich blieb mit dem unangenehmen Gefühl zurück, dass der Feldzug eines ganzen Dorfes gegen *Garden Warehouse* gerade zur Kampagne einer einzigen Frau ge-worden war.


Später, auf dem Heimweg, wollte ich gerade auf den Pfad einbiegen, der am Friedhof entlangführte, als ein Auto ne-ben mir hielt. Es war Gabe in einem neuen Dienstwagen. Noah saß hinten in seinem Kindersitz und balancierte einen Fußball und seinen Stoffsaurier auf dem Schoß.

Hitze breitete sich in meinem ganzen Körper aus und stieg mir ärgerlicherweise auch in die Wangen. Es war das erste Mal, dass wir uns trafen, seit wir uns gestritten hat-ten. Das war vor zwei Wochen gewesen … Nicht dass ich die Tage zählte.

Gabe ließ sein Fenster herunter. »Hallo.«

Er legte den Ellbogen in die Fensteröffnung. In seinem

weißen Hemd mit hochgeschobenen Ärmeln sah er elegant aus. Das war der neue Gabe, der Geschäftsmann, *Garden-Warehouse*-Gabe in seinem noblen Neuwagen.

»Hallo.« Meine Stimme klang heiser, und ich wusste nicht, wohin mit meinen Händen. Unwillkürlich fiel mir ein, wie mich damals mit sechzehn ein Junge gefragt hatte, ob ich mit ihm ausgehen wollte. Ich hatte ihn schon lange aus der Ferne angehimmelt. Natürlich hatte ich versucht, ihm ganz cool zu antworten – aber ich hatte mich angehört wie jetzt gerade. Ich räusperte mich und wandte mich lieber Noah zu. Er trug Shorts und ein T-Shirt und hatte Schlamm im Gesicht.

»Hi, Noah! Warst du Fußball spielen?«

»Ich hab ein Tor geschossen!«, sagte er und trat aus Demonstrationsgründen gegen den Vordersitz.

»Hübscher Wagen.« Ich riskierte einen kurzen Blick in Gabes Richtung. Wahrscheinlich ein Dienstwagen.

»Es *war* ein hübscher Wagen.« Gabe warf seinem Sohn einen warnenden Blick zu. »Bis sie uns haben einsteigen lassen. Und ein gewisser kleiner Junge zieht den Van vor.«

»Ich sitz lieber vorn«, sagte Noah mit gerunzelter Stirn. »Jetzt muss ich hinten sitzen wie ein *Baby*.«

Gabe sagte zu mir: »Rosie, ich hab gerade erst erfahren, was Montag los war.« Er fuhr sich mit einer Hand durch die Locken. »Miss Cresswell hat es mir erzählt, als ich Noah vom Fußball abgeholt habe.«

»Ah«, sagte ich. Ich hatte keine Ahnung, ob er jetzt ärgerlich werden würde. Er rieb sich die Augen. Jetzt erst fiel mir auf, dass sein schickes Hemd zerknittert war. Er sah müde aus. Bestimmt war es anstrengend, ständig alle Bälle in der Luft zu halten – den neuen Job, Noah …

»Das war nicht gerade mein klügster Schachzug«, sagte ich und lachte verlegen. »Die haben mich praktisch im Polizeigriff vom Schulgelände entfernt.«

Noah fragte hoffnungsvoll vom Rücksitz: »Hast du heute auch Kuchen dabei?«

Ich schüttelte den Kopf. »Wenn du Kuchen willst, musst du ins Café kommen«, sagte ich automatisch. Dann sah ich Gabes Blick.

»Ich dachte, ich bin zur Persona non grata geworden?«, meinte er.

»Allerdings ...« In meinen Wangen stach es jetzt – wahrscheinlich waren sie mittlerweile feuerrot. »Aber Noah nicht!«

»Aha!« Gabes Lippen zuckten. »Rosie, ich hab angehalten, um mich zu bedanken. Es bedeutet mir viel, dass du Noah abholen wolltest.« Seine sanften grauen Augen blickten in meine. »Auch ohne die Erlaubnis eines Elternteils.«

»Früher war das anders«, erklärte ich. »Da haben sie nach Schulschluss einfach die Türen aufgemacht, und wir sind alle davonspaziert. Ich hab nicht damit gerechnet, dass sie inzwischen so vorsichtig sind. Natürlich ist das gut so!«

»Es tut mir trotzdem leid, wenn dich die Sache in Verlegenheit gebracht hat.«

»Ich kann nur hoffen, dass Miss Cresswell nicht mehr an der Schule ist, sollte ich je Kinder haben«, sagte ich. »Bei der kann ich mich nämlich nie wieder sehen lassen.«

Gabe lachte leise. »Fiona und sie sind zusammen ziemlich Furcht einflößend.«

Ich lächelte und war mit einem Mal wahnsinnig fröhlich. Es war so schön, wieder mit ihm zu sprechen! Ich sagte das Erste, was mir in den Sinn kam: »Ich hab dich vermisst.«

Er wandte den Blick nicht von mir. »Ich dich auch.«

Dieses Mal klang *seine* Stimme rau. Er hustete eilig ein bisschen und klopfte sich übertrieben auf die Brust.

»Dad, was gibt's heute zum Tee?«

Gabe verdrehte die Augen und grinste dann seinen Sohn im Rückspiegel an.

»Wären Fischstäbchen-Sandwiches genehm?«

»Jippie!«

»Veritys Leibspeise«, sagte ich und lächelte wieder. Auf meiner Zunge lagen die Worte: *… und meine auch!*, aber ich schluckte sie hinunter. Er würde sie – zu Recht – als Aufforderung verstehen, mich einzuladen. Das wollte ich nicht. Wir waren gerade dabei, uns zu versöhnen, und ich wollte nichts übereilen. Außerdem war mir klar, dass ich mich zuerst bei ihm entschuldigen musste. Ich holte tief Luft.

Aber Gabe sah wehmütig aus, in einer Erinnerung versunken. »Als wir noch Studenten waren, haben Verity und Mimi mir oft Fischstäbchen-Sandwiches gemacht«, erzählte er. Dann lachte er und kam in die Gegenwart zurück. »Meine Kochkünste haben sich seit damals nicht groß verbessert, wenn ich so darüber nachdenke.«

»Damit bist du nicht allein.«

»Apropos, ich gratuliere dir zu eurer erfolgreichen Neueröffnung! Alle Welt erzählt von eurem Pizzaofen. Hört sich toll an!«

Er fügte nichts hinzu, aber das musste er auch nicht. Ich wusste, dass er längst ins Café gekommen wäre, wenn ich ihm nicht gesagt hätte, dass wir keine Freunde mehr sein könnten.

Ich war so blöd! Alle anderen hatten *Garden Warehouse* akzeptiert – sogar Clementine, die am meisten Grund hatte, zornig zu sein! Bloß ich war noch so feindselig. Jetzt, in Gabes Gesellschaft, konnte ich mich plötzlich kaum noch erinnern, was ich eigentlich gegen das Unternehmen hatte.

»Wie ist deine neue Arbeit?«, fragte ich.

Gabe sah mich überrascht an, dann sagte er: »Anstrengend. Wahnsinnig anstrengend … Wir arbeiten an einem Angebot für eine Übernahme. Es geht um ein Familienunternehmen, das sich auf Haushaltswaren spezialisiert hat. Sie haben ein paar tolle Standorte, machen aber keinen Gewinn. Morgen treffe ich mich mit meinem Chef, dann bringe ich ein Rettungspaket zur Bank.«

Unwillkürlich verschränkte ich die Arme vor der Brust. Ha! *Deshalb* konnte ich *Garden Warehouse* nicht leiden! Anstatt Menschen oder Schicksale sahen sie nur Zahlen. Es ging ihnen bloß um Profit.

»Noch ein Familienunternehmen? Um Himmels willen, Gabe, *Garden Warehouse,* das sind doch alles Aasgeier! Was wollt ihr den Leuten dieses Mal anbieten, zehn Pence pro Filiale? Wie kannst du nachts noch schlafen?«

Ich starrte ihn wütend an. Die freundschaftliche Atmosphäre, die gerade noch zwischen uns geherrscht hatte, löste sich in Nichts auf.

»Dad, ich hab Hunger. Können wir heimfahren?«

»In einer Sekunde.«

Noah trat wieder gegen den Vordersitz.

Gabe sagte zu mir: »Du hast eine völlig falsche Vorstellung, Rosie.«

»Ehrlich? Ich hab gedacht, du wärst ein wunderbarer Mensch. Jetzt bin ich nicht mehr so sicher.« Ich wollte nicht vor Noah streiten, deshalb rang ich mir ein Lächeln ab. »Tschüss, Noah!«

Gabe murmelte etwas, das nicht für die Ohren kleiner Jungs bestimmt war. Ich drehte mich auf dem Absatz um und bog rasch auf den Pfad ein – dahin konnte mir das Auto nicht folgen. Aber ich hörte, wie eine Autotür zuschlug und jemand hinter mir hergerannt kam.

»Rosie, ich lass dich nicht einfach so weglaufen!« Gabe hielt mich am Arm fest und zog mich zu sich herum.

Zorn flammte in mir auf. Meine Brust wurde eng, und es fühlte sich an, als würde der gefangene Vogel mit Krallen und Schnabel versuchen, sich zu befreien. »Du *lässt* mich nicht? Was fällt dir ein!«, schrie ich ihn an.

Was war nur los? Fünf Minuten in seiner Gegenwart und schon explodierte ich vor Wut. Und er ... er hatte seine überlegene Stärke ausgenutzt. Wie Callum. Genau wie Callum! Er ließ mich sofort los und hielt beide Hände in die Höhe. »Es tut mir leid! Himmel, wirklich, es tut mir leid! Rosie, ich hab nicht nachgedacht ...«

»Ausgerechnet du«, sagte ich atemlos. Meine Beine fühlten sich wackelig an, und Zornestränen brannten mir in den Augen. »Gerade *du* solltest wissen, dass ich mich zu nichts zwingen lasse!«

Er senkte den Kopf. »Ich kann dich nur um Verzeihung bitten«, sagte er. »Aber ...«

»Dad?«

Gabe rief: »Bleib im Auto, Noah!«

»Mir ist der Fußball aus dem Fenster gefallen.«

»Ich hol ihn dir gleich!«

Und dann hörten wir beide das Auto. Wir drehten uns gleichzeitig um.

Alles verlangsamte sich, lief ab wie in Zeitlupe: Ein gelblicher Van kam die Straße herunter. Gerade als er an Gabes geparktem Auto vorbeifuhr, stieß Noah die Tür auf. Ein furchtbares Geräusch zerriss die stille Abendluft – Metall kratzte jaulend über Metall. Die Tür wurde gewaltsam wieder gegen Gabes Auto gedrückt.

Unsere Schreie schienen von jeder Oberfläche zurückgeworfen zu werden: Noah, Noah, *Noah!* Gabe und ich rannten, so schnell wir nur konnten.

Der weiße Van kam mit quietschenden Reifen zum Stehen. Der Fahrer, ein Mann um die vierzig in Arbeitskleidung, der eine Sonnenbrille auf den Kopf geschoben hatte, sprang heraus und breitete die Arme aus.

»Was zum ...«

Gabe kam als Erster bei seinem Wagen an, riss die unversehrte Tür zur Rückbank auf und verschwand im Auto. Ich war direkt hinter ihm, rang nach Luft und kämpfte gegen die Übelkeit. Vor Angst war mir schwindlig.

»Daddy«, hörte ich Noah im Auto schluchzen. »Tut mir leid, tut mir leid!«

*O, Gott sei Dank!*

»Geht es dir gut, Noah?«, fragte Gabe mit schwankender Stimme. Er zog den kleinen Jungen aus dem Auto und nahm ihn auf den Arm. Noahs Gesicht war weiß, aber er schien unverletzt zu sein. Er klammerte sich an seinen Stoffsaurier.

Der Fahrer des Vans fuhr sich mit einer Hand durchs Gesicht und fluchte heftig. »O, Scheiße, Kumpel, es tut mir so leid, ich hab die Tür nicht aufgehen sehen. Ist ihm was passiert?«

»Nein, ich glaube nicht«, sagte Gabe. Er sah den Fahrer

über Noahs Kopf hinweg an. »Und es war nicht Ihre Schuld.« Dann setzte er sich hin, mitten auf dem Bürgersteig, und hielt seinen Sohn in den Armen.

Ich dachte nicht nach. Ich fiel auf die Knie, warf meine Arme um beide und drückte sie an mich, als wollte ich sie nie wieder loslassen.

Unser dummer Streit verpuffte im Nachmittagssonnenschein. Nichts war mehr wichtig. Nur Noah, nur Gabe.

Später am Abend, als Gabe Noah nach Hause gebracht hatte, goss ich mir ein Glas Wein ein, schlüpfte in einen dicken Pulli und setzte mich in meinen dunklen Garten. Wieder und wieder dachte ich über meinen Streit mit Gabe nach und über den Unfall.

Zwei Dinge wusste ich mit Sicherheit. Erstens: Ich hatte immer noch nicht mit Callum abgeschlossen. Noch lange nicht. Was er getan hatte, hatte mich dazu gebracht, mein Herz so sorgfältig wegzuschließen, dass niemand mehr darankommen und es verletzen konnte. Und zweitens: Vielleicht, ja, vielleicht hielten Gabe und Noah den Schlüssel, um mein Herz zu befreien.

# Kapitel 35

Am nächsten Morgen im Café gab ich mir die größte Mühe, niemanden merken zu lassen, wie verstört ich noch immer war. Ich band mir meine Schürze um und setzte ein falsches Lächeln auf. Trotzdem schossen mir im Verlauf des Tages mehr als einmal Tränen in die Augen – ich brauchte nur an die eingedellte Tür von Gabes Wagen zu denken.

Wenn unsere Gäste merkten, dass ich nicht ganz auf der Höhe war, waren sie zu rücksichtsvoll, um nachzufragen, wofür ich dankbar war.

Am Nachmittag zählte ich das Trinkgeld und sortierte es in drei Umschläge, die ich mit »Juliet«, »Doreen« und »Gemeinsames Essen mit der Belegschaft« beschriftete. *Wir haben wirklich die nettesten Gäste der Welt,* dachte ich dabei. Seit Lia und ich das Café übernommen hatten, war uns so viel Freundlichkeit zuteilgeworden. Unsere Gäste hatten sich nicht nur auf die Pizzen gestürzt, sie hatten alle Neuerungen begrüßt. Doreen, die Stein und Bein geschworen hatte, dass kein geistig gesunder Mensch Avocado auf Toast essen würde, hatte jedes Wort zurücknehmen müssen.

Auch Reservierungen für größere Gruppen kamen herein. Heute Morgen war Stella Derry vorbeigekommen, um den Wintergarten zu buchen: Der Vorstand des Frauenvereins hatte eine außerordentliche Sitzung einberufen. Stella hatte Nachmittagstee für acht Personen bestellt und mir im Vertrauen erzählt, dass es hauptsächlich um Mums Rücktritt und die Wahl einer neuen Präsidentin gehen würde. Der Pfarrer hatte gefragt, ob wir eine extragroße Pizza für die Versammlung des Gemeinderats backen konnten, und zwei Mütter hatten sich unabhängig voneinander erkundigt, ob wir Geburtstagsfeiern für Kinder ausrichteten. Lia war Feuer und Flamme.

Alle Gäste hatten uns gesagt, wie froh sie waren, dass das Café von einer neuen Generation übernommen worden war und Barnaby erhalten blieb.

Ich legte die Umschläge in die Kasse, nahm mir einen Lappen und fing an, die Tische abzuwischen und im Café aufzuräumen. Bald würden wir für heute schließen. Lia, die Arlo abholen musste, war schon fort, Juliet stellte noch die Außentische zusammen. Ich bückte mich, um ein Stück Salami vom Boden aufzuheben. Vielleicht würde ich nachher am Fluss joggen gehen … Allerdings würde ich umdrehen, ehe ich die *Neptun* erreichte. Gabe und ich hatten über Noahs Unfall unseren Streit zwar kurzzeitig vergessen, aber er war nicht aus der Welt. Ich fürchtete, dass unser nächstes Gespräch wieder hitzig sein würde.

Jemand räusperte sich.

Ich richtete mich auf – und stand Jamie Dawson gegenüber, dem Gastronomieleiter von *Garden Warehouse*. Er hatte einen Rollkoffer dabei und trug eine Stoffgiraffe unter dem Arm.

Also war er derjenige, der im *Cabin Café* aufhörte! Er hatte die Giraffe bekommen! (Von dem Flachmann war nichts zu sehen.)

Ich kämpfte gegen den Drang an, laut zu lachen, und richtete stattdessen den kühlen Blick auf ihn, den ich für unsere schwierigsten Gäste in Reserve hatte. »Was wollen Sie?«

»Oh, wow, danke für den herzlichen Empfang.« Er lächelte mich schief an.

»Ich bin erstaunt, dass Sie die Frechheit haben, hier aufzutauchen.« Ich sprühte Reinigungsflüssigkeit auf den Tresen und fing an, ihn energisch zu putzen.

»Ich bin zum letzten Mal hier«, sagte er. »Ich verlasse Barnaby noch heute Abend.«

Juliet kam mit einem Tablett herein, auf dem sich schmutziges Geschirr stapelte. »Wenn Sie wissen woll'n, was sich diese Woche am besten verkauft«, sagte sie rotzig, »das kann ich Ihnen sagen. Zucchini-Limonen-Kuchen isses. Sie können gern das Rezept ham.«

Ich grinste fies.

Der Zucchini-Limonen-Kuchen war eine Art Experiment gewesen: Ich hatte zu viele Zucchini für Lias Zucchini-Parmesan-Suppe bestellt. Juliet hatte die Reste für Kuchen verwendet, der aber grün und sauer geworden war. *Das* Rezept konnte das *Cabin Café* gerne haben.

Jamie hob eine Hand. »Ich komme in Frieden. Und um Pizza zu essen.«

»Daraus wird nichts«, sagte ich und zeigte auf unseren kalten Ofen. Es lohnte sich nicht, ihn nach drei Uhr noch zu befeuern; wir mussten an unsere laufenden Kosten denken. »Sie können einen trockenen Scone haben und sich darüber freuen, dass ich Sie überhaupt bediene.«

»Haben Sie schon mal daran gedacht, bei einem Wettbewerb anzutreten? Freundlichste Kellnerin des Jahres?«

Aus der Küche kam ein spöttisches Schnauben und das Klappern von Tellern. *Juliet muss gerade reden,* dachte ich und warf einen finsteren Blick über die Schulter. Dann schob ich Jamie einen Teller mit dem Scone darauf zu. Tatsächlich war das Gebäck leicht und fluffig und kein bisschen trocken. »Essen Sie ihn oder lassen Sie's – wie es Ihnen beliebt«, sagte ich.

»Mmh, wer könnte einer solchen Einladung widerstehen? Dann nehme ich besser noch einen Kaffee dazu.«

»Was ist mit Ihrer Freundin? Möchte sie auch etwas trinken?« Ich deutete auf seine Giraffe.

»Sehr witzig.« Er schlenderte zum nächststehenden Tisch hinüber, verstaute seinen Rollkoffer darunter, setzte die Giraffe auf einen Stuhl und kam zurück, um sein Tablett abzuholen.

Er hielt mir einen Fünf-Pfund-Schein hin, aber als ich daran zog, hielt er ihn fest.

»Haben Sie nicht Lust, mir Gesellschaft zu leisten?«

Ich ließ meinen Blick über den Boden schweifen (musste dringend geputzt werden), über die Kaffeemaschine (bis zur Unkenntlichkeit zugekleistert mit getrocknetem Milchschaum und Kaffeesatz) und über die Pizzabeläge (gehörten eilig abgedeckt und weggeräumt) und stieß einen abgrundtiefen Seufzer aus. »Wenn's sein muss.«

Ich goss mir ein Glas Wasser ein und setzte mich dann auf den Stuhl, der seinem gegenüberstand.

»Gladys, das ist Rosie«, sagte Jamie und streichelte der Giraffe den Hals. Er wandte sich mir zu. »Gladys ist keine *echte* Rothschild-Giraffe.«

»Vielleicht ist das besser so. Ich glaube nicht, dass wir wilde Tiere im Café halten dürfen.«

»Wild?« Er hielt Gladys die Ohren zu. »Hör nicht hin, Gladys! Mein Team hat mir eine Patenschaft für eine echte Giraffe im *Chester Zoo* geschenkt … Gladys ist nur dafür da, mich daran zu erinnern.«

»Sie hören also wirklich auf?« Ich rückte das Platzdeckchen vor mir zurecht und stellte das Glas in einer Ecke ab.

Er schnitt seinen Scone auf und drückte mit dem Finger gegen das weiche Innere, sah auf und lachte mich an. »Ich könnte schwören, dass der frisch aus dem Ofen kommt!«

Ich zuckte mit den Schultern und verfluchte das Lächeln, das ich mir nicht verbeißen konnte.

Jamie sagte: »Um auf Ihre Frage zurückzukommen: Ja. Ich fahre für ein langes Wochenende nach Hause, und Montag wartet dann in Bath ein neues Projekt auf mich.«

»Also sind die Gerüchte wahr.« Ich sah ihn herausfordernd an. »Das *Cabin Café* hat keinen großen Erfolg, und Sie sind rausgeflogen.«

Das brachte ihn zum Lachen. »Oh, danke, Ihr Vertrauen in meine Fähigkeiten ehrt mich! Nein. Es tut mir leid, Sie enttäuschen zu müssen … Meine Aufgabe ist es, den *Garden-Warehouse*-Cafés Starthilfe zu geben. Sobald sie rundlaufen, werde ich zur nächsten Filiale geschickt, die eröffnet.«

»Und? Läuft das Plastikparadies rund?«

Seine Mundwinkel zuckten. »Nennen die Leute es so?«

»Unter anderem.« Genau genommen hatte ich mir das gerade ausgedacht. Aber im *Cabin Café* war tatsächlich alles aus Plastik: die Tische, die Stühle, das Besteck, die Blumen und, so mochten nicht ganz so gutwillige Leute sagen, das Essen auch …

Er runzelte die Stirn, nahm mit dem Messer die Butterlocke auf und verstrich sie gleichmäßig auf seinem Scone.

»Es ist noch ein bisschen früh, das zu sagen ... Warum? Wer hat gesagt, es liefe schlecht?«

Ich zählte an meinen Fingern ab. »Andy, der Postbote. Doreens Freundin, deren Namen ich nicht nennen werde. Biddys gehbehinderte Schwester, die mit ihrem Elektromobil in der Tür stecken geblieben ist – irgendein Idiot hat sie die Rampe runtergeschubst, als er versucht hat, sie zu befreien!«

Jamie fuhr leicht zusammen. »Daran erinnere ich mich.«

»Drei Mitglieder des Gemeinderats«, fuhr ich fort. »Die Reinigungskraft aus dem Pub. Der Mann, der immer mit seinen zwei Windhunden kommt. Oh, und meine Mum.«

Er biss in seinen Scone und kaute einen Moment lang stumm. Ich verschränkte die Arme.

Er fragte leise: »Können wir im Vertrauen miteinander sprechen?«

»Nein.« Ich nahm einen Schluck Wasser. »Ich traue Ihnen nämlich nicht über den Weg.«

Jamie schüttelte den Kopf und lachte leise. »Wie läuft's mit dem neuen Pizzaofen?«

»Das geht Sie gar nichts an.«

»Rosie.« Er lächelte träge. »Ganz im Vertrauen: Bath ist der letzte Job, den ich für *Garden Warehouse* mache. Meine Frau ist schwanger, und ich hab die Nase voll von der Herumreiserei. Wir haben vor, unser eigenes Café zu eröffnen. Oder ein Bistro ... Wir sind noch nicht sicher.« Er zuckte mit den Schultern. »Aber es soll etwas Besonderes werden – Plastiklöffel wird es dort nicht geben. Da haben Sie's. Ich hab Ihnen ein Geheimnis verraten. Damit könnten Sie mich in Schwierigkeiten bringen. Ich hab meinem Chef nämlich noch nichts davon gesagt.«

Eine Weile lang starrte ich ihn nur an. Dann fragte ich: »Was wollen Sie von mir, Jamie?« Er lehnte sich nach vorn und stützte die Ellbogen auf die Tischplatte. »Ich möchte, dass wir im Guten auseinandergehen. Wir sind beide im gleichen Geschäft. Und ich finde toll, was Sie aus dem Café gemacht haben! Ich bewundere Sie.«

»Ich hatte gar keine Wahl«, sagte ich streng, obwohl seine Worte Musik in meinen Ohren waren. »Wir wären zugrunde gegangen, wenn ich nicht etwas gewagt hätte. Ich erinnere nur an die fünfhundert Gratis-Cappuccini – und Sie haben unseren Blaubeerstreuselkuchen geklaut!«

Er hob die Hände, als wollte er sich ergeben. »Ich weiß … Und ich bedaure das. Falls es Sie tröstet – bei uns hat er sich schlecht verkauft.«

»Tiefgefrorene Blaubeeren«, sagte ich abfällig. »Sie hätten frische nehmen sollen.«

Er neigte den Kopf – ich nahm das als Eingeständnis seiner Niederlage.

»Das is allerdings wahr!«, rief Juliet aus der Küche.

Jamie sah überrascht in ihre Richtung. Ich grinste.

»Aber das mit dem Kaffee machen wir immer so!«, sagte er. »Das ist ein Eröffnungsangebot, damit wollten wir euch nicht sabotieren. Pfadfinderehrenwort.«

Ich sagte großmütig: »Na, ich danke Ihnen jedenfalls für das Kompliment. Und im Vertrauen: Wir hätten die Pizza-Sache wahrscheinlich nicht gemacht – zumindest jetzt noch nicht –, wenn Garden Warehouse uns nicht gezwungen hätte, unser Angebot zu überdenken. Dafür müssen wir Ihnen danken.«

»Sie haben eine Nische gefunden. Und uns haben Sie damit mehr als überrascht!«

Ich hob die Augenbrauen, um ihn zu ermuntern weiter-zureden.

»O ja, mit Ihrer Pizza-Party haben Sie allen im Vorstand die Stimmung vermiest. Ihr Auftritt im Radio hat unsere Wetterfee blass aussehen lassen.«

Das hob *meine* Stimmung ungemein! Ich machte nicht mal den Versuch, das zu verbergen. »Gut zu wissen«, sagte ich. »Wie schmeckt der Scone?«

»Fantastisch«, sagte er mit vollem Mund.

»Buttermilch!«, rief Juliet aus der Küche. Dann streckte sie den Kopf aus der Küchentür und biss sich auf die Unterlippe. »Mist! Das wollt ich ihm nich verraten.«

Jamie lachte. »Was den Vorstand angeht: Die haben ihre Lektion gelernt. *Garden Warehouse* hat eine durch und durch städtische Zielkundschaft. Mit der Filiale in Barnaby haben sie sich weit aus dem Fenster gelehnt. Der Preis für das Grundstück war wohl unwiderstehlich, und der Chef hatte gerade irgend so einen Artikel gelesen: Dorfgemeinschaften in Not! Abgeschnitten von der Außenwelt, keine Einkaufsmöglichkeiten vor Ort, bla, bla, bla. Also hatte er die Idee, als edler Ritter aufzutreten und die Dorfleute zu retten.«

»Mit einer *Garden-Warehouse*-Filiale?« Ich kicherte.

»Ein berechtigter Einwand!« Er grinste. »*Garden Warehouse* wird nie ein Ausflugsziel sein. Anders als die Läden hier im Ort!«

»Wie meinen Sie das?« Ich lehnte mich über den Tisch. Es überraschte mich selbst, wie sehr mich seine Meinung interessierte.

»Die Leute machen den Besuch beim *Lemon Tree Café* zu einem Ausflug und bummeln im Anschluss noch ein bisschen durch Barnaby oder gehen wandern. Für *Garden Warehouse* fahren sie aber nicht extra los. Die Filiale besuchen sie nur dann, wenn sie sowieso schon in der Nähe sind.«

»Es sei denn, es sind Leute, die wirklich auf Plastikramsch stehen«, schlug ich vor.

»*Garden Warehouse* lernt gerade, dass das nicht überall gut ankommt«, sagte Jamie taktvoll. »Und unser Angebot passt auch nicht hierher.«

»Obwohl Sie bei den Besten abgeguckt haben?« Ich sah ihn vielsagend an.

Er zog den Kopf ein. »Ich habe mich doch schon entschuldigt. Und ganz ehrlich … Nicht mal unsere Scones können es mit Ihren aufnehmen.«

»Hm. Ich schätze, das entschädigt mich etwas.«

»Auf dem Vorstandsmeeting gestern hat sogar jemand vorgeschlagen, dass wir Pizzen anbieten.« Er lachte müde auf.

Mit einem Schlag saß ich kerzengerade. »Ist das Ihr Ernst?«

»Mein voller Ernst. Der Neue aus der Rechtsabteilung hatte die Idee.« Er trank seinen Kaffee aus und lächelte spöttisch. »Allerdings habe ich keine Ahnung, was *der* mit dem Café am Hut hat.«

*Der Neue aus der Rechtsabteilung. Gabe.* Mir wurde schwindlig. Klar, ich konnte verstehen, dass er einen guten ersten Eindruck machen wollte – aber nicht, dass er zu solchen Mitteln griff!

Ich schluckte mühsam. »Und was ist daraus geworden?«

»Stellen Sie lieber das Glas ab.«

Ich hielt mein Wasserglas so fest umklammert, dass meine Fingerspitzen weiß geworden waren. Vorsichtig setzte ich es ab, ließ es los und sah Jamie an.

»Ich hab ihm gesagt, dass wir dafür nicht ausgestattet sind.« Er zuckte mit den Schultern. »Mark, der große Chef, schien allerdings angetan von der Idee. Das müssen die jetzt selbst entscheiden. Ich hab bloß noch ein ›Plastikparadies‹ vor mir, dann werde ich mich ans Telefon hängen und Sie mit Fragen löchern! Um mir Tipps für mein eigenes Café zu holen.« Er lächelte und fügte dann hastig hinzu: »In Kent! Da wohnen meine Frau und ich. Mein Café wird keine Konkurrenz für Sie sein.«

»Nein, klar, das können Sie gern machen«, sagte ich abwesend.

Gabe. *Gabe* hatte vorgeschlagen, dass das *Cabin Café* Pizza anbot!

Jamie strahlte. »Großartig! Ich kann eine Mentorin gebrauchen.«

»Mentorin!« Ich lachte spöttisch. »Das hier ist bloß ein kleines Landcafé! Und die meiste Zeit habe ich keine Ahnung, was ich eigentlich mache.«

Jamie machte den Mund auf, als wollte er widersprechen, aber da fing das Festnetztelefon an zu klingeln. Ich warf ihm einen entschuldigenden Blick zu und stand auf, aber Juliet war schneller.

»Wer sin Sie, Mäuschen? Oh, aha. Weiß Rosie, worum es geht? Okay, gut.« Sie legte eine Hand über die Sprechmuschel. »Rosie, es is eine Lucinda Miller. Will mit dir sprechen, sagt, dass sie Schauspielerin is.«

Jamie starrte mich an. »*Lucinda Miller?*«

Ich nickte. »Wir haben schon zusammengearbeitet.«

Er stand lachend auf, klemmte sich seine Giraffe unter den Arm, holte seinen Rollkoffer unter dem Tisch hervor und streckte mir die Hand hin. »Bloß ein kleines Landcafé?« Er schüttelte den Kopf. »Ich glaube, das *Lemon Tree Café* ist viel mehr als das. Und Sie, Rosie, sind eine bemerkenswerte junge Frau. Ich hoffe, wir sehen uns wieder!«

»Auf Wiedersehen«, sagte ich und schüttelte ihm die Hand. »Und alles Gute für Ihre kleine Familie!«

Ich lächelte immer noch, als ich Juliet den Hörer abnahm. »Rosie Featherstone am Apparat. Wie kann ich Ihnen helfen?«

# Kapitel 36

»Rosie? Sind Sie das wirklich? Rosie Featherstone, die an der Online-Kampagne gegen häusliche Gewalt gearbeitet hat?«, fragte Lucinda Miller atemlos.

»Ja« – wie surreal: Ich sollte diejenige sein, die total überwältigt war, eine Schauspielerin am Telefon zu haben – »die bin ich. Geht es Ihnen gut? Sie klingen abgehetzt.«

Ich tauschte einen Blick mit Juliet.

»Ach, ich sitze auf einem Heimtrainer. Strample wie eine Verrückte«, keuchte sie. »Ich kann's nicht fassen, dass ich Sie endlich gefunden hab!«

Ich musste lächeln und hielt einen Daumen hoch, um Juliet wissen zu lassen, dass alles in Ordnung war. »Es ist schön, von Ihnen zu hören«, sagte ich vorsichtig, »aber ich arbeite nicht mehr für die Agentur.«

»Ich weiß! Ich hab gehört, was Sie getan haben. Dass Sie gefeuert worden sind, weil Sie mein Bild nicht bearbeiten wollten! Die ganze Zeit wollte ich Ihnen schon danken. Das passiert mir nicht oft, dass jemand sich so für mich einsetzt! Aber mein Agent hat gesagt, niemand wüsste, wohin Sie verschwunden sind. Und dann hab ich auf Twitter ein Bild von Ihnen gesehen, auf dem stehen Sie mit verschränkten Armen vor einem Café und sehen total kämpferisch aus – und da hab ich gedacht: ›Das *muss* sie sein.‹ Und Sie sind es!«

Lucinda konnte reden wie ein Wasserfall. Nach Jamies gemächlicher Art brauchte ich einen Moment, um mich darauf einzustellen. Dann sagte ich: »Ganz so ist aber es nicht gelaufen mit *Digital Horizons*.« Ich erzählte ihr, dass *ich* gekündigt hatte. »Ich wusste, dass Ihnen die Fotos gefallen hatten. Und es gab keinen Grund, daran herumzuretuschieren!«

»Wie stark von Ihnen!«, sagte sie inbrünstig. »Ich meine ... So fett bin ich doch auch wieder nicht, oder?«

»Lucinda, Sie sind *überhaupt nicht* fett!«, sagte ich hitzig. »Sie als Gesicht der Kampagne sollten Frauen in schwierigen Lagen Mut machen! Es ging nie um den Umfang Ihrer Oberschenkel.«

»Die hätten lieber Sie für die Kampagne nehmen sollen. So für Ihre Überzeugungen einzustehen ... Sie sind meine Heldin«, sagte Lucinda schüchtern. »Ich wäre gern mehr wie Sie. Sie sind so selbstbewusst, Sie wissen, was Sie wollen. Sie lassen sich ihre Meinung von niemandem ausreden.«

»Oh, danke!« Ich war gerührt. Ich senkte die Stimme und sagte: »Aber das ist nicht immer gut. Langsam sorge ich mich, dass ich so herrschsüchtig werde wie meine Mutter.«

»Ich habe meine Mutter nicht wirklich kennengelernt«, sagte Lucinda und seufzte. »Sie ist an Krebs gestorben, als ich drei war. Dad ist damit nicht fertiggeworden ... Meine Schwester und ich sind im Heim aufgewachsen.«

»Das tut mir sehr leid«, sagte ich. »Ich erinnere mich, dass ich das in Ihrem Lebenslauf gelesen habe. Vor dem

Hintergrund ist es noch beeindruckender, was Sie geschafft haben!«

»Sie fehlt mir. Ich hätte so gern eine Mutter, die bedingungslos auf meiner Seite ist. Verstehen Sie das?«

»Vollkommen.« Ich konnte mich wirklich glücklich schätzen: Ich hatte meine ganze Familie um mich herum. Und wenn ich sie je brauchen sollte, würden sie alles stehen und liegen lassen, um für mich da zu sein. »Ich bin natürlich kein Ersatz«, sagte ich, »aber wenn Sie mal jemanden zum Reden brauchen, wissen Sie ja jetzt, wo Sie mich finden können!«

Lucinda machte ein Geräusch, das ein Schluchzen hätte sein können. »Ich danke Ihnen. Sie können sich nicht vorstellen, wie schwer es ist, sich in der Filmindustrie gegen diesen ganzen Körperkultkram zu wehren. Es ist, als würde mein Körper nicht mehr mir gehören. Vor zwei Wochen hatte ich ein Vorsprechen, und hinterher haben die mir gesagt, ich solle wiederkommen, wenn ich fünf Kilo abgenommen hätte.«

»Das ist ja unverschämt!«, sagte ich empört. »Ich hoffe, Sie haben denen gesagt, dass sie sich zum Teufel scheren sollen!«

Lucinda war eine Weile lang still. Ich hörte nur das Surren der Pedale und Lucindas schweren Atem. Endlich sagte sie: »Ich hab fast zwei Kilo abgenommen, aber ich bin immer so hungrig. Ich könnte eine Ihrer Pizzen am Stück verschlingen.«

Sie tat mir leid. Was für ein Stress, jeden Bissen überwachen zu müssen, den man aß. Und wie schrecklich, dass es Leute gab, die bestimmen wollten, wie andere auszusehen hatten!

»Kommen Sie nach Barnaby und arbeiten Sie für mich«, schlug ich mit einem Blick auf die Frischhalteboxen mit Oliven, italienischer Wurst und frischem Mozzarella in der Kühltruhe vor. »Ich kann Sie heilen. Sie werden keine Lust mehr auf Pizza haben, wenn Sie den ganzen Tag welche backen. Meine Schwester hat Pizza abgeschworen!«

»Fünfhundert Kalorien! Ich hab's, das war's!« Der Heimtrainer hörte auf zu surren, und etwas gluckerte – wahrscheinlich trank Lucinda einen Schluck Wasser. Dann sagte sie: »Das würde ich gern! Für Sie arbeiten, meine ich. Aber ich habe eine andere Rolle angeboten bekommen. Die ich wahrscheinlich … na ja, vielleicht annehme.«

»Prima!«, sagte ich von Herzen. »Hoffentlich eine, für die Sie sich nicht unter Druck gesetzt fühlen, Gewicht zu verlieren!?«

»Davon haben sie nichts gesagt. Allerdings …« Sie sprach nicht weiter, aber ich hörte sie seufzen.

»Lucinda?«

Sie seufzte wieder. »Das wäre mein erster Auftritt in einem Film. Ist bloß eine kleine Rolle … Aber die Besetzung ist toll. Tom Hiddleston spielt auch mit.«

»Nehmen Sie die Rolle!«, rief ich. »Und ich komme ans Set, als Ihre persönliche Assistentin oder so.«

Sie lachte. »Ich will die Rolle annehmen, aber … es gibt eine Nacktszene.«

»Ah«, sagte ich. »Und ich nehme mal an, *Sie* sollen nackt sein in dieser Nacktszene?«

Plötzlich war ihre Stimme nur noch gedämpft zu hören. Sie erklärte, dass es bloß um Po und Brüste gehe, was noch nicht so krass sei. Aber sie sei nicht sicher, ob sie Ja sagen sollte – und weil ich so leidenschaftlich dagegen gewesen war, ihre Kurven wegzuretuschieren, habe sie gedacht, dass sie mich um Rat fragen könne.

Dann war sie wieder laut und klar zu verstehen: »Sorry, ich musste aus dem verschwitzten Zeug raus. Was denken Sie? Soll ich's machen? Ich will die Rolle, aber ...«

»Ich denke«, sagte ich, »dass Sie die Kontrolle über die Situation behalten sollten. *Sie* müssen sich wohlfühlen! Machen Sie denen klar, was Sie zeigen werden und was nicht. Es geht um *Sie,* Lucinda. Um Sie und um *Ihren* Körper.«

»Aber was ist, wenn ich Ja sage und sobald wir drehen, sagen die: ›Oh, zeig ein bisschen mehr, dreh dich mal um‹? Oder: ›Sei nicht so, lass mal das Handtuch fallen‹? Bestimmt fühle ich mich dann gezwungen.«

Gezwungen ...

Unwillkürlich musste ich an Callum denken, an das, was er getan hatte. Wozu er mich gezwungen hatte. Natürlich war das nicht dasselbe und kaum mit Lucindas Situation vergleichbar. Bis auf eine Sache: Kontrolle. Weil er stärker war als ich, hatte Callum die Kontrolle übernommen.

Und ich hatte ihn damit davonkommen lassen.

Ich hätte das Richtige tun, mutig sein und zur Polizei gehen sollen. Er hatte mich vergewaltigt, dafür hätte er bestraft werden müssen. Aber ich hatte mich zurück nach Barnaby geschlichen und versucht, die Sache zu vergessen. Zehn Jahre lang hatte diese Nacht mich verfolgt. Und ja, es hatte mir geholfen, Gabe davon zu erzählen: Durch seine Augen hatte ich deutlich sehen können, dass es nicht meine Schuld gewesen war, sondern allein Callums. Trotzdem spürte ich Gewissensbisse: Ich hatte nichts unternommen.

Callum hatte sich nie der Tatsache stellen müssen, dass er ein Verbrechen begangen hatte.

Was sollte ihn daran hindern, es wieder zu tun?

Was, wenn ich das hätte verhindern können, indem ich ihn angezeigt hätte? Was, wenn eine andere Frau dasselbe erlitten hatte wie ich? Also war ich in gewisser Weise doch schuldig …

»Sie sind angewidert, oder?«, fragte Lucinda leise, und da erst wurde mir klar, wie lange ich schon schwieg. Sie fügte hinzu: »Ich lege besser auf!«

»Nein!«, rief ich. Dann sagte ich ruhiger: »Ich bewundere Sie, Lucinda. Und ich glaube, dass Ihre Mutter stolz auf Sie wäre.«

»Wirklich?«, fragte sie mit dünner Stimme.

»Ja. Aber lassen Sie sich nicht zu etwas zwingen, das Sie nicht tun wollen … Nein bedeutet Nein, auch in diesem Fall! Und das müssen Sie Ihrem Regisseur sagen. Und wenn etwas passiert, mit dem Sie nicht einverstanden sind, sagen Sie etwas. Nehmen Sie es nicht hin! Erzählen Sie es jemandem – versprechen Sie mir das!«

Wie ich es hätte tun müssen.

»Okay.« Lucinda seufzte. »Ich schäme mich nicht für meinen Körper, wirklich nicht. Ich bin bloß nicht sicher, ob ich möchte, dass die ganze Welt meine … Sie-wissen-schon-was zu sehen bekommt. Aber die Rolle könnte mein großer Durchbruch sein! Wenn ich Nein sage, bekomme ich vielleicht nie wieder das Angebot, in einem Film mitzuwirken.«

Ich kaute auf meiner Unterlippe herum. Was würde ich an ihrer Stelle tun?

»Stellen Sie sich vor, Sie sind ein paar Jahre älter – eine

erfolgreiche Schauspielerin, die auf ihre Karriere zurück-
blickt. Was würden Sie Ihrem jüngeren Ich raten?«

»Hm ... Himmel, ich würde wahrscheinlich sagen: Er-
greif jede Gelegenheit, die sich dir bietet, aber bleib dir
treu. Und sei stolz auf deinen Körper! Er wird nie besser
aussehen als jetzt.«

Ich grinste. »Die Worte einer wahren Leinwandlegende!«

»Sie sind super!« Lucinda kicherte. »Ich wäre nie darauf
gekommen, so an die Sache heranzugehen.«

Es piepte in der Leitung, und Lucinda quietschte.

»Was war das?«, fragte ich amüsiert.

»Ich hab gerade was auf Depop verkauft ... Sie kennen
die App?«

Ich lachte. »Klar! Ich hab im Social-Media-Bereich gearbeitet, schon vergessen?«

»Ist viel besser als eBay, wo sich nur grantige alte Leute
rumtreiben, die in einem fort über Bewertungen und Ver-
sandkosten jammern!«

»Was haben Sie verkauft?«

»Einen Jumpsuit von Stella McCartney. Ich sortiere Kleider aus, bevor die Dreharbeiten losgehen.«

»Sie nehmen die Rolle also an?«

»Ja, warum nicht?« Sie kicherte wieder. »Ich werde einfach Sie channeln, wenn der Regisseur sagt, dass ich die
Hüllen fallen lassen soll. Kann ich Sie wieder anrufen? Aus
meinem Wohnwagen in Hollywood?«

Sie würde zurechtkommen, davon war ich überzeugt.
»Natürlich«, sagte ich. »Jetzt aber husch, husch, ab mit
Ihnen – auf mich warten Backbleche, die geschrubbt wer-
den wollen!«

Sie quietschte wieder. »O Gott, in einer halben Stunde

werde ich abgeholt! Wenn ich weiter herumtrödele, habe ich meine Nacktszene früher als geplant. Aber, Rosie … Wenn ich Ihnen mal mit irgendetwas helfen kann, sagen Sie mir Bescheid, ja? Es sei denn, es geht ums Abwaschen, das hasse ich nämlich! Und danke für mein neues Mantra: Nein heißt Nein!«

Wir tauschten unsere Handynummern aus. Während sie sich für eine Filmpremiere in Covent Garden fertig machte, nahm ich mir ein verkrustetes Blech vor und grübelte.

Als ich mir später die Zähne putzte, war ich hundemüde. Mein Rücken schmerzte, weil ich die Außentische und -stühle gestapelt hatte, aber in meinem Kopf arbeitete es immer noch. Ich konnte nicht aufhören, an Callum zu denken. Mein Gespräch mit Lucinda hatte eine Lawine an Sorgen losgetreten.

Angst hatte ich keine vor ihm. Vor zehn Jahren hatte ich eigentlich auch keine gehabt – er war ein verschlossener junger Mann gewesen, der immer ein bisschen gequält gewirkt hatte, als wäre jeder Tag eine Herausforderung für ihn. Wir hatten nicht besonders gut zueinander gepasst.

Vielleicht hätte ich ihn sogar abwehren können, wenn ich nicht so betrunken gewesen wäre.

Ich schlug meine Decke zurück, stieg aber nicht ins Bett. Stattdessen stand ich da und starrte vor mich hin. Es kam spät – vielleicht *zu* spät –, aber ich musste herausfinden, was aus Callum geworden war!

Also rannte ich die Treppe hinunter, holte mein Tablet und kroch damit ins Bett. Dann startete ich eine Google-Suche nach Callum O'Connor aus Leeds, der zuletzt im Jahr 2006 in Putney gesehen worden war (zumindest von mir). Zuerst fand ich gar nichts. Er war weder bei LinkedIn noch bei Facebook. *Sonderbar.* Als wir zusammen gewesen waren, hatte er wie ich eine Karriere in der Medienbranche angestrebt. Ich hatte erwartet, dass er auf jeder Social-Media-Plattform des Planeten einen Account hatte! Ich sah aus dem Fenster und zerbrach mir den Kopf darüber, wie ich ihn finden sollte. Die Vorhänge hatte ich offen gelassen, und obwohl es spät war, war es draußen nicht besonders dunkel. Groß und beinahe rund hing der Mond am Himmel und tauchte die Welt in ein silbriges Licht.

Ich dachte an Gabe. Bestimmt lag auch er im Bett. Ob er zum Mond aufsah wie ich? Ich nahm mein Handy vom Nachttisch und liebäugelte kurz mit der Idee, ihm eine SMS zu schicken. *Weißt du was,* würde ich schreiben, *ich hab beschlossen, Callum ausfindig zu machen. Was denkst du darüber?*

Wenn er wach war, würde er wahrscheinlich sofort antworten und mir helfen wollen. Der kleine Vogel in meiner Brust flatterte zaghaft mit den Flügeln.

Aber dann fiel mir ein, was Jamie gesagt hatte: Gabe hatte vorgeschlagen, im *Cabin Café* Pizza anzubieten. Ich ließ mein Handy zurück auf den Nachttisch fallen, als wäre es heiß, atmete tief ein und konzentrierte mich auf meine Suche. Callum O'Connor konnte nicht einfach so verschwunden sein!

Eine halbe Stunde später waren meine Hände schweißnass: Ich hatte ihn gefunden. Oder wenn nicht ihn, dann zumindest seine Familie.

Mir waren mehr und mehr Kleinigkeiten eingefallen, die Callum mir erzählt hatte: Sein Vater hatte eine Baufirma geleitet. Er hatte drei Brüder. Einer (Patrick) war Rugbyspieler in der irischen Nationalmannschaft gewesen. Seine Mutter hieß Nuala.

Ich war auf Nuala O'Connors Facebook-Seite gestoßen. Sie war zugepflastert mit Fotos. Ihr Mann war offenbar inzwischen gestorben, aber letztes Jahr zu Weihnachten hatte sie ein Bild gepostet, unter das sie »Meine Babys und ich!« geschrieben hatte. Darauf war sie mit vier jungen Leuten zu sehen, die sie alle mit Namen markiert hatte. Nuala stand in der Mitte, umringt von drei stämmigen Männern und einer Frau. Alle hatten dicke Wollpullover mit Weihnachtsmotiven an. Nuala hielt einen Selfiestick. Die beiden größten Männer waren nicht richtig auf dem Bild – die obere Hälfte ihrer Köpfe war abgeschnitten –, und es gab Kommentare, die sich gutmütig darüber lustig machten. Aber das war es nicht, was mir ins Auge fiel.

Ich konnte nicht aufhören, die Frau anzustarren. Sie trug viel Eyeliner, hatte ein kantiges Kinn, und über dem Kragen ihres Pullovers war ihr Adamsapfel zu sehen.

Ich war *sicher,* dass Callum keine Schwester hatte. Aber diese junge Frau, die schüchtern in die Kamera lächelte, hatte dieselben blauen Augen wie der Rest der Familie.

Ein Gefühl, das ich nicht beschreiben konnte, ließ mich erschauern. Nuala erwähnte Callum nie. Aber sie schrieb viel über *Candy* O'Connor …

Konnte Candy Callum sein?

Mein Mund war trocken. Mein Zeigefinger schwebte über dem Link zu Candys Facebook-Seite. Schließlich klickte ich darauf.

Candys Posts waren alle privat, ich konnte sie nicht lesen. Aber ich sah mir ihre Profilbilder an: Sie dokumentierten die Verwandlung eines Mannes in eine Frau.

Und obwohl Facebook mich irgendwann nicht weiter zurückgehen ließ, erkannte ich Callum auf den älteren Bildern.

Callum hatte sich einer Geschlechtsumwandlung unterzogen. Er war jetzt eine Frau.

Ich hatte keine Ahnung, was ich mir davon erhofft hatte, meinen Ex auf Facebook zu stalken, aber das hier war es nicht. Das hier war keine Chance, mit der Vergangenheit abzuschließen; es machte die Vergangenheit noch komplizierter.

Ich sah auf die Uhr. Es war beinahe Mitternacht, aber ich wusste, dass ich nicht würde schlafen können, wenn ich nicht Kontakt zu ihm – zu *ihr* – aufnahm.

Ich klickte auf »Nachricht senden«. Das Dialogfeld öffnete sich.

Nach einer halben Stunde war es mir gelungen, eine Nachricht zu schreiben, die aus vier Worten bestand:

Können wir uns unterhalten?

Dann wartete ich – vielleicht ein wenig zu optimistisch – auf eine Reaktion.

Es kam keine.

Eine Stunde lang saß ich an mein Kissen gelehnt im Bett, das Tablet auf den Knien. Mein Herz schlug heftig. Der Mond verschwand hinter einer Wolkenwand, und es wurde dunkel im Zimmer. Das einzige Licht war der diffuse blaue Schimmer, der von meinem Bildschirm ausging. Meine Augenlider wurden immer schwerer, und schließlich legte ich das Tablet auf den Nachttisch und fiel in einen unruhigen Dämmerschlaf.

Um sechs Uhr morgens schreckte ich auf wie aus einem Albtraum. Automatisch griff ich nach meinem Tablet.

Ich hatte eine neue Nachricht.

Candy O'Connor hatte mir geantwortet.

# Kapitel 37

Kein Wort – nur eine Telefonnummer.

Ich erlaubte mir nicht, darüber nachzudenken. Mit eiskalten Händen wählte ich die Nummer. Candy hob nach dem ersten Läuten ab.

»Hallo?«

Ich schluckte schwer. Mein Mund war so trocken, dass mir die Zunge am Gaumen klebte. Ich wünschte, ich hätte mir eine Tasse Tee gemacht, aber jetzt war es dafür zu spät.

»Hi«, sagte ich, »ich bin's, Rosie. Tut mir leid, dass ich so zeitig anrufe.«

Sofort ärgerte ich mich über mich selbst. Wieso *entschuldigte* ich mich?

»Ich bin froh, dass du anrufst. Ich starre mein Handy an, seit ich dir meine Nummer geschickt habe.«

Candys Stimme war weich und leise. Sie sprach mit einem leichten nordenglischen Akzent. Ich konnte hören, dass sie auch nervös war: Sie atmete schnell, und ihre Stimme zitterte ein bisschen.

Ich erkannte die Stimme nicht wieder.

Vielleicht lag es daran, dass zehn Jahre vergangen waren, vielleicht an den Hormontabletten. Von diesen Dingen hatte ich keine Ahnung. Plötzlich wusste ich nicht weiter. Sollte ich fragen: Bist du Callum? Oder war das unhöflich?

Durfte ich sagen, was immer ich wollte?

»Hör mal«, sagte Candy, und ihre Worte überschlugen sich fast, »ich muss ... ich *muss* dich das fragen: Gehst du zur Polizei? Hast du dich deshalb bei mir gemeldet? Wegen dieser letzten Nacht in London?«

»Dann bist du es wirklich«, sagte ich leise. »Verdammte Scheiße, Cal... Candy.«

Sie stieß einen langen, bebenden Atemzug aus. »Ja, ich bin es. Es hat sich viel verändert, seit wir uns das letzte Mal gesehen haben.«

*Das kann man wohl sagen.*

Ich wusste gar nicht genau, warum ich sie angerufen hatte ... Wie Nonna es in Sorrent getan hatte, wollte ich gern eine Tür schließen, die immer offen gestanden hatte. Vielleicht hatte ich gehofft, dass Callum sich bei mir ent-schuldigen, dass er mir schwören würde, ein anderer Mann zu sein ... Aber eben ein *Mann*. Und jetzt war da diese Frau.

Ich wollte die Polizei nicht einschalten. Welchem Zweck hätte das gedient? Es gab Callum gar nicht mehr. Er war jetzt eine Sie, er war nicht mehr derselbe.

»Nein. Deshalb habe ich nicht nach dir gesucht. Ich glaube, ich wollte, dass du mir versicherst, dass du so was weder vorher noch hinterher je gemacht hast. Ich glaube ... Ich wollte einfach wissen, was aus dir geworden ist.«

»Danke. Oh, danke.« Einen Moment lang war sie still. »Wahrscheinlich hast du nicht damit gerechnet, dass ich inzwischen eine Frau sein könnte?«

»Nein«, sagte ich und musste lächeln. »Das nimmt mir ein bisschen den Wind aus den Segeln.«

»Ich bin so froh, mit dir zu sprechen. Die letzten zehn Jahre hab ich wie unter einem Schatten gelebt ...«

»Nicht nur du.«

Sie stöhnte. »Ach, Scheiße. Wenn ich nur nicht so schrecklich feige gewesen wäre ... Wir hätten vielleicht Freundinnen sein können. Und ich hätte mich nicht immerzu vor diesem Anruf gefürchtet.«

Ich schwang die Beine aus dem Bett, warf mir meinen Bademantel über und tappte barfuß die Treppe hinunter. »Erzähl es mir bei einer Tasse Tee«, sagte ich und füllte den Wasserkocher. »Wie ist aus Callum Candy O'Connor geworden?«

»Okay.« Ich hörte, dass sie auch Tee aufsetzte: Wasser plätscherte, Löffel klirrten gegeneinander, eine Tasse wurde auf einen Tisch gestellt.

Sie fragte: »Trinkst du immer noch Tee aus diesen gewaltigen Bechern – mit nur einem winzigen Schluck Milch drin?«

»Ja«, sagte ich, die Andeutung eines Lächelns in der Stimme. »*Ich* hab mich nicht groß verändert. Aber du! Fang endlich an!«

»Okay ... Als wir uns kennenlernten, hatte ich mich schon seit Jahren in meinem Körper nicht wohlgefühlt, aber ich wollte mich dem Problem nicht stellen, ich hatte Angst davor. In meiner Familie sind Männer *richtige* Männer und machen bloß Sachen, die richtige Männer machen ...«

Ich goss meinen Tee auf und nahm ihn mit in den Garten, wischte einen feuchten Gartenstuhl mit dem Ärmel meines Bademantels ab und setzte mich. Über den Gipfeln der fernen Berge hing Nebel. In der Stille des frühen Morgens erzählte mir Candy ihre Geschichte.

Mr. O'Connor war Bauunternehmer gewesen, und zwei seiner Söhne, Jacko und Patrick (nachdem er aus der Rugbymannschaft ausgeschieden war), arbeiteten für ihn. Als er vor acht Jahren gestorben war, hatten sie seine Firma übernommen. Kevin, der dritte Bruder, arbeitete auf Öl-bohrplattformen. Sie waren alle so beheimatet in ihrer Männlichkeit, dass Callum die Fragen, die er als Teenager hatte, niemandem stellen konnte. Er rang allein mit Scham- und Schuldgefühlen und wünschte verzweifelt, er könnte wie seine Brüder sein – der Mann, für den sein Vater ihn hielt. In seiner Familie schien lange Zeit niemand zu merken, dass er nie eine Freundin mit nach Hause brachte. Dann heiratete Jacko und wurde Vater, und plötzlich fingen seine Brüder an, Witze zu reißen, die alle dieselbe Pointe hatten: »Bist du schwul oder so was?«

»Ich wollte sagen: ›oder so was‹«, sagte Candy und seufzte. »Aber natürlich sagte ich gar nichts. Stattdessen tat ich das Dümmste, was ich hätte machen können: Ich be-schloss, ihnen zu beweisen, dass ich ganz normal war.«

»Ich war deine erste Freundin?«

»Ja. Als ich dich traf, war ich eine zweiundzwanzigjäh-rige Jungfrau.«

Ich versuchte, mich daran zu erinnern, ob mir irgend-etwas aufgefallen war, ob ich auf den Gedanken gekom-men war, dass Callum nicht viel Erfahrung hatte. Ich glaubte nicht, dass es so war.

Ich kniff die Augen zu. Dieses Gespräch verlief vollkom-men anders, als ich erwartet hatte. Ich war nicht zornig. Ich wollte Candy keine Vorwürfe machen. Stattdessen er-füllten mich Traurigkeit und ein tiefes Bedauern. Vor mei-nem inneren Auge sah ich mein jüngeres Ich: Spaß hatte ich haben wollen! Das Leben schien voller Möglichkeiten, die ich nur ergreifen musste. Ich war bloß mit mir selbst beschäftigt gewesen, hatte gar keinen Blick für andere gehabt. Es ging darum, was *ich* wollte, was *mir* fehlte, wovon *ich* träumte. Callum hätte etwas anderes gebraucht – jemand anderes.

Ich war wie blind gewesen.

»Cal- Sorry … Candy. Es tut mir so, so leid, dass ich nichts gemerkt habe. Ich weiß nicht, ob das ein Trost ist … aber du hast deine Sache, na ja, du weißt schon, du hast sie gut gemacht.«

»O Gott. Ich hab mir vorher wirklich *viele* Videos angeguckt«, sagte sie. Und plötzlich lachten wir beide.

»Bitte, entschuldige dich nicht bei mir«, sagte sie dann. »Vergiss nicht, wir arbeiten uns zum schlimmen Teil vor – und der war allein meine Schuld.«

Draußen war es kühl, die Luft feucht, und obwohl ich in meine Turnschuhe geschlüpft war und meinen dicken Bademantel trug, zitterte ich. »Darüber müssen wir nicht sprechen, Candy«, sagte ich leise. »Wir wissen beide, was passiert ist.«

»Lass mich darüber sprechen. Das Mindeste, was ich dir schulde, ist eine Erklärung. Verbunden mit einer Bitte um Vergebung.«

»Okay. Ich höre dir zu«, sagte ich und wünschte, ich hätte damals hingehört.

»Ich hab's wirklich versucht«, sagte sie. »Ich fühle mich so dumm, das auch nur zu sagen, aber ich dachte … ich dachte, wenn ich es schaffen könnte, eine Freundin zu haben und wie ein Mann zu leben, würde sich alles zurechtrücken. Ich konnte es nicht fassen, als du bereit warst, mit mir auszugehen – ich hatte die soziale Kompetenz eines Weichtiers!«

»So schlimm warst du gar nicht!«, widersprach ich. »Außerdem stelle ich mich gern einer Herausforderung.«

»Ich war verliebt in dich, Rosie, aber es war eine … eine verzweifelte Liebe. Als du an mir interessiert warst, dachte ich: ›Das ist meine Chance, alles kann gut werden. Dieses wunderschöne Wesen denkt, dass ich ein Mann bin, also bin ich einer!‹ Und ein paar Wochen lang schien das wahr zu sein.«

»Und dann habe ich Schluss gemacht«, sagte ich traurig.

»Ja. Und damals war ich überzeugt davon, dass mir meine einzige Chance, ein ›normales Leben‹ zu führen, entglitt. Ich dachte, wenn ich mich daran festklammern könnte … Ich schäme mich so sehr für das, was ich getan habe. Ich habe immer und immer wieder auf diese Nacht zurückgeblickt und mir gewünscht, so sehr gewünscht, ich könnte sie rückgängig machen … Aber natürlich geht das nicht. Als ich Callum war, habe ich dich vergewaltigt. Das kann ich nie vergessen, nicht einen Tag lang.«

Ein Spinnenfaden zog sich von der Lehne des anderen Stuhls bis zu dem Steinmäuerchen, das den Garten umgab. Tau glitzerte daran. Ich beobachtete, wie eine winzige Spinne daran entlangkletterte wie ein Akrobat auf einem Drahtseil.

So hatte Callum gelebt: Wie bei einem Drahtseilakt hatte er sich an mir festgehalten, um die Balance zu halten. Bis ich ihn wegstieß.

Und nun hatte auch Candy ihn weggestoßen, sich von ihm befreit und Distanz zwischen sich und die Nacht in London gebracht.

Ich hielt das Handy fest an mein Ohr gedrückt und lauschte ihrem Atem. »Hast du dich deshalb der Frage gestellt, warum du so unglücklich in deinem Körper warst?«

»O ja, zweifelsohne. Zuerst bin ich allerdings aus London weg. Aus Großbritannien, um genau zu sein. Ein paar Jahre lang war ich nur unterwegs. Erst zur Beerdigung meines Vaters bin ich zurückgekommen. Ich hab mich furchtbar gefühlt, dass ich ihn nicht mehr lebend gesehen habe! Sein Verlust hat meine Familie hart getroffen. Aber ein Jahr nach seinem Tod hat meine Mum mich gefragt, ob ich schwul sei. Sie hat gesagt, sie habe sich das immer gefragt … Dass ich schon als kleiner Junge so anders gewesen sei als ihre anderen Söhne. Da hab ich ihr alles erzählt. Sie war wunderbar, hat dafür gesorgt, dass ich Beratung bekam, eine Therapeutin. Sie hat mich unterstützt, was auch kam: die Behandlung, die Operation … Mit meinen Brüdern war's eine andere Geschichte. Aber egal, das ist Schnee von gestern. Sie haben sich daran gewöhnt.«

Wir redeten ein bisschen über unsere Familien und Karrieren. Candy war noch in der Medienbranche, sie arbeitete in Leeds für einen Macher von Independent-Filmen und lebte bei ihrer Mutter. Wir telefonierten schon seit einer Stunde. Ich musste mich langsam für die Arbeit fertig machen.

Ich nahm meinen leeren Becher und tauchte zurück in die Wärme des Cottages.

Candy fragte: »Warum hast du gerade jetzt Kontakt zu mir aufgenommen?«

Ich stellte meine Tasse in die Spüle und machte mich auf den Weg nach oben. Dabei dachte ich an Lucinda und den Rat, den ich ihr gegeben hatte: Die Kontrolle zu behalten und anderen klar zu sagen, was sie zu tun bereit war und was nicht.

»Ich war wütend – immer noch – und wollte, dass du weißt, dass ich überlebt habe. Dass ich erfolgreich bin und kein Opfer, und dass ich nie wieder jemandem erlauben werde, mich zu überwältigen.«

Für einen Moment herrschte Stille, schwer wie Blei.

»Verstehe.« Candy klang nachdenklich. »Darf ich dich was fragen? Bist du Single?«

Ich klemmte mein Handy zwischen Schulter und Ohr, während ich mein Bett machte. Es war ein Doppelbett mit zwei Kissen – ich schlief auf der linken Seite. Die rechte Seite war ordentlich und ewig unberührt. Ich seufzte.

»Ja. Diese Nacht … Ich habe danach einen starken Schutzwall errichtet, der Menschen abhält. Männer vor allem.« Ich seufzte wieder. »Im Augenblick, um ehrlich zu sein, *einen* Mann im Besonderen.«

»Sprich weiter.«

Ich schloss die Augen und erlaubte mir, Bilder von Gabe heraufzubeschwören. »Er heißt Gabe. Ich würde ihn wirklich gern besser kennenlernen … Aber mein Schutzwall ist so dick, er ist immer im Weg. Und ich kann irgendwie nicht dahinter hervorkommen.«

Ich erzählte ihr von unseren Flirts, unseren Beinahe-Dates und unseren vielen Streitereien. Und ich erzählte ihr auch, wie groß meine Angst gewesen war, mich wieder zu verlieben – dass sich die Geschichte wiederholen könnte.

Candy stöhnte und sagte wieder und wieder, wie leid es ihr tat. »Aber Rosie … Die Wahrscheinlichkeit, dass du noch mal einen Mann triffst, der eigentlich eine Frau ist, die in einem Männerkörper gefangen ist … und die ausrastet, weil sie ihre Felle davonschwimmen sieht, und dich in der Folge angreift … die ist ziemlich gering. Ich bin seit Jahren in Therapie, erlaub mir, dir einen Rat zu geben: Lass die Zugbrücke in deinem Schutzwall runter, ganz langsam. Sag ihm, wie du dich fühlst, lass den Mann rein. Ich wette, wenn du ihm dein Herz öffnest, öffnet er dir seins.«

Ich sah Gabes Gesicht vor mir. Konnte ich ihm mein Herz öffnen? Und er mir seins?

Ich seufzte tief. »Ich wünschte … Ich wünschte …«

»Was wünschtest du?«

Ich ließ mich aufs Bett fallen. »Oh, dass ich dich umarmen könnte … Dass ich dich vor fünf Jahren angerufen hätte. Oder noch früher! Ich wünschte, ich hätte mehr Mut gehabt.«

Am anderen Ende der Verbindung war ein leises Schluchzen zu hören. »Das wünschte ich auch, Rosie, Liebes. Ich wünsche mir genau dieselben Dinge.«

»Weißt du, was lustig ist? Okay, nicht *lustig* lustig … Aber in den ersten Wochen dachte ich, du hättest es verdient, dass jemand dir den Schniepel abschneidet. Damit du keiner Frau dasselbe antun könntest.«

Sie sagte trocken: »Da bin ich dir zuvorgekommen.«

»Oh, Candy! *So* genau wollte ich das gar nicht wissen!«


Nach dem Gespräch mit Candy fühlte ich mich seltsam ruhig. Friedvoll. Für die nächsten Stunden spielte sogar ein kleines, heiteres Lächeln um meinen Mund, das sich durch nichts vertreiben ließ. Wir konnten die Vergangenheit nicht ungeschehen machen, aber nun hatte ich etwas, das mir bis jetzt gefehlt hatte: Klarheit. Ich verstand, was damals eigentlich passiert war. Ob das in den Augen anderer richtig oder falsch sein mochte – ich hatte Candy vergeben, und das fühlte sich gut an. Es war, wie Nonna gesagt hatte: Hinter mir hatte sich eine Tür geschlossen. Und jetzt lagen vor mir nur noch offene Türen.

Am späten Morgen dämmerte mir, wann ich mich das letzte Mal so leicht und glücklich gefühlt hatte: Das war gewesen, nachdem ich Gabe mein Herz ausgeschüttet hatte. Ich erinnerte mich daran, wie er mich nach Hause gebracht, ein Feuer angezündet und mir heiße Schokolade gemacht hatte. Und wie er mir zugehört hatte, wirklich zugehört. Ich hatte mich so sicher bei ihm gefühlt.

O Gott.

Er war mir ein wahrer Freund gewesen, aber dann hatte er angefangen, für *Garden Warehouse* zu arbeiten. Und seinem Chef vorgeschlagen, im *Cabin Café* Pizza zu verkaufen! Ich wusste nicht, was ich denken sollte.

Freitage waren im Café immer geschäftig. Heute war ich dankbar für die Ablenkung. Bis zum Mittag hatten Juliet, Lia und ich zahllose Kannen Tee, Brunches und Cappuccinos serviert. Der Pfarrer hatte seine extragroße Pizza abgeholt. Juliet räumte die Tische draußen ab, und Lia bereitete sich auf den Mittagsansturm vor, als Mum ihren Kopf zur Tür hereinstreckte.

»Trinkst du einen Kaffee mit mir, Liebling? Ich bin mit den Nerven am Ende.« Sie ließ sich seufzend in einen Sessel sinken.

»Das mit dem Kaffee geht klar«, sagte ich und nahm eine Tasse vom Regal, »aber ich …«

Ihr Blick ließ mich verstummen. Ich hatte sagen wollen, dass ich mich nicht zu ihr setzen konnte, weil ich noch so viel zu tun hatte, aber Lucindas Worte hallten in meinem Kopf wider. *Sie* hatte keine Mum, mit der sie reden konnte.

Ich beschloss, dass ich durchaus in der Lage war, die verschüttete Milch zu ignorieren, die auf dem Fußboden getrocknet war. Also nahm ich eine zweite Tasse vom Regal. »Aber ich nehme lieber einen Tee«, beendete ich meinen angefangenen Satz.

Ich stellte noch einen Teller mit Keksen auf das Tablett und trug es zu Mums Tisch hinüber. »Wie waren die ersten Tage im Hospiz?«

Mum stöhnte, stützte die Ellbogen auf die Tischplatte und presste die Handballen gegen ihre Augen. »Anstrengend.«

»So schlimm?«

»Vielleicht habe ich mich übernommen. Meine Chefin hat mich gestern in eine Abstellkammer geführt, vollgestopft mit Secondhand-Designerkleidern. Die sind noch zu gut, um sie billig im *Chestnuts*-Wohltätigkeitsladen zu verkaufen. Sachen von Valentino, Versace, es ist alles dabei, was Rang und Namen hat! Hochzeitskleider, Ballkleider, Designerjeans ... Sie möchte, dass ich mir überlege, wie wir die zu Geld machen können.«

»Hört sich aufregend an! Hast du schon eine Idee?«

Sie schnitt eine Grimasse. »Nicht mal den *Anflug* einer Idee. Ich zerbreche mir die ganze Zeit den Kopf, gestern Nacht hab ich kaum geschlafen. Ich glaube, was deine Nonna uns erzählt hat, hat mich ärger mitgenommen, als ich dachte. Ich fühle mich, als hätte ich nicht genug Energie ... Ich kann mich kaum konzentrieren, Rosie.«

Mums Eingeständnis überraschte mich so, dass ich mich beinahe an meinem Tee verschluckte. Ich musterte sie. Sie wirkte wirklich ein bisschen angeschlagen ... Und war das ein Wunder? Mir wurde plötzlich klar, wie viel sie durchgemacht hatte, seit Nonna ihr die Wahrheit über ihren Vater gesagt hatte. Nicht nur hatte sie erfahren, dass ihr leiblicher Vater ein Monster gewesen war, sie hatte auch einen Bruder verloren, einen Zwilling.

Meiner Meinung nach sollte sie sich einmal in ihrem Leben an erste Stelle stellen und sich ein wenig entspannen – nicht, dass sie auf mich hören würde.

»Vielleicht solltest du nicht gleich wieder damit anfangen, ehrenamtlich zu arbeiten?«, schlug ich vorsichtig vor. »Du könntest dir eine Weile freinehmen.«

Sie sah mich so ungläubig an, wie ich erwartet hatte. »Gesundheitlich ist mit mir alles in Ordnung«, sagte sie und winkte ab. »Ich habe gerade eine Frau kennengelernt, Sharon heißt sie, die schon ewig Chemo kriegt. Sie geht allein ins Krankenhaus, weil sie so viele Termine hat, dass ihr Mann und ihre Freunde sich nicht mehr freinehmen können, um sie zu begleiten. Verglichen mit den anderen Freiwilligen habe ich ein leichtes Leben. Außerdem brauche ich etwas, um mich zu beschäftigen.«

Ich zog eine Augenbraue hoch. Ich war nicht überzeugt davon, dass das stimmte ... Aber da ich selbst kaum je einen Tag Urlaub nahm, war ich nicht die Richtige, um zu protestieren.

»Ich muss mich einfach zusammenreißen und die Veranstaltung organisieren«, sagte Mum standhaft. Sie nahm sich einen Keks. »Die Organisation ist so wichtig, es gibt so viele Menschen, denen es wie Sharon geht.«

»Wie kann ich dir helfen?«, fragte ich. Sie hob die Schultern. »Brauchst du ein paar Secondhandkleider?«

»Klar könnte ich dir ein paar abnehmen«, sagte ich zerstreut. Eine Idee erblühte in meinem Kopf wie eine Knospe, die sich in der Frühlingssonne öffnet. »Aber ich glaube, ich weiß eine tolle Möglichkeit, sie zu verkaufen!«

Ich erzählte Mum, dass wir schon Pläne hatten, das *Chestnuts Cancer Hospice* zum Mittelpunkt unseres Sommermarkts zu machen, und schlug vor, dass ich mir an ihrer Stelle übers Wochenende ein paar Gedanken machen könnte.

Schließlich gab sie nach und sauste los, um Nonna und Stanley aus dem Krankenhaus abzuholen: Der Patient wurde endlich entlassen! Allerdings durfte er die nächsten Wochen über nicht allein bleiben. Angela hatte lange darum gekämpft, dass er mit zu ihr nach Bristol kam, aber Stanley hatte immer wieder abgelehnt. Sie habe mit ihrer eigenen Familie bereits alle Hände voll zu tun, hatte er gesagt. Er wollte zu Hause bleiben. Also hatte Nonna ihren Koffer gepackt: Sie würde für ein paar Wochen zu ihm ziehen.

Mittags, als ich gerade eine Pizza Margherita zu einem der Außentische trug, kam ein großes silbernes Auto elegant wie ein Schwan um den Dorfanger geglitten. Es schob sich mühelos in eine Parklücke direkt vor dem Café. Ein kleiner Mann um die fünfzig mit lockigem, ergrauendem Haar, einer eingedrückten Nase und einem teuren Designeranzug sprang heraus. Er betrachtete das Schild über der Tür und dann die Zitronenbäume, während er darauf wartete, dass sein Beifahrer ausstieg.

Der Beifahrer war Gabe.

Mein Herz klopfte, als ich ihn sah. Er trug einen dunkelblauen Anzug: Die Jacke brachte seine breiten Schultern zur Geltung, und die gut sitzende Hose seinen hübschen Hintern. Gabe war ein Mann, der wie für Anzüge gemacht war, fand ich.

»Guten Appetit!«, sagte ich und stellte die Pizza zwischen das ältliche Pärchen, das sie teilen wollte.

Juliet erschien an meiner Seite. Sie hatte ein Tablett dabei, um leeres Geschirr einzusammeln. »Das muss der große Chef von Du-weißt-schon-wo sein«, zischte sie laut.

»Jup«, sagte ich und half ihr, Teller und Besteck auf das Tablett zu räumen. »Haben wahrscheinlich gerade ein kleines Familienunternehmen wie das von Clementine abgezockt.«

Juliet sagte: »Sieht so aus, als wollten die hier essen. Mann, ich muss schon sagen, so 'n Anzug steht Gabe aber gut!«

Der große Chef und Gabe holten ihre Aktentaschen vom Rücksitz des silbernen Wagens. Ich musste daran denken, wie Gabe mir an derselben Stelle, an der die beiden jetzt standen, ein Laken über den Kopf gehalten hatte, um mich vor dem Regen zu schützen, und mich dabei mit Sägemehl überschüttet hatte. Es war beinahe unmöglich, die Erinnerung mit diesem Großstädter in Einklang zu bringen, der seinen Chef zu einem der Tische ganz am Ende des Außenbereichs des Cafés geleitete.

»Hallo, Gabe!«, rief Juliet. »Schön, dich ma wieder hier zu sehen … oder, Rosie, was sagst du?«

Gabe hob eine Hand. »Ich freue mich auch, dich zu sehen, Juliet.« Er schlüpfte aus seiner Anzugsjacke, hängte sie über die Rücklehne seines Stuhls und setzte sich. Meinen Blick mied er.

Juliet stieß mich mit dem Ellbogen an.

Ich flüsterte ihr zu: »Es heißt, dass Gabe vorgeschlagen hat, im *Cabin Café* Pizza zu verkaufen. Sei nicht so nett zu ihm!«

»Wer sagt das?« Sie runzelte die Stirn. »Das glaub ich nicht.«

Ich wurde rot. »Jamie Dawson sagt das«, erwiderte ich. »Der Gastronomieleiter.«

Juliet konnte Jamie immer noch nicht leiden, obwohl ich mit ihm warm geworden war.

»War wahrscheinlich bloß 'n Witz. So was wie: ›Ha, ha, vielleicht sollten wir Pizza anbieten wie das *Lemon Tree Café*‹ … Bestimmt hat er nicht vor, uns zugrunde zu richten.«

*Sie hat recht.* Die lästige innere Stimme war wieder da. *Warum sollte Gabe dir schaden wollen? Du bist wütend, aber in Wahrheit traust du ihm das gar nicht zu.*

Bockig nickte ich zu Gabes Tisch hinüber. »Immerhin starren sie die Speisekarte schon eine ganze Weile an.«

»Vielleicht weil bisher keiner ihre Bestellung aufgenommen hat?!« Juliet drehte sich um und schleppte das schwere Tablett nach drinnen.

»Okay«, knurrte ich. »Bringen wir's hinter uns.« Ich holte meinen Bestellblock aus der Schürzentasche, marschierte zu Gabes Tisch hinüber und hoffte, er würde nicht merken, wie nervös ich war. Fröhlich, als hätten wir nie ein böses Wort gewechselt, sagte ich: »Gentlemen, darf ich fragen, welchem Umstand wir Ihre Anwesenheit hier im *Lemon Tree Café* verdanken?«

»Mark, das ist Rosie Featherstone, Miteigentümerin des Cafés.« Gabe sah mir einen Herzschlag lang ins Gesicht,

514

ehe er den Blick wieder auf die Karte senkte. »Rosie, darf ich dir Mark Cooper vorstellen, Geschäftsführer der GW-Group.«

Mark schüttelte mir die Hand und lächelte mich freundlich an. »Schön, Sie kennenzulernen! Wir waren den ganzen Tag in einem Büro eingesperrt und haben an einem langweiligen Vertrag gearbeitet ... Gabe hat vorgeschlagen, dass wir mal einen Tapetenwechsel gebrauchen könnten. Eine wunderbare Gelegenheit, uns von Ihrem herrlichen Café inspirieren zu lassen!«

Ich sah Gabe an, der unbehaglich auf seinem Stuhl hin und her rutschte.

»Wie immer hatte er recht«, fuhr Mark fort. Er zog eine Sonnenbrille aus der Brusttasche seiner Anzugsjacke und setzte sie auf. »Was könnte schöner sein, als draußen am Dorfanger zu sitzen?«

»Wofür brauchen Sie Inspiration?« Jetzt starrte ich Gabe an. Jamie hatte recht gehabt. Sie waren hier, um unser Pizza-Menü in Augenschein zu nehmen.

»Für das wahre Leben«, erläuterte Mark. »Ich habe die unangenehme Angewohnheit, nur auf die Zahlen zu schauen. Gabe dagegen ist ein Philanthrop; er erinnert mich daran, dass wir an die Menschen denken müssen, die sich hinter den Ladenfassaden verbergen. Er hat vorgeschlagen, dass wir die Kalkulationstabellen mal für eine Weile beiseitelegen und uns ein bisschen die Sonne auf die Nase scheinen lassen. Wir sind ein gutes Team.« Er schlug Gabe auf die Schulter.

Ich verschränkte die Arme. »Geht es um die Unternehmensübernahme, von der du mir erzählt hast? Das Angebot ...«

Gabe fing heftig an zu husten und schlug sich auf die Brust. »Sorry!«, keuchte er. »Hab eine Fliege verschluckt.«

Mark lehnte sich in seinem Stuhl nach vorn. Er sah von mir zu Gabe. »Sind Sie beide ein Paar? Das sind nämlich vertrauliche Informationen.«

»Nein«, sagten Gabe und ich wie aus einem Mund.

»Wir sind befreundet«, fügte Gabe hinzu.

Ich warf ihm einen Blick zu. »Darüber kann man streiten … Aber machen Sie sich keine Sorgen, Mark. Er hat mir nichts Genaues gesagt. Und ganz ehrlich: Ich bin auch nicht an Ihren Plänen interessiert, den Einzelhandel in England in den Ruin zu treiben!«

Gabe sog scharf den Atem ein.

Als ich davonstolzierte, hörte ich, wie Mark leise sagte: »Wow. Was für ein Temperament!«

Ich warf einen Blick auf meinen Bestellblock. Die oberste Seite war leer. Verflucht. Ich fuhr herum und stapfte zurück zum Tisch.

»Möchten Sie bestellen?«

Beide bestellten Pizza – war ja klar. Spione. Bevor ich wieder gehen konnte, stand Mark auf. »Ich verschwinde kurz.«

Damit machte er sich auf den Weg nach drinnen und ließ mich mit Gabe allein.

»Die Küche wartet auf die Bestellungen.«

»Rosie.« Gabe legte seine Hand auf meine. Elektrische Funken schienen aus seinen Fingerspitzen zu strömen und auf meiner Haut zu knistern.

»Es tut mir wahnsinnig leid, wie ich mich benommen habe. Ich hoffe, du weißt, dass ich einer Frau nie meinen Willen aufzwingen würde. Ich hätte dich nicht festhalten dürfen! Du hast recht ... Ich hätte wissen müssen, wie du dich dabei fühlen würdest.«

Ich nickte, wusste aber nicht, was ich sagen sollte.

Wie gern hätte ich ihm von Candy erzählt und von unserem Telefongespräch. Dass ich meinen Frieden mit der Vergangenheit gemacht hatte. Aber jetzt war nicht der richtige Zeitpunkt.

Er sah mich mit seinen sanften grauen Augen an und sagte: »Das Verrückte ist: Ich habe angehalten, um mich mit dir zu versöhnen. Stattdessen hab ich dich bloß noch weiter weggestoßen. Es tut mir wirklich von Herzen leid.«

Ich nickte wieder. Plötzlich fühlte ich mich, als könnte ich jeden Augenblick in Tränen ausbrechen. Er machte mir ein Friedensangebot! Das war die Gelegenheit, unseren Streit zu begraben. Jede andere hätte sie ergriffen. Nur leider war ich wohl noch immer auf Krawall gebürstet.

»Warum bist du dann mit *ihm* hergekommen?«, fragte ich und nickte zu Marks Stuhl hinüber.

Gabe sah mich erstaunt an. »Du willst uns nicht als Gäste?«

»Nicht, wenn ich einen Preis dafür bezahlen muss«, sagte ich. Ich sah durch das große Fenster ins Café. »Siehst du das? Jetzt ist Mark da drinnen und spricht mit Lia.«

Gabe lächelte. »Ich hab mir schon gedacht, dass er an eurem Pizzaofen interessiert sein würde.«

»Es ist also wahr.« Meine Kehle schnürte sich zusammen. »Ihr wollt im *Cabin Café* Pizza backen?«

Er lachte auf. »Himmel, Neuigkeiten machen schnell die Runde in Barnaby!«

Fassungslos starrte ich ihn an. Wie konnte er bloß so tun, als wäre nichts dabei?

»Es ist nur eine Idee, aber ich dachte, eure Pizza findet derart reißenden Absatz, warum die Sache nicht ausbauen? Das *Cabin Café* könnte …«

Ich ballte die Hände zu Fäusten. »Geht bitte!«

»Was?« Gabe fuhr sich nervös mit einer Hand durch die Locken.

»Du hast mich schon verstanden«, sagte ich und war stolz darauf, dass meine Stimme nicht schwankte. »Ich will euch nicht im Café haben. Du hast genug Schaden angerichtet!«

»Was hab ich denn nun wieder getan? Und was ist mit Mark? Er ist mein *Chef*, Rosie … Was soll er denken? Du hast mich schon in Schwierigkeiten gebracht, als du die *Home-Stores*-Übernahme erwähnt hast!«

»Davon hätte ich gar nichts wissen dürfen.« Ich zuckte mit den Schultern, obwohl ich mich deswegen ein bisschen schlecht fühlte.

»Ob du's glaubst oder nicht, Rosie, ich brauche diesen Job. Und nachdem ich schon an meinem dritten Tag die Tür meines Firmenwagens zerstört habe, bewege ich mich auf dünnem Eis.«

Ich musste an den Unfall denken und schluckte mühsam. »Na gut … Ihr könnt zum Mittagessen bleiben. Aber das war's dann! Das war deine letzte Chance.«

Gabe schüttelte den Kopf. »Nicht zu fassen«, murmelte er. »Es ist wirklich vollkommen unmöglich, dir zu helfen.«

»Helfen willst du mir? *Helfen*?«, zischte ich. »Falls du das noch nicht gemerkt haben solltest, Superman – ich brauche keine Hilfe! Überhaupt ist mein einziges Problem das neu eröffnete Café, das uns die Gäste stehlen will. Und wem habe ich das zu verdanken? Lass mich nachdenken – ach ja, *dir*, Gabe!«

Wenn Blicke töten könnten, wäre von mir nicht mehr viel übrig! Ich kämpfte darum, ruhiger zu atmen.

»Okay, von mir aus!« Er warf die Hände in die Luft. »Ich hab's verstanden.«

»Wunderbar.« Ich drehte mich auf dem Absatz um. Bevor ich anfing zu weinen, wollte ich weg sein.

»Rosie, warte.«

Ich erstarrte. Umdrehen konnte ich mich nicht: Ich wollte nicht, dass er meinen Gesichtsausdruck sah.

»Ich habe mit der Schulleitung gesprochen. Du bist jetzt autorisiert, Noah abzuholen. Weil … Im Gegensatz zu dir brauche ich manchmal Hilfe.«

»Okay«, sagte ich heiser. Dann nickte ich. »Okay.«

Ich eilte nach drinnen, an Mark vorbei, der auf dem Rückweg zu seinem Tisch war, machte kurz Halt, um Lia den Bestellzettel zu geben, und floh dann durch die Hintertür. Erst auf dem Hof ließ ich den Tränen freien Lauf.

# Kapitel 38

Stanley war seit vierundzwanzig Stunden wieder zu Hause, und heute zog Nonna mit Sack und Pack bei ihm ein. Als ich nach der Arbeit mit einem Stück von Stanleys Lieblingskuchen und einer Dose Biscotti für Nonna zu seinem Bungalow kam, war Dad gerade dabei, seinen Kofferraum auszuladen.

Er hielt mir anklagend eine Kiste entgegen, auf die Nonna »leere Gläser« geschrieben hatte, und schüttelte den Kopf. »Also, mal ehrlich«, sagte er. »Frauen!«

Ich küsste ihn auf die Wange. »Ich entschuldige mich im Namen aller Frauen auf der Welt.« Als ich ins Haus ging, knurrte er immer noch leise vor sich hin.

Drinnen sah es jetzt schon viel fröhlicher aus als bei meinem letzten Besuch: Im Flur stand eine Vase mit Tulpen und Hyazinthen als Ersatz für die Kunstblumen. Die Luft roch nicht mehr abgestanden, sondern frisch, und aus der Küche wehte ein köstlicher Duft.

Ich fand Stanley im Wohnzimmer in einem Lehnstuhl, eingehüllt in eine Wolldecke. Er war ein bisschen blass, aber seine blauen Augen glitzerten.

»Willkommen in der Antarktis«, sagte er und ließ sich von mir auf die Wange küssen.

Das Fenster stand offen. Eine kühle Brise strich ihm durch das weiße Haar am Hinterkopf. Ich setzte mich aufs Sofa und schauderte.

»Soll ich das zumachen?«, fragte ich.

Er schüttelte den Kopf und zog sich die Decke bis unters Kinn hoch. »Offenbar brauche ich frische Luft. Das und viele andere äußerst unangenehme Sachen. Eigentlich mag ich Luft ja … in Maßen.«

»Was ist mit Kuchen?«, fragte ich und hob den Deckel der Kuchenbüchse, die ich mitgebracht hatte.

Ein hungriger Ausdruck trat in seine Augen. »Kuchen«, flüsterte er, »ist Schmuggelware. Schnell, ich verstecke ihn!«

Er hatte gerade die Hände nach der Büchse ausgestreckt, als Nonna mit dem Hinterteil die Tür aufstieß. Eilig zog er die Hände zurück. »Der Po deiner Großmutter kommt immer als Erstes herein«, sagte er und zwinkerte mir zu. »Nicht dass ich mich beklagen wollte!«

»*Eh,* du Schlawiner. Hier iste deine grune Tee!« Sie stellte ein kleines Tablett auf den Wohnzimmertisch. »Iste voller Anti-Irgendewas. Gut fur deine Herz. Und eine paar Kekse, aber sinde die nichte fur dich, *Signore!*« Sie drohte ihm mit dem Finger. »Kannste du habbe Tabelette.«

Ich versuchte, die Büchse hinter meinem Rücken zu verbergen, aber Nonna streckte auffordernd die Hand danach aus.

»Kann er nichte esse das«, sagte sie. »Iste dasse reine Gift.« Sie hob den Deckel und schnupperte. »Mmh. Kannste die Kuche hier lasse fur mich.«

Stanley und ich lächelten uns resigniert zu.

Nonna richtete sich auf, legte ihm eine Hand auf die

Stirn und schnalzte mit der Zunge. »Siehste du mude aus, Stanley. Rosie, kannste du bleibe funf Minute. Stanley brauchte viele Ruhe.«

Nonna trug eine Schürze mit Latz, die Bänder hatte sie vor dem Bauch zusammengeknotet und eine Armbanduhr daran festgemacht. Sie sah Furcht einflößend aus – wie eine strenge Oberschwester. Es war ziemlich offensichtlich, dass ihre Rolle als Krankenpflegerin ihr großen Spaß bereitete.

»Ich bin bloß vorbeigekommen, um zu schauen, ob alles gut läuft«, sagte ich.

Dad rief irgendetwas aus dem Flur, und Nonna ging aus dem Zimmer, um ihm zu antworten. Die Kuchenbüchse nahm sie mit.

Stanley beäugte seinen Grüntee und nahm todesmutig einen Schluck. Dann lächelte er. »Ich könnte nicht glücklicher sein, meine Liebe«, sagte er. »Ich möchte gar nicht gesund werden … Wie schön das gestern Abend war, jemandem eine gute Nacht zu wünschen! Sie bleibt zwei Wochen, und danach … Tja. Ich werde sie vermissen.«

Ich musste mir ein Lächeln verbeißen. In Dads Auto stapelten sich so viele Kisten … Ich hegte den Verdacht, dass Nonna vorhatte, länger zu bleiben.

»Vielleicht muss sie ja nicht wieder ausziehen?« Ich hob eine Augenbraue.

Stanley schüttelte den Kopf. »Noch einmal könnte ich nicht vor ihr auf ein Knie fallen. Wahrscheinlich würde ich gar nicht wieder hochkommen.« Er versuchte, einen Scherz daraus zu machen, aber seine Schultern waren nach vorn gesunken und er starrte in seine Tasse.

»Aber dieses Mal wäre es etwas anderes«, sagte ich und

ergriff seine Hand. Seine Haut war weich, aber kalt. »Jetzt ist sie frei und ungebunden.«

»Ja, das ist sie. Und ich? Ich muss so viele verschiedene Medikamente nehmen … Ich musste mir eine Liste machen, weil ich mir nicht merken kann, wofür jedes einzelne ist. Ich will nicht, dass sie sich an einen klapprigen alten Mann wie mich bindet. So kann ich sie nicht heiraten! Sie verdient einen Ehemann, keinen Invaliden.«

Ich machte den Mund auf, um ihm zu widersprechen, aber Stanley hob einen Finger.

»Ich weiß, dass du es gut meinst, Rosie, aber sie wird froh sein, wenn sie wieder zurück nach Hause ziehen kann. Ihr Gewächshaus wird ihr fehlen, ihr Garten. Ich würde Geld darauf wetten.«

»Maria?«, bellte Dad aus dem Flur. »Zum Donnerwetter noch mal, wohin soll der verdammte *Weihnachtsbaum*?«

Ich sah Stanley vielsagend an. »Bist du ganz sicher?«

Im Flur krachte es, und Dad stieß eine Reihe deftiger Flüche aus. Ich ging nachsehen, was passiert war. Stanley blieb mit nachdenklichem Gesicht zurück.

Einer von Nonnas Koffern war aufgesprungen. Er wirkte so alt, als hätte sie ihn in den Sechzigern aus Italien mitgebracht. Ein Berg aus blassrosa Nylon türmte sich im Flur auf. Nonna kniete davor und raffte ihn zusammen.

»Nichte gucke, Alec!«, rief Nonna aufgeregt, als Dad sich bückte, um ihr zu helfen. »Iste nur Kleinigekeit … Meine Darunter-Wäsche!«

»Nicht besonders klein«, sagte Dad. Er hielt eine riesengroße Unterhose hoch, sah sie an, sah mich an – und dann breitete sich langsam ein Grinsen auf seinem Gesicht aus und vertrieb seine finstere Miene.

Ich unterdrückte ein Kichern, als Nonna sie ihm aus der Hand riss und sie wieder in ihren Koffer stopfte.

»Okay«, sagte Dad, »damit ist das Auto leer.« Er wischte sich die staubigen Hände an der Hose ab. »Ich mache mich auf den Weg und hole den Rest von deinem Plunder.«

»*Eh!* Iste keine Plunder! Aber willste du nichte habbe eine Tasse Tee?« Sie versuchte vergeblich, den Reißverschluss des Koffers zuzuziehen.

Dad war schon aus der Tür. »Nein!«, rief er über die Schulter zurück. »Ich will's endlich hinter mir haben.«

Ich hob den kaputten Koffer auf, trug ihn in Nonnas Zimmer und legte ihn auf das schmale Bett. Dann folgte ich ihr in die Küche.

»Was iste los mitte Alec?«, fragte Nonna. Sie drückte mir ein Geschirrtuch in die Hand und deutete auf das Abtropfgestell, in dem lauter saubere Tassen standen.

»Derby County hat das Halbfinale von irgendeiner Meisterschaft verloren«, sagte ich seufzend. »Mum sagt, er schmollt schon die ganze Woche.« Ich nahm eine Tasse aus dem Gestell. Sie gehörte Nonna.

»Wie lange bleibst du hier, Nonna?«

Sie nahm einen Biscotto aus der Kuchenbüchse und brach ihn in zwei Hälften. »Weiß ich nichte. Eine paar Woche. Solange er mich brauchte.«

Ich küsste ihre Wange. »Ich schätze, er wird dich immer brauchen.«

Sie knurrte, hob die Schultern und ließ sie wieder fallen. »Binne ich nichte so sicher.«

»Ich schon«, sagte ich. »Du bringst Leben in sein Haus! Und er verehrt dich.«

Sie schaute auf ihre faltigen Hände hinunter. Sie trug keinen Ring mehr. »Will er mich habbe als seine Krankeschwester, weil dasse iste mehr angenehm, als su Angela su ziehe. Aber denke ich, dass ich habbe verpasste meine Gelegeheit, mit ihm susamme su sein. Hatte er nix mehr gesagte ubers Heiraten. Iste mir der Bus vor der Nase weggefahre. Die Lebengeschichte von deine Nonna.«

Das gab mir einen Stich ins Herz. Sollte ich ihr sagen, was Stanley mir anvertraut hatte? Ich rang mit mir, entschied mich aber dagegen: Das mussten sie alleine klären.

Ich öffnete einen Geschirrschrank nach dem anderen, bis ich Stanleys Tassen gefunden hatte, schob sie zusammen und stellte Nonnas dazu. »Er ist gerade erst aus dem Krankenhaus entlassen worden. Sagt man nicht, es sei wahnsinnig aufreibend zu heiraten?«

Nonna brummte. »Iste gewese aufreibend fur mich. Aber ich habbe geheiratet Arschegeige.«

Damit brachte sie mich zum Lächeln. »Vielleicht hat Stanley das Gefühl, dass er im Augenblick keine Aufregung verkraften kann. Ich würde ihm ein bisschen Zeit geben. Hast du nicht auch gesagt, dass du erst mal mit ihm zusammenleben willst, ehe du ihn heiratest?« Ich stieß sie sanft an. »Du bekommst alles, wie du es haben wolltest!«

»No, nichte wie ich will«, sagte sie und rollte mit den Augen. »Habbe wir verschiedene Schlafezimmer.«

»Ah«, sagte ich und räusperte mich. »Dafür wird noch jede Menge Zeit sein.« Aber ich dachte lieber nicht zu eingehend darüber nach.

Nonna machte ein wehmütiges Gesicht und aß das letzte Stück Biscotto. »Jede Menge Zeit?« Sie schnalzte mit der Zunge. »Binne ich funfundsiebzig. Allerdings wir habbe gehabt unsere erste Zoff. Zundet vielleicht an unsere Leide-schaft!«

Ich ließ mir ihre Worte durch den Kopf gehen. Es heißt ja auch: Was sich liebt, das neckt sich. Aber ob das auch für Gabe und mich stimmte? Er wollte immerhin, dass *Garden Warehouse* unser Konzept für das *Cabin Café* über-nahm! Unser Streit war keine kleine Neckerei. Tatsächlich war es so, dass ich, je mehr Zeit verging, umso mehr davon überzeugt war, dass unsere Differenzen unüberbrückbar waren …

Wir schreckten beide aus unseren Gedanken auf, als wir hörten, wie Dad wieder in die Einfahrt einbog.

»Ich geh ihm helfen.« Ich hängte das feuchte Geschirr-tuch zum Trocknen über die Klinke der Küchentür. »Mal sehen, ob ich ihn ein bisschen aufmuntern kann.«

Dad war gerade dabei, ein rostiges Trimmgerät aus dem Kofferraum zu wuchten. »Der Himmel weiß, warum sie *das* hier haben will«, knurrte er.

»Dad?« Ich lehnte mich gegen den Wagen und wartete, bis er mich ansah. »Was ist los mit dir?«

Er schob die Hände in die Taschen und trat gegen einen losen Stein, der auf der Auffahrt lag. »Ach, ich sollte nicht mit dir darüber reden … Aber als deine Mutter ihre ganzen Ausschüsse in den Wind geschrieben hat, war ich so glück-lich wie seit Jahren nicht mehr! Wir haben eine Reise ge-bucht, Pläne für den Garten gemacht, und in den Oster-ferien haben wir zusammen auf Arlo aufgepasst. Es war, als hätte ich meine Frau zurück. Und ich dachte wirklich, sie wäre auch glücklich. Aber jetzt ist wieder alles beim Alten. Dabei habe ich den Eindruck, dass sie erschöpft ist.«

Ich nickte nachdenklich. »Ich auch. Kannst du sie nicht überreden, eine Pause einzulegen? Und wenn es nur für ein langes Wochenende irgendwo ist.«

Er schüttelte trotzig den Kopf. »Ich werde darauf bestehen, dass sie die ehrenamtliche Arbeit in diesem Hospiz ganz aufgibt. Sie bringt sich damit noch um!«

Ich holte erschrocken Luft. »Das wird ihr nicht gefallen, Dad.«

Er runzelte die Stirn und holte eine Kiste vom Rücksitz, auf der »Winterstiefel« stand. »Ich sorge mich doch bloß um sie! Weil ich sie liebe. Bedeutet das denn nichts?«

»Natürlich tut es das.« Ich drückte seinen Arm. »Aber jeder muss seine eigenen Fehler machen, du kannst Mum das nicht abnehmen. Du kannst bloß zur Stelle sein, wenn sie stolpert, um sie aufzufangen. So weiß sie, dass du sie liebst.«

Dad sah nachdenklich aus.

Ich verabschiedete mich von ihm, Nonna und Stanley und machte einen langen Spaziergang am Fluss. Dann setzte ich mich an einen der Außentische des *Riverside Hotels* (ich suchte mir den aus, der am weitesten vom Ufer entfernt war) und duckte mich hinter ein hohes Glas. Die Sonne sank, und der Mond, voll und rund, stieg höher und schien das Wasser in flüssiges Silber zu verwandeln. Ich beobachtete Gabe und Noah, die lachend an Bord der *Neptun* miteinander spielten, und wünschte mir von ganzem Herzen, ich könnte bei ihnen sein.

Kaum hatte ich am Montagmorgen das Café betreten, rief Doreen mich in heller Aufregung an: Bei ihrer Tochter hatten die Wehen eingesetzt – acht Wochen zu früh! –, daher

könnte sie leider nicht reinkommen. Lia hatte einen Arzttermin mit Arlo, der Kleine bekam ein paar Spritzen. Ich
rief Juliet an, um sie zu fragen, ob sie einspringen konnte,
erreichte aber nur ihre Mailbox.

Ich würde die Frühschicht wohl im Alleingang durch-
ziehen müssen.

*Nicht schlimm,* dachte ich. Ich war ausgezeichneter Stimmung und hatte das Gefühl, alles bewältigen zu können.
Am Sonntag hatte ich viel geschafft: Ich hatte einen groß-
artigen Plan geschmiedet, wie ich Mum mit ihrem Desig-
nerklamotten-Problem helfen konnte, und dann erneut
mit Lucinda Miller und Candy O'Connor telefoniert.

Der Regen, der vergangene Nacht gefallen war, hatte die
Welt gewaschen, alles funkelte und strahlte wie neu. Die
Wärme der Sonne ließ Dunst aus dem Gras auf dem Dorfanger aufsteigen. Nächste Woche um diese Zeit war das
Frühjahrstrimester vorbei, in der Ferienwoche würden wir
eine Menge Milchshakes und Kekse verkaufen. Ich musste
dringend das Bonbonglas auf dem Tresen auffüllen.

Was würde Noah mit seinen Ferien anfangen? Gabe
konnte sich sicher nicht jetzt schon freinehmen. Vielleicht
konnte Noah einen oder zwei Tage im Café verbringen –
vorausgesetzt, dass Gabe und ich in der Lage waren, lange
genug zivil miteinander umzugehen, um die Möglichkeit
zu besprechen.

Ich baute draußen die Tische und Stühle auf, als Nina
um die Ecke geschossen kam und ihren Schlüssel aus der
Tasche kramte.

»Du bist aber früh dran!«

»Ich hab's verdammt eilig ... Es ist eine große, eine riesige, eine *gewaltige* Bestellung über *Fone-A-Flower* rein-

gekommen: Der Chef von *Garden Warehouse* will ein Bouquet! Ach, verdammt, ich krieg den Schlüssel nicht ins Schloss … Ich bin ganz wuschig.«

»Mark Cooper?« Ich ging zu ihr hinüber, nahm ihr den Schlüsselbund aus der Hand und schloss die Tür für sie auf.

»Ja, der!« Nina konnte vor Aufregung kaum stillstehen. »Er hat sich für die *Couture Collection* entschieden. *Fone-A-Flower* wollte, dass *Garden Warehouse* den Auftrag übernimmt, aber er hat offenbar darauf bestanden, dass ich ihn bekomme. Achtzig Pfund. Rosie! *Achtzig!*«

»Nett von ihm«, sagte ich und meinte es tatsächlich ehrlich. Wahrscheinlich hätte er Personalrabatt bekommen, wenn er die Blumen bei *Garden Warehouse* bestellt hätte.

Sie biss sich auf die Unterlippe. »Ich hoffe bloß, dass ich genug Eryngium habe!«

»Ich drücke dir die Daumen«, sagte ich und lächelte. »Was immer das ist.«

Zurück im Café drehte ich das Schild in der Tür von »geschlossen« auf »offen« und machte die Kaffeemaschine an.

Der Festnetzanschluss des Cafés und mein Handy fingen gleichzeitig an zu klingeln. Ich rannte zum Telefon, war aber zu langsam, der Anrufbeantworter war schon angesprungen. Also ging ich an mein Handy. Just in diesem Moment kam Stella Derry herein, einen Stapel Flugblätter in der Hand.

»Juliet, Gott sei Dank!«, sagte ich ins Handy, während ich gleichzeitig Stella winkte.

»Für den Flohmarkt des Frauenvereins«, flüsterte sie und legte den Stapel neben dem Bücherregal ab.

Ich nickte zustimmend, und sie machte sich wieder auf den Weg nach draußen. »Bis später!«, rief sie über die Schulter.

»Hallo, Mäuschen«, flüsterte Juliet. »Tut mir leid, dass ich deinen Anruf verpasst hab. Was ist los?«

»Doreen ist ausgefallen. Kannst du vielleicht einspringen?«

Juliet stöhnte. »Sorry, das wird nich geh'n ... Bin auf 'ner Beerdigung. In Glasgow!«

»Oje ... Mein Beileid!«

»Die alte Nachbarin meiner Mutter is gestorben. Hab's gestern erst erfahren ... Ein Hoch auf Billigflieger.«

Mark Coopers silberner Wagen parkte vor dem Café, und er und Gabe stiegen aus. Mark verschwand im Blumengeschäft, Gabe ging direkt auf das Café zu.

»Ich hoffe, ihr übersteht den Tag gut. Ich muss auflegen!«, sagte ich. »Gäste!«

Ich strich mir die Haare hinter die Ohren und atmete tief durch. Ich würde auf meine innere Stimme hören und ihn zu Wort kommen lassen.

»Du bist heute mein erster Gast«, sagte ich, als Gabe zum Tresen kam. »Was kann ich dir anbieten?«

»Hast du einen Moment Zeit, Rosie?«

»Ja.« Ich breitete die Arme aus, wie um zu sagen: *Guck, das Café ist leer!* »Du hast meine ungeteilte Aufmerksamkeit!«

Aber kaum hatte ich das gesagt, drängten zwei verschiedene Gruppen durch die Tür: eine fröhliche Frauentruppe, deren Mitglieder Wanderschuhe, Sonnenhüte und identische T-Shirts trugen, auf denen »Lisa ist jetzt 50!« stand, und eine gemischte Gruppe, die aus Hundebesitzern jeden Alters und ihren vierbeinigen Freunden bestand.

Die nächste Viertelstunde flitzte ich mit Teekannen, schaumigen Latte macchiatos und Wasserschüsseln für die Hunde durchs Café. Ich zerdrückte Avocados, grillte Speckstreifen, toastete Brot und lehnte Gabes Hilfsangebote ab, der unruhig am Tresen saß und beobachtete, wie ich immer mehr ins Schwitzen kam.

Schließlich hatte ich bloß noch ein Sandwich mit Champignons und Gruyére zu machen. Ich belegte eine Brothälfte, klappte die andere darauf und beförderte das Ganze auf den Grill.

»Okay!« Ich wandte mich Gabe zu. »Jetzt bin ich ganz Ohr!«

»Rosie«, sagte Gabe und legte die Hände flach auf den Tresen, »es geht um …«

»Haben Sie zufällig Senf aus ganzen Körnern?«, unterbrach ihn ein Mann mit buschigen Augenbrauen und einem herabhängenden Schnauzbart. Er trug einen grauen Zwergschnauzer unterm Arm, der ihm frappierend ähnlich sah.

»Haben wir, warten Sie!« Ich holte den Senf aus dem Regal und reichte ihn dem Mann. Dann sagte ich: »Sorry, Gabe, was wolltest du sagen?«

Er fuhr sich mit einer Hand durch die Locken und seufzte. »Vielleicht passt es gerade nicht so gut …«

Ich fragte trocken: »Wann passt es je?«

Aber er hatte recht, gerade fühlte ich mich tatsächlich nicht gerade fit für dieses Gespräch. Eher wie eine Hyäne, die in der Serengeti ein Sonnenbad nahm. Mein Puls konkurrierte mit dem Hochdruckschlauch der Kaffeemaschine, und ich hatte den leisen Verdacht, dass mein Gesicht wie eine radioaktive Tomate leuchtete.

»Okay«, meinte Gabe. »Es ist so: Ich hab keine Ahnung, warum ich immer das Falsche tue oder sage! Wie sehr ich auch versuche, dich zu beeindrucken und deine Aufmerksamkeit zu gewinnen … Es geht jedes Mal schief.« Er räusperte sich nervös. »Aber, Rosie … du bist das Beste, das mir – und Noah – seit Langem passiert ist!«

»Wirklich?« Mehr wagte ich nicht zu sagen.

Er nickte. »Ich denke, ja. Und jetzt leiden wir beide an Rosie-Entzugserscheinungen.«

»Oh.« Die Idee gefiel mir ziemlich gut.

Wir grinsten beide.

»Das war noch nicht alles«, sagte er.

Der Festnetzanschluss klingelte wieder, und mir wurde klar, dass der Anrufer von vorhin keine Nachricht hinterlassen hatte.

»Ich unterbreche dich wirklich ungern«, sagte ich, immer noch mit einem breiten Lächeln auf dem Gesicht, »aber da muss ich mal eben rangehen.«

Ich musste meinen Blick regelrecht von ihm losreißen. Als ich schon nach dem Telefonhörer griff, kam Mark durch die Tür, Ninas gewaltiges Bouquet in den Armen. Er schien bester Laune. »Haben Sie's ihr schon gesagt?«

»Noch nicht«, sagte Gabe hastig. »Warten Sie, Mark … Ich war noch nicht so weit.«

Ich verengte die Augen zu Schlitzen. »Was solltest du mir sagen?«

»Geh erst mal ans Telefon«, sagte Gabe.

Mark legte die Blumen behutsam auf einen Tisch. »Wegen des Pizzaofens.«

»Er hat mir nichts gesagt.« Ich starrte Gabe finster an. Er wandte den Blick ab, sein Kiefer war angespannt.

Ich ging endlich ans Telefon, damit der Anrufer nicht wieder auflegte. »Hier ist das *Lemon Tree Café*. Kann ich Ihnen helfen?«

»Hallo, ich bin Helena aus dem *Chestnuts Cancer Hospice*. Mit wem spreche ich, bitte?«

Mein Herz schlug plötzlich hart und schnell. »Mit Rosie, Rosie Featherstone. Luisas Tochter.«

»Oh, wunderbar. Nun ja, vielleicht nicht *wunderbar* ... Ich muss Ihnen leider sagen, dass Ihre Mutter zusammen-gebrochen ist. Kein Grund zur Sorge. Oder zumindest kein Grund zu *großer* Sorge, möchte ich meinen, aber ...«

# Kapitel 39

Ich stieß scharf den Atem aus und unterdrückte die Panik, die in mir aufsteigen wollte. Helena erzählte mir, dass Mum sehr blass gewesen sei, als sie zur Arbeit erschienen war. Sie habe behauptet, es gehe ihr glänzend, nur um ein paar Minuten später in Ohnmacht zu fallen. Bei ihrem Sturz habe sie sich den Kopf an einer Tischplatte angeschlagen.

»Sie ist wieder zu sich gekommen, ist aber ziemlich benebelt«, sagte Helena. »Ich glaube nicht, dass sie ins Krankenhaus muss, aber sie gehört nach Hause und ins Bett. Ich habe versucht, Ihren Vater anzurufen, hab ihn aber nicht erreicht. Können Sie sie abholen?«

»Ich bin schon unterwegs.« Mit zitternden Händen legte ich auf.

»Rosie?« Gabe lehnte sich über den Tresen und ergriff meine Hände – sehr vorsichtig, wie mir auffiel. »Rosie, was ist passiert?«

»Ich muss los.« Ich runzelte die Stirn. »Ich muss zum *Chestnuts*-Hospiz. Es geht um meine Mum. Und Dad hat mir noch *gesagt,* dass sie sich überanstrengt …«

Ich sah mich hektisch um. Nach meinem Handy, meinem Schlüssel und … oh, das gegrillte Sandwich!

Ich rannte zum Grill, verbrannte mir die Finger und fluchte, als ich das dampfende Sandwich auf einen Teller gleiten ließ. Ich konnte mich nicht daran erinnern, wer es bestellt hatte, mein Kopf war wie leer gefegt.

»Gegrilltes Sandwich mit Champignons und Käse?«, rief ich ins Café.

Eine Frau aus der Geburtstagsgruppe kam, um es entgegenzunehmen.

Ich sagte erschrocken: »Mein Auto! Ich bin nicht mit dem Auto gekommen.«

Ich würde nach Hause laufen und es holen müssen. Es gab so wenig Parkplätze vor dem Café, ich ließ sie gern für die Gäste frei.

»Wir fahren Sie hin«, sagte Mark und hob seinen Blumenstrauß auf.

»Aber ich kann nicht einfach so weg«, sagte ich und schluckte schwer. »Ich bin heute ganz allein.«

»Sie sind die einzige Bedienung?« Marks Augen weiteten sich. Ich konnte beinahe hören, was er dachte: *So was würde bei* Garden Warehouse *nie passieren!*

»Lia ist mit dem Baby beim Arzt«, sagte ich gereizt, »Juliet ist bei einer Beerdigung, und Doreen ist im Kreißsaal.«

»Im Kreißsaal?«, fragte Gabe verwirrt.

»Das hier ist ein Familiengeschäft!«, sagte ich und blinzelte gegen die Tränen an, die mir in die Augen stiegen. »Und manchmal kommt das Leben an erster Stelle und die Arbeit eben erst an zweiter. Wir sind auch bloß Menschen!«

»Verdammte Pechvögel sind Sie, so wie sich's anhört.« Mark legte seine Blumen wieder auf den Tisch und schob seine Hemdsärmel hoch. »Zu Ihrem Glück war ich in einem früheren Leben mal Barista. Gabe kann Sie fahren, ich bleibe hier.«

»Sie wollen hierbleiben?« Ich sah ihn wachsam an. Immerhin war er die Konkurrenz. »Allein?«

Er schaute sich um. »Ja. Ich komme zurecht.«

»Sind Sie sicher, dass Sie nicht einfach alle unsere Gäste zum *Cabin Café* weiterschicken werden?« Ich legte den Kopf schief. Mark lachte und sah Gabe an, als erhoffte er sich Unterstützung. »Sie hatten recht: Sie ist tough!«

»Rosie, er will wirklich helfen«, sagte Gabe.

Ich sah von ihm zurück zu Mark. »Haben Sie kein Imperium zu errichten oder so was in der Art?«

Zwei Frauen mit Kinderwagen kamen herein und steuerten auf die Spielecke zu.

Gabe fragte: »Wie war das mit dem geschenkten Gaul?«

»Wissen Sie, Rosie, heute ist mein Hochzeitstag«, sagte Mark fröhlich. »Eigentlich habe ich frei. Weil das Leben manchmal an erster Stelle kommt.«

»Oh«, sagte ich kleinlaut. »Alles Gute zum Hochzeitstag.«

»Mark und ich hatten bloß eine Sache zu erledigen – na gut, zwei, wir wollten ja auch zu dir –, und dann hatte er vor heimzufahren«, erklärte Gabe. »Mark, sind Sie sicher, dass Sie mir Ihr Auto anvertrauen wollen?«

Mark holte seinen Autoschlüssel aus der Tasche. »Ja. Aber wenn Gegenverkehr kommt, lassen Sie die Tür zu!«

»Sehr lustig«, murmelte Gabe.

Mark trat näher zu ihm, und die beiden redeten leise miteinander. Gabe drehte sich zu mir um und gab mir zu verstehen, dass er gleich bei mir sein würde. Ich ging schon mal zur Tür.

Als ich zurückschaute, sah ich, wie Gabe Mark einen Umschlag gab. Für einen Moment konnte ich ihn ungestört betrachten. Gabe hatte schon immer zufrieden mit sich und seinem Leben ausgesehen, aber jetzt strahlte er noch etwas anderes aus. Als wäre er angekommen. Und ich freute mich für ihn. Wirklich. Nach dem, was er in den letzten Jahren durchgemacht hatte, verdiente er es, einen Job zu haben, der ihn glücklich machte.

Vielleicht war es wirklich an der Zeit, das Kriegsbeil zu begraben. Wer wusste schon, wie lange Gabe sich noch um meine Freundschaft bemühen würde? Leicht hatte ich es ihm bisher ja weiß Gott nicht gemacht. Dabei hätte ich es ihm auch nicht verziehen, wenn er wegen mir einen Job aufgegeben hätte, den er so dringend brauchte. Insgeheim bewunderte ich ihn dafür, dass er zu seinen Überzeugungen stand.

Außerdem ... wenn ich Candy für das vergeben konnte, was Callum mir angetan hatte, dann konnte ich Gabe doch auch wohl seinen Job verzeihen.

Das war definitiv ein Gedanke, den ich weiter verfolgen wollte, aber jetzt gerade machte mich die Sorge um Mum ganz kribbelig. »Gabe, können wir *bitte* aufbrechen?«

Mark und Gabe wechselten einen Blick, und Letzterer salutierte grinsend. »Ich komme, Boss!«

Fünf Minuten später saßen wir in Marks noblem Wagen. Ich rutschte auf dem Ledersitz herum, während ich Dad und Lia schrieb, damit sie wussten, was los war. Lia bat ich, so bald wie möglich ins Café zu kommen und den Pizzaofen anzuwerfen.

»Mum hört auf niemanden«, sagte ich zu Gabe. »Sie

denkt, dass sie unbesiegbar ist. Nie lässt sie sich helfen! Sie muss die ganze Verantwortung übernehmen. Und sie sieht nicht ein, dass das Leben viel leichter sein könnte, wenn sie andere mit anpacken ließe!«

»Hm«, machte Gabe unverbindlich. »Lustig. Ich kenne eine Frau, die ist genauso.«

»Es geht aber um die richtige *Art* von Hilfe«, sagte ich gereizt. Aber ich wollte nicht mit ihm streiten, daher fügte ich hinzu: »Außerdem nehme ich deine Hilfe gerade an, oder nicht?«

Und nicht zum ersten Mal. Genau genommen kutschierte Gabe mich jetzt schon zum dritten Mal wegen irgendeines Notfalls durch die Gegend. Eilig fügte ich hinzu: »Und ich bin dir sehr dankbar!«

»Wenn auch widerwillig«, sagte er grinsend. »Aber immerhin. Und was den Pizzaofen angeht ...«

Gabes Handy klingelte, und er bat mich, für ihn ranzugehen. Es war Mark, der sagte, dass wir das Radio anmachen sollten.

*»Und nun schalten wir zu unserem Nachrichtenstudio in London für die Nachrichten aus dem Inland.*
*Das Großunternehmen Garden Warehouse hat diese Woche der kränkelnden Einzelhändlerkette Home Stores eine Rettungsleine zugeworfen. Nicht nur sollen alle Filialen bestehen bleiben, auch die Mitarbeiter können zum größten Teil gehalten werden. Damit schützt der Gartenfachmarkt-Riese über dreihundert Stellen in den Midlands.*
*Gabriel Green, Leiter der Rechtsabteilung von Garden Warehouse, spricht von Plänen, der Einzelhandelskette dabei zu helfen, innerhalb des nächsten Jahres aus den roten*

*Zahlen herauszukommen. Unser Reporter hat heute Mor-*
*gen in unserem Midland-Studio mit Mr. Green gesprochen.«*

Und dann drang Gabes Stimme aus den Lautsprechern:

*»Uns ist bewusst, dass die Stärke eines Unternehmens seine*
*Mitarbeiter und Mitarbeiterinnen sind. Hinter jedem Men-*
*schen verbirgt sich eine Geschichte: Er oder sie hat Familie,*
*vielleicht kleine Kinder, Hypotheken abzuzahlen, Verpflich-*
*tungen. Das respektieren wir. Es ist unser erklärtes Ziel,*
*dass sowohl Home-Stores-Angestellte als auch Kunden von*
*der Aufnahme des Unternehmens in die Garden-*
*Warehouse-Familie profitieren werden. Natürlich werden*
*wir nach Wegen suchen, die Geschäftsfähigkeit zu verbes-*
*sern – aber nicht auf Kosten unserer Mitarbeiter und Mit-*
*arbeiterinnen!«*

Ich spürte, wie mir die Hitze ins Gesicht stieg. Gabe hatte
im Grunde dasselbe gesagt wie ich gerade eben im Café.
Ich konnte nicht fassen, dass *Garden Warehouse* dieselbe
Unternehmensphilosophie hatte wie das *Lemon Tree Café!*
Das warf kein besonders gutes Licht auf mich und meinen
Auftritt.

Gabe machte das Radio aus und stöhnte. »Himmel. Ich
höre mich an wie ein Vollidiot.«

»Du machst Witze!« Ich starrte ihn ungläubig an. »Du
warst genial, Gabe! Wirklich. Und was du über Familien
gesagt hast, war wirklich toll.«

»Danke.« Er sah mich nicht an, sondern konzentrierte
sich auf die Straße, als das Navi uns mitteilte, dass wir an
der nächsten Kreuzung links fahren mussten.

»Vielleicht war es ein bisschen vorschnell von mir, *Garden Warehouse* zu verurteilen«, sagte ich leise. »Alle anderen im Dorf scheinen nichts mehr gegen die Filiale zu haben ... Du arbeitest gern dort, oder?«

Er runzelte die Stirn. »Ja. Aber es ist schwieriger, als ich dachte – mit Noah, meine ich. Jetzt ist er gerade mal fünf Minuten in der Schule und hat schon eine Woche frei. Zum Glück hat Verity angeboten, dass er die Ferien bei ihr verbringt ... Aber es wird auch in Zukunft nicht einfacher werden.«

»Ich helfe, wann immer es geht«, bot ich an. »Immerhin bin ich jetzt offiziell autorisiert.«

»Danke, Rosie.« Er lächelte, wurde aber sofort wieder ernst. »Die Sache ist die: Mark möchte mich wirklich dringend in der Hauptniederlassung haben.«

»Wann denn?«, fragte ich und griff nach meinem Handy. »Ich kann mich um Noah kümmern! Ich trag's mir gleich in den Kalender ein.«

»Ich denke, es geht eher um etwas ...« Er zögerte und machte ein unbehagliches Gesicht. »Um etwas Regelmäßiges.«

»Das macht doch nichts!«, sagte ich fröhlich. »Habe ich dir erzählt, dass Lia und ich unsere Nachmittage im Café verbracht haben, als wir Kinder waren? Nach der Schule sind wir direkt dorthin gegangen, Noah könnte das genauso machen. Oh, warte kurz!«

Ich hatte eine Nachricht. Ich öffnete sie rasch, weil ich hoffte, dass sie von Lia kam. Aber sie war von Gina.

War mit den Kindern die Enten füttern und bin über das hier gestolpert! Wo will er denn hin?

Was um Himmels willen meinte sie damit? Ich starrte noch auf die Nachricht, als eine zweite von ihr eintraf: ein Foto, das eine Frau in einem Overall neben einem Hausboot zeigte. Als ich näher heranzoomte, erkannte ich, dass es die *Neptun* war. Die Frau im Overall nagelte ein Schild daran fest, auf dem »ZU VERKAUFEN« stand.

Mir sank das Herz.

Das war es, was Gabe mir sagen wollte? Dass er das Boot verkaufte und aus Barnaby wegzog?

Ich schaute zu ihm hinüber. Er war auf die Straße konzentriert. Ich wollte nicht, dass er aus meinem Leben verschwand ... Aber was hielt ihn schon in Barnaby?

*Bestimmt nicht die Frau, die ihm nur das Leben schwer macht.*

Wir bogen in eine schmale Straße ein, die von hohen Bäumen gesäumt wurde. Ich sah dem Schattenspiel auf Gabes Gesicht zu. Leise fragte ich: »Also macht er dir Spaß, dein neuer Job? Du hast deinen Platz gefunden?«

»Mark ist ein guter Chef. Ich hab schon so lange nicht mehr praktiziert ... Trotzdem hört er sich meine Vorschläge an, und das bedeutet mir viel. Es ist schön, von jemandem geschätzt zu werden.«

Wir hielten an einer Ampel. Gabes Hand lag auf dem Schaltknüppel. Ich nahm meinen Mut zusammen und legte meine Hand auf seine.

»Ich schätze dich auch. Manchmal ist es schwierig mit uns, das weiß ich ... Aber wir sind trotzdem Freunde, oder?«

Er sah mich kurz an. Die Ampel sprang auf Grün, und er schob den Schaltknüppel nach vorn, um den Gang zu wechseln, und streifte dabei meine Hand ab. »Ich dachte,

eine Freundschaft zwischen uns ist ein Ding der Unmög-
lichkeit?«

»Das war dumm von mir«, sagte ich und schaute aus
dem Fenster, um zu verbergen, wie verlegen ich war. »Im
Eifer des Gefechts ... Du weißt doch, wie ich bin.«

»Weiß ich das?«

»Na ja, ich ...« Die Worte erstarben mir auf der Zunge.
Mein Herz flatterte. Schatten glitten über mein Fenster,
und ich konnte Gabes Gesicht in der Scheibe sehen. Alles
wollte ich mir einprägen: seine Augen, den Schwung seiner Wange, seine dichten Locken.

Aber Gabe war viel mehr als nur ein schöner Mann. Er
war besonnen, fleißig und ambitioniert und hatte einen
starken Familiensinn. Er war furchtlos: Obwohl er eine
Frau geliebt und verloren hatte, war er bereit, das Wagnis
wieder einzugehen.

Er war ein guter Mensch.

Obwohl mich die Erkenntnis wie ein Blitz traf, begriff
ich, dass ich im tiefsten Innern längst davon überzeugt gewesen war. Das war es, was meine innere Stimme mir hatte
sagen wollen, deshalb fand ich Gabe so anziehend. Instink-
tiv spürte ich, dass mein Herz in seinen Händen sicher war.

Oder gewesen wäre.

Denn in meiner ungeheuren Blödheit hatte ich weder
auf mein Gefühl noch auf Nonnas Rat gehört.

Wir kamen am Secondhand-Shop des *Chestnuts*-Hospi-
zes vorbei. Die Fassaden der Häuser hier waren alle grau
und trostlos. Zu unserer Linken erschien ein Wegweiser
zum Hospiz.

Gabe setzte den Blinker. »Rosie, als ich gesagt habe, dass
Mark mich in der Hauptniederlassung haben möchte,

meinte ich, dass ihm ein dauerhaftes Arrangement vorschwebt. Er möchte mich im Vorstand haben.«

»Oh, klar. Herzlichen Glückwunsch.« Ich wusste nicht, was ich sonst noch sagen sollte. Natürlich würde ich ihm nicht im Weg stehen. Aber der Gedanke, dass er und Noah fortgehen würden, sorgte dafür, dass sich meine Nackenmuskulatur schmerzhaft verkrampfte.

Gabe bog auf den Parkplatz des Hospizes ein und drehte auf der Suche nach einer Parklücke eine Runde.

Eine Frau um die fünfzig mit schulterlangem blondem Haar und einer großen Brille erschien auf der Treppe vor dem Eingang des Hospizes und winkte uns mit beiden Armen.

»Das ist dann wohl Helena«, sagte ich.

Das *Chestnuts Cancer Hospice* war ein großes Gebäude, das aus klobigen roten Steinen erbaut worden war. Früher einmal musste es eine schöne und elegante Residenz gewesen sein, und obwohl es ein bisschen heruntergekommen wirkte, war es immer noch schön. Es stand ein bisschen zurückgesetzt von der verkehrsreichen Straße, mit einem großen Parkplatz davor. Ich entdeckte Mums Auto ganz am Ende der Reihe; es stand zwischen einem Kleinbus und der stacheligen Begrenzungshecke eingezwängt. Gabe fand einen Parkplatz näher am Eingang.

»Rosie?« Die Frau kam die Stufen herunter auf uns zu, die Hand schon ausgestreckt. »Ihre Mutter versteht was vom Bluten: Bloß eine winzige Wunde am Hinterkopf, und trotzdem hat sie es geschafft, den Teppich zu ruinieren!«

Ich stieg aus, ergriff Helenas Hand und schüttelte sie. »Das tut mir leid«, sagte ich und stellte ihr Gabe vor, der ihr freundlich zunickte.

Sie ließ beifällig ihren Blick über ihn wandern. »Sind Sie Marathonläufer? Triathlet?«

Er schüttelte den Kopf.

»Schade.« Sie drehte sich um und marschierte wieder auf das Hospiz zu. Ihr Tweedrock schwang um ihre Beine. »Wir sind immer auf der Suche nach fitten Freiwilligen, die bereit sind, Spendenläufe mitzumachen. Kommen Sie!«

Helena führte uns so zackig an der Rezeption vorbei, dass ich kaum Zeit hatte, der jungen Frau hinter dem Empfangstresen zuzulächeln. Sie trug ein Kopftuch und hatte sorgfältig aufgemalte Bögen anstelle von Augenbrauen. Der Empfangsraum roch nach Bienenwachs, altem Holz und Freesien – ich erspähte einen kleinen Strauß auf einem Tisch in einer Ecke. Dann waren wir auch schon vorbei.

Helena wechselte abrupt die Richtung und tauchte durch eine Türöffnung.

In einem dämmrigen Büro saß Mum zusammengesunken an einem von zwei Schreibtischen. Sie hielt sich einen blutigen Waschlappen gegen den Hinterkopf. Auf dem Schreibtisch stand ein Glas Wasser, zu ihren Füßen ein Eimer.

»Süße!« Sie richtete sich zu rasch auf, verzog das Gesicht und blinzelte. »Du hättest nicht extra herkommen müssen. Ich muss mich nur einen Moment ausruhen, dann geht es mir wieder besser! Ich bin bloß müde, das ist alles.« Sagte sie – und übergab sich dann prompt in den Eimer.

Helena blähte die Nasenflügel und stapfte dann zum Fenster hinüber, um es weit zu öffnen. Ich gab Mum das Wasserglas und strich ihr über die Haare. Gabe zog ein Taschentuch hervor und hielt es ihr hin.

»Mum, das muss ein Ende haben. Hör wenigstens auf deinen Körper, wenn schon nicht auf uns!«

Sie nickte schwach und ergriff meine Hand. »Du hast ja recht. Ich werde hier eine kleine Pause einlegen müssen, bis ich wieder bei Kräften bin. Es tut mir leid, Helena …«

Helena zog einen Flunsch. Sie deutete auf eine Kammer, die vom Büro abging. Die Tür stand ein Stück weit auf. Durch den Spalt konnte ich Regale voller gefalteter Kleider sehen. »Und ich dachte, Sie würden sich um diese Designersachen kümmern?«

Mum seufzte. »Ich schätze, das kann ich noch erledigen, bevor …«

»Nein«, ertönte eine männliche Stimme hinter uns. »Das wird jemand anders machen müssen.«

Dad stand im Türrahmen. Mit wenigen Schritten durchquerte er das Büro, zwinkerte mir zu – und dann zog er Mum vom Stuhl hoch und in seine Arme, beugte sie ein bisschen zurück und küsste sie leidenschaftlich.

*Wenn das kein Zeichen wahrer Liebe ist,* dachte ich und schob den Eimer mit dem Fuß aus dem Weg, *dann weiß ich auch nicht.*

»Oh!«, piepste Mum.

»Ich bin hier, um dich zu entführen«, erklärte Dad. »Ich liebe dich, Luisa: Du bist selbstlos und freundlich und immer die Erste, die anderen helfen will. Aber genug ist genug. Jetzt bin ich an der Reihe, mich um dich zu kümmern!«

Wir traten alle einen Schritt zurück, als er Mum aufhob und mit ihr in den Armen ein wenig schwankend auf die Tür zuging.

»Oh, Alec!«, sagte Mum atemlos. »Wie virtuos!«

Er lehnte sich mit einer Schulter gegen den Türrahmen und sagte etwas gepresst: »Allerdings, ähm ... mein Rücken ... Ist es in Ordnung, wenn ich dich absetze, Liebste?«

Gabe und ich grinsten uns an. Ich drehte mich zu Helena um, die betrübt in den Abstellraum starrte.

»Ach, Mist«, sagte sie. »Luisa hat *versprochen,* dass sie mir mit dem Kram hilft!«

Ich sagte: »Wenn Sie die Sachen noch ein paar Wochen aufbewahren können, helfe *ich* Ihnen.«

Gabe langte an Helena vorbei durch die Tür, zog am Ärmel eines dunkelgrauen Anzugs und pfiff durch die Zähne. »Paul Smith!«

Helena betrachtete mich über den Rand ihrer großen Brillengläser hinweg. »Bieten Sie sich als Ehrenamtliche an?« Sie wieselte zu einem der beiden Schreibtische hinüber und hob ein Klemmbrett auf. »Ihr Vorname ist Rosie, richtig?«

Bei Helena musste man wohl klare Grenzen setzen.

»Ja, aber nur ein einziges Mal«, sagte ich daher bestimmt. »Ich mache eine Social-Media-Kampagne für Sie ... Aber zuerst muss ich sehen, ob das Model mitmacht, das ich im Sinn habe.«

»Okay«, seufzte sie. »Arme Leute können nicht wählerisch sein. Jede Hilfe ist willkommen. Ich danke Ihnen.« Dann wandte sie ihre Aufmerksamkeit Gabe zu, der in die Anzugsjacke geschlüpft war. Sie stand ihm gut.

»Sie können gern auch die Hose anprobieren. Da drin, wenn Sie wollen. Ich mache die Tür zu, dann haben Sie Privatsphäre.«

Gabe sah mich an. »Macht es dir etwas aus? Ich brauche nicht lange.«

Ich schüttelte den Kopf. »Nur zu. Ich rufe rasch im Café an.«

Das Telefon im Café klingelte und klingelte, ehe schließlich der Anrufbeantworter ansprang. *Das ist ein gutes Zeichen,* sagte ich mir: *Vielleicht brummt der Laden!* Es war sehr unwahrscheinlich, dass Mark die Nase voll davon gehabt hatte, auf uns zu warten, und sich mit den Tageseinnahmen davongemacht hatte. In meiner Eile und Panik hatte ich vorhin vergessen, die Gäste abzukassieren; die Barschaft des Cafés belief sich im Augenblick auf vier Pfund neunundvierzig.

Gabe kam aus dem Abstellraum. »Was denkst du?«, fragte er mich und drehte sich ein wenig verschämt im Kreis.

»Als wäre er nach Maß gefertigt worden«, schnurrte Helena.

»Er steht dir sehr gut«, sagte ich. Bei seinem Anblick wurde mein Mund trocken. Ich hätte nichts dagegen, Gabe auch mal ohne Anzug bewundern zu dürfen.

»Ihnen gebe ich den Anzug für fünfzig Pfund!«, sagte Helena.

Gabe zog eine Grimasse. »Nehmen Sie einen Schuldschein? Ich habe gerade kein Bargeld dabei.«

Sie schniefte. »Ich fürchte, nein. Ich habe wirklich keine Zeit, Schuldnern hinterherzurennen.«

Ich musste den Kloß herunterschlucken, der in meiner Kehle steckte, ehe ich sagen konnte: »Ich kaufe ihn dir. Als Abschiedsgeschenk.«

Er sah mich an. Dann nickte er, und ich brachte irgendwie ein Lächeln zustande.

»Danke«, sagte er schlicht. Er zog sich im Abstellraum

noch einmal um und kam mit dem Anzug über dem Arm zurück.

Ich gab Helena das Geld und versprach, mich bald bei ihr zu melden.

»Ich fahre dich zurück in dein Café, Rosie«, sagte Gabe. »Mark und ich können unser Meeting beenden, und dann hast du deine Ruhe vor uns.«

»Wunderbar«, sagte ich und gab mir größte Mühe, enthusiastisch zu klingen.

# Kapitel 40

Aus dem Café drang ein unverkennbares Quietschen. »Das *gibt's* doch nicht!«

Gabe und ich gingen zusammen auf die Tür zu. »Lia ist also schon da«, meinte ich.

»Und es sieht nicht so aus, als hätte Mark deine Gäste ins *Cabin Café* geschickt«, sagte Gabe und grinste.

Ganz im Gegenteil. Das Café summte wie ein Bienenstock. Ein paar Gäste trotzten sogar dem kühlen Wind und hatten sich draußen hingesetzt. Gelächter und das Klappern von Geschirr waren durch die offene Tür zu hören.

»Unsere Gäste wissen, was gut für sie ist«, sagte ich zuckersüß.

Gabe lachte.

Mark sah uns zuerst. »Schnell!«, sagte er zu Lia. »Machen Sie ein leidendes Gesicht – Ihre Schwester ist da!«

Er sah nicht mehr ganz so gepflegt aus wie vorhin: Auf seiner Stirn glänzte Schweiß, in seinem lockigen grauen Haar hing überraschend viel Mehl, und seinen Hosenboden zierte ein großer Fleck Tomatensoße. Hinter dem Tresen sah es aus, als hätte dort eine Essensschlacht getobt, und Mark und Lia kicherten und tanzten zu den Liedern im Radio, das viel lauter gedreht war als sonst (kein Wunder, dass sie das Telefon nicht gehört hatten). Sie schienen sich prächtig zu amüsieren.

»O ja!« Sie schüttelte sich die Haare aus dem geröteten Gesicht und zog die Mundwinkel herunter. »Die Zeit mit Mark war *schrecklich*. Wie geht's Mum?«

»Sie wird wieder«, sagte ich und griff nach meiner Schürze, die an der Küchentür hing. Es gefiel mir nicht, dass mir die Rolle der Spaßbremse zugeteilt worden war. »Sie ist von einem starken und gut aussehenden Helden entführt worden. Zusammen sind sie in den Sonnenuntergang geritten. Wie war's beim Arzt?«

»Es gab ein großes Geschrei.« Lia spähte in den Pizzaofen. »Und das kam von mir ...«

»Armes Mädchen«, sagte ich und lächelte.

Sie richtete sich auf und rieb sich die müden Augen. »Er hat's gut überstanden. Es sind seine Zähne, die ihn quälen. Seine Backen sind so feuerrot wie ... wie Marks! Alle vier – er hat nämlich auch noch einen schrecklichen Windelausschlag. Aber, hey, Schlaf ist eh was für Warmduscher.«

»Versuch's mal mit zerstoßenem Eis«, sagte Gabe. »In ein sauberes Tuch gewickelt – zum Drannuckeln, nicht um es ihm auf die Wangen zu legen. Noah mochte das.«

Lia sah nachdenklich aus. »Das versuche ich gerne. Danke, Gabe!«

»Das wäre auch was für mich.« Mark hielt sich die kalte Dose Sprühsahne gegen die Stirn und seufzte. »Aber um das fürs Protokoll festzuhalten: Nur zwei meiner Backen sind rot.«

»Das denken *Sie*.« Lia versetzte ihm einen Rippenstoß. »Haben Sie Ihre Hose mal von hinten gesehen?«

Zu ihrer hellen Freude verdrehte Mark den Hals, um an seiner Kehrseite herunterzusehen, und stöhnte.

Gabe räusperte sich. »Mark, haben Sie schon ...«

»Nein.« Marks Gesicht nahm einen ernsten Ausdruck an. Er schaute Lia an, dann mich. »Können wir vier uns kurz unterhalten, wenn die Pizza aus dem Ofen ist?«

Ich machte den Mund auf, um zu sagen, dass mindestens eine Person am Tresen bleiben müsste (wie eine wahre Spaßbremse), aber zu meinem Glück kam in diesem Moment Doreen herein. Sie war noch immer den Freudentränen nahe, als sie uns erzählte, dass Kind und Mutter wohlauf waren. Dann übernahm sie das Regime hinterm Tresen und scheuchte uns davon.

Fünf Minuten später saßen wir zu viert im Wintergarten und tranken Cappuccino. Lia und ich hörten sehr genau zu, während Mark und Gabe uns ihren Pizza-Plan darlegten. Zu sagen, ich hätte mich geirrt, wäre die Untertreibung des Jahrhunderts gewesen.

Ihr Vorschlag war, dass wir das *Cabin Café* übernahmen.

»Dann hätten wir also *zwei* Cafés?«, fragte Lia ungläubig. Sie sah mich an. Langsam breitete sich ein Grinsen auf ihrem Gesicht aus.

»Genau«, sagte Gabe. »Wir schlagen für den Anfang eine Pachtzeit von einem Jahr vor. Außerdem würden wir in die Küche investieren.«

»Ich nehme an, du meinst damit den Pizzaofen, von dem ich schon so viel gehört habe«, sagte ich.

Er nickte. »Ich habe erst gestern Abend erfahren, wie groß unser Budget ist ... Ich wollte genau wissen, was wir euch anbieten können, ehe wir uns mit euch beiden zusammensetzen. Was denkt ihr?«

Nie hätte ich das erwartet, nicht in einer Million Jahren. Lia und ich kämpften noch darum, unser eigenes Café in den Griff zu bekommen … Und jetzt könnten wir zwei haben? Der Gedanke mochte ein wenig einschüchternd sein, aber es war eine fantastische Gelegenheit.

»Ich bin … ähm … sprachlos«, stammelte ich.

Lia lachte. »Das gab's noch nie!«

Gabe kratzte sich am Kinn. Ich hatte den Eindruck, er müsse sich zusammenreißen, um nicht mitzulachen.

»Wir haben sonst nur Filialen in der Stadt«, erklärte Mark. »Unser Angebot, unsere Einrichtung und unsere Philosophie sind auf ein städtisches Publikum zugeschnitten. Hier funktioniert unser Konzept nicht. Meine Frau hat mich gefragt, ob wir nicht mal eine Filiale an einem *schönen* Ort haben könnten, und als Fearnleys Gärtnerei auf den Markt kam, habe ich sie gekauft, ohne vorher ordentlich zu recherchieren. Verstehen Sie mich nicht falsch: Die Filiale läuft gut! Es geht nur um das Café … Wir sind keine Konkurrenz für Sie.«

»Das liegt daran, dass das *Lemon Tree Café* ein Ausflugscafé ist«, sagte ich und dachte an Jamie. »Die Leute kommen extra her, um bei uns zu essen.«

»Das sehen wir auch so«, sagte Gabe. »Deshalb sind wir auf die Idee gekommen, einen zweiten Pizzaofen im *Cabin Café* aufzustellen. Das würde eure Kapazität verdoppeln. Außerdem könntet ihr Leute einstellen, die lieber in der Spätschicht arbeiten – *Garden Warehouse* hat ja bis neun Uhr abends geöffnet.«

»Und Sie hätten mehr Flexibilität«, fügte Mark hinzu. »Für wenn das Leben mal an erster Stelle kommen muss und Sie gerade niemanden haben, der einspringen kann.«

»Das könnte allerdings nützlich sein«, räumte ich ein.

»Pizza zum Mitnehmen!«, rief Lia. »Wir könnten im *Cabin Café* Pizza zum Mitnehmen anbieten … Da können die Leute besser parken. Habe ich Ihnen die Pizzaschachteln gezeigt, die ich gefunden habe, Mark?«

Die beiden begannen, die Vor- und Nachteile von bedruckten und unbedruckten Pizzaschachteln zu diskutieren.

Ich sah Gabe an. »Das war dein Plan«, sagte ich leise, »die ganze Zeit schon. Du hattest nicht vor, unser Geschäftskonzept zu stehlen.«

Gabe lächelte schwach und schüttelte den Kopf. »Ich dachte, du würdest mich besser kennen.«

»Es tut mir so leid, Gabe.«

Lia griff unter dem Tisch nach meiner Hand und drückte sie. »Ich bin so aufgeregt!«

»Sie finden alle Details in den Dokumenten«, sagte Mark und legte einen dicken weißen Umschlag auf den Tisch. »Unser Angebot – oder besser: Gabes Angebot! Es war seine Idee. Jetzt lassen wir Sie erst mal darüber nachdenken …« Er sah auf die Uhr. »Wenn es Ihnen nichts ausmacht, verabschiede ich mich, sonst habe ich bald keine Frau mehr, mit der ich meinen Hochzeitstag feiern könnte!«

Wir standen auf und schüttelten uns die Hände. Ich dankte Mark noch einmal dafür, dass er am Morgen den Retter in der Not gespielt hatte. Er holte seinen Blumenstrauß aus Nonnas Gießkanne im Hinterhof und bat Gabe, ihn zum Zug zu fahren: Dann könnte Gabe das Auto übers Wochenende behalten.

Ich hielt Gabe am Ärmel fest, ehe er gehen konnte.

»Können wir uns treffen? Bevor du Noah von der Schule abholst?«

Er nickte. Sein Handy klingelte, und ich erhaschte einen Blick auf das Display: Der Anruf kam von *Haywood Boat Sales*. Das musste die Firma sein, die für ihn die *Neptun* verkaufen sollte.

»Entschuldigen Sie mich einen Augenblick, Mark«, sagte er. Er ging nach draußen und wanderte auf dem Bürgersteig vor dem Café auf und ab, während er telefonierte.

Mark folgte meinem Blick. »Der Bursche ist der beste Mitarbeiter, den ich je eingestellt habe. Ist erst eine Woche dabei und hat mein Leben schon ungemein bereichert! Ich hoffe bloß, dass er die richtige Entscheidung trifft und dem Vorstand beitritt.«

Gabe kam wieder nach drinnen. Er sah überrascht aus.

»Gute Nachrichten?«, fragte ich. Die Anstrengung, meine Stimme unbekümmert klingen zu lassen, brachte mich beinahe um.

Er lächelte verblüfft. »Ich glaube schon.«

»Großartig!«, sagte Mark. »Scheint ja so, als würde sich alles bestens zusammenfügen.«

Die beiden machten sich gemeinsam auf den Weg zu Marks Wagen. Als Gabe sich umdrehte, um mir zum Abschied zuzuwinken, hatte ich das schreckliche Gefühl, dass in Wahrheit alles auseinanderfiel.

Zur Mittagessenszeit hatten Lia und Doreen genug von mir. Ich konnte mich nicht konzentrieren: Entweder ich vergaß Bestellungen ganz oder ich brachte sie vollkommen durcheinander. Außerdem hatte ich offenbar die Fähigkeit verloren, Wechselgeld richtig herauszugeben, und bewegte mich wie in Trance. Schließlich packte Doreen mich an den Schultern, drehte mich zur Tür und befahl mir, ein bisschen an die frische Luft zu gehen.

Also wanderte ich ziellos auf dem Dorfanger herum. Gabes Worte hallten in meinem Kopf wider: »*Ich dachte, du würdest mich besser kennen.*«

Das hatte ich auch gedacht. Aber jetzt war ich mir nicht mehr sicher. Ich brauchte Rat. Und es gab eine Person, die Gabe besser kannte als irgendjemand sonst.

Ich setzte mich auf eine Bank und wählte ihre Nummer.

»Verity, ich brauche deine Hilfe!«, sagte ich verzweifelt, sobald ich sie am Telefon hatte.

Sie lachte, und ich hörte einen Stuhl knarren. »In Ordnung«, sagte sie dann, »ich sitze bequem, du kannst loslegen! Geht es wieder um die Kaffeemaschine? Wenn ja, muss ich dir sagen, dass es wahrscheinlich an der Zeit ist, Abschied zu …«

Ich schöpfte Atem und unterbrach sie: »Ich hab mich verliebt.«

»Oh!«, seufzte Verity. »Ich freu mich so für dich!«

»In Gabe.«

Wir schwiegen beide. Die Sekunden verstrichen. Als ich es nicht mehr aushalten konnte, fragte ich: »Verity, findest du das schrecklich?«

Zuerst verstand ich sie nicht, da ihre Antwort mehr aus lautem Kreischen als aus Worten zu bestehen schien. Doch dann gelang es mir, »Nein!« und »glücklich« auszumachen. Und nachdem sie sich geräuspert und sich die Nase geputzt hatte, brachte sie auch endlich wieder vollständige Sätze zustande. »Ich weiß gar nicht, warum ich jetzt heulen muss. Aber das ist eine so große Sache, du weißt schon, nach Mimi… Rosie, das sind wunderbare Neuigkeiten! Die besten! Ich hätte es mir nicht schöner ausmalen können. Und, oh…« Sie seufzte wieder. »Ich kann mir keine Frau vorstellen, die besser für Gabe und Noah sein könnte!«

Vor Erleichterung war mir ein bisschen schwindlig. »Ich war nicht sicher, was du denken würdest. Ich weiß, ich habe diesen Ruf, Männer zu lieben und zu verlassen… Oder vielleicht eher, sie zu *mögen* und zu verlassen. Aber mit Gabe ist alles anders.«

Sie lachte ein bisschen kieksig. »Natürlich ist es anders! Du, meine liebste Freundin, hast auf den richtigen Mann gewartet. Das ist alles.«

»Glaubst du?«

»Ja! Oh, ich kann es gar nicht *fassen!*«

»Es ist bloß so… Ich glaube nicht, dass *er* in *mich* verliebt ist.«

»Rosie, er redet ständig von dir«, sagte Verity. »Er ist total vernarrt in dich! Ich wollte dir eigentlich was sagen, aber es klang so, als hätte er alles unter Kontrolle, und da dachte ich, ich halt mich lieber raus und lass ihn machen. Vor allem, weil ich doch mit euch beiden befreundet bin.«

»Er erzählt dir von mir?« Das hob meine Stimmung für einen Augenblick. Doch dann erinnerte ich mich an den Anruf des Bootsverkäufers. Ich stöhnte. »Das Problem ist«, sagte ich, »dass wir nicht immer… ähm, einer Meinung sind.«

»Ihr streitet euch?«

»Andauernd!«

Da lachte sie. »Ich kenne euch beide, und ich sage dir: Das ist gut. Er ist ein Mann mit einer Vergangenheit, Rosie, und er braucht eine selbstbewusste Frau, die damit umgehen kann. Und dasselbe gilt andersherum: Du würdest dich schrecklich langweilen mit einem Mann, der nicht weiß, was er will!«

»Das stimmt«, sagte ich reumütig. »Ich wünschte, ich hätte früher mit dir darüber gesprochen. Ich fürchte, jetzt ist es zu spät.«

»Warum?«

»Ich habe heute erfahren, dass er in der Hauptniederlassung seines Unternehmens arbeiten soll. Das ist irgendwo im Norden. Und ich glaube, Gabe hat die *Neptun* schon verkauft. Er hat vor wegzuziehen, Verity. Das bedeutet, dass er nicht dasselbe für mich empfindet wie ich für ihn. Noah wird auf eine andere Schule gehen müssen und …«

»Rosie, das kannst du nicht zulassen!«, rief Verity. »Noah hat sich doch gerade erst in Barnaby eingewöhnt. Du musst die Sache in die Hand nehmen!«

»Aber woher soll ich wissen, ob er das überhaupt möchte?«

»Wir reden hier von einem Mann, der die letzten drei Jahre alleine war. Und mit Mimi ist er mit sechzehn zusammengekommen! Er hat *null* Erfahrung, was Frauen angeht und wie man ihnen zeigt, dass man interessiert ist. Ehrlich gesagt glaube ich, dass er Mimi auf sich aufmerksam gemacht hat, indem er ihr Froschlaich in die Haare geworfen hat.«

»Bäh!«

»Genau das meine ich.«

»Langsam wird mir klar, warum wir solche Schwierigkeiten haben, miteinander zu reden. Er kriegt den Mund nicht auf, und ich bin überzeugt davon, dass er mir am

Ende doch in den Rücken fallen wird. Könnte an der Geschichte mit Callum liegen, wenn ich so drüber nachdenke.«

»Hm. Ich hatte immer den Eindruck, dass es da was gibt, das du mir nicht erzählt hast.«

Mein Herz klopfte wild. »Aber du hast mich nie gedrängt, darüber zu reden.«

»Jeder Mensch hat Geheimnisse, Rosie«, sagte sie düster.

»Oh?«

»Aber wir waren bei Callum! Was ist da vorgefallen?«

Also gab ich ihr die Kurzfassung. Als ich bei der Nacht in London angelangt war, fluchte sie und nannte Callum einen Dreckskerl. Aber dann, während ich ihr den Rest erzählte, schnappte sie nur noch nach Luft, bis ich fürchtete, dass sie hyperventilieren würde.

»Dann ist er jetzt eine Sie?«

»Ja.«

»Verdammter Mist. Ich fühle mich wie eine schreckliche Freundin, dass ich nichts von alldem gewusst habe.«

»Ich hab es gut versteckt«, sagte ich forsch. »Aber jetzt sag mir, was ich wegen Gabe unternehmen soll!«

Sie seufzte. »Entweder du wartest, bis er Froschlaich findet, den er nach dir werfen kann, oder du lässt ihn wissen, was du für ihn empfindest.«

Ich biss mir auf die Unterlippe. »Soll ich ihm das einfach *sagen*?«

Verity schnaubte. »Ja. Ich wäre heute noch Single, wenn *ich* nicht auf *Tom* zugegangen wäre.«

»Okay, na gut. Aber wie gehe ich vor?«

»Lass dein Herz sprechen.«

»Okay.« Ich kämpfte meine Angst nieder. Ich hatte nur noch diese eine Chance! »Das mache ich.«

Ich stand auf, um ins Café zurückzugehen, und sah, wie Gabe in Marks Wagen vor Kens Einkaufsladen hielt.

»Erzähl mir später alles!«

»Du wirst nicht lange warten müssen«, sagte ich mit wackliger Stimme. »Er ist jetzt hier. Drück mir die Daumen!«

Damit legte ich auf und ließ mein Handy in meine Schürzentasche gleiten. Dann setzte ich mich in Bewegung.

*Denk nicht zu viel nach!,* befahl ich mir. *Sag ihm einfach die Wahrheit.*

Wenn Gabes und mein Leben ein Film gewesen wäre, hätte er mich gesehen und wäre mit weit ausgebreiteten Armen auf mich zugelaufen. Ich wäre auch losgerannt, er hätte mich aufgefangen und herumgeschwungen (und dabei nicht heimlich gedacht, dass ich schwerer war, als ich aussah). Leider waren wir in Barnaby und nicht in einem Film, und statt mir entgegenzustürmen, verschwand Gabe in Kens Laden. Ich änderte hastig meine Laufrichtung und steuerte auf ein Büschel Hyazinthen zu. Ich bückte mich, als hätte ich die ganze Zeit schon vorgehabt, Blumen zu pflücken.

Ich hatte ein halbes Dutzend in der Hand (die, zugegeben, schon ziemlich welk waren), als Gabe wieder aus dem Laden kam. Offenbar hatte er eine Flasche Champagner gekauft, die er in Marks Auto verstaute. Dann zog er seine Jacke aus und hängte sie über den Rücksitz. Wollte er wieder wegfahren? Es sah so aus!

Ich hastete los und ließ dabei die Blumen fallen, aber obwohl ich beide Arme durch die Luft schwenkte und seinen Namen rief, sah er mich nicht.

Stattdessen beugte er den Oberkörper nach vorn, stützte die Hände auf seine Oberschenkel und schlich so ums Auto herum, bis er auf der anderen Seite verschwunden war. Es sah aus, als ob ... Konnte er vor mir in Deckung gegangen sein?

Wie unangenehm.

Ich blieb stehen, um mir über meine nächsten Schritte klar zu werden, und sah aus den Augenwinkeln zwei kleine Gestalten, die um die Ecke geschlurft kamen. Als sie näher kamen, erkannte ich Nonna und Stanley. Sie hatten sich beieinander untergehakt und machten einen Spaziergang – mit einer Langsamkeit, um die sie jede Schildkröte beneidet hätte. Stanley trug trotz des warmen Wetters Wintermantel, Hut und Schal und stützte sich auf einen Gehstock. Sie schienen auf die andere Seite des Dorfangers zuzuwandern.

Ich winkte ihnen, aber Nonna war zu sehr damit beschäftigt, auf Stanley einzureden, und er konzentrierte sich darauf, wo er seine Füße hinsetzte.

»Churchill, *hier!*«, hörte ich Biddy rufen – gerade als Churchill mir die Nase zwischen die Beine steckte.

»Hey, du«, sagte ich und machte einen Schritt zurück. »Aus!«

»Sorry!«, sagte Biddy aufgeregt. Sie nahm Churchill an die Leine und versuchte, seinen massigen Körper ein Stück zurückzuziehen. »Irgendwo im Dorf muss eine Hündin läufig sein. Er hat den ganzen Nachmittag gejault.«

Wie leicht es doch ein Hund hatte! Ich bückte mich und

kratzte Churchill am Kopf. »Viel Glück, Churchill, ich hoffe, du findest dein Mädchen!«

»Ich nicht«, sagte Biddy gequält. »Er hört überhaupt nicht mehr, wenn er einer läufigen Hündin auf der Spur ist. Nicht mal Frankfurter helfen dann noch.«

Vor *Ken's Mini Mart* erhob Gabe sich aus seiner Kauerstellung. Ich fragte mich, ob es genauso schwer sein würde, ihn zum Zuhören zu bewegen. Selbst *wenn* er mir zuhörte … Ich hatte meine Gefühle so lange hinter Schloss und Riegel gehalten, dass ich nicht sicher war, ob ich überhaupt die richtigen Worte finden würde.

»Entschuldige mich«, sagte Biddy. »Es ist gerade so ruhig. Ich glaube, ich riskier's und lass ihn noch ein bisschen rennen. Komm, Großer!« Sie schlenderten gemeinsam weiter. Churchill stupste mit der Nase gegen die Tasche von Biddys gehäkelter Tunika. Wahrscheinlich hatte sie Leckerlis darin.

Ich spürte Gabes Nähe, ehe er sprach.

»So wie du hier stehst, siehst du aus wie Königin Boudicca: die Hände in den Hüften, der Wind weht dir das Haar aus dem Gesicht«, sagte er. »Als wärst du bereit, in die Schlacht zu ziehen!«

Ich wandte mich ihm zu. Meine Gefühle brodelten dicht unter der Oberfläche. Ich wollte ihm so viel sagen, aber ich fürchtete mich. Was, wenn ich es nicht hinbekam? Wenn ich ihn verjagte? Wenn ich bloß wieder einen neuen Streit vom Zaun brach?

»Ich fühle mich, als würde ich schon seit Ewigkeiten in die Schlacht ziehen«, sagte ich leise. »Immer gegen etwas anderes … Gegen Männer, gegen jede kleine Ungerechtigkeit, gegen *Garden Warehouse* und …«, ich schluckte schwer, »gegen dich.«

Er sah mich forschend an. Um seine Lippen spielte ein kleines Lächeln. »Das ist mir auch schon aufgefallen.«

Ich trat einen Schritt auf ihn zu. »Geh nicht!«

»Mach ich nicht. Ich hab den Nachmittag frei.«

»Ich meine: nie.«

Er sah mich verwirrt an. »Rosie, geht's dir gut?«

Da platzte es aus mir heraus: »Hast du dein Hausboot verkauft?«

Er sah mich überrascht an. »Woher weißt du das?«

»Es ist also wahr.« Ich musste gegen die Tränen anblinzeln. »Ich dachte, es würde dir hier gefallen.«

Er nickte. »Das stimmt auch! Aber es ist Zeit, die *Neptun* aufzugeben. Ich hab das Boot gekauft, weil ich mein Leben auf das Wesentliche beschränken, im Augenblick leben wollte. Ich wollte nur meinen kleinen Jungen großziehen und nicht über die Zukunft nachdenken, über Hypotheken und Rechnungen ... Das Boot war drei Jahre lang unsere Heimat, aber das Leben verändert sich. *Ich* habe mich verändert.«

Irgendetwas streifte meine Beine. Als ich den Blick senkte, sah ich, dass eine hübsche Cockerspaniel-Dame mit fliegenden Ohren und heftig wedelnd an mir vorbeigerannt war. Eine Frau in einer teuren Barbour-Jacke und einem Schal mit Paisleymuster war der Hündin dicht auf den Fersen und versuchte, den Griff ihres Regenschirms unter deren Halsband zu haken.

»Ginger! Giiinger! Komm her, komm zu Mummy!«

»Gabe«, sagte ich verzweifelt, »denk an Noah! Er hat sich gerade erst eingelebt. Er geht hier zur Schule und hat Freunde!«

»Ich denke dabei an Noah. Und ich hab auch Bedürfnisse.«

Biddy rief unglücklich: »Oh, Churchill!«

Natürlich hatte Churchill sich auf die Hündin gestürzt. Biddy warf Leckerlis nach ihm, um ihn davon abzuhalten, die kleine Ginger zu besteigen. Deren Besitzerin dagegen wurde handgreiflich: Sie stieß mit der Spitze ihres Regenschirms nach Churchill und versuchte, ihre Hündin an der Leine wegzuziehen. Churchill kümmerte sich einen feuchten Kehricht um die Menschen, und Ginger schien es zu genießen, im Mittelpunkt der Aufmerksamkeit zu stehen.

»Kommt mit, kommt alle mit!«, sang Stella Derry, die den Vorstand des Frauenvereins von der Gemeindehalle zum Café lotste, wo die acht Damen im Wintergarten ihren Tee einnehmen würden.

Gabe murmelte besorgt: »Passt auf das Auto auf, Ladys, vorsichtig mit den Handtaschen!«, als sie sich alle gleichzeitig zwischen Kens Laden und Marks Wagen hindurchquetschten.

»Was hast du vorhin da gemacht?«, fragte ich und nickte zu Marks Wagen hinüber. »Warum die geduckte Ehrenrunde?«

Er lachte leise, ohne die Frauen aus den Augen zu lassen. »Ich hab nachgesehen, ob es schon Kratzer im Lack gibt, *bevor* ich Noah in die Nähe von Marks Auto lasse.«

»Und? Bist du fündig geworden?«

»Leider nein. Der Lack ist makellos. Ich mache mir schreckliche Sorgen. Ich habe Noah schon gesagt, dass ich ihm was vom Taschengeld abziehe, damit er helfen kann, die Autotür zu bezahlen, die er kaputt gemacht hat … Damit er lernt, was Sachen wert sind. Er kann sich keine Unfälle mehr leisten.«

»Sehr lehrreich für ihn.«

Gabe schnaufte. »Hätte es sein *können* ... Aber dann hat er mich daran erinnert, dass er im Gegensatz zu allen seinen Freunden kein Taschengeld bekommt. Also muss ich ihm jetzt fünfzig Pence die Woche geben.« Er rollte die Augen himmelwärts. »Da hab ich mir selbst ins Knie geschossen. Ausgetrickst von einem Vierjährigen.«

Er grinste albern, und da flatterte der kleine Vogel in meiner Brust so wild mit den Flügeln, als wäre er frei, als segelte er über den Himmel. Wir brachen beide in Gelächter aus, und die Worte, die mir als Nächstes entschlüpften, kamen so selbstverständlich aus meinem Mund, dass ich mich später fragte, warum ich so lange gebraucht hatte, sie auszusprechen. Mit einem winzigen Schwanken in der Stimme sagte ich: »Ich liebe dich!«

Gabes Augen wurden groß. »Du *liebst* mich?«, fragte er leise.

Ich nickte wortlos.

Gabe sah so geschockt aus, dass mir ganz heiß wurde. Ich fühlte mich wie eine Idiotin.

Dann sagte er: »Das ...« Er schluckte mühsam. »Das sind die besten Neuigkeiten, die ich seit ... *Jahren* bekommen habe!«

Der Ausdruck in seinen Augen machte mir Mut.

»Von ganzem Herzen«, flüsterte ich. »Ich liebe dich von ganzem Herzen ... Und Noah auch.« Es war schwer, so schwer weiterzusprechen, aber ich musste es tun. Immerhin hatte ich mir geschworen, ihm die Wahrheit zu sagen. »Aber ich verstehe, dass deine Karriere dir wichtig ist. Und ich bin froh darüber! Mark hält offenbar große Stücke auf dich, und du solltest im Vorstand sitzen – weil du brillant bist. Und warum solltest du auch hierbleiben wollen?« Ich zwang mich zu einem Lachen. »Seien wir mal ehrlich: Ich war die ganze Zeit eine furchtbare Nervensäge.«

»Ginger!«, hallte es verzweifelt über den Dorfanger.

Churchill hatte sein Mädchen gekriegt. Selbst auf die Entfernung konnte ich sehen, wie ungeheuer zufrieden er wirkte. Biddy und Gingers Frauchen tauschten Telefonnummern aus.

»Rosie, ich bleibe *hier*!«, sagte Gabe lächelnd. »Ich kaufe ein Haus. Ich habe mich nämlich in eine wunderschöne Frau verliebt, die meine ganze Welt auf den Kopf gestellt hat. Sie hält mich auf Trab, sie ist mutig und ehrgeizig und kennt keine Angst. Und sie hat recht: Noah braucht jetzt Stabilität.« Er sah mir tief in die Augen. »Mein Herz gehört dir, Rosie. Es gehört dir, seit ich mein Boot vor dem *Riverside Hotel* angedockt und dich dort stehen gesehen habe.«

Und der kleine Vogel erwachte zu neuem Leben, als Gabe noch einen Schritt auf mich zu machte. Ich konnte Gabes Körperwärme spüren. Er legte eine Hand in meinen Nacken, und ich sah zu ihm auf.

»Ich war nicht immer mutig«, gestand ich ihm, während ich mich gegen ihn lehnte. »Mich Männern zu öffnen hat mir lange Zeit eine Heidenangst eingejagt!«

Gabes Blick war zärtlich. »Und jetzt?«

»Und jetzt«, flüsterte ich heiser, »jetzt möchte ich ...«

Aber ich hatte nicht einmal mehr genug Geduld, um den Satz zu Ende zu bringen, sondern zog sein Gesicht zu mir herunter.

Gabe erwiderte meinen Kuss hungrig. Wir drängten uns aneinander, seine Arme umschlangen meine Taille, meine Hände waren in seinen Locken vergraben. Noch nie zuvor hatte ich mich so gefühlt: als wäre in mir eine grenzenlose

Weite. Ein Schluchzen stieg in meiner Kehle auf, denn ich wusste, *wusste,* dass ich bei diesem Mann bleiben, ihm zuhören und mich ihm anvertrauen, ihn lieben und mich von ihm lieben lassen wollte. Für den Rest meines Lebens.

Als wir uns voneinander lösten, waren wir atemlos und grinsten uns wie blöde an. Auf dem Dorfanger hatte sich eine kleine Menge versammelt, aber es war mir egal, wer uns sah. Im Augenblick gab es nur einen einzigen Menschen, der mich interessierte, und der stand vor mir. Seine sanften grauen Augen leuchteten, und sein blondes Haar stand ihm wild vom Kopf ab (was wahrscheinlich daran lag, dass ich nicht damit aufhören konnte, mit den Fingern hindurchzufahren).

»Aber was ist mit der *Neptun?*«, fragte ich plötzlich. »Ich meine … Du hast sie *verkauft?*«

»Du meinst, du weißt noch gar nicht, wer sie gekauft hat?«

Ich schüttelte den Kopf, und Gabe lächelte geheimnisvoll. Er tat so, als würde er einen Schlüssel vor seinem Mund herumdrehen.

»Er muss zuerst mit seiner Frau darüber reden. Sein Angebot muss also erst noch von ihr abgesegnet werden. Aber ich bin zuversichtlich, dass sie Ja sagt. Wir brauchen jedenfalls mehr Platz! Noahs Bett ist wirklich winzig.«

»Und er wünscht sich eine Rutsche!«, sagte ich und gab ihm einen sachten Kuss.

»Das außerdem.« Seine Hände streichelten meinen Rücken und blieben dann beinahe beiläufig auf meinem Po liegen. Mein Puls fing augenblicklich an zu rasen. Meine Hormone glaubten offenbar nicht an die Beiläufigkeit seiner Geste und schmissen eine Party.

Gabes Augen blitzten schelmisch. »*Mein* Bett ist allerdings groß genug«, sagte er. »Groß genug für zwei.«

In diesem Moment brüllte Ken, der vor seinem Laden stand, die Hände wie einen Trichter vor den Mund gelegt: »Los, Stanley, *los!*«

Auf der anderen Seite des Dorfangers war Stanley auf ein Knie gesunken und hatte ein kleines blausamtenes Kästchen aus der Manteltasche geholt.

Nonna rief: »*Sì! Grazie a Dio!* Werde ich dich heirate, Stanley Pigeon!«

Alles klatschte und jubelte: Stella Derry und die Damen aus dem Vorstand des Frauenvereins. Lia und Doreen, die aus dem Café gestürzt kamen und Geschirrtücher über den Köpfen schwenkten. Lucas und Tyson, die Arm in Arm aus dem Geschenkeladen kamen (Tyson reichte Lucas ein Taschentuch, der sich damit die Augen abtupfen musste). Sogar Biddy und Gingers Frauchen hörten auf zu streiten und machten mit. Nina rannte über den Dorfanger und drückte Nonna ein Sträußchen Pfingstrosen in die Hand. Und dann gingen Hochrufe durch die Menge, als Stanley schwankend auf die Füße kam und seiner errötenden Verlobten einen liebevollen Kuss gab.

»Oh!«, rief ich, als mir klar wurde, wer fehlte. »Mum und Dad werden traurig sein, dass sie das verpasst haben!«

»Dein Vater wird damit beschäftigt sein, deine Mutter davon zu überzeugen, dass sie ein Narrowboat braucht.«

Ich schnappte nach Luft. »Dad? Das ist ja toll!«

Gabe legte seine Wange gegen meine und flüsterte mir ins Ohr: »Im Auto liegt eine eiskalte Flasche Champagner … Und Noah muss ich erst in einer Stunde abholen. Ich glaube, wir sollten das feiern.«

Es fiel niemandem auf, als Gabe und ich uns davonstahlen und kurz darauf auf die *Neptun* und in Gabes Bett schlüpften, das – wie versprochen – groß genug für uns beide war. Wir schlossen die Jalousien und sperrten den sonnigen Tag aus. Und in der winzigen Kabine, während das Boot sanft auf den Wellen schaukelte, feierten wir.

Und nicht bloß einmal.

# Epilog

Das goldene Versace-Kleid, das Lucinda Miller trug, war so eng, dass sie die Treppe hinaufhüpfen musste.

Ich pfiff auf zwei Fingern wie ein Bauarbeiter, und sie kicherte. Der Stoff gleißte in der Sonne; ich war froh, eine Sonnenbrille auf der Nase zu haben. Gabe half Lucinda die letzte Stufe hinauf und sprang dann von der *Neptun* zu mir auf die Mole.

»Sieht mein Hintern darin riesig aus?«, fragte Lucinda und versuchte, über die Schulter an sich herunterzuschauen. »In Gabes Schlafzimmer gibt es keinen Ganzkörperspiegel!«

»Er ist *gewaltig*«, sagte Candy und zwinkerte mir zu. »Ich werde wohl mit Weitwinkelobjektiv arbeiten müssen.«

Lucinda streckte ihr die Zunge heraus. »Ach, halt den Schnabel und mach weiter!«

Gabe flüsterte mir zu: »Den heutigen Tag werde ich nicht so schnell vergessen!« Er schlang einen Arm um meine Taille. »Eine berühmte Schauspielerin lässt sich in Designermode auf meinem Boot fotografieren – von deinem Ex, der ein Kleid trägt!«

»Es ist Dads Boot«, korrigierte ich ihn. »Und ich hoffe,

dass du dich nicht nur *deshalb* an den heutigen Tag zurückerinnern wirst?!« Ich drehte mich zu ihm um und gab ihm einen langen, verheißungsvollen Kuss.

»Natürlich nicht!«, sagte er und grinste. »Immerhin ist heute auch Sommermarkt in Barnaby!«

Lachend boxte ich ihm gegen die Brust.

Candy hob ihr Handy und richtete es auf Lucinda. »Verflucht, Mädchen, siehst du heiß aus!«

Lucinda nahm ihr das Handy weg, um das Bild zu begutachten. »Ist okay, das kannst du hochladen. Was, denkt ihr, kriegen wir für das hier auf Depop?«

»Hundert?«, sagte ich und zuckte dann mit den Schultern. »Zweihundert?«

Lucinda hatte eine große Social-Media-Fangemeinde, die sich beinahe noch verdoppelt hatte, nachdem bekannt geworden war, dass sie nächstes Jahr in einem Film mit Tom Hiddleston mitspielen würde. Als ich sie gefragt hatte, ob sie für die Kleider aus Helenas Abstellkammer modeln würde, hatte sie vorgeschlagen, sie außerdem über ihre eigene Seite anzubieten.

»Was ist Depop?«, fragte Gabe mich flüsternd.

»Eine App«, erklärte ich. »Stell dir vor, Snapchat und eBay hätten ein Baby gekriegt!«

»Aha ...« Gabe sah nicht so aus, als hätte ihm meine Erklärung weitergeholfen.

Ich löste mich von ihm und kletterte wieder an Bord. »Wir müssen los«, sagte ich und küsste beide Frauen auf die Wangen. »Danke, dass ihr das macht. Ich kann euch gar nicht sagen, wie dankbar ich euch bin!«

»Du machst Witze!«, rief Lucinda und drehte sich um, damit Candy ihr den Reißverschluss aufziehen konnte.

»Wir sammeln so viel Geld für das Hospiz – meine Mutter wäre sicher begeistert! Und wenn ich euer Sommermarktding offiziell eröffnet habe, gebe ich dem Topreporter vom *Derbyshire Bugle* ein Interview. Das wird tolle Publicity für das Hospiz und für mich sein!«

»Dieser Reporter ... Sein Name ist nicht zufällig Robin, oder?«, fragte ich.

Lucinda nickte. »Jepp. Er hat gesagt, dass ich Bescheid sagen soll, wenn wir bei den Badeanzügen angekommen sind.«

»Tatsächlich?« Ich unterdrückte ein Grinsen. Der schlaue Fuchs würde es wirklich noch weit bringen, da war ich mir sicher.

Lucinda raffte ihren Rock und kletterte ungeschickt die Treppe hinunter. Ich blieb mit Candy zurück.

Sie nahm meine Hände. »Und mir musst du auch nicht danken. Ich schuldete dir noch was. Daher danke ich *dir.* Dafür, dass du mir vergeben hast, und für dein Verständnis. Das bedeutet mir viel.«

»Ich bin einfach nur froh, dass du jetzt dein wahres Selbst bist«, sagte ich und umarmte sie. »Du scheinst viel glücklicher zu sein ... Und deine Wimpern waren an einen Mann sowieso verschwendet.«

Ich sprang wieder auf die Mole. Gabe fing mich auf.

»Okay!«, sagte ich. »Jetzt gehöre ich ganz dir.«

Er streichelte meine Wange. »Ist das ein Versprechen?«

»Hand aufs Herz!« Ich ergriff seine Hand und legte sie über mein Herz.

Paolo rief an, als wir in Gabes Van stiegen. (Gabe hatte ihn verkaufen wollen, aber um Vorräte zwischen dem *Lemon Tree Café* und der *Lemon Tree Pizza Cabin* hin- und herzutransportieren, war er großartig. Außerdem war er Noah-fester als Gabes Firmenwagen, daher hatte Gabe ihn letztes Endes doch behalten.)

»*Ciao,* Paolo, ist alles in Ordnung? Sind sie angekommen?«, fragte ich.

»*Ciao, bella!* Ich habe deine Eltern gerade vom Flughafen abgeholt, wir sind auf dem Weg nach Sorrent. Wow, Luisa ist eine heiße Mamma! Warte, ich stelle auf Lautsprecher!«

Ich hörte Mum kichern. »Ach, Paolo, du Charmeur!«

»Behalt die Straße im Auge, Junge!«, erklang Dads panische Stimme. »So ist es gut – die Kurven hier sind Todesfallen!«

»Ihr seid bei Paolo in guten Händen!« Ich kicherte. »Wie war euer Flug, Mum?«

»Lief alles reibungslos. Aber viel wichtiger: Wie geht es *euch?*«

»Nonna ist jetzt komplett bei Stanley eingezogen«, berichtete ich. »Angela hilft ihnen heute, ihr neues Bett aufzubauen ... Gabe und ich kommen gerade von der *Neptun,* seine Sachen sind alle ausgeräumt. Wenn Lucinda und Candy mit der Fotosession für das Hospiz fertig sind, gehört das Boot ganz euch!«

Stanley ging es schon seit Wochen gut genug, um allein zurechtzukommen, aber wie erwartet, war Nonna nicht wieder ausgezogen. Sie hatte ihr Cottage zum Verkauf angeboten und gestern den neuen Besitzern die Schlüssel übergeben. Mum und Dad hatten einen Flug nach Neapel gebucht, um ihre zweite Hochzeitsreise in Italien zu verbringen (Dad zufolge würden sie die dritte mit der *Neptun* unternehmen), und Paolo hatte darauf bestanden, dass sie bei ihm wohnten.

»Und wie geht es dir, Liebling?«, fragte Mum.

»Wir«, sagte ich und griff nach Gabes Hand, »sind fast zu Hause.«

Kaum hatte Gabe den Van vor Nonnas Cottage geparkt, da flog auch schon die Tür auf, und Noah stürzte ins Freie. Eine Frau mit braunem Haar und funkelnden grünen Augen folgte ihm dicht auf den Fersen. Aber … konnte das sein? War das …?

Ich sprang aus dem Van und schmiss mich meiner Freundin in die Arme.

»Verity Bloom!«, stieß ich atemlos hervor und sah von ihr zu Gabe. »Gabe, als du gesagt hast, wir hätten heute eine Babysitterin, meintest du *Verity?*«

»Das war meine brillante Idee«, sagte Verity und strahlte. »Ich dachte, Gabe und du hättet vielleicht gern ein bisschen Zeit für euch. Du weißt schon.« Sie machte eine Kopfbewegung in Richtung des Cottages.

»In meinem Zimmer gibt es eine *Falltür!*«, schrie Noah und machte vor Begeisterung einen Luftsprung.

»Noahs Bett ist gekommen, während ihr noch unterwegs wart«, sagte Verity, »und ich habe die Männer gebeten, es *über* der Falltür aufzustellen!« Sie zwinkerte uns zu.

»Wie ist die Rutsche, Kumpel?«, fragte Gabe. Er tat so, als wollte er Noah an den Ohren hochheben und küsste ihn dann auf die Stirn.

»Die Rutsche ist das Beste auf der Welt«, sagte Noah glücklich. Er legte die Hände um den Mund und flüsterte: »Tante Veritys Po ist stecken geblieben, als sie runterrutschen wollte, aber sie hat gesagt, dass ich das niemandem erzählen soll!«

Verity verdrehte die Augen. »Das ist unser Stichwort …

Wir brechen auf! Ein Sommermarkt erwartet uns! Wir sehen uns später.« Sie sah Gabe und mich an und hob eine Augenbraue. »Gern auch *viel* später.«

Noah schob seine Hand in Veritys, und die beiden machten sich auf den Weg zum Dorfanger, wo Stella Derry souverän die Aufsicht über die letzten Aufbauarbeiten führte. Aber plötzlich ließ Noah Verity los und kam zurückgerannt. Ich ging in die Knie, und er warf mir die Arme um den Hals. Ich drückte ihn an mich und lachte.

»Hallo noch mal!«, sagte ich und küsste sein kleines Gesicht.

»Ich hab's mir überlegt«, flüsterte er laut in mein Ohr. »Die Rutsche ist gar nicht das Beste auf der Welt. Das bist du!«

Gabe und ich lächelten uns an.

»Ach, Noah Green«, sagte ich und musste die Tränen zurückdrängen. »Wenn du so weitermachst, werde ich dich verhätscheln, bis du's nicht mehr aushalten kannst!«

Er riss die Augen weit auf. »Kann ich einen von Churchills Welpen haben?«

Ich warf Gabe einen fragenden Blick zu. Er zuckte mit den Schultern, als wollte er sagen: *Warum nicht?*

Ich grinste Noah an. »Okay. Ab mit dir, sag es Biddy! Sie wird überglücklich sein.«

Er lief zurück zu Verity, und ich stand auf und drehte mich zu Gabe um. »Das ist es also.« Ich schaute dem Mann in die Augen, der meine Seele aus tiefem Schlaf erweckt hatte. »Unser erstes gemeinsames Heim!«

Dann stieß ich einen kleinen Schrei aus, als Gabe mich in seine Arme hob und so leidenschaftlich küsste, dass mein Herz in die Höhe stieg wie ein Vogel in den Himmel.

Als wir den Kuss unterbrechen mussten, um Atem zu schöpfen, fragte ich lachend: »Was hast du vor, trägst du mich über die Schwelle?«

»Das tue ich. Und ja, ich weiß, dass wir nicht verheiratet sind.« Die Art, auf die er mich ansah, ließ keinen Zweifel daran, wie sehr er mich liebte. »Noch nicht.«

Und dann, ohne seinen Blick von mir zu wenden, tat er den ersten Schritt in unser neues Leben. Die Tür stand weit offen, und wir traten hindurch.

Gemeinsam.